藝術文獻集成

徐有貞集

上

〔明〕徐有貞

浙江人民美術出版社

圖書在版編目(CIP)數據

徐有貞集/(明)徐有貞撰;孫寶點校.—杭州:浙江人民美術出版社，2019.12
(藝術文獻集成)
ISBN 978-7-5340-7502-5

Ⅰ.①徐… Ⅱ.①徐… ②孫… Ⅲ.①中國文學－古典文學－作品綜合集－明代 Ⅳ.①I214.82

中國版本圖書館CIP數據核字(2019)第152770號

徐有貞集

〔明〕徐有貞 撰
孫 寶 點校

責任編輯 霍西勝 張金輝 羅仕通
責任校對 余雅汝 於國娟
裝幀設計 劉昌鳳
責任印製 陳柏榮

出版發行 浙江人民美術出版社
(浙江省杭州市體育場路347號)
網 址 http://mss.zjcb.com
經 銷 全國各地新華書店
製 版 浙江時代出版服務有限公司
印 刷 三河市元興印務有限公司
版 次 2019年12月第1版・第1次印刷
開 本 880mm×1230mm 1/32
印 張 28.5
字 數 380千字
書 號 ISBN 978-7-5340-7502-5
定 價 168.00圓(全二册)

前言

一

徐有貞（一四〇七—一四七二），原名珵，字元玉，吴縣（今蘇州）長洲鳳凰鄉吉祥里人。正統十四年（一四四九）土木堡之變爆發，徐有貞倡議都城遷南京而遭致朝野非議，隨之在正統、景泰年間仕途蹭蹬，在大學士陳循授意下改「珵」作「有貞」。據明雷禮《國朝列卿紀》卷十「徐有貞」條載：「（景泰）二年，（徐）珵因屢薦不允，一日爲陳循推命，侑以玉帶曰：『推先生命，玉帶至矣，故敢以獻。』循受之，乃教珵曰：『汝當更名，毋使内家習知也。』即更名。」可知，徐有貞更名當在景泰二年（一四五一）。

由吴寬《耕隱翁墓表》與《天全先生徐公行狀》知，徐有貞曾祖徐文貞、祖徐子復、父徐孟聲均不顯仕宦；其有兄弟三人，排行第二。長兄爲松庵府君，名字不詳；三弟徐有賢，字元僅，因父母早喪，放棄科試，專力于農商，苦心經營而家業豐贍。

徐有貞自幼便秀異穎脱，十二三歲入小學，熟諳古文辭，秀出班行。轉從名儒吴訥問學，後經由吴訥推薦，從國子祭酒胡儼受舉子業。吴訥精通小學、文史、刑法之學，胡儼擅長天文、地理、律历、医卜之學，這對徐有貞立足儒業、涉獵博通的治學特點具有直接影響。宣德七年（一四三二），徐有貞中順天府鄉試。按，黄虞稷《千頃堂書目》卷十九「宣德癸丑科」録「徐有貞武功集八卷」，注：「榜名珵，字元玉，宛平籍，吴縣人。華盖殿大學士、兵部尚書，封武功伯。」可知，徐有貞當爲占籍宛平而中式。宣德八年（一四三三），徐有貞進士及第，選爲翰林庶吉士，因對策卓異而授史館編修。

正統初，徐有貞與修《宣宗實録》、《玉牒》，遷爲經筵侍講。正統十四年，瓦剌首領也先率部反叛，英宗輕率親征，同年八月被俘於土木堡。于謙主持軍政，派遣文臣以監察御使身份分守各地，并組織當地軍民勤王。徐有貞被委派至河南，先綏撫治所彰德的山中流民數萬人，對其加以軍事訓練，以作勤王之用；又於湯陰祭祀岳飛墓，爲之建立祠堂，撰制《精忠廟碑》，以激發當地軍民勤王的士氣。也先敗退後，由於郕王朱祁鈺已在英宗被俘期間登基，是爲景帝，英宗遂遜位，爲太上皇。隨之，徐有貞召還，治績爲分遣各地文臣之首。

景泰二年（一四五一），徐有貞升爲春坊諭德。當時黄河至山東沙灣段決堤，漕運不通，爲患多年。景泰四年（一四五三）十月十一日，商輅以徐有貞熟知水利，薦舉其爲都察院右僉事都御史，使赴山東治理水患。到達張秋後，徐有貞廣泛巡訪民情，親自勘察水患區的徑流分佈及其源流走向，制定了詳密的治水方案。鑒於此前多年治水兵民已疲敝不堪，他分批漸次遣返勞工回家，與之約定來年開工日期，以使之得到充分休整。經過近兩年的治理，徐有貞除修築堤壩抗洪防災外，主要疏浚由張秋金隄至濮陽泊、博陵陂、沙河、東西影塘、白嶺灣、竹口蓮花池、大豬潭等水道，以聯通黄河自范濮、澶淵、河沁而來的水路，其將所筑之渠命名爲「通濟渠」，并建立「通源閘」八道，以調節水勢。經其疏導，黄河之水由沙灣改行距其十二里的張秋，自此與臨清、濟寧的水路貫通，漕運也得以恢復，并惠及两岸農田灌溉。治水期間，徐有貞還拜祭曲阜、鄒嶧的孔孟祠堂，治水功成，徐有貞返朝，上書恢復并擴大孔孟祠堂多被侵佔的祭田，并分配佃户耕種，以供日常祭祀之需。徐有貞後於景泰六年（一四五五）撰制《大明賜復顔孟廟田之碑》，以旌揚孔教。

景泰八年（一四五七）正月，景帝染病，罷朝數日。正月十一日，已官至左副都御史的徐有貞與左都御史蕭維禎開始謀劃册立皇儲之事，召集石亨、張輗、張軏、于謙、王文、胡濙、楊善以及文武群僚等於左掖門商議封事起草事宜。十三日，景帝傳旨禁止討論立儲，聲稱十七日將早朝。同日，群臣聯名請求立儲。徐有貞與宦官曹吉祥、石亨等人則意圖輔助英宗復辟，經過多日密謀，十七日，徐有貞與宦官曹吉祥、石亨等人借口邊事緊急，徵調城外軍馬三千多人入宫，全城戒嚴，當夜起事。徐有貞等人擁立英宗即位，以迎立襄王朱瞻墡的罪名逮捕于謙、王文、陳循、蕭鎡、商輅、俞士悅、江淵、范廣、王誠、舒良、王勤、張玉等人。英宗本欲原宥于謙，徐有貞堅稱「不殺于謙，今日之事無名」，終以「雖無顯跡，意有之」（清谷應泰編《明史紀事本末》卷三十五「南宮復辟」）爲據，將于謙、王文等人棄市。英宗復辟後，徐有貞官拜兵部尚書兼華蓋殿大學士，封爵武功伯，恩禄榮顯，位極人臣。然而，其一手製造的于謙等人冤獄亦引起朝野側目，是爲其政治生涯的一大污點。

天順元年（一四五七），徐有貞執掌權柄后，多次拒絶曹吉祥、石亨等人的非分請託，支持楊瑄等十七御史對曹、石侵奪民田諸事的彈劾，最終致使其與曹、石二人的短暫結盟破裂。曹、石二人不斷進讒，製造李秉彝危語誹謗朝政案，誣陷徐有貞爲幕後主使，逮捕其家人及屬吏馬士權，并嚴加刑訊。英宗本將徐有貞貶爲廣東左參政，曹、石二人又羅織罪名，誣告徐有貞謀反，英宗遂褫奪其官爵，將其流放至雲南金齒。在金齒期間，徐有貞於「鎮南寓廬陋室中，屏絶世念，惟綜玩《易》理」（明祝允明《成化間蘇材小纂》「簪纓纂一・武功徐公」條）。四年後，英宗將其放歸吴中田里。

天順四年（一四六〇），石亨罷免，坐其侄石彪謀反被賜死；次年，曹吉祥意圖篡廢而被誅。徐有貞歸鄉後，慶倖幾經危難而終得保全，因自號「天全翁」。徐有貞當時只有五十余歲，「負其材，謂上思我必且召，而上竟弗召也」。（明王世貞撰《弇州山人四部稿·續稿》卷八十八「文部·史傳·徐有貞」條）成化元年（一四六五），憲宗朱見深僅賜其章服，朝中更無爲其推轂者。徐有貞亦自知飽受是非公義的詬病而難被敘用，於是放情山水，與祝顥、劉鈺、沈周、夏昶、杜瓊、施堯卿、陳孟賢、陳孟英、劉廣洋等致仕鄉賢組成詩社，「登臨山水爲適，不駕官船，惟服巾野服而已。所至名山盛境賦詠，竟日忘倦，或填詞曲以侑觴」。（明俞弁《逸老堂詩話》卷下）徐有貞家境優渥，其晚年手札中就不乏「田事、租事及放米事」，（清陸心源《穰梨館過眼續録》卷五「元明名人尺牘册」）這也是其恣情遊衍的基礎。成化八年（一四七二）七月十五日，徐有貞病卒，享年六十六歲。

徐有貞一生學以致用卻頗雜陰陽方技，斥逐閹宦又黨同伐異，摽榜忠義而投機徼寵，立志廊廟復寄意山林，一如王世貞所言：「辱以榮伏，毀繇名致。瑕瑜千載，矛盾一世。」（《弇州山人四部稿·續稿》卷一百四十六「文部·徐有貞像贊」）王氏之説，洵爲的論。

二

徐有貞政治人格思想的核心，一言以蔽之，即爲「真儒」二字。其《文武前論》説：「予固學儒者也，懼無以自靖，且欲得吾儒者之舉，真儒也。」《文武後論》亦説：「吾之所謂儒者，蓋真儒也。腐儒非儒，又烏足道耶？故曰：欲得天下之全才，必得真儒而後可。」徐有貞的「真儒」理想具有文武合用、兼濟天下的强烈指向，黄帝、堯、舜、禹、湯、文、武、風后、力牧、皐陶、伯益、伊尹、萊朱師、尚父、周公旦、孔子、范仲淹等古今聖王賢者則是其崇奉的「真儒」楷模。他認爲經術爲儒者立身之本，研習經業則須以經濟天下、建立功業爲目標，有了功業自然就有名利，而不是相反。其《嘉定縣儒學科第題名記》説：「維夫經術，所以經濟天下之具也。士必用乎經術而後經濟乎天下，譬則梓人之必用乎規矩，而後可以經營乎宫室也。宫室完而功歸乎梓人，天下治，功歸乎士。功之所在，名之所在也。」因此，徐有貞更看重惠及後世的不朽之名，而非榮耀當時、死後無聞的一時之名，其《蘇州府儒學鄉貢題名記》就説：「夫惟不以一時之名爲名而以萬世之名爲名者，其庶幾乎所謂豪傑之士哉！是故叔孫氏之論三不朽，惟立德、立功、立言而已。孟軻氏之論大丈夫，惟居廣居、立正位、行大道而已。」他反對將「儒」片面的理解爲尋章摘句、皓首窮經的學者，在其看來這只是「腐儒」；他也反對將文、武兩種本來在古今聖王賢者身上合二爲一的屬性剝裂開來的世俗之見，所謂「今也文不知武，武不知文。天下之人各尚其所好以自傳於二者之習，呻吟呫嗶、詡詡弄筆者，則自謂之文；跳梁搏攫、蹶蹶而馳者，則自謂之武。彼爲是者，固可笑矣。而所謂儒者，又徒矻矻自守於章句之末而不復識其所謂文、武者焉在。問之，則反以爲此非我所學」。（《文武前論》）正因如此，徐有貞在任史館編修期間，專攻天官、地理、考古、軍旅、刑獄、水利等實用之學，自稱：「使朝廷一日有事用我輩，吾恐學之已無及矣。」（吴寬《天全先生徐公行狀》）土木堡之變發生之前，他就居安思危，預見西北邊患的嚴峻性，上奏《條議五事疏》、《戰備五事》等數千言要求加強邊防軍備，受到英宗嘉獎。「奪門之變」成功后，身兼兵部尚書與翰林院學士的徐有貞自撰《鐵券文》説：「若夫定策以安宗社，代言而贊皇猷，自古爲難，於斯乃得。眷惟文武之全才，宜典鈞樞之重任。……才堪華國，道足經邦。資弘毅而秉忠純，貫天人而通今古。」（明祝允明《成化間蘇材小纂》「簪纓纂一·武功徐公」）儘管上述多爲自我誇耀之辭，一定程度上也印証了他文武兼濟、名動天下的追求。

徐有貞的「真儒」思想具有「純儒」、「文儒」、「武儒」、「醫儒」、「儒吏」、占卜之儒、「僊儒」等外延，其顯然將「儒」視作函納衆有的極高的道德范域，且往往借助其多元化外延，闡發其對於「真儒」活潑多樣、濟世致用的理解。

徐有貞將董仲舒作爲「純儒」的典型，其《正誼齋記》説：「以仲舒自擬者，擬乎其儒之純也。儒之儒純者，學乎道，行乎誼，體乎心，用乎事。内以正己，外以正物，上以正君，下以正民。小行而小正焉，大行而大正焉。」由之可見他對漢儒表裏如一、内外兼修、正君化民的崇奉。不過，宋儒對徐有貞的影響也很大。其《〈濂溪遺芬圖〉爲周綱文敘題》自稱：「嗟予生晚學且迂，每懷濂洛諸先儒。雖然不獲與親炙，平昔所事皆其書。朝來方讀《易》通罷，默坐還觀《太極圖》。……興來長誦《愛蓮說》，浩氣直與神明俱。」上述是對周敦頤的讚譽。二程、楊時也是徐有貞欽奉的儒者，其《無錫學先賢祠記》說：「夫文運之所在，即天運之所在。初，二程之學乎周子也，宋運方盛於北，吾道亦從而北。及楊氏之學乎程子也，宋運將徂於南，吾道亦從而南。此其所關係也大矣，豈偶然哉？自龜山傳之豫章羅氏，豫章傳之延平李氏，延平傳之考亭朱子，考亭因是而集大成，則斯道之有傳於今也，實自龜山始。揆其始，雖天下之學祠焉可也，獨錫山哉？」正因受到宋代理學的影響，徐有貞強調「心法」在宗經求聖過程中的重要性，其《君師論》說：「夫堯舜誠有君師之道德而能盡其任與責者也，而傳之又有心法在焉。何謂心法？《書》所謂『精一執中』是也。堯傳之舜，舜傳之禹，湯、文、武繼而傳之。夫所以三代繼王而同一揆者，無他，以此也。故曰：得聖人之法者，則有聖人之道矣。有聖人之道者，則有聖人之德矣。有聖人之道德者，則亦有聖人之功業矣。」他甚至還用二程「心虛應物」來融通莊子「虛白」之說，其《虛白說》云：「吾以求之吾儒之說，抑猶有其至者焉。洛程氏有云：『心兮本虚，應物無跡。』非虚白之謂乎？且其虚也，有誠以本之；其白也，有敬以主之。誠以本之，故静亦虚也，動亦虚也；敬以主之，故静亦白也，動亦白也。所謂誠立明通，而賢人、聖人之所以爲賢人、聖人，亦不外此。然則，其爲虚白也不亦至哉？」由上不難看出，濂溪、伊洛之學實爲徐有貞道德本體論的重要基石。

徐有貞首推的「文儒」當爲子游。其《常熟縣學興修記》説：「夫言游氏天下儒學之先哲，而常熟之鄉先生也。其于孔門以文學爲稱首，而其言學必曰道、曰本、曰禮樂之原，及其行事見于魯論、漢紀彰彰焉。然則其爲學也，豈徒文哉？蓋子游之學之道，仲尼之學之道也；仲尼之學之道，堯、舜、禹、湯、文、武、周公之學之道也。學惟其道，雖窮而在下可樂也；學非其道，雖達而在上可恥也。古如是，今亦如是。不如是，不足以言學。」可見，他并不簡單肯定子游在孔門十哲中「以文學爲稱首」的地位，而是沿用宋儒道統意識，將子游置於文、武、周、孔之道的承啟發揚的軌跡中，突出子游「文學」中對「道」、「本」、「禮樂之原」的皈依與闡發，這基本也是徐有貞評價當世「文儒」的根本標準。其《明故通議大夫都察院左副都御史思庵吴公神道碑》

評價吴訥説：「爲人端重純明，履方居約，不以窮達易所守。其學務遵儒先，闡經訓，以淑人心、正士習，故凡爲文章，鑿鑿焉，斷斷焉，根據義理，有裨世教，不徒作也。」上述即從宗經爲文之本的角度評價吴訥。

「武儒」多爲徐有貞津津樂道。其《李光禄輓詩序》稱道李雲慶「慶平生磊落多奇，雖爲儒家子而獨喜譚武事。居常忼慨，以功名自許」的豪氣；其《孫建陽輓詩序》則認爲孫源雖爲懷遠將軍同知建陽衛事的武職，卻「爲人恂恂謹厚類儒生，動循矩度，其廉潔之操，得之天質」；其《王武德墓表》更讚許武德將軍王璟「武弁之士而躬儒紳之行」。上述亦是其《文武前、後論》文武兼濟觀念的延伸。

「醫儒」是徐有貞詩文中頌揚的一大主題。其《徐以純挽詩序》讚許徐以純「資淑善而好修爲，於父母隆孝敬，於昆仲篤友愛，於朋友信義交致，於鄉人賢與長者，禮之無失，又能世其家之醫學而進學乎儒」；《錢氏生幼堂記》稱道錢伯康醫術醫心：「進乎吾儒之道矣，醫云乎哉？」《盛芝岩壽詩序》稱道吴中盛氏「自其中葉以儒爲醫」的家風，尤其稱許「（盛）芝岩獨好儒術，又旁通堪輿家言，不專于爲醫」。

《陸仲文墓誌銘》贊陸尹「其行則儒，其名則醫」，稱道其「見忠義奮發者，輒躍躍歎慕，願從其游；於憸邪誤國者，則切齒怒罵，若父兄之讐恨不手僇其人。至與人議論，動必援古折今，辯是非曲直，不苟依阿」。他還從醫理與儒理之間尋求二者的共通性，以闡發醫心、醫術的道德内涵。其《淡庵序説》説：「近世丹溪朱延修氏之爲醫也，其學上溯軒、岐，下演長沙、易水、東垣。集諸家之善而去其末，其嘗著《格致餘論》等書，獨以淡爲用藥之本，而養生、濟生。即其所言，求其所知，蓋與吾儒合也，是以吾儒與之。……擴而充之，由夫醫之道而求吾儒之道。於凡養心、養德，濟世安人之事，皆有以得其所以然之理。」這就將醫家用藥之「淡」的醫術提升到儒者内修涵養的層次。他還關注醫術的社會政治價值。其《贈太醫院使蔣君主善序》稱道蔣主善之父「以儒醫之道事仁宗於東宫」，并强調御醫有助治化的功能説：「夫太醫之官，視百執事尤難其人。百執事之官各有司存，不能相通，故諫諍之臣常以嚴見憚而不得朝夕左右，暬御之臣常以親見狎而不能有所匡救。故既親且嚴，惟醫職爲然。蓋其出入禁近，保和聖躬，諫臣所不得至之地，而得至之暬御所不得言之事而得言之，此其人之得失而爲損益豈小小哉？……起居服食而必謹必戒，而後政事可得而修、治功可得而成也，然則君之績豈出百執事之下耶？」可見，徐有貞并非一般的肯定醫者救死扶傷的作用，而將其提高到治國經邦的高度來看待，這與視醫卜爲賤業的世俗之見大相徑庭。

徐有貞對「儒吏」不乏讚詞。其《仰大理壽藏記》稱道仰宗泰「學明經術」，又不肯趨附閹宦説：「正統癸亥，權奸方竊政柄而弄之於内。既殺忠臣以杜天下之口，乃益爲峻法以鉗制人，毒及無辜弗恤也。時諸輔政大臣暨内外百司之長率奔走其門，雖有號君子者，亦不免屈節毁操以求容。至其小人，則遂奴事之，甚而呼之爲翁父，藉聲勢以作奸者，不可指數。其初度諸公卿皆至爲壽，而大理獨否。」上述頗有惺惺相惜之意。《明故通議大夫都察院左副都御史思庵吴公神道碑》稱道吴訥雖以擅長醫術被舉薦，而不願「舍儒從醫」，後爲監察御史，「執法體剛而用正，侃侃之言，卓卓之行，論者謂其得大臣體」。《吴樂清墓銘》讚賞吴瓊：「在宣德、正統間，屢書民情、吏病數十事，事多施行。其言剴切而通傳于天下。國家之利病皆有所達明，非獨一邑而已。世爲儒吏，兼優稱之。其守以清慎，勤爲之主，而臨民以公寬，惟是獲乎上下而無疵議。」上述均表彰了諸家秉守儒家操守，又剛直不阿、政績突顯的特點。

徐有貞偏好陰陽學，對兼具儒行的占卜之士與方外之士也不吝讚譽。《袁德新傳》讚許袁德新「其學於陰陽、醫藥靡所不通」、「賣卜自給，卜輙奇中，人有大疑，不遠千里趨叩之」的學品，又激賞其「爲人卜，每依於禮，其不以義叩者，輙拒之」的品格。他不斷旌表兼宗儒術的方外之士，如《贈許錬師序》稱道道士許拱明儒道合一説：「余所見許錬師拱明者，獨異於衆也。其心專慤而寡欲，其行潔廉而無累，以其所學之言自治其身，而不以言於人。視物利之過乎前者，澹然而無所干焉，蓋老氏之良也。……彼不背老氏，而肯背孔氏哉？」《楊顛道哀辭》稱楊子恭雖爲道士，實爲至孝之儒者，贊其「緊夫子之高潔兮，與古人其同心。……冠黄冠兮衣羽衣，矢終養乎慈闈。……羌時俗之固陋兮，謂夫子其爲顛。樂受之而無尤兮，聊託跡乎神僊」。《送張履信南還詩序》爲京城狂士張履信而作，後者雖「去爲黄冠師，彷徨山澤間，以求僊爲事」，卻有「少而學乎儒，爲親而廢業，違軒冕之願，從力役之勤而無幾微怨嗟之言色」的義舉。《福濟觀新建祠宇記》稱道道士郭宗衡所論：「吾師吾道之所寶者三，慈也，儉也，清淨也，是吾教所宜然也。今吾徒從事于斯，其必寶吾之清淨以養吾之真，寶吾之儉以養吾之身，寶吾之慈以養吾之人，庶乎其可耳。吾又聞之，儒之君子，民生于三，事之如一，是世教所宜然也」，認爲其言「爲言幾乎義理者」。徐有貞晚年傾心於僊道之思，并將儒家與道家匯通融合，提倡「僊儒」人格。他不僅稱道友人爲「僊儒」，如「吾聞古有列僊儒，觀之章翁乃不虚」（《寄題金華章氏山翁環秀亭歌》）、「退庵老人列僊儒，一登仕籍即隱居」（《賦得枌榆壽周玉成八十》）等；他還在《滿庭芳·雨後遊天平諸峰》下闋自詡：「道是神僊，神僊來也，不道是个老儒生。」又在《十丈蓮賦》中大力渲染「若之僊似儒非儒，吾之儒似僊非僊者」、「庸詎知僊之不爲儒，儒之不爲僊乎？」的幻妙之境。

總之，徐有貞的「真儒」思想多元而駁雜，其在將儒者身份不斷泛化理解的同時，也架空了儒者品格的應有之諦。尤其他偏好陰陽、占卜之學，其所謂占卜之儒及「僊儒」動摇了儒者不言怪力亂神與「未知生焉知死」的理論底線，從而使其價值體系中注入了僥倖投機、妄度冒進甚而競逐名利以排除異己的危險因素，故而王世貞評價説：「武功之占候奇矣，其事再驗，一不驗，幾遂悮國，世之所謂不祥人也耶？」（《弇州山人四部稿·續稿》卷八十八「文部·史傳·徐有貞」）四庫館臣亦尖鋭的指出：「（徐有貞）幹略本長，聞見尤富，其文雖多參縱横之學而逸氣坌涌，博辨不窮，謂之不醇，則可；謂非奇才，則不可。録存其集，猶襍家之録《鬼谷子》也。」（《四庫全書簡明目録》卷十八「集部六·别集類五·武功集」）這正是徐有貞標榜「真儒」而迷失「真儒」的根本所在。

三

徐有貞具有一定的文學成就。明史鑒《謁徐武功墓》稱其「文名推独步，相業沮垂成」，韓雍也説「天全公歷事累朝，文翰相業，獨步一時」（《襄毅文集》卷十二《跋錢允言遊山詩卷》）。不過，徐有貞詩歌多應酬之作，數量不少，佳作罕見，較可代表者如《雪湖賞梅》，俞弁贊其「雋逸可誦」（《逸老堂詩話》卷下）；《羽林子》二首，朱彝尊《明詩綜》稱其「出自右丞」，四庫館臣則認爲「語亦平平，僅具唐人之貌」（《四库全书总目》卷一百七十「武功集提要」）。除詩歌外，徐有貞的詞作也具有一定的水準，其《水龍吟》就曾「膾炙人口，盛傳於世」（《逸老堂詩話》卷下）。吴寬對其詞作推崇備至説：「長短句莫盛於宋人，若吾鄉天全翁其庶几者也。翁自賜還後，放情山水，有所感歎不平之意，悉於詞發之。既没，而前輩風流文采寥寥乎不可見已。」（《匏庵家藏集》卷六《跋天全翁詞翰後》）王世貞也説：「天全翁自金齒還吴十餘年，多遊吴中諸山水，醉後輒作小詞，宛然晏元獻、辛稼軒家語，風流自賞。詞成，輒復爲故人書之。」（《弇州四部稿》卷一百三十一「文部·天全翁卷」）不過，徐有貞自入仕之初，就不屑以文名自立，吴寬《天全先生徐公行狀》説：「公之入翰林也，一時前輩若楊文貞、文敏諸公皆雅知公名而器重之，而公不屑以文名也，益欲爲有用之學。」正因如此，徐有貞更以經世致用爲鮮明特色的文章撰制見長。萬安評價説：「若武功伯徐公有貞，平生立朝大節，持危扶顛，廷臣無出其右。負其豪氣，志在行其所學，真所謂間世之才而用世之文也。」（《吴都文粹續集》卷五十六 萬安《武功伯徐先生文集序》）四庫館臣亦説：「其幹略本長，見聞亦博，故其文奇氣坌涌而學問復足以濟其辯。集中如《文武論》、《制縱論》及《題武侯像出師表》諸篇多雜縱横之説，學術之不醇，於是可見，才氣之不可及，亦於是可見。」（《四库全书总目》卷一百七十「武功集提要」）上述之論均正中肯綮。

徐有貞文學批評思想大致包含三方面内容：

其一，善于提煉文學發展的歷史脈絡，對元明两代的重要文壇現象和文學人物具有較明確的歷史定位。其《青城山人詩集序》説：「國朝文章之盛稱洪武，而永樂次之。若宋承旨景濂、胡徵君仲申、徐徵君大章、王待制子充、蘇太史平仲、高太史季迪、張太常來儀輩，皆傑然名家者，并當其時。高皇帝初定天下，懲元之寬無制而矯之以猛，網羅天下之豪傑，用法剪除之。而彼諸老皆勝國之遺才，雖用於維新之朝，而逼於法，或死或遁，不得以盡其鳴世之能事。及太宗之入，乘豐富，致太平，乃崇儒術，廣文學之選，以潤飾鴻業、照耀天下。於是士之幸存而後出之者，始皆濯拂登進，以鳴一時之盛。」上述無疑是明初文學簡史的概述，在此基礎上再展開對王汝玉詩文成就的評價，體現出宏闊的史家眼光。

其二，追求實録，崇尚理趣。因爲長期擔任史館編修一職，徐有貞看重文筆的寫實性。其《四明翟氏譜序》説：「古之爲譜者，所以奠世系而辨昭穆也，貴乎實，不貴乎華。與其華而失，孰若實而得哉？嘗見今之好事者率爲譜，而譜之爲往往高攀遠附前代之聞人顯家，曲相附會，巧爲文飾，將以誇耀於一時，豈惟取夫『遥遥華胄』之譏？乃至忘己之祖而祖之，而或亂之，何哉？惟慕其華而忘其實耳。」另外，徐有貞還强調文章須立足經典，闡發經學大義，亦即須具有濃厚的宗經理趣。其《送劉原博序》讚賞劉溥之文説：「自吾儒經世之書以及諸子百氏之言靡不讀，讀之，靡不探其賾而鈎其深。其於辯析物理，議論今古，縷縷其弗絶，亹亹其不厭也。至發爲文章，蒼然古色，有作者之風。」其《樓隱君墓表》讚許樓宏詩文説：「文而不僿，質而不傷，爲學辨博而不佹異。爲之辭尚理致，而不事琱藻繪。……作《三可樂》、《三已足》、《四即休》、《四堪愧》之歌辭，又爲序引三百數言。既以抒所志，亦以戒夫世之叨富貴而爲衰迷國，厭貧賤而趨利忘身者，君子蓋有取於其作也。」可以説，質實而理深、言信而義明，正是徐有貞爲文的重要標準。

其三，詩宗晋唐，尤以唐詩作爲詩歌品鑑的重要準繩。徐有貞推崇陶淵明的淡遠詩風，并以之評價吴瓊之詩，其《吴樂清墓銘》説：「君雅好爲詩，詣冲淡和平，如其爲人。雖不爲陶體，而有得陶之意趣，以詩觀人者與焉。」不过，他还是将唐詩视为最高的詩歌审美典范，朱彝尊《明詩綜》就指出徐有貞《羽林子》二首「源出右丞」。徐有貞《〈樂易齋稿〉序》説：「昔趙文敏公作詩妙天下，其近體合作者深乎老杜壺奥，在當時直與虞、范、揭、揚頡頏上下，斯已盛矣！」《易簡駱先生墓表》稱駱暹「詩學唐，書學晋，皆有可觀」。《青城山人詩集序》稱王汝玉之詩説：「公之學長於《春秋》，其爲文蓋兼古今體制，而詩則深得唐法。……予嘗評公之詩，清而不刻，麗而不靡，佚宕而不粗俗。驟而見之，如九霄一鴻盤雲獨游，如玉井蓮花浥露初發，如瑶台儷子臨風微步，殆難以塵情凡態想像。如五陵年少衣輕策駿，馳騁春風紫陌間，意氣奕奕不可奈。品而第之，其大曆、貞元諸才子之流乎？」上述均爲其以唐詩衡量當代詩人創作水準之例。徐有貞在詩宗有唐之外，還要求詩歌須有感懷時事、恫瘝在抱的批判性，其《劉草窗先生墓表》稱劉溥之詩說：「其於詩，初喜西崑，所擬輒以中晚爲闖李杜閫閾，語必驚奇，意必深遠。鉤抉瑰怪，搜剔幽妙，覈渾沌，索罔象，吐内光景，出入鬼神，幾不可測致詰。目經世變，悲愁嘆憤，一寓於詩，有一飯不忘君之情。雖居閒處散，而切切憂世，常抱膝吟嘯，扼腕激昂，其志蓋將以有爲者。」這無疑與其汲汲入世的政治思想密切相關。

四

徐有貞書畫兼通，尤以書法知名。明張丑论徐有貞之书画說：「古之名流韻士，有不事畫學而偏饒畫趣者，如唐之李林甫、宋之蔡襄、晁無咎、勝國冷謙及皇明徐有貞、祝允明，往往而是。……徐有貞亦有《秋山圖》，自賦詩句題之，筆力極其豪放。」（《清河書畫舫》卷四下）徐有貞書法位在爲明初名家之列，張丑又說：「劉珏廷美以書畫顯天順間，同時杜瓊、徐有貞、馬愈、沈貞吉、恒吉、祝允明、王寵并能寫山，近世莫及。……有貞字元玉，以復辟勳封武功伯，山水清勁不凡。」（《清河書畫舫》卷十二上「劉珏」条）不僅如此，徐有貞爲祝允明外祖父，其書法對後者也產生積極影響。文徵明評價説：「吾鄉前輩書家稱武功伯徐公，次爲太僕少卿李公。李楷法師歐陽，而徐公草書出於顛素。枝山，先生武功外孫，太僕之婿也。早歲楷筆精謹，實師婦翁，而草法奔放出於外大父，蓋兼二父之美而自成一家者也。」（明郁逢慶編《書畫題跋記》卷十「祝枝山草書月賦」条下引）徐有貞楷書源出歐陽詢，行書學於米芾，狂草則師自懷素，王世貞説：「真書法歐陽率更，而加以飄動，微失之弱。行筆似米南宫，狂草出入素旭，奇逸遒勁間，有失之怪醜者。」（《弇州四部稿》卷一百五十四「説部」）徐有貞行草向來爲世所稱道，其《水龍吟慢》真跡「遒放波險，全得長沙面目，神彩風骨亦自琅琅」，《盤谷》詩真跡「如劍客醉舞，儆儆中有俠氣。……尤横逸不可當」（《弇州四部稿》卷一百三十一「文部・天全翁卷」）。徐有貞因晚年多閒適餘暇，將詩詞書畫視爲娱情寫志的寄託，故愈益臻於高境。韓雍評價説：「先生文翰重天下，聯句時已酒酣興發，信筆立書，似不經意而勢態豪放，神彩俊逸，比之他時書，尤爲可愛。雖晋有風俗，不多讓也。世傳王右軍《蘭亭帖》興樂而書，若有神助，醒後連書數十百紙，終不能及。顔魯公醉後書京庠石刻者亦然，豈酒酣興樂則神完氣全，不自知其臻於妙與？斯稿字畫雖家數不同，而其得意之妙，蓋近之矣。」（《襄毅文集》卷十二《跋葑溪草堂聯句藁》）雖然徐有貞的書法成就并不如韓雍所言堪與晋帖、唐書相提并論，但其當世成就亦已獲得公認。

徐有貞具有較爲豐富的藝術批評思想，大致分爲三方面：

其一，强調書畫摹本的價值。其《跋褚摹蘭亭》説：「此未老審定爲褚摹禊帖，蓋寶晋齋中故物也，今爲吾交陳翰林緝熙所得。緝熙既手臨入石，仍襲藏原本以爲家珍。諸公辨識，不一其説。然以葉世昌《蘭亭博議》考之，元章跋贊良是。自昭陵藏發之後，右軍真跡不可得見，褚摹足矣。譬彼照夜白玉花驄，駿骨已朽，而曹霸之圖猶在，顧可輕耶？夫墨蹟之與石刻，其奚間啻形影？今定武石本且不易得，况此墨本哉？緝熙稱之，夫何過之有？」他認爲王羲之《蘭亭集序》的真本早已不存，褚遂良的摹本可復觀原璧之貌，其價值值得肯定。不僅如此，他還肯定摹本之摹本的價值。其《跋陳緝熙所臨褚摹蘭亭》説：「右軍書法妙絶古今，而禊帖又其生平得意之筆，備真、行、草體，成篇若干。文錦卷舒玩繹，無不滿人意處，非他尺牘片箋寸裁之麗者比也。用是書家寶之，以爲宗工矜式。然自貞觀以來，臨摹者多至百有餘家，惟歐陽率更、褚中令爲能逼真。歐摹石刻已亡，而褚摹石本尚有存，晉法之傳賴有辭乎？內翰緝熙家藏此帖久矣，近乃手臨入石，視予觀之。昔人評書者謂真當祖之，臨本當子之、孫之，子孫之骨相必肖其祖考。然則褚令之摹，蓋克肖王帖者也。緝熙所臨，其又克肖褚摹者乎？後之知書者，當自得之焉。」他以唐時《蘭亭集序》的摹本多達百餘家爲證，肯定摹本保存晉帖原貌的重要性，既而肯定陳鑒明摹本對後世復觀唐本的傳承作用。

其二，精於書畫鑑定，以題字與畫本的時代差異考辨畫之流傳與真贋，又對書畫流轉持通達態度。其《跋〈雷雨護嬰圖〉卷》說：「予在京師時，常觀前輩諸文人集中有題詠《雷雨護嬰圖》者，而莫知其爲誰氏物也，今乃於包山徐氏見之。徐氏之彥以寬以博，請鑒定於予。其題詠自元陳響林、張雪門及國初高、楊、張、徐、王、錢以下若干人皆手筆真跡，而其圖乃贋本也。詰其所以，二子相視駭且嘆曰：『公真能賞鑒者哉！此吾家先處士得之京口劉氏，劉氏得之焦氏，焦氏得之燕山之人者。舊本宋院人作便面，畫法入神品。永樂中爲中使取去，而雲間莊公瑾臨爲衡幅補之。所重在題詠跡耳，不在畫。』予曰：『予豈能賞鑒者？然予此亦自有所感也。昔賢於書畫猶雲烟之瞥經乎目，非可常者，計彼一圖閱世蓋三百餘年矣。其初出畫院，固秘府物也。而其流轉人間收藏者凡幾易主矣，題詠者凡幾經手矣。圖今復入秘府而北臨補本在徐氏，又已甲子之歲周矣，三百六十甲子之日周矣。是爲人之圖書畫耶？抑爲書畫之閱人耶？且以道眼觀之彼堪輿間，何物茫茫而非雲烟之過眼者？圖於何有真耶？贋耶？其又奚辨耶？』」上述不難看出徐有貞深湛的書畫收藏、考古的功夫。其將書畫真贋考辨問題提升到世事無常的不可知論的層面，深化了書畫鑒定的哲學内涵。

其三，明辨唐宋書家筆體遞嬗的根源，反對世人不識根底的表面模仿，并以書家個性、涵養等角度論書法品格。《珊瑚网》卷六「米南宮中岳詩卷」下引徐有貞題跋說：「宋室名書輒稱蘇、黄、米、蔡，餘無論焉。然米南宮多爲行草，原其書皆從真楷來，故落筆不苟，而點畫所至深有意態，非若今人不識歐、虞，徑造顛素，爲無本之學也。」由上可知，徐有貞認爲米芾的行草脱自對歐陽詢、虞世南真楷的模仿，并非直接向懷素學習。世人不知筆體之間循序漸進的生成關係，倒果爲因，緣木求魚，終無所成。徐有貞注重探究人品與書品的關係。《珊瑚网》卷九載徐有貞《跋趙子昂書陶詩》説：「趙魏公書于規矩之中，自有神僊蜕骨風度。楊鐵崖狂怪不經，而步履自高。陸宅之學藏真而自出機局，三公雖高下不同，然皆能以其文章翰墨豪於一時。陸景同不知何人，乃能筆而得之，留落之餘，復爲吾鄉楊先生所輯。觀其題識，宛然忠厚可掬，皆足重也。」上述分别從趙孟頫「神僊蜕骨風度」、楊維楨「狂怪不經」、陸景同「忠厚可掬」的不同個性揭示其各自書體的獨到風韻。徐有貞還注重考察精神信仰對書法風格的作用。其《跋張憲副所藏張復陽畫》説：「右《三才理趣圖》，乃南山道人張復陽爲浙江憲副張君來鳳作也。來鳳嘗亟稱復陽於予，以其爲人學僊者而書入能品、畫入神品。其作畫不可毫穎，而以草竔爲尤異。因出圖請題，予得而觀之。江山流峙，雲烟飛動，人物生態百出而命意尤高，變化若神，不可致詰。予驚焉，信來鳳之稱不虛也。唏以異哉！昔王洽能潑墨爲山水，蓋藝之至而化者；呂洞賓以榴皮濡墨爲人物、翎毛，則術之至而化者。藝化以凡，術化以僊，復陽學僊者，其豈洽之儔與？抑亦洞賓之流與？」徐有貞認爲道士張復陽求仙慕道的知識涵養與精神意趣，使之「書入能品、畫入神品」，經過「術化以僊」的陶冶，最終使其作品臻於化境。

五

徐有貞詩文集的版本歷來有多種説法。其一，《千頃堂書目》卷十九載：「徐有貞《武功集》八卷。」《明史》卷九十九《藝文志四》沿襲其説。其二，《四庫全書總目》卷一百七十「别集類二十三」載：「《武功集》五卷，浙江汪啟淑家藏本。」《增訂四庫簡明目録標註》「卷十八・集部六」則於「《武功集》五卷」條下説：「明刊本八卷。」其三，《中國地方誌集成・同治蘇州府志》卷一百三十六「藝文一」則綜合上述諸種説法，載：「《武功集》八卷。《四庫總目》五卷，一作『《天全翁集》十卷』。」

就目前知見而言，徐有貞詩文集主要有兩個版本存世：其一，文淵閣四庫全書所收《武功集》五卷本；其二，以南京圖書館爲原藏地的《天全翁集》五卷的清初抄本。經筆者比勘，《天全翁集》卷一開篇有所殘佚，且殘佚篇數不詳，卷五《林間翁像贊》爲殘篇；《天全翁集》五卷本與《武功集》五卷本疊合篇目共有二十六篇，臚列如下：《逯怡菴哀辭》、《虞子敬哀辭》、《雲耕辭》、《漚屋辭》、《孝思辭》、《邵仲仁哀辭》、《可竹齋辭》、《楊顛道哀辭》、《招拙逸辭》、《夢遊賦》、《海子橋觀海賦》、《三農望雪賦》、《煙波釣客賦》、《言行説》、《沈麟字説》、《玉山説》、《諫説》、《春谷説》、《公餘清趣》、《簡默堂説》、《恭儉齋説》、《吴氏三子字説》、《寬猛辯》、《制縱論》、《漢元功與唐淩煙功臣優劣論》、《周禮在魯論》。除疊合部份外，《天全翁集》絶大部份與《武功集》不同，這與兩書所收内容的時限有直接關係。文淵閣四庫全書本《武功集》五卷本主要由三部份組成，即「蒙學稿」、「登瀛稿」、「史館稿」（上、中、下）。由之不難看出，其所收詩文斷限在徐有貞出任史館編修期間及之前，時間大致截止在正統末至景泰元年左右。《天全翁集》五卷本則著重收景泰元年徐有貞赴河南團練兵馬以勤王，以至成化年間賦閒退隱的作品。

因此，在此次整理過程中，徐有貞詩文集分兩部份組成：第一部份爲《武功集》五卷，以文淵閣四庫全書本爲底本；第二部份爲《天全翁集》五卷，以南京圖書館藏清初抄本爲底本。《武功集》與《天全翁集》疊合的二十六篇作品，則以《武功集》爲底本，《天全翁集》爲校本，校記列於《武功集》部份。此次整理過程中還利用了一些古籍作爲參校之用，主要包括以下十二種：

明程敏政編《明文衡》，四部叢刊影明嘉靖本；

明張袞纂嘉靖《江陰縣志》，明嘉靖刻本；

明陳仁錫《國朝詩餘》，明萬曆四十二年刻本；

明錢穀撰《吴都文粹續集》，文淵閣四庫全書本；

明謝肇淛撰《北河紀》，文淵閣四庫全書本；

清薛熙編《明文在》，清康熙三十二年古渌水園刻本；

清黄宗羲輯《明文海》，清涵芬樓鈔本，中華書局據以影印，爲一九八七年二月版；

清張豫章等纂《御選宋金元明四朝詩·御選明詩》，清康熙四十八年刻本；

清丘濬、杜詔纂《山東通志》，文淵閣四庫全書本；

清彭孫貽輯《明詩鈔》，四部叢刊續編景寫本；

清陳田輯《明詩紀事》，清陳氏聽詩齋刻本；

清顧沅輯《吴郡文編》，上海古籍出版社據清道光七年（一八二七）本影印，二〇一一年十二月版。

此次整理的附録部份由四個内容組成： 一，輯佚。輯録本書所依據《武功集》、《天全翁集》均未收佚詩十八首、佚詞四首、佚文二十六篇，存目五則。二，有關徐有貞之行狀、墓誌四篇。三，有關徐有貞之史傳、史評二十篇。四，有關徐有貞之詩文、書畫評十七則。五，有關徐有貞之交遊贈和及緬懷詩二十四篇。輯録所依據古籍及其版本均隨文列出，茲不一一臚舉。

整理過程中遇到大量古體字、異體字，如愕（腭），據（攄），窗（窓）； 同（仝），飯（飰），黨（鄙），庵（菴），學（斈），雜（襍），專（顓），救（捄），粗（麄、麤），倦（勌），誤（悞），耕（畊），吟（唫），處（虜），艱（囏），怪（恠），驗（騐）、熱（焫），祀（禩），卒（卆），婿（壻），霏（䨽），時（旹），鬧（閙），驅（敺）等，均以括號前之通用繁體字是正；還有許多不規範字、明顯的版刻混用字、版刻誤字，如己、巳、已，等，則根據文義徑改，不作校記。

由於整理者能力有限，書中若存在漏輯、失校、誤斷等問題，還望海內方家不吝批評、指正！

孫　寶

癸巳白露之晨成草於果城寓廬

目録

武功集　卷二

武功集 卷三

史館稿

武功集　卷四

史館稿

天全翁集 卷一

天全翁集　卷二

記　類

天全翁集　卷三

序　類

天全翁集 卷四

碑類 志銘類

天全翁集　卷五

附録

武功集　卷一

蒙學稿

君師論

天下何治？有君矣。天下何教？有師矣。天下何君師？王天下者任天下之君師矣。夫天之降斯民也，能生之而不能治之，故作之君以治之；能性之而不能教之，故作之師以教之。君師，天下所宗主而表儀者也。有君師之德而後能盡君師之道，有君師之道而後能盡君師之職，德也其體，而道也其用。體全而用備也，然後天事脩而民生遂，天理明而民心順，而君師之責始塞焉。故曰：一民不安，非治之善也；一民不誼，非教之善也。治教之不善，君師之過也。

惟昔聖王知其然，於是夙夜孜孜，敬脩其躬，以明其德，凝其道而治教乎天下之民。民之有口腹之嗜也，則養之以牲穀而不使其饑；民之有形體之便也，則被之以布帛而不使其寒；民之有土處之宜也，則營之室廬城郭之固而不使其憂；民之有筋力之施也，則分之井牧工業之均而不使其勞。謹其司牧，厚其撫字，驅其盗賊，除其暴戾，一以去其害而存其利也。因其有仁義禮智之性也，則篤之以五典之叙；因其有吉凶賓祭之事也，則隆之以五禮之秩；因其有俊乂慈良之美也，則昭之以九德之要；因其有才技聲文之習也，則進之以六藝之長。游之學校，章之宅里，觀之燕射，勸之風歌，一以格其惡而導其善也。《書》云：「天佑下民，作之君，作之師。」是之謂已。於戲！是誠知天之生民之德也。

民之生於天而治教之在己也，是誠知任責之大且重而不敢易之也。然則，後之王者奈之何？負其責而不知求其道也。彼受月直者之爲人牧羊豕也，失牧則斥；受束脩者之爲人訓子弟也，失訓則逐，而況其大者乎？今夫王者之命於天也，其所受則有四海之富，其所牧而所訓則有億兆之衆，且民之與王固皆人耳。惟以其能治教乎己也，故尊之而爲君，仰之而爲師。尊之爲君，尊之至也；仰之爲師，仰之至也。尊之至則其治之亦必至矣，仰之至則其教之亦必至矣。乃或不能治之而反害之，不能教之而反敗之，則是棄天之所命而負人之所尊仰也。斯其爲失也，亦甚矣。噫！後之王者奈之何？負其責而不知求其道耶？

曰：然則，求之奈何？曰：亦求之上古帝王之盛者而已矣。求之上古帝王之盛者，則莫若堯舜也。夫堯舜誠有君師之道德而能盡其任與責者也，而傳之又有心法在焉。何謂心法？《書》所謂「精一執中」是也。堯傳之舜，舜傳之禹，湯、文、武繼而傳之。夫所以三代繼王而同一揆者，無他，以此也。故曰：得聖人之法者，則有聖人之道矣。有聖人之道者，則有聖人之德矣。有聖人之道德者，則亦有聖人之功業矣。於戲！後之王者，有其任而不知其責，不可也；知其責而不求其道，不可也；求其道而不求之堯舜，不可也；求之堯舜而不求之心法，不可也。

或曰，夫君師之任固王者有之矣，而王之治教乎民，則有司徒典樂百執事之人在。天人之責，奚獨在於王耶？曰：不然。夫治教之官，則固有其人矣，然孰選而命之乎？是固在王矣。天命王，王命官，王任治教之道，而百官任其事。王任則官任矣，王不任而官任者無之。是故任則王之任也，不任則王之不任也。今舍此而責之彼，則將使後之王者尸其位而廢其道，負其任而忽其責，幾何而不爲大亂之道也。於戲！是焉可論君師之道哉！

文武論前

世常以文、武爲二事，予甚病之。非予之病之，爲天下病之也。爲天下病之者何？文、武爲二事，則天下無全才。天下無全才，則吾道之用闕。吾道之用闕，而天下之事不治。夫文、武皆吾道之用，固儒者之事也。爲儒而不備文、武者，不足以爲儒。古之聖賢皆儒也，若黄帝、堯、舜、禹、湯、文、武，暨風后、力牧、皋陶、伯益、伊尹、萊朱師、尚父、周公旦，或爲君，或爲臣，或治治，或治亂，其所爲萬有不同，而其所成則一。使其才不全，道不備，能然乎？

昔者夫子定《詩》、《書》，正禮樂，贊《周易》，作《春秋》，而其文燦然以著於萬世。及夫爲魯相，誅少正卯，會夾谷，戮萊人，則其武又赫然以威於天下，乃所謂真儒也。古者軍將皆命卿，有事則釋菜於頖，成功則獻馘於頖。出謁於學，入告於學，蓋凡武事而一行之以文，文與武胥用，才無偏能，道無獨行也。是故益以文、武贊帝之德，詩人以文、武美吉甫之功。春秋之世，趙衰亦以説禮樂，敦《詩》、《書》，舉郤縠而以爲將。然則文、武之爲儒者事尚矣，而後世乃離而二之，何哉？且古之所謂文，非今之所謂文也。古之所謂武，非今之所謂武也。夫六藝之具，所以徽乎五教、九伐之法，所以經乎七德内脩而後脩外，此治而後治彼，故合而言之，則儒者之事備矣。

今也文不知武，武不知文，天下之人各尚其所好以自傳於二者之習，呻吟呫嗶、詡詡弄筆者，則自謂之文。跳梁搏攫、蹶蹶而馳者，則自謂之武。彼爲是者，固可笑矣。而所謂儒者，又徒矻矻自守於章句之末而不復識其所謂文、武者焉在。問之，則反以爲此非我所學。故世之人，遂以腐儒目之也，其亦不足以爲儒矣。

嗟乎！天下無全才，而吾道之用闕，由儒者之事失而然也。雖然，此豈特爲儒者之病哉？天下之任在文、武，文、武失而天下之事胥失。求天下之治，得乎哉？治不可得也則亂，亂而欲求其復治，得乎哉？安不得其用，危而欲得其用，又可得乎哉？予故爲天下病之甚矣。儒者之不可不事其事也，使儒者而知事其事，文、武之才萃於厥躬。天下治，則謀謨本朝而萬民以寧；天下亂，則指顧六師而四海以定。以是爲儒，不亦偉歟？而不知出此，脱人君之用之，其不負社稷之託而誤天下蒼生者幾希矣。縱令幸免，不亦大可恥哉！

予固學儒者也，懼無以自靖，且欲得吾儒者之舉真儒也，故論著其事，庶有所警云。

文武論後

予既爲《文武論》，有見而疑焉者曰：「文、武之爲二途亦已久矣，子奈何一歸之乎儒？若文之爲儒固也，而武之爲儒則吾滋惑焉。請聞其説。」

予乃歎曰：「嗚呼！文、武之爲二途，此予之論所以作也。如其不爲二途，而予之論又何爲作耶？一歸之儒，爲天下論也，豈予之所得爲哉？今吾子疑之，以爲文、武果二乎？其不得爲一乎？則予有説矣。子其以古之聖賢爲儒乎？非儒乎？以爲非儒，則不可以爲儒也。則其所爲，足爲文、武乎？不足爲文、武乎？以爲不足爲文、武，則不可以爲足爲文、武也。則其所爲，果一乎？果二乎？若黄帝、風后以下，君臣之事業，考諸經史可徵矣。吾夫子嘗曰：『我戰則克。』而冉有之言戰，亦曰『聞諸夫子』，則武之爲儒也，又何惑之有乎？」

曰：「子之説則然矣，如今之人，非古之人，何子且使匹夫而爲聖賢之事？吾恐其難也。」曰：「奚若此歟？彼非儒者，吾曷言？吾爲儒者言之也。夫儒者，固學聖賢事，事非聖賢，奚以學爲哉？」

曰：「子之言則然矣，吾恐儒者之難乎爲武也。」曰：「子以爲必擊刺鬭爭而爲武耶？蓋亦有其事矣。」曰：「然則，吾知子之所謂事者，其亦有孫吴之術歟？」曰：「吾豈徒言是事哉？蓋亦有其本矣。夫和順剛健之德存乎中，英華果鋭之氣發乎外，則所以爲仁、義、勇、智，所以爲禮、樂、征、伐，於是乎在，乃所謂文、武也。故文、武皆爲道之用，若世俗之所謂文、武者，亦有是乎哉？今吾子亟問武，請姑言武事。夫所謂武者，非手執兵而鬭也，非馳馬而矍鑠也，非攘臂掉舌而詆人也，非袖錐挾刃而刺人也，非誦兵符、談戰策空言而動人也。蓋惟勇而不撓，智而不惑，而以之大正於天下。天下之詐欺弗能入也，天下之要害弗能懼也，非九伐之法弗用也，非百夫之良弗任也，非能慮而能成弗謀也，非善始而善終弗爲也，非順言正名，非立忠扶義，非能利於天下而除害於百姓弗事也。夫是，故居則爲王佐之道，動則爲王者之師，而天下莫敵也。古之大儒固以此而成元聖之功，後之儒者有能髣髴其意，皆以之立高名大節於當世，抑豈特自善而已哉？國家得安，其治天下之民物得遂其生也。自儒者之失其事，遂分而畀之戰鬬之人而以名爲武，彼其爲人不出乎古之卒伍之夫，其勇非勇也，其智非智也，不知兵政之謂何而以之爲將帥，其所知而爲之者，惟搏擊之而已矣，剽掠之而已矣，勝則肆暴，敗則竄降而已矣，敓攘矯虔，牟利徇私而已矣，又烏知所謂經國之道、正君之義耶？故其用之而天下之害滋甚，上無所施其仁，下無所蒙其利，至其奸雄之作，則篡其主而虐其民者從而有焉。若然，而望國家之存，民之免於塗炭，幸也非實也。嗚呼！天下之不治，文、武之不得其人，究其所自，蓋儒者之事失而然也。苟欲振之者，必儒者之復事其事也歟？」

曰：「然則，世俗之所稱謂舉非乎？」曰：「彼所謂文，吾不知其爲文也。彼所謂武，吾不知其爲武也。彼所謂儒，吾烏知其爲儒哉？吾之所謂儒者，蓋真儒也。腐儒非儒，又烏足道耶？故曰：欲得天下之全才，必得真儒而後可。」

寬猛辯〔一〕

或問寬猛之説。曰：「寬猛之説，經未〔二〕之有也，聖人亦未之有也。其起於左氏所傳子産之言乎？經若聖人之言，寬則有之矣，然非猛之比也。其與猛比者，蓋〔三〕自子産始倡其説，而諸子和之。或又假之以爲孔子之言者，後之人由是以爲爲吏者之法。爲吏者守之而不失，而遂以爲爲政之道、治人之術，無踰此者。然，非也。夫爲政之道、治人之術，豈徒寬猛而已哉？」

曰：「然則，人之〔四〕習固矣，爲吏者之守久矣，子如非之，則莫若從而道之。今世之爲政者，有尚寬者矣，有尚猛者矣，有尚寬猛之中者矣。某也吏，請爲擇之。」曰：「固哉，若之請也！之三者，奚擇焉？矧今之爲言也與昔異？昔之寬者，寬其寬爾；今之寬者，直柔以弛而已矣。昔之猛者，猛其猛爾；今之猛者，直暴以急而已矣。昔之寬猛之中者，寬其寬、猛其猛爾；今之寬猛之中者，直柔暴之無分而已矣。且夫寬則生盜，猛則殺人，寬猛交施，其政必雜。昔之不免，而今之云乎『之三者，奚擇焉』？雖然，子謂〔五〕我從而道之，姑爲是擇之，則莫若平之爲政也。昔之言寬猛者，固嘗以水火喻，今亦以水火喻之，可乎？〔六〕夫水之弱也，固不壞舟而亦不載舟；火之微也，固不灼物而亦不熟物。政之寬也，固不厲民而亦不制〔七〕民。水之大者則勝舟，而覆舟甚矣；火之烈者則煉物，而災物甚矣。政之猛者則威民，而殘民甚矣。故水平而舟楫之行，得〔八〕其濟；火平而烹飪之宜，得其味；政平而民俗之成，得其乂〔九〕。有所利而無所害，有其治而無其亂，蓋政平之善也。然平之爲政也大矣，豈寬猛之足謂哉〔一〇〕？所謂爲政之道、治人之術，蓋有在乎？是已爲吏者，知所以守之，其進乎德矣。雖假之寬猛可也。曰假之寬猛，則何如曰寬之以仁，猛之以義？寬猛乎仁義之中，是德禮政刑之施也。雖治天下不難，而況〔一一〕爲吏乎哉？」

校勘記

〔一〕清初抄本「辯」字作「辨」。
〔二〕清初抄本「未」字後衍一「有」字。
〔三〕清初抄本「蓋」字作「皆」。
〔四〕清初抄本「之」字後多一「疾」字。
〔五〕清初抄本「謂」字作「爲」。
〔六〕清初抄本此句之二「喻」字均作「諭」。
〔七〕清初抄本「制」字作「知」。
〔八〕清初抄本「行，得」倒文作「得行」。
〔九〕清初抄本「其乂」二字作「義」。
〔一〇〕清初抄本「足謂哉」三字作「中是」。
〔一一〕清初抄本脱「况」字。

言行説

言行不可以偏廢也。行無言，則質而不文；言無行，則虚而不實。二者人〔一〕之所通病也，惟君子爲能謹之。其或〔二〕有偏焉，則必舍言而取行，何者？文而虚，不若質而實也。孔子曰：古者言之不出，恥躬之不逮也。是故言之則〔三〕易，行之則難。與其言勝乎行，無寧行勝乎言。

或曰：「古之人蓋有身爲途之人，而言必稱聖哲者矣，今人而言之也，何傷？且夫言也，有喙者之不免也，而使之不言可乎？」曰：「不然。古之人所以言必稱聖哲者，彼其心誠慕之也，其身誠效之也，非徒言之而已也。世雖群而謗之，無愳也。今也言則稱聖哲矣，然其心非誠慕之也，其身非誠效之也。直言之而已爾，入乎耳出乎口而已爾。人雖不之責也，而烏能自靖哉？是以古之人非弗言也，行之至而言不過也。今之人非弗行也，言之過而行不及也。噫，亦謬矣！而予也亦何嘗欲其不言也？亦欲其言之顧夫行而已。嗟夫！聽其言則堯禹之弗過，觀其行則桀跖之不如。吾無奈之何矣？夫人之爲人也，豈能言而已哉？使夫言而可以爲君子也，是猩猩不得以爲獸〔四〕，而鸚鵡不得以爲禽〔五〕矣。今猩猩猶獸而〔六〕鸚鵡猶禽也，是人之能言而不能行者，則其形雖存，亦何以異夫猩猩、鸚鵡者耶？噫，亦可哀也已！雖然不特此也，夫古之人上之所以道其下者，行而已；下之所以事其上者，行而已；師之告其徒，父兄之詔〔七〕其子弟，行而已；長之誨其幼、朋友之相規，亦行而已，豈其言乎哉？今也上之所以道其下者，言而已；下之所以事其上者，言而已；師之告其徒、父兄之詔其子弟，言而已；長之誨其幼、朋友之相規，亦言而已，豈其行乎哉？行而已者，道成言而已者。德廢道成而相成，德廢而相廢。廢而不已，吾不知其可也。是故行勝言而治隆，言勝行而俗弊。」

吾於是有感焉，作《言行説》。不能懲諸人，人姑省諸己而云爾。

校勘記

〔一〕清初抄本「者人」倒文作「人者」。

〔二〕清初抄本「或」字後多一「者」字。
〔三〕清初抄本「則」字作「寔」。
〔四〕清初抄本「以爲獸」作「已爲禽獸」。
〔五〕清初抄本「以爲禽」作「已爲三禽」。
〔六〕清初抄本無「而」字。
〔七〕清初抄本「詔」字作「召」。

夢遊賦

夫何夢之爲象兮，亶忽罔而難求。矧予心之明静兮，匪營魂之繆〔一〕悠。徵往載之多異兮，嘗疑夫言之爲譸。廼疇昔之夜半兮，予維有夢中之遊。嗟兹夢之孔神兮，蓋莫測其所由。惟予年之方弱兮，禮始冠而成人。幸私淑而有聞兮，得無昧乎本真。誦先聖之遺言兮，藉《詩》、《書》以資身。稟仁義以爲質兮，服禮樂以爲文。願臯契之我師兮，〔二〕將堯舜之我君。羌時〔三〕運之未亨兮，蹇予懷而莫遂。慕古人而不及見兮，徒潸悲而内愧。欲〔四〕遠去而獨藏兮，傷隱淪之自爲。聊凝思而偃息兮，忽神遊〔五〕乎夢寐。怳〔六〕神遊之汗漫兮，誕窅渺而無方。靈悠揚而變化兮，儵不知其所嚮。俄分明而訣別兮，復遲顧〔七〕而彷徨。告友生而贈處兮，拜父母於高堂。指青雲以爲程兮，云將適夫帝鄉。乘五文之寶車兮，建〔八〕葳蕤之羽旌。驅騏驥而馳騁兮，挾虬龍而騰驤。戴華弁而垂瑬兮，被黼黻之文章。帶櫑具之長劍兮，交雜珮之珩璜。攬〔九〕六轡而容與兮，鳴和鸞之鏘鏘。邈前路之無極兮，爰放遨而徜徉。

曠吾懷而縱觀兮，迥莫量其所止。初發軔於山阿〔一〇〕兮，欻停輪乎江涘。復凌〔一一〕虛而直遂兮，吾又焉知其所以。從〔一二〕長風之飄舉兮，信一息之千里。命雨師以清塵兮，先風伯以啓路。召豐隆〔一三〕以翼衛兮，咨黔羸使執度。駕雄虹以爲梁兮，搴〔一四〕雌蜺而縈〔一五〕布。耀列缺之前照兮，陟飛霞以高步。憑太無之灝〔一六〕氣兮，歷星辰之次舍。日月炯其雙明兮，予焉識其晝夜。幾〔一七〕招摇而迴轉兮，循紫垣而中入。察天機之運動兮，闚橐鑰之噓吸。登九重而扣閽兮，仰太儀之金宮。俛霄階以再拜兮，睹玉皇之聖容。靈真紛其列進兮，傳錫命於青童。飲予以沆瀣之神漿兮，食予以元〔一八〕和之潔豐。云俾予慾之不生兮，延予壽之無窮。恭受賜而遂復兮，忻〔一九〕得予之所思。躐天維而左轉兮，躡地紀而右之。俯環瀛而越厲兮，飄遠過乎瑶池。憇閬風之廣苑兮，戲方壺而采芝。陵弱水之洪波兮，攀若木之喬柢〔二〇〕。臨虞淵以舒嘯兮，升崑崙而賦詩。奏韶簫〔二一〕以娱樂兮，引鳳凰之羽儀。尋河源之渾渾兮，睨龍門之砥柱。馮夷驩而迎余兮，靈蛟繽紛兮爲余〔二二〕起舞。超西圖之莫盡兮，逴東馳其未極。離崆峒之萬里兮，至扶桑而一息。弭余節於丹丘兮，濯余纓乎暘谷。遲羲和之未御兮，看初日之蕩浴。藐〔二三〕南疑之鬱鬱兮，浩伊洛之潎潎。巋岷嶓之連峙兮，汨江漢之交流。仰望八表兮，俯瞰九州。玄淵下瀱兮，寥陽上浮〔二四〕。迴旋鴻洞兮，出入混茫。逍遥相徉〔二五〕兮，澹無何之舊鄉。

余亦欲長生而不返兮，念吾〔二六〕初志之未忘。恥〔二七〕離絶於人群兮，思經綸乎〔二八〕家國。策余驂而迅征兮，還遂徂乎冀州之北。造重華之所都兮，直四門之方啟。紛岳牧之會同兮，昭〔二九〕旁求之大禮。衆以台之中美兮，僉謂余其相當。肅明庭而委贄兮，瞻穆穆之輝光。帝咨余以敷言兮，辭未允而復前式。精白余一心兮，乃對揚〔三〇〕乎昌言。曰：

天道惟一兮，人道惟純。純一惟誠兮〔三一〕，實貫天人。敘典秩禮兮，有品有倫。敬以脩之兮，兹惟君臣。理乎陰陽兮，參乎鬼神。歷象日月兮，經緯星辰。財成輔〔三二〕相兮，保合平鈞。一事或闕兮，非政之淳。民情如水兮，汩之則渾。主威如火兮，烈之則焚。武以禁暴兮，文以彌綸。惠彼鰥寡兮，眷此才賢。凶衰無邇兮，讒佞無親。明厥心德兮〔三三〕，身以日新〔三四〕。勑戒篤履兮，躋乃聖〔三五〕仁。剛健不息兮，與道爲群。匪臣〔三六〕私言兮，惟以前聞。

既陳詞而欲退兮，帝謂余安所之。委吾懷之攸〔三七〕止兮，憺〔三八〕無思而無爲。永託兹而忘還兮，羌番然而覺寤也。溘沉疑而自哂兮，亦安知其故也。亂曰：〔三九〕

軒轅夢兮治華胥，武丁夢兮説巖居。姬文夢兮望爲漁，仲尼夢兮旦来符。予之夢兮夫何如？予之夢兮夫何如？

校勘記

〔一〕清初抄本「繆」字作「謬」。

〔二〕清初抄本脱「禀仁義以爲質兮，服禮樂以爲文。願皐契之我師兮」三句。

〔三〕清初抄本「時」字作「我」。

〔四〕清初抄本「欲」字作「嘆」。

〔五〕清初抄本「神遊」倒文作「遊神」。

〔六〕清初抄本「怳」字作「况」，誤。

〔七〕清初抄本「顧」字作「傾」。

〔八〕清初抄本「建」字作「逮」，誤。

〔九〕清初抄本「攬」字作「擊」，誤。

〔一〇〕清初抄本「阿」字作「河」，誤。

〔一一〕清初抄本「凌」字作「臨」，誤。

〔一二〕清初抄本脱「從」字。

〔一三〕清初抄本「豐隆」作「豐隆」。

〔一四〕清初抄本「搴」字作「牽」，誤。

〔一五〕清初抄本「縈」字作「榮」，誤。

〔一六〕清初抄本「灝」字作「浩」。

〔一七〕清初抄本「幾」字作「肆」。

〔一八〕清初抄本「元」字作「無」。

〔一九〕清初抄本「忻」字作「欣」。

〔二〇〕清初抄本「柢」字作「枝」。

〔二一〕清初抄本「簫」字作「濩」。

〔二二〕清初抄本「余」字作「予」。

〔二三〕清初抄本「藐」字作「蘋」，誤。

〔二四〕清初抄本「浮」字作「游」。

〔二五〕清初抄本「徉」字作「半」，誤。

〔二六〕清初抄本「吾」字作「我」。

〔二七〕清初抄本脱「恥」字。

〔二八〕清初抄本「乎」字作「於」。

〔二九〕清初抄本「昭」字作「照」。

〔三〇〕清初抄本「揚」字作「剔」，誤。

〔三一〕清初抄本脱「兮」字。

〔三二〕清初抄本「輔」字作「轉」，誤。

〔三三〕清初抄本脱「兮」字。

〔三四〕清初抄本脱「新」字。

〔三五〕清初抄本「聖」字後多一「乃」字。

〔三六〕清初抄本「臣」字作「民」。

〔三七〕清初抄本「攸」字作「悠」，誤。

〔三八〕清初抄本「憺」字作「淡」。

〔三九〕清初抄本「亂辭」之後與底本差異甚大，其云：「軒轅懷清芬而弗眩兮，乃獨全其天真。非夫至德之世，上器之人，孰爲比儗而與之倫哉？亂曰：清兮直兮，貞以白兮。發采揚馨，含芳澤兮。僊人之姿，君子之德兮。」

靜齋記

予友成誼生告予曰：「誼生之里有胡靜齋先生者，其爲行甚高而言甚大，来自江南，僦屋而居。草萊不除其志，意囂囂然而自得也。京師之士之請見者多矣，其心無慕焉，而有聞於子也。將因我以見子，子見之乎？」予聞而異之曰：「如乃所云，殆所謂隱君子者乎？我將見之。」遂介成子，造乎其居。

先生出而揖，入叙相見禮。既坐，先生起謝曰：「某靜者也，辱子惠臨，何以見教？」予乃謝之曰：「予亦靜者也，聞先生之靜，是以來願聞先生之爲静也。」先生曰：「子聽之過矣，我會稽之鄙人也。家鑑湖之曲，有瘠田數畝，耕穫之外，餘無他營。是以此心安然，一而無適，人皆得其動而我獨得其靜，人皆忽忽，我獨容容。人皆汩汩，我獨默默。人皆苦憂，我獨以休。人皆役役，我獨以息。不累於人，不害於物。車馬之跡不至，管絃之音不入，旌旄之賞不加，鈇鉞之威不及。内志不馳，外誘不襲，悠悠閒閒，萬事不闗。百年之樂，不出乎環堵之間。何粤南與冀北？何城市與溪山？其有所之，隨寓而安。今之来此也，人皆謂我爲動而不樂，而吾之静固自若也。故以『静』自號，蓋將以此老焉。子以爲何如？」

予憮然歎曰：「於乎逸哉，先生之所以爲静者也！然予則異於是。予仰而思之，天地之道，其本静。静，太極之體所以立也。陰陽之機，出乎静，入乎静。動静相生，而静常爲之主。是謂上天之載，無聲無臭。予俯而思之，則人之道也亦然。人之生也，其本真而静。静，性之體所以立也。仁義之端，發乎静，止乎静，動静相生，而静常爲之主。是謂維天之命，於穆不已，斯其爲静也，蓋自然而静也。因其静而養之，則雖其愚如予，而亦此心安然，一而無適。人皆得其動，而予獨得其静。然其爲静也不常，静而可動，動而可静，静如止水，動如行雲，動静皆静，心其浩然無有涯際，合天地於上下，貫萬物於左右。河流於前，嶽峙於後。於富貴，富貴不予淫；於貧賤，貧賤不予移；於威武，威武不予屈。雖於萬億變，而予之静亦自若也。及其至焉，則孟軻氏之所謂『不動心』蓋是矣。予雖少也，亦將以此老焉。君以爲何如？」先生躍然曰：「唯願與子同之，可乎？」予笑曰：「是人人可同也。」因揖而别。

翊日之旦，先生乃與成子来請記其語於齋。時宣德丙午春三月上日也。

送翁孟學序

士患無可用，不患無用之者。豫章之木，遇匠石爲棟梁，雖不遇，不失爲材。千里之馬，遇伯樂爲上乘，雖不遇，不失爲良。使樗而遇匠石亦樗爾，駑而遇伯樂亦駑爾。故木患不材，而不患匠石之不顧；馬患不良，而不患伯樂之不收也。惟士亦然，其俊乂子，諒有猷、有爲、有守者，遇於時，固足以經綸國家之事；而不遇，亦不失爲賢也。若夫齷齪委茶之徒，遇不遇何損益於人哉？是故才在此，用之在彼。此有可用而彼弗用，彼之失也，於此奚患焉？古之爲士者，所以早夜孜孜於學以求其可用而已。及其用之，大用之亦可，小用之亦可，乃所謂不器也。如其無可用而求以爲用，技短而圖長，力綿而任重，挾樗駑之資，而規豫章千里之售，不售則怨，此鄙丈夫之所爲，賢者豈爲之哉？

句曲翁君孟學秀爽負奇氣，褎然材且良，蓋所謂豫章千里之匹也。永樂初，膺薦入文淵閣，與纂修大典。書成且有官矣，而爲不合者所擠，罷歸其鄉。久之，始召至京，授太常典簿。復坐事，謫海南巡檢者九年，而遷江西廣信府知事。比行，友人錦衣衛指揮僉事曲文敏輩知其才有可用，而惜其局束在下，不得以展，託予推其意爲文送之。故予具述夫士之所以致用之説如此。

嗟乎！孟學而不以予説爲迂，其必以豫章千里自貴重，毋輕摧蹶而益養其才力。惟所用之，而遇不遇一致，豈不賢乎哉？豈不賢乎哉？

朱氏昆季字序

予友玉峰朱氏三兄弟者，伯曰讓，仲曰譽，季曰誠。皆冠矣，而字弗加焉，諸友諉於予。予謂命字賓之職，非友之職也。諸友曰：「然既冠矣，而安俟賓？凡人孰無字？矧其昆季之賢耶？吾友而不之字，抑何以爲稱也？」乃擬字讓曰庭禮，譽曰庭實，誠曰庭信，遂相與載酒幣，即朱氏之居而告之。乃展席行禮，諸友咸叙。

予起執爵酌，而獻伯曰：「庭禮甫，夫理出於天而脩之在人，節文儀則匪禮無物。禮不虚行，匪讓無實。然讓而匪禮，吾不允矣。惟汝賢，其慎勗之。」又酌而獻仲曰：「庭實甫，夫德本諸心，脩諸身，而遠邇聞焉，聲問在焉。是謂有其實者有其譽，故譽必出諸實；譽而不實，吾斯恥矣。惟汝賢，其慎勗之。」又酌而獻季曰：「庭信甫，夫誠惟天道，誠之則人人性有信焉，是惟誠之之心，故至誠無息。聖者能之，賢者求之。惟誠是思，思誠之要，信實以之。信而不息，乃誠之歸彼。不信而誠者，則吾不知。惟汝賢，其慎勗之。」

既獻矣，復洗爵而酌之。乃徧祝於三子曰：「於戲！三兄弟，夫理性無二原，兄弟無二氣，無以伯讓而仲弗讓，無以季誠而伯弗誠，無以仲有譽而伯季弗有譽。」又曰：「惟三兄弟其以禮相讓，以實相譽，以信相誠。惟三兄弟尚務學而進道，知求仁守而勇行之，則禮也，實也，信也，是自明而誠之歸也。於戲！三兄弟惟汝賢，其慎勗之。」

於是三子者更酬予而拜曰：「請如斯語！」予酢之，徧酬諸友。諸友更酢之，乃書諸簡以退。

沈麟字説

吴郡沈伯瑜之子麟，美而好脩，尤嚮慕乎文學。文學之士多與之游焉，而咸以爲其可進也。予於麟善且久，一日麟乃造〔一〕予曰：「麟之獲從游於先生也有年矣，兹麟既冠，而不得字於賓，敢以告惟先生之命之也。」予爲之字曰「景祥」焉。

他日，麟復来曰：「麟之字既獲命矣，而其義則未聞也。敢問。」予乃申以告之曰：「子不聞夫麟之爲物乎？古今天下，孰不知其爲祥也。然麟，獸也。獸之類非一，麟何獨爲祥也？是必有以異之矣。異之者何？角而毛，四足而蹏〔二〕，無以異也。然而麟非和氣不生，非盛世不出，不食生物，不踐生草，不觸噬而服其類，蓋天下之仁獸也。獸而仁，其異而祥也宜哉！雖然，麟雖仁獸也，吾與子居三才而爲人，人之仁〔三〕有大焉。五常之性根於心，發而爲三綱九法之道。無所往而不達，極而致之〔四〕，則可以參天地，育庶〔五〕物，而與造化爲功焉。其異而祥也，不亦大哉！故夫麟之仁，仁之氣也；人之仁，仁之理也。理御乎氣，氣應乎理，麟固人之所致者也。

苟人而不仁，則麟之不如。今子人也，而命之曰麟，豈真志乎麟哉？蓋將求乎仁也。苟志乎仁，則必學以求之而親親也，尊賢也，老老而幼幼也，物物而愛之也。由其分，充其量，隨其所而爲之不倦焉。使達而在上，則可以祥於國；窮而在下，亦不失爲一家之祥也。於乎！誠若是，則所謂麟也祥也，吾知其不在彼而在此矣。」

校勘記

〔一〕清初抄本「造」字作「告」。

〔二〕清初抄本「蹏」字作「號」，誤。

〔三〕清初抄本「仁」字後多一「又」字。

〔四〕清初抄本「極而致之」四字作「推而極之」。

〔五〕清初抄本「庶」字作「萬」。

玉山説

道士蔣玶，檇李故家子也。其姿甚秀，志甚奇，而情甚澹〔一〕。自其少時，父母以其不類塵俗子，俾從黄冠朱鍊師者讀老氏書〔二〕。及長，遂爲方外之游。然能通儒者學，識古今，議論多奇中。但其性自異，既不屑就世俗，又不樂與其流夷居。每獨登高山，臨鉅谷，向風長嘯，其意悠〔三〕然自得也。常自號「玉山」，不肯道其姓名。有問之者，輒對云「玉山人」，莫諭其指〔四〕，玶亦不〔五〕自言也。過京師，見其鄉人葉孟謙，爲留久之。孟謙妙能畫，奇玉山。爲作《崑崙閬風之圖》，擬贈玶，玶曰：「是得吾〔六〕指，抑未之盡發吾志也。」

孟謙間過予言之，予謂其隱逸之流，才不當世而遂避而之他者也。使之與偕来，因諗之曰：「異哉，子之所謂玉山也！吾試探子之志可乎？吾聞崑崙之山實産玉焉，蓋謂神僊所都，非飈車羽輪之遊，莫能〔七〕至也。子之所謂玉山者，其殆是乎？然人之所志有異，則其取於物者亦異。夫神僊固子之所學，而玉又君子之所比德者焉，子必志乎神僊耶？抑亦志乎君子耶？苟志乎神僊，則非吾所知志乎君子，猶吾徒也，烏可以輕遺世而厚自負乎？顧子之有奇氣秀質，生斯世，如玉之在山，苟有遇出而用之，其爲璜、爲璲、爲璧、爲瓚、爲珪璋、爲瑚璉、爲瑁與瑞，薦大廷〔八〕、奉宗廟所不可缺者，庸可以避而櫝〔九〕諸？世不遺子而子自遺，假使實爲神僊，猶非君子所與也。如子不遺世，而世遺子，則崑崙閬風，亦惟子之所之。」

玠不應，出而歌曰：「山之玉兮，吾何售兮？玉之山兮，吾何游兮？孰知吾心，君子之儔兮。噫！」

校勘記

〔一〕清初抄本「澹」字作「淡泊」。

〔二〕清初抄本「書」字作「曰」。

〔三〕清初抄本「悠」字後多一「悠」字。

〔四〕清初抄本「莫諭其指」句作「莫喻其旨」。

〔五〕清初抄本脱「不」字。

〔六〕清初抄本脱「吾」字。

〔七〕清初抄本「能」字後多一「所」字。

〔八〕清初抄本「廷」字作「庭」。

〔九〕清初抄本「櫝」字作「續」，誤。

記林泉静翫圖詩後

客有自雲間来者，持所謂《林泉静翫之圖》及詩示予。予啟圖而觀之，則崇山嵓然，長溪環然，松檜栟櫚，碧梧翠竹，森然蔚然，列玗琪而挺琅玕。其間一叟，幅巾野服，鬚眉皓然，坐盤石而休。一人若子者，峩冠博帶，儼然立侍。傍三人若孫者，皆青衿總角，執事側，進若承訓教者。餘則僮款焉，或操几杖，左右或蓻泉於壺，擷芳於筥，若將奉而進者。及讀其詩，則又皆翛翛然，超軼塵俗，極隱逸之趣。意以爲此非人間事，殆方壺、懸圃僊游者耶？將古之高世士者，寄傲於嵩華廬阜者耶？果何爲者也？

客曰：「是爲雲間朱處士父子也。處士名某字某，與其子景暘皆賢有隱操。而景暘之子三，又皆循雅好學，其居當九峰之間，三泖之上，有山泉林石之勝景。暘携其子，事其父，以樂其間，恬澹容與，與人世無干也。前郡守黄侯子威高之亟往訪焉，而以「林泉静翫」榜於其居，鄉縉紳士因相與詠歌其事，而善繪者又爲之圖。將以請言，故持之以来。」

予曰：「有是哉！如客所言，則朱氏父子蓋世所謂隱君子者乎？有隱君子於其邦，則爲之長者，當以薦舉於朝，不可蔽之，使遂隱也。觀黄侯之爲題其居，非不知其人者，何不薦舉之耶？豈固知其不可起哉？昔劉子驥父子隱廬山郡，將桓冲往候之。子驥方條桑，顧謂冲使謁父，而被短褐與談，持濁酒蔬食供賓。冲爲之盡歡而還，欲請子驥爲長史，竟不能屈。故後世稱子驥之高而美冲之禮士，今黄侯之於朱氏，其亦有此意矣。顧不知黄侯訪時，景暘父子所以待之者何？如此亦可畫，惜乎圖不及之。且夫所謂『林泉静翫』者，予亦不知其何所翫也。其孔子所謂仁智之所樂者歟？抑田游巖所謂膏肓痼疾者歟？二者之間，相去遠矣。果安在哉？」

問之，客曰：「不知也。」曰：「黄侯必知之。」曰：「黄侯去郡久矣。」曰：「詠歌者必知之。」曰：「詠歌者，人異其説也。」曰：「處士父子必自知之。」客曰：「然。」

遂爲之言，而畀客歸以問焉。

竹泉山房後記

錢塘湯尚質其別號爲「雪心」，端潔好脩，不仕而家居。其居并吴山之陰，遶舍種竹，鑿池引泉，周流庭除間。雪心日誦《詩》讀《書》，怡然自樂也。時洗竹濬池，歷歲既久，竹益蕃而多，泉益深而清，而雪心年益高，學益至，樂益不厭。客至，而與之鼓琴坐觴，唱和以詩，客亦樂也。今禮部郎中兼翰林侍書蔣君廷暉與雪心居同鄉，賢雪心之爲人而有此樂，於是合大夫士之能文者，爲竹泉山房之歌詩以美之，授簡予記其後。

予以夫竹之與泉，皆物之美足以比德而天然可愛者，宜人之好之也。然其爲物之性，惟宜於山林幽寂之墟，不宜於紛喧之雜；其才有以資於人之用，而不資人之利；其美有以悦乎人之心，而不足以充人之欲。故世之多欲而嗜利者，鮮能好焉。雖好之，不能樂也。惟利欲澹而道義深者，而後能樂之也。不然，則亦幽閒而無營者爾。不然，吾恐其不能終日而樂也，能不厭耶？賢哉雪心，而能樂此也！其幽閒而無營歟？其利欲澹而道義深歟？何其樂之而不厭也？雖然，吾聞君子之樂，不徒樂焉，必有所樂而後能有其樂。《淇澳》之詩曰：「瞻彼淇澳，菉竹猗猗。」而繼之云：「有斐君子，如切如磋，如琢如磨。瑟兮僩兮，赫兮咺兮。」孟子之言曰：「原泉混混，不舍晝夜。」而繼之云：「有本者如是。」皆以物而喻學也。然則竹之有本也，故青而不凋；泉之有本也，故流而不竭。君子之學有本，故行而不窮。行而不窮，不亦樂乎？雪心之樂也，其亦學之有本而致然歟？學之有本者，雖徵竹泉猶樂，況日在其間？予故樂爲記之。

跋訥庵清玩卷

有玩物喪志者，有玩物得趣者，夫玩物一也，而有喪志、得趣之分焉。故善玩物者，玩物之理；不善玩物者，玩物之形色。玩理者，養其心；玩形色者，蕩其心。然則君子之所玩，亦必知所謹矣。

友人武昌陳士謙，家蓄名畫爲多，間裒次成帙，題之曰「訥庵清翫」。訥庵，士謙自號也。其畫則有王繼善寫諸葛孔明，李今伯像范寬、盛懋山水，其他花木草蟲，亦皆名筆也。余蓋嘗爲請頤庵先生品題以詩，兹士謙乃復索余識之。雖然，士謙之玩則清矣，而不知其所以得趣者何如。其玩花木草蟲而知生化之妙乎？玩山水而知仁智之德乎？玩孔明、令伯之像而知其忠孝之可景而行乎？噫！余固知士謙之玩不徒玩也。

與人觀文書

承命索鄙作觀之，某自惟才踈學謭，平日綴輯不能成章，雖以自娱而不足，何以爲高明之觀乎？且閣下家庭之訓，淵源之學，豈淺薄之所能窺，而以鄙作爲獻？所謂擊布鼓於雷門之下，弄齊斧於班輸之前，何其不知量也！由是遲迴不决者累日，固恐以稽緩獲譴，然心間猶抱隱疾，見醫師欲得而攻之，殊羞澁之甚。既而復自責曰：「諱疾忌醫，不肖者之所爲也。與其抱疾於身，孰若就良醫而藥之耶？」因取其尤病者，即左右請藥之，惟閣下不以不知量加誚而爲去其膏肓之痼，則惠莫大焉。某再拜。

制縱論

或者談曰：「人君之制縱，藩屏惟[一]難也。」客有詰之者曰：「然則制之乎？縱之乎？」或不能決，而来論於予。

予曰：「是皆不可爲也。漢之制之也，削七國。七國由是而怨叛，雖僅克之而人誅國斃[二]，猶不免於宗親之禍者，制之過也。晉之縱之也，彊諸王，諸王[三]繇是而暴亂，終莫制之而國裂家僨，卒致不救[四]之禍者，縱之過也。」曰：「是制亦過，縱亦過，奚爲其可也？」曰：「制之則怨而無親，縱之則暴而無君，固惟[五]難也。然惟明君制之以道，而不制之以力；縱之以德，而不縱之以咎。制之以道者，施明信，敕御之方而不加之以忌，克傷殘之計也。崇輔導之師，以嚴其本。降嬖闇之衆，以慎其末[六]。左右之臣必忠諒，而不使邪佞輕妄之輩與其選；侍衛之士必端毅，而不使狠詐浮躁之徒與其列。苟如是，則雖有暴横之心、淫僻之行，將何所生也？縱之以德者，全和仁撫納之恩，而不假之以驕逸姦頑之惡也。量其地而封之，量其兵而護之，量其才而用之，其隣佐之郡，擇賢重者而鎮〔七〕之。苟如是，則雖有疑悖之情，問〔八〕隙之釁，將何所成也？昔舜之封象於有庳也〔九〕，彼象之凶也，豈七國諸王之比耶？其傲舜也，豈孝景、孝惠〔一〇〕之比耶？然卒不能一萌其叛亂，且安順向。使漢晋者爲之，吾知其必不待制之縱之而叛亂矣〔一一〕。尚何能復全其安順之善哉？故曰：『惟明君制之以道，而不制之以力，縱之以德，而不縱之以咎。』」

於是，或者與客咸釋然起曰：「善斯論也！請簡而書之。」

校勘記

〔一〕清初抄本「惟」字作「維」。

〔二〕清初抄本「弊」字作「滅」。

〔三〕清初抄本脱「諸王」二字。

〔四〕清初抄本「不救」二字作「夷虜」，此爲四庫館臣避諱而改。
〔五〕清初抄本「惟」字後多一「爲」字。
〔六〕清初抄本「末」字作「本」，誤。
〔七〕清初抄本「鎮」字作「填」，誤。
〔八〕清初抄本「問」字作「間」。
〔九〕清初抄本脱「也」字。
〔一〇〕清初抄本「惠」字作「和」。
〔一一〕「吾知其必不待制之縱之而叛亂矣」句，清初抄本作「吾知其必不待制之以道而不縱之、制之而叛亂矣」。

諫説

人雖聖賢，不能無過。有過，則不可以無諫也。夫人之有過，猶有疾〔一〕也，而諫猶醫也。疾須醫而療，過須諫而改。惟無疾則已，有疾則不可以不醫。惟無過則已，有過則不可以不諫。且有不可療之疾，無不可改之過。有任醫而死者，無從諫而亡者。故醫不三世，則不服其藥，而芻蕘之言，不可棄焉。何則？疾之不療，其病止一身而已。若過之不改，豈直病其一身哉！有家者病其家，有國者病其國，有天下者病〔二〕天下，而可無救乎？然人之有疾也，其痛毒之攻乎内者爲難忍，而其心則固明也，故能自知其疾之爲害而求人之醫己也。人之有過也，其〔三〕利欲之蔽於中者，莫之覺而其心則已昏矣，故不能自知其過之爲害而求人之諫己也。知求人之醫己，則必悦於醫矣。不知求人之諫己，則必不悦於諫矣。此庸醫〔四〕得以收其功，而善諫不得申其説者也。古之聖人知其然而憂之，故因是而爲制：君有過，則臣得以諫之；父有過，則子得以諫之；兄有過，則弟得以諫之；長者有過，而少者得以諫之；貴者有過，而賤者得以諫之。於是公卿、大夫得以諫天子，士庶人得以諫公卿大夫，妾媵得以諫其適，僕隸得以諫其主，弟子得以諫其師，賓得以諫主人，朋〔五〕友得以諫其交。凡有相與之義者，則必有救過之道。有過者責之必改，當諫者責之必〔六〕言，兩盡其責而已。

雖然，吾又聞之：莫非過也，而君之過尤重；莫不諫也，而臣之諫尤難。何者？富貴之極易〔七〕驕，而生殺之威難犯也。夫惟〔八〕明君不以易驕而忽其過，忠臣不以難犯而忘其諫。彼常人之情，富有一丘，貴有一乘，未必不以尊自居〔九〕自視，一旦而有過，其能抑心下氣以聽人之言者，蓋鮮矣。而况富有萬方，貴有萬乘，履至尊之位，據莫大之勢，而顧欲其〔一〇〕屈己悔過以從臣下之諫耶？今人居長者之前，欲有所言，臨小〔一一〕利害，觀顔色之變，則畏避囁嚅，口將啓而復已者多矣，而况立赤〔一二〕墀之下，冒雷霆之怒，而顧欲其挺身抗言以論人主〔一三〕之得失耶？此真〔一四〕易驕而難犯，固也。然有一丘一乘者，其得失亦〔一五〕一丘一乘也。有萬方萬乘者，其得失亦萬方萬乘也。故衆人之過也，其過之害，不出乎一身一家而已；其過之傳〔一六〕聞，亦不踰一時而已。惟大君之過也，其過之害，則萬民將被其菑，四海將受其敝，其過之傳聞，將歷世而不已，得不懼哉！且臣之事君，非若他人，然得諫則諫，不得諫則已焉。有官守，有言責，平居而受其德。爵也，禄也，莫非〔一七〕君之所賜者，凡君之休戚榮辱，義必與之同焉。君有過而不知〔一八〕諫，焉用夫臣？臣之與君，實惟一體。君得斯得，君失斯失，爲臣〔一九〕而不知君之得失，伥然若無所見，懵然若無所聞也，將安所辭其責乎？是故言諫之道者，於君臣獨備。而言諫之責者，於君臣獨嚴〔二〇〕。古者天子每動，則史在前書過失。工誦箴諫，瞽誦詩諫，公卿比諫，士傳言諫，近臣盡規，親戚補察，無不諫者。當是之時，君惟恐不聞其過，臣惟恐不得其言，一以從諫爲德，而一以進諫爲道也。是以不從〔二一〕諫者爲失德，而不進諫者爲負道。當其君之有小過也，若有惡疾於身，而待其臣之醫己也。臣之進諫於君也，亦若醫君之疾。然因其明而開其昏，就其善而去其不善，拔其病之根而養其生氣，如不及也。其欲過之改也，亦若欲其疾之療也。不盡療不已，故夫醫無術則不能弭疾，諫無術則不能救過。然則其術安在哉？韓稚圭有言曰：「諫必以理勝，而以至誠將之。」可謂知諫〔二二〕之術矣。

校勘記

〔一〕清初抄本「疾」字作「病」。

〔二〕清初抄本「病」字後多一「其」字。

〔三〕清初抄本脱「其」字。
〔四〕清初抄本脱「矣。不知求人之諫已，則必不悦於諫矣。此庸醫」等十八字。
〔五〕清初抄本脱「人，朋」二字。
〔六〕清初抄本脱「改，當諫者責之必」等七字。
〔七〕清初抄本脱「易」字。
〔八〕清初抄本脱「惟」字。
〔九〕清初抄本「居」字後多一「大」字。
〔一〇〕清初抄本脱「其」字。
〔一一〕清初抄本脱「小」字。
〔一二〕清初抄本「赤」字作「丹」。
〔一三〕清初抄本將「人主」二字合寫爲「全」，誤。
〔一四〕清初抄本「真」字作「其」。
〔一五〕清初抄本脱「亦」字。
〔一六〕清初抄本「傳」字作「得」，誤。

〔一七〕清初抄本「非」字作「不」。

〔一八〕清初抄本「知」字作「之」。

〔一九〕「君得斯得，君失斯失，爲臣」句，清初抄本作「君得斯則爲君，君失斯則失臣」。

〔二〇〕清初抄本「嚴」字作「言」，誤。

〔二一〕清初抄本「從」字作「德」。

〔二二〕清初抄本「知諫」作「諫君」。

水僊花賦

百花之中，此花獨僊。孕形秋水，發采霜天。極纖穠而不妖，合〔一〕素華而自妍。骨則清而容腴，外若脆而中堅。匪凡工之琱刻，伊玄造之自然。夐獨出乎風塵之表兮，憺幽貞以忘言。爾其族生瓊洲，分植琪樹，華宮琳館，靡所不舍。先春而開，後春而謝。粧不假〔二〕於粉黛，香何藉乎蘭麝？時從變乎炎涼，景無殊於晝夜。

若乃芳敷南澤，翠發中坻，儼如〔三〕王母宴於瑤池。秀挺芳田，英翹蕙畹，又如上元〔四〕游於閬苑。至於微雲細雨，乍伏乍起，髣髴巫靈夢彼楚子。輕陰薄陽，半露半藏，恍惚處妃見彼陳王。或倚脩竹，露華朝濕，一似湘娥掩袂以泣。或傍寒梅，月影宵浮，復[五]如漢女弄珠而游。或侶幽蘭碧霞之壇，有若文簫之遇綵鸞；或依蕉緑層臺之曲，有若簫史之偕弄玉。皎皎乎其若飛瓊，粲粲乎其若雙成。綽約乎其若神人之處姑射，澹泊乎其若素娥之居廣庭。或踈或密，或信或屈。叢者如隱，擢者如出。千姿萬態，狀莫能悉。

然此特舉其形似之末，而未究其理趣之實也。是故冰玉其質，水月其神，挾梅兄與馨弟，接蘭桂之芳隣。宜紉佩於君子，亦結褵於幽人。臭不奪[六]於蕕，香不染於薫。操靡摧於霜雪，氣超軼乎埃氛。懷清芬而弗眩兮，乃獨全其天真。非夫[七]至德之世，上器之人，孰爲比儗而與之倫哉！

亂曰：清兮直兮，貞以白兮。發采揚馨，含芳[八]澤兮。僊人之姿，君子之德兮。

校勘記

〔一〕清薛熙編《明文在》卷三載此賦，與底本同。吴郡文編本「合」字作「含」。《明文在》爲清康熙三十二年古渌水園刻本，以下簡稱「明文在本」。

〔二〕明文在本同底本，吴郡文編本「假」字作「改」。

〔三〕吴郡文編本同底本，明文在本「儼如」二字脱「儼」字。

〔四〕吴郡文編本同底本，明文在本於「上元」後多一「之」字。

〔五〕明文在本同底本，吴郡文編本「復」字作「亦」。

〔六〕吴郡文編本同底本，明文在本「奪」字作「敚」。

〔七〕吴郡文編本同底本，明文在本脱「夫」字。

〔八〕明文在本同底本，吴郡文編本「芳」字作「兮」，誤。

範古九首

日東月復西，寒暑互遷易。大化無停機，一氣自消息。人生何爾微，於兹配三極。自從開闢来，此理未嘗忒。予生三季後，私淑幸有得。俯仰天地間，不懼亦不惑。興言寄来哲，中和誠可則。

崑丘五章鳳，結體太陽精。千載時一鳴，一鳴天下平。大運有去来，聖人不常生。世無軒文德，誰與成嘉禎。蚩蚩設羅者，乃欲相欺縈。翩然却飛去，永言游九清。

阿閣何巍巍，高梁入穹蒼。飛梯十二重，宛在天中央。上當北辰星，下見列宿光。清風流綺疏，祥雲自飄揚。我時臨其上，分明望四方。山河遥鬱盤，宇宙何茫茫。威鳳去已遠，群鳶并翺翔。緬懷軒轅氏，徙倚徒彷徨。

七月大火流，西風凉摵摵。熠燿飛荒除，絡緯鳴虚壁。白露下溥溥，明星何歷歷。起視知夜深，斗柄當頭直。披衣坐不寐，俛仰興歎息。駸駸歲云逝，冉冉老將迫。人生天地間，還如逆旅客。一過不留名，徒生亦何益？

揚揚丹桂華，煜煜紫蘭蕤。持此天下芳，忍同秋草萎。顧當飄零際，孤根何所依？凍雨不時集，繁霜日萃之。惟餘一寸心，可與春風期。固無桃李容，尚有冰玉姿。願以緝瑶珮，永爲君子儀。

季秋時序促，白日易昏黃。寒風颯然至，群物盡摧藏。夙駕陵大河，逝將覽周疆。造舟不時就，欲濟津無梁。病涉非一人，而我心獨傷。薄遊踰歲月，敝衣惡風霜。久爲功名誤，悔恨曷能忘？願託歸飛翼，因之還故鄉。

結裝遠行遊，驅車北燕路。九月氣早寒，河冰已堪渡。朝別黃金臺，夕過望諸墓。其人安在哉？風煙宛如故。我欲一弔之，凄然感中素。戰國方力爭，智士得乘勢。出謀契君心，一中如巧注。胡爲被讒間？而弗永終譽。况持孔孟術，十往不一遇。雖復踰歲年，何如亟歸去？

仲尼七十説，未嘗事逢迎。時君雖弗用，古制乃自成。君子貴知命，枉道安可行？奈何末代士，徇利日營營。跼蹐富貴間，棄身取浮名。戒哉復戒哉，無忘爾幽貞。

南山有喬松，鬱鬱青雲端。其根蟠蛟龍，其枝宿鵷鸞。獨抱棟梁材，卓立霜雪間。不求匠石顧，豈容樵斧殘？大厦倘云構，非此固弗完。願言取貞則，永以保歲寒。

寓興五首

孤鴻薄天游，萬里常高飛。終日不飲啄，寧無渴與飢。山澤多芳草，虞羅有厲機。信美弗遑顧，免爲人所縻。蒼蒼三珠樹，枝葉亦已微。飄飄四海間，歲晏將安歸？

燦燦霜下華，鬱鬱風前樹。胡能摇落時，獨立而不懼。得非氣化初，已有風霜具。人性爲最靈，何乃物不妒？去去勿復言，吾斯深感遇。

孔雀南海禽，羽毛有華色。奈何徒外美，曾無鳳凰德。朝浴炎洲傍，暮翔樛木側。向風耀其尾，逢人鼓其翼。以此陷虞羅，遂爲人所獲。繫足充游觀，鎩翮爲服飾。嗟哉爾何知，感我興歎息。

鵷鶵西南来，自彼崑山泑。不作王母使，恥爲青鳥友。飄飄五章羽，孤飛渭川右。將啄梧桐華，恐爲弋人誘。飄然舍之去，不恤空腹久。飢鳶何爲者，獨與腐鼠守。

大鵬摶扶摇，九萬何漫漫。鷦鷯寄榛叢，一枝亦已安。誰云籓籬下，不及青雲端？於心苟自得，遠近同游盤。蓬科亦非狹，天池亦非寬。曠哉達士懷，小大無二觀。

閒居寫懷四首

野人愛蕭散，結廬面林丘。日高卧初起，鳥聲滿林頭。曳屣出廬去，仰見孤雲游。怡然得所懷，此已良自由。顧悲憑生客，營營何外求？

貧居少紛累，動息安我廬。飽食無用心，時復誦《詩》、《書》。古木翳屋隅，幽草生庭除。杳杳雲中禽，悠悠淵底魚。俯仰得天和，不求而有餘。甚愧賢勞者，疎懶其何如？

我生性疎散，平昔寡所嗜。垂髫去鄉土，固已罕嬉戲。百慮未相干，惟知習文字。自從加弁後，便有老成意。了了人物情，歷歷世間事。雖無干禄心，恐負讀書志。顧惟前此時，童蒙反爲貴。

夜分思世事，展轉寐不成。晨興操觚翰，寫我胸中情。寫之未及半，有鳥牕間鳴。此物苦相聒，令我意縱横。書成復置之，無爲人所驚。

緩歌行

有志世固少，知志諒亦難。知志且能用，誰哉還可干。所以古来人，孔孟同長歎。吾道濟天下，奈何終自安。高宗與傅説，千載空相看。

遠遊篇

丈夫志天下，出門豈徒還？平生任直道，肯爲兒女顔？杖策到京國，懷書叩重關。謂當一言中，坐令四海安。焉知陶唐運，一去不可攀？飄然拂衣歸，雲卧依故山。卷舒道未窮，吾心安且閒。誰能效鄙夫？惻愴紅塵間！

古游俠行

僕本跅弛士，少年名已聞。平生事游俠，好武耻學文。自矜膽氣雄，不愧樊將軍。欲從沙漠外，横行取奇勳。單于時入邊，北望塞塵氛。提劍起應募，請爲主解紛。金鼓上震天，旗旛下蟠雲。前鋒獨陷陣，一隊驅萬群。凱旋先飲至，轅門日未曛。封侯事莫議，負謗已難分。却駕牛車歸，山田自耕耘。願遺子孫計，老死首丘墳。羞彼行伍士，論功日紛紜。

羽林孤兒行

惻惻復惻惻，孤兒遠行役。父死爲國殤，埋骨在沙磧。縣官降明詔，孤兒被優恤。字我羽林軍，不隸征調籍。何以爲此行，邊疆有强敵。壯兵散亡盡，孤兒當助擊。苦哉孤兒心，義憤中自激。君恩既須報，父仇不可釋。黽勉向前去，安敢愛死力。豈容受恩養，老大無所益。

老卒詞

老卒何孑孑，獨行荷戎裝。羸然槁木軀，乞食哀路傍。我行適見之，中心爲悲傷。食之以餱糧，飲之以酒漿。問公何爲爾？此去何忽忙？其人起相謝，涕淚忽沾裳。自云良家子，結髮事戎行。東征與西戰，苦辛身備嘗。肌肉毁鞍甲，筋力盡疆埸。年紀逾五十，未能還舊鄉。家人久隔絶，音信亦消亡。今復有此行，萬里伐鬼方。感君佳餐惠，聊塞一日腸。憶僕平生事，爲君道其詳。僕本上郡人，世業頗富彊。父母生我時，喜我材且良。令我學射御，望我能顯揚。誰知長成後，憂患日搶攘。垂老被驅使，不異犬與羊。部曲諸小兒，欺陵肆猖狂。曾無一箭功，腰邊綰銀黄。顧此不如死，歸彼泉下藏。言罷掩泣辭，進步更彷徨。聞者空歎息，仰視天蒼蒼。

出自薊北門行

清晨仗孤劍，出自薊北門。丈夫知報國，生死何足論？匈奴已入塞，萬騎若雲屯。烽火起照天，白日塵沙昏。鳥獸亂飛走，千里無人村。主將被重圍，援兵皆倒奔。於時獨奮呼，勇氣不可吞。匹馬追單于，彎弓射烏孫。須臾大難解，野清城復存。逐北過燕然，銘功上崑崙。歸来弁貂珥，明光朝至尊。

少年行

翩翩少年子，應募遠從征。雙鞬腰下帶，一劍膝邊横。出門不回顧，持酒馬上傾。飲罷弄胡笳，高吹出塞聲。耻爲群旅後，舉策遂先行。不日到雲中，强敵正圍城。陰風合萬騎，殺氣生五兵。望我大軍来，違此猶數程。焉能待聲援，獨奮入重營。一發殪部長，再擊無敢嬰。逐北還已晚，論功謝先成。元戎初奏捷，天子已知名。歸来未及舍，闕輔盡相迎。畫戟擁千卒，朱衣接九卿。顧慙游俠日，徒爾誤平生。

征婦詞

君爲長征人，妾即征人婦。事勢有固然，安得論往素？今日君遠行，聊將寸心訴。憶昔許嫁君，君方寄邊戍。三年乃還家，婚姻初畢娶。事君不踰月，君去何匆遽！嫵婉不及申，因緣多錯迕。寧能無一語，臨別相分付！良人重興嘆，雙淚忽交注。云我疆有警，安民在一怒。從此萬里征，青海欲飛度。生死未可知，何忍言其故？捧巾拭君淚，妾言君可悟。君還妾當懽，君没妾長慕。尊章妾自奉，小姑妾自護。君心無過憂，妾誓無回互。請君舊征袍，爲君加新絮。持以著君身，君行勿猶豫。男兒志四方，功名在前路。去去報國恩，莫作閨中顧。

出塞行

匈奴欲爲寇，烽火照邊邑。羽檄如流星，重城夜飛入。君王按長劍，叱咤何嗟及。大將樹牙旗，三軍日中集。氣肅號令嚴，風高鼓聲急。畫角時一鳴，戈矛盡森立。少年初結髮，鋭氣不可挹。擐甲佩两鞬，轅門獨長揖。誓將國耻雪，前鋒請充給。志奪燕然山，功成在呼吸。肯同男女情，顧向家人泣！

春日行

朝陽照天室，佳氣滿皇州。東風正摇蕩，絲柳垂金溝。雲端啓閶闔，初上玉簾鈎。君王負扆立，朝覲来諸侯。巖廊列朱戟，蟬冕綴華旒。干羽引妙舞，笙鏞間清謳。承平國事簡，饗樂無時休。便便才智子，乘寵得身謀。宴罷謝恩歸，意氣一何優！流蘇結車蓋，繁纓壓馬鞦。過從許伯飲，追逐韓嫣遊。安知蓽門士？獨却當世憂。

鞠歌行

客有嚚嚚者，生長居山林。既貧復以賤，其樂乃獨深。夜對黄卷前，朝耕白雲陰。弱齡懷壯志，將以道自任。奈何寡智術，不識古與今。世無鍾子期，誰聽伯牙琴？靡靡師延操，入耳如韶音。直尋是何語？枉尺非我心。時命苟未然，且賦歸来吟。

行路難

男兒有大志，越在天地間。安能如麋鹿？終身潛深山。一身雖爾微，萬事恒相關。讀書學古人，將使古道還。奈何唐與虞，一往不可攀。長夜興歎息，坐此變容顏。顏變不足憂，惟憂行路難。

望海篇

朝登岱宗頂，遥望滄海隈。旭日水底出，光芒正徘徊。悦看鯨背浮，遠若山崔嵬。長風吹孤帆，飄飄何時迴？洪濤浸天極，蓬萊安在哉？洲渚亦茫然，誰云有樓臺？徐市去不返，安期豈重来？秦皇與漢武，但爲人所哀。

明月篇

今夜明月好，他夜恐不然。他夜非無月，不如今夜圓。誰使清風来？飄飄拂我筵。况我同心人，復得在我前。共傾長壽杯，永結平生緣。對此如不樂，應虚度芳年。芳年苦難駐，良景况易遷。餌藥求長生，世本無神僊。赤松與王子，惟有空名傳。君看古聖賢，亦復委運還。於我當奈何？安分且樂天。

羽林子五首

珠袍年少子，名冠羽林中。獨佩流星劍，雙懸明月弓。陪遊向何處？還入華清宮。

少年酣酒氣，横笛弄飛梅。帽插鵞兒羽，腰懸椰子盃。紫騮驕不已，初逐六龍回。

羽箭插腰間，騂弓臂上彎。自來從日馭，常得近天顔。借問歸何晚？長楊射獵還。

相逢紅塵裏，勒馬共徘徊。笑語不及了，同行忽見催。問當何處去？明日上之回。

朝游渭城南，暮游渭城北。六飛無駐時，在處行春澤。多羡羽林郎，日日常如客。

少年樂

少年騎駿馬，意氣兩相驕。馳騁春風裏，人看滿渭橋。

五雜組三首

五雜組，刺繡蔟。往復還，織錦軸。不得已，成比目。

五雜組，刺繡段。往復還，織錦纂。不得已，成河漢。

五雜組，刺繡圍。往復還，織錦機。不得已，成雙飛。

自君之出矣

自君之出矣，無復事鉛華。思君如夜雨，暗裏落春花。

静夜思

白露下寒庭，蛩聲坐来歇。静夜綺牕虚，孤帷照明月。

長門怨

莫唱長門怨，于今此曲多。且看争寵者，他日竟如何？

金閨夢二首

憶昔承恩日，心懽却两忘。如何從棄置，夜夜夢君王。
夢裏逢君顧，醒来自擬論。容華如舊好，應有後時恩。

裁衣辭

素手持金剪，低徊意不開。短長無處問，惟對舊衣裁。

擣衣詞

向夜鳴砧杵，傳聲合四隣。擣衣徒自苦，不見著衣人。

長信秋詞

寂寞慈宫裹，相依所不辭。君恩無盡日，妾色有衰時。莫結秋風怨，休題團扇詩。昭陽雙燕子，歲晚竟何之？

擬唐宫行樂詞七首

僊臺接建章，御道入長楊。户户開妝鏡，人人試舞裳。禽歌天上曲，樹散月中香。更覓延生藥，年年樂未央。

太液洞高秋，晴波入晚遊。露香荷氣潤，雲白柳風柔。紅袖争牽纜，黄門學棹舟。君王回顧笑，妃子唱齊謳。

萬歲春遊罷，還来宴紫微。爐薰清寶席，燭影蕩綃幃。王子吹龍管，僊妃舞羽衣。君心殊未樂，潛召念奴歸。

絳闕樓臺擁，琪園竹樹齊。飄裳鴝鵒舞，激管鸊鵜啼。自會春長在，那知日易西？依稀化人國，解使穆王迷。近選傾城色，云如楊太真。鶯嬌千閤曙，花殢九重春。楚舞腰何細，吴歌調轉新。若爲君早起，勤苦向朝臣。宴樂昭陽夜，承恩誰最多？燕輕皇后舞，雲遏婕妤歌。共約無相負，還邀數見過。笑他辭輦者，愁苦復如何？國富經營起，良材竭地來。天低雙鳳闕，日麗五雲臺。獵苑環瑶樹，歌池布錦苔。玉杯知幾許？箕子不能哀。

車遥遥

車遥遥，送君去。時不易，心思焦。請君盡此一尊酒，念我平生舊交友。椎牛撾鼓餞君行，何似一言無愧負。君不見天池鳥，摶風九萬猶爲少。君不見龍門魚，乘流三級難退居。丈夫志氣亦奇特，功名不成歸不得。陸有太行水吕梁，此途之險令心傷。富貴於人亦閒事，胡然終歲行風霜。

君馬黄

君馬黄，我馬蒼，馬色蒼黄尚相近，况君與我同心腸。文韜武略兩相長，世間將相不足當。别君去時各飛揚，我將上書謁明光。請纓往繫樓蘭王，歸當共君佐天子，相與白首無相忘。

校獵篇

清秋馬肥鷹眼疾，正是將軍游獵日。雕弓羽箭虎皮冠，馳射場中稱第一。平原蒼蒼衰草黄，野風颯颯吹枯桑。著鞭散蹄氣飄揚，滚鞍脱鞚勢低昂。俯身攘臂搏虓虎，翻身射落雙飛鶬。傍人自知不能及，拍手大笑呼郎强。割鮮飲醉歸来晚，踈桝營門懸两狼。

結客少年場行

長安少年游俠客，常作盤游两京陌。呼鷹走狗渭城南，挾彈探丸洛陽北。結交季心與劇孟，口未出言情已罄。千金諾重赴恩私，三尺軀輕輸性命。萬里追隨不相舍，欲别仍留五花馬。平原既没信陵亡，未知身向誰門下？平生每笑秦武陽，殺人鄉國寧爲强。丈夫須作萬人敵，爲君仗劍清八荒。

白頭吟

君莫唱，《白頭吟》。此曲雖則好，我耳惡其音。其音哀靡不可聞，誰爲之者？卓文君。文君自爲失節婦，相如還是負心人。臨卭賣酒同貧窶，富貴翻求茂陵女。身事二夫亦自知，勿云白頭不相離。文君文君何不悟，惻惻悲吟欲誰訴？當時已被琴心誤，此日悔之獨何暮？伊誰傳得入樂府，遺聲千載情猶苦。世人重才不重德，相學相夸今未息。我聞此曲恨思多，請君更唱《黄鵠歌》。

白苧辭

姿窈窕兮步容與，吴宫之妃越溪女。凉臺水榭無纖暑，香風暗引絲簧語。白苧衣裳欲輕舉，垂手舞緩歌聲起。此時誰問夜如何？疎星漸没天無河，回看明月墮江波。

寄衣詞

西風作寒秋始分，雙雙飛雁度邊雲。閨中縫就衣一襲，萬里持將遠寄君。君身稱否妾不知，只量舊服裁新衣。新衣到時莫輕棄，恐後無因復頻寄。千傳萬示浼使人，得到君邊應不易。衣上紅斑君莫滌，是妾思君淚霑跡。彼中如有好消息，此衣寄回妾自識。君能歸来無負約，還作新衣待君著。

北征行

去年十月初罷兵，今年十月還出征。父凍兄饑俱已歿，我生雖生猶不生。行程豈止飛狐北？直抵窮天衛喇特。風沙萬里浩茫茫，不知何處能尋賊。寒川激澗帶衣没，雪野冰崖裹瘡突，霰珠雹塊撲面来。痛入肌膚酸入骨，寧急向前無向後。雙足皴傷苦難走，元戎一令盡坑之。家人半死家人手，湯可涉兮火可越，從軍之悲何可説？嗚呼！安得邊塵皆自滅，爲使君心安且悦。

幽州城邊少年子

幽州城邊少年子，自矜膽氣無人似。虎皮冠首腰龍泉，臂挾雙弓指一矢。上馬蕭蕭朔風起，獨出獨還日千里。言生即生死即死，却笑武陽非壯士。

游子行

壯游不解惜年華，才到春来又别家。莫問行程去多少，男兒足下即天涯。

壯士吟

龍泉新淬鸊鵜膏，百萬軍中重一毛。海北天南無敵手，歸来意氣爲誰豪？

西　山

西山幾千仞，峻峙天下脊。北斗掛中峰，東日隱半壁。長嘯生風飈，高語驚霹靂。一覽盡九州，使我壯心適。

海　子

靈海貫瑶城，上應昭回象。潤浸遍神州，未愧溟渤廣。蛟龍下伏藏，日月中滌盪。何用勢滔天，方回百川長。

自　勉

仲尼年十五，志已在聖學。我生獨何愚？懵然無所覺。天分固自殊，鑽仰心不薄。遠羨參與柴，彼皆得所託。愧此頑石資，曾不事磨琢。微言幸未泯，誦習深足樂。蒙疾庶有瘳，願得瞑眩藥。

登西山最高頂

步登西山頂，舉目見天下。群峰何纍纍，總是來朝者。

上祭酒胡先生

共喜斯文有主盟，諸生誰不仰儀刑？當時已見尊喬嶽，後代應傳是列星。上報明君心獨赤，下延晚學眼能青。童蒙久抱相求志，請向賢關受一經。

南遊篇

曰予奉嚴命，夙駕將遠遊。遠遊向何方？江南帝王州。世本三吴豪，徙家曾此留。占登大姓籍，住近斗門頭。我實於此生，愛此猶故丘。憶昨北来日，我歲方九周。焉知好惡情，但隨父母舟。於今已成童，髣髴記所由。常思一游覽，展我心與眸。况當學《詩》、《書》，世事資考求。幸無干禄志，遂得負米謀。發軔背北風，南帆日悠悠。長河貫蒼原，黄雲慘陰幽。版牐相牽聯，千里道阻修。淮濟控腰膂，吕梁扼襟喉。古云行路難，此途實其尤。苦哉東南漕，挽運日未休。側見大船来，船上起飛樓。中載花與竹，奇鳥金籠鈎。牙檣揚綵旗，雕舷樹戈矛。中使坐其間，頤指從所投。驛吏前候拜，供頓羅道周。一不滿所欲，鞭扑恣刻掊。見此殊傷懷，樂游變爲愁。及我到南都，南都一何優。城連高岡起，池抱長江流。龍虎相蟠踞，地勢固金甌。中峙五鳳闕，朝陽與天侔。借問誰所營？區畫古罕儔。惟昔高皇帝，撫運思遠猷。乃卜坤輿靈，建業貽千秋。據要同鎬京，居中配成周。定此萬世宅，世世朝諸侯。都人爲我言，謂子能喻不？邇来有祥雲，日夕常浮游。子歸慎勿言，子行幸無憂。聖皇當来還，與子同其休。

南遊道中寫懷親友

父母不忍别，兄弟不忍辭。况此諸親友，相送惜遠離。行役非王事，而亦有程期。下車暫息徒，揚舲遂南之。汎汎日以遠，望望轉逶迤。黄草北州路，白雲東海湄。風寒清濟夜，月落長淮時。一寐二三夢，一息千萬思。觀彼慈烏鳥，集於河柳枝。啞啞反哺聲，有似幼弱兒。感此欲遄歸，方寸有所縻。永念仲由言，慊慊益懷悲。力養如弗逮，富貴亦奚爲？

過揚子江

浩蕩長江裏，飄飖適性靈。天形欹北極，地勢接東溟。浪起雲邊白，山涵雪外青。秪疑孤櫂客，還是泛槎星。

客思三首

栖栖無定跡，芳歲易蹉跎。古道行人少，深林宿鳥多。荒原迷落日，野渡急寒波。回首孤雲外，其如客思何？

旅途何日定，儒業若爲成。病僕難深倚，疲驂憚遠行。出驚時俗異，歸覺故鄉生。獨對籬邊菊，凄其歲暮情。

儒冠寧我誤，愁苦復何如？行止雙車轍，窮通一卷書。静知天地密，閒覺世情疎。不必尋詹尹，區區爲卜居。

滹沱河二首

荒草寒烟接海隈，扁舟欲渡却徘徊。千年境土秪依舊，當日君臣安在哉？世道自興還自廢，河冰時合復時開。村童野老知何事？猶説真人過此来。

功曹詭報幸能酬，自是天心未厭劉。倉卒權宜須將略，回旋造化豈人謀。寒澌乍合須臾事，炎運重還二百秋。應信帝王真有命，世間僭竊可含羞。

思　親

一别雙親日夜思，行行常誦《蓼莪》詩。雞鳴喚起牕前夢，猶記南樓問寢時。

得家書

遠客思歸正憶家，家書俄爾到天涯。一宵看著渾無寐，落盡寒燈幾度花。

游北山紀事

兹山藴靈奇，幽蹟人罕竟。我来幸無事，因得窮游泳。或深漾其舟，或淺涉其脛。崖盤勢百折，溪迴路彌迥。援藤恐中絶，倚壁時暫定。逢艱興幾沮，過險還自慶。割然出深洞，忽爾地平正。鮮雲飛觸目，蔚林轉森盛。幽鳥相和鳴，繁花色交映。怳如迷所處，似與桃源并。野老四五人，行方諧笑詠。見我不復驚，怡然問名姓。邀我到茅廬，爲禮簡而敬。壺觴瀉玉漿，肴蔬多藥性。終飯無雜言，談道頗知命。兼疏古先事，歷歷皆可聽。自云住兹久，世代難考訂。種樹記年紀，候風識時令。愛我神骨清，謂我無俗病。勸我留此居，與子同其靜。我思老親在，遠游非吾行。駕言與相辭，中情未能罄。踟躕忍即去，回首山水淨。重尋會有期，無妨示来逕。

題何處士山居圖

閒居每高卧，晏起茆茨下。萬事一不知，安問真與假？開門見青山，此意自閒雅。時有獨来人，應是同心者。

江叟吹篴圖歌

八月滄洲〔一〕蘆覆洲，江叟晚来〔二〕迴釣舟。壺漿飲空獨醉後，横篴吹開天地秋。弄節調音轉淒激，蕭蕭两鬢寒衝額。山雲澹澹〔三〕山樹青，江水磷磷〔四〕江月白。是時萬籟俱無聲，元氣夜轉當三更〔五〕。涼風淅瀝起蘋末〔六〕，玄鶴交戛相和鳴。怳看水面靈旗舞，群龍躍出馮夷府。翻雲簸浪瞬息間，星斗晦冥不可睹。〔七〕叟時亦自驚，餘曲不敢倚。收篴歸袖中，兀然卧篷底。平明睡覺日東起，又逐烟波千萬里。〔八〕

校勘記

〔一〕清張豫章等纂《御選宋金元明四朝詩·御選明詩》卷四十一「洲」字作「江」。此書爲清康熙四十八年刻本，以下簡稱「御選明詩本」。

〔二〕「江叟晚来」四字，御選明詩本作「南洲老人」。

〔三〕「澮澮」二字，御選明詩本作「漠漠」。

〔四〕「磷磷」二字，御選明詩本作「粼粼」。

〔五〕「元氣夜轉當三更」句，御選明詩本作「寥寥玉宇聲縱横」。

〔六〕「凉風淅瀝起蘋末」句，御選明詩本作「颸風淅瀝隨處發」。

〔七〕「怳看水面靈旗舞，群龍躍出馮夷府。翻雲簸浪瞬息間，星斗晦冥不可睹」四句，御選明詩本作「梟雁飛来如近覩，鴝鵲徘徊鷺鷥舞。靈妃不入水僊宫，神龍盡出馮夷府。」

〔八〕自「叟時亦自驚」至「又逐烟波千萬里」等六句，御選明詩本作「一龍吟浪群龍鬬，鼓鬛揚鬐擁先後。傳宫换羽自浮沈，過徵歸商迭清溜。一聲叫破蒼旻裏，鴻濛呼回九淵底。暘谷金烏忽驚起，摇落煙波千萬里」。

題圯橋進履圖

秦皇以力吞九州，關東諸侯皆虜囚。子房本是韓相胤，矢心欲報韓之讎。博浪椎車實危事，當時豈復爲生謀。脱身虎口竄草莽，夜行晝伏常懷憂。始知短術不足用，發憤逝將求遠猷。東遊既謁滄海君，却過下邳爲少邳。圯橋老人有道者，一見已識非常流。箕踞相呼令取履，坐變剛鐵爲絲柔。夜半潛期有所授，一編盡得興王籌。豈非天意厭秦德，故將資爾扶炎劉。卑辭啖籍計誠得，躡足王信慮更周。封侯拜傅定儲後，拂衣更託神僊游。藹然氣象類儒者，從容進退何其優！手開漢祚四百載，誰知乃自圯橋頭？老人姓名世不聞，識者謂應遺逸儔。穀城黄老何異物？商英素書真是不？披圖聊復爲一噱，千年事蹟良悠悠。

贈隱者

辟地長兒孫，深山自作村。雜芳迷去逕，獨樹認歸門。不識五侯貴，那知三事尊。超然人世外，無悶在乾坤。

樵叟

老樵筋力弱，持斧伐枯枝。薄暮林風起，蕭蕭吹鬢絲。偶同山叟酌，酒盡即相辭。歸路行歌去，孤村月上時。

送鄧道士

傾蓋初相見，持杯復送行。去留寧有意，離別固無情。夜月雙鳧遠，秋風一葦輕。遙知點易處，松露正淒清。

送陳州佐

君侯瑚璉器，別乘暫臨州。朝以賢當召，民因惠乞留。仁風隨握扇，時雨送行舟。到日人皆喜，應知歲有秋。

周節婦

澒洞風塵際，誰能仗節人？賢哉周氏婦，守義獨終身。夜績資兒學，青燈照室貧。宜煩劉向筆，遺烈在千春。

中秋書齋翫月寫懷寄同學

良夜開霽景，萬里澄秋虚。明月流清光，徘徊照庭除。群動此俱息，靈籟自吹噓。茅齋闃閒敞，敻與人境殊。蒙養得其所，寧静愜吾居。左列虙羲圖，右陳神禹書。玄悟天人際，游心太極初。灝氣盈天地，斂之亦無餘。寄語同學子，此樂復何如？

春日登鼓樓

十二闌干拂彩虹，飛梯高步上瑶空。山河敻出重雲外，天地平分一氣中。幾處幡幢開曉寺，萬家花木映春宫。飄然却欲乘風去，彷彿滄州大海東。

薊北覽古

荒原漠漠帶寒波，召伯遺風近若何。樂毅墳邊秋草合，昭王臺上夕陽多。凄凉重閲文山傳，忼慨曾聞《易水歌》。驅馬欲尋田節士，無終回首鬱嵯峩。

雪中答友

静裏光陰何冉冉，閒中情思自紛紛。寒牕獨對西山雪，晚閣遥看北闕雲。鳥跡每於行處見，松聲多向卧時聞。居貧頗與袁安類，不羡梁園善屬文。

歲　暮

奄忽歲云暮，客心方渺然。異鄉應住久，故國不思還。伴病憐松竹，居貧藉簡編。惟慚太平日，飽飯度流年。

上元有感

鰲峰火樹映金鑾，被褐親曾對御看。翡翠圍中延萬國，珠璣影裏列千官。九成雲管来丹鳳，一派霓裳下彩鸞。寧想長陵今夜月，清輝空照碧山寒。

壬寅冬余初至吳中諸故老與游石湖上方抵夜還舟宿楓橋飲間陳叟季行爲之歌音甚清壯諸老使余爲詩和之因以老字爲韻云

總角爲儒學未飽，讀書不事登科早。金門射策非我時，聊向滄洲拾瑶草。故鄉風景初未識，每聽人来說其好。兹因訪舊始得還，游目喜陪諸父老。南湖十月波乍寒，霜葉紛紛落如掃。輕舟雙櫂木蘭橈，乘風放入湖中島。紅菱緑橘薦松醪，舉觴浩飲開懷抱。陳翁醉後高興發，擊箸悲歌望蒼昊。琅然音韻出金石，驚起潛魚躍芳藻。小子何知敢申和，把筆題詩殊草草。月明弭櫂宿楓橋，狼藉盃盤更傾倒。夜半聞鐘想懿孫，寒山依舊胥門道。

紀遊

我本江海人，生長在京國。少小遠行遊，年年走南北。從来寡所欲，雅意好墳籍。雖無夙悟資，頗有耽讀癖。把筆學爲文，輒擬賈生策。絺綌爲我袍，藜藿爲我食。窮約乃所安，華侈莫能易。居常群兒輩，舉目曾未識。尚友古之人，結交世英特。策厲駑鈍姿，將與驊騮敵。萬里逐長途，寧辭乏其力。以兹謬自許，於世當有益。謂逢堯舜君，必致斯民澤。昌運每難期，况復時命厄。親老家就貧，安敢憚勞役。往者遊南都，頭未戴巾幘。兩鬢垂被肩，猶在蒙養域。一旦出門去，三千有七百。悠悠越圻甸，茫茫度阡陌。浩歌金臺上，悲風來朔易。釃酒酹昭王，因弔望諸魄。南轅渡漳水，河冰乍春圻。輕舟順流下，千里猶咫尺。江淮濟漯間，周覽壯胸臆。傷心鄒魯地，絃歌久衰息。風俗墜塗泥，無人一扶植。永懷宗周事，恐動《黍離》戚。遂作南遊篇，辭氣頗温直。歸來亦無幾，心已厭涉歷。黽勉爲此行，此行復何適？姑蘇舊鄉縣，世業有遺積。高堂膳羞具，藉此供日夕。嗟哉行路難，匪但山川隔。盜賊間竊發，跬步生荆棘。太湖合三江，洪濤漲天白。時當風浪中，扁舟幾覆溺。哀哀區里間，民生寖彫瘠。官府急誅求，鞭捶日狼藉。雞犬俱蕭條，煙火并沉寂。向來繁華狀，一見那可得。固有丘隴情，安能久留跡？還家拜父母，不覺淚横滴。惟憐兄與弟，相見如夙昔。追念前日途，中心猶怵惕。豈無一尊酒，自用解憂抑。顧彼人盡愁，予懷爲誰懌。彷徨不能寐，明月夜中蝕。仰視衆星光，三台獨無色。天心人詎知？吾道何其極。對此欲奚爲，但爲長太息。

徐公八馬圖行

徐公馬癖如王公，愛馬不與常人同。千金買圖圖八馬，好似周王之八龍。當前一匹真絶地，恍惚形容難細視。蹴踏霜蹄驕未行，似惜權奇無可繼。繼來二匹亦莫與，不是奔霄定翻羽。歷塊過都一瞬間，争先肯讓蒼鷹舉。越影踰輝齊步驟，超光騰霧追左右。就中挾翼一聲鳴，萬馬不嘶俱向後。可憐八馬無已久，穆王一去誰曾有。那謂今朝忽見之，異哉却出丹青手。不見崑崙與瑶池，又不見王良造父相驅馳。但見黄沙白草連寒陂，奚奴控引胡兒隨。嗚呼！我心憤且耻，八馬何爲至於此？虎文龍翼空自奇，犬目狼心豈知己？賢哉徐公志豪介，千金不吝求圖畫。圖畫之餘尚若兹，况逢駿骨寧論價。馬如有靈應有感，神物豈能終坎壈？八極三邊會有時，一朝萬里非無膽。我生常懷伯樂徒，知馬還能知丈夫。嗟嗟徐公知我乎！嗟嗟徐公知我乎！

遊王氏林亭留題五首

聞説林亭好，閒來過爾遊。孤峰雲自起，雙澗水交流。花氣薫人鼻，鸎聲傍馬頭。主翁能好客，欲去再三留。

我愛主人居，清幽趣有餘。葺巢留乳燕，投食引遊魚。對景家無畫，消閒架有書。安能常住此，詩酒共悠如。

依依雲冪户，瀲瀲水翻塘。柳細渾無力，梅殘尚有香。禽魚應自得，蜂蝶爲誰忙？高興知何限，都將入醉鄉。

小酌水邊磯，高林露滴衣。花香浮細細，雲影薄霏霏。興逐春愁去，詩欺酒力微。坐看西日下，未忍便言歸。

上馬更回首，出林情愈深。狂歌對修竹，好語向幽禽。擬欲多攜酒，應須復抱琴。主人如不厭，明日再相尋。

遊天平山

范公書屋已蕭然，春莫來游倍可憐。紅雨暖飄花下路，白雲寒瀉岫中泉。振衣獨上千峰表，引轡徐迴萬木邊。爲待功成身退日，應求一畝種瓜田。

尋吕公山居

閒時乘興獨幽尋，修竹蕭蕭一徑深。風送鳥聲來客耳，雨飄花氣入衣襟。應知惠遠多相好，更覺湯休老善吟。嗜酒但爲詩社友，白蓮何必結同心。

林屋山人

林屋山人籜製冠，荷衣常是待秋完。養身不解謀生事，處世何曾慕要官。竹嶼鳴琴風韻遠，松窗點易露華寒。時還候我來幽谷，細和新詩共《考槃》。

遊虎丘嘲同遊者

穿盡幽林鳥道微，閒情適處自忘機。同來不解游山意，一見青山便欲歸。

遊支硎山夜還楓橋乘月復酌呈同游諸君子

月朗風清啟霽容，江雲冉冉水溶溶。佳懷此際應無限，遮莫寒山半夜鐘。

滯雨夜泊相城狄貶村寄陳孟賢

江風吹雨阻行舟，薄暮孤村且暫留。回首那看望君處，白雲只在水西頭。

天平山龍口泉

一口清泉湛湛流，巘前閒度幾春秋。風雲會有相從日，霖雨君看遍九州。

在吴中久將北還寄親友

少小生身在遠方，歸來翻使客心傷。故鄉雖好不能住，却望他鄉作故鄉。

予思北還諸鄉老邀遊湖上諸山因留題

每懷山水趣，山水信名靈。一徑千峰裏，肩輿入畫屏。湖天低覆白，雲樹遠含青。僊院春長在，禪房晝不扃。梵言僧與説，禽弄客來聽。石照潭心鏡，風鳴殿角鈴。芙蓉迷綵楫，楊柳出旗亭。景會詩偏好，情歡酒易醒。静中思遁迹，深處欲搜冥。學道未忘世，寧親須過庭。留題在青壁，歸老寄心銘。

宿虎丘僧院曉起題壁

吟邊虎阜生春，夢裏羅浮易曉。起來欲問東風，滿院落花啼鳥。

虎丘東溪紅梅歌

夜來飛夢入羅浮，曉起尋春過虎丘。溪梅萬樹花總白，一枝獨艷出林頭。此時冰雪方嚴惡，李凍桃殭俱寂寞。東君何處送春來？故染胭脂著霜萼。隨香逐影度溪東，踏盡寒雲千萬重。恍然一見心神動，似與僊遇瓊臺中。盈盈相對成賓主，香靨生春嬌欲語。不是瑶池飲醉還，玉容那得紅如許？豈但娉婷可憐色，重爾心腸如鐵石。紛紛紅紫避何所？莫敢當風與爲敵。北人錯認還堪笑，妖杏如何可同調？和靖當年若見之，未應只賦《白梅詩》。我來倚翫情難盡，恨不移家與之近。聊歌一曲寄春風，留待詩人共題品。

予將北歸吳中諸耆舊咸以詩文贈行設席寓館酒闌懽甚賦以酬之

人生有嘉樂，所貴循禮儀。矧兹相會間，談笑皆英耆。今日復何日，及此三春時。青陽方皡皡，淑氣正熙熙。開軒面方岫，展席俯清漪。嘉樹散繁陰，蘭芬薰客衣。黄鸝弄好音，嚶鳴間彈絲。懽情亦已極，酒杯所不辭。小子夙寡昧，謬蒙長者知。臨别殊戀戀，况與鄉土離？重煩遥餞送，惠以瓊琚辭。持歸爲親壽，奚啻千金資。願言慎修學，永以從良規。

送湯景高

同來却恨不同歸，此後還應會面稀。長日每嗟身易老，少年那復志多違。三江暮雨孤帆去，千里秋風一鴈飛。當世功名須共勉，臨岐何用淚沾衣。

贈王隱君

希代懷奇寶，彌年獨隱淪。交游雖滿世，知己復何人？鷗鳥忘機事，蘆花可蔽身。蒼生如未起，君老楚江濵。

送友人

相逢方握手，相送復分攜。此意如何道，新詩不忍題。亂雲山上下，芳草水東西。惆悵頻回首，春禽處處啼。

題歲寒三友圖

松竹有奇器，梅花無媚姿。共將冰雪操，結友歲寒時。榮瘁自相保，炎涼終不移。惟應義交者，可與此心期。

湖山小隱圖

白雲湖上山，黄葉林間路。蘭舟每獨游，藜杖時閒步。寒花拂衣落，飛鳥銜人度。即此遺世氛，何必蓬瀛慕？

題四時小景四首

曳杖春風中，緣堤踏香絮。爲聽流鸎啼，遲回不能去。

晚下清溪濵，逍遥蔭疎柳。雲山澹相對，渾忘坐來久。

香若風邊遠，新荷雨外幽。飛來雙白鷺，點破一池秋。

幽人心坦夷，不畏寒山峻。獨於深雪中，探得春風信。

題畫梅

老榦横清霜，疎花映晴日。憑君莫易看，中有調羹實。

題畫蘭

紫蕤何旖旎，生彼深巖裏。幽香人不聞，清風是知己。

遣　懷

自笑窮君子，高譚古與今。貧多富貴氣，幼有老成心。牛斗千金劍，風霜一布衿。長歌將遣興，感慨意彌深。

閒居春興

靜寄紛喧外，閒居得所思。春風調瑟趣，遲日《考槃》詩。進退非無地，行藏自有時。簞瓢如可樂，回也是吾師。

冬日登樓

地迥風悲遠角聞，蒼茫天色易黄曛。高樓獨對千山雪，故國回看萬里雲。孤鶴飛鳴應失侶，寒鴉棲集自成群。此時有意言難盡，况是無聊酒半醺。

秋　思

杪秋天氣寒，風露凄以急。白日澹無輝，蕭條帶原隰。清砧四隣動，虚館百憂集。歸鳥傍簷飛，落葉穿窗入。客思轉悠悠，不言空佇立。

月夜登樓

酒醒清不寐，獨立倚高樓。月影重城夜，砧聲萬户秋。風煙隨地遠，河漢向天流。青歲看虚度，悽然嘆薄游。

暮冬偶成二首

天地澹無容，蒼茫近季冬。空山風嘯虎，老樹雪蟠龍。境寂稀人事，門閒斷客蹤。誰知高卧處？憂世思千重。

搖落殘冬景，沉陰欲暝時。通衢迷轍跡，窮巷閉茆茨。凍雀風欺翼，寒松雪壓枝。閒來把《周易》，默坐玩爻辭。

雪中與友人閒行口説

拂袖迎風興倍寬，春袍如繡不生寒。瑶華自是天家瑞，莫與紅塵一樣看。

瓶中梅

南枝先著數花新，帶雪分來自可人。誰道一瓶如許小，就中全貯世間春。

元日觀燈回作

月白風清鎖鳳城，夜深人有倦遊情。千門萬户燈收盡，獨自歸來對短檠。

梅 花

蟄龍將啟未驚雷，何處先傳春信回。不是無心讓桃李，自緣天賦百花魁。

早春登海子橋閒眺

良辰適自得，閒行傍御河。東風初解凍，緑水生微波。初日流晴輝，天氣正舒和。芳草回故色，枯柳發新柯。鳴鳥乍間關，游魚亦參差。遂登石梁上，縱目窮幽遐。仰觀鶴鸛翔，俯瞰蛟龍窠。急瀉激春雷，足底聲相摩。嘉樹藹已緑，光炫瓊林阿。雲霄開北闕，宫殿何巍峩。重城負山轉，萬井如星羅。康衢接馳道，車馬來經過。人各有所懷，其趣紛如何？而我獨逍遥，春服自吟哦。聊將浴沂興，遂和風雩歌。悠哉感吾生，爲樂豈在多？

齋居春曉

高臥無所爲，閒門掩清曉。東風忽然來，驚起一山鳥。晨興盼窗前，日華動林杪。默坐盥漱餘，鑑如寸心皎。乃知天地中，誰謂人身小？曳屣試行歌，金聲徹雲表。

觀戰國策有感

於戲周道没，禮樂誰復陳。戰國日衰下，遺風亦已淪。遂令縱衡徒，反覆恣亂真。引利餌昧主，窮兵毒烝民。紛然起爭奪，日暮難保晨。六國既先敝，併歸狼虎秦。波瀾益洶涌，四海無陽春。王化卒難復，淫辭放無因。閒居覽兹書，千載爲酸辛。一弔不可及，凄然哀昔人。

效古贈同志

我本閒居士，少無得失患。平生學《詩》、《書》，志不在辭翰。才藝無一長，徒希丘與旦。寸陰固知惜，白日忽已晏。吾道行未行，功名何足歎？

和友生言志

自笑無能獨善身，徒懷斯道覺斯民。謾言堯舜之間事，誰是皋夔以後人。天意如存須復古，雷聲未發豈知春？一瓢清飲一簞食，舍我還應不失貧。

遣　興

書劍蕭然十載遊，京華何事久淹留？襟懷自是無羈鶴，身世還同不繫舟。客裏心期成獨醉，人間功業向誰收？閒來聊復乘幽興，行傍官河看水流。

讀書偶成

泰以行王道，蒙將養聖功。窗前勤苦意，不是學雕蟲。

贈同學

與子寒窗下，曾同惜寸陰。功名如可致，莫負讀書心。

閒居寫懷春興

高卧悠悠消永日，閒居寂寂對春風。窗開玄鳥來梁上，簾捲青山入座中。已與物情忘得失，不將時命問窮通。韋編自是終身學，行止何慚荷蓧翁。

賦得齋居春曉寄同學

初日照户春融融，茅齋曉來開向東。梨花柳絮亂晴雪，燕語鶯聲喧暖風。曳屣行歌有巢氏，焚香静拊無絃桐。此時真趣幾人得，閒看孤雲遊太空。

尋高處山君

重重緑樹隱孤村，一徑蒼苔見履痕。恰向山童道名姓，主人聞語自開門。

訪李逸人

乘興即相尋，溪山不覺深。白雲門外滿，應見道人心。

夏中書墨竹

鳳凰池上有僊郎，曾向池頭看鳳凰。乘興抽毫摹寫得，至今毛羽帶天香。

友人馬士權亟索吾詩不得辭漫吟發笑

馬卿能賦者，何獨愛吾詩？述作從來拙，應酬今已遲。驪珠曾手取，龍劍少人知。莫漫相推許，狂言未足奇。

謝沈司封中寄登科録

聖明天子龍飛日，豪傑人才豹變時。禮正不違天地道，樂和應見鳳凰儀。憐君却寄登科録，笑我猶歌《在澗》詩。惟有仲舒三首策，對揚還欲向彤墀。

戲和士權盆池魚二絶

錦鱗自是化龍魚，此物寧爲人所娱。縱有清泉與香餌，何如游泳向江湖？

斗升之水幸相存，未敢輕離小瓦盆。好待養成鱗甲後，看他飛躍上龍門。

嚴子陵

君臣難比故人情，蟬冕羊裘孰重輕？盧綰竟爲高祖伐，可憐無計效先生。

畫池上鷺

皎皎風前振羽翰，緑荷香裏雪花寒。不應長在池塘畔，飛上青天更可觀。

和友人郊居晚興〔一〕

幽境〔二〕無機事，柴門晚不關。庭閒交碧草，簾捲對青山。密樹留蟬噪，孤雲伴鶴還。泠然發長嘯，高興出人間。

校勘記

〔一〕清彭孫貽輯《明詩鈔》「明詩五言律·徐有貞」條載此詩，題作「和友人郊居雜興」。《明詩鈔》爲四部叢刊續編景寫本，以下簡稱「明詩鈔本」。

〔二〕明詩鈔本「幽境」作「幽徑」。

池上偶題二首

向晚偶然無一事，微吟獨步小池頭。浮萍也似時人意，上下隨波不自由。

緑池過雨晚陰陰，菱葉荷花淺間深。誰信白鷗無意物，窺魚還自有機心。

送陳山人還吴

煙樹津頭雨恰晴，放舟齊發櫂謳聲。别來不斷山中夢，歸去渾忘世上情。應有壺觴招故舊，豈無方術授諸生？于今多少思鄉者，誰復如君得遂行？

送張逸人還武當山

水雲蹤跡獨悠悠，來往無拘只自由。談論每稱方外樂，别離不帶世間憂。閒吹玉笛千峰夜，静撫瑶琴萬壑秋。他日相逢還可語，未應終效楚狂遊。

戲題鍾離雲房像

同是瑶池會上人，偶然失脚在紅塵。憑君爲問西王母，別後蟠桃幾度春。

秋山琴興

木葉萎兮秋黄，山光澹兮晚碧。彼幽人兮無拘，獨盤桓兮自適。抱龍脣之瑶琴，坐虎踞之盤石。調清商於指下，感金氣之淒激。風颯颯兮動長林，泉泠泠兮瀉寒壁。天籟發兮玄閴忽，希微以寂歷。悄終曲兮忘言，睨白雲而向夕。

送王文魯

在客不堪還送客，傷情何忍更論情。城邊暮雨征衫濕，江上春風去棹輕。年少秖應加學問，才高未可易功名。君行如向長沙過，爲我投文弔賈生。

題野渡横舟圖

巨艦無人櫂，閒横野水中。請乘浮大海，始見濟川功。

秋日看杏花

凉秋却訝氣重温，紅杏花開向小村。欲嗅微香更惆悵，摩挲病眼對黄昏。

秋晚登臺

天末每回望，故鄉常在心。高臺能引興，半醉更登臨。草木生秋色，山川結暝陰。不禁游子淚，何處起清砧？

客　居

客居寥落歲蹉跎，閒卧淹淹類養痾。萬里山河秋氣肅，九霄風露夜寒多。悲歌達曙亦徒爾，壯志待時將奈何？擬棹扁舟却歸去，五湖東畔理漁蓑。

題張以文漁父圖

持竿之叟頭如雪，恥向人間事游謁。閒心已分老煙波，清夢何嘗到京闕？得魚便將沽酒飲，拊榜長歌振林樾。有時沉醉不歸來，扁舟獨卧寒江月。

題小李將軍畫

僊閣遥臨曲水，洞門深掩東風。春在碧桃枝上，日斜黄鳥聲中。

知章摘蓮圖

舊是山陰狂客，新於湖曲爲家。乘興時摇小艇，臨風自折荷花。

題金文鼎畫二首

江雨初晴後，秋容澹遠空。晚山雲半白，霜樹葉全紅。那是無拘者？扁舟散髪翁。

南溪春雨餘，山色靜如洗。閒來偶幽期，獨行深樹底。招提何處尋？鐘聲白雲裏。

題張叔大所藏畫

江皋麗餘景，風物何清幽。興來不可遏，攜琴時獨游。雲歸遠山夕，葉落疎林秋。雖無知音遇，聊復自消憂。

題戴居士水西小隱

古木叢篁水西，數間茆屋高低。簷下寒雲落落，門前芳草萋萋。雪夜不知客到，春曉常聞鳥啼。借問何人家此，只應安道幽栖。

筠村

先生家住蒲溪上，種竹千竿自繞村。靄靄緑雲深映屋，蕭蕭蒼雪半遮門。清陰不惜分閭里，高節從傳到子孫。幽僻何殊蔣卿徑，寬閒似勝辟疆園。四時常有凉秋意，三伏渾無暑氣暄。靈籟和鳴風起夜，翠鸞交影月橫昏。製冠每取霜前籜，作杖須鑱石下根。適己時時琴一曲，延賓日日酒盈尊。七賢遐躅知堪繼，六逸餘風喜尚存。倘得卜隣如我願，素心應可與君論。

湖山勝概圖

湖山勝概聞天下，誰是湖山舊游者？君家迺翁稱世豪，風月襟懷自瀟灑。平生好作湖山游，游遍湖山春復秋。左張圖史右絃管，放歌傲浪浮扁舟。長堤煙柳湖西東，桃花落盡荷花紅。蘭橈競撥三春日，葵扇輕摇六月風。南北两峰如削玉，中間一片晴波緑。近郭縱横列萬家，蓁林縹緲連三竺。飛来之峰最奇妙，呼猨洞口猿長嘯。扶笻醉後每登臨，岸幘閒來獨吟眺。岳王墳邊有古祠，猶存老樹向南枝。芳草離離含宿恨，行人往往弔新辭。當時此地多遊客，獨許迺翁詩酒伯。即今迺翁已遺世，猶憶迺翁行樂處。何人爲君作此圖？宛然如見真西湖。迺翁儼坐扁舟上，忘機狎笑隨鷗鳬。君思迺翁重凄惻，我愛湖山遊不得。長歌一曲歸此圖，獨倚寒窗空嘆息。

得月樓歌爲都彦容題

聞君家住百花洲，中起淩虚百尺之高樓。晚來明月初出海，先照君家樓上頭。樓頭圖書鋪滿牀，君時燕坐舉霞觴。陶然豪飲不知醉，一口吸盡銀蟾光。瑶島丹丘渺何許，怳若身登廣寒府。珠宫貝闕深可窺，髣髴霓裳羽衣舞。白兔搗藥在我傍，藥成已是三千霜。便問姮娥爲乞將，服之輕舉淩蒼蒼。酒醒還倚闌干立，桂影團團露華濕。天香萬斛無處儲，却被清風倒吹入。世間月色知幾何？獨有君家樓上多。擬濯扁舟一登眺，爲君重和謫僊歌。

題王將軍裕所藏卧虎圖

南山之虎百獸雄，安得卧君高堂中？細看乃知畫者巧，筆端解奪造化功。雲文炳炳毛丰茸，電光隱隱銜雙瞳。垂頭不作負嵎勢，妥尾寧爲落穽容。得非搏牛倦將是，食犬醉頽然睪屭軀。餘威仍自衛，虞人遠視不敢取。應畏醒時爪牙鋭，陰風蕭梢振林木。決決流泉響幽谷，樵薪路斷無人行。草間狐兎皆潛伏，想當咆哮𩕄起時。誰能復制生獰姿？豈惟却走北平守？縱使卞莊猶避之，將軍平生自英武。區區餘勇何須賈？折衝萬里坐禦侮，始信人間有真虎。

題所翁出海龍圖

烈風怒捲海水空，霹靂撼動扶桑宫。潛淵龍子眠不穩，一躍飛上青霄〔一〕中。天旋地轉吁可愕，盡斂春雲〔二〕出山嶽。釀成一滴瀉靈瓢，頃刻人間霖雨〔三〕作。君〔四〕不見田居之士愁苦多，把鋤學耘莘野禾。亦欲濟世興滂沱，龍兮龍兮奈爾何？

校勘記

〔一〕《明詩鈔》「明詩七言古・徐有貞」條載此詩，「青霄」作「蒼天」。

〔二〕明詩鈔本「春雲」作「青雲」。

〔三〕明詩鈔本「霖雨」作「霖水」。

〔四〕明詩鈔本無「君」字。

題萬玉圖

寒雲漠漠迷山麓，暗裏陽和地中復。東君消息到梅邊，一樹玲瓏開萬玉。萬玉玲瓏吐異香，還與白雪爭輝光。瑶臺群僊一時下，天風匝步迴鳴璫。乍疑鴻門之斗初，撞破片片瓊瑛馬前墮。又疑吴剛之斧修明月，霏霏削下琉璃屑。此花此景令人羨，彷佛西湖清夜見。阿誰翻入畫圖中，披翫茫然目花眩。我觀兹圖感我情，家林梅實結已成。終當負彼阿衡鼎，手取其實調元羹。

武功集　卷二

登瀛稿

海子橋觀海賦

客有遊於京師者，聞海子之水爲天下奇觀。將往觀焉，問於逆旅主人。主人曰：「吁！子將觀于海子之水乎？夫海子之水，遠接天潢〔一〕，深通渤澥，潤浸元〔二〕液，氣蒸沆瀣，星辰淪精乎其中，日月環照乎其外。翕納百川，涵茹萬怪，蓋神龍之所都，而鯤鯨之所會也。子如觀之，不亦駭與？」客曰：「走雖不敏，亦嘗遊三江而泛五湖矣。海子之水，願卒觀之，幸主人毋深見鄙而惠攜焉。」

於是主人與客〔三〕策駟馬，御輶軒，遵馳道，下闕門，遠而望之。浩若瀛海之環神州，倬若雲漢之繞紫垣，固已動心而駴魄矣。既乃登海子之橋，瞪目而觀之。徒見夫汪洋瀇滉，澔澔洐洐，澹〔四〕淡摩盪，廣無畔岸，淵淪渟泓，沖瀜潎湙，沈灦涵溢，其深莫測爾。其渾渾而轉，滔滔而流。外繞龍城，中貫御溝。樫柳植其陽，芙蓉被其幽。靈禽翔雲以下上，神魚戲波而群遊。浴日華之五色，炯金氣于高秋。凡有形而必鑑，固無物而不浮。乃相與開懷而騁目，恍然若泛蓬萊而登瀛洲也。及乎天風微動，水波溢涌。剨然變觀，精神俱愯。儵雲廻而鳥亂，似鼓鳴而騎擁。迅湲翻雪，濺沫飛雨。微瀾龍鱗〔五〕，驚湍鷺翥〔六〕。層濤沓滟而偕至，若帷蓋之褰舉。至其奔溜磢錯，涴潰結絡，乍進乍却，乍仆乍作，衝石湢〔七〕蹈，崖壁噴〔八〕薄，激射衍溢，漂疾拔擢。千仞揚汩，重出温汾。滌汔蕩飈，駕軼奇態，萬變不可殫悉。其流聲也，混混庉庉〔九〕，如雷霆之震，又如鏖戰之兵，踴躍登陣；其作勢也，渨渨灅灅，如山岳之歸，又如萬軍之壘，蹴踏填委，澎〔一〇〕濞喧豗，忽起忽頹。俄旋窪而赴壑，復踰岸而駕隈。玄珠現而吐光，寶藏爲之洞開。乾端豁以呈露，坤軸軋而争廻。鳥不及翔，魚不及逝。驪龍出而躨跜，天吴見于髣髴。方舟安可以沿洄，涉者何由而揭厲？雖吕〔一一〕梁之險，莫得而比方；廣陵之濤，未足以擬類。楚人羞稱夫〔一二〕雲夢，蜀客漫誇夫灩澒〔一三〕。眇三江與五湖，曾不盈乎一芥。方是時也，河伯覩之，頳然而發赧，海若不得以自大，而矧夫井鼃谷鮒之足語哉！」客也目眩膽掉，〔一四〕猥猥發悸，反顧石梁，岌嶪贔屭〔一五〕，如立巨鰲之背而不敢俯視。乃蹙然斂容而嘆曰：「神矣！盛矣！此海子之水乎？何爲其然也？」主人曰：「吁！客亦知之乎？孟軻氏不曰：『原泉混混，不舍晝夜，有本者如是。』海子之所以爲奇者，不以是夫？故其深不以形，廣不以勢。與道爲體，不已其逝。往過來續，周流無滯。應天機而左運，隨地脈而東注。化雨露之融液，以沛澤於斯世者，實本乎一元之運〔一六〕也。今吾子徒知遊三江而泛五湖，曾不窺乎靈海之津涯〔一七〕，此所以未免見笑於大方之家也。故曰：『觀於海者難爲水，游於聖人之門者難爲言。』子其是已。」于是客乃踟躕而退，愧且〔一八〕謝曰：「某也有幸既獲觀乎靈海之奇，又與聞乎本源之論，敢不敬拜主人之惠。」

遂歌曰：「大哉靈海，爲國之池，浩〔一九〕洋洋兮。象彼雲漢，昭回于天，粲文章兮。含珍茹怪，鱗介之彙，靡不藏兮。陋江鄙湖，奇觀異狀，邈難名兮。餘波溢潤，化爲雨澤，沛萬方兮。源源本本，其流不竭，德靈長兮。」

校勘記

〔一〕清初抄本「潢」字作「壤」，誤。

〔二〕清初抄本「元」字作「亢」，誤。

〔三〕清初抄本脱「與客」二字。

〔四〕清初抄本「澹」字作「淡」。

〔五〕清初抄本「鱗」字作「麟」，誤。

〔六〕清初抄本「鷺翥」作「鶩渚」，誤。

〔七〕清初抄本「牐」字作「碑」。

〔八〕清初抄本「噴」字作「濆」。

〔九〕清初抄本「庵庵」作「沌沌」。

〔一〇〕清初抄本「澎」字作「影」，誤。

〔一一〕清初抄本「呂」字作「宫」，誤。

〔一二〕清初抄本「夫」字作「乎」，誤。

〔一三〕清初抄本「濒」字作「瀕」，誤。

〔一四〕清初抄本「猥猥」後多一「然」字。

〔一五〕清初抄本脱「曓」字。

〔一六〕清初抄本「運」字作「氣」。

〔一七〕清初抄本「涯」字作「渥」，誤。

〔一八〕清初抄本「且」字作「乃」。

〔一九〕清初抄本「浩」字後衍一「浩」字。

居庸關銘

居庸，天下之形勝險要處也。其山一名軍都，距北京九十里，在昌平縣之西北三十里。兩山夾峙，東而爲關。關之中延袤四十餘里，廣容方軌，旁皆峻壁，矗立萬仞。有石城横跨東西兩山之間，周廻千二百丈。南北置門敵臺十二以爲守禦，《淮南子》云，天下有九塞，此其一焉。

夫論地之險者，若崤函、轘轅、句注、井陘，皆險于一隅，足爲諸侯之守耳，非天下之保障也。惟是關，左負遼海，右屬太行，衡絶千里，當北方諸塞之上，獨扼其衝。蓋天造地設以爲屏蔽，而保固郊圻，限隔中外者也，豈一隅之比哉？故自古迄今，著爲雄關。其在漢爲上谷塞，常宿重兵以守，然數爲匈奴所闚。唐自天寶後，爲盜所據。五代暨宋，邊塵鼇午，自是不爲中國守者殆數百年。惟我太祖皇帝，肇一大統，神武所加，罔不率服。漠南萬里，皆爲屬郡。而是關之險，迺歸域中。暨太宗皇帝作京於兹，以爲四方萬國之都，會而關爲國門。關之外軍衛百數，列守相望，實萬世之固也。今皇上即位以來，文懷武威，薄乎四海，邊人輸誠内附，款關乞降，然則是關之設雖肇自古昔，而今日始復爲中國之守也，豈非盛與！

夫王者之治天下，固恃德而不恃險，然中外之辨不可以不謹。世雖極治不可以忘武備，此我國家之於是關尤慎其守焉。臣竊以昔晋張協嘗爲《劒閣銘》，至今傳之，矧惟聖朝功德之盛度越隆古，非晋可擬，而居庸之形勝，險要甲於天下，有陋劒閣，顧無銘文以耀萬世，可乎？臣不佞，叨與詞垣之列，輒不自揆，謹爲之銘曰：

惟天設險，作固於國，實曰居庸。居庸巖巖，九塞之宗，既峻且重。高薄雲漢，下臨陘谷，峙石爲墉。內扼廣原，外控大漠，搤地之衝。有憑其隘，一夫禦焉，百萬莫攻。惟是居庸，以蔽諸夏，以藩黄封。昔世不競，外患擾攘，委地群雄。昌運斯還，啓我皇明。奄奠萬邦，肆伐肆毆，復此故關，於域之中。迺授管鑰，迺置軍衛，京邑是崇。京邑之崇，太祖之烈，太宗之功。皇帝建極，是法是守，底於時雍。文德既脩，武備亦戒，百度昭融。群雄率降，邇安遠來，萬方攸同。小臣不佞，職在紀述，其敢不恭。爰稽事本，勒銘關門，永示無窮。

順天府學射圃記

射者，六藝之一也，學者不可以不學也。古者天子有大射，諸侯有燕射，卿大夫士有鄉射。大射、燕射於射宫行之，鄉射於庠序行之，然射必以禮樂，不徒射也。故凡射者，於進退周旋之際，其容體欲比于禮，其節欲比于樂，非習於禮樂而有德行者不能也。是以觀其外之射，可以知其內之德焉。蓋當是之時，天子以射選士，諸侯以射貢士，卿大夫以射會士。凡庠序之士無不學射者，故鄉必有學，學必有射堂及圃。

孔子射於矍相之圃，蓋亦鄉射之所也。後世鄉射之禮既廢，天下之學者不復以射爲事，惟誦讀而已。士之材藝德美不及於古者，有由然也。逮國朝之興，始定制天下之學皆得立圃以學射如古之法。而爲有司者，多因循故常，卒未有能建復之者，可歎也！順天府學舊有射圃，荒而弗治，府尹某公某之來，始發憤圖之。遂闢除其地，築垣護其外，中建射堂。設侯置豐，各有其所。凡射之器用，莫不脩飭，使來請紀其事。

惟夫射者古之所重也，雖今之去古遠矣，其禮樂行射之法之詳不得盡究矣。然其爲射之道，所以立德行而成藝美者。其大意猶在，可學而行之也。學者苟能循古之道，勤而習之，使内正外直，周于禮度，進乎德藝如古之士，上有以稱國家復古之盛意，下有以成府尹公之美績，不亦偉與？不然，惟藝之習而無成于德，則雖善射如羿，將焉用之？敢書其説以記于圃，用告于司射者。

濟南重脩伏生祠堂碑

濟南舊有伏生祠，歲久圮毁不治。太守某公某之來，既視事之三日，謁于祠下，顧而嘆曰：「噫！先儒之祠，使廢如此，郡守之羞也。」廼率僚佐與民之老，暨學校之士，謀葺而新之，使如其始，加閎壯焉。凡祭獻之器，莫不飭備而具本末，使來請書其事於麗牲之碑。

惟六籍燬于秦火，漢初求而復之，六家之學先後而出，惟《書》殘缺尤甚，學者莫能道之。惟生以秦博士退老于鄉，獨以其所藏《書》二十九篇教授齊魯之間。文帝聞而將召之，以生老不能行，於是詔太常使掌故鼂錯往受之。漢儒于《書》之學有傳者，實自生始。蓋當是時，孔氏古文之《書》未出，天下無爲《書》之學者，非生則《書》之傳或幾乎絶矣。故生之于《書》雖未能得其全，然二帝三王傳心之道，與其治天下之大經大法得不遂泯于世，而後之學者得有所因以求其全者，生之力也。其有功于聖人之門，亦豈少哉？後世推生之功，以從祀夫子廟庭，宜矣。況濟南爲生之鄉里，生爲其邦之先師，又禮所必祀者。廢而不祀，實爲缺典，守土者不能辭其責也。今某公之脩其祠，可謂知所當務者矣。然則是祠之脩，不惟其不廢夫先儒之祀，合於禮意，抑足以使此邦之士興於學術而化美其風俗焉。

是可書也，遂爲之書而使歸刻云。

文淵閣賞雪詩序

宣德癸丑冬十一月某日大雨雪，京畿之人咸忻躍相慶，以爲有年之瑞。時内翰諸公方儤直於文淵閣，喜雪之雨，于是開上尊之賜酌而賞之。既而相顧歎曰：「物必有可賞也，而後人賞之。夫一草一木之葩華妍秀者，亦足以爲人之賞矣。然不過形色之爲翫耳，初無所益于人也。惟雪者，陰陽之氣和而化焉者也。是其飛霙六出，瑩耀潔白，固可以清人之心目而怡悦其精神，洒練其塵昏之思，使人浩然而釋夫利欲之擾擾也。且其表瑞豐年，解散陰沴，消夫螽螟之害，而兆夫宜禾宜麥之祥，此其爲人之賞之者，豈草木形色之比哉？昔韓文公之于唐，歐、蘇兩文忠公之于宋，皆嘗爲之賦詠，以極夫賞之之趣矣。然皆一時私燕之賞，於國家無關焉。惟今聖天子在上，天下豐樂，物無疵癘，是以太和之氣融爲瑞雪，適應臘前三白之占。雖則田野之民，尚相喜慶而爲之歌謠，矧吾輩幸承聖明之德，列職侍從，處論思密勿之地，而復得從容燕樂享上尊之賜，以極清賞之趣，誠不世之遇也。苟無歌詠，又何以鳴國家之盛而追繼昔賢之遺風也哉？」乃各賦詩一篇，而俾某爲之序云。

東宫受朝頌

宣德九年春二月丙子，皇帝制詔文武群臣，若曰：「朕惟王者之建太子，所以承祧主器，受天下國家億兆生民之寄，厥惟重哉！是其毓德典學，罔不在初，而坐朝臨政之道，亦在素習也。今皇太子年德日進，未嘗視朝，兹其以三月戊寅朔旦始受朝於文華殿，禮部其具儀注以俟。」翌日，陳法駕于文華，太師臣輔率百官從左順門入，皇太子端拱，受朝群臣瞻拜。成禮賜賚有差，于是群臣兆庶咸欣躍稱賀，以爲宗社生民萬世太平之慶。臣幸綴班行之末，敢效輿人之誦，謹稽首再拜而獻頌曰：

赫赫皇明，受天之命。肇我邦家，以聖繼聖。太祖經之，太宗成之。於穆仁考，丕其承之。皇帝御極，載握乾符。纘前之緒，貽後之謨。惟皇太子，神靈挺生。元良繼體，萬邦以貞。今月吉日，天下攸同。迺備法駕，朝于青宮。翼翼文華，嚮明開户。麗日重光，庶物咸覩。維師傅保，左右輔導。以言以動，罔非正道。維兹具僚，濟濟詵詵。先後侍衛，罔非正人。維皇太子，毓德之懋。維皇帝聖，以道授受。如舜之智，如堯之仁，如湯之慎，如禹之勤，如武之孝，如文之純。惟誠事天，惟敬臨民。時惟皇帝之訓，皇太子是循。日新又新，精一執中。時惟皇帝之教，皇太子是宗。臣拜稽首，願揚頌聲。皇帝萬壽，皇太子是承，緝熙光明，繼繼繩繩。於千萬世，保兹太平。

車駕巡邊頌

維宣德甲寅秋九月甲申上日，皇帝親率六師，巡于北邊。公孤卿士百執事之臣，各循厥職，扈衛以行。越翼日，車駕發自京師，出居庸關，歷雲中諸郡，以底於大漠之外。天威震耀，疆圉肅清，士氣振作，民心輯寧。邊人恐懼，潛形斂迹。逃避無所，悉臣悉降。皇帝乃命班師振旅，還于京師。惟昔周公作書，以告成王曰：「其克詰爾戎兵，以陟禹之迹，方行天下，至於海表，罔有不服，以覲文王之耿光，以揚武王之大烈。」蓋王者之守成，固有在乎文德，而武備亦不可弛。故公告王以治兵巡方，所以張國威、重主權，弭禍亂之萌，消覬覦之志而爲保治之良圖也。其後成王乃撫萬邦，巡侯甸，四征弗庭，而致六服。群辟罔不率德天下，後世稱周公爲宗臣、成王爲賢君者，此也。及宣王中興，亦自將以伐淮夷，又命尹吉甫北伐獫狁，詩人美之，至今有耀焉。惟我聖朝太祖、太宗神武相繼，所以靖邊烽、安中國者，其功烈之在天下萬世至矣、盛矣。今皇上撫運守成，天下大同，中外咸服，治功之盛，有踰成周。然猶上煩車駕巡行于邊者，夫豈務勤遠略哉？蓋安不忘危，治不忘亂，而治兵將以弭兵。所以揚祖宗之光烈，而圖天下生民萬世之安也。臣用是著爲頌辭，以繼常武之作焉。謹稽首再拜，以獻其辭曰：

於赫皇德，昭于天下。載敷其文，載耆其武。于遐于邇，爰綏爰撫。曰予圖治，不遑寧處。九月上日，其將有事。皇命公孤，暨于卿士。國有大防，惟是邊鄙。載詰戎兵，予其行視。爰整六師，以先啓行。千乘萬騎，巡彼朔方。龍旂央央，和鸞蹌蹌。

天威孔肅，兵氣載揚。兵氣之揚，如雷如霆。莫不慴服，莫不震驚。遐哉荒服，咸載聲靈。烽燧以息，邊塞永清。皇曰其止，無究我威。飭是封守，予將還歸。人心用寧，神功以熙。迺奏凱樂，入于王圻。迺謁于學，迺獻于廟。功光祖考，惟皇之孝。曰周成宣，同揆于道。臣作頌詩，萬世有耀。

試〔一〕三農望雪賦

維聖皇〔二〕之建極，位天地之正中。廓四海而無外，致九州之會同。六府順叙，三事允從。乃敦八政，務先農功。辨諸土之物宜，肇萬井之提封。地有高下，夫〔三〕有上中。比廬聯屬，溝洫交通。耕則均力而合作，穫則計畝而分庸。肆斯民之知本，咸亹亹而趨于農也。

于時〔四〕歲舍星紀，月將直子〔五〕。道塗既除，天根見矣。河水涸而成梁，場工畢而儲偫。黄鐘應律，陽氣伊始。書雲告祥，候風分祉。人心和而物情美，俟開歲而舉趾。皆閔閔以祈迎，占三白之有喜。方夫雲之未同，風之未起，顒然望之，若將雪而復已也。於是諸農有居山澤者、平陸者、上焉者、下焉者，相與齎咨而語，不能安處，一其心思，而蘄雪之雨焉。

爾其聚衆而雩于壇之上，駢足而立，翹首而望。冀天道之感通，想鬼神之情狀。號飛廉而召滕六，延屏翳以俱往。斡化機于須臾，凌玄虛而下上。少焉風之緩者以駛，雲之滴者以濃。一氣無垠，六合爲同。粲紛紛其下雨，飛華素〔六〕于太空。見先集之維霰，後霏霏之無窮。輕若遊絮，密若走蓬。散如珠璣，積如璧琮。著木成蘂，泊草生茸。遇境而畫，逢隙而封。塗瑶鋪而瑩潔，透瑣牕而玲瓏。〔七〕青山爲之變色，緑池爲之改容〔八〕。化萬殊而爲一，見物情之大同。若乃神京作極，魏闕雙直。玉樓十二，瓊筵四七。抗層臺于雲表，擢飛〔九〕莖於霄側。冠佩煇煌而并進，旂旄璀璨而分植。儼然如百靈之會明庭，肅然如衆星之拱辰極。斯太平之氣象可睹，而豐登之嘉兆可識矣。於是三農之長老〔一〇〕，相率望闕而歌。

歌〔一一〕曰：「維兹雪之零兮，慰吾民之情兮。遺蝗伏藏，年穀其登兮。東作〔一二〕有祥，力吾耕兮。」又歌曰：「維兹雪之零兮，遂吾民之生兮。年穀其登，匪由民之誠兮，惟帝德之徽兮。」

歌已，皆載[一三]拜而退。小臣斯采焉[一四]，請藏金匱。

校勘記

〔一〕清薛熙編《明文在》卷三載此賦，題名同底本，清初抄本脱「試」字。

〔二〕清初抄本同底本，明文在本「聖皇」作「聖王」。

〔三〕明文在本同底本，清初抄本「夫」字作「天」，當是。

〔四〕明文在本同底本，清初抄本「時」字作「是」。

〔五〕清初抄本同底本，明文在本「直子」作「值子」。

〔六〕明文在本、清初抄本「華素」均倒文作「素華」，當是。

〔七〕明文在本同底本，清初抄本於此句後多「回方就圓，隨質而黯者以凝，滯者以融，漥者以平，卑者以崇」。

〔八〕「青山爲之變色，緑池爲之改容」句，明文在本同底本，清初抄本作「青山爲之改色，緑池爲之變容」。

〔九〕明文在本同底本，清初抄本脱「飛」字。
〔一〇〕清初抄本「長老」倒文作「老長」，明文在本脱「長」字。
〔一一〕明文在本同底本，清初抄本脱「歌」字。
〔一二〕明文在本同底本，清初抄本「東作」倒文作「作東」。
〔一三〕明文在本同底本，清初抄本「載」字作「再」。
〔一四〕明文在本同底本，清初抄本「焉」字作「爲」，誤。

漢元功與唐凌煙功臣優劣論

有一代興王之君，必有一代興王之臣。若漢之元功，唐之凌煙功臣是已。然其間豈無優劣之可論乎？何者？功有崇卑之異，人有賢否之分。論功之崇卑者，則當考其迹；論人之賢否者，則當揆其心。既考其迹，復揆其心，而優劣較然矣。且夫漢之興也，高祖起豐沛，提三尺劍，戡亂誅暴，不五年而成帝業。是固天命之有在，抑〔二〕豈非蕭、曹諸人有翊運之功乎？故當其天下初定之時，始封元功十八人爲列侯，由蕭何而下以至夏侯嬰之輩皆與焉，此漢興元功之可指者也。唐之興也，太宗起義晋陽，芟薙群雄，以有天下。是固歷數之有歸，抑〔二〕豈非房、杜諸人有佐命之功乎？故當貞觀之治，圖功臣二十人於凌煙閣，由長孫無忌而下以至秦瓊之流皆與焉，此唐凌煙功臣之可數者也。以今論之，蕭、曹以相業相繼，爲漢宗臣，次則周勃之木强，陳平之智謀而有安〔三〕劉氏之功〔四〕，王陵、樊噲之果勇而有直諫之言；灌嬰、酈商與定諸吕之亂，雖其間不無優劣之異，然皆可以爲元功矣。若無忌孝〔五〕恭，克有忠勤，爲唐懿親；玄齡、如晦，謀斷相資，爲唐元老。至如魏徵之忠諫，世南之博雅，英衛之武略，褒鄂之勇力，高士廉、劉文靖〔六〕、唐儉、張公謹之推誠効力，亦皆有足稱者。然李勣之不忠，敬德之無禮，亦不可得而掩也。是則漢之元功十八人，莫優于蕭、曹；唐之凌煙二十人，莫優于房、杜者矣。抑嘗合漢唐諸〔七〕臣而論之，蕭、曹、房、杜皆以相業稱于一代，其功業亦無大相遠者。而英、衛諸人，將材雖勝，方之陵、勃，則忠純有不及焉。由是而言，漢之元功，唐之凌煙，其爲一代興王之臣則同，而其心迹則異，是其功之崇卑，人之賢否，可不考而揆之也歟？雖然漢唐功臣之稱首，孰不曰蕭、曹、房、杜也？然蕭、曹〔八〕不能相高祖以行王道，故漢之治雜於

霸〔九〕；房、杜不能相太宗以興禮樂，故唐之治遠於王〔一〇〕。是以雖爲一代之宗臣，而不能爲三代之佐也，吁可嘆哉！〔一一〕

惟我聖朝〔一二〕太祖高皇帝龍〔一三〕飛江表，誕膺天命，一息邊塵之擾，〔一四〕而復諸夏之風。制禮作樂，興學立師，以惠天下。功高三代而治越漢唐者，實惟一時翊運之臣。同誠勉輔，以建我皇明萬世太平之業。是其功績之盛，蓋庶幾乎三代之佐，其賢于漢唐諸臣遠矣。論興王之臣者所當知焉，故併及之。

校勘記

〔一〕清初抄本「抑」字作「亦」。

〔二〕清初抄本「抑」字作「亦」。

〔三〕清初抄本脱「安」字。

〔四〕清初抄本「功」字後衍「臣」字。

〔五〕清初抄本脱「孝」字。

〔六〕清初抄本「靖」字作「晋」，誤。

〔七〕清初抄本「諸」字作「之」。

〔八〕清初抄本脱「房、杜也？然蕭、曹」等六字。

〔九〕清初抄本「霸」字作「伯」，二字通。

〔一〇〕「遠於王」三字，清初抄本作「雜于夷」。「夷」爲清廷避諱字，故爲四庫館臣所改。

〔一一〕「而不能爲三代之佐也，吁可嘆哉！」句，清初抄本作「而不能爲三代之佐，可嘆矣！」

〔一二〕「聖朝」二字，清初抄本作「聖明」，此亦當爲四庫館臣因避諱所改。

〔一三〕清初抄本「龍」字後衍「表」字。

〔一四〕「邊塵之擾」四字，清初抄本作「胡元之穢」，此亦當爲四庫館臣因避諱所改。

周禮在魯論

夫所貴于聖人之後者，以其有聖人之典禮存焉耳。故欲觀聖人之後，則觀於其典禮足矣。何者？典禮者，道德之所寓也。聖人出〔一〕而經世立教，必有制作以垂示天下，皆道德之〔二〕爲也。由之則治，違之則亂，固爲天下後世〔三〕所共守也，況在其子孫者哉？是故觀聖人之後而觀其典禮，則不惟有以見其子孫之賢否，而聖人之道德亦可以此而知也。夫魯，周公之後也，周之典禮實在焉。欲觀周道之盛，不於魯而觀之，於何而觀之？昭公之二年，晉侯使韓起來聘。起觀書于太史，見《易象》與魯《春秋》而曰：「周禮盡在魯矣！吾乃今〔四〕知周公之德與周之所以王也。」嗚呼！若起者，亦可謂能觀于典禮者已〔五〕。

蓋《易象》，文王之所演而周公之所繫辭焉者也。若《春秋》，則魯之史記也。其所紀載先世以來之典章文物，與夫朝聘會同之事實，本周公之遺法。凡周公之所以相成王成文武之業者，其道抑有在焉。故先時齊侯使仲孫來聘，亦以魯秉周禮稱之有以也。雖然，周禮信在魯矣，魯則能守之矣。然以其時論之，周道既微，晉霸〔六〕亦衰，魯于此時，能以周公之典禮治其國，以匡輔王室而一正天下，復文武之政而紹周公之業，不亦偉與？而顧徒以僅存周禮見稱，而無補于事，況昭公逐于季氏，爲周公之羞，亦烏足爲周公之賢子孫哉！而起也爲晉上卿〔七〕，實治晉國不能相主〔八〕以義，輯寧宗國，而寧〔九〕吴楚争伯，又烏在其知禮哉！愚〔一〇〕是以每讀《春秋》之書，則必悼周公之道不行，而悲其子孫之不競，惡伯者之無義也。謹以是爲論。

校勘記

〔一〕清初抄本「人出」二字倒文作「出人」。
〔二〕清初抄本「之」字後多「所」字。
〔三〕清初抄本「後世」字後多「之」字。
〔四〕清初抄本「乃今」二字倒文作「今乃」。
〔五〕清初抄本「已」字作「也」。
〔六〕清初抄本「霸」字作「伯」。
〔七〕清初抄本「卿」字作「賓」，誤。
〔八〕清初抄本「主」字作「生」，誤。
〔九〕清初抄本「寧」字作「致」。
〔一〇〕清初抄本「愚」字作「余」。

孔子手植檜贊

孔氏闕里宅庭之前有老檜焉，高數十丈，枝葉扶疎，竦然特立，偃若車蓋，相傳爲先聖之所親植者。愚以其有聖人之手澤存焉，謹爲之贊曰：

偃乎其若蓋，天之象也。軒乎其若輿，地之德也。冬夏青青，無改色也。五行之精，其鍾而不蝕也。四時之氣，其運而不息也。於乎！是檜也者，實先聖之所植也。先聖之道，愚末之能盡識也。伊心之所欽，矢靡釋也。於萬斯年，尚存先聖之手澤也。

擬以户部尚書兼詹事誥

制曰：朕惟國之建儲，所以承宗廟社稷之重，爲天下生民之主。厥寄惟大，然儲德之修，罔不在初。宫務之殷，無微可忽。匪輔導之得人，曷克濟哉？爾具官某，學術惟純，言行惟謹，明于事理，舉措惟宜。毗于予教，敬敷惟允。兹特命爾以本官兼詹事府詹事，惟爾尚克盡乃心力，以輔儲子之德。必敬必慎，務正其事。事有非彝，惟爾以弼。人有弗若，惟爾以繩。爰肅一宫之政，允協庶僚之心。嗚呼！昔后夔以典樂而教胄子，周公以冢宰而弼冲人。朕之命爾，惟時其訓，爾之祗命，惟時其則。庶克楙正，儲子之德，以爲我國家萬世無疆之休，爾其欽哉！

戒飭邊將嚴守備璽書

皇帝書諭鎮朔將軍越二三吏佐。朕惟《春秋》之義，守在四裔，實有國之大防也。自昔帝王，蓋莫不以是爲重者。我國家之興，太祖、太宗，神武相繼，所以攘禦之策至矣。朕承宗社之重，亦惟邊備是謹。今國家雖當全盛之餘，莫敢干犯。然先王之訓，儆戒無虞，於此之時，尤不可忽。迺者朕親率六師，巡于北邊，意蓋在此。惟爾諸將所守，實當要衝，其寄甚重也。故朕每夙夜孜孜，圖惟邊事，意未嘗不在爾等。爾等其各體朕之意，毋爲宴安媮惰之計。其益慎固封守修繕，樓櫓器械，使皆精絶完固。謹儲偫，遠斥堠，休養士卒，無使失所，仍以時訓練振作之。使敵至得即時制禦擒滅，無事則宜持重以守。毋貪近功小利，生事儌倖，遺邊民害。惟務遠圖，以安邊爲功，建功者有上賞，造罪者有明罰，朕不私焉。爾尚思所以副朕付託之意，毋忽。

西域曆書序

《漢·律曆志》曰："三代既没，五伯之末，史官喪紀，疇人子弟分散，或在異域。"異域之有曆，亦自中國而流者與？然東、北、南三域皆不聞有曆，而西域獨有之何也？蓋西域諸國當崑崙之陽，於諸域中爲得風氣之先，故多異人。其有能通星曆之學者，亦宜耳矣。若天竺梵學、婆羅門伎術，皆西域出也。自隋唐以來，已有見於中國。今世所謂回回曆者，相傳爲西域馬可之地年號，阿爾必時異人瑪哈穆特之所作也。以今考之，其元實起于隋開皇十九年己未之歲，其法常以三百六十五日爲一歲。歲有十二宫，宫有閏日。凡百二十有八年，閏三十有一日。又以三百五十四日爲一周，周有十二月，月有閏日。凡三十年，閏十有一日。歷千九百四十一年，而宫月甲子再會其白羊宫第一日。日月五星之行，與中國春正定氣日之宿直同。其用以推步分經緯之度，著陵犯之占，曆家以爲最密。元之季世，其曆始東。逮我高皇帝之造《大統曆》也，得西人之精乎曆者。于是命欽天監以其曆與中國曆相參推步，迄今用之。

予友劉中孚知星曆，博極群術而旁通西域之學，嘗以其曆法舛互，無一定之制，歲久寖難推步，爲之譯定其文，著凡例，立成數，以起筭，約而精，簡而盡，易見而可恆用，秩然成一家書，將以傳之爲其學者，其用心亦勤矣。蓋諸方術之中，惟曆法有關于國，定正朔、示民用而必資焉。然其法難精而易差，歲久必更修，非得諸曆相參考，莫能定也。昔漢造《太初曆》，亦會諸星曆家而參考之，歷數年然後定。今世方術士雖衆，其精于曆數者絶少。而曆行踰一甲子矣，其能終無差乎？差則必復考而脩之，然則中孚之書其將有取焉，不可無也，又豈徒傳之其學者而已？予是以爲之序云。

西湖草堂記

唐君宗吉，清脩士也，有文名江淮間。今年來京師，因予友馬士權與之相見，而以其所謂西湖草堂者求予記。

湖在淮安新城之西，廣袤數十里，汪洋渟泓，深瀩瀲澈，可鑑可濯，可泛而遊。并湖之田，千數百畝，皆受其沃漑以無旱憂，而魚鼈蒲葦之産，可以供民食、備邦用。至于芙蕖菱芡之被其中，檉柳桃梅之植其旁，春敷其榮，秋結其實，暑清而寒瀞，霏雲霞而麗風月，涵光景而浴星辰，實一方之奇觀也。

宗吉之先君子，以初自京口來徙，始卜居湖上，于兹數十年而宗吉繼之。堂，宗吉之構也。廣四筵，深半之，前瞰湖水，後依林木，苫以茅茨，不雕不飾。編葦爲壁，羅石爲除，旁種竹數百竿，蕭爽虛廓，外明而中潔，絶煩囂而抱冲寂，軼氛埃而挹清淑。凡湖之奇觀，盡覽而有之。宗吉于是遊焉，息焉，琴焉，觴焉，挾筴而誦焉，擊節而歌焉，蓋不知富貴之可慕，貧賤之可戚，而忘其身之在于人間世也。賓客之往來觀遊者，咸以爲淮陰之勝在此湖，湖之勝在此堂，而宗吉居之，又一勝也。以是而求宗吉之樂，其可知矣。

雖然，吾聞之古之君子，遊必有所得，居必有所資，其有所觀者必有所取焉，不以樂爲事也。今宗吉之居此湖，獨無所取資乎哉？觀其汪洋以畜乎其德，觀其瀲澈以潔乎其心，觀其沃溉于田也，以思其惠澤之所有施，觀其所産之富也，以致其才之有可用，而于四時花卉之芬敷而秀麗，又以發乎其文章。是其可以資于宗吉者不少也，況其草堂之寧静，又足爲脩學之所乎！宗吉于是而加勉焉，則出有以致用而處有以自安。不惟已得所資以成其名，而是湖與堂亦當因而加勝矣。若曰：「姑擅其勝以爲遊觀之樂而已，則召康公所謂玩物喪志者，豈君子之所宜居哉？」吾知宗吉殆不然也，故以告焉而記于堂。

木軒記

高仲齡揚之聞人也，家居績學，通于經史百家之言，爲詩文亦清淳有古人思致。不仕而隱于醫，淮南之士多從之，遊而推重之，以爲有道者焉。蓋仲齡之爲人，誠篤重内而輕外，不緣飾以動俗取名，澹然自脩而無慕于世也。嘗曰：「孔子，吾師也。其稱曰『剛毅木訥，近仁』，吾其爲木矣哉！」乃題其居之軒曰「木」。搢紳聞而高之者多爲之賦咏矣，余同年梁君士達復爲之請記。

夫木之言質樸也，質樸何近于仁乎？仁，天之理而具於人心，故心存則理得。心馳于外，則理失于内。夫子惡夫巧言令色之鮮仁，爲其飾外而喪内也。巧令之是惡，其有取于質樸也宜哉！質則不文，樸則不華，不文不華，則外不飾而内不喪，其庶乎心存而理得矣，謂之近于仁也宜哉！雖然，是質之近乎仁也，未可以爲仁也。必學以盡其理，行以致其實，而後仁可爲也。夫以仲齡之誠篤，績學不厭而行之不已，雖至于仁可也，而豈止近之云乎？姑用是爲記，仲齡其必有所發也。

屺思堂記

洞陽外史邵君以正爲予言其所知谷允慶者，賢孝人也。自會稽謫戍滇南，奉其二親以居。其年長矣，而其慕親也有嬰兒之心。跬步而不忍離親之側，雖流離患難之中而親之安養若在其鄉也。永樂癸卯，蒙自夷畔，守將奉朝命征之。允慶在行間而母氏没于家，及還，哀恨幾欲無生。人不忍觀其喪焉，既迺爲堂以致時祀，名之曰「屺思」，取《魏詩》「陟屺」之義也，書來托以正請記之。

予曰：「允慶其可謂孝子哉！然其志則可哀已。夫是詩者，蓋亦昔之孝子行役而思親者作也，其詩三章首與末言父兄，而中則言母也。其辭曰：『陟彼屺兮，瞻望母兮。母曰嗟予季行役，夙夜無寐，尚愼旃哉，猶來無棄。』釋之者曰：屺，山之無草木者也。行役者思其母而不得見，故陟之以望也。自母曰而下，則想象其母念子之辭也。爲是詩者，其曲盡母子之情矣。然昔之陟屺者，望母而知母之念子已，猶冀見之也。今允慶乃于母没之後，追維陟屺之時，其情之哀有甚於昔人矣。外史遊方之外，哀樂無所動乎其中，猶感允慶之志，况于予哉！雖然，予竊有告焉。夫孝子之於親，不能不哀思。而所以報親之道，則不止於哀思。孔子之論孝曰：『始於事親，中于事君，終于立身。』曾子論非孝者五，而戰陳無勇在焉。故陟屺而思親者，孝子之情也。戰陳而勇者，孝子之義也。情不勝義，允慶當敵愾之際，惟以報君爲事，固不得内顧其親也。今既終事而還，復得送母之死而事父之生，亦可以無憾矣。由是而往，苟能敬而脩之，以立其身而顯其親，則其親之没而猶存也。不然，雖泣血以終身，何益于親哉？允慶其尚勉之！」於是乎記。

贈醫士陸仲文序

醫有儒之稱者，謂其儒而醫也。儒而醫，則其于理必明，于術必精，而存心必正，理明術精而存心正，則必能愈人之疾，全人之生，而不爲庸工苟利之行，故醫必儒之爲貴也。若吾鄉陸君仲文，其所謂儒而醫者與？君之學蓋得之仲光王先生，先生吴之碩儒也。其行高于一世，其學無所不通，而尤深于醫。值元季之亂，不仕而遯，遂以醫濟人。吴人之德其生者，不可以數計。其事績焯焯，人傳之至於今不泯也，故吴之儒而醫者皆宗先生。君之見先生時，年甚少，秀而好學，先生大奇之。致諸門，盡發其所藴授之。由是君之學大進，其名隱然聞于吴。先生没，鄉人之有疾者失所賴，强延君視之，輒全愈，人德之如先生焉。既而太醫聞其名，遂徵君來都下。都下之疾者，德之如吴人也。

珵嘗慕仲光先生之風，以君出其門且賢，尤禮重之。今年春，珵家嚴忽中風，疾勢之來劇甚，珵惛懼不知所爲，亟請君。君診之曰：「疾勢雖劇，脈應而正，無憂也。

但老年沈疾難頓去，必勤視之，久乃可愈。」於是朝夕爲一至，及十旬，疾勢殺其强半。又閱月，而嚮愈矣。珵德君之勤也，執幣拜其門以謝。君辭焉且曰：「治疾，醫職也。疾不治則失吾職，今疾幸治，吾得不失職耳，謝之何哉？彼因人之疾以爲功而儌利者，吾竊恥之。」珵固請而强委幣焉，退而歎曰：「信哉，儒醫之可貴也！吾見世之醫有幸人之疾以售其技，若市利然。疾未及治，先聲以夸其功，計其疾稍治即索報，不獲報輒怒。有兩三醫争功者，豈有如君之不德其德者耶？又豈有如君之知其爲職而不敢失者耶？於乎！君之言，厥有道哉！非止爲醫而已也。夫忠如周公，孝如曾參，亦臣子之職當然耳。使天下之人皆如君之言，則其于事君、事親之道必不敢失，而知所自盡矣，名教其有不振也與？於乎！若君之爲醫，果無負于儒之稱矣。」

送許明逵序

珵頃至吴中，主父之執吴君仲京，凡仲京之所交遊盡識之，琴川許君明逵，蓋其尤親厚者，故珵得數相接見。其寬衣博帶，儀觀殊古雅。其言斷斷不浮，其行卓卓有守，心重之。自瑆還都下迨今不相見者，歲數易矣。迺宣德壬子秋，會仲京以役事將赴京師，途遠無侶，憚于行。顧無可與俱者，謀諸明逵。明逵曰：「君是行良難，然不容不行也。吾聞朋友之義，緩急共之。某辱君之交久，其忍君獨遠役乎？請偕行。」由是趣裝，辭厥婦子，與仲京俱上道。既至，留數閲月，歷冬徂春，待仲京事閒始告還。仲京來謂瑆曰：「明逵爲我跋涉數千里，勞苦不少。我不堪其戚，而明逵甘之，其義厚矣，是可没耶？子必爲我敘之。揚人之善而不没者，君子也，子無我辭。」瑆既受仲京之諉，以仲京之所善亦吾父之所善。而瑆又素重其人，敘其事也固宜。

嗚呼！朋友道廢久矣，天下之言交者，不復知有信義。平居以盃酒交懽，奉袂把握，披心腹以相與，沾沾示知好，自以管鮑不若也。及夫見小利輒趨，小害輒避，豈惟恝然如不相識！甚則忌其榮，幸其辱，面親而背疎，毫髮拂其意欲，則反爲仇讐而禍賊之。若是者，蓋不少矣，求如明逵之好義者幾人？彼其爲人，出百里許，非有所冀不行，行則必厚自德。不置明逵棄其家數千里外，固無所冀。又自以義當然，略不介意，誠可重也已。瑆觀韓退之書柳子厚，以柳易播事，未嘗不感嘆，以爲世無其人。

今乃見明逵所爲，雖與子厚不同，然以之處子厚之地，安知其不能爲子厚所爲哉？顧珵文不工，不能張其事，抑猶足以愧夫市交者云。

送吴叔鏞序

吴鍾叔鏞，温之平陽故家子也，其先世多聞人。叔鏞蚤孤，與其兄叔金力田以養母，而兄弟間愛敬尤至，蓋孝友之士也。予初未知叔鏞，而予同年鮑君叔大其妹婿也，叔大嘗爲予道其爲人如此。叔大，賢者也。其言信而不誣，予已心識之。

今年夏，叔大告予曰：「叔鏞來矣，願有言贈之。」予問其何來，曰：「以其妹之故，其母氏使之來視也。」予曰：「信哉，叔鏞之爲孝友與！夫温之去京，遠在數千里外。雖父子之離居，不得數視焉。非仕宦役遣，有不得已者。蓋無爲而至，其他至者，則惟服賈以營利者耳，然不足道也。今叔鏞之來，非爲仕也，非爲役也，又非服賈營利也，惟以母氏之一言視其妹。行來不憚道途之遠、跋涉之艱也，蓋得母氏愛女之心矣。且其不違母之命如此，其事母也可知。其於妹也如此，其于兄也可知。夫友與之，不可以無言也。況予同年之請乎？」故爲序以贈其行。

事親無違，謂之孝；兄弟相好，謂之友。然則若斯人者，得不以孝友與之哉！以孝

送陳志行赴潛江知縣序

自唐宋以來，取士重進士科。國朝因之而加重，内以任臺閣，外以寄民社，皆于進士乎取之。而近年又鐫定解額取士，止百人得之，加難用之又加重，故凡進士多官於朝。間有出補外者，則人以爲詘，而得之者亦不樂。

是歲秋七月，廷選進士十四人，而七人出爲縣，錢唐陳君志行得荆之潛江焉。或曰：「志行詘矣，殆不樂也。」予聞之曰：「奈何以衆人待志行哉？夫君子之仕，將以行道也。道行則位得，而何計乎崇卑？位得則志從，而何計乎内外？且縣令非卑官也，有民有社，大縣幾數百里，小縣不下百里。有古諸侯之封疆，雖無諸侯之爵位，而得行諸侯之政，士而得行諸侯之政，又何詘乎？故令一縣之長也，由丞而下皆令之佐吏。其制治在令，令之道行，則一縣之民由我而生遂。其任於内，則惟三

事。大臣相天子出政令，得以行道于天下。餘則不過以共有司之職事，使爲一有司於内，又何信乎爲縣？唐宋進士，初皆除主簿、尉，主簿、尉尚樂爲之，而况爲令乎？志行豈弟人也，自其先大父文舉先生、父介庵先生，皆以名儒爲學官。志行傳家學，鄉試于閩藩，會試于禮部，皆爲經魁，遂爲名進士。其于君子之道，得之有素，以是爲縣，吾將賀其道之得行，而潛江之民得以生遂，未見其詘而不樂也。且我國家用人無内外輕重之弊，朝之大臣自郡縣而升者不少也。志行患治縣之無績，何患其不升于朝耶？雖然是猶以衆人之情而言爾，若夫君子惟計道之行否，升不升亦不計也，奈何以衆人待志行哉？」

予既以解或者之言，翌日志行行。大夫士相與餞之都門之外，觀志行之辭色怡然也。喜予之言不失，遂書而贈之，以勗其行道之志。

送吴大尹還永興詩序

永興令吴君澤民以朝覲至京師，既竣事，將還其邑。其所舉賢良之士黄鉞廷用合所交游賦詩送之，而請予書其右簡。廷用，予友也。其始舉來此，嘗亟稱吴君之賢于予。予問其狀，曰：「君，饒之浮梁人也。以明經登永樂辛丑進士第，擢令吾邑。其爲人外嚴而内仁，望之若可畏避，而即之可親。好人之善而不蔽於其惡，憫人之阨苦，不啻若身履而思拯之也，殆所謂豈弟君子者與？」又曰：「自君之令吾邑，吾邑之民老者得有所養，幼者得有所字，富豪有所檢，窮乏有所振，鰥孤單弱不失所仰，而强梁桀黠者不敢遂其惡。君誠有德于吾邑，故樂稱之。」

予聞之，爲之嘆曰：「誠如所言，豈惟廷用樂稱之？夫人人而樂稱之。」今廷用之請予書，得無以前言乎？然則，予烏可辭也？孔子有言：「君子學道，則愛人。」是君子必以愛人爲心，而所學之道，即所以愛人之道也。不能愛人則不可謂之學道，不學道則不可謂之君子。今君居君子之位，學君子之道，其愛及於人也，固所當然。然世之居其位而不能愛人者亦多矣，視君之所爲，其如何哉？予于是乎有以稱之。

送顔知縣赴邵武序

方伯、守、令，皆民牧也。部總諸郡，郡總諸縣，是方伯爲最尊，守次之，令其卑者也。然以臨民，則方伯爲疎而遠，守次之，令最親且近者也。民情之達，自親且近者始，故縣得賢令，則民之休戚利病舉達乎其上，雖無賢方伯、郡守，民不甚害也；不幸而令非其人，則民之休戚利病俱壅而不得達，雖有賢方伯、郡守，民豈得安然而無擾乎？民之治否，繫於令者如是，然則任官者可以卑夫令之職而不之重哉？爲令者可以自忽而不知所重哉？任之者不之重，則所任或非其人；爲之者不知所重，則所爲必不能盡其職。令不盡其職，而民何所望于治乎？今之爲縣者亦多矣，視民之休戚利病而莫之達。問之則曰：「有方伯、郡守在上，吾安得自達耶？」爲令者既不以達，而爲方伯、郡守者又不使其達，吾民又何所望而安其生乎？夫令之與郡守、方伯秩雖有尊卑之殊，然而俱爲天子牧民之吏也。方伯、郡守之不吾達，吾得以達之天子，今朝廷方切切以安民爲事，詔書屢下，未嘗不注意于爲民牧者也。於斯時而不能達民之情，安民之生，則實壅而害之耳。爲民之牧而顧壅而害之，國家安用如此之臣，而民安用如此之長也哉？

嗟乎！予之爲斯言也，固爲夫爲民牧者發也。然非得君子而語之，不以爲迂闊則以爲厲己，其孰爲聽而用之乎？南海顔生學淵由太學釋褐，擢令福建之邵武，與其遊者爲之請。學淵多才與藝，而志行修潔，淳然其長厚，蓋庶幾乎君子。予故得以斯言而語之，學淵果不以爲迂闊厲己而用之，吾將賀邵武之民之得達其情而安其生也。

送王憲副序

君子之治行，使人稱之於在官之時易，使人稱之於去官之時難。蓋方其在官，已有所施乎人，人有所徇乎己，雖有悦而稱之者，未必爲公也。及至去官，則其于人無所繫矣，於此而稱之，乃見其是非之公而可信。京口王用悦之爲憲副于浙也，凡浙之吏民無不悦服之者。既三載，方奏績于朝而坐事被逮，浙之吏民莫不咨嗟而言曰：

「仁人也，奈何去之？吾人之不幸也。」而其大夫士之仕于朝者聞之，亦莫不歎惜之曰：「仁人也，不宜有此。」至是用悦得白而還，大夫士又皆相與喜幸之踰其常。

於乎！用悦何以得此於浙之人哉？予嘗見有去官者矣，坐席未冷人已從而絶之，快其去而厭其來，甚者詬詈之，指數之，若仇讐然。幸其罪辱，惟恐其獲免也，是固可知其爲不仁之報矣。用悦獨何以得此于浙之人哉？吾于是有以信之矣。雖然用悦以仁人稱，吾將以仁人之事諗之。傳曰：「惟仁人能好人，能惡人。」用悦爲部使者，執刺舉之柄，以臨所部之群吏，必能察其仁與不仁。而刺舉之使仁吏存而不仁之吏去，則用悦之仁於浙人者無窮，而浙人稱用悦之仁者亦無窮也。不然，煦煦自厚，徒務姑息以干譽而無益于治，則非所以爲仁矣。吾知用悦之不爲也。

送孫孟吉序

好逸樂而惡勞苦，人之恒情也，惟有志之士則不然。志之所在，則勞苦有所不辭，而逸樂有所不處，非固好勞苦而惡逸樂也。蓋天下之事常成於勞苦而隳于逸樂，農不勞苦于稼穡，則穀不得食；賈不勞苦於貿遷，則貨不得殖；工不勞苦于力作，則器不得成，而況於士乎？士之志，固將以天下國家之事爲己任也。以天下國家之事爲己任，則必以聖賢之道爲己學。學聖賢之道而任天下國家之事，其可以好逸樂而惡勞苦哉？故周公之告成王，獨懇懇乎欲其無逸。於天子且然，況庶士乎？陶士行稱：「大禹聖人，猶惜寸陰。至于衆人，當惜分陰。」其有見乎此矣。

予友人錢唐孫孟吉，偉然才士也。予嘗與之論天下國家之事，則奮然若將有所爲。聞聖賢之道，則毅然將服膺而力求之。予固謂其爲有志者，然自與予之知且十有餘年，見其家益貧而身益困，往來乎两京之間，歲無定跡。上有老，下有幼，且營且養，且遊且學，其心力罷而體膚瘁焉。於是其將歸省而南也，人咸以其勞苦之極，宜得稍逸樂矣。予獨知其不然也，夫行萬里之途者，不得戀乎室家之安，蓋志乎遠則必忘乎近也。以孟吉之志，其所學所任者亦不近而遠也明矣，烏得中道而廢耶？謂孟吉爲勞苦之極而求逸樂者，蓋不知孟吉者也。予之知孟吉也深，而期待孟吉也遠，故不得以不知者之言而告孟吉也，孟吉勉之哉！

閒趣軒記

吴之東禪寺有正受上人者，其迹寄浮屠中而志慕吾儒，攻詩文，善談論，賢達士多與之游。居一軒，高敞幽閴〔一〕，中惟貯古今圖籍，不設佛事。客至，輒相與倒觴和詩，竟日不厭。嘗自詑曰：「世間事無我與矣，而求閒者，莫我若焉。」遂大署其軒之楣曰：「閒趣。」因予表兄范以清來京師請爲之記。予以其浮屠能慕吾儒也，乃不之拒。

夫趣，嚮也，志意之所嚮爲趣。若目嚮色而有視之趣也，耳嚮聲而有聽之趣也，鼻嚮臭、口嚮味而有嗅嗜之趣也。是皆趣也，而志意之趣尤大。志之嚮富貴也，則有富貴之趣；志之嚮功名也，則有功名之趣；志之嚮道義也，則有道義之趣。富貴之趣淫，功名之趣壯，道義之趣真。其天下之趣，富貴十八九焉，功名五六焉，道義一二焉。蓋耳目鼻口之趣同，而志意〔二〕之趣異。異焉者，要亦不出乎三者之外矣。

今受也，又獨以閒趣名，予不知其何趣也？其耳目鼻口之趣乎？則色聲臭〔三〕

味皆浮屠氏所幻而空之者也。其志意之趣乎？則富貴功名亦浮屠氏所幻而空之者也。惟道義不可以空幻而浮屠氏又不知求也，然則其趣果何在耶？雖然受雖迹浮屠，其志意非專嚮浮屠者也。使其不迹浮屠，則其于富貴、功名、道義之間，亦必有所取矣。惟其迹浮屠，故棄富貴，謝功名，越道義而自趨於幽寥〔四〕無事之域，與山水雲月爲侶，不以閒爲趣，得乎？宜其求閒之深也。夫趨富貴者，不知求閒；趨功名者，不及求閒；而趨道義者，〔五〕不必求閒。求閒者，〔六〕誠莫若受也。嗟乎，受也！予不惜其不得富貴、功名之趣，而獨惜其不得道義之趣也。苟以浮屠氏空幻爲言，則其所謂閒趣者亦空幻爾，又豈復有軒之可名而待予記哉！

校勘記

〔一〕吴郡文編本「闃」字作「閒」，誤。

〔二〕吴郡文編本「志意」倒文作「意志」。

〔三〕吴郡文編本「臭」字作「香」。

〔四〕吴郡文編本「幽寥」作「幽寂」。

〔五〕「趨富貴」、「趨功名」、「趨道義」之「趨」字，吴郡文編本均作「趣」。

〔六〕吴郡文編本於「求聞者」之後衍一「莫」字。

逯怡庵哀辭

怡庵逯先生之卒也，少傅建安楊先生爲文誌其墓，大夫士繼而爲詩以輓〔一〕焉者多矣。珵與其子端同爲庶吉士，讀書翰林，義不得以不〔二〕文獨已，庸摭誌中之事爲辭以哀之。其辭曰：

嗟嗟先生，一世之奇。山靈川秀，鍾毓于斯。〔三〕篤生儒賢，將見于時。才長用短，道高位庳〔四〕。鉅浸遠潤，蓄不及施。退出其餘，爲學者師。方其少年，亦負其偉。徒步至京，奏賦天子。遂遊成均，冠彼髦士。爰乞歸養，晨昏省侍。躬味粗糲，親飫甘旨。怡然以居，樂而忘仕。既領薦書，振鐸于校。士習方媮，倚席罔詔。先生閔焉，獨申以教。惟道是明，安計其效？維參之孝，維惠之和。雖貧且黜，淑人已多。有文傳世，有子繼家。嗟嗟先生，其永不磨。

校勘記

〔一〕清初抄本「輓」字作「挽」。

〔二〕清初抄本脱「不」字。

〔三〕「山靈川秀，鍾毓于斯」句，清初抄本作「厥先有聞，用夏變夷」。

〔四〕清初抄本「庳」字作「卑」。

虞子敬哀辭行人楨之父也〔一〕

惟深山之椅梓兮，弗遇匠氏。材不見用兮，與樗散類。雖不鐫彩兮，亦不殀瘁。心之所安兮，則亦奚愧。嗟夫！子之懷才兮，曾不一試。挾醫以隱兮，老以自肆。曰以利人兮，匪求其利。濟生起死兮，兹實吾志。大夫君子兮，時胥遊詣。載觴以詠兮，或奕以戲。浩然而處兮，六十餘歲。教誨迺子兮，式穀以似。有文彬彬兮，有聲翽翽。漸于雲衢兮，將爲世瑞。家其克昌兮，來祉未艾。天之報善兮，厥惟不昧。冥漠有知兮，亦慰其意。

校勘記

〔一〕清初抄本脱「行人楨之父也」六字。

洪遂初畫像贊

以斯人爲達耶？則其身有終年之困。以斯人爲窮也，則其心無一日之憂。弭宦途之轍，爲林泉之遊。惟自適其適，而不求其求。吾嘗品夫人物，其殆邴曼容、向子平之流也與？

題十先生畫像

右十先生像，首濂溪，次明道、伊川，次横渠，次龜山，次豫章，次延平，次則晦庵，而西山、勉齋次晦庵後，此道學之宗派也。其不及康節、涑水、東萊、南軒者，豈非此爲朱氏授受之正與？然不識畫者何人，其像雖莫辨得真與否，而皆有山立揚休之容，起人敬慕。要之，非知德者不能貌也。

於乎！自孔孟之没，道學之傳不屬。至宋而十先生者繼起，系其遺緒而復振之，其功在聖門，固不待後學之贊説，而其所得之淺深高下，抑非後學之所擬議也。顧獨惜予生之晚，不得以與濂、洛、關、閩師友之會，而區區服膺遺言以求之，宜其勤且艱哉！化者可作，願從之遊。

題龔聖與瘦馬圖

右吴郡魏文忠所藏龔聖與《瘦馬圖》。聖與，名開，淮陰人，在宋季以詩畫知名。其作此圖，蓋得杜子美《瘦馬行》之意。聖與首自題以詩，繼而題之者，會稽楊維楨而下凡十三人，皆託之馬以喻人，其辭意有足悲者。然予觀此圖獨異焉。

古之善畫馬者，貴得其神氣而不貴形似，聖與乃以《相馬經》言馬之千里者其肋十有五，拘拘然如數而畫之。夫馬固有十五肋者，然不必畫也。畫之，不已泥乎？

予意曹覇、韓幹之畫馬，不若是也。且伯樂謂天下之馬若滅若没，若亡若失，不可以形容。筋骨相也，可以形容，筋骨相者，常馬耳。由此觀之，《相馬經》之言亦未必然。如必以十五肋乃爲千里馬，亦猶必十尺乃爲文王，必三尺乃爲周公也。是世俗之見，非豪傑之見也。嗟乎！聖與既泥形而畫之，予又泥畫而論之，豪傑之士將不併笑之耶？

跋蔣節婦傳

節義之於人大矣，節義不立則天常不明，人紀不正，世教不興。其所關係如是，是可以不立乎哉？然代德既衰，人心不古，彼挺然丈夫猶或不能以盡臣子之道，而婉孌女婦乃能抗其節義以死守之而不變，不亦難哉！此予所以觀乎蔣節婦之傳而有感也。當其夫死家破，姑已改適，使其志節稍瑕，能不靡然從流耶？而節婦忍寒餓，守死勿去，卒育其孤，以存蔣祀。比之安處富完而守者，蓋尤難矣。使其爲丈夫，吾知其於夷齊、巡遠之所爲而將爲之不惴也。雖然，予之斯言豈直爲婦人發哉？

進德齋箴爲李生元振作

松陵李鑒元振，好學士也。自名其藏脩之所曰「進德齋」，而求予言勗之。予以其可與之言也，爲之箴曰：

尼父有言，著于大《易》。君子服之，迺進厥德。德進維何？忠信是持。于心于事，勿貳弗欺。知之惟誠，行之惟誠。誠積不已，日進高明。爲臺九仞，一簣其址。行地千里，跬步伊始。始之終之，罔或中輟。雖彼途人，可幾聖哲。嗟子善學，克念于兹。歸而求之，尚有餘師。

拙庵先生傳

拙庵先生者，吾里之儒也。其爲人惡巧，故以拙自目。語拙則喜，語巧則怒，曰：「吾聞巧妄不如拙誠，寧拙死，無巧生也。」有惡其然者，難之曰：「先生何惡巧之甚邪？夫巧者，人之大能也。垂巧而舜官之，般巧而輒稱之，巧固聖賢之所取也，先生何惡巧之甚耶？且夫所謂拙者，以其無機心與機事也。是其人必樸然如木，塊然如石，直情徑行而無所思爲乃可耳。今先生多學以文其身，多方以養其生，入則爲愉色婉容以悦親，出則多禮義以悦人，見善則訢然趨，聞惡則蹙然避。鬣鬣自脩，而不敢開口道人之短長。是惡得無機心與機事，又惡得爲直情徑行、無所思爲而謂之拙乎？《書》曰：『作僞，心勞日拙。』病矣，先生之爲拙也。」

先生曰：「唏！而惡知吾心哉！吾所惡夫巧者，非機械之巧也，惡其巧於爲惡者也。人性本善而欲則惡，惡不可爲也。而爲之，斯惡人矣。而巧於爲惡者，又將以惡實盗善名，巧邪盗正，巧柔盗剛，巧逆盗順，巧私盗公，巧汙盗廉，巧訐盗直，巧忮害盗慈良，巧險陂盗宏大，巧妄誕者盗真誠。然而卒不能盗也，則反惡夫誠善者而攻之，以敗其善，是重爲善人之賊也。吾故惡之。惡之，故反之以拙。拙也者，寧爲善而不足，無爲惡而有餘，是豈容僞哉？若《書》所云『作僞心勞』者，乃在彼而不在此也。然則彼巧於爲惡，而實拙于爲善，吾實拙于爲惡，而豈巧於爲善哉？唏！吾豈灌園者之拙哉？吾豈能無機心與機事哉？吾又豈能如木如、石直情徑行而無所思爲哉？子休矣，吾拙不可巧也已。」難者聞其言，赧然汗顔而退告於人曰：「拙庵先生，古人之徒也。吾乃今知巧不可以勝拙矣。」

吾氏仲其名徐子曰：「予嘗誦周茂叔《拙賦》，至『天下拙，刑政徹，上安下順，風清弊絶』，未嘗不擊節而歎。夫巧亂拙治，自古而然。然天下常少拙而多巧，彼其脩渾沌氏之術者，又矯枉過正而非道君子之欲以拙勝巧也。亦豈易哉？若拙庵之惡巧言，雖有激而其意正矣。」此予特有所論著云。

瞻雲四章

瞻彼玄雲，其在于天。化而爲雨，時雨於田。芃芃者苗，亦霑其澤。爰秀爰碩，維雲之德。

瞻彼白雲，乃在于山。胡不終雨，悠然而還。芃芃者苗，思蒙其惠。雲其遠矣，望而不遂。

瞻彼雲矣，匪白其玄。來去無心，伊其自然。苗之芃芃，時雨化之。永懷大惠，無日已而。

雲兮油油，苗兮蕭蕭。昔維其邇，今何以遥。苗及長矣，雲長往矣。顧瞻雲兮，日其永矣。

雲耕辭

山之雲兮霏霏，我之耕兮其樂熙熙。朝出兮暮歸，雲與我而相依。嗟茲雲兮，一畝而微。胡不飛去兮，雨彼九圍。山之雲兮油油，我之耕兮其樂休休。東作兮西收，雲與我而俱遊。嗟茲雲兮，一畝而留。胡不飛去兮，雨彼九州。

漚屋辭

若有人兮湖之洲，思鴟夷兮與爲儔。厭土處之塵濁兮，獨逍遥乎一舟。葺木蘭以承宇兮，結桂枝之飛樓。采緑蘋於初春兮，搴芙蓉于杪秋。日釣鮮以爲食兮，夜卧擁蘆花〔一〕之衾裯。憺〔二〕忘機而汎汎兮，逐無心之白鷗。朝南浦兮暮北渚，何往來之優遊。信所居之無定兮，慨予生之若浮。静觀化而自喻兮，寄大海之一漚〔三〕。羌〔四〕世俗之固陋兮，謂斯言之謬悠。嗟予懷之所寓兮，奚獨取彼莊周。昔孔氏之不遇兮，亦將泛海而乘桴。浩川上之嘆逝兮，乃有見夫道體之深幽。諒聖哲之所存兮，豈衆人〔五〕之與侔？惟功名與富貴，實天命兮匪人謀。將無心而自致兮，孰〔六〕有心而可求？彼求之非道兮，固少樂而多憂。伊達者之獨異兮，乘虚舟而浮遊。觸之不彁兮，放之自由。任予〔七〕心之所如，委大化以去留。託〔八〕逝水之無窮兮，與天地而同流。

校勘記

〔一〕清初抄本「花」字作「華」。

〔二〕清初抄本「憺」字作「淡」。

〔三〕清初抄本「漚」字原寫作「鷗」，後抹去「鳥」旁作「區」。

〔四〕清初抄本「羌」字作「嗟」。

〔五〕清初抄本脱「人」字。

〔六〕清初抄本「孰」字作「就」。

〔七〕清初抄本「予」字作「余」。

〔八〕清初抄本「託」字作「記」。

初入翰林贈同選諸公二首時有詔比二十八宿

叨陪群彦後，通籍紫垣中。進道思加勉，爲文愧未工。九霄分宿彩，萬里得鵬風。報國無他術，惟應有朴忠。

日直石渠署，時趨金馬門。不期韋布士，得近冕旒尊。黄卷常相對，丹心祇自存。一官無寸補，獨愧受皇恩。

中秋和益之文學

碧霄無翳野煙收，風物清新滿帝州。雲表笙歌雙闕夜，月中砧杵萬家秋。蓬萊樹影連瓊島，太液波聲接御溝。聞道相如詞賦就，明朝將獻玉墀頭。

慶成宴

事畢南郊霽景融，恩傳清宴禮從容。九成僊樂來儀鳳，五色祥雲護衮龍。殿幄高張金翡翠，宫花巧結瑞芙蓉。群臣稱慶歡無已，願得年年一度逢。

上元西苑賜觀燈應制三首

宸游應喜物華新，内苑張燈宴近臣。月皎蓬壺天不夜，風融瓊島樹先春。五雲垂彩環南極，萬象齊輝拱北辰。深荷皇恩何以報，願将無逸細敷陳。

僊蹕宵嚴出紫微，廣寒宫裏駐龍旂。九重月色開燈火，二八花枝舞羽衣。翠鳥影分鰲并駕，碧簫聲引鳳齊飛。君王應與民同樂，不爲遊觀輟萬幾。

翠華高擁五雲端，綵炬圍春夜不寒。月殿坐分雲母障，天厨饌出水精盤。縱横星斗羅諸國，曼衍魚龍舞百蠻。多幸時清風景好，年年長對御前看。

進賀瑞應龍馬詩

聖皇昭至德，神物效嘉禎。天駟霄分彩，雲龍晝孕精。權奇真可愛，俶儻信難名。自是仁風毓，還從和氣生。乾剛資迅健，坤性賦柔貞。素質凝霜潔，華騣拂霧輕。卷毛波合沓，鋭耳玉琤嶸。脩尾垂絲直，方瞳夾鏡明。蘭筋紋隱碧，皀臆汗流赬。夕秣辭西極，朝趨覲北京。履方循矩步，旋曲宛規行。躡景追鸞馭，長嘶協鳳鳴。騶虞堪作友，騏驥愧爲朋。揆道光堯治，程功鄙漢征。羲圖應并耀，禹範亦俱呈。萬國同稱贊，多方久息兵。鑾輿增氣象，寰宇洽歡情。瑞牒徵休應，貞符表泰平。帝心存戒敬，天道格純誠。臣拜稱嘉慶，千齡播頌聲。

泰山春雲歌

泰山高出五岳中，勢壓恒華兼衡嵩。膚寸之雲雨八極，靈異固是諸山宗。時維三月天不雨，熯氣贔屭無清風。山神有秩在祀典，思報帝德熙天工。初看石上微陰起，已覺布濩彌長空。氛氛郁郁異煙霧，自與佳氣相和融。飄揚變化無定跡，倏忽來去從飛龍。須臾霏雨溥天下，膏澤所及無遺功。我思世間瑞，莫與此雲同。滋我禾稼活我農，令我老少無飢窮。太平有象年屢豐，佇看玉檢來登封。

假日同賴吉士德受謁文丞相祠德受用元徐容翁詩韻爲詩示以和之

宋朝養士三百載，忠節如公僅有之。意氣從容臨死日，風姿髣髴在生時。心同巡遠人皆識，學本丘軻世罕知。得暇因來祠下謁，興懷還誦《指南詩》。

輓劉希哲

蟾宮新折最高枝，豈意俄然與世辭。金榜題名纔幾日，玉樓待記已多時。五湖舊宅人何在？千里孤舟櫬返遲。泣向東風情不盡，爲君歌斷《大招》詞。

次韻酬余都指揮斌

擁旄仗節氣如神，分閫東南號令新。薏苡明珠終有辨，詩書禮樂更無倫。樓船坐嘯江風冷，匹馬行喑苑樹春。誰道將才專用武？孔明元自出儒紳。

送陸士賢還南兼柬孫孟吉

簫鼓臨津發櫂歌，津頭送客駐鳴珂。醉來分手情難盡，老得還鄉幸已多。晚岫雨晴雲半濕，春江風澹水微波。金陵倘見孫文學，爲問窮經近若何？

贈黄將軍大方

將軍才略自超群，擬建奇勳報聖君。眼底時披魚復陳，胷中老蘊豹韜文。夜間玉帳占星象，春泛樓船掣海雲。莫訝年來雙鬢雪，還堪坐鎮净邊氛。

孝節堂

陸氏吴故家，系出平原後。迨今千載餘，素風能世守。一門两孝子，繼以三節婦。由來天地間，此美不常有。豈惟家道昌，足使民彝厚。嗟彼悖亂者，視此良愧負。旌賢與彰善，實繫風化首。作詩紀堂楣，永永垂不朽。

送徐中行司訓還永嘉

永嘉文獻邦，自昔隆儒術。方今聖明時，賢才宜輩出。况君資世澤，氣格自超軼。鵷雛産丹穴，五彩絢毛質。要知真瑞物，寧與衆禽匹。經傳扶陽學，書得率更筆。以兹適用器，安可終隱逸。太守號知人，察舉信無失。裦然領薦起，抱策辭蓬蓽。一官喜榮鄉，典教實清秩。上公首贈文，和者亦非一。予生雖異方，同姓情所暱。會遲别何速，中曲難盡述。重雲晦山谷，積雨河流溢。輕帆挂長風，去若飛鳥疾。及門諸俊秀，德業待表率。平生行道志，發軔在今日。勉旃務進脩，遠大應可必。

迎萱堂爲連邵陽賦

爲子貴能養，得禄喜及親。仲淹恨晚達，季路嗟先貧。不酬罔極恩，何以報生身。所以孝子情，於此獨酸辛。連侯吾鄉彦，秉心孝且仁。別乘臨邵陽，惠政洽邦人。千里迎慈母，來自吴江濵。北堂有靈萱，母氏久怡神。移植雖已遠，開花色常新。籃輿日從遊，綵服照青春。花前稱壽觴，其樂難具陳。嗟予蚤失恃，有願不及申。撫懷動深感，涕泗空霑巾。

奉節思親

昔君持使節，乘傳過巴川。翱翔萬里外，馬足窮南天。有親在高堂，寸心獨懸懸。時還陟屺岵，北望孤雲邊。恨無淩風翼，飛墮雙親前。踟蹰未能去，王事不可捐。黽勉向前驅，咨詢良靡愆。服此公義重，奪彼私恩牽。言盡臣子道，忠孝當兩全。爲君重發詠，聊繼《皇華》篇。

四明宋舍人琰家園雜興六首

芸香閣

芸生書閣前，秀色晚更緑。蠹蟫避清芬，緗素染微馥。百年積有餘，三冬用應足。勗爾賢子孫，於兹宜飽讀。

来青樓

結樓倚層阿，四面皆青山。山色無冬春，常在窗牖間。雲昬漸收去，雨霽仍飛還。長誦臨川詩，此心有餘閒。

春風亭

芳亭面青陽，日夕來和風。階草不斷碧，林花相續紅。四時常若春，生意自無窮。惟應仁者心，藹然與之同。

澄月沼

泠泠一泓水，瑩潔含秋白。深淪玉兔精，冷浸金蟾魄。不學騎鯨僊，已作攀桂客。夜夜如中秋，清賞無時斁。

竹軒

種竹北軒前，青青繞庭除。月中舞鸞鳳，風外聞笙竽。節見歲寒後，道存方寸虛。幽貞有所則，懿此君子居。

梅磵

澗古泉最清，梅老花益盛。香風韻幽琴，冰影照寒鏡。閒來時獨遊，興至即成詠。心賞誰與期，邈矣林和靖。

題盛子昭畫

南山白雲裏，儔侶時往復。仰攀喬林秀，下瞰深溪淥。松風度絃聲，蘭氣薰衣馥。閒來藉瑶草，玄談自相屬。塵想俱已冥，道機諒應熟。何當税吾駕？於此尋幽躅。

馬行爲張御史琪賦琪先巡按南直隷復奉使江西至是召還出此卷請予賦以補之

使君之馬碧玉驄，馬蹄行處生春風。春風摇曳動衣繡，秋霜盡化陽和中。去年使君向江東，江東之人開喜容。今年使君向江西，江西之人解愁眉。拭爾涕淚止爾啼，去爾蟊賊拯瘡痍。脱爾鬼域爲烝黎，寒軀自煖不須衣。山川所過散陰厲，草木亦覺生光輝。勾芒行春只三月，使君行春春不歇。願得使君長撫循，慰我生人久飢渴。忽傳璽書下，趣召赴京闕。共遮使君馬，少駐且莫發。青絲絡頭白玉鞭，送將萬里去朝天。使君倘幸重臨此，父老還來拜馬前。

丹荔白鷴

南中荔子夏初熟，露壓紅綃低翠屋。紛紛鳥雀不得栖，獨有白鷴來上宿。白鷴之白非等閒，玉質雪花雲錦斑。天然標格自耿介，肯受羈束樊籠間。仰不隨老鶴游，俯不與群雞餐。香風拂拂梳羽翰，側目長望青雲端。高飛願逐五章鳳，共啄瑶島金琅玕。

題章御史聰綵繡堂

東風遲遲日載陽，始獻春酒登高堂。堂上雙親俱壽康，堂前蘭玉列諸郎。伯季後先相頡頏，仲氏秀出名早揚。珥筆彤廷侍聖皇，時還省覲娱親傍。綵衣參舞儼成行，於中豸繡獨輝煌。春雲爛映柏臺霜，袖間冉冉飄清香。天恩寵錫龍鳳章，華冠玉佩相輝光。親顔怡怡樂未央，子能承之敬不忘。忠孝兼全身以昌，君家積慶何可量。

竇氏檢察事尋常，未足與之相比方。愧予辭翰非所長，徒致嘆美難敷張。少陵詩句聊摘將，爲君作歌侑壽觴。

荆茂堂

君不見田家兄弟思分異，紫荆一夕爲憔悴。無情之木尚如此，人生有情寧不愧？君家兄弟俱才英，兄能愛弟弟敬兄。庭前亦有紫荆樹，春來秋去長青青。長青青，青不老，歲歲花開顔色好。千枝萬葉本同根，晚暮相看須自保。世世勿爲分樹圖，此樹千年應不枯。

題明皇觀馬圖三首

自從車駕罷東封，漸覺君臨有惰容。忘却九齡金鑑録，退朝惟看玉花驄。
紫衣奴子髮垂肩，調習龍駒過御前。怪底君王留意重，可憂廵幸向西川。
宫日沉沉轉碧梧，玉階調馬用奚奴。君王猶有般游意，曾見韓休諫疏無。

蓬萊春曉圖二首

榑桑日上照三山，丹碧樓臺杳靄間。春色還應無限好，可能移得向塵寰。
紅橋遥與碧城連，春鎖瓊樓花滿煙。不用飈車凌弱水，人間自有小游僊。

題海虞李氏具慶堂二首 李氏公澤兄弟同居，能篤友愛。鄉先生張修撰宗海爲之記，至以「頹波砥柱」方之，蓋有所勸激云。

天倫樂孺本良知，閱鬩分居獨未思。珍重勿隨流俗變，爲君載誦鶺鴒詩。
滔滔逝水絶回波，一柱中流力已多。爲問歸休張太史，邇來風俗復如何？

題墨竹二首

薊丘圖畫每曾看，真竹無從見一竿。紅紫紛紛滿城郭，不知何樹好棲鸞。
高節由來自絶塵，不同群卉媚陽春。風霜客路無相識，對此還如見故人。

題畫梅二首

自來京國未還家，不見江梅幾歲華。聊復題詩向圖畫，也勝東陌看桃花。右白梅

不將容采争春媚，獨抱貞心度歲寒。自有調羹滋味在，任教人作杏花看。右紅梅

題張士美蒓室

江邊閒却釣魚舟，一室蕭然客邸秋。自憶蒓羹歸未得，幾回夢與季鷹遊。

題尹處士水竹居

脩竹千竿水繞舟，卜居憐此最清幽。凉聲撼榻三更雨，爽氣穿窗六月秋。波暖或看魚出躍，月明應見鳳來遊。知君自得閒中趣，不羨人間萬户侯。

送姜啓洪兄啓吾還臨川分題得揚子江

長江萬里向東流，歸客遥乘一葉舟。樹色迥連瓜步晚，鴈行斜度海門秋。臨風

釃酒攄高興，對月吟詩紀壯游。令弟鑾坡正相憶，計程應擬過揚州。

送俞賓州大雅還任大雅永樂辛卯進士，爲御史。辛丑坐建言事出爲州佐，今朝京還。

早年擢儁侍僊班，白簡飛霜玉陛間。盡節每思裨國政，進言猶記犯天顔。龍城南望雲連海，庾嶺西來桂滿山。莫向炎方歎淹滯，朝端行且召君還。

西崑群玉爲建溪王處士賦

西崑之山建溪曲，風景依稀似淇澳。萬竿脩竹緑猗猗，歲晚森然挺群玉。君家正居群玉間，微開一徑通柴關。天風泠泠日蕭爽，六月不熱生清寒。夜中漻泬聞有聲，琳琅戛擊天球鳴。頓令塵耳一洗淨，毛髪洒瀝心神清。於時俗士病亦瘳，況乃風流王子猷。窅然自與人境絶，何須泛海尋蓬丘。先生從來耽古學，節與此君并高卓。兒孫秀出玉笋行，箇箇嶄然見頭角。昭代求賢無所遺，林泉寧得久棲遲。鳳凰飽啄琅玕實，好向朝陽見羽儀。

太原書室歌爲泰和蕭元圭作

君家太原墅，乃在江之西。由來此地最奇勝，名與河東禹蹟齊。蒼山萬仞臨廻溪，緑樹上拂青天低。林煙冥冥水光白，雲中髣髴聞天雞。漁舟沙鳥迷遠近，欲窮深處無端倪。塵蹤俗轍那可到，只應高士得幽栖。高士幽栖多歲月，慣釣溪魚採薇蕨。閒中讀盡古今書，幡然領薦來京闕。一來京闕又幾春，蕭蕭兩鬢白于銀。宦情寥落忽如夢，憶著故山眉日顰。眉日顰兮何時伸，却恐風光不待人。好買扁舟便歸去，山中猿鶴尚相親。

題莊周夢蝶圖

漆園傲吏常多睡，不管人間春與秋。夢去祗知周是蝶，覺來還訝蝶爲周。蘧蘧卧處無何有，栩栩飛時亦自由。十萬餘言皆寓也，即今圖畫更真不？

送曲揮僉恂赴鳳陽

近代無儒將，憐君獨好賢。簪纓榮世襲，詩禮美家傳。驥足超千里，鵬摶上九天。圖規廿四陳，法貫十三篇。尚策羞言勇，臨機不失先。性情温似玉，才辯涌如泉。自擬同羊祜，人將比謝安。建牙當吉日，仗節正青年。自昔龍飛地，難分虎卧權。帝心斯簡迪，廷論重甄銓。侍禁誠華要，干城匪左遷。佩符辭陛肅，乘傳去程遄。士友嗟分袂，官僚喜贈鞭。鳴笳壯行色，歌管促離筵。紅樹都門外，青山驛路邊。暖雲烘幄帳，香雨濕鞍韉。啼鳥喧人耳，飛花落馬前。經行多勝覽，懷抱爲舒宣。陵氣常蔥鬱，淮流極渺綿。都名尊列郡，水勢合諸川。居守應非易，操持必自堅。讀書須有用，履道貴無偏。察物宜資鑑，治身可佩弦。政厖思整頓，人敝在安全。此日從南去，何時更北還。伊予方旅寓，疇昔與周旋。武弁雖殊製，文韜亦共研。贈言慚孟冀，壯節想文淵。忠孝俱當盡，功名各勉旃。諒非游子別，何用淚潸然？

送周參政鑑致事還錢唐

紫綬金章白髮新，歸閒人識舊藩臣。理財自昔稱劉晏，守土于今見寇恂。遺業未須憂子姓，餘貲惟擬樂親賓。想應舟及錢唐日，湖上梅花已報春。

送李憲副還廣西

三年奏績來雙闕，萬里觀風過五溪。霧毒全消梅嶺外，霜威遥肅桂林西。藩兵盡出迎麾節，峒獠爭先拜馬蹄。試飲貪泉心不易，清名應與昔賢齊。

送蘇員外良金從弟還閩

謝家群從總才賢，康樂平生愛惠連。春草池塘時入夢，夜窗燈火暫同眠。江干風雨維舟處，海嶠雲霞落雁邊。獨愧長瑜叨末契，重陪祖席和新篇。

送周奉化考績還分得窗字

三載鳴琴在海邦，能令澆俗化淳龎。衣沾雨露辭天闕，櫂鼓雲濤過浙江。考課已爲今第一，校文還説舊無雙。聖朝圖治求循吏，未許淵明卧北窗。

送元上舍貞赴濮州司訓

銀壺美酒絡青絲，飲盡難禁欲别時。冰合河津舟去少，雪深山路馬行遲。何蕃行義人皆重，李覯文章世所推。想到濮陽開講日，諸生應喜得良師。

送孫隐赴廣靈王府教授

曳裾何處去，爲傳向王門。行李書千卷，賓筵酒一樽。秋風清驛路，暮雨暗山村。到日承嘉問，無將伯術論。

送李御史敬致事還巴西

還鄉真樂事，況乃繡衣游。冰似寸心潔，霜餘兩鬢秋。巫雲迎棹入，巴水繞城流。後日揮金會，詩朋好唱酬。

贈鄉人

憐君豪俠客，末路獨飄零。餘業梁間燕，浮生水上萍。往來頭自白，故舊眼誰青？去去毋惆悵，還山養性靈。

送珩上人還錢唐報國寺

萬松深處寺，幽意愜栖禪。地比匡廬勝，人如惠遠賢。經翻千葉貝，漏刻一枝蓮。他日扁舟便，相尋會有緣。

送邵道官弟璘還雲南

幾年不見大茅君，尋到蓬萊却便分。一鶴明朝又南去，白雲廻首憶青雲。

寄訊友人南游不還者二首

高堂幾度見尊君，念子音書杳不聞。江海茫茫千萬里，扁舟何處望孤雲。

嗟君一别竟何之？幾度空吟有所思。欲寄尺書無處達，春鴻況是北歸時。

次韻答楊希善先生二首

别來常自想君賢，不減襄陽孟浩然。春雁南回傳尺素，開緘喜得《白雲篇》。

謬膺科第厠時賢，自致青雲亦偶然。欲濟蒼生無别術，仲舒惟有策三篇。

題孔員外謨所藏四景圖四首

日出煙靄消，林扉媚晴景。僻處春自閒，獨吟思彌永。芳樹夾岸陰，溪水涵山影。彷彿桃源中，何處來漁艇？

孤嶼風日清，登臨散煩燠。雲木蔚生涼，湖水晚更緑。携琴不必彈，真趣應已足。相對澹忘歸，林間見茆屋。

木落滄江空，秋容自瀟灑。縱横洲渚間，往往見漁者。榜繫洑流中，網曬斜陽下。應有濯纓情，含毫不能寫。

寒雲結重陰，密雪下盈尺。群峰失蒼翠，萬樹花俱白。幽居深澗濱，門逕斷行跡。伊誰能遠尋，應是探梅客。

題畫四首

雨後山路淨，風吹花片香。興來閒曳杖，行過瀼西堂。

雲壓北溪樹，溪頭風雨昏。孤舟歸去急，不覺過前村。

松風度溪水，靈籟自成音。閒來聽不厭，無意理瑶琴。

天風吹暮雪，溪上失青山。春信初探得，歸來不避寒。

題半窻風雨竹圖二首

嫋嫋數竿竹，瀟瀟雨間風。秋聲聽不盡，都在半窗中。

憶昔虎丘精舍宿，夜深飛夢過湘江。醒來不見庭前竹，風雨瀟瀟半掩窗。

題王孟端所藏畫二首

湖上雨來雲滿空，村鴉撩亂竹間風。依稀記得幽棲處，回首吳山在夢中。

舊結茅廬水郭西，年來林木長初齊。歸時不識門前路，尋過南溪又北溪。

題陳士謙畫二首

漁歸飲罷酒猶酣，短櫂隨流不用帆。一任晚風吹得去，那知江北與江南。

常慕當年李謫僊，高才逸氣獨翩然。如何招得斯人起，同上匡廬看瀑泉。

題漁父圖

世人不識先賢意，每事都從迹上求。一自子陵辭漢後，畫中漁父盡羊裘。

探梅圖

百丈清溪半是冰，雪深山路馬難登。却令童子前村去，爲問梅花開未曾。

題郭純畫騎驢待渡圖

片雲初黑楚江頭，密雨斜風水急流。到此蹇驢行不得，方知濟險屬扁舟。

題竹林七賢圖

竹林群飲日醺醺，放達寧知禮檢身。司馬氏亡緣底事，七君猶號晋賢人。

題張澹古所作枯木竹石圖 澹古作畫妙天下，而晚年風痺不復可得。此圖其未痺時作者，詩故及之。

怪石巉巖踞蒼虎，竹葉毵毵鳳鶱舞。槎枒老樹如老龍，夭矯蟠拏虎鳳中。奇哉三物此相從，形色不同神氣同。君不見世間磊落豪傑士，心胷有奇物，不殊虎鳳龍。居然無所偶，取羞在凡庸，安得妙筆爲形容。嗚呼！可憐痿痺澹古翁，可憐痿痺澹古翁。

寄題金華章氏山翁環秀亭歌

越中多山水，最好是金華。金華好山色，半在章翁家。翁家亭子高幾丈，屹立岧嶤白雲上。南山北山數十峰，盡向亭旁列屏障。東望覆釜西芙蓉，雙溪流水春溶溶。好風吹雨過林杪，時時飛翠落亭中。翁今年已七十餘，繡衣紗帽樂閒居。日日登亭作高宴，賓朋并集相懽虞。盡收秀色入詩句，句句磊落如瓊琚。吾聞古有列僊儒，觀之章翁乃不虛。何日從翁一游目，爲翁作賦書亭隅。

竹雪山房歌爲李笙臺賦

李君瀟灑資，夙好在巖穴。結茅笙臺山，夐與人世别。無數脩篁繞屋生，歲晚青青自成列。寒雲壓檐端，天風吹暮雪。六花飛出玉瓏璁，亂影動摇金瑣屑。瑶池白鳳夜飛來，毛羽毿毿映微月。君方高卧北窗前，擁被咿唔吟不徹。塵昏一洗淨，五内不復熱。人間富貴事，無足挂齒舌。閉門獨忍袁安饑，開徑還希蔣卿潔。三冬文史既足用，一日聲華動朝列。手持天上書，來拜雲端闕。每存清白心，猶抗孤高節。相逢索我歌山房，佳致都將向予説。平生自是愛山者，聞此興懷不能歇。問君何當還，扁舟請俱發。分我半房容一榻，飲山之泉食薇蕨。長嘯竹雪間，人境兩清絶。

滄洲趣爲姚怡雲題畫

江水無風拍天白，萬里微茫秋一色。紫霞飛處是滄洲，數點青山遥可識。楓林坐者怡雲僊，凝視不語心悠然。我欲與之相周旋，未能脱却人間緣。掀髯一笑趣何在，聊誦莊生《秋水篇》。

春晚書懷

可愛韶華景，其如近晚何？宦情因病少，詩思爲閒多。細雨滋芳草，微風動緑蘿。翻思五湖上，孤櫂弄鷗波。

述　懷

小年懷大志，及長歎無成。賣藥不能隐，傭書徒悮生。困諳時忌重，迂見世情輕。甚愧相知者，逢人道姓名。

暑雨休沐城南别墅二首

積雨城南墅，經旬不出行。閉門無客到，繞屋盡蛙聲。自得閒中趣，誰争世上名？惟慚羊仲輩，猶識蔣元卿。

荒圃雨初晴，虚堂坐入更。物情應有感，吾意本無營。腐草攘蘭氣，流螢妒月明。一樽時獨醉，寧問濁和清。

秋齋卧疾

流光冉冉思悠悠，碧草香銷白露稠。蟋蟀亂鳴金井月，黄華獨謝竹籬秋。出無所補居恒愧，近不能懽遠更憂。一疾久淹應有爲，非關方藥效難收。

觀河冰初泮

朝來晴日照寒洲，片片輕冰水面浮。祇恐陰風復吹合，中流無路可行舟。

送王參

良材不輕用，大器當晚成。君子有所志，其可先時行。卞和獻璞玉，乃取刖足刑。璞玉非不美，獻之則無名。嗟子吾友生，少年振奇聲。江東諸老儒，畏子爲後英。子今失意歸，于我亦無榮。勉爲一札辭，相送萬里程。朂哉廣遠圖，毋恤艱難情。

送陶文學得告還浙東分韻得未字

人老共思歸，陶公獨先逝。匆匆别知友，力挽不回袂。長江下東南，水與天相際。孤帆去飄飄，迅若輕鴻厲。指日過吴門，煩君暫停枻。爲問故池蓮，南風發花未？

送陳主簿還吴

久聞佐邑振清風，有子登科復亢宗。老鳳未應栖枳棘，祥鵷今已集梧桐。九重樓閣晴雲裏，千里山川夕照中。我念吴中桑梓在，送君獨覺思無窮。

送江吉士淵兄瀚還巴渝

爲念同胞上帝畿，如何未久便言歸。五更風雨孤舟夢，萬里關山一綵衣。瞿峽月昏猿嘯急，楚天雲冷鴈行稀。及家好報慈親喜，令弟承恩在瑣闈。

送于霈甥

之子方英妙，儒林已著名。才華應似舅，宅相況宜甥。千里初來省，孤舟又欲行。題詩重相送，凄斷渭陽情。

文華殿賜對二首

萬年圖籙開今日，四海車書會一家。賜對龍墀瞻日表，題分御筆耀天葩。雲移扇影迴明月，風裊鑪煙結綵霞。獨愧布衣膚淺學，時時承召上文華。

文華春殿五雲端，召對諸儒禮數寬。兔潁風生箋錦動，龍香露滴硯池寒。萬言縷縷陳時務，一策拳拳述治安。願得致君堯舜上，小臣獨抱寸心丹。

秋七月望日與友人游潭柘山龍泉寺留題連環韻

不爲蘭亭訪辨才，看雲因上妙高臺。幽林鳥亂知風起，深洞龍歸帶雨來。庭晚獨憐修竹在，池秋猶見碧蓮開。何當結屋依巖住，閒飲清泉亦快哉！

又倒用前韻

閒飲清泉亦快哉，一襟風月自然開。好雲近向身邊起，芳氣遥薰袖裏來。絶頂坐看天倚蓋，上方行處石爲臺。滿前詩景行難盡，獨愧曾無太白才。

賦得簡所知二首

簞食瓢漿不患貧，浮雲富貴底須論。賈生自合知年少，馮敬何爲忌學新。黄鵠有心游碧海，寒松無意在陽春。此生窮達皆天命，未必區區徇世人。

自從爲客在長安，黄卷青燈幾歲寒。無輔每思求益友，有親那敢棄微官。一時狂興憑詩遣，千古愁心藉酒寬。進退于今猶未識，日將《周易》彖辭觀。

感　時

消息盈虚理一原，有時寒夜有時暄。夜來亦夢南園蝶，誰道莊生只寓言？

雨中七夕

雲霾白日易黄昏，風雨蕭蕭半掩門。兒女不知人事苦，只愁無月拜天孫。

夜　坐

獨坐燈窗下，觀書坐夜深。世間無限事，都上一時心。

題扁舟五湖圖

每作歸湖詠，徒然寄遠情。不知人世裏，功業幾時成。

題鶺鴒圖二首

品流自與鷓鴣同，幾度聞歌越調中。莫厭群棲在榛莽，還勝死鬬向雕籠。

禾黍離離帶緑蕪，天寒日暮自相呼。一聞越調腸應斷，不獨春風唱鷓鴣。

桂花鳥

天香月色兩相宜，占盡秋風一段奇。山鳥也應知所止，飛來立在最高枝。

檜　鶴

千紅萬紫鬬芳菲，老鶴何曾肯暫依。霜檜一枝栖獨穩，看他鶯燕往來飛。

美人月下調琴圖

碧樹團陰小院清，屏山閒倚不勝情。《關雎》一曲無人省，低拂朱絃向月明。

貞婦孔氏輓詩

貞婦仲尼孫，平生禮法尊。所天嗟早失，誓死不重婚。夜月清魂遠，秋霜素節存。他年列女傳，無忝聖人門。

輓宣郎中嗣宗

人生命在天，修短各有盡。精氣聚成形，隨化還消隕。賢愚同此理，疇能越其準。明者惟修德，榮名則無泯。念君平生時，履道恒自謹。居夷克固持，涉險亦靡忿。雖云百壽終，得正復何愍。祖奠及嚴期，靈輀將發引。家人擁轅哭，送賓夾後軫。與君昔相知，永訣情豈忍。臨風誦招辭，魂乎其遠近。

輓沈學士民則

先生出東吳，卓犖負才傑。翛然鸞鶴姿，炯炯照玉雪。維昔尊府君，遯世事高潔。紛紛亂離際，獨抱貞苦節。先生善繼述，學行企前哲。書法魏晋間，遠參鍾王列。八分筆更精，蒼勁力屈鐵。年少已知名，清芬播江浙。徑絶俗流跡，門多長者轍。州郡亟推薦，辭謝未就謁。坐獲逗遛譴，謫戍南天熱。雖當患難中，雅操不少折。談笑處戎行，延禮傾藩臬。賢王屢置醴，道義時陳説。欻承徵命起，雲路看飛掣。文皇臨御初，求才甚饑渴。當時江陵公，首以名薦達。西清趣召見，草詔將速發。至尊親授辭，筆硯前御設。先生頓首畢，援毫書不輟。龍牋倏生花，麗若春蘭茁。左右看盡驚，天顔爲開悦。即命官禁林，秘籍職校閲。知遇從此始，聲價遂超越。凡當大手筆，往往見奇絶。煌煌視學碑，燁燁封山碣。垂之百代下，重此金石鍥。褒稱出聖口，似覺古人劣。始終事三朝，勤慎無過缺。寵眷日有加，懔懔恐蹉跌。晚還居翰長，位望轉昭晰。同弟輔青宫，賢子司廷讞。一門踐清華，事與疇曩别。恒懷滿盈戒，乞退心益切。天子念舊臣，優老在京闕。氣貌若神僊，康健異衰耋。詩酒日自娱，對客興未歇。邇聞有痰氣，寢疾不踰月。何意一日間，與世成永訣。宸衷深憫悼，葬祭恩重迭。平生所薦士，弔哭盡嗚咽。飛旐何翩翩，陰風爲凄冽。孤舟千里外，遺櫬返丘穴。二傳製銘文，懿行斯表揭。幽光賁泉壤，千載耿不滅。

送薩廷珪

錦衣歸省覲，送別亦懽情。爲子無虧行，榮親有美名。雲霄雙珮遠，江海一帆輕。莫以鄉園樂，心忘事聖明。

送王伯宣

績學詞垣久，承恩賜暫歸。讀書名己遂，調膳願無違。春水浮儷舫，晴雲暎綵衣。知君到家日，鄉里有光輝。

寄孫徵士

秋風一别又經春，愁見都門柳色新。雲表獨看鴻去遠，簷牙衹覺燕來頻。夢中相遇言渾謬，醉後爲書字不真。正是江南桃李月，可能還憶共遊人。

送顧言

青衿色映綵衣斑，南望孤雲抱策還。觀國行當攄己志，趨庭且復慰親顔。道中得興應題壁，馬上怡情獨看山。爲語來秋須早到，蟾宫僊桂待君攀。

和友人春晚寫懷二首

淡淡風煙日易斜，寂寥官舍似山家。春愁不盡漫天絮，芳恨難消滿地花。醒後無聊還飲酒，倦來多睡只呼茶。平生自爲詩成癖，底有閒情詠物華。

春雨晴時緑滿塘，蒲芽菰葉長初長。落花逐水東西去，飛絮從風上下狂。晚出鶯兒遷木急，新來燕子作巢忙。感時觸物情多少，漫付高歌醉一觴。

赠蔣揮使斌分韻得概字斌字文德，材武而好文，嘗從予論書史。以成國公薦總左掖軍事。

君侯將門子，人皆仰英概。好賢復尚義，意氣何慷慨。清冰貯玉壺，表裏無隔閡。見我即論心，脱彼流俗態。每聞名理論，如渴得沆瀣。遇事思有爲，時時發長嘅。成公國柱石，鑑别宜有在。遂當一鶚薦，高步出群輩。劍離蛟龍匣，袍擁狻猊鎧。馳射冠三軍，指顧回萬隊。由來飛兔馭，千里猶歷塊。况乃康衢間，神行復奚礙？豈徒示精明，真足資敵愾。近以嚴宿衛，遠以威絶塞。追蹤古名將，流芳當百代。

宣德甲寅九月甲申送少傅東里楊先生扈從巡邊二首

聖主時巡出九重，上公特賜小車從。千群虎旅森儀衛，萬里龍沙静候烽。草詔行宫思密勿，進籌御幄語從容。班師請紀神功處，還上燕然第一峰。

毗輔中朝四十年，今看扈蹕遠巡邊。阿衡重領三孤任，司馬兼持九伐權。星繞仗垣嚴宿衛，雲開幄殿聽傳宣。君王有問治兵事，定獻周公《立政篇》。

送少傅建安楊先生扈從巡邊二首

翠華巡幸到邊隅，元老從行載屬車。九伐仍脩司馬法，六韜重演太公書。已看瀚海波先静，不使陰山種有餘。制勝即今資廟略，何須五餌繫單于？

三朝元老鬢如霜，扈從時巡向朔方。白馬長嘶千里道，錦袍遥映五雲光。出參籌畫居帷幄，入掌絲綸坐廟堂。文武兼資誰得似？惟應吉甫佐宣王。

酒後走筆送蕭都指揮華華善騎射而精敏好禮，以大臣薦，自宿衛出莅浙江都司。

鄰侯孫子自英豪，常侍鑾輿佩寶刀。赤電夜飛千里馬，綵雲春擁五花袍。東南坐鎮邊氛静，西北回瞻斗極高。遥想軍中閒暇日，還將强弩射江濤。

武功集　卷三

史館稿

贈許鍊師序

誦其言，則思得其意；爲其服，則思踐其行。雖夫道術之不同，趣向之不一，而爲學之理則皆然已。余學於孔氏，每自懼其未之能然而不敢不然也。夫老氏之道固異於孔氏矣，而其徒之學焉者，既已誦其言而爲其服矣。苟不能變而之正，則烏可以背其師哉！爲老氏之學者，蓋曰清静無爲云爾。清静，則其身不可以濁亂；無爲，則其心不可以外營。此其意行之所在也。若是者，固宜處於幽閒虚寂之境，與人事無交侵焉可也。今之爲老氏者盈天下，然求其不背於清静無爲之云者，千百而不一二焉。甚者，張詖言，飾奇服，以外耀於人。日趨競於富貴聲利、紛華叢雜之地，營營若附羶之蠅而不知其已也。是豈惟見惡於世之君子，抑亦獲罪於其師之門矣。

余所見許鍊師拱明者，獨異於衆也。其心專慤而寡欲，其行潔廉而無累。以其所學之言自治其身，而不以言於人視物利之過乎前者，澹然而無所干焉，蓋老氏之良也。吾同氏之子志遠與拱明遊，爲之請言。然吾意拱明之爲人非止於老氏之良者也，夫儒言、儒服而心行非儒者，世不能無也。惜也拱明而不儒也，使拱明而爲儒，又豈出吾徒之下哉！彼不背老氏，而肯背孔氏哉？余是以賢其人而與之言也。

送德越上人雲峰住持序

佛法之盛於中國，有由然矣。三代之隆禮教，脩明俗尚，以一民之異言異行者有誅，其時未聞有所謂佛也。自周之衰，王者之迹既熄，正民善俗之具廢，而聲爭利奪之風作。邪慾塞而理性微，無聖哲以救之，佛乘是焉入於中國，而以其空寂慈悲之言誘人。至其徒，又緣飾之以緣業經教閎大可喜之論，故中國之好善而不知自復者爭趨事之，無尊卑貴賤之異，舉入於其法，蓋有悍如豺虎，猛如鷙鶚，頑如木石，禮讓之不服，刑罰之不懲，惟聞佛之説，則敬信畏慕，惟恐不至。世方以佛有德慧，威力足以化誘人，禍福人，而諸夏之禮教有弗及也。噫！然則其法之盛，非孔孟復作，蓋有不能盡闢者矣。世之儒者，徒怪乎其盛而不知其所以能盛之由也。歐陽子曰「脩其本以勝之」，善已；然「脩其本以勝之」者，必有德與位而後可，豈不乘其時而在下者之所得爲哉？此予之獨爲慨然而嘆者也。

今爲佛之法者在在而盛，而在京師者爲尤盛。凡其法中之名能者皆萃焉，而德越爲稱首。都人之奔走聽法者日盈其寺，而中貴之禮之尤重。於是德越將往主永平之雲峰也，衆乃爲之請文。予固嘗慨其法之過盛，思有以勝而救之，顧時未可耳。然寧無介然於心者？故因之以有言。

池允齊省齋記

台有名士曰池瓙允齊，今考功李君之門人也。允齊有美質，而彊志力學，嘗自名其藏脩之所曰「省齋」，而因李君以請記。

夫士之學道也，未嘗不欲成其德也。然而不能者，必其有過焉耳。所謂過者，豈必爲惡乎？爲善而不至亦過也，一言一動而弗由乎禮皆過也。若是者，豈易免哉？故雖賢且智不能無過，在知其過以去之而已。欲知其過以去之，在自省而已。時時而省焉，事事而省焉，凡吾之一言一動，其有過必知焉，知之必改焉。然則過惡乎不去哉？德惡乎不成哉？昔者曾子以大賢之資，師乎聖人而傳其道，其德之成何如也？而其自言常所致力之地則曰「日三省其身」而已，後之學者學乎聖人之道必師曾子。師曾子而不知自省，豈善學曾子者乎？予嘗自念其椎魯多過，而欲勉強從事乎曾子之言以自治，亦竊以「省」名予齋，蓋已久矣。顧無師傳之學，又不得同志之友，相輔以進於道，故若是其貿貿也。今允齊之名齋適與予同，豈非其志之同歟？抑予觀允齊賢者也，況得賢師而淑之，其於道蓋必有所聞，非予之可比也。予方且求助於允齊，允齊何求於予耶？然予重李君之請而不得不復也，因以予之所聞告允齊，且以質之於李君。其尚有以發我而進我於道也夫？

贈龔職方序

聖天子新嗣位，百司庶僚咸致慎選。凡所陞黜，必咨大臣，付之公議，甚盛典也。於是兵部職方郎中員缺，尚書王公奏薦主事龔君箎爲之。君字孔宣，廣西蒼梧人也。以永樂甲申進士，擢拜寧王府紀善，遷主事，歷禮、户二部而調之職方，皆有聲稱。故命下之日，朝之大夫士咸以爲當然，而其鄉友主事廖君時英囑予爲言贈之。

余謂凡贈言於人者，爲有益其所未聞與其所未能也。不然，則無事乎言。君自登第以來盖三十年於此矣，其聞廣矣，其能至矣，其爲人之賢非特尚書公知之，無人而不知之。是其遷，吾以爲遲而不以爲速。其任事也，吾見其易而不見其難。吾雖有言，將何以益之耶？雖然，君之才不止於此也，朝廷之用之亦不止於此也。才與用不止於此，其志豈止於此乎？於斯舉也，其必日加懋焉而致其功業之盛，以上報聖主之恩而副知己之意，可也；若曰恃吾之才可以無勉而爲之，豈君子不自滿足之心哉？孔子曰：「譬如爲山，未成一簣，止，吾止也。譬如平地，雖覆一簣，進，吾往也。」請以斯言爲君誦之，君尚勉之。

贈欽天監主簿劉中孚序

安成劉中孚以善推步入欽天監，用其監正皇甫仲和之薦，擢主監簿。於是，其所厚文武士相率徵予贈之言。中孚家故業儒，其大父伯完始從誠意伯伯温劉先生傳星氣之學，爲五官靈臺，即事太祖、太宗，蒙被恩寵，名顯於時。伯完没，傳及中孚。中孚天資明慧而用心尤專，故其所學輒精詣。凡星曆家言，莫不曲鬯而旁通焉。嘗著《凌犯曆捷要》，補前人之未備。今之舉也，論者咸以爲稱其官。

夫治曆明時，固儒者之所當知，非他技術比。自軒轅氏始制曆法，而風后大撓、隸首鬼臾區實佐之。以暨重黎、羲和之在高陽、唐虞，其人皆聖賢之流，周太史兼掌載述。降及春秋、先秦，其史官蓋莫非儒之學者。漢司馬談、遷父子相繼爲太史令，其術業之淵博，何可當也！至張衡、高堂隆輩，亦皆以文學見稱於世，非止乎推步之能而已。今之太史雖專主星曆，無與文事，然所以推之天道，驗之人事而協成乎時政者之學，亦安能盡其理哉？伯温先生文學之博，追古作者，固一代之偉儒也。太祖之定天下，其籌策黼黻之功居多焉。靈臺公於先生實有師友之分，則知其學有源委而傳之家者，亦必有所本矣。况中孚又賢而好脩，今既世有其官，苟能益自策勵而進學於儒，明乎天人之微，察乎事物之變，不若古之人不已焉。使異日之論太史者，皆曰劉氏祖孫無愧乎司馬氏父子，不亦韙歟！

送麴將軍詩序

明威將軍僉鳳陽衛事麴侯文敏，予故人也。前年以錦衣餘員出之中都，今年之夏爲總漕事者，所舉分督江淮十衛之漕，來京師事竣，朝辭而還。交遊之士相與餞之都門之外，因取李白詩所謂「將軍出使擁樓船，江上旌旗拂紫煙」者爲韻，分而賦詩贈之。衆賦已足，次及予。

予乃起即席曰：「麴侯，諸君子皆爲侯有所賦，予獨無也，將若之何？雖然，予與侯交惟舊，請獻一言。予曩與侯語大丈夫卓偉可喜之事業，侯未嘗不喜也，今能記之否？夫窮達之際，足以觀人。始侯去時，一騎蕭然单行也，侯固自若而他人猶爲侯歉焉。今侯之來，督萬軍之衆，轉千里之漕，樓船蔽川，旌旗如林，惟侯指麾。總帥重其才，士卒懷其惠，衆方嘖嘖羡侯之賢而夸侯之能，侯於此亦寧不自喜矣乎？然予竊以爲未足爲侯喜也。昔者馬文淵起布衣至大將，方其以伏波南征，將樓船數千，戰士數萬，遂平海徼，啟新息之封，一時功烈，亦足爲盛矣！其還也，故人平陵孟冀賀之於坐，文淵乃却之曰：『吾望子有善言，反同衆人耶？』此其志盖有大者，故不以自喜也。若文淵，庶幾所謂大丈夫者哉！侯平日之志不下文淵，今而小試焉有大者在，予其可爲冀之賀而自同衆人乎？爲侯告者，惟益大其志而務自養，使夫才全而力鉅以爲國家之用，入當任柱石之重，出當受邊圉之寄，取不朽之功烈，垂之青史，則今之所謂大丈夫者，非侯而誰？樓船督漕而已，果足爲侯賀乎？嗟乎！志乎大而成其小者有矣，志乎小而成其大者未之有也。是故人不可以無大志，有其志而不遇，則有命焉，又何歉乎哉？侯其勉之。」

於是侯喜謝曰：「旨哉子言！其有發於恂，請識之。」諸君子亦皆謂予言忠於俟也，遂以書於篇什之右云。

送王谷誠序

孔子至聖也，其門人亦莫非賢者，而猶稱善人者不可得而見，况於今之人乎？於是而有所謂善人者，予烏得不樂見而與之言耶？

鍾宗器者，吾黨先輩之士也。其言非禮而不發也，其行非義而不由也，其外之莊而中無戾也。予以爲宗器盖今之所謂善人焉，故重之而與遊。宗器嘗爲予道其友王谷誠之居錢唐，盖錢唐之人莫不稱其善也。今年夏宗器來告予曰：「谷誠來矣，願介以見子。」予察其言貌而得其行，與宗器若一人焉。喜而歎曰：「信哉，非善人莫能知善人也。宗器之善，吾於是益信之矣。」

夫以善人之不可得見，而予乃見宗器與谷誠焉。雖天下之善人不止夫二人者，然予之所見如二人者則豈多有哉？此予之所以樂而爲言者也。予又聞之宗器、谷誠有二子焉，曰廷器、廷用，皆秀而好學，行肖其父。是其父子皆善人也，予雖未之見，然見其父而知其子亦不遠矣。雖然，予聞甘受和，白受采，忠信之人可以學禮。今有善人之質而又加之以學，其進於道也易矣。谷誠則已老而二子者方少壯，歸以予言語之，俾之學焉而進於道，則其德之成也孰禦焉？豈止善乎一鄉而已。夫樂道人之善而成人之美者，君子道也，予也將竊取焉。故於其歸而以贈之。

貞壽堂詩序

貞壽堂者，吴人之寓滇南者邵璘奉母之堂也。其詩，則京師大夫士之所爲賦也。蓋璘之母沈，吴故家女，笄而歸于璘之父仲仁，仲仁坐事徙滇，沈與之俱，不幸而仲仁殁，沈寡居守禮，養其老姑終天年，字其三孤子瑛、璇、璘，咸底成人，極其辛勤，以立邵氏至於兹，蓋四十有餘年。瑛復蚤世，璇則去從老氏，更名以「正」爲道，録在京師。惟璘居事母，能敬謹致孝，而沈年踰七十，垂白在堂，康寧怡愉，以享其養，故璘得以是名堂而以正則請爲之詩，將以揚其母氏之德焉。

夫執德莫難乎貞，婦道從一而終，不能貞則無以立乎閨壼，是故婦無壽夭而必貴乎貞也。夏南之母雞皮三少，謂之壽可矣，而何有乎貞？君子賤之，不足爲稱道也。杞梁之妻死於水，恭伯姬死於火，可謂貞矣，而又不得乎壽。君子貴之而且愍焉，不忍稱道之也。貞而且壽，其公父歜、孟軻氏之母乎？是則君子貴之而又樂爲之稱道者焉。邵氏之母其殆庶幾乎此矣，宜夫大夫士之爲之詩也。雖然，吾聞古之爲詩者，其有所詠美，必有以寓勸戒、裨世教焉，不徒作也。今大夫士之爲此詩，其亦有以哉！以沈之貞而可以勸夫爲人婦者焉，以璘之孝而可以勵夫爲人子者焉，以以正之爲道，士而能揚其母氏之德於儒者，抑可以警夫老、釋之忘親背本者焉，其有裨於世教不既多乎？不然滇南邊遠之壤，去京師萬里外，雖有高爵重位之人求詩詠于詞林，不易得也。而彼邵氏之母固邊民之孤嫠也，大夫士何汲汲而詠美之乎？觀是詩者，可以知所勸矣。

湧翠軒詩序

性中譓禅師者，浙東之名僧也，精於釋學而又通乎儒，好從薦紳之游。久主杭之龍華，今來都下，手一卷謁予曰：「譓少出家，於世間之樂初無所嗜，而獨癖於泉石。凡天下之名山，嘗力窮而討之，得其最幽僻而奇絶者栖之，曰龍山。山之脈自天目來，亘百數十里，蜿蟺迴伏，若長龍蟠乎莽蒼之野，而鳳山自其東騫翥而至，若相迎舞者。吾之寺正當兩山之間，後負陰巖，前瞰濤江，越中諸山皆在拱揖之内。左右鉅木數千章，森立如幢盖。晨嵐暮烟，薈蔚蔽虧，一逕縷懸，僅可容步。人行其下，仰不見星月，而其絶頂之出雲表者，則吾之軒在焉。每跏趺初起，引領四望，峙者蒼然，流者瀩然，植者葱然、欝然，盡眼界皆翡翠色，若自虛空中湧出也。當是時，使吾心融意釋，怳然不知其在兜率之宮耶？欝霄之臺耶？視世間塵物之茫茫無足言者，故以『湧翠』名之。大夫士之過我者，咸爲我詩之，獨未有爲我序其事者，敢以爲請。」予聞而奇之。

夫天地間清淑之氣鍾在山水，山水在在有之，然世俗固不知好，而儒紳之流往往爲世事所縻，栖隱者少。惟釋、老之徒離棄世務，無所用心，故能擅有山水之樂而其間緇流尤多。予意其人，皆廬山之惠遠、金山之了元也。往遊於吴江南諸山，莫不有僧主之。然觀其人，於山水乃反不知好，塵趨俗想略不能脱洗，見予輩好遊，顧厭笑之。若是者，寧不有負乎山水也耶？今性中既能好之，又能詩之而求序之，其主兹山真不負矣，夫豈下於遠、元乎哉？予之於山水固所深好者，縻於薄宦，未能償之。異日倘幸得告歸省丘墓，於是便道來杭，必登龍山一覽翠色。尋性中與之歌詠，知其必不厭笑予也。以是序其卷端。

贈李給事中序

正統元年夏五月壬辰，廷選進士十有四人，而河南李詢好問得禮科給事中，凡同年之友皆爲之喜而諉予爲之言。予與好問嘗同觀政户部，於同年中尤相知者。蓋其先君子愚齋先生以明經教授，好問之學實有源委，而其才器又偉然出於人，予以是知之。知之深，故喜之深也。

惟我國家用賢致治，其取人固非一途，然於進士科特加重焉。夫六經之學，所以致治之本也，士之通經亦已難矣。今於三年之間會天下之士而取之，僅得百人焉。

是以凡第爲進士，天下無輕之者，此非名之重者歟？給事中實天子近侍之臣，居黄門，掌封駁六卿諸曹之事。於是乎司其出納而聽其治，忽此非職之重者歟？夫取重名，居重職，則其責任亦必重矣。以好問之賢，其任此固宜然。一人之身而負此三重焉，其可弗思耶？思之奈何，亦盡吾職之所當爲而已耳。盡吾職，奈何亦推吾之所學以行之而已耳。夫經義之制事猶醫方之制疾也，用得其當則無所不治，不能通經而以治事，猶不能處方而欲治疾，不亦難哉？故凡有官者，不可不知經義，而况黄門封駁之任尤當其要者乎？有所出也，揆經義以出之；有所納也，揆經義以納之。若然，而事有不治者，吾不信也。好問之於經學，猶世醫之於方藥，知之明而用之審矣。苟推而行之，以極其至，則雖銘鼎彝之功，當柱石之任，而建不世之事業，有不患其重也，况其小者乎？曾子曰：「士不可以不弘毅，任重而道遠。」好問於是乎勉之，使世之論者皆曰：「信哉，經學之士之足用也。」又皆曰：「是某科進士也。」然則爲吾同年之光而可喜者，又豈止如今日而已。雖然，斯言也豈獨爲好問發哉？凡吾同年之士，皆將有望而予之。愚亦以自勉焉。

春谷説

虎丘僧熙，今住山都綱定公之法嗣也。其字曰春谷，間謁余請文以敷其義。余謂：「禅宗不立文字，子奚文字之求？且吾不讀釋氏書，又安知其義？子之師方據猊揮麈爲衆説法，子不之問而問之余，何耶？」熙曰：「吾之名固吾師所命，吾師之語我曰：汝之名字，義兼乎儒、釋。釋之義則吾師〔一〕既以教我，而儒之義未聞，故願有請焉。」

余不得拒也，因謂之曰：「子來前，吾試爲子言之。吾儒之書有言：熙者，則廣大和明之謂也。而廣大和明莫如春，劉訓〔二〕所云『衆人熙熙，如登春臺』是已。然子之字不以『臺』而以『谷』，何耶？意者臺實而谷虚，釋氏宗空寂〔三〕而離實相，故棄彼而取〔四〕此耶？且夫春和之氣得間而行，得間而止；而谷也者，乃介乎兩山之間，虚而有容，風與水之所宣通者〔五〕，又所以受乎春也，谷而配之春宜矣。雖然，豈惟两山之間哉？天上而地下，一元之氣，運行其間，亙古今而弗息，是天地一春谷也。圓顱方趾，中虚其心，一真之性，渾然常覺。止而不滯，行而不窮，是人身[六]一春谷也。子之所謂春谷者，其不以此乎？」熙喜曰：「甚矣，君[七]之言其與吾師合也。」余曰：「是則合矣，抑猶有不合者存，子知之乎？」曰：「不知也。」曰：「子之道如斯而已然，吾之道則不止於斯也。夫性之在中，體則虚而用也實。其虚者理，其實者德，故内以成於己，外以成於物。成己、成物，所謂仁也。子之道，其亦有得於此乎？或舉譯汝書者云：梵言之謂釋迦，即華言之謂能仁，信斯言[八]也。則釋氏之[九]先覺其所見，抑亦有合於此歟？而余不讀其書，不知其底蘊果何如也？試以問於子師，其有以語我乎[一〇]？」

校勘記

〔一〕清初抄本「師」字後多一「説」字。

〔二〕清初抄本「劉訓」二字作「昔人」。

〔三〕清初抄本「空寂」二字作「虚滅」。

〔四〕清初抄本「取」字作「棄」，誤。
〔五〕清初抄本脱「者」字。
〔六〕清初抄本「身」字作「心」。
〔七〕清初抄本「君」字作「子」。
〔八〕清初抄本「信斯言」三字作「與信」。
〔九〕清初抄本脱「之」字。
〔一〇〕清初抄本「乎」字作「來」，誤。

先春堂記

出吴門西南四十里外，有地據吴山之勝者曰光福里。里人徐氏世居焉，蓋自宋季迄今而詩書之澤不衰。洪武初有曰良輔者，以文學典校事與徐大章、楊廉夫、倪元鎮、高士敏諸人相倡和，頡頏上下，而其制行尤高，故當時江東儒者以良輔爲稱首。季清，其曾孫也，天資秀朗，警敏過人，年幾五十而志益勤，思紹乃祖之風範，間構一宇以爲遊息之所，命之曰「先春之堂」。

余嘗過之，季清請余登焉。坐而四望：左鳳鳴之岡，右銅井之嶺；鄧尉之峰峙其上，具區之流滙其下；扶疎之林，葱蒨之圃，棊布鱗次，映帶於前後。時方冬春之交，松筠橘柚之植，青青欝欝，列玗琪而挺琅玕。梅花萬樹，芬敷爛漫，爽鼻而娛目，使人心曠神怡。若軼埃壒而凌雲霄，出陰沍而熙青陽，視他所殆別有一天地也。

余顧謂季清曰：「勝哉，景也！此其所謂先春者乎？然余聞之，地以人而勝，人以時而樂。是故山水雖佳而居無能賞之人，過之而弗睨，睨之而弗愛，則地固不得以自勝。人能賞矣，而生無可樂之時，飢寒之切身，憂患之縈心，則登山臨水且悴然有惻愴之情，抑烏能〔一〕自樂哉？今子之居既據湖山之勝，而又生斯太平之時，承文儒之緒，田園足以自養，琴書足以自娛，有安閒之適，無憂虞之事。於是乎逍遥徜徉乎山水之間，以窮天下之樂事，其幸多矣！視彼叔世之民搶攘於風塵之際者，詎非得春之先者乎？子其乘是而益進脩焉，遊乎道德之林，息乎禮義之圃，樂乎性分之天，而展其光風霽月之懷抱，以探先春之意，不亦至乎？」季清曰：「善。」遂書以記之。

校勘記

〔一〕吴郡文編本「能」字作「得以」。

公餘清趣説〔一〕

蘇之節推錢唐方克正於官廨之中搆一軒以爲退食之所，取佳花、美木、〔二〕石之奇秀可翫者羅於庭除，而置圖史琴尊其中。每於聽斷之餘而遊曰：「此吾公餘之清趣也。」遂大書以揭於軒之〔三〕楣間。或謂克正居推讞之官，蒞刑名之司，鞭扑狼藉，案牘旁午，其退食之頃，思慮不休，尚何清趣之有耶？克正曰：「不然，彼民之有犯，吾聽而斷之。是者爲是，非者爲非，當輕而輕，當重而重。是非輕重，壹〔四〕係於彼，吾何容心於其間哉？故吾退食之際，遊息於斯，一琴一咏，自適其適。觀夫花木之秉和吐芳，夸妍〔五〕獻秀於吾前，而風光月色，澄鮮爽朗，與之相輝映於上下。方是時，目與景接，心與趣會，湛然而寧，悠然而樂，泠然而有出塵之思，不知清之在物耶？在人耶？吾聊以是而自詫〔六〕云爾。」

予聞之曰：「克正其知所以養心者乎？夫君子之學莫大於養心，而養心莫善於寡欲，欲寡則心無累而清矣。心之清者，觸物而皆清。故夫聲色所以惑人也，而君子弗之惑；貨利所以汚人也，而君子弗之汚；貴富權勢所以軋人也，而君子弗之軋；貧窮患難所以挫人也，而君子弗之挫。若是者何哉？以其心之清也。心清之極，雖以之〔七〕蹈水火、臨戰陳而有不可撓焉，况居安易之地而翫物之素清者乎？是其得趣之深，固将宜練布之衣而踰〔八〕彼綺縠之麗，甘藜藿之味而薄彼太牢之腴，陋巷蓬茨而不改其樂，廟堂華衮而不易其素。彼萬物之膠膠擾擾者，又奚足以溷其靈府哉？此則君子養心之趣也。公果於此而有得焉，則以之都高位，當大任，亦可以清心而處之矣，而豈惟今日公餘之頃爲然哉？」

克正喜曰：「子之説誠得吾心，請書之以〔九〕自勗。」

校勘記

〔一〕清初抄本脱「説」字。
〔二〕清初抄本「木」字後多一「與」字。
〔三〕清初抄本脱「軒之」二字。
〔四〕清初抄本「壹」字作「一」。
〔五〕清初抄本「妍」字作「研」，誤。
〔六〕清初抄本「而自詫」三字作「託」。
〔七〕清初抄本脱「之」字。
〔八〕清初抄本「踰」字作「喻」，誤。
〔九〕清初抄本「以」字後多一「爲」字。

俞節婦貞節詩卷序

三代之時無節婦，非無節婦也，人皆節婦也。及夫王教之衰，彝倫之斁，婦之失節者多於世，於是乎有所謂節婦焉。漢劉向始著《列女傳》以明婦道，而唐宋以來復有旌表之制，盖扶樹世教之意爾。今之世其去古益遠矣，婦之能不失節者益罕矣。是以朝廷之旌褒益隆，而君子之稱述益重，亦其理之宜然也歟？

狄節婦者，吴士俞毓之婦也。毓父有立先生，爲世名儒而家素貧，狄爲婦禮甚脩，悦於舅姑而宜於其夫。毓既早世，遺孤嗣生甫七月而其舅姑相繼亡。狄方少艾，煢然獨居，斥賣妝奩以舉其喪，躬紉績以育其孤，盖三十年於兹，而其志節皎然如一日。嗣既長而克樹立，紹其家學，狄之教也。郡守况鍾具其事以聞於朝，褒命且下矣，而吴之士君子又相率爲詩以稱述之，嗣輯而爲卷，請予序之以傳於世。

予固嘅夫風教之不振而節義之不立也，嘗欲採取近世婦節之卓然者著録之，以續子政之傳，顧未遑耳。今觀俞氏之婦之節，非所謂卓然而可録者乎？若其所以事舅姑、事夫教子，舉盡其道，非今世之婦，三代之婦也。然則，其爲天朝之旌褒，士君子之稱述，不其宜哉！予斯取之，以爲貞節詩序。

聯璧堂銘

姑蘇鄒公敏甫有二子焉，伯曰亮字克明，仲曰順字克和，競齊爽名，有耀于時。克明以文學才行舉拜吏部司務，克和以明經領鄉薦，蘇人榮之，遂以聯璧顔其堂，盖諭其伯仲之并美也。其伯仲請余銘之，余以斯文之好，有相規之道，乃爲之銘曰：於乎！是惟聯璧之堂，璧其人，不璧其玉；璧其才德，不璧其容質。於乎！是名也不可以虚得，惟二子其勉旃！以輝於鄉，而瑞於國也。

客中清趣卷序

予友武昌陳士謙，倜儻士也。其先大父當國，初用武勳爲羽林撫軍，以疾謝官，子孫因隸伍符，士謙處戎行三十餘年，用其能常居大将幕府，典書記之事，故太保鎮朔大将軍陽武侯薛公尤器愛之。每出塞，必以士謙從。其經畫方略，多士謙之贊焉。人固謂士謙將因以取功名者，然非士謙志也。及薛公之卒，士謙即謝去，遊於江浙之間。

予與之别久矣，今年予在吴門，士謙自錢唐來與之會，夜連榻叙契闊。既乃胠其篋出一卷視，予觀之，其題曰「客中清趣」。有畫四段，詩四十首，皆其觀梅而作者也。予問其處，士謙指以謂曰：「此爲西湖旅店之所觀者，此爲脩川驛路之所觀者，此爲海昌儒學之所觀者，此爲希僊道院之所觀者。」既而歎曰：「嘻！人生適志耳，奚必利達爲吾志。於開久矣，乃今得之。且吾嘗誦孟浩然、林君復之詩，而想見其爲人。固欲往從之，遊而不可得也。今幸天解吾縛，去塞垣之險而挹湖海之清，釋鞍馬之勞而得壺觴之樂。當夫蹇驢破帽，徙倚吟哦於雪野梅林之下，雖無二子之高才逸志，而其清寒之態、蕭散之趣，盖未之或殊也。此畫此詩所以紀一時之實耳，其爲我序之。」予曰：「士謙何自詑如此！人各有志，求而得之，雖聖賢事業可冀，何規規浩然、君復之求？」

雖然，予於士謙之言抑有感也。當今之世，士有一才一藝，輒競進取，小以取其利禄，大以取其名爵，其無實而濫取者，又何可勝道？以士謙之才與藝而欲有所取，豈終不可得耶？乃獨飄然引去，事乎閒放之遊而躡詩人隱士之跡，其志不亦高哉！固無怪其自詑矣。遂爲序之曰：

其詩學東坡，有曠逸之思；其書學松雪，有清婉之度；而其畫，則予不能評之。知畫者，以爲得馬、夏之法云。

跋劉氏全冲堂卷後

右全冲堂詩文一卷，乃永樂中詞垣諸老之爲吾友劉季誠之先君子康民作者也。記之者，翰林學士臨江金公幼孜；詠之者，國子祭酒兼侍講豫章胡公若思、學士建安楊公勉仁、侍講王公時彦、慈溪陳公光世、侍讀吉水周公崇述、安成李公時勉、脩撰吉水羅公汝敬、南康余公正安、檢討吉水錢公習禮、西昌余公學夔、江陵劉公永清、莆田黄公行中、五經博士姑蘇王公汝嘉、典籍興化黄公約仲、中書舍人吉水許公鳴鶴；而詠焉且題識其後者，則侍讀學士永豐曾公子啓也。方是時，康民以名醫徵居都下，挾其能游公卿間。凡卷中諸老皆與之知，而金公、曾公其尤厚者也，故爲之記及題識焉。後金公累遷太子少保，曾公遷少詹，相繼卒。而周公遷庶子，汝嘉遷侍講，與二黄亦皆先後即世。胡先生則以太子賓客致事，歸老豫章。二余以侍講、鳴鶴以中書先後去，而羅公遷工部侍郎，巡撫陝西，今亦罷歸其鄉。陳公遷南京國子祭酒，劉公出爲廣東布政使。在翰林者臨川王公，今遷禮部侍郎。李公、錢公皆學士，建安公今進少師，執政於朝。盖自永樂己亥迨今二十年耳，而諸賢之進退存亡有如此焉，而康民亦已謝世，其亦可爲感慨也哉！

余惟國家文運，開於洪武而隆於永樂，若豫章、建安、臨江諸老固皆當代名卿而爲文章之司命者也，其餘亦莫非一時之翹楚焉。其所述作，可以耀今而垂後也必矣，况於存者不可易求而亡者不可復作，所謂愈遠而愈貴者。後此更二十年而欲復求諸老一字，其可得耶？季誠其保愛之哉！雖然，康民之得此，於諸老非有他爲也，獨以其醫之良而已。季誠将保愛於此，則亦勉以世其醫之良而已。醫之道，莫大乎全夫冲和之氣，乃父之名堂，固有所見諸老之文。若詩發揮其意義之玄，亦既盡矣。季誠其能玩味而擴推焉，豈非善於繼述者哉？余也舊學於胡先生，而游從乎諸老之間；今又辱季誠之知，於其出此卷以求題，蓋有所不辭者也。

徐處士挽詩序

輓詩之作，所以相挽喪者。挽喪者，歌之以齊其力而節其行也。公孫夏之所謂「虞殯」，莊周之所謂「紼謳」，李延年之所謂《蒿里》、《薤露》，皆是也。「虞殯」、「紼謳」，今亡其辭；《蒿里》、《薤露》之辭，具存其意。大抵以哀人生之無常，死者之不可作而已，然非專指其人而哀之也。惟昔賢豪之士不幸詘厄而殀喪者，則或從而哀之，若秦人之哀子車，楚人之哀屈平，齊客之哀田横，亦皆挽詩之流而變焉者也。後之詩人沿而效之，繇魏晋六朝唐宋以迄於今而寖盛。有其人無可哀而哀之，有不以哀之而以美之者，其挽詩之變而又變者歟？嗟夫！世降風移，文章之變，豈獨挽詩爲然哉？是亦可嘅矣！

故處士徐君藴文之卒也，吾黨之士之爲挽詩者，累百數十篇。處士之子孝章繕寫於册，持以請予序之。惟夫處士生盛明之世，樂善行義，優游以自適，非詘厄也。

年踰九十而終于正寢，非殀喪也，是無可哀者也。無可哀則疑當美之，然而諸君之詩又不惟美之而多哀之者，何耶？其意蓋以鄉有耆德如處士者，里俗之所取正，子弟之所承教，士大夫之所往來而與游者也。今其喪焉，里俗何所取正也？子弟何所承教也？士大夫何所往來而與游也？是則可哀矣。有是可哀而哀焉，然則諸君之詩亦不爲徒然而作者。予是以不以其詩之變而不之序也。

煙波釣客賦

武昌陳子，余老友也。其爲人，類古之狂者，常有遺世獨往之心。年及五十，即致家事，買舟泛于江湖之上，自擬唐張志和號曰「煙波釣客」。間見余曰：「子知吾志，盍爲我賦〔一〕乎？」余曰：「唯唯。」因抒其意而爲之賦云：

吴楚之間有人焉，短莎被秋，雙鬢垂白，獨操扁舟往來乎具區、雲夢之澤。日夕持竿而嬉，初不計魚之失得〔二〕。隱姓與名，自稱煙波之釣客。有疑而問之者，曰：「異哉客乎！觀客之貌，揣〔三〕客之德，殆隱逸之流，非漁人之匹也。乃今之釣，豈將協非熊之兆以希吕牙之績歟？抑將應客星之占而踵嚴光之跡歟？二者必居其一，請從客之所擇。」客曰：「否。子言過矣。彼師尚父，託魚〔四〕避紂，以成周業，蓋孟子之所謂「天民」也。子陵迹漁謝〔五〕漢，以遂其潔，蓋孔子之所謂『逸民』也。之二子者，一則鷹揚以開蒼〔六〕姬八百載之太平，一則豹隱而立炎劉二百年之風節，此其功烈志操赫赫乎，皦皦乎，不可尚已〔七〕，豈區區鄙人之敢擬哉？雖然，吾嘗竊慕唐張志和之爲人焉。不爲名謀，不爲利圖。清不矯俗，溷不合污，優游卒歲，老于江湖，嘗自命曰烟波釣徒。視前二子，吾不知其何如？然而，亦豈狥世沉浮之夫也。吾意以爲遠者難法，近者易模，故不敢上攀二子而竊自附於志和。抑吾之游，以水爲鄉，以舟爲家。朝餐〔八〕島嶼，夕宿汀沙。弄五湖之風月，覽七澤之烟霞。寵榮不及，僇辱不加。視吾莎笠㲲氅之華，恃吾綸竿生事之涯〔九〕。飯有菰米，餚有魚鰕。得酒即醉，笑呼啞啞。方是時，不知我之爲志和耶？志和之爲我耶？」

語已，乃拊榜而歌曰：「操舟兮荷莎，縱予〔一〇〕游兮烟波。招玄真兮爲侶，矢予心以靡他。」又歌曰：「水兮湝湝，山兮峨峨。釣且游兮嘯以歌，人間世兮寵辱多。

予不與知〔一一〕兮，其如我何？」於是問者歎曰：「客真逸者也。」遂書〔一二〕其言而去。

校勘記

〔一〕清初抄本「我賦」倒文作「賦我」。

〔二〕清初抄本「失得」倒文作「得失」。

〔三〕清初抄本「揣」字作「端」，誤。

〔四〕清初抄本「魚」字作「漁」。

〔五〕清初抄本「謝」字作「避」。

〔六〕清初抄本「蒼」字作「創」，誤。

〔七〕清初抄本「已」字作「也」。

〔八〕清初抄本「朝餐」二字作「朝飧」，「飧」爲晚間所食，不與「朝」聯用，故誤。

〔九〕清初抄本「涯」字作「滛」，誤。

〔一〇〕清初抄本「予」字作「吾」。

〔一一〕清初抄本「知」字作「我」。

〔一二〕清初抄本脱「書」字。

孝〔一〕思辭

錢生昌海，虞故家子也，好學克孝。母王，〔二〕蚤卒，墓於虞山之下。生痛其不逮養也，哀之常如〔三〕在喪者，時復之墓而號。然猶以爲〔四〕不得晨夕省也，乃圖厥兆域〔五〕，日展覽以自釋焉。以予亦喪親而嘗廬於墓者，爲知其志，持以請題。予感之爲作辭，以抒其孝思之情云：

有封若堂兮虞山之陽，木之拱兮欝以蒼。子其陟兮跂而望，思母氏之體〔六〕魄兮此固藏。春濡以雨兮秋降以霜，子之心兮悽其以傷。皇天胡不哀民之失恃兮，令親壽之弗長。日曒曒其不居兮，夜漫漫其未央。上寥廓兮下玄漠〔七〕，魂冥冥兮之何方？悦謦欬之有聞兮，將趨侍乎其傍〔八〕。靈彷彿其若在兮，羌即之而已亡。念慈德之罔極兮，嘅微心之難償。惟保身以淑善兮，貽令名其不忘。

校勘記

〔一〕清初抄本「孝」字作「李」，誤。

〔二〕清初抄本「王」字後多一「母」字。

〔三〕清初抄本「常如」倒文作「如常」。

〔四〕清初抄本脱「以爲」二字。

〔五〕清初抄本「域」字作「鎮」。

〔六〕清初抄本「體」字作「休」，誤。

〔七〕清初抄本「漠」字作「堂」。

〔八〕清初抄本「傍」字作「方」。

養志堂詩

琴川蔣志昂，孝人也。蚤喪父，其母顧氏寡居守志教育之，底於成人。志昂奉養唯恐有弗志也，大書「養志」二字於堂楣，一朝夕警焉，期盡子職。予聞而嘉之，爲賦詩云：

嗟彼烏鳥，猶能反哺。豈伊人子，弗養父母。維人之養，與烏鳥異。不惟口體，實惟厥志。厥初生子，鞠育孔艱。食之衣之，已寧飢寒。雖則卑陋，願子顯揚。雖則惛蒙，願子高明。親志若茲，子寧不思。思之奈何？敬以養之。其養維何？匪徒飲食。欲順厥心，將在爾德。曷以顯揚？《詩》、《書》之求。曷以高明？仁義之脩。矧惟貞母，育乃孤子。恩則有加，報亦難已。予惟汝嘉，作詩以告。庶幾有明，朂汝乎孝。

贈醫士盛文繼序

吴中之醫多於天下，籍太醫者，常百數十人。其爲使判御醫及諸藥局之官者，累累有焉。其術多出東垣丹溪之傳，或得之師，或得之家。盛氏之醫，盖世業也，而御醫公啟東則學之王仲光先生，仲光以儒爲醫，其學尤邃。啟東親承其指授，遂以國醫稱。其從弟叔大名與之齊，相繼徵入太醫。子侃又爲郡正科，一門兄弟父子皆以醫顯。故今之言醫者，自天下論之，則吴中爲多；自吴中論之，則盛氏爲多。文繼，盛氏之良也。以啟東叔大爲諸父而兄又剛，其資美，其務學，吴醫之後進者莫先焉。郡將謝侯之子有疾，文繼治之，酬之以金幣，弗受。強之，乃云：「願得予文侯爲之請。」

嗟乎！予言何足爲文繼輕重哉？雖然，予聞之：醫，仁術也，必以仁心施之，以仁心施仁術，非仁者不能也。有其心而無其術，則雖欲活人而不免於戕人；有其術而無其心，則將利人之疾而輕人之命。二者均失也，而好利者尤甚焉，爲其賊仁而敗術也。君子謂扁鵲、倉公之不得其死者，非醫之弊也，其恃術而失仁，則亦有以致之耳。故仁者之爲醫，術不至不敢以施，施之不敢不盡。吴之醫固多，其可語此者何少也。文繼乃能郤金幣而請言，其賢遠於人哉！予乃語焉。文繼苟不我迂而求益之，豈徒振其家學？吾知其於仁道也，幾幾矣。

段讓字序

段生讓之冠也，賓以惟禮字之。讓以父命，拜余請言以勗。

余語之曰：「讓乎，若知父賓名字之意乎？人之有生不能無欲，有欲不能無争，有争不能無禍，争固召禍之道也。先王知其然也，於是乎制禮以防民，而行之以讓焉。讓也者，所以弭争而消禍者也。農讓畔則無争田之禍，賈讓財則無争利之禍，工讓藝則無争巧之禍，士讓才則無争名之禍，官讓能則無争位之禍。争禍之極者，莫如戰陳。然賢將御之，未嘗不讓。敗則歸咎於己，勝則歸功於人。夫豈無勇而姑爲是哉？將以弭夫争禍之害耳。戰陳猶事乎讓也，平居而可不以讓爲事哉！孔子之哂子路曰：『爲國以禮，其言不讓。』曾子之傳《大學》曰：『一家讓，一國興。』讓則聖賢之於爲家爲國，固亦事讓矣。』虞史之贊帝堯曰：『允恭克讓。』則聖人之於爲天下，固亦事讓矣。於乎！爲家爲國爲天下，而一事乎讓也。學者之於自修，而可不以讓爲事哉？雖然，讓不徒讓，有禮以爲之讓焉。禮與讓，表裏也。讓以實禮，禮以行讓，二者必兼而後可。生之名讓而字惟禮，爲父賓者其知言矣哉！生其勉之，則於學庶乎其有成也。」

序海虞徐氏家規

予讀《易》至『家人』之彖而歎曰：「嗚呼！甚矣，治家之難也！惟正，其庶幾乎？父由父道，子由子道，而父子正矣；兄由兄道，弟由弟道，而兄弟正矣；夫由夫道，婦由婦道，而夫婦正矣。之數者正而餘無不正，然其機則在家長之身。爲家長者，一家之表也。其正之之道，不惟其言惟其事，不惟其事惟其心，心正則身修而本立。仁不敓於私，義不牽於恩，子以儀父，婦以儀夫，弟以儀兄。推之其餘，則内外不嚴而辨，宗姻不暱而睦，僮奴不厲而戒，家其有不正哉？家正而餘無不正，故曰正家而天下定矣。是以聖人之經王業，於天下立法制，治必自家始，而况大夫士之以有家爲業者乎？三代之際，以宗法相維。保家有人，治家有禮，其儀矩一定，無别爲之者也。及夫後世宗法不修，而家道莫由以正，士大夫始有别爲儀矩於家者，蓋亦有敦古正家之意焉。」

海虞徐敏叔，吾宗之華也，其著家規，蓋倣乎九江陳氏之《家制》、臨江陸氏之

《家儀》而爲之。吾謂夫規矩者，先自治而後治人者也。必若《易》象所云而後可，不然則不足以爲規矩。傳曰：「身不行，道不行於妻子。」敏叔尚監斯言以自勗哉！

袁德新傳

袁德新其先成都人，宋有名韶者仕爲少傅、資政殿大學士、同知樞密院事，始徙温，德新之六世祖也。自韶而下，皆居温。至德新之父大道，避元季海寇之亂，復徙吴江。德新爲人瑰奇多聞，家貧以賣卜自給，卜輒奇中，人有大疑，不遠千里趨叩之。

永樂中，劇盗倪横三往來蘇湖境中刼殺人，有司捕之不克，官軍遇害者相繼。事聞，上命浙江按察使周詢督兵逐捕。賊遁去，詢乃追跡之不能得，召德新卜之。德新視其墨曰：「是爲火兆木爻，惟賊逸於所生而獲於所死之西北方，捕焉可獲。獲賊之期，將在建西之月乎？」詢遂渡江而北，獲横三於宿遷，果八月也。松江李商當遠行，從德新卜。未答所問者，遽謂曰：「公家火矣，可速歸。」商方驚訝，俄而家人至，果以火報。蘇校官馬壽失槖金來卜，德新曰：「此公家三老嫗取之，毋枉他人。」壽歸索之，乃獲。德新既老，目眚不復視墨兆，但聽拆聲而决吉凶，其術之精如此。

德新爲人卜，每依於禮，其不以義叩者，輒拒之曰：「《易》爲君子謀，不爲小人謀。惟龜亦然，吾豈爲不義謀哉？」家雖屢空，未嘗以利動其心。日計所得，足供蔬食即已。有贏，輒復以予貧者。其學於陰陽、醫藥靡所不通，然性簡，尤常閟固，不以自見。人知其能卜而已，不知其他也。嘗謂所親曰：「我生之辰直二辰，死亦必直二辰。」果於正統丙辰之三月卒焉。子榮傳其學，而益進於儒。

太史氏曰：余讀司馬季主、嚴君平傳，嘗歎其高趣達識，蓋几於有道者，豈真賣卜之流哉？顧近之卜筮者，率鄙謬射利，可賤而復怪，古今人不相及也。余還吴，聞德新之爲卜如是，乃知世固未嘗無其人，但有不及知耳。抑豈特卜者然哉？因著録之，以續《日者傳》云。

簡默堂記〔一〕

武〔二〕丘之佛慧蘭若有比丘弘簡，號曰「默堂」，而請予爲説其義。

予應之曰：「若學佛者，佛出西土，我東土人不學佛言，何以爲若而説佛義？然而若必欲我説也，是若强問也。若强問，我不得不强答也。若佛之學，蓋曰空寂而已。空則無物，寂則無聲，無物則無作爲，無聲則無言語。無作爲故簡，無言語〔三〕故默。若所〔四〕云簡默者，意其在是乎？然簡默之近空寂而非空寂也。簡有跡，空無跡〔五〕。默有意，寂無意。由有跡〔六〕入無跡，由有意入無意，無跡無意，果有所云簡默乎？果無所云簡默乎？」

於是弘簡躍喜，合仆〔七〕起謝曰：「妙哉言也！實開我心。」予曰：「否。是若所强問，我所强答者也，非我所學〔八〕而知者也。我所學而知者，可以告我〔九〕徒。不可以告若，若無以我爲〔一〇〕外若也耶？」

校勘記

〔一〕清初抄本「記」字作「説」。
〔二〕清初抄本「武」字作「虎」。
〔三〕清初抄本「言語」倒文作「語言」。
〔四〕清初抄本「所」字作「則」。
〔五〕清初抄本「跡」字作「寂」。
〔六〕清初抄本「跡」字作「寂」。
〔七〕清初抄本「躍喜，合仆」四字作「躍躍喜合什」，當是。
〔八〕清初抄本「學」字後多一「學」字。
〔九〕清初抄本「我」字作「吾」。
〔一〇〕清初抄本脱「爲」字。

湖山深處記

吴之西南，山水之會也。而穹窿枕具區之壖，山趾盤礴，延袤四十餘里。登焉〔一〕者盡日之力而後至其巔，視陽抱靈巖，玉遮諸山，鴈行列其側，若卑幼之侍長者而無與爲抗。其支山則爲香山，蓋夫差、西施之所嘗游者。有古離宫遺址在焉，故其地又名南宫里，程氏里之望也。其先蓋自盱江來徙於吴，至士傑而家日豐裕，有子四人。其仲曰思民，孝友而好文，常從薦紳大夫游。余嘗先隴青芝山中，距南宫一舍許。思民與其舅氏楊希善先生屢顧余，余既服闋而過之。晨自墓廬，度鄧尉嶺，并湖而南，穿薈蔚之林，經崎嶇之谷，日卓午乃至其居。負山面湖，茂樹修竹，掖左右幽邃，蕭爽窈然，隱者之居也。思民從其父兄門迎款余，時希善先生適亦來會，余悦而相與言曰：「此其湖山之最深〔二〕處歟？」思民喜，亟請記之。

余謂思民，天地間靈秀之氣鍾於山水之奥區。其幽足以隱，其清足以玩，其産足以給衣食、供薪水，又皆自然而有不待經求營致者。故世之高人逸士常樂處乎其間，夫豈獨以其遠城府而離闤闠也，君子亦將有以資其養焉耳。然其爲養也淡薄，非素乎淡薄者亦不能處之。使生乎紈綺膏粱之子一朝居焉，其不顰蹙而求去者鮮矣。今而父子世居焉而不厭，其能素乎淡薄者哉？抑吾聞之孔子云：「知者樂水，仁者樂山。」蓋以山之厚重不遷者，有似於仁； 水之周流無滯者，有似於知也。是乃得乎性分之内而有天然之趣〔三〕者，故能致夫動静樂壽之效焉，則又非止素乎淡薄而已也。然必仁智也者而後能有此效，苟非仁智而徒然樂之，則亦所謂膏肓痛疾者耳，安所得效哉？ 子之樂之似矣，尚進於學以求仁智之實，德躬體而心樂之。當夫烟消雲斂之朝，風清月明之夕，山翠如洗，湖光若鑑。於斯時也，浩然而玩之，將必有真趣之得焉。子其嘗試求之可也。

校勘記

〔一〕吴郡文編本「焉」字在「延袤四十餘里」之後，其斷句爲「延袤四十餘里焉。登者盡日之力而後至其巔」，當是。

〔二〕吴郡文編本「深」字作「勝」。

〔三〕吴郡文編本「深」字後有「焉」字。

題彭御史教官箴

右《教官箴》，監察御史彭勗祖期之所作也。祖期以建寧府學教授，舉爲御史。奉勑提督學校於南直隷，因作箴以貽部内諸教官。長洲教諭蕭欒彦清得而裝潢之，揭于座右，請予爲之題識其箴。大意主乎嚴與勤，爲教之則焉。

余覽而歎曰：「祖期其能奉承朝廷之意哉！彦清其能奉承使者之意哉！能奉承朝廷之意，斯得使者之職矣；能奉承使者之意，斯得教官之職矣。雖然，余聞舜之命契爲司徒曰『敬敷五教在寬』，朱子《白鹿洞學規》亦曰『嚴立課程，寬著工夫』。夫敬與嚴之於施教，亦既至矣，又何寬之云乎？蓋聖賢之教人，固將以成其德而達其才也。成德而達才，豈急切之能爲哉？故必從容誘掖而漸摩薰陶之，不求其近功而求其遠效，不責其小就而責其大成，夫然後有以變化其氣質而深造乎道義。上才既得，極其所至；中才以下，亦可自勉而進。是故教之者，不以爲易而學之者不以爲難。然則，寬也實所以濟夫嚴與敬也。施教者必其嚴敬以立法，而寬以濟之，使學者有所持，循而進可也。不然，吾恐其用心雖勤而造就之不廣也。國家之於學校，其立法嚴矣。然士由總角而入學，必至於冠，至於强壯，始責之學成而仕以用焉，此其教育之意，固未嘗不寬也。彦清於是尚其兼而體之，然斯言也豈特爲彦清告哉？雖以告夫使者與凡爲教官者可也。」

送太守况侯述職詩序

大丈夫將有爲於斯世，必先養其氣節。氣節之固，則其中浩然以直，遇事而不餒，介然以正，臨變而不攲。不餒、不攲而後可以任天下之至重，處天下之至難矣。彼平居悻悻，自好恃能舞智，以爲天下之事無不可爲，及事變之來，無以自守而輒餒以攲者，以氣節之素失其養也。然欲養其氣節，必其天資之高、修學之勤而後有以致之。若吾蘇守况侯，其庶几乎！

侯，豫章人也，才彊識明，胸次磊落，而又〔一〕淑聞乎道義，故能毅然以正自立而顯於世。其爲郎禮部已有偉望，時宣宗皇帝在御，以天下郡守多不得人，命舉廷臣之才堪郡寄者得九人焉，特賜璽書，諭勉以行。蓋國朝郡守之賜璽書始此，而侯以大宗伯胡公之舉，實居九人者之首，故命之守蘇。蘇，畿内重郡也。粮賦居天下之半，國用所需多於蘇焉取之，土産有餘而民力不足，汙吏奸豪，奪攘其間，故雖有富庶之號，民常苦於他郡，而爲之守者，亦難於他郡。侯既拜命，即以興利除害爲己任。及下車，遂修政條、明禁令，一以璽書從事。黜汙吏，檢奸豪，奏減粮額之重者十之三。凡諸不便於民者，悉陳革之。蘇之人始則畏侯之威，終則懷侯之惠而樂其利，如出幽而明，既病而甦也。侯去郡者再，民輒上書乞留，于今七年矣。

治久而化孚，侯坐而撫之，民無不順者。故論者皆曰，自國初以來有功於吾郡，未有如侯之多者。且謂侯有行必達，有言必踐，可謂有大丈夫之爲者。余曰，此侯之有爲人固知之，而不知侯之氣節所在也。異時中謁者專使於外，秉威據重，以誅求乎民。方岳旬宣之臣皆嚮風而靡，部使者亦斂手避焉。郡縣奉承不暇，冀免督責於己，遑恤其民乎？所在有一二輩，輒騷然失寧，而蘇之聚者常三四十輩，以其富庶也，誅求常倍於他郡。侯之至，獨挺然以義折之，使皆俛首去，不得肆乎其害，而彼之魁桀者且服公所爲，謂其人曰：「況太守清正[二]人也，不可犯焉。」是以朝廷嘉侯之忠，而吏民賴侯之德。當是時，侯之氣節盖已雄於天下矣。余嘗一見侯，與論大丈夫之事業，侯固欣然以爲其志，而余亦以是與之也。雖然侯之爲郡亦重且難矣，然天下之事尚有重且難於此者。以侯當之而不餒以敚，是則余之所望於侯者也。惟侯勉之！

侯以述職赴京師，郡之薦紳會餞侯吴門之外，各賦詩一章以侯爲贈。時余適與焉，因衆所强而序以弁云。

校勘記

〔一〕吴郡文編本脱「又」字。

〔二〕吴郡文編本「正」字作「政」字。

送太守況公述職序

太守況公之述職將行也，郡之大夫士舉餞送焉，而爲之詩文以稱道其德美。余系於郡人之末，禮不可以獨已，亦既有贈矣，而醫學正科盛侃又屬言贈之。余歎曰：「太守公政績之美，信有足稱道矣。然吾郡能言之士十百其人，極口之辭，殫筆之力，稱而道之，固已無遺矣。使余能言，且無以加，矧其不能乎？敢讓於能者。」侃曰：「不然。夫美德頌功，詩人之業也。屬辭比事，春秋之法也。子名在詞垣而任官史局，其於叙述，固所當然。今郡有賢太守如況公者，雖屢書焉不爲過也，子奚辭哉？」余偪於侃言而領之。

然余竊以古之君子之相贈人以言也，不徒美其所已能，尤必贊其所未至，故聖如大禹而益猶贊之。今諸君之稱美於公盛矣，而未有贊於其所爲者，何耶？夫以公之所自立而觀其志，蓋不止於今日之所見者〔二〕，而吾黨之士所爲稱説，乃止而弗進，豈忠告於公者哉？昔黄霸治郡常爲天下第一，後爲丞相，乃無所建明而功名損於前時；韓休亦善治郡，人以恬和易之，及既當國，則直道匡君，有良相風。蓋大臣之道與爲郡異，霸明於治民而懵於丞弼，若休則可謂兼之矣。故《漢書》傳霸於循吏，而《唐書》叙休之相業有以也。公之高才達識其必有見於此者，使其果進而大任，尚願宜以霸之所不足者自克，以休之有爲者自勉可也。夫有而不自足者必成其大，行而不自止者必至於遠。古之君子惟日孜孜求進乎道，恒若弗及，用圖其遠大之功業而已。余不敏，亦嘗有志於斯，故喜爲公道也。公於是而加孜孜焉以求其道，則雖唐虞三代岳牧卿尹之功業而有可致，又何韓休之不可及哉？遂以是言復於侃而爲公贈。

校勘記

〔一〕吴郡文編本脱「者」字。

雙節詩有序

吴有朱華二節婦者，母女也，事見永嘉陳亢宗所爲傳、浚儀張繼孟所爲記。予來吴，與華之子靖遊。靖以陳、張之述示予，請題。予以二婦之節而重其請，因撮其事實爲詩美之，以示勸於世。其詩曰：

吴有節婦，母女同居。母氏也曹，笄而歸朱。生女始晬，而喪其夫。泣抱厥女，以養舅姑。終奉喪葬，備極勤劬。女長擇配，館甥于家。得華詳叔，不久亦殂。母泣謂女，字其遺孤。命也奈何，節也不渝。皎若清冰，映彼玉壺。更相爲命，三十年餘。母已就木，女亦白顱。厥孤既長，家道孔腴。克奉慈訓，游乎文儒。人謂其居，雙節之間。世多再醮，不以爲汙。有靦乃顔，視此何如？亦有臣子，匪忠是圖。朝唐暮梁，與賊爲徒。豈伊女流，可愧丈夫。有司不旌，史氏則書。匪耀一時，誕千載乎？

跋華彦謀友竹卷

取友者必以類，非其類者弗友也。竹，植物也，非人之類，彦謀何取以爲友耶？吾有以知其意矣。竹雖植物，而有君子之稱。奇材美實，虛心直節，獨在歲寒而不變，此其德固有象乎君子也。既有象乎君子，吾斯友之友，以其德不以其類也。友以其德，不以其類，則雖人也而德，非君子有弗友焉。不得於人而得於竹，此彦謀之所以合其類而友之歟？雖然，竹有君子之象，彦謀友之如此，况真所謂君子之人乎？苟有其人，吾知彦謀必且師事而求肖矣，豈徒友之云乎？

張氏世德堂銘

吾鄉多世醫，世而良者推張氏。蓋自宋元至今，以是術鳴者七葉矣。其顯而有官者，亦數人。希文先生號當世盧、扁，其子養正輩又方振聲藉藉。其作世德之堂也，詞林之彦莫不有述。余辱交其父子間，可獨已乎？爲著堂銘，其辭曰：

聖有仁術，惟以濟生。匪世弗精，匪德弗行。既世以德，術則必至。孰其有焉？吾黨張氏。粤厥始祖，暨厥高曾。至于祖考，恒業之承。既得其術，復得其心。醫則累葉，産無千金。不蓄其金，而蓄其德。德蓄之深，鍾乃慶澤。躬壽且康，後胤惟良。匪人其能，天道有常。前多顯人，後豈無之？請徵斯言，揭諸堂楣。

叙一簾春色圖序

右《一簾春色圖》，水曹何亮之爲蘇守况侯作也，侯以示余求題。

夫春無色也，因草木而色焉。草木無色也，得春之生而色焉。故有色焉者，必有所以色焉者。善觀物者，不觀其色而觀其所以色者，蓋生物之意於是存焉。生意之存乎是，而吾心之仁亦存乎是。是周茂叔所以觀乎庭草之交翠，而有契夫光霽之懷者也。然所謂「春色」，彌天下皆是也，豈「一簾」之足專耶？吾有以知之矣。

王者之治，化及天下；諸侯之治，化及封内。今之郡守，古之諸侯也。守爲天子治一郡，一郡之土風物宜，皆所當察焉。察物必自近始，而施化亦自近始。於天下有蘇，於蘇有府治，於府治有堂，於堂有簾，簾其至近者也。即其近及其遠，簾而堂，堂而府治而蘇而天下，蓋不外是焉。當夫春陽和舒，條風時至，凡植物之類荂者、蘖者、荄者、苗者，莫不勃然而以生，藹然而以榮，而勾萌，而甲拆，而條鬯支達，而跗萼葩華，而青碧丹紫，藹白菁黄，芳潤秀澤，有不知春之爲色、色之爲春也。侯於時燕坐黄堂之上，鈎簾而觀焉。得乎目而契乎心，此心之仁肫肫乎，浩浩乎，與春意同流而無間。於凡民之老羸稚弱，癃殘顛流、困阨而飢寒者，皆有以安養之、扶植之而飽之、煖之。在此爲仁，在彼爲春，夫庸知春之在天地耶？在我耶？春不在天地而在我，我施我仁，亦近而遠，庸知一簾之春不爲一郡之春耶？侯於是而能體認焉，操存焉，擴充焉，使其德之進，政之進，進進而弗已焉。上有聖明，且將進而爲之股肱輔弼，以宣其仁於天下，又庸知夫一郡之春不爲天下之春也耶？於乎！即是而觀，春其所得，亦大矣。不然，徒娱目於形色之末而無得於心，無發於政，其不爲玩物喪志者几希，豈君子觀物之道哉？侯之賢，其必有以辨乎此。

記范舜臣承澤卷後

范文正公在宋諸名卿間相業最偉，其勳德文章爲天下後世所稱慕者，可謂盛矣。然求公平生之所自得而存諸其心、發諸其言者，則不過「先天下憂，後天下樂」而已。之言也，之心也，唯仁者爲能充之。公仁者也，仁者之施必自親親始，而後及夫民物。公之汲汲，置義田以贍養族人，意盖在此。攷之錢公輔所爲記，其規範之詳可見矣。使其子孫能謹守之，雖百世弗變可也。而比年以來官没私侵，寖消寖廢，范之族日以敝。

舜臣，公之十三世孫也，以是憂憤自責，曰：「吾祖功利及天下，而吾子孫不能存其族，重其家法，吾可以坐視哉？」遂與宗子原理圖之，上書於前廵撫大理胡公、今廵撫侍郎周公，請修復義莊以立范族。二公以先賢之後而又義其所爲，皆予之成之，其族人因舉其爲義莊提管。舜臣於是益自刻勵，焦思竭力，不憚其勞以營，爲之前後，復故所失田凡若干畝，藏書遺墨之爲他姓得者，悉購復之。新祠堂，飭義學，修其遺規，一歸於初。以族之衆倍於前而租之入減於舊，則節其度而均施焉。於乎，舜臣亦勤矣！雖然，文正公以孤窮之餘起布衣，取將相，功施當時，澤流後裔，固天之所畀，非偶然者。然其奮發之初，成立之際，亦已難矣。今子孫藉其餘庥，據其成業而欲爲公之所爲，顧不易哉？有不能然，則亦無志者耳。舜臣果有志乎此，亦不可以今之所爲者自足也。公嘗云：「祖宗積德百餘年，而始發於吾。」自公至今，乂三百餘年矣。其積德益厚且久矣，天道可必，豈無復發者乎？有復發者，吾將於舜臣乎望之。舜臣，其尚勉之。

趙孝子至行録

正人紀，立世教，必以孝爲之本，是故天子以孝治天下，卿大夫以孝而表率乎士民。若其隱而在下有能孝以立身者，則上之人必旌顯之以風勵乎天下；而君子之立言不朽者，亦必采録之以昭垂于世，盖扶樹教道之意也。吾少也幸聞爲孝之道於君子，黽勉於兹，恨未能盡報親之志願也。然於能孝之士，未嘗不聞風而悦慕之。存者必求識其人，没者亦求識其子孫而采録其行實，以竊附古君子之意。今又以鹵莽之學，忝官太史，其書孝義之事職也，烏得以不文辭？

暨陽趙孝子事，吾在京師時已聞其略。今也，又得其詳於友人吴公美。孝子名鉉字文鼎，元季之亂，其父思誠倡義捍鄉里，不幸而死。家殘於盗，時孝子生甫六歲，而與母吴相失，鞠於其姑。及長而有知，遂棄家去，誓以必見母乃還。彷徨四方，越三年而得之於鄞。奉歸養之，終其天年。宣德初，有司以聞於朝，詔旌表其門閭而復其家，繇是孝子之名聞天下。今孝子既没，其子以澄亦克肖其行云。昔吾覽宋朱壽昌棄官尋母事，每歎世無其人。今觀趙孝子事，與壽昌所爲若出一人焉，固非慕效而爲之也。然壽昌在宋既旌褒之，而蘇、黄諸公又爲之著録，故至于今其孝義之聲猶焯焯若目前事。今趙氏亦既荷聖朝之旌褒，而薦紳間又多能稱道之，其在當時亦已顯矣，獨不知其傳之後世何如耳？傳與不傳，在孝子固無所損益，然人有至行如此，秉筆者聞之而不録不可也。

嗟乎！天下之人孰無母而生乎？而其能盡孝於母者則鮮。甚者，有母在堂不能致養，又愎戾焉若梟鳥者。世未嘗無也，使其聞孝子之風，得不愧悔乎哉？吾於是録之，以爲世勸。

送伊吉士序

進士之選爲庶吉士而績學中秘，國朝之盛典也。太宗皇帝登御，鋭意立賢，以興文治。始選甲申科進士之才儁者二十有八人爲之，盡出秘書以資其學。大官供饋，文房所須皆給自尚方。旬朔則御便殿制題考試，嚴程督之，必其成才。追古作者，於是有「二十八宿」之號。厥後逓科進士，必拔其尤，以充是選而爲儲才需用之地。先帝在位，志修太宗之業，乃選丁未庚戌癸丑三科之士二十有八人於内閣，所以作養之，一如永樂故事，又御製二十八宿之詩以奬勵焉。凡與選者，亦皆一時之才儁，而獨予之愚忝膺首選，恒竊自愧。其學未至，懼無以報稱先帝作養奬勵之盛意。

上嗣位之元年，詔以前二十八人分等第爲中外之官，復用宣德故事，於新科進士百人之中選十有四人補其處，而伊侃士剛其一也。士剛與予同爲蘇人，於斯文之誼甚厚。予既自愧其無以報稱，猶幸士剛之來，庶得日夕相與麗澤進修，以求其至而成吾志焉耳。未几，予以家艱還蘇治葚，而士剛以畢婣歸。及禮成而去，士剛謂予宜有贈也。因告之曰：「士剛，今天下才儁之士豈少哉？願學而無作養之地，學成而無進用之階，則其爲不幸而不遇者固亦多矣。今予與子持未成之學，一舉而得進士，而又驟蒙上之選，拔置之清華宥密之地，資之以圖書之富，養之以餼廩之厚，責之以遲久之效，而需之以遠大之用。予與子之幸至矣，可不知所以自勉哉！夫庶常吉士實周文武之時公卿百執事之稱也，而上以之寵予與子，是固將以文武之時公卿百執事之賢而期待之也，予與子可不知所以自勉哉！　今甲申科之士既皆老成碩學，爲國舊人，所以報于太宗之寵者，盖亦無負矣，予與子又可不知所以自勉乎哉！　子不我迂，敢書此以自附于古人，相贈處之義云。」

正統己未春孟，翰林國史編修某序。

師友集序

《師友集》者，吴人顧彦彰所集其師若友贈遺之作也。　彦彰名允昭，少而好學，老而不倦。　所交游皆一時之名公才士，若故少師姚廣孝、長史錫山錢仲益、贊善青城王汝玉、學士毘陵王達善、典籍覃懷梁用行、徵士包山俞有立、宜川高以敬，則其所師焉者也。　故檢討廬山陳嗣初、文學浚儀張繼孟、松陵謝彦銘、郡博太原〔一〕王廷桂及今吏部侍郎蕭山魏仲房輩，則皆其所友焉者也，故彦彰於是集而以「師友」名之。　既成，將繡梓以傳，謁予爲序。

昔宓子賤爲單父宰，孔子問其所以治之道，而曰：「不齊所父事者三人，所兄事者五人，所友者十一人。」孔子猶以爲未足，則又曰：「此地民有賢於不齊者五人，不齊事之，皆教不齊所以治之術。」孔子與焉，蓋與其能師友於賢以求益耳。賢之在民，尚且尊事之如此，況在薦紳大夫哉？於乎！子賤誠可與也，然則古之所謂師者，師其道也；所謂友者，友其德也。師其道，以道乎己也；友其德，以德乎己也。非道非德，君子固弗之師友。師之友之〔二〕而無能益於其道德，君子亦弗與之爲師友矣。

彦彰之師友於諸公，其亦有在於此乎？否也。觀諸公之贈遺於彦彰者，非法語以勉之，則巽語以稱之。勉之、稱之，而莫非欲彦彰之進於道德者也。彦彰於是而能夙夜自勵求盡乎其實，言焉而非道不發，行焉而非德不由，使諸公之作傳之後世，而無愧君子與之，如宓子賤可也。如曰徒以文章相炫耀爲聲稱而已，則余亦烏得而與之哉？

校勘記

〔一〕吴郡文編本脱「太原」二字。

〔二〕吴郡文編本「之」字後有「也」字。

答况太守問芝草書正統戊午九月十日

太守閣下，今月初三日承專使親劄來慰於墓廬，且以靈芝事爲問，良感良愧。某之所以營葺於此者，蓋以先人平生有鄉土之思，而某爲子不肖，不克奉承親志侍以還鄉。不幸先人遘疾，竟終京師。不孝之愆，無以自逭。重惟宗祀在身，不敢即死，所不忍窆於客土，扶柩歸葬，庶幾追承先志之萬一以自逭耳，豈有纖毫孝行之足言哉？既幸克安厝，因廬墓所以終喪期亦固當爾，豈敢沽名釣譽以自附于古人者哉？

廼者墳堂之上，偶生異草三五莖，山中人輒相聚觀云。識其是靈芝，鬨然以爲祥瑞。某即時明以戒止，使勿造妖揑怪，豈意好事者遂乃傳説入城府以誤閣下之聽耶？閣下以聰明正直，闓且嘗爲禮官，所識見遠矣。山野鄙人，訛言入城，正賴閣下約止之，奈何從而聽之？顧以爲靈物異事耶？某雖不肖，少頗讀數行書，常恐墜於匪人之域。今者不死，方圖自立以爲報親之地，使天下後世不謂其爲不孝子幸矣，豈敢復随人造作以自玷耶？夫山中之草，百數有之，自非神農，莫能盡識，今此草之生，某既不能别識，亦不敢承認，公又何庸問之？願早約止，勿復言，至幸至幸。某固愚惷者，且方在哀疚，不文不次，惟閣下諒察。

又己未春正月十五日再復書

某稽顙拜，復太守閣下。年前承問芝草事，既以明白回覆，今者復蒙教劄，略其惷愚，顧加奬慰，且援引古今，的然以爲孝徵瑞事。至欲枉駕臨視，某固知感盛德，然憂懼滋甚，欲即詣府白止之，緣在禫服，誼不可入公門，故不免復此覶縷。

蓋尚古之世物，無所謂祥瑞者。若夫古今瑞圖之載，皆漢世以來謬儒傅會之言也，六經豈有是哉？經中之言禎祥者，蓋不過吉善之徵云耳。某竊有見於此，素不信之，故平日於文辭恥及祥瑞事。今者不幸而遠葬吾親，獨廬於此，又不意而有此草生於墳所，而致人之訛言紛紛如此也。然百草皆山之生也，誠亦無怪其生者。此山本名青芝，豈非素生此草乎？其何足爲異？某既以此曉於山隣之人矣，但其人好事甚，又欲承奉賢府主意，遂以爲素未嘗見此草生。就使果非素生，亦何必爲異？山中之物生於山中，固其所也，不足喜也。若其生於人之家庭，則非其所矣，吾且以爲妖而惡之，拔而去之矣，今乃在山而又當堂封之上，所不敢除，故遂置而不問，豈意人之好怪乃至諠傳以誤閣下之聽如此耶？然某竊惟閣下賢明，固非可惑者也。意者，其將振起風化，故假此等事以爲人人之勸哉？然於他人則可以承命，於某則不敢，何者？己既不以爲異而順人以爲異，己則惡他人之造妖揑怪而復順之，其過有加焉。苟以爲孝之爲徵，則尤所不敢者，人豈不自知如某者？方惴惴懼以不孝見讉于天，又何以徵乎？若徵諸天，是誣天也，况此草固地之所生者，豈某致之生耶？若指地之所生以爲己徵，是誣地也。某雖不肖，平生所學不過一誠耳，方切切自勉以誠而不足，安敢以誣天地乎？或者又云：閣下之意將以聞於朝廷，朝廷又豈可誣哉？某固不材，無可用於朝廷，然區區之心未嘗不以朴忠自勵者，而乃使之爲誣，此又不敢之不敢者也。太守一郡師表，凡一舉動庶民趨之，倘枉駕遠臨，則必闔郡響動，得不大爲驚怪耶？此又不可之不可者也。如將舉之，則某有逃遁而已，必不能從焉。

哀疚之餘，不事筆劄，爲閣下所迫，忍苦告誠。閣下鑒之亮之，恕其惷而與其誠，不勝哀感之至。

贈太常博士顧惟謹序

雲間顧惟謹以大德觀祠官陞受太常博士，盖特恩也。其與惟謹交游者錦衣衛使王等爲之請言，余聞而訝焉，因諗之曰：「惟謹何以有是命哉？夫太常，古之秩宗，以典三禮，盖有虞、伯夷之所任者也。必有寅恭直清之德足以和神人、格上下者而後克以當之，惟謹其亦有是德歟？且夫博士之職，所以揆典章之異同，稽禮儀之得失，天子有事於郊廟，博士實贊焉。必有純雅明敏之才足以博古通今者而後克以爲之，惟謹其亦有是才歟？」

請者曰：「大德之祠，國之秘祠也。永樂中，今高士周君思德始以道術幸，上興祠事惟謹，於時即從佐之祇典祀禮，極其精誠，以致神之憑依，昭靈響焉。自是以來二十餘年，而其祠益重。重其祠，因重其官，不亦可乎？矧今國家方重祈禜之典，惟謹於是益盛。其爲日以贊萬壽祝鴻釐爲己事，此其所以承上寵而致衆歸者宜矣。吾見其祠日益加重，而其官日益加顯也，子無訝焉。」余迺慨然歎曰：「夫然其又何言？抑余竊獨惟古者制祀命官之意而有所感也。」

於是乎書。正統六年辛酉春三月吉旦。

愛日堂記

「孝子愛日」，揚子之言也。予嘗三復其言而有感焉，曰：「揚子其知孝子之心哉！夫人子之於父母，所謂『欲報之德，昊天罔極』者也，苟非梟獍，莫不知養而況能孝者哉？是其爲心，固將自孩提而至於百年，求無須臾違戾以盡孝養之道焉。然孩提之時，方鞠於親，未有知識。及其長也，乃知爲養，而身之成立克備養與否，未可必也。身立而克備養矣，而親之壽考克享其養與否，又未可必也。且夫人之爲壽，其永不過百年。及二十、三十而始有子，或四、五十而始有子，其子之年亦必二十、三十也；而始長成，子年二十、三十，則親之年已四、五十、六、七十矣。然則子之養親之日，盖不得其半也，而况其不能至於百年之永，其爲日能幾何哉？

嗟乎！親之德罔極如彼，而子之養有限如此，日也可不愛乎？今日親無恙，未必明日之無恙也。明日親無恙，未必又明日之無恙也。不幸一日而有恙，則終天之戚隨至，雖萬鍾九鼎之奉而莫爲之享矣，嬰啼斑斕之娱而莫爲之悦矣。日也可不愛乎？

予生二十有二年而先妣卒，三十年而先君卒。二親之年，皆未及七十也。予之爲子無狀，固無能致孝而備養，然思養之心則切矣。是以每見人之父母俱存者，未嘗不羡彼之幸而自悲其不幸也。余友段惟益能孝之士也，其二親皆壽康無恙，惟益作堂以爲奉養之所而問予名之。予題之曰「愛日之堂」而爲之記，盖欲其知親存之幸而益盡孝養之道也。

送張進士序

進士張和節之以目疾上疏乞歸於家，詔許之，其鄉先達儀曹衛以嘉徵言贈焉。節之，蘇之崑山人，少與其弟穆同游邑庠，治蔡氏書。正統戊午同領鄉薦于南都，今年同上春官，遂同登進士第。士林之知之者，咸以爲張〔一〕榮而節之學尤充著，其名翹然出進士百人之中。今方觀政吏部，一旦而以疾去，士林之榮之者又相與惜之。以節之之才發軔仕途，駸駸其進，雖有微疾，不害於用也，何遽而謀歸哉？既惜之而且疑之，予因以問於以嘉。以嘉曰：「節之之志吾知之，其學雖充而其中恒不自足。嘗爲我言：『今之〔二〕入官者，必聰明便利而後可以事事。某性素簡亢，又加之以疾，何以克堪？且父母老矣，而二子皆在官，孰爲奉養？今使吾弟留事吾君，而吾歸事吾親，且得自養而進於學。幸而疾瘳，報君之日未晚也。』此其志也。」

予爲之歎曰：「賢矣，節之之爲士也！其能以古道自處哉！古之士學矣未嘗不仕，仕矣未嘗不學，而學與仕未嘗不志乎忠孝也。宋包孝肅公拯既登第，而以親老歸養者十餘年，終喪而後復仕，卒克攄其忠蓋，致位執政而爲一代之名臣。人之仰其聲光，至於今猶赫赫有餘耀焉。節之其聞孝肅之風而興起者歟？夫孝肅之德業，未必不由歸養十年而致之。然使其歸，遂終老而不復出，亦未必能致其功名之赫赫不泯如此也。節之之歸，雖以養疾，而實以養德。於其事親之日而求所以事君之道，盖裕乎其有餘矣。倘其異日疾瘳而復來於朝，吾知其不惟氣體充碩而聰明之有加，其學將益充而著，其德將益進而宏矣。所以忠事吾君而致不朽之功名，固將有在。孝肅豈專美於前哉？請書以俟。」

校勘記

〔一〕吴郡文編本「張」字後多一「氏」字，當是。
〔二〕吴郡文編本「之」字後多一「人」字，當是。

金臺倡和詩序

予同寅編修賴君將還其鄉，而以所集金臺倡和詩屬予序，其言曰：「世隆生聞南，自少讀書輒不自揆，有觀光之志。宣德庚戌，計偕京師，會天下之士。試於春官，幸而得儁策名進士，既而復幸與子同選入翰林。及拜編修，凡幾年於兹矣。出入金馬、石渠之署，講學奎璧圖書之府，與處與游，莫非天下之才賢。於聖朝之典章文物，亦已略睹其概。其少時之志，可少酬矣。今而蒙恩放歸，吾父方以諸侯王相老于家，吾母亦既受命階之封，幸皆無恙，吾且得與吾兄晨夕娱侍以伸人子之情，此天與上之賜也，吾寧不自喜哉！因輯嚮所與館閣諸公游讌之作，將呈之父兄以爲虞悦，而間與畸人、隱士相偶談話之餘，出此觀之，亦足以見我國家優待文儒之盛意。而山陵之尊嚴，宫闕之壯麗，與夫山川風物之美，亦概見於此。抑又足以興起其覯光願仕之心，不亦可乎？惟僚友之知我者莫若子，故敢以請。」

予曰：「嗟乎！賴君衆方惜君之去，而君乃自喜如此，其真樂於去者哉？雖然君之自爲謀則善矣，而非所以盡爲士之道也。范希文有言曰：『士當先天下之憂而憂，後天下之樂而樂。』吾深有取焉。凡爲士固當如此矣。出如此，處亦如此；用如此，不用亦如此。推是志也，豈惟自足其意欲而已哉？今吾與賴君固一介之士也，先帝選之於中秘，皇上官之於侍近，恩既厚矣。今雖俾其暫歸，行且召用，而君遽自喜，若將有終焉之意，獨不思國恩之未報乎？君以爲天下之事其有憂乎？無也。天下之人其已樂乎？未也。不此之思而顧以一游京師爲足以酬其志，不亦左乎？吾恐其非希文之志也。方將與君勉之，能其所未能而至其所未至，萬一用之，庶有以解天下之憂而報二聖之恩。不然，則寧抱志而窮居，固不狥已而忘天下，亦不徇天下而忘已也，夫豈宜用舍貳志哉？苟以一時之用舍爲輕重，則予之留此亦何異於君之去耶？」

君曰：「子之志，固亦我之志也。我不敢以云，而子以責我，敢不勉乎？然子必爲我序此卷也。」予不能拒，遂序之。

集中詩凡若干首，其《遊萬歲山》，詔賜之遊也；《遊平坡》、《遊西湖》、《遊白雲觀》，暇日之私遊也； 南垣書樓讌集，及賞菊之會，其居第之私讌也，此皆與群公并會而作者。其《謁景陵道中》、《雜和謁文丞相祠》、《次韻游玉泉聯句》，則賴君獨與予行而作者也，故寘之卷末云。

題西游遺稿後

練川歸希哲以八袠之老與予定忘年之交，間出其先君子良甫洪武中謫戍蜀川之作所謂《西游遺稿》者觀之，因泣下曰：「惟先子生平殖德蹈道而橫罹厄艱，謫死遐裔，此哲之所爲痛心而不能自已者也。方先子之謫戍時，以先祖母在堂，留哲侍養。既而以先祖母之命往省先子，先子即復遣還，手書此稿與之哲歸，無幾何而先子卒。哲既抱戚莫洩，獨奉此稿轉徙南北，盖五十年於兹而未嘗去於懷也。哲亦既耄且就木矣，然恐哲死而有失墜，願爲我識一語以示將來。」予曰：「唯唯。於虖！孔子謂『詩可以觀，可以興』，子良甫當患難流離之際，而其爲詩無一語之憂己而獨憂其親，因留子侍養，竟獨戍以死，其孝誠何如也！觀是稿者，可以興起於中矣。若乃希哲之所爲，盖亦克肖其父者也，予得不爲之識哉！」遂識之以詩曰：

崑崙烈火焚山麓，燄下何曾分石玉。懸黎垂棘總煨燼，此際寧容卞和哭。歸公吾黨前輩人，時命遭逢胡不淑？名韁竟爾累形骸，法網誤罹因竄逐。一朝别母去東吴，萬里從軍戍西蜀。青衫不耐秋風吹，白髮〔一〕那禁涼雨沐。生平豈解荷雕戈，覊旅時還操尺牘。思深庾子《哀江南》，愁甚杜老歌同谷。佳兒忽自故鄉來，拜省殷勤慰中曲。斯須聚首即復分，使代高堂問寒燠。生離死别在朝夕，海角天涯無骨肉。手書詩草付兒歸，心事唯兹作遺囑。兒今年已八十餘，懷簡如新常在目。客來出示時一觀，説著嚴君淚盈掬。嗚呼！天經地義不可泯，孝子慈孫所當録。公詩句句皆在親，患難未嘗忘鞠育。僊遊雖遠筆跡存，誰采〔二〕風謡敦薄俗？願將此稿什襲藏，不是仁人莫令讀。

校勘記

〔一〕吴郡文編本「白髮」作「白璧」，誤。

〔二〕吴郡文編本「采」字作「來」，誤。

華峰書舍記

古之君子之讀書也，自少至老，窮與達一事乎書。其事乎書也，非求其句讀而已也，所以求其義理焉；非求其義理而已也，所以求其道焉。求其道者得之於心，而爲德行之於身，而爲行措之於天下國家而爲事業，能乎此也而後謂之讀書。讀書而不能乎此者，書之蝨爾，君子弗爲之哉！惟其欲能乎此也，故自少至老，窮與達一事乎書，順於道則行，逆於道則止，道亨則進而道否則退，行止進退，不必於己而必於道，是則無負於書矣。今之挾書而讀者周天下，然其無負於書者，何鮮耶？

吾友江君時用，蜀之江津人，故雲南參議順中之子也。幼則傳經於家，長而結廬華蓋山中，閉户讀書者數年。宣德庚戌一舉而得進士，復召試入翰林爲庶吉士。居五年而拜編修，今焉詔俾暫歸於鄉。時用聞命，欣然就道，以予同官過門言别，因謂予曰：「吾所居山，爲蜀中第一佳處。峰巒環焉，江流帶焉，外阻而中夷，果蔬魚米之需，無仰而足，吾甚樂之。方吾讀書之日，初無仕宦之心也。爲兄弟所勉而出，雖忝儒官，不廢簡編，而吾讀書之功，比之山中，十不及一。非敢自怠也，蓋有所繫而然爾。且吾母在堂，定省惟曠。今吾之歸，既得少修子職，而日有餘力，又得益讀吾書以求其道之未至，吾幸多矣，願爲我記於廬以勉焉。」

予歎曰：「嗟夫！自舉子之業興而古人之學廢，學者僅通章句輒求仕進。及既得之，即已棄書而不讀。若吾時用未仕而學已優，既仕而學弗輟，人將以爲不可幾及，而時用乃欲然不自足，方欲益讀書以求至乎道，其異於人也遠已。雖然時用不以今之人自待也，以古之君子自待也。以古之君子自待，則其求之於書者必將見之於德行事業，制其行止進退而不爽也。今其歸，固能修孝於家矣。異日，天子召之來而其於國也，獨無所效忠乎哉？此不可不求者也。昔趙普讀《魯論》而曰：『治天下，用此足矣！』真德秀爲《大學衍義》亦曰：『如有用我者，持此以往。』予願與時用勉之，以求無負於書也。」

存誠齋銘

徐叔禮甫吾鄉之耆彦也，殖德修義，老而彌固。端居一齋，以寧静自頤，於世之勢利紛華澹如也。嘗取《易·文言》「閑邪存誠」之義名其齋曰「存誠」，而求言於予。予學《易》者也，玩辭而索義亦有年於兹矣，顧吾所以體而存之者，猶恐有所未至，方將求同志君子以輔掖而至焉。叔禮甫齒德高矣，矧多游乎先進之間，其於存誠之道必有得於心，予固將求輔掖於叔禮甫，而叔禮甫復不以少視予而有忘年之契，其求予言，言可靳乎？乃援筆而銘曰：

心者，天之君；誠也，天之理。一誠之實乎吾心，猶元氣之實乎吾體。元氣與沴氣不兩立於體，誠與邪不兩立於心，故善養生者雖無疾，恒慎防乎沴氣之襲。善養德者雖無過，恒慎防乎邪妄之侵。元氣存而體充，一誠存而心正，然則曷爲可以得之？亦曰：動静而一於敬。

雖然斯言也，豈惟銘夫叔禮甫之齋？予也亦將書之，而朝夕以自儆云爾。

陳廷瑞字序

陳瑄廷瑞故遂安伯志之長孫也，予表兄范君以清與之游，嘗爲予道其好賢樂善，有佳公子之風，予固已識之。異日，以清復與郭君希古來曰：「公子之年長矣，而今始加字某輩。以交游之故，願有言敷其義而勗諸？」予以其得朋友之誼而諾焉。

按，《字書》「璧六寸，謂之瑄」，蓋玉之美而成器者，所謂五瑞之玉也。古者諸侯以之贄於王廷而成朝聘之禮，禮之重物，莫此尚焉。今公子以瑄爲名而字之廷瑞，其取義美矣。雖然，名字者身之稱也，美其名字，不可不美其身。且人之有美質者，猶玉有美璞也。有美璞必加琢磨之功，以成器而後得以用於廷。人有美質，亦必加學問之功以成賢，而後得以用於世。公子出勳閥之胄，負英偉之資，使加之問學而進焉。以武以文，以忠以孝，振家聲而爲國用，則所謂諸侯之贄而爲王廷之瑞者，誠在其身矣，玉云乎哉？傳曰：「公侯之後，必復其始。」請以是勗諸？

送葉玄圭知吴縣詩序

永嘉葉君玄圭初以名進士選爲庶吉士，詔比二十八宿。績學於翰林，居五年而出爲蘇之吴江令。至官期月而民大治，以母憂去。今年起復赴京師，得調于吴。凡朝之賢大夫士之知君者，咸以君才行學識之茂宜列之朝，著贊經綸司風紀，以大其用而宏其施，乃處之一邑且久於外，莫不嗟咨以惜之。惟吴之人士聞之，則私幸於得賢令而爲之欣抃相慶。若余之意，則又兼處乎二者之間焉。

蓋余與葉君以聯科進士選入翰林，同硯席者累年，斯文相契之情若兄弟然。其爲吴江也，余送之行。既而各以家艱去官，不相見者閲五寒暑矣。今余自吴之墓廬起復而來，適與君會。方將與之叙契濶，展懷抱，而君復有是行。夫知之深者期之重，余寧不惜君之去！然君之所治，余父母之邦也。君去而大惠吾民，又寧不爲之私喜耶？且吴爲泰伯過化之地，而子游氏之所生也。其民風素厚，士習素正，而又素爲富庶，東南財賦所出，吴得十二焉。然比歲以來，民風寖變而澆薄，士習寖流而卑陋，而向所謂富庶者，亦寖以凋敝，實去而名存。究其所以致然者，固有由來矣。其將振起而復之者，獨不在於賢守令乎？夫欲民風之厚，必本之仁化；欲士習之正，必先之德教。若其富庶，則必由乎安養之久而致之。然長民者恒急於賦役而緩於教化，故卒患其未能復也。今幸得賢令如葉君，其有所望而振起矣。昔子游以絃歌而治武城，固曰：「君子學道則愛人。」君之學於道也有素，能弗推之以愛人乎〔一〕？推愛人之道而極其至，雖天下之大可治，而況爲縣哉？

君行有日，在朝所與同選諸君子相率賦詩送之，而推余序其首簡〔二〕。

校勘記

〔一〕「能弗推之以愛人乎」句，吴郡文編本脱「推之以愛人乎」六字。

〔二〕吴郡文編本「首簡」倒文作「簡首」。

送王教諭之建陽序

王氏蘇之世儒也，由宋歷元以至於今，逾三百年而《詩》、《書》之澤不衰。前代之人固已稱其門之多賢，在國朝則有若故春坊贊善文靖公汝玉、翰林侍講樗庵先生汝嘉，伯仲相繼，以文學登侍從，名顯天下，人以眉山蘇氏兄弟方之。文靖才高氣邁，若龍淵、太阿，莫與争鋒；樗庵行純志潔，如南金荆璞，自有可寶。然其學皆足以爲後進師法，其文皆足以鳴一代之盛，可謂偉然不常出者矣。

應良，樗庵之子也。其才敏以贍，其行端以實，其問學充以肆，盖能世其家者也。

以明經登乙科，初爲教諭遂平德清。丁母憂去官，今茲起復赴闕而調建陽。其行也，大理寺副仰宗泰率蘇人之仕于朝者餞之而屬筆於余。

夫世將之子，不待教之以戰而善將；世醫之子，不待教之以方而善醫。蓋自其生而習見，無非將與醫之事也。其得之目而了之心，有不煩父兄之誨諭而復待他人之教哉？如猶有待於人之教之者，則必不能世其家者也。應良之於儒，世其家而有餘，矧其二父之初皆自教官升侍從，其家之風範固有可跡而踵也，應良豈終於爲教官哉？余故爲道其家世之美，使之有所感發而踵夫二父之跡焉。若其斅學之事，非不之告，蓋不必告也。

送鄭教諭開寧之海門序

學校育才之地也，凡朝廷之公卿、百執事與夫方岳之牧伯、郡縣之守令，天子所與共理天下者，率於學校取之，其不由學校而特起者，百不一二焉。才之取於學校者如此，其重而育之者顧可輕耶？蓋凡爲教官者，所以育才之任也。五經四子、群史百氏之書所以育才之具也。必其學乎是而後克以教乎是，不徒言辭之爲教而必躬履以教焉。非夫學與行偉然可以師表於人者，固不易爲也。然而庠序之師，其秩不過中士之列，禄薄地散，處之有司之下，每事掣制而於所任，又未必擇乎學行之人，其間苟焉度日、倚席不講者固不少矣，而其稍自振者，又或不樂居此，亟求他途以儌進取，坐席未暖而已有去之之心，奚暇施教耶？惟志道之士而後樂之以求無負焉耳，然豈多得哉？惟其人之不多得，故雖屢更法以督之而卒未見其效也。烏虖！學校之益微而育才之道日以敝，有由然矣。

鄭開寧秉彝台黄巖之士也，嘗從今考功員外李茂宏先生學。以太學上舍選爲河内儒學教諭，丁内艱，服闋起復而來得調揚之海門。比行，茂宏爲之請言。余初不識秉彝之爲人，然茂宏余之素所知重，所謂學與行偉然可以爲師表於人者也。雖其不爲教官而在考功，權衡人物，發於論議，爲士流之所矜式，秉彝爲之門人，其豈無所授哉？茂宏於人尤慎許可，而特稱秉彝之學行可取，然則余於秉彝有不待識之而知其爲良教官矣。故舉此以告之，使知其職之重且難而勉之也。

邵仲仁哀辭

崇蘭之芳兮，烈火爇之。瓊樹之華兮，飄風折之。嘘嗟若人兮，廼類於兹。才之良兮行之穀，胡獨蹇兮命不淑。既逖譴之[一]非辜兮，又夭閼以弗禄。彼福善而禍淫兮，實天之所司。羌顛倒之靡常兮，有非余之可知。惟妻貞兮子孝，終無汙兮有耀。亂於暫而定於久兮，吾乃今信夫天道。歸金馬兮滇之陽，悲旅殯兮非故鄉。巫陽去[二]矣，孰爲招兮？魂蕭索兮，之何方？嘅余心兮[三]好德，緬懷[四]賢兮何極？渺萬里兮天南，睇暮雲兮太息。

校勘記

〔一〕清初抄本「譴之」二字倒文作「之譴」。

〔二〕清初抄本「去」字作「法」，誤。

〔三〕清初抄本「兮」字之後多一「之」字。

〔四〕清初抄本「懷」字作「想」。

陳氏雙節堂銘并序

黄陂簿陳致和，余吴中姻舊也，嘗請余爲銘其所謂「雙節之堂」，余未有以復也。致和屢以書來趣之，余乃次第其言而著之銘。

致和之言曰：「箎曾祖諱已久，祖諱思，曾祖母、祖母皆孫氏，曾祖母生右族，習内儀。父母以鍾愛故，館甥於家，得吾曾祖焉。不幸而曾祖蚤世，吾祖方在襁褓，曾祖母年方盛而值世否家屯，躬勞瘁，事織紝，以育吾祖。及長，爲之擇婦，得吾祖母焉。不幸而吾祖又蚤世，吾先考暨叔父皆穉，祖母秉義守禮，一效曾祖母之爲。曾祖母泣且歎曰：『吾不幸夙喪所天，新婦又不幸如吾。然吾不辱吾夫，新婦亦不辱吾子，真吾婦矣。』婦姑相依，茹苦飲毒，志節皎然。陳氏之祀所以弗絶者，二母之力也。然曾祖母之節既荷朝廷之旌表矣，而祖母之節猶未著焉。惟鄉里之人知之，咸謂我陳氏爲雙節之門，故吾兄弟用是揭於中堂，願爲之銘，示子孫以弗忘也。」

嗟乎！自世教之微，仗節守義丈夫猶或難之，况婦人哉？夫《詩》十三《國風》

以貞節見者，獨一衛共姜；春秋二百四十二年以貞節見者，獨一宋伯姬，況於今之世哉？陳氏一門一時乃有節婦兩人，斯豈易得乎？余忝職史事，於天下之人節義所當書者皆得書之，若兩節婦事，固當特筆聯書者，於致和之請可以不復耶？然予之銘，豈特爲陳氏一家著哉？所以爲天下勸也。其辭曰：

於戲！臣不二君，婦不二夫。懿茲天常，終古罔渝。奈何叔世，風漓俗媮。偭正嚮邪，知而弗由。相彼蜂蟻，亦循其義。相彼雎鳩，亦別以摯。蠢爾禽蟲，匪人之流。人之不如，禽蟲之羞。千百其人，一二則無。盛哉陳氏，有此婦姑。緇塵之涅，皎廼雙玉。風草之靡，挺廼雙竹。姑事上聞，錫之旌門。婦雖弗被，名則并存。豈伊陳氏，一家之光。風教攸繫，實在鄉邦。翼翼斯堂，嘉名載揭。偉矣雙節，百世有烈。

慈節堂銘

浙江都司都指揮蕭華構堂以奉其母太夫人顔曰「慈節」，請予爲銘其楣。蓋蕭之先將軍某以忠勇歿王事，太夫人當盛年，誓不再醮，冒難服勞，育華襁褓之中，以底成立。節而克終，慈而能教，有古貞淑之風焉。予與華舊，欽其母氏之賢，遂爲之銘云：

維天生人，肇之綱常。有分有義，各有攸行。母之於慈，婦之於節，茲惟厥衷，烏可有缺。明者循之，實維當然。彼昏罔覺，迺違其天。猗歟蕭氏，有此賢母。越彼流俗，卓然自守。良人糾糾，歿於王事。號天矢言，有死無二。莫潔匪玉，莫堅匪金。維堅且潔，夫人之心。孰與爲類？杞梁之妻。所不即死，有子可依。既克以鞠，亦克以教。曰武曰文，曰忠曰孝。子今長矣，名與位隆。承家奉國，惟母之功。我銘其堂，爰表淑德。尚畀後人，母婦之式。

陳介庵誄

故古田學諭介庵先生陳孝原甫卒後之十年，其冢子潛江令敏政奏治京師，因求發潛德於詞林。諸君子表以文，輓以詩，纂十餘篇矣。而予敏政氏之友也，以介庵之行有可誄者，遂爲之誄云：

嗟孝原甫，生乎今，學乎古，言有章，行有度。不爲富，卒以窶。不求進，卒退處。兩校書，石渠署。雖小試，非大遇。守一官，老庠序。人不堪，己則豫。曰有命，我何與？嗟孝原甫，身之窮，道乃裕。位之微，名乃著。有述于先，有遺於後。嗟孝原甫，於斯奚負。我思古人，惟魯展季。存也三黜，没師百世。衆人莫知，孔孟實予。既稱其和，亦美其介。嗟孝原甫，盖希惠者。生以介名，死亦介謚。官雖弗及，私也可議。揆德惟稱，厥匪虚譽。徐子誄之，徵彼來裔。

送錢季學赴大寧都司序

姑蘇錢君季學居太學上舍有年矣，比以善書，書誥、勑於中秘，用其勞擢爲大寧都司副斷事。行之日，蘇人之仕於朝者相與祖餞之，而推余爲之言。予於季學忝有親姻之好，義當有贈不得辭也。

惟夫天下之事，任莫重於兵、刑。兵也，國命之所繫焉；刑也，民命之所繫焉。斯二者，自古之所慎也。國朝之置都司，所以總一道之兵，爲國扞圉。其將佐之任，必其人之材武克濟者而後畀之，固不輕矣。然兵之所聚，刑亦麗之，其必有争訟焉，有逋誅焉，有斬斷焉，推而讞之，必欲得其情而不冤，有非軍將之所能也，此斷事之官所繇設歟？蓋其官僅六品，而權行於一方，辜斯罰之主，率不得私以宥冤，斯伸之主率不得私以抑，故官得其人，則一方之兵無冤者；不幸而或非其人，則其所失豈小哉？太祖初置是官，時有能勝其任而致聲者，輒拔擢之登廟廊、方岳，往往有其人焉。方今朝廷之法制具在，無所改於其舊也。至其黜陟之有異者，顧其人之才否何如耳。季學才敏而智周，其於是官固優爲之，然亦不可不慎也。其有官始乎此，其志之行始乎此，其功名之立始乎此，季學其可不慎而勉之乎？今日之行，予之期望於季學者遠矣。是以道其職事，規之而不頌，季學尚有味乎予之言哉？

段瓛母施氏輓詩序

段生瓛予表兄惟益之子也，方童年而有成人之風。其母氏之卒也，執喪能致哀毁，鄉之長者咸歎異焉。暨瓛自吴，奉書至京師告余曰：「瓛不幸蚤喪慈母，永終罔恃，何痛如之。惟先母之善之淑而歿不得壽，此親姻族黨所共嗟嘆以傷之者。恨瓛愚弱，不克樹立以顯揚於所生，輒嘗泣血請諸薦紳先生爲之輓詩，庶以著先母之德而少抒區區烏鳥之情。亦既裒輯於册矣，惟夫子於段氏親且舊，且垂愛於不肖，序乎篇什之首，必須夫子一言，敢稽顙再拜以請。」

予惟古之送葬者，必歌以相之，於是乎有輓詩，盖以相夫輓喪者云耳。後世乃爲詞以哀亡者，非也。哀之尚可，而追頌其平生之德尤非也。頌於丈夫尚可，而於女婦不益非乎？夫女婦之行，修乎閨門之内，生不外聞，歿不外詥，禮則然也，而奚庸夫詩？詩之不庸，又奚庸夫序？雖然禮原乎義，義原乎情，情順者義存焉，義宜者禮存焉。故君子之論事禮或無之，則視其義與情可也。今世之人壯年而童心者不少矣，彼於父母之喪漠然不戚，徒飾其身而弗思遺親以令名若是者，其於瓛何如哉？瓛固幼弱之子也，率心而行，無所矯飾。居喪而致哀毁，斯已難矣。方且切切求顯夫母氏之德，其孝情真至，固有以感人之言者，又烏得深非而堅拒之耶？諸君子之爲之詩而不辭者，其意亦出於此也歟？然則予雖爲序，其詩亦不爲過矣。

瓛母氏施，故處士志學女也。其在室，以孝得於父母。既嫁，以敬得於舅姑，以順得於其夫。惟益之孝友而有聞者，盖多其助，則瓛之幼而知孝者，固亦有所自也。施出五子，瓛其長云。

施宗銘輓詩序

余友施槃宗銘以正統己未進士第一人，爲翰林修撰，一年而卒於官。自朝之元老大臣以曁館閣同寅諸君子咸弔，哭臨其喪，既而又相與爲詩以寓哀輓之意，盖重斯文之義也。余於宗銘同鄉郡，且知之深，實哀宗銘之尤者，乃爲次序其詩，標爲一册，歸之施氏。因灑泣而言曰：

嗚呼，宗銘其可哀也夫！天何與之以其才而不使之宏其用，豐之以其名而嗇之以其壽耶？嗚呼，宗銘其可哀也夫！方宗銘之及第也，年才二十三耳。盖前是之爲狀元，無若此少者。人固已異之，而宗銘又有俊爽之資，温恭之度，柔行而巽入，由是元老大臣咸驩然相接納而愛之重之，而與進之，而以遠大期之。朝野之人見其然，無問識不識，亦皆翕然稱譽之，以爲董、賈之復生也。雖宗銘亦以是自喜，鋭然於進取，因執贄少保石首先生之門而講學焉。其志之所圖亦遠矣，豈意其一旦遘疾而遂不起耶？嗚呼，宗銘其可哀也夫！雖然宗銘之所得亦已多矣，今夫天下豪傑之士豈少哉？彼其摧厄困頓，白首窮經，曾不獲策名天府而沾一命，或屢失而始得焉。又且蹭蹬仕途，略無知己，欲求如宗銘之遇，何可冀也？豈其才之盡，不及宗銘歟？是蓋有命焉。宗銘自成童而始學，學不及十年而一舉爲狀元，豈人力哉？吾以是知宗銘之所以遇於是，夭於是者，皆天也，亦復何哀乎？顧吾之所爲念夫宗銘者，獨以其徒有此遇而文章事業不少概見於世，泯焉與不遇者等耳，此余之所以雖欲已於哀而不能不爲之哀者也。

題胡宗伯所著武進學記後

守令興學，職也。學敝而弗修則失職，修之，僅得不失職耳，又何以爲功而書之以爲勸哉？雖然，今之失職而不知者多矣。惟其失職者之多，而其不失職者因得以爲功而可以書之以爲勸也。教諭陶圭氏持胡宗伯所著《朱縣尹重修武進學記》請題，故云云。

賀楊都督進秩序

正統四年庚申之秋，游擊將軍鎮朔右參將萬全、都司都指揮使楊公洪奉勑率師追捕降卒之叛逃者，師甫出，會諜報烏蘭哈達等五百餘騎窺邊，公因縱兵急擊破之，生擒其長三人，并獲其鎧仗馬駞以還。獻俘京師，上嘉其功，遣使齎勑往勞，進秩後軍、都督府都督僉事，加賜白金百兩、綵幣六端，而遞遷其將佐，凡從戰之士皆與有賞焉。於是其麾下懷來衛指揮使易正等來請言以爲公賀，余辭焉。正復請曰：「公起行間，取將帥，屢獲戰功，威振北陲，積勞多矣，不獨此捷也。今而有是命，豈惟公榮舉軍實與？不有稱述，抑何以彰明天子之寵賚而爲公爲舉軍勸哉？」余韙其言而諾之。

惟邊塞之防，自古所慎，而西北尤重。盖西北風氣剛勁，其人之爲邊患特異他族，故必資良將之略以制之。古之有能制之者，繇頗、牧而下可數也。我國家自高皇帝混一以來，罔不率服。天下乂安，爲日久矣。今皇上方切切以邊備爲務，委任將臣，録功宥過，有踰前代，此實聖明保邦制治、安不忘危之至意也。公幸際遇，才與時逢，其能奮立功名，追蹤古之良將，固其宜也。抑余聞之善守邊者，不以一勝爲功而以久安爲計，不爲小利之規而惟大策之務，公果以古之良將自期待，則其志盖將掃清沙漠以取封爵、銘鼎彝、書竹帛而後已。今日之事，殆未足爲公賀也。固有大此者在焉，惟公勉之，而成余之言則善矣。因書此，畀正歸以獻之。

如意堂記

如意堂者，吴儒杜子用嘉奉〔一〕母之堂也。盖杜子乃生而喪父，其母顧氏寡居守志，手鍼黹機杼以鞠育而資之學。杜子之〔二〕克以成立，率由其教也。及杜子之作斯堂也，庭有嘉草生焉。其花迎夏至而開，及冬至而斂。其莖葉青青，貫四時而不凋也。杜子之母每愛而翫焉，曰：「之草也，幽芳而含貞，殆如吾意也。」於是杜子喜曰：「吾奉吾母，懼無以如其意，而之草也如之吾母之言，吾可以不承哉？」乃以名夫草也，又因以命其堂而賦之。三吳士大夫凡[三]與杜子游者，咸相與和焉，以傳於人人。

東海徐生聞而歎曰：「杜子之母，其知盡母婦之道矣，而杜子亦可謂能子也。婦以不二其夫爲貞，母以能教其子爲慈，子以敬承親志爲孝，其母子能是，是足書矣。抑予聞之，凡人之觸於物而有感者必以其類，非夫動乎物也，亦其志有在焉耳。故勁草之感忠臣，烏鳥之感孝子，烈風之感義士，皆志與物類者也。惟夫婦人亦然，若衛共姜之賦《栢舟》，寡陶嬰之歌《黄鵠》，其貞順純一之志，往往託物而見焉。今杜母之愛夫草也，其志亦猶是已夫？其花之於夏至而開者，順陰道也；於冬至而斂者，避陽道也。其莖葉貫四時而不凋者，秉貞德也；處陰道而順以貞，實節婦之類焉。且不生於他所而特生於其庭爲尤異矣，意者天其以旌夫母氏之節也歟？天[四]既旌之，人有不旌之乎？其將至矣。歲戊午冬十二月己巳，朝廷果下詔旌其門云。

校勘記

〔一〕吴郡文編本「奉」字後有一「其」字。
〔二〕吴郡文編本「之」字作「而」字。
〔三〕吴郡文編本「凡」字作「乃」字。
〔四〕吴郡文編本「天」字前有「夫」字。

贈醫士孫氏父子詩序

醫之爲術，術之仁者也。非有好仁之心者，不克以爲之，故學醫而無好仁之心，則雖精如和緩，亦技而已耳。君子鄙之，不足以爲良也。苟有好仁之心，其術不至，則必不敢以施；施之，則必不敢不盡。術之至而施之，盡其於醫之道也，幾幾矣古之以醫名世者，豈獨其術之異於人哉！彼其施治於當時，固已有所濟矣，又恐其濟之不能博而及後世也，則以其秘方要訣而著之書，畀人人得以施之而濟生焉。然則今之醫其不若古之醫者，豈獨無其術哉？方其學之之日而已有利之之心，及術稍精，輒自貴重，而艱其施一方一訣，秘之終身，惟恐他人之得之也，有世世秘之以自封者焉。其存心之厚薄，何如也？孔子曰：「人而無恒，不可以作巫醫。」夫惟好仁而後能有恒也，故君子之論醫，既求其術而又求其心。烏虖，士之爲醫亦難矣！

鄉人孫思敬氏以醫鳴於時，其術盖得之張冲虚。冲虚之治疾幾於神醫，思敬學之既盡，其能而存心尤厚。視人之疾猶己之疾，必痛乃已，而報不報，不計也。其子淑善又克肖之人，以方徐之才許智藏父子焉。思敬徵赴太醫，叔善從之。居無幾，而其父子之名隱然聞都下。吏科給事中郭君孟潤之内子疽生於首，幾殆者數矣。叔善治之，良痛，報之以金幣，弗受。孟潤於是會大夫士之與交游者賦詩贈焉，而屬余爲之序引。余固嘉孫氏父子之爲，庶幾得醫之心者。因孟潤之請，遂以語之。苟能用是而加勉焉，豈惟其術之進又將進乎德矣！

送太學生丁振詩序

錢唐丁生以歲貢上於朝，既試藝中式，例入南都國子監。肄業將行，其鄉友祠部郎中潘君進學率所交游賦詩餞之而囑余爲之序。

凡士之爲學，固將以行之也。然必學之至而後行之至，苟不致力於學而徒急於行則失其本矣，君子弗爲也。生之居乎庠序有年矣，其於學亦必有所造詣矣，今焉充貢而入於太學。太學者，天下英才之所聚也，而同其教者又皆老師宿儒之深於學者也。天下英才之所與游，老師宿儒之所訓廸。然則其於學也，寧有不進者乎？且太學之造士，非徒以講肄而已也，固將試之政事焉。即此而升則仕矣，仕則登乎臺省，列乎郎署，與夫方州之上，佐幕府之元僚，由是累而爲公卿牧伯者，比比有焉，然則其用而行之也，亦大矣。用之大而學不充，猶涉巨川而舟楫不任，吾未見其能濟也。生其勉之哉！

余與生初不相識也，然於斯文之分則均之爲友，况以進學之請耶？故用是語之。

題武侯像并出師表

右諸葛武侯像及《出師》二表，武昌陳謙之筆也。謙，故嘗從事元戎幕府。筆此，盖將有獻而以請題。余覽之，竊有感焉。

夫武侯之才之學之名節之功業，儒先君子之所論贊，天下學者之所飫聞而熟談，故今之世，家傳其像，人誦其言，其爲希慕侯者亦盛矣。然余獨怪夫所以爲希慕者，徒能傳侯之像而已，誦侯之言而已。及求其有能如侯之才之學之名節之功業者，卒未之見焉。何也？意者無侯君臣之遇、將相之位歟？彼窮而在下者，固可以是自諉矣。然余見其有侯之遇，有侯之位，而求其才其學其名節其功業如侯者，亦未之見焉。又何也？豈古今之人固有不相及者歟？武侯生漢之季世，其去管樂之時，猶今之去武侯之時也。然侯初以管樂自期，卒考其所爲，乃軼管樂而過之，駸駸與伊吕方駕。然則，果何古今人之不相及哉？余因以知今世之人希慕侯而卒弗如者，獨無其心耳。使真有其心，則可以有其才與學，則有其名節，有其功業，是亦武侯而已矣。雖然，豈惟希武侯者當然，於凡古之聖賢皆然也。

因謙之請，姑爲題此。若其畫法之精，書法之妙觀者，自能得之，兹不及論。

故翰林編修林君行狀

君諱補字廷翊，姓林氏，其先世自莆田徙永嘉，故今爲永嘉人。曾大父以安、大父性、父誨皆以行義重於其鄉，母劉氏。

君生而秀敏，甫成童即知嚮學。下筆爲文，輒能動人。稍長游郡庠，從教授倪先生，學通蔡氏書。潛思博論，窮極要領，先生大器之曰：「是生必爲後來之儁也。」宣德丙午，領浙江鄉薦。庚戌會試於禮部，中甲科，遂登進士第。先帝時方嚮意文學，用永樂初故事，選庶吉士入内閣讀書。召是科進士九十七人試齊宫，得君與薩琦等七人。癸丑冬，復合前後科進士百二十人試文淵閣，得徐珵等十三人，并别選尹昌等六人、蕭鎡等二人足二十八人之數，號「二十八宿」。時御文華，親命題考試之，所以激勵期待之甚至，恩意優渥，歆動朝野，士林榮之。乙卯春，今上皇帝即位，有白金之賜。秋八月辛酉，授君翰林編修，與修《宣宗皇帝實録》。時君已嬰疾卧家，不能就職。九月癸未遂卒，年三十有八。娶金氏，紀善原祺之女。子男一人曰嗣，方在襁褓。

君爲人温文謹愿，居家孝弟，遜於鄉黨，信於朋友，尤喜誘掖後進。吴人盛氏子琦補京學生，嘗從君受經。琦家貧甚，無以自資，君輒分槖中金以周之，琦遂以卒業，第爲校官，衆以是稱君之仁。然君之家亦貧，父母且老，君日夜力學，冀得禄以爲養。及爲庶吉士，自以際遇非常，益自刻勵，圖以報稱上之德意而成己之志。薦紳知君者，亦皆以遠大期之，不意其止於此也。卒之日，自二三大臣以暨館閣同列之士莫不爲之悼惜焉。嗚呼！君之學可謂成矣，其行可謂修矣，其名與位亦且顯矣，而卒以不壽，凡君之所抱負與人之期待君者，百不償一。而今已矣，其可哀也哉！其可哀也哉！

正統元年春三月，從子毅奉君柩歸葬於鄉，予前與君同在内閣讀書，粗知君之行事，遂爲之狀。畀毅持以請銘於當世大手筆，以爲君不朽之圖焉。謹狀。

武功集　卷四

史館稿

江鄉歸趣詩序

少保澹庵先生石首楊公以年及七十，有歸老之志，因命善繪者爲作《江鄉歸趣之圖》，而又爲文以見志。其言原天地盈虚之理，明君子進退之義，慨然以復古制、正世教爲事。

余既獲讀而嘆曰：「嗚呼！公之心，古君子之心也。公之言，古君子之言也。雖然，豈可以言去哉？朝廷固不釋公，天下亦不釋公，斯文之徒又不釋公。其不釋公者，非私情也，蓋有公義在焉。昔召公之老將致政以歸，而周公固留之，此《君奭》之書所爲作也。彼周公豈私於召公者哉？當是時，成王幼冲，所恃老成元德之臣以輔之，天下雖安，非二公則無以保其治，賢才雖多，皆視二公爲進退。是則召公之去留，周之廢興存亡係焉。故召公感於周公之言，終事成王及康王而不去，此其所見遠矣。今之時，其於成周何如哉？天子春秋鼎盛，所爲開聖學，亮天工而弼成至治者，實在公輩一二大臣而已。惟上以成王之所以待周召者待公，惟公以周召之所以事成王者事上，正在今日，所謂朝廷以之治，忽天下以之安危而斯文以之爲輕重者，公實當之。嗚呼！公豈可以言去哉？余又聞之，君子之節難進而易退，然其存心則常先天下國家而後於己，故必致天下國家之安而後求己之安。是以其止也非留禄，其去也非爲名。一進一退，惟其義可焉。方今天下國家可謂安矣，而余又以公爲未可去者，何邪？蓋不求一時之安而求萬世之安者，固公之心也。推是心也，要必致斯世之治如成周之盛而後已焉，公豈忘於是乎？少師東里先生既爲詩，以周公之所以留召公者留公，余不佞，又豈敢以言私公哉？亦義所當然也。」既言之，遂爲之詩曰：

荆山之陽，江漢匯焉。靈氣攸鍾，生材實繁。豈惟物産，璆琳金錫。爰有哲人，弼我王國。公昔在野，抱道而居。其耕有田，其息有廬。夙夜從事，先王之書。志俾斯世，致之唐虞。自公之出，餘四十年。險夷一節，與道周還。光輔三后，暨今天子。爰資聖學，爰保聖體。維是元老，國之蓍龜。天子之毗，兆民之依。願公百年，其無我違。公方康健，公何云歸。瞻彼江鄉，維公之邦。有林有阿，公所游行。有湖有池，公所舟方。公出久矣，維懷不忘。人亦有言，國爾忘家，主爾忘身。我度公心，維義維仁，維古純臣。維廼先覺，昭我後人。説出傅巖，尹起莘野。匪己之安，實以天下。君奭老矣，公旦不釋。時方賴公，公歸何亟？小子作誦，願公其留。庶兹小康，升于大猷。俾我政本，畢舉無遺。公及耄期，公歸則宜。

雪舫齋記

中書舍人廬陵宋君士皋，予之同年友也。其爲人清脩玉立而文采焕發，予雅重之。士皋近於官舍之中闢一室以爲燕休之所，其廣僅两筵而深袤倍之，穹其上羃之以紙而堊墁其四壁，窻牖欞檻，一以白飾焉。入其中，宛然如在剡曲之舟也，乃大書揭其楣間曰「雪舫之齋」。予間過之，士皋因授簡請爲之記。

嗟夫！士皋之爲室也，何其好奇之甚哉？昔歐陽子作畫舫齋於滑州之公署，其制度名義，考於其記可見焉。士皋實歐陽子鄉之後進也，其亦有所倣效而爲是乎？予嘗南游，渡揚子之江。中江而遇雪，艤舟金鼇、浮玉两山之間。薄暮，雪雨益大而風浪不驚。在舟之人皆偃息篷底，予於是啟篷而望焉。岸江之山矗矗，列如銀屏，江流如練，東西橫亙，盡天地際，一白萬里，不見涯涘。顧視吾舟，如投玉梭匹練間而水光雲影爲之相組織也。及夜分雪霽，月出中天，流輝上下，皎然清映。又若坐予冰玉壺中，因命僕煖酒獨酌以箸扣舷，誦惠連《雪賦》，歌太白《問月》之詩，悠然其樂，浩乎自得。方是時，蓋不知天地之爲大而吾身之爲小也。自入仕以來不復見此境幾年矣，今入士皋之齋，恍然其猶在心想之間。然則士皋之爲，固已奇矣！豈其亦嘗睹此境而爲是乎？雖然，吾聞之，君子之居處要必有所儆戒以自益者，故盤盂几杖皆銘以見義，不徒以便適爲也，若歐陽子之畫舫，固亦以示不忘險艱之意而致仕途之戒爾。是以至于今，其齋之名猶表表在人耳目，夫豈特其文章之美以爲傳哉？

亦其人之志義有足以垂于世者也。士皋之齋既倣乎彼，豈獨無所取乎？蓋物之自然以潔白者，莫雪若也。濟險而有功者，莫舟若也。其潔白者，有象乎君子之德；其濟險者，有似乎君子之才。士皋於是乎取之脩其德，不極其潔白不已也；達其才，不博其利濟不已也。此其爲益也大矣，豈徒不忘險艱而已耶？又何歐陽子之不可及哉？然則，是齋之名當與晝舫之齋并傳于世可也。

士皋聞而喜焉，遂書以識其齋云。

胡母鄭氏輓詩序

兵科給事中盱江鄭君孟大爲其姑胡母孺人之歿也，求哀輓之作於詞林，諸君子詩既成什而請余序之，因告余曰：「悠姑之爲女孝，爲婦貞，爲母慈。其幼在室也，先祖考叔恭甫既蚤世，先祖妣饒孺人寡居守志，鞠吾父及吾姑，所以教之甚嚴。吾姑婉淑出天性，實能承順先祖妣之意，笄而歸于胡氏，移所以爲女者爲婦，凡所以事其舅姑而相其夫者率如禮。不幸而先姑夫亦蚤世，吾姑之所以守志而鞠育教誨其子女者，一如先祖妣之爲焉，故其子綬彰輩皆克成立而名行表表在鄉里。鄉里之人稱綬彰之賢者，必本之於吾姑，曰：『此鄭孺人之教也。』而稱吾姑之賢者，亦必本之於吾祖妣，曰：『此饒孺人之教也。』悠之幼也，嘗逮承先祖妣之訓而受吾姑之愛也，今以先澤之遺，幸有祿秩。先祖妣既不逮養，而吾姑又以下世，且縻於官守，不克匍匐會葬，何以堪處？由是而求諸君子之作，庶以表章吾姑之貞淑而少慰吾之心焉。惟君於吾，實有同年之義，敢以首簡之序爲請。」

余既諾之，因竊謂夫爲婦之貞，猶爲子之孝而爲臣之忠也，所謂天經地義而生人之大節也。此焉無失而後無愧乎天地，無愧乎爲人，是故人之行有在乎此者，則朝典旌之，詩人詠之，史官書之，所以爲彰善之道也。若孟大祖母若姑之可謂貞矣，其宜荷旌褒之典。而弗及者，得非觀民風者之失歟？孟大之求詩，意蓋有不得已者也。然則，諸君子之詩又可已乎？諸君子之詩既不可已，而余之爲序又可已乎？且余嘗記初與孟大同登第時，孟大則數爲余道其祖母之德，以不克顯揚爲恨，言輒爲之泣下。今於其姑之歿也，又能若是，其亦可謂知所厚者哉！於其所厚者厚而無所不厚，余於是有以知吾孟大之所存矣。是亦可書也，因併書之。孟大名悠。

送道士張碧虛赴常州玄妙觀住持序

常之玄妙觀，一州道宇之甲也，士大夫往來經由于常者必遊焉。余兩還吴中，往來而經焉者四，然其三皆有故不及以遊。正統己未，余自先人墓廬起復之京師，與友人陳士謙同舟而北道出于常。觀之道士張碧虛走就舟次邀之，余乃與士謙往焉。

其地據亢爽之區，控川途之會。觀之中崇殿邃廊，廣墀高閣，雖間見隊廢而氣象猶宏壯可瞻。旁多隙地，松竹環合，森蔚扶疎，幽閴夷曠，真方外佳境也。余顧而樂之，碧虛因歎曰：「吾觀始創于宋而重建于元，舊有飛霞樓，締構尤奇。景覽寥敻，虞文靖公爲之記，有曰：『常之山川，爲東南之勝。而觀爲常之勝，樓又爲觀之勝。』此實語也。樓之址，今鞠爲廢圃矣。惟記文幸傳，吾謹藏之，不敢失。」觀其言，蓋有志於復構者。

及是余至京僅二載，而碧虛以道録司舉，主持其觀事來領職牒於所司。比還，介士謙謁予官舍告之行。余喜謂之曰：「玄妙觀得子主之，飛雲樓其將復構乎？異日，余得展省而南，當一登樓爲子書文靖之記於壁間，且舉白而賦之，以爲觀中盛事。」碧虛笑謝而去。既而士謙合道録官請文以爲碧虛贈，因次第其語送之。

碧虛，武進蒲溪右族子也。爲人冲靜雅潔，初師觀之道士屠守常，繼師龍虎山道士吴宇亨，又嘗從西璧張真人遊武當山得其法。碧虛既精於其教事，而尤好慕文儒，以是見取於士大夫云。

恭儉齋説

吴〔一〕邑丞金華鮑君宗誠嘗以「恭儉」二字揭諸〔二〕官舍之楣，使來請言以敷其義。余爲之歎曰：「鮑君其知所以脩身之道哉！」

人之過恒〔三〕生於惰慢而患恒生於侈肆，過與患并而欲身之善且無危，不可得矣。君子知〔四〕其然，故脩之以恭儉。恭以持己，儉以制用，古之道也。王者以〔五〕恭儉治天下，諸侯以恭儉治其國，卿大夫以恭儉治其家，士庶人以恭儉治其身。然恭儉之爲恭儉也，其行之要必有〔六〕禮義焉。恭中乎禮，儉合乎義，此恭儉之善者也。恭而不中乎禮則勞矣〔七〕，儉而不合乎義則固矣。孔子入公門而鞠躬如也，過位而色勃如也，君在而踧踖如也，朝與上大夫言而誾誾，與下大夫言而侃侃，鄉黨而恂恂，燕居而申申夭夭，此恭之中禮者也。顔路請車爲子淵之椁而弗與，遇舊館人之喪則脱驂以賻之；冉求請粟饋子華之母而弗從，於原思之貧則與之粟九百，此儉之合義者也。故凡聖賢之言恭儉，必以禮義爲之主焉。不然，共工之象恭，公孫弘之詐儉，何以别乎？此君子之所當辨者也。余又聞之〔八〕先聖之傳《易》有曰：「致恭以存其位，是守位莫若恭也。」而近世名卿亦曰：「惟儉〔九〕可以助廉，是養廉莫若儉〔一〇〕也。」夫養廉守位，君子有官之大節而泰侈者之〔一一〕藥石也，余故重爲鮑君言之。

鮑君生長文獻之邦，淑〔一二〕聞儒紳之論，而又嘗游于京師從事、名公鉅卿之間，其所知見廣矣。於是勉焉以禮義自脩而致其恭儉之行，則聖賢可學而高爵重位可得而守也，況於佐邑乎？邑令葉君玄圭，余之斯文交，蓋博雅君子而以廉名者〔一三〕也。鮑君於其政務之閒從而質之，其尚有所益哉！

校勘記

〔一〕吴郡文編本同文淵閣四庫本，清初抄本「吴」字作「吾」。

〔二〕清初抄本同文淵閣四庫本，吴郡文編本「諸」字作「之」，誤。

〔三〕吴郡文編本同文淵閣四庫本，清初抄本脱「恒」字。

〔四〕清初抄本同文淵閣四庫本，吴郡文編本「知」字作「之」，誤。

〔五〕吴郡文編本同文淵閣四庫本，清初抄本脱「以」字。

〔六〕清初抄本同文淵閣四庫本，吴郡文編本「有」字作「其」，誤。

〔七〕清初抄本同文淵閣四庫本，吴郡文編本脱「則勞矣」三字，誤。

〔八〕清初抄本同文淵閣四庫本，吴郡文編本脱「之」字。

〔九〕清初抄本同文淵閣四庫本，吴郡文編本「儉」字作「健」，誤。

〔一〇〕吴郡文編本同文淵閣四庫本，清初抄本「儉」字後多一「可」字。

〔一一〕清初抄本同文淵閣四庫本，吴郡文編本脱「之」字。

〔一二〕清初抄本同文淵閣四庫本，吴郡文編本「淑」字作「熟」，當是。

〔一三〕清初抄本「者」字作「著」，吴郡文編本脱「者」字。

昭忠詩卷序

昭忠詩者，京師諸薦紳大夫爲貴州都司僉都指揮事王公輅之死而作也。夫邊將無交於京師諸大夫，僉都公，南邊之將也，京師士大夫曷爲爲其死而作之詩？賢其人也。賢其人則曷爲謂之「昭忠」？以其死王事也。其死王事者何？前歲己未麓川之役，公以裨將帥偏師當前鋒，屢戰而屢捷，賊走險而軍，我師薄焉，賊益兵圍之。鏖戰連日夜，垂克者數焉，於是亞將死，上將不援而走，公奮曰：「將死軍，義也，吾豈偷生哉？」遂麾兵直前，陷其中堅，手殺數人而死，凡從公麾下士皆死無旋踵者。事聞，天子悼之曰：「嗟哉，輅國之忠臣也！」廷遣行人楊廉往諭祭致恤，賚于其家而官其子紞，加爵二等焉。惟天子旌其忠而通國慕其忠，故君子以其忠之可昭也而昭之云爾。雖然，夫既旌於天子之命矣，又曷爲其必以士大夫之詩昭之邪？曰：天子以政令賞罰於上，士大夫以言辭美刺於下，上下相爲表裏，以通觀戒，揚善而抑惡，俾人紀而植世教，古之道也。今世之爲將臣者，豈獨此公哉？其位高於公、權重於公、寵盛於公者比肩而立也，使人人皆克如公之以死勤事，則豈有失地喪師之辱哉？豈有緩急不得其用而誤國者哉？然則君子之昭其忠，蓋將以激夫不忠者而勸之忠也。激夫不忠而勸之忠，固詩之爲貴者也。予於是乎序其詩。

公之死事，予初得之于朝，竊憤其爲主帥者之不臧而壯公之忠烈，思有以表著之於世者。至是公之子紞來拜命于朝，紞之叔父愚實輔之來既竣事，愚介友人馬士權謁予官舍，出此卷請序。予故叙公死事之概，以發明作者之意如右。既而愚復出貴州布政使易公節所撰公之墓碑示予，碑中云：「公爲人孝友忠諒，於書通大義，動循禮法，聲色貨利，一無所好。事母太恭人備致敬養，處二弟篤愛，無間始終。其御軍嚴而有恩，能得士心，故用之所向有功。前此破箄子坪之寇、陳蒙爛土之寇、梅花中崖二洞之寇、大龍番之寇，功皆爲冠。由是拔自列衛，陞于都司。蓋其平生效勞於國多矣，不獨此一役也。」易與公同鎮聯事，目睹公所爲，其書必實而可信。及有自貴州來者詢之，又皆合，予用是知公蓋賢者，非他武人比。凡其平居之行，固有足取，不徒一死之爲忠也。

公死之明年，師載出，愚痛兄殁，志復其讎，仗劒軍門，白總帥願爲前驅以殺賊，許之。師次敵境而還，愚至今常悒悒恨不得申其志，人以爲其有廼兄之風焉。若愚之事，蓋亦書法之得附書者，予故復爲識之叙後云。

肄武餘閒詩卷序

《肄武餘閒詩》一卷凡若干篇，蓋錢塘士君子所爲浙江都司署部指揮僉事事蕭公賦者也。公之客持以請余序之，余問其所以爲賦者，客曰：「公自禁衛來鎮于浙，出則督漕運，居則總訓練。嘗於廳事之偏闢一閣焉，度置書籍其中，每於教場勒兵肄陳而歸，即釋戎服，寬衣博帶，遊息於斯檢群籍，隨意所當而閲之。士君子有過之者，輒延坐欵洽，相與論辯古今事，亹亹忘倦，盡其日力而後已，士君子蓋於是乎爲之賦之。」

余曰：「客言其信哉！是誠有可賦也。嘗記前年夏，余自吴中起復之京，道遇公於彭城。公邀余登其舟，舟中所有什物弓矢外，惟書數帙而已。及與語軍旅之事、餽饟之計，其言井然有條，余因以知公蓋嘗從事於《詩》、《書》者也，其時亦欲賦以美之而不果焉。向余所見者，其出之事也。今客之所云者，其居之事也。以此相參而驗之，客言其信哉！是誠有可賦也！嗟夫！方天下承平爲將官者，坐享爵禄之榮而忘其憂，自公之餘日，惟以逸樂爲事。不於聲色則於麴蘖，不於麴蘖則於玩好，不於玩好則於鷹犬、毬馬、樗蒱、博簺，無所不爲。其於武事之要者且弗之講，矧暇及《詩》、《書》耶？間有及焉，則亦徒藉以文飾其外，爲虚聲而已，又豈有從事於斯之實耶？公於此時能卓然自立，舍逸樂而勤《詩》、《書》，可以爲難矣！矧錢塘天下之繁華處也，宦於是者鮮不以游賞爲樂，甚至廢事而隳績者往往有焉。公於此能獨不然，盖尤難矣。昔祭弟孫在軍旅，不忘俎豆，燕閒對酒，常雅歌投壺以自適。陶士行爲廣州，無事常朝暮運百甓出入于齋以自勞，世俱以賢將稱焉。夫雅歌投壺，可謂不淫於閒矣。朝暮運甓，可謂不逸於閒矣。二者皆有志者之事也，然以讀書而較之，不尤爲有益哉？公於是可謂有志者已。雖然，余將有以進公之志者。夫《詩》、《書》之爲益固大矣，然必求之之力而後有得，譬之鑿山而求金也，用力之多者多得之，用力之少者少得之，其不用力者亦無所得焉。儒者之於《詩》、《書》固其事也，而其得之亦有淺深，况於將乎？將之有得於《詩》、《書》者，必若晋之郤縠而後可。蓋惟郤縠爲能敦乎《詩》、《書》，敦之云者，實用其力而有得者也。不然，雖辯若趙括，秖取敗耳，奚益於用哉？公果有志乎此，尚其勉焉，而實致其力於《詩》、《書》。然則異日有能建大功立大節如古名將者，非公而誰歟？」

客曰：「此王公之所願聞者也，請書之以獻。」

洛河別圖詩序

送人之行而賦之詩，古有之矣，今則加盛焉。送人之行而繪之圖，古所罕也，而今則常常有之。古之有者今加盛，古所罕者今也常常有之，然則今人之能事，其勝於古歟？古之爲詩者，若尹吉甫送申伯、仲山甫之類是已，美之必有其德，諷之必有其義，抑揚而反復之，必有以興起於其人之心。今之詩則汎焉其陳矣，然吾不知其果有出乎是否也。古之爲圖者，若漢人祖二疏於東門之類是已。像焉而有所可慕，景焉而有所可觀，盡夫意態物情之妙而有可流傳于後世，今之圖則爛焉其列矣，抑吾不知其亦有得乎是否也。然則，烏在其勝於古哉？無亦後世之彌文乎？君子於此，可以慨然於時變矣。

清江余士行之游于京師而還于南州也，京師之士工乎詩者爲之詩以送之，工乎繪者爲之圖以送之。詩盈卷而圖盈軸也，合而題之曰「洛河別」，意識其送行之地也。視常所送人之行者，此獨爲尤盛焉。士行何以得此於京師之士哉？其將以士行之德有可重歟？以士行之才有可嘉歟？以士行之交誼有可懷歟？以士行之於斯遊爲有所得、有可張而大之者歟？誠如是，則士行之遊不爲徒遊，而諸君之詩與圖亦不爲徒作矣。不然，一以好事而求之，一以好事而予之，兩相爲好事而已，盛則盛矣，抑不知其於古何如耶？

予是以因士行之請序而有所云。

梅月雙清圖記

《魯論》之稱松栢，《楚騷》之稱香草，皆託物以比君子之德也。《梅月雙清之圖》，其亦有此意歟？圖蓋中書舍人永嘉胡君宗藴爲工科給事中朱君士良作也。

夫梅，植物之至清者也，而得月爲尤清。當夫煙斂之昏，雪晴之夜，寒香踈影，芬敷皎映於冰壺玉鑑之中。知道者於此觀之，當與康節所云「月到天心，風來水面」者同一意味也。其清爲何如哉？然宗藴此圖不贈之他人而贈之士良，豈非以士良之德之清足以方於梅月之清乎？雖然，梅之爲梅，人人可得而知也，抑有不可知者存焉，彼於風霜栗烈之餘、冰雪凝沍之際而挺然其榮、韡然以華者，孰使然哉？此太和元氣之存也。太和元氣之存，即所以爲春之意也。春意之在梅，即仁心之在人者也。士良生平讀聖賢之書而學聖賢之道，其知此必矣。今也自黄門而出提刑於一方，凛風霜之威，堅鐵石之操，至於摧搏激揚、推讞勘斷之間而能每以不寃爲心，則此心之仁藹然而存以及物，即春意之存夫梅者也。此又圖外意也，吾將爲士良發之。

送羽士邵希先還滇南詩序

希先，今道録演法邵君以正之兄子也。演法君初以其師長春劉真人之薦，自滇南召赴京師，希先方弱冠，志慕清虚，因請侍行。及今演法君之道日益弘，爲上所寵；遇日益盛而希先之業亦日以益懋，駸駸至演法君之地，蓋不復有去志矣。演法君間語希先曰：「夫學道者，以忠孝爲第一事。自吾之赴召而來且一紀之餘矣，惟是晨昏省定之禮闕然。於吾親雖侍養不乏人，然吾欲一覿慈顔而有不獲焉，吾豈安哉？且吾考之墓在滇南，昔所日夕而守視也，乃今邈焉。越在天末，歲時拜掃，曾不一至焉，吾又何安哉？顧吾方縻於此不克解而往也，若其爲我行哉？吾之父母，若之祖父母也，若能代吾事，固亦若之孝也。」希先曰：「敬諾。」即日治裝戒行。於是薦紳士之與希先遊者相率賦詩贈之，而屬余序其端。

余於演法君故同爲吴人，今又辱與爲方外交，則於希先之行固不容無言者，尚烏得辭耶？雖然贈言之道，古人所重，不可輕也，蓋必同袍之友、同志之交與其行有可嘉者而後爲之言，其不在於是者，雖懷千金以求之，有弗之爲矣。今余及諸君之於希先，非同袍也，非同志也，然而何以爲之贈歟？亦嘉其行耳。夫以演法君之爲老氏法，乃能以忠孝爲言，是可嘉也。演法君拳拳惟其親之思而不忘，希先謹謹以遵演法君之命而不怠，是又皆可嘉也。於此一行而集可嘉者三焉，宜其有贈矣。不然，諸君固不輕爲之詩，而余又豈輕爲之序乎？

送長洲丞邵君宏啟序

古之人所重者父母之邦，而邦大夫尤所加敬焉。孔子曰：「居是邦，不非其大夫。」又曰：「居是邦，事其大夫之賢者。」夫有可非者未必賢也，未必賢者且不非之，則其賢者固在所當事矣。然此特所居之邦爾，非父母之邦也。於所居之邦且然，又〔一〕況於父母之邦乎？其禮固宜，又加重焉耳矣。

長洲，余父母之邦也。凡官於是者皆余之所當敬也，況其賢而愛民者哉？賢而愛民者，雖不吾識，固亦吾之所當加敬，況其賢而又有斯文交親之分者哉！此余之於邵君所爲眷眷而不忘者也。

君名昕字宏啓，越之餘姚人也。其從兄修撰君宏譽，實余同官之良而相知之深者。初君之以文學才行舉而來也，余數與〔二〕會之修撰君所，觀其儀止而聽其談吐，固已知其所存之厚矣。及余丁艱歸吴，君適爲丞於長洲。其持己也廉，其事上也恭，其處寮寀也和，其馭吏也明，而臨民也惠。至於儒紳之士有可與言者，又必待之以禮焉。由是上下之人翕然稱之以爲賢，余聞之，良以爲鄉邦斯文之休。君亦以乃兄之好，數枉顧余山中。然余以衰〔三〕事，故不及以復也。今年君以三載滿秩，報治于朝。詞林諸公以脩撰君之故，又聞其賢也，莫不敬之而贈之以文章，余其顧可恝然而已耶？雖然，余之敬君者，豈以爲諂哉？所以爲禮也。以禮敬人必有所忠告焉可也，自今以往，君其尚加懋哉！持己無斁，其明也；撫民無斁，其惠也；待士無斁，其禮也。夫如是，則都高官而享厚禄，當重任而臨大事，將無往而不可，豈惟佐邑之爲賢乎？君其尚加懋哉！

校勘記

〔一〕吴郡文編本脱「又」字。

〔二〕吴郡文編本脱「與」字。

〔三〕吴郡文編本「哀」字作「喪」。

可竹齋辭

長洲之荻溪有士曰王廷用氏，賢而有隱〔一〕操。居常愛竹，藝竹環其〔二〕藏脩之所，顔之曰「可竹齋」。詞林之爲文以發其意者衆矣〔三〕，友人劉君原博爲之求賦，余不獲辭，漫爲楚語貽之：

溪之竹兮陰陰，有孅人兮處其中林。朝據竹以歌兮，暮倚竹以吟。招朱鳥兮崑之岑，澹天籟兮愔愔，髣髴乎其有韶簫〔四〕之遺音。曰予維竹主〔五〕兮，竹可予賓。霜風之弗侵兮，斧斤弗尋。式養台德兮，如玉如金。微君子兮，孰知予心？

校勘記

〔一〕清初抄本「隱」字後多一「德」字。

〔二〕清初抄本脱「其」字。

〔三〕清初抄本脱「者衆矣」三字。

〔四〕清初抄本「簫」字作「箾」字。

〔五〕清初抄本「主」字作「生」，誤。

學庵箴

惟帝降衷，厥有知覺。覺而尊之，于焉事學。其學維何？窮理脩身。有本有末，有品有倫。始之于家，終之于國。推其餘緒，以及于物。朝焉孜孜，夕焉孜孜。弗知弗措，知則行之。毋溺虚寂，入于異端。毋尚功利，流于申韓。毋飾其文，而滅其質。毋徇其名，而亡其實。士也希賢，賢也希聖。先民有言，其敢弗敬。

跋王大參原之慈訓堂卷

母道主慈，慈而能教，慈之至者也。子道主孝，孝而能承其親之教，孝之至者也。

求諸古人，若魯公父歜之母、鄒孟軻氏之母、晉陶侃之母，皆知盡母道者也。然文伯蚤死，而賢名弗立，其於子道，概未之盡盡之者，其惟孟氏乎？若士行，蓋庶几焉。古人且爾，矧今之人哉？

觀原之母夫人之所以教原之與原之之所以承其教者，慈孝之實，蓋無愧於母子之間矣。嗟夫！予之受教於先孺人如原之，雖予不肖，而所以承訓之志，亦如原之弗敢怠，顧獨不得如原之之致禄養於生存之幸也，可痛也夫！撫卷爲之增感。

怡怡堂銘并序

彦良，吾鄉之善士也。顧氏四兄弟而彦良爲之長，其次曰彦銘、彦宏、彦剛。彦銘早世，彦良與彦宏、彦剛同一心慮，以篤友愛之道而惟恐其或間也，因取孔子語季路之言扁其會食之堂曰「怡怡」。詞林君子爲之賦詠以道其志意者多矣，彦良復請於余。余於彦良有舊，義不可拒也，廼爲之著銘于堂。其詞曰：

維天生民，均氣分體。原厥懿親，莫如兄弟。維兄與弟，如木有枝。東枝成瘁，西枝亦衰。譬之于身，如左右手。或傷其左，痛連其右。彼不相能，干戈之尋。自爲仇敵，亦獨何心？惟夫仁者，克篤其親。念兹天顯，叙乃天倫。朝而怡怡，暮而怡怡。一堂之上，藹若春熙。春熙其藹，薰然和氣。弟敬厥兄，兄愛厥弟。推而化之，妯娌之間。雍雍穆穆，罔有間言。致兹和悦，匪惟一日。勗乃子孫，世睦無斁。

終慕堂詩序

終慕以名其堂者，姑蘇顧彦良氏也。彦良父仲實、母張氏皆不及上壽而没，彦良痛之，間語其弟彦宏、彦剛曰：「吾兄弟以二親之鞠育教誨幸皆有立，今吾家家業苟裕矣，室家苟完矣，供養之具亦備矣，而吾親皆不及享焉，吾與若忍忘之哉！」堂遂以名。鄉人翰林脩撰張君士謙首爲文記之，薦紳之繼之以詩者連篇累什，彦良裒次成卷而以視余，請爲序之。

余曰：「嗟夫！父母之可慕，夫人而能知之，苟非梟獍，孰無是心？是義有不煩講而明矣，矧士謙記之之詳而諸君詠之之至，尚奚待乎余言？雖然，余與彦良同其墓者也，非夫親存者比。今語江海風濤之險，人皆知其爲可畏，然徒笑談而已，未必動乎其心。至於其嘗親涉而知者，則不必言説而爲之悚恐也。故余聞彦良之名其堂而心亦痛矣，獨烏能不爲彦良言之哉？夫鄒孟氏之云終慕而實之以大舜，蓋慕親於生前者也。慕親於生前，雖甚不得於親者，有時而得焉。今吾與若乃慕親於没後，慕親於没後，則無及矣。吾與若將何時而復得於親乎？此其爲慕也，不尤苦哉？然吾與若徒慕無益也，盍求所以慕之之實乎？孔子之語曾子曰：「立身揚名以顯父母，孝之終也。」是則所以慕之之實也。立身有道，必仁必義，以此學之，以此行之而身之立也，固自然矣。身立而名之揚也，固自然矣。名揚而其能顯於父母也，亦自然矣。余竊有志於此，顧未有以成就之者，然亦不敢以自解而中止，故願與同吾之慕者共事彦良，儻不吾異，尚率而諸弟相與求之可也。系之以詩曰：

泰山非高，滄海非深。莫如孝子，慕親之心。子心可測，親恩罔極。子長親亡，曷以報德？我立我身，我揚我名。顯親於没，何如在生？生也有盡，心也無已。庶幾終慕，如古孝子。

書恒軒卷後

恒之爲言常也，凡心之有常，言之有常，行之有常，事之有常，皆謂之恒。然恒之言常而非一定之謂也，一定則不能恒矣。道無其常，以正爲常，常而變，變而不失其正，固恒之道也。常者，其經變者，其權也。權以濟經，故能久而有常。知常不知變，子莫之執一也；知變而不知常，揚雄之親比也。處常變之間而不失其正，仲尼之時中而已。其在於《易》，子莫浚恒者也，揚雄不恒其德者也，仲尼其恒亨而無咎者乎？

海虞錢宣公達，思庵吴先生之婿也。讀書好禮，間以「恒軒」自號。縉紳之爲記、序、箴、銘者盈卷矣，公達復求予題，予以思庵之故，有不可辭者，姑摭衆説之遺以識其末云。

李光禄輓詩序

故友李君雲慶之子綸衰絰踵門，手一卷而拜曰：「是諸君所爲哀輓先考之詩也。惟詩必有序以明作者之意，而此無之。不肖孤敢以請于執事，執事之於先考惟舊，幸毋辭。」余蓋嘗云輓詩之非古者，殊不欲爲之序。以綸之言切，不獲已，乃受而閱焉。

其詩長短古近不一體，而其言意大抵皆哀雲慶而作也。夫人必有所不得志以夭厲而後人從而哀之，今雲慶生長華胄，連姻聖裔，仕既登朝不爲賤，年踰六十不爲夭。而有三丈夫子皆才，又不爲無後，諸君何哀之？若不得志者耶？嘗獨念夫雲慶平生磊落多奇，雖爲儒家子而獨喜譚武事。居常忼慨，以功名自許，恒詫曰：「大丈夫當如班仲升建侯萬里外，安能終伏筆硯間邪？」蓋其年四十猶家居未有知者，宣宗臨御，以舊學之臣之子始召見，將遂顯用之，以執政者尼之而止。既而拜鴻臚序班，序班九載，循資格轉光禄録事。雲慶鬱鬱處困不自聊，而未嘗肯屈志干人。顧身已老而功未立，則又歎曰：「丈夫於世竟如此而已乎？使人愧班生矣。」蓋其自負之志至老而未已也。然則，諸君子之所以哀輓雲慶者，固亦有所不能已於斯歟？雖然，余抑有疑焉。彼班生之事，固若可喜而非君子立功之常也。故其功雖幸有成而猶僅克如彼，使其無成，豈唯不得生入玉門關哉？即欲復事筆硯，而亦不可得也。然則雲慶之不遂其志，安知非天所以全之邪？余固不得同諸君之哀夫雲慶也。使化者而有知，則雲慶在九原之下亦將釋然於余之言乎？故輒以此序作者之意，若雲慶世系所出，及其歷官行事之實，則志其墓者備焉。

楊顛道哀辭

楊顛道者，廬陵儒者楊子恭也。當元季之亂，奉母辟地窮山之中。及國初，猶隱不出。有薦者，輒以母老辭。徵之急，乃著黄冠爲道士。時作狂態，人遂以顛道目之。顛道聞之喜，亦因以自號也，蓋自是不復〔一〕道姓名矣。蜀、寧二〔二〕王皆嘗禮聘之，至輒固辭還山，卒不爲留焉。年九十餘，一旦無疾而終。江西之人至今稱之，或傳以爲僊云。其族子政宦游京師，出《顛道傳》視予。予謂其人蓋古逸民之流也，而其託跡之意尤〔三〕曲微中權，因爲辭以哀之：

大江〔四〕之西來兮，駛東逝兮不返。鬱予情兮何極，悵懷賢兮日遠。緊夫子之高潔兮，與古人其同心。抱奇器而弗售兮，玉其德而金其音。當叔世之擾攘兮，宜夫子之獨善。迨天運之維新兮，又胡爲乎偃蹇？冠黄冠兮衣羽衣，矢終養乎慈闈。子非母兮誰育？母非子兮誰依？慨中懷之悃愊兮，衆昧昧其焉説。既與世而相遺兮，又孰知其苦節？羌時俗之固陋兮，謂夫子其爲顛。樂受之而無尤兮，聊託〔五〕跡乎神僊。帝羅材〔六〕俊兮，夫子弗嬰。王醴賓友兮，夫子弗榮。貴不加重兮，賤不加輕。將脩其實兮，何有乎名？維彼楚狂之行歌兮，與商皓之肆志。世無斯人兮，夫孰與之爲類？嗟夫子之不復作兮，魂縹緲〔七〕其何之？將招之而莫知其所止兮，睨白雲乎天涯。

校勘記

〔一〕清初抄本「復」字作「獲」。

〔二〕清初抄本脱「二」字。

〔三〕清初抄本「尤」字作「亦」。

〔四〕清初抄本「大江」前多一「渺」字。

〔五〕清初抄本原作「託」，後抹去，改作「寄」。

〔六〕清初抄本「材」字作「才」。

〔七〕清初抄本「縹緲」字作「飄緲」。

招拙逸詞并序〔一〕

禮於始喪〔二〕，有復復之。流爲招魂，其來尚矣。楚人乃以施之生者，而推其緣起，實則行乎死者之事焉。夫惟行乎死者，故其爲辭，涉於神怪。自宋玉、景差之作，猶不免乎鄙野之譏，况其後者歟？然則後之作者，蓋必微其辭而約之禮可也〔三〕。予友翰林檢討餘姚何宣以其父拙逸先生之卒也，將歸奔喪而屬予爲賦招魂之辭。先生壽考令終，非楚纍之比，若不必招焉。然以宣爲〔四〕子之心言之，夫豈忍死其親哉？予乃不讓而爲之辭。其辭曰：

白日西没，月東升些。旦復夜兮，機無停些。青春奄忽，徂玄冥些。人生如寄，寧有常些。吁嗟夫子，宜百禄些。云胡謝世，竟不復些。天地四方，茫乎汾〔五〕乎，孰知其所極些？歸來歸來，逝矣何所適些。魂乎〔六〕無東，東有渤海滔天〔七〕，洶濤風些。天吴海若，爭長雄些。魚龍出没，紛衡縱〔八〕些。陽侯〔九〕且溺兮，魂將曷從些？魂乎無西，西則流沙旱海，萬里無蹊些。弱水沈羽，崑山積石，難航梯些。猰貐鑿齒，交〔一〇〕蹍蹄些。伯陽旋駕兮，魂將何之些？魂乎無南，南底炎洲，洪波瀵滉，逴天潭些。毒蛟〔一一〕凶鰐糾蟠，不可探些。流金鑠石，恒瘴霧與昏嵐些。非人所居，居者良弗〔一二〕堪些。魂乎無北，北絶大漠，莽無極些。窮髮之野，所處維貊狄些。〔一三〕飛砂茫茫，斷人跡些。寒何所衣，饑何所食些？魂乎無上，上極寥陽，不知其几萬億千〔一四〕丈些。虎豹九關，莫或敢望些。剛風灝氣，飄忽而振蕩些。雖有八翼，奮飛而不可以往些。魂乎無下，下臨幽都，迷〔一五〕方所些。鬼伯狺狺，人不可與爲伍些。金烏玉兎，光景未嘗睹些。信彼陰〔一六〕墟，非樂土些。魂乎歸來〔一七〕，勿復行些。式遄迴車，返舊鄉些。稽山蒼蒼，剡水泱泱些。蘭皋蕙浦，彌芬芳些。琪林紺苑〔一八〕，鬱相望些。碧池迤邐，帶金塘些。琅玕暉映，珊瑚光些。白鷗玄鶴，紛翺翔些。桃緋李縞，豔青陽些。夏有芙渠〔一九〕，秋拒霜些。梅華放雪，生清香些。萬玉璁瓏，帀〔二〇〕畫堂些。胡不此留，之異方些。維厥有子，富學殖些。伯兮侍居，仲觀國些〔二一〕。皇惟汝嘉，肆褒錫些。命服有華〔二二〕，昭厥德些。龍章五采，光翕赫些。烏紗鳩杖，事閒逸些。春臺熙熙，連壽域些。居則華屋，出籃輿些。左列瑶圖，右瓊書些。搏拊琴瑟，龢笙竽些。彈棊戲象〔二三〕，復投壺些。惟〔二四〕意所適，恣驩虞些。釋此而去，安所如些。有禄備養，既豐碩〔二五〕些。旨甘滫瀡，具勺〔二六〕鼏些。蒼麟之脯，紫鳳腊些。八珍九鼎，列重席些。清歌妙舞，連日夕些。斑斕嬰戲，胥悦懌些。美酒百壺，載盈溢些。昌歜艾葅，惟所覔些。餕餘弗徹，須所斥些。維志是從，靡厭斁些。邦君大夫，爰致禮些。鄉黨比閭〔二七〕，罔不喜些。矧乃宗姻，及朋友些。願迺百齡，長樂豈些。胡然奄棄，弗小〔二八〕止些。

亂曰：

白雲濬〔二九〕兮汎蕙江，渺蘭風兮故鄉。懷夫子兮曷能忘？羌乘化兮之何方？諒委順兮奚傷？天荒地老兮日月長，魂歸來兮樂未央。

校勘記

〔一〕清初抄本脱「并序」二字。

〔二〕清初抄本「喪」字作「死」。

〔三〕此句之「辭」、「之」二字，清初抄本作「詞」、「其」。

〔四〕清初抄本「爲」字後多一「乎」字。

〔五〕清初抄本「沕」字作「窈」。

〔六〕「魂乎無東」及下文「魂乎無西」、「魂乎無南」、「魂乎無上」、「魂乎無下」之「乎」字，清初抄本均作「兮」字，下不一一出校。

〔七〕清初抄本「天」字作「滔」。

〔八〕清初抄本「縱」字作「從」。

〔九〕清初抄本「侯」字作「候」，誤。

〔一〇〕清初抄本「交」字作「大」，誤。

〔一一〕清初抄本「蛟」字作「蛇」。

〔一二〕清初抄本「弗」字作「不」。

〔一三〕清初抄本脱「魂乎無北，北絶大漠，莽無極些。窮髪之野，所處維貊狄些」等句。

〔一四〕清初抄本脱「千」字。

〔一五〕清初抄本脱「迷」字。

〔一六〕清初抄本「陰」字作「幽」。

〔一七〕清初抄本「來」字作「去」，誤。

〔一八〕「琪林紺苑」之「林」、「苑」，清初抄本分别作「樹」、「菟」，「菟」顯誤。

〔一九〕清初抄本「芙渠」作「芙蕖」。

〔二〇〕清初抄本「帀」字作「暉」。

〔二一〕清初抄本「些」字作「兮」，誤。

〔二二〕「命服有華」句，清初抄本作「命脈青黄」，大誤。

〔二三〕「彈棊戲象」句，清初抄本作「彈琴棋戲」。
〔二四〕清初抄本「惟」字作「雅」，誤。
〔二五〕清初抄本「碩」字作「實」。
〔二六〕清初抄本「勺」字作「勻」，誤。
〔二七〕清初抄本「間」字作「闕」，誤。
〔二八〕清初抄本「小」字作「少」。
〔二九〕清初抄本「澹」字作「淡」。

淳齋銘

江陰周孟敬自號其藏脩之所爲淳齋，而請予銘。於乎！世道之漓久矣，孰有反之于淳者乎？不意孟敬而能去華就實以尚夫德也，故樂爲之銘。其辭曰：

相古先民，載其純朴。渾然天真，罔鑿于欲。維此淳源，孰變以漓。世降風移，邈不可追。有厭其漓，思返之淳。吾斯與之，期於古人。將復其真，斯去其僞。將全其内，斯略其外。彼夸其文，我尚吾質。彼揚其華，我致吾實。饑斯食斯，適口則已。

寒斯衣斯，蔽體則已。匪淳其跡，維淳其心。心淳于德，何古何今？

贈王都督詩序

正統辛酉之春，延安綏德慶陽等處節鎮王公以屢破敵于邊而始有僉書督府之命也。余友御營都指揮蔣君文德爲之請贈，余既諾之矣，至是都督公又有寧塞之捷，文德乃益求詞林之彦爲詩賀公而來速文以序焉。

蓋余之知都督公以文德而知之也，初都督公之出僉陝西都司事，文德時謂余曰：「是有志有爲能建大勳者也。」及公移鎮于邊，文德則又曰：「王公之建大勳，自此始矣。」時敵方出没西垂，公至即破之北海子，又破之紅山，破之榆林莊，破之清水溝，以功再遷爲都指揮使。及敵至響水寨，公追擊，復大破之。天子深念其勞，亟以璽書獎諭，進官督府，一時朝野之人莫不歆豔其勳名。然其先事而識之者惟文德，文德於是喜其言之中而賀都督公之有成功也，固亦宜然。

人有恒言「是豪傑，識豪傑」，吾用是知都督公良將也，而文德亦良將也。雖然，余抑有爲都督公道者焉？夫獵山澤者，雖無虎兕，得必爲虎兕；計漁江海者，雖無鱣鯨，得必爲鱣鯨。計苟不爲虎兕、鱣鯨之規，而徒持雉兎魴鯈之具，猝然而遇虎兕、鱣鯨則無如之何矣。故良將之守邊，雖無大寇，必以克大寇爲事。若昔李牧之破林胡，趙充國之平西羌，李靖之勦突厥，彼皆略小利而圖大功，故能一舉而除累世之邊患，千載之下其功名炳炳也。方今邊圉固云無事，然敵人生心狙伺我久矣。國家所寄以安邊之任者，惟都督公輩數人而已。爲公輩者，尚當深籌遠算，察未然之形，觀必至之勢，大爲之規，使邊患永息，終無外虞。堂堂功業，爲大明將帥稱首，銘鼎彝而勒金石，與牧、充國、靖諸子齊輝并耀於無窮，不亦偉歟！

嗟乎！余之斯言，豈獨爲都督公發哉？文德亦不可不知也。

徐氏襲慶庵重修記

禮不墓祭，墓而爲之享祠，禮乎？曰：「禮無之也，其義則有取焉。」先王之世，卿大夫士之祭有廟，士庶人之祭有寢，固無事乎墓祭也。漢立原廟，後世因之，而卿大夫士庶始有爲祠以享於墓者，其於禮則遠矣。然原其爲心，則固有孝子、順孫追遠報本之意焉。君子於此，其可深非之耶？光福[一]徐氏，吴之望族也。家于鄧尉之陽而墓于其山之陰，以昭穆而數之者[二]，餘十世焉。國初，季清之曾大父建寧司訓良輔始建享祠於墓左。春秋合族而祭，即今之襲慶庵是也。庵之建，距今蓋七十餘年，而日就隳圮。季清顧之歎曰：「先祖之祠，子孫坐視其廢，吾罪多矣。」遂請於族長汝航而新之，其祭享之儀，一循良輔之規焉。季清乃具始末，謁予請記以示子孫。

於乎！季清其賢矣哉！世之不肖子孫，藉先世之業而莫之能振，視[三]父祖墳墓有如路傍之廢塚，荆榛[四]不剪，狐兔不驅，薪其樹而貨其田，曾無戚念[五]於中，亦獨何心哉？觀於季清之拳拳以奉祠爲意，而唯恐弗逮，其順悖豈不遠乎？君子於是乎[六]有以賢乎季清也。雖然，予猶有所告于季清。古之所謂孝子順孫者，以其克繼承乎父祖之志也。乃曾祖之爲是庵而以「襲慶」名之，固將以貽慶於爾子孫而冀之世繼[七]其志焉耳。《易》曰：「積善之家，必有餘慶。」是慶之致，必以積善也。

善不積，慶何由而致？季清於是孜孜焉以善繼之，乃子乃孫又孜孜焉以善繼之，則天之福善必世祐之。徐氏之慶，其可量乎？是爲記。

校勘記

〔一〕吴郡文編本「光福」作「光禄」，誤。

〔二〕吴郡文編本「者」字作「有」，其斷句則爲「以昭穆而數之，有餘十世焉」。

〔三〕吴郡文編本「視」字作「觀」。

〔四〕吴郡文編本「榛」字作「棘」。

〔五〕吴郡文編本「念」字作「忽」，誤。

〔六〕吴郡文編本脱「乎」字。

〔七〕吴郡文編本脱「繼」字。

舒日新壽詩序

余同年户科給事中姚江舒君仲熙閒爲余道其從兄日新之賢，且曰：「日新之考好學，其季父也，在太祖朝仕爲刑科都給事中，以才死官，故日新種學績文而不榮以禄。家食授徒，若將終身，蓋有隱居求志者之操焉。今其年躋六十，十有二月既望，其初度之辰也。某縻於斯，不得與群從之列奉觴爲壽。於是求諸寮友之善詩者爲之賦詠以寓壽兄之意，將聯爲卷而寄焉，幸爲我序之。」

夫歲行六十而甲子一周，則天地之氣運爲之一更端焉。於是世道之升降，物彙之消長，人事之盛衰，詘信進退，萬有不齊於其間，况凡人之有生大數，雖以百年爲期，然乳而殀者、童而殤者、比壯且强而中以短折者，其又何限？然則，年之及是者固亦罕矣，就其及是者，又有貧者、賤者、疾者、困者、勞且役者、顛越而鰥獨者，或富且貴而不免僇辱者，亦萬有不齊於其間，則及是而安其生者，尤罕也。又况其安以無菑而有可樂者乎？日新生儒紳之家，不賤不貧，無苦於身，無憂於心，雖不仕也，而名行皎皎不污，以是自適而老于林泉之間，其樂至矣，是誠有可壽而詩者哉？雖然，余聞之古之人不惟其生之樂是尚而惟有德之貴，故其年彌高，則其德彌劭，孔子六十而耳順，其聖者之德劭乎？蘧伯玉行年六十而六十化，其賢者之德劭乎？聖者之德，不可企而及；賢者之德，有可勉而至。日新之年既及是矣，余未知其劭夫德者何如也？仲熙誠愛其兄之至而欲其進於聖賢之域，尚爲我寄聲廼兄曰：「兄固不學公孫弘之老而希世，然而仲尼、伯玉之德不可不知也。」日新誠賢者也，其必受之以益勉不怠焉，由是而至于耆耋，至于耄期，年益加，德益至，然則所謂彌高彌劭者，又安知其不在日新乎？

四明周氏家乘跋

郭崇韜哭汾陽之墓，人至于今笑其謬誕。狄武襄不肯冒梁公爲之祖，人至于今稱其爲豪傑。夫崇韜之才，不下於武襄。武襄之智，不過乎崇韜，若未可以優劣者。然即此一事觀之，則其人之誠僞也判然。然則人之笑彼而稱此者，亦不爲過矣。今世士大夫家頗重譜諜，此固亦有脩古之意焉。然觀其所以爲譜者，大率多崇韜之類也，何世之好僞而少誠哉？冒人之宗則亂己之宗，冒人之祖則蔑己之祖。夫譜所以奠宗而顧亂之，所以尊祖而顧蔑之，其謬不亦甚乎！余是以惡之而屢著之言，非固以矯世也，蓋將使其去僞而誠耳。

四明周宗盛持其家乘謁余求識一言，余閱其譜僅五世而下，一據其實而書之，余固有取焉耳，且戲之曰：「周氏之顯者多矣，子何獨不列以附之而所書寥寥若是耶？」宗盛曰：「譜吾所知而已，吾所不知而書之，恐貽君子之譏也，是以不敢。」余因又爲之歎曰：「世豈無狄武襄之爲者哉？獨人不之知耳。」

嗟乎！宗盛苟充是無僞之心而勉樹功名於當世，世豈不以豪傑稱之耶？宗盛名頌，以才諝入官，今爲江西藩司理問云。

毛母周孺人輓詩序

輓詩之作，古乎？非古也。非古也，而世何以尚之？夫虞殯之有辭，執紼之有謳，皆爲執事於喪者設，所以相其力而已，然非爲死者而作也。爲死者而作，則唯齊客之爲田横耳。而其所以爲歌之意，亦不過以抒送死者之哀思而已，若世所傳《蒿里》、《薤露》之辭是也。漢魏晋作者之擬，猶不失此意，夫豈以頌死者之德哉？今之爲輓詩，大抵所以頌死者之德焉，吾不知其爲説也。其以施之男子猶之可耳，而或以施之婦人可乎？夫婦人之德，不外聞也。生不外聞，死何從而聞之？又何從而詩之頌之耶？

會稽毛瓊氏以其母周孺人之卒也，求士大夫之善詩者爲之輓，章聯其什而請序焉，余固辭而其請不已。嗟夫！瓊何汲汲而爲是耶？豈非其念母氏之慈而將藉夫詩以頌揚之也耶？雖然，是猶未也。仲尼不云乎「生事之以禮，死葬之以禮，祭之以禮」，孝子之所爲，如是足矣，又奚庸夫詩之頌之？吾將書此，以諗諸爲詩者。

孫建陽輓詩序

人死而哀之，人情之常也，况於善人乎？善人，人之所當好者也，以所當好者而死焉，得不哀乎？其有所不哀者，亦必不能好善者也。人而不能好善，失其情矣。予觀於詩而有以見好善之情焉，詩人之於善人必祝之，以壽祝之壽，則於其人不壽也，得不哀乎？此《黄鳥》之詩所以爲三良作也。今詞林之士之爲孫建陽輓詩，亦有此意哉！

建陽名源字紹宗，開國勳臣繼達之孫也。用蔭叙拜懷遠將軍同知建陽衛事，總舟師饟運，年四十五而卒。建陽爲人恂恂謹厚類儒生，動循矩度，其廉潔之操，得之天質。自初開漕運，即膺薦分督十衛之兵，轉饟河上，前後幾二十年，其所操履，始終一致，未嘗以毫髮之私自點涴。統數萬之衆，令行禁戢，未嘗以鞭扑立威而人無不附。更事大將且數，人未嘗不以行能見重。處友僚數十百人，其間賢否不一而未嘗不以誼好見推讓，故於其卒也，主將哀之，友僚哀之，部曲之衆哀之。然彼之哀者也，有所爲也。至於詞林之士，則無所爲矣。無所爲而哀之，而又形於歌詩，於是乎可以表建陽之善已。

凡軍將之以廉節自持者固鮮，而於督糧饟而能以廉節著者尤鮮也。至若立心行已歸於善，惟公之奉、惟法之守，此士大夫所鮮，而况軍將乎？予固嘗以建陽庶幾其有祭征虜之風焉。征虜遇知光武，以能建功名于世如彼，其炳炳也。使建陽而當征虜之時，安知其不能爲征虜所爲哉？嗚呼，惜也！建陽而功止此，而壽止此，吾重以哀之，故爲之序。

哭詩凡若干篇，篇各著其作者之名，輯而次以其什以成卷者，友人周義、馬異也。紹宗子因襲爵于朝，因以歸之。

殷孟柔字序

故友殷廷玉之子鋼年既冠，賓以孟柔字之。於是其父之執與其所交遊之士咸過予請所以贈鋼者，而鋼亦拜予求所以教焉。予固常念廷玉之善，而惜其不可復作。今見鋼質厚而循雅克肖乎其父，良爲我故人喜其有後也。雖微諸友之請，尚當有以語之，而況鋼之知所求益哉？

夫鋼之音義，猶剛也。物之堅勁謂之剛，天下之物之堅而勁者，莫如五金。五金之堅而勁者，莫如鐵。而所謂鋼者，又鐵之百鍊之餘者也。其爲堅勁，孰加焉？豈非天下之至剛者歟？雖然，物不可以過剛也，剛必濟之以柔可也。剛之與柔，猶水之與火，勢雖相反而實足以相濟。是故物之以剛爲體者，必以柔爲之用焉。夫干將、莫邪，天下之至剛者也。然必慎而用之，乃可全其鋒而無劌，不然日日而試之，物物而擊之，其剛能几何而不盡乎？故善用之，則水制蛟龍，陸剸犀兕而不敝焉；不善用之，刺石斫木而傷缺旋至矣。鋼也，可不知柔之濟剛也歟哉？經曰：「沈潛剛克，高明柔克。」此非剛柔之相濟者乎？傳曰：「太剛則缺，太柔則折。」此非剛柔之不相濟者乎？鋼也，其必以經之所云者爲勉而以傳之所云者爲戒可也。以經之所云自勉，以傳之所云自戒，然而不成偉器者未之有也。鋼也，而能服吾言以行之，則其克自樹立而大殷氏之門也必矣。吾之爲廷玉喜其有後者，將不止如今日之所云也。

書以貽之，正統八年龍集癸亥夏六月朔旦。

吴氏三子字説

予表兄吴朝宗有三子焉，曰英、曰俊、曰傑，朝宗諉〔一〕予字之。予皆以士加之英曰士英，俊曰士俊，傑曰士傑，而語之曰：「於乎！三子者，若曹亦知所以名〔二〕字之意乎？在天地間，人之與萬物類也。唯人也，出乎其類，故謂之人，所以貴乎萬物也。而人之中又有所謂英，所謂俊，所謂傑者〔三〕，又出乎其類，故云英、云俊、云傑者，又所以貴乎人〔四〕也。今若之父以之三者而命之名，其意豈不欲若曹之貴而出乎其類邪？故吾以士之云者加于若曹而爲之字也。蓋民生有四而士爲之貴士也者，以學爲名者也，彼其謂〔五〕之英、謂之俊、謂之傑者，孰不以學而能乎？以學而能，則所謂士者，固所以爲英、爲俊、爲傑者也。以是學之，吾之意亦豈不欲若曹之貴且加之以學而求出乎其類邪〔六〕？惟人之才有分限而學無分限，故才雖中人而能學焉，則可以至於上智。才雖上智而不學，則不免爲庸流。然則士之所以爲英、爲俊、爲傑者，豈皆出於其才也歟？亦在乎學之而已。今若曹之生，始出童蒙之域而即稱之爲英、爲俊、爲傑，若曹將何以當之耶？凡人之情愛之至則望之至，而愛莫甚於父子，若父之以是而名若曹，固望若曹之爲英、爲俊、爲傑也。吾因若父之意以字若，亦望若曹之爲英、爲俊、爲傑也，若曹可不勉哉！勉之，何如亦加之以學而已。三子者於此果能勉而學之也，然而不爲英、爲俊、爲傑者，吾弗信也。不然而徒以爲美稱云耳，則非若父名之之意，而亦非吾字之之意也。」

正統八年龍集癸亥夏六月既望。〔七〕

校勘記

〔一〕清初抄本「諉」字作「委」。

〔二〕清初抄本「名」字作「命」。

〔三〕「所謂英，所謂俊，所謂傑」之「謂」字，清初抄本均作「爲」。

〔四〕清初抄本「貴乎人」三字作「爲貴人」，誤。

〔五〕清初抄本「謂」字作「爲」，誤。

〔六〕清初抄本「邪」字作「耶」。

〔七〕清初抄本脱「正統八年龍集癸亥夏六月既望」等十三字。

樂善堂記

堂曰「樂善」者，淮陰馮彦禧氏之所構也。馮之兄弟五人皆善士，而彦禧尤好學。恭於其兄，友於其弟而克教於其子姪家庭之間，雍雍焉，肅肅焉，淮陰之人蓋莫不稱彥禧之善。然彥禧不自足也，因以是署其堂曰：「吾將終吾身而求善之樂也。」是歲之夏，彥禧來京師請余記之。

嗟夫！善之於人也大矣，天性之真，天理之純，所謂與生俱生者也。自聖哲至於庸庶，實同有之。然而不同得者知之有淺深，行之有至不至焉耳。知之深者，樂之亦深；行之至者，樂之亦至。而淺或不至者，其爲樂亦尠也。故有一身之善，有一家之善，有一鄉之善，有天下之善。由一身之善達之爲一家之善，由一家之善達之爲一鄉之善，由一鄉之善達之爲天下之善，則禹稷之仁、夷齊之義、旦奭之忠、騫參之孝，無非所謂善也。彥禧於此而知所樂善孰大焉？雖然，善之可樂，人莫不知之而莫有能樂之者，以其中之有所蔽也。其蔽之者，欲也，利也。去欲與利而善，斯有可樂者矣。彥禧知此，尚思去其所以蔽而充其樂，則其善之脩於家者，將薰於其鄉，以播於天下而聖哲可以企也。夫孰禦焉？是爲記。

正統八年夏六月既望。

贈吴玉汝序

客有自淮南來京師者，因余所知張原善以見其容偉如，其度秩如，其辭氣藹如也。問之，吴其姓，琛其名，玉汝其字。觀其意，若欲有所言者，屬余有事不及竟，然心獨異之。既而原善爲之請曰：「玉汝，淮陰之儁也。績文攻詩，尤長於翰墨。前太守彭侯將以賢良舉，辭焉。今太守楊侯復欲舉之，又辭焉。玉汝之言曰：吾少壯且不願仕，今年踰半百，幸畢婚嫁，方將效向子平之游，可復仕乎？然吾聞京師，天府之國，昭代聲明，文物之盛，於是乎在，天下賢豪之所集而居也。吾其遊焉，以觀國之光華而接天下之賢豪，其尚有所得哉？因爲斯遊日者之見先生意有所求而不得，間茲其將還，敢以爲請。」

余聞之，瞿然曰：「嗟夫！玉汝之遊，異乎衆之游矣。吾安得不語之乎？雖然，吾之居此有年矣，其於國家聲明文物，且不識其所以爲盛之實，至於天下之士，雖日與之接而卒未見其賢豪如古之人者，豈余之固陋有所不能知邪？何寥寥如是也！故吾嘗疑遺賢之在野，思欲之四方而求焉。今玉汝乃復去其鄉而求之京師，豈在野者亦鮮其人耶？夫惟豪傑而後知豪傑，世常有是言也。淮陰人物，素稱多賢，彼漂絮之母尚知韓信，而况乎章逢之士？然玉汝不求之他人而顧及余，余有所愧矣，抑不知玉汝所求賢豪，果何謂哉？夫文章翰墨，蓋賢豪之餘事，雖所不廢，然非所務之本也。其所務之本，要必有事焉而不可以驟語也。玉汝而知以此求之，豈惟其得人之賢豪而實成已之賢豪矣。吾知其雖欲不仕而有所不免焉，日者之會余幾失之玉汝，故因原善以告玉汝。其然吾言，異日載見與之極論，尚未晚也。」

送竺大參詩序

秋官員外郎四明竺淵靜深以薦超拜閩藩參議，奉勑以行，於是其同官諸君子相率賦詩贈之而屬筆於予。初朝廷以恤民之故，棄閩浙銀課之利而閉之山。比年以來，奸民盜開，至聚徒相攻劫，有司逐捕，勢不能禁，而言者或以爲開之便，朝廷重其事，詔舉廷臣之老成練達者俾經理之，而靜深有是命焉。靜深有明敏之才，廉潔之操而以謙慎自持，其第進士，授主事，不滿秩遂遷員外郎。嘗奉勅理刑廣西，多所平反，人譽歸之，故於是行未命而咸擬焉，既命而咸允焉。予與静深有同年之分，固當有以贈之，而况諸君之屬乎？

嗟夫！士生於世，孰不願有所爲哉？然必其才與時逢而後可，夫涉大川也，舟楫之不任，固無望乎濟者。舟楫任矣，而風波不時，亦不可以强而行也。是故君子之有所爲，必以其時，時不可爲而爲，與時可以爲而不之爲，皆過也。夫以静深之賢而效用，於斯譬則駕萬斛之舟，檣艣完勁，工力齊具，沿流順風而下，夫孰禦焉？雖然，吾聞理財經利而不斂怨於民者，自古爲難，矧其事已止而復興？是亦造端之始也，得不深思而遠慮哉？蓋緩之則啓盗，急之則殘民。革前之弊，爲後之規，固宜有所變通於其間，寧少緩，毋太急，民不殘，則盗不啓矣。不然，不能紓夫民，而欲以弭夫盗，未見其可也。静深固無待予言者，然而予獨不能自已以致區區之私於静深，誠望乎其克有爲而爲吾同年之光也。静深其毋忽哉！

送吴大參序

昔虞升卿有言：「不遇盤根錯節，何以别利器！」予每讀史至其傳，未嘗不壯其志也。凡天之生才，固將以爲世用耳。使夫才而不爲世用，又何貴乎才耶？彼龍淵、太阿之所以爲寶者，以其剸犀兕、制蛟鰐、斷堅截韌而無敝也。使其匣而不出，終焉而不試，亦何以異夫鉛刀？此古今志士之所以汲汲於世者也。然吾竊以爲君子之道，固將有爲乎世，君子之心，亦未嘗忘乎世，而用舍則繫乎時焉。《易》曰：「藏器於身，待時而動。」使動而不待其時，亦猶匣劒自鳴，人將駭異。吾懼其悔吝之不免也，安足貴乎若升卿之言？乃用爲朝歌，長而發其志，蓋不求易自寧，以盡臣職云耳。非小丈夫悦苟難以立奇者比，予以是壯之。

同年友龍舒吴昇亨晦，有志之士也。自其爲進士，已翹然振聲譽。既拜工科給事中，不數年遂掌科事，以老成稱。每廷論推舉堪大任者，必及焉。至是會朝廷以閩浙銀課既罷而奸民盜取不已，嘯聚相攻以爭利，郡縣莫能制，勢不可容以滋蔓。詔舉廷臣之才略足用者使經制其事，僉舉亨晦。上用之爲浙藩參議，領勑以往。蓋浙之銀産十倍於閩，其地皆連山窮谷，深險莫測，其人獷而輕，蜂屯蟻集，風飇出入，自非經制得宜，固不易治也。亨晦是行，交遊間咸以其才，宜謀謨廟堂而顧得此，爲弗樂焉。予則以爲亨晦之行，蓋與升卿之得朝歌類也，適足以别其器之利，而奚不樂乎？亨晦才足以爲，識足以謀，量足以容而節足以守，予嘗與其論天下事，未嘗不與之合也。顧予才不適用，甘於閒散，竊獨望吾亨晦之有爲。夫升卿之長朝歌，當羇孤擯斥之餘，猶能奮建功名以顯於世，而况亨晦今際明良之會，膺僉舉之公，任方嶽之重而又奉璽書以行事，有便宜之權焉，此可謂動以其時而無不利者矣。予所願朂於亨晦，其務爲國家經久之慮。本之恒理，濟以權宜，俾事行而上下咸安，利寧有遺利，無有遺害，蓋不爲一時之功名而爲百世之功名，此則區區之意深有望於亨晦者也。予固嘗感升卿之言，而又嘉亨晦之有志，因舉以贈云。

正統八年龍集癸亥秋七月之吉。

送尚書魏公致政榮歸詩序

正統九年春三月癸未，刑部尚書魏公以疾上疏致政于朝。翌日，其所屬諸司之官咸惜其去，合詞奏乞留之。蓋公有末疾，不良于行。前歲之冬嘗請歸就醫藥，詔留判部事而免其朝參；至是復懇辭以請，上愍其疾，不忍復勞以事，故奪衆議而卒許焉。公既得請，喜形于色，即日治裝戒行。及陛辭，上復賜璽書，褒嘉其誼，而復其家世世無有所與恩至渥也。於是，今尚書鳳陽王公、侍郎宜陽郭公、新安陽公率諸司屬僚，置酒高會，因共賦詩以美其事。詩既成什而授簡於余，俾爲之序。

惟夫士君子之大節，必於出處進退之際見之。處足以有守，出足以有爲，進不違於禮，退不愆於義，此古之制也。得乎處而不得乎出，則非經世之道；知乎進而不知乎退，則有失己之尤。故學有體用，行有始終，觀人者於此乎觀之，而賢否較然矣。公南康人也，方其家食之時，已有遠大之志。及領鄉薦，遂擢高科，拜監察御史，遷浙江按察副使。召署秋官右侍郎，出爲河南左布政使。久之，復召拜左侍郎，遂擢尚書。歷仕幾四十年，在刑部者十餘年，爲尚書八年於兹矣。公爲人志仁而氣剛，才偉而量宏，故所至克舉其職，在方嶽得良牧之體，立朝侃侃，有大臣之節。至於決獄明恕，蓋其餘事也。往者北邊有警，公以便宜出巡，節制諸將，規畫守備，咸得其策。由是公之望重中外，國家有大事，必以屬公。公之年才六十有二，視明聽聰，無廢政事，一旦以疾而去，豈獨其屬僚惜之？凡在廷之士，蓋莫不惜之也。朝廷固不舍公而公以止足自戒，屢請而不已，必得去而後安焉。

於戲！公於出處進退之際，可謂無失乎古之制矣，宜乎諸君子之賢公而賦詩以爲之美也。抑吾聞之古之爲詩者，其有所美，必有所勸，蓋美乎此而有以勸乎彼焉。今猶古也，諸君子之作，豈徒然哉？一則以見聖天子於大臣恩禮始終之意如此其盛，而興起士大夫願忠之心；一則以見公於出處進退之際如此其高，而激厲士大夫廉恥之節。其爲勸也，不既多乎？余於是乎序之，以爲公贈。

送李太守序

知大名府李侯以再考入覲于朝，既奏最而還其任，士大夫之交親者相與餞之都門之外。有爲侯歎者曰：「侯於科目爲名進士，於憲臺爲名御史，於列郡爲名太守，其才可知也。且其爲人廉介而簡直，廉介則不敚於欲，簡直則不撓於物，其行又可知也。然侯之仕有年矣，士之與侯同執憲而居内任之重者既多有之，其與侯同出典郡而入于朝者亦不少也，何侯之獨久於外邪？兹非其詘歟？」

余竊以爲不然。君子之仕，在行其志者何如耳，豈以任之内外爲輕重哉？夫毁實飾名以希合於世，枉己徇物以取容於人，有志者所不爲也。以夫廉介簡直之爲而進取，於斯時猶以方枘而入圓鑿者也。不毁則必不能相入，使其毁此而就彼，豈侯之志哉？且子獨不見夫時之居内任者乎？其初亦未嘗不欲有爲也，及夫牽之掣之摧而軋之，其不化素衣之潔而爲緇塵之汙，變百鍊之剛而爲繞指之柔者，鮮矣。今侯之在郡，環數百里之間，山川民物罔不隸其治焉。一堂之上，友僚相與事事，可否惟侯是依。屬邑之吏，百十其員，顧瞻視效，惟侯是從。數十萬户之民，休養生息，惟侯是賴。故其人之於侯，信而戴之，若神明之嚴，父母之親。令無弗行，禁無弗止，侯之志可謂得以行矣。視彼當内任不能有爲而隨物變化者，果孰得孰失乎？吾見侯之方，信未見其詘也。雖然人之爲侯歎久矣，朝廷方將求牧守治行之卓者入爲卿佐。吾恐侯之内任終有所不免也，倘其一旦而居焉，尚願侯勉之。毋化而緇，毋變而柔，則余之所望也。

言已，因筆之以爲侯贈。侯名輅，字公載，世家山西之安邑。國初以閶右徙實京師，故今爲江寧人云。

頤軒記

頤軒先生既引年而歸，友人吴令葉君述職于朝，與予道故舊論士行，因及頤軒之事，相爲嗟咨而言曰：「頤軒先生，所謂今之古人也。推其所養，蓋無愧乎頤之爲號者歟？」既而葉君又曰：「某自宣德庚戌上春官而識先生，及登第入翰林爲庶吉士，常與之往復焉。先生於我厥有舊德，然先生之歸吾不得而送之。今還吴，且與之相見而無以藉手。因求詞垣之友爲賦頤軒之詩以爲先生贈，獨未有記其事者，敢以屬子。韓子不云『樂道人之善以勤其歸』乎？子尚毋辭。」予曰：「唯唯。」

在《易》，震遇坤爲頤。頤，口輔也。口輔所以進食而養於人者也，故頤有養之義焉。然養之道有三，養身也，養人也，養德也。三者皆所以爲養而莫要於養德。所謂養德者，小之語默動静，大之行止進退，莫不有禮也，莫不有義也。禮以節之，義以制之，德其有弗成乎哉？古之君子所以無適而不宜，無處而不安，臨死生存亡之變而不奪者，惟其能養德也。彼其行必毁於終節，或移於晚者，豈獨無定見哉？蓋其所養之不足焉耳。是故士之自脩者，必謹於養德而觀人者，亦必觀其養德。

先生學求諸心，行求諸己，蚤有盛名，晚乃始達。方其在太學也，六館之士莫不推其賢而嗟其不遇。先生處之泰然，曰：「吾知進吾學而已。」既官于朝，夙夜顓顓於其職業，以入以出，而弗遑寧也。爲之長爲之僚者，莫不稱其賢勞，先生則欿然曰：「吾知脩吾職而已。」及是之去，公卿百執事以其賢，且未髦莫不欲挽而留之也，先生斷斷然不可，曰：「吾義當歸。」竟飄然而去。烏虖！先生之所養，於是可知矣。然則葉君謂之「今之古人」，不亦可乎！而今而後，吾知其年之彌高，德之彌劭，方且以衛武公懿戒而自勗，其爲養也，又豈有間然者？雖然先生固賢矣，葉君之來京師，足未嘗及權貴之門，非故舊義當往來者不屑就，而獨惓惓於頤軒之歸而不能已其情，此豈勢利之交者哉？覽吾記者，不惟當知先生之所養，又當知葉君之所養也。

先生姓王氏，名忠字守正，任武選主事，常之武進人。葉君名錫字元圭，温之永嘉人。

虚白説

羽士吉虚白，吾親舊中之佳子弟也。童而出家，今既壯而有名矣。在老氏法中，爲巨擘焉。嘗請予爲説虚白之義，予屢辭焉，而請益勤，不獲已也。因謂之曰：

虚白乎子之名，非取於莊周氏之言乎？周之言蓋宗乎老氏，老氏之説固子之所自知也，尚奚請之予？予於老氏之説概乎其未嘗道也，然吾嘗聞釋周氏之書者云，周之云「虛室生白」者，以諭心之明耳。夫室無物，窒之則虛，虛則必有容光之照；容光之照，白之所從生焉。惟人之心亦然。人之心無物，窒之則虛，虛則必有灝氣之存；灝氣之存，明之所從生也。故寂然而靜，湛然而澄，一真之性，了然於方寸間，所謂泰宇定而天光發，而真人、至人之所以爲真人、至人，皆不外此。此周之説然也。然吾以求之吾儒之説，抑猶有其至者焉。洛程氏有云：「心兮本虛，應物無跡。」非虛白之謂乎？且其虛也，有誠以本之；其白也，有敬以主之。誠以本之，故靜亦虛也，動亦虛也；敬以主之，故靜亦白也，動亦白也。所謂誠立明通，而賢人、聖人之所以爲賢人、聖人，亦不外此。然則，其爲虛白也不亦至哉？子其欲聞之，吾尚與子論於老莊之表可也。

賀鳳陽指揮僉事曲侯尊府明威公榮封序

鳳陽中衛指揮僉事曲侯恂以年勞錫誥命，階明威將軍，而推恩封其父瑨如秩。

國朝之制，凡武臣皆世襲其官，惟特起而官者乃封及乎親，其親之襲者，則無事乎封。今曲侯蓋以孫襲祖官，故亦得封及其父也。

初侯之先大父思直以先朝舊人受知仁宗，洪熙初元，由羽林百户進僉錦衣衛事。上方注意用之，而思直懇以老請，上問其子孫孰可使襲官者，思直曰：「臣之子瑨愿弱而多疾，恐不堪事。孫恂粗習文武，可備任使。」上召與俱見，顧視久之，謂思直曰：「如卿言。」即日命以恂代之，而俾瑨居閒以養。侯既有官而出守鳳陽，繼以漕帥之薦分督淮西、淮北五衛之軍，轉運于京師，迄今十有餘年。勞績懋著而恩封及焉，於是士大夫相知者咸以謂非思直之明智而善於貽謀，固不能使其子得安其養而孫得成其名；非侯之賢孝而善於繼述，亦不能舉其職以光于其祖而榮及其父也，乃相率以爲侯賀。

夫臣以報國爲忠，子以顯親爲孝，故不待恩寵之被、詔諜之藉而當自奮自立也，况於有所資蔭負荷如吾曲侯者哉？宜其感激策厲而不肯自同衆人之碌碌也。侯其勿以今人之能爲能，勿以今日之榮爲榮，尚當以古之所謂大丈夫不世出之功業自期，

雖然，予與侯遊且久，不可以徒賀也，願有以進侯者。

舍近小之圖，務遠大之略，則其所以報稱先朝之知、今上之寵而顯於其父，光於其祖，又豈止如斯而已？惟侯勉之。

送龍士熙序

泰和龍士熙今儀制主事致仕，叔粲之子，中書舍人士郁之兄也。士熙家居脩學，未嘗出其鄉。今茲以儀制君得致仕之請，買舟走京師，迎侍而歸，薦紳士聞之者莫不嘉士熙之所爲。少師東里先生之中子叔簡，士熙之妹之婿也，偕其從兄進善、弟季柔過予，謀所以贈行者。予聞士熙之爲子孝，爲兄友，其學有可仕之道，獨耕稼而不出者，凡以資其父、若弟之仕也。其父、若弟之仕于朝而無憂於其家，以能守廉養恬而安於其官者，亦以士熙之在也。然則士熙雖不吾面，吾知其賢矣。傳曰：「於所厚者厚，而無所不厚。」觀士熙之於親、於兄弟如此，則其於族姻可知也，於鄉黨可知也，於凡交遊朋友之間，無不可知也。

夫廬陵，故文獻邦，而泰和又今之名邑也。其人蓋多賢者，若其先進之賢，吾既得而知之矣。其後進之賢，吾雖未得而知之，然以士熙觀焉，其亦可見也。凡鄉俗之善恃賢者，其俗之淳厚，賢者固扶植之。而其或澆薄，賢者不隨而變焉。不惟不隨而變，又將化其薄而歸之厚。泰和之俗之厚，聞之久矣，而不知邇來何如也？賢者之在國，則善於其國；在鄉，則善於其鄉。儀制君之立朝，朝之士大夫固皆賢之，今既解官而歸爲鄉先生，其善且有以薰夫人矣。士熙尚致其孝敬之誠以養焉，使凡鄉之人皆知孝友之道也；可知孝友之道，則長幼戚疏之間，有善相詔，不善相戒而患難相恤，吉凶緩急不相貳，俗其有不厚者乎？然則，泰和之俗之加厚，蓋有望於龍氏父子焉。

南園記

南園，長洲鄭景行氏之别業也。鄭出宋太師拱之之系，爲吴中文獻故家，而景行則其子弟之秀者也。園在陽城湖之上，前臨萬頃之浸，後據百畝之丘，旁挾[一]千章之木，中則聚奇石以爲山，引清泉以爲池。畦有嘉蔬，林有珍果，掖之以修竹，麗之以名華。藏脩有齋，燕集有堂，登眺有臺，有聽鶴之亭，有觀魚之檻，有擷芳之逕。景行日夕，游息其間，每課僮種蓺〔二〕之餘，輒挾册而讀。時偶〔三〕佳客，以琴以棊，以觴以詠，足以怡情而遣興。而凡園中之百物色者，足以虞目聲者，足以諧耳味者，足以適口徜徉而步徙倚而觀，蓋不知其在人間世也。故談者以爲，長洲茂苑之勝在陽城一湖，湖之勝在此一園，而擅其勝在景行一人。景行嘗從草窻劉先生遊，間因先生以求記。

予聞吴故有南園，蓋吴越錢氏元璙之所作者。至宋而歸于官，以爲遊觀之所。其中花石之玩，殊爲勝絶。王元之嘗賦詩，志欲借爲醉鄉而不得。後蔡元長得之，遂以功名富貴自詫而嘲元之之弗如。然元長亦竟敗竄以死，雖得園而不及一朝居也。其人之賢否，固不必辨，予獨以彼一園元璙創之而不能保，元之欲之而不能得，元長得之而不能居，豈非功名富貴之不常而外物不可以爲固有也歟？

今鄭氏之南園與錢氏之南園，其名適同，然彼則以充游觀之樂，而此則以求藏脩之趣，其實固不同也。不然，彼擅王公之貴者尚不能終遂所圖，景行一齊民耳，乃獨作此園而思保有之，不亦難哉？ 爲景行者，尚當知彼之非固有與不可常而求，其固有而可常者，固有莫如實德，可常莫如實行，而所以求之之道，莫如實學。三者脩焉，可以隱，可以仕，可以禔身，可以顯先，可以貽後。此其所保者大矣，獨園乎哉？ 請以記之。

予其異日展省南還，尚當挐舟載酒，一造園中，以與景行談論，庶不爲生客也。

校勘記

〔一〕吳郡文編本「挾」字作「列」。

〔二〕吳郡文編本「種蓺」作「蓺蔬」。

〔三〕吳郡文編本「偶」字作「遇」。

慕萱詩序

廣德徐君克莊來自江東，將西之皋蘭，道京師謁余玉堂之署，解其裝，出一卷所謂《慕萱詩》者，請爲序之。余觀之，皆詞林諸君子所爲克莊賦者也。問其所以賦，克莊因泣下曰：「敬不幸蚤失恃，在洪武中，敬之父坐事徙臯蘭而母氏實從。其没也，因葬之臯蘭之山之陰，及吾父之還而力不能遷，至是蓋三十餘年矣。敬之兄弟既壯且老矣，幸吾父無恙，菽水之奉得以供朝夕，而念吾母獨不逮養也，心實痛之。且旅窆遐土，久不克歸，今不及吾之身，以圖之後世子孫，其又何知？此敬所爲哀慕而不遑寧處者也。間請之吾父，將負骸而遷葬焉，故有是行。諸君子知敬之情者，因從而賦之，敬非敢自命也。」

余曰：「嗟乎！克莊之情，亦可感矣。鄒孟氏稱大舜終身慕父母，若克莊之慕，其庶幾哉！且予求之傳記，上世之人負親之骸而歸葬者蓋多有之，皆以孝稱焉。蓋克莊之事，固當爲者尚。既盡誠而爲之，既以禮而葬其死者，益以禮而事其生者，勉焉終身而弗替也。然則，其不以孝稱於天下者，余弗信也。諸君子之爲詩，我知之矣，豈不以萱爲北堂之植，可託而喻其慈母之德，乃賦以形容克莊之孝思歟？」

然余之意則尤重於其行，故特序其行也詳焉。

竹溪清隱記

桐川之支流爲竹溪，溪之上彌望皆竹也。有屋數楹，翼然出蒼煙翠靄中，是爲處士徐君克莊之居。君爲人高簡瀟灑，力耕養親，足跡不至城府。或勸之仕不應，由是人以隱者目之。君歎曰：「吾豈遯世者哉？然吾聞士生於世，貴有以自善焉。吾幸爲太平之民，有田可耕，有書可讀，又幸吾父在堂，而吾諸弟若子服賈力穡下而足以供衣食，備奉養，諸孫亦各以其才力業事學，憂不及吾，吾復何營乎哉？且吾以六十之年而奉八十之父，爲日幾何而忍少違乎？」鄉薦紳大夫聞而賢之，榜之居曰「竹溪清隱」云。既而其季克壯來京師，屬予記之。

蓋士之有道，不進行於國而退脩於家者，是所謂隱也。若老萊子行年七十而嬰戲娛親，千載而下聞其風者，猶興起於孝，豈徒隱哉？凡古之稱隱，德者皆然也。後世之云隱者，或異於是。故有違親絶俗以爲廉，索隱行怪以爲高者，世雖奇之，然而君子不取也。若克莊者，其聞老萊之風而興起者歟？不然，何其老而篤孝若此也？

吾於是乎爲之執筆而不辭焉。乃若竹溪泉石，幽勝之趣，與其隱居面勢之概，今則不暇詳記。倘予異時有便，尚當挐舟徑造，爲君賦之。

送劉原博序

草窗劉先生原博，余之斯文交也。原博之先世以醫名，繇宋暨元，代有顯者。在國朝，則故良醫公彦敬、院判公士賓相繼以醫國手，擅聲於天下，原博實良醫公之孫而院判公之子也。然原博之學不專於醫，自吾儒經世之書〔一〕以及諸子百氏之言靡不讀，讀之〔二〕靡不探其賾而鈎其深。其於辯析物理，議論今古，縷縷其弗絶，亹亹其不厭也。至發爲文章，蒼然古色，有作者之風焉。

原博初以賢良舉，或尼之而止。繼以文學舉，又尼而止。卒以醫舉爲惠民局，官乃始得之。知原博者咸以爲原博之詘，而原博安焉其任，蓋六七年于兹矣。原博以母夫人高年在鄉，陳情乞歸省覲〔三〕。既得請而治行，其與原博同官及所從游之士謁余，謀所以贈之者。

余曰：「嗟乎！以原博而官於醫有不足爲者矣，余其奚贈哉？雖然，原博之志殆不止乎醫而已也。余輩之所以知原博、期待原博者，亦不止乎醫而已也。原博固儒者也，儒者之事在學與行之脩焉耳。學不足以明，道不足以爲學，行不足以經，德不足以爲行，學行之備，則以之達焉。而可以之窮焉，而可以之近焉，而可以之遠焉，而可達以施之天下，窮以守之一身，近以行之當時，遠以傳之後世〔四〕。余也謬以儒名，竊有志乎此久矣。然質魯而才下，無以自副斯志者，故願與原博言之，幸其有以相發而進我於道焉。若夫醫師濟生之術，原博固不求聞於余，余亦無以告之原博。至於寧親致養之道，敬恭桑梓之禮，又原博之所素敦焉者，其待余言哉？其待余言哉？」

校勘記

〔一〕吴郡文編本「書」字點去，而易之以「學」字。

〔二〕吴郡文編本脱「讀，讀之」三字。

〔三〕吴郡文編本「覲」字作「親」。

〔四〕吴郡文編本「世」字後多一「也」字。

送侯給事中歸省詩叙

刑科給事中臨海侯君仲勳以其母氏高年在堂請告歸省，詔許之，於是朝之君子有與仲勳交親者相與賦詩以贈其行。詩既成什，仲勳請余序之。

夫士之顯宦而還故鄉，古今榮之，比之衣錦而晝遊，其爲光華可知也，况乃寧親而歸，不獨一己之榮，而又以爲其親之榮者乎！方仲勳之舉於其鄉而來上春官也，别母于堂，其懷抱何如也！而迄今又几十載矣，雖以仲勳之掇巍科，躋膴仕得禄以爲養，足以慰其母氏之心而釋其憂。然晨昏定省之禮闕焉，承歡膝下之樂違焉，子固未嘗忘乎母，母亦未嘗忘乎子也。仲勳今者之歸，錦衣冠珮，稱觴上壽，光彩爛然，照映一堂之上。母氏顧之，色若加晬，體若加健而年若加壯。當是時，母子之間舉訢訢焉，仲勳固將仰而自慶曰：「幸哉，吾母之無恙也！」而母氏亦將俛而自慰曰：「幸哉，吾子之有立也。」已則致敬以訪親戚，而爲親戚者舉訢訢焉曰：「侯氏幸哉有子如此也。」已則致敬以問鄰里，而鄰里之人舉訢訢焉曰：「侯氏幸哉，有子如此也。」則又相與歎羨其榮而以之教導其子弟曰：「爲人子賢孝能若侯仲勳，足矣！」仲勳於此，寧不亦榮其榮邪？雖然，余聞之君子不以鄉曲之譽自喜，而以天下之望自重；不以一時之榮自足，而以百世之名自期。仲勳於是乎勉之，則其所以移孝爲忠必有其大者。天下後世之人將聞其名而稱慕之曰：「某公某某州某邑之人，而某氏之子也。」其爲榮也孰加焉？

余與仲勳忝在同年之好，有相規之義，故爲仲勳言必盡其愚而不敢自同衆人之稱，仲勳尚無以衆人之言而不異余之言哉！

奉萱堂記

近世之人凡稱母者率以萱爲喻，吾不知其奚自也，或以爲自夫《詩》。《詩》之云

「焉得諼草，言樹之背」，「諼」即「萱」也。蓋「諼」之言忘也，是草之爲餌也，能忘人之憂，故以諼名。而所謂「背」者，堂之北也。北堂，母之所居，樹萱以忘母之憂也。或曰，萱之性療妊婦而宜生男，故又名宜男。宜男，母之祥也。雖然，萱之爲類草也，草不可以爲母諭也。或又以爲母之尊，不敢以斥言也。不敢斥言乎母，故假母之祥而忘其憂者稱之云爾。然余之意，則概無所取焉。凡爲人子之道，求其實，毋徇其名，吾當論其所以致孝於母者何如耳，萱何足言哉？

太學生湯垣克衛，吾黨之佳士也。其父曦仲蚤世，母李鞠之成人，克衛既克有立，且幸母之壽康，乃作堂以備養，顔之曰「奉萱」。今兹充貢來于京師，因謁余爲之記。余歎曰：「嗟乎！克衛而亦以萱而喻母也！豈以其母氏之有憂而將藉萱以忘之耶？凡母之爲憂，惟子之故，憂其子之不賢也，憂其子之不能也，憂其子之不顯且榮也。以是爲憂，豈萱之能忘哉？子如欲其忘之，則勉致其賢、致其能、致其顯榮，夫然母又何憂之？有如克衛者，以孤子而克樹立，自鄉校而升太學，爲國家教養之士。學明而行脩，不可謂不賢也，不可謂不能也。方且駸駸仕進，以有禄秩，其於顯榮，又可立而待也，使其不自畫而求必致焉，豈惟其母氏之慰悦於心，而鄉黨州閭之人亦莫不喜而羨曰：『賢哉是母，幸哉而有是子也！』然則，萱之所以爲母之祥而忘其憂者，乃不在於萱而在克衛之身矣。」

推篷春意詩序

友人五官司歷李君元吉自江東來，持一梅華卷所謂「推篷春意」視予求序。予閲其卷之題詠者，自故少保東萊黄公而下如干人詩凡如干首，藹藹乎其文，渢渢乎其音也。然或以爲庾嶺之所見，或以爲羅浮之所遇，或以爲揚州東閣之賞，或以爲西湖孤山之觀，徒極形容而無定在。

予顧謂元吉曰：「盛矣哉，諸公之作也！予何以及此？雖然，敢問君之所云者，果於何見之邪？」元吉曰：「大江之南，無地而無梅，扁舟所適，無往而非吾之推篷處也。」予曰：「博哉君之意也！然而未嘗於吾心。君固學《易》者也，《易》之謂天心非春意乎？然則，春意之生，沕乎穆乎，其無間也；冲乎漠乎，其無朕也。

君又於何而見之？ 雖見之天地間，物莫不有也，何獨見之於梅？ 其見於梅，又何必推篷而始見邪？」元吉曰：「子言何偪人之甚也？ 雖然，吾試言之，子試聽之。夫春意之在天地間，固不獨見夫梅。 然非梅，則吾於何見春意？ 而不推篷，吾又於何見梅邪？ 春意因梅花而見，梅花因推篷而見，即是而云，又奚不可邪？」予歎曰：「辯哉君之言，幾知道者也！ 予又奚言？」因識之卷右。

徐以純挽詩序

余友中書舍人徐以彰輯士大夫所作，其兄以純之輓詩請爲序之。余閱其詩而求作者之意，士大夫何哀以純之甚也？ 蓋以純之爲人，資淑善而好修爲，於父母隆孝，敬於昆仲，篤友愛於朋友，信義交致於鄉人賢與長者，禮之無失，又能世其家之醫學而進學乎儒。 方其無恙也，其爲父母昆弟者固望其顯於家，爲朋友者望其有光於交道，而鄉人賢與長者亦望其華於其鄉也。 一旦而死，既皆失所望焉，而其死也，又不得乎壽而中殀，故爲父母者哀之過於常之子，爲兄弟哀之過於常之兄弟，爲朋友者哀之過於常之朋友，而鄉人賢與長者哀之過於常之爲子弟者。其哀之過者，非矯然也，蓋由其情之不能已焉耳。

夫詩緣情而作者也，士大夫即其父母之情、兄弟之情與朋友鄉人之情而詩之，詩得不哀乎？惟其情之過於常，故其詩之哀之亦過也。然以純生不出鄉，事業未有所立而没，其猶使人哀之若是。使其有立出而大其施爲，則人之哀之，又當何如邪？予於以純雖生各一方，未之相與，然其父母、昆弟皆所親識而其朋友與鄉之賢又多予之相知者，故知以純之可哀。爲序作者之意，使覽者識焉。

送張履信南還詩序

人之行有跡是而心非者，有跡非而心是者，君子當孰予之乎？曰：「跡，其僞者也；心，其真者也。衆人見之跡，君子見之心，吾將舍其跡而求其心焉。是故陳仲子爲廉而薄乎親，孟子斥之；夷之爲墨而厚乎親，孟子予焉，皆不於其跡而於其心者也。吾於是乎法之。

履信，雲間之故家子也，初從明經師習舉子業，業既就緒矣，而其父當赴役京師，履信歎曰：「凡吾所爲學以干禄者，將以養吾親而安之也。今若是，天不遂吾志矣，且奈何使吾親勞於役？」遂投文有司乞代之役，在役二十年，父没于鄉。服喪旅次，悲哀過期而弗已。然欲歸而有不得也，一旦去爲黄冠師，彷徨山澤間，以求僊爲事。司其事者以其黄冠而學僊也，置之不復問。久之，履信始得以子代役而歸。京師之人多以狂士目之者，余獨知其不然也。

夫情之至者不自見，行之苦者不自明。履信少而學乎儒，爲親而廢業，違軒冕之願，從力役之勤而無幾微怨嗟之言色，此豈中無所主者能之哉？今其年踰五十，髪就種種而顧爲狂者之爲，此其意必有難以語人者，豈誠狂耶？君子於此，當有以識之也。且世之人所謂「鳳鳴而鷙翰，儀秦行而孔子」，讀者豈少哉？彼其曰：某賢也，某孝也，其求心行，不知其於履信何如也？而徒以履信爲狂士而斥之，果孰是而孰非耶？於是履信告行，于常所往還者皆爲詩以送焉。

余於履信有舊，故爲之序。推其心跡之所以然，使人知其非狂也。

静軒詩序

金臺劉以德生有美質，而以矇廢其内明，聰慧乃過於常人。精《易》數，以之筮，輒奇應。京師之人就其筮者，踵接于門。然以德亦雅潔好脩，游于士大夫間而聲稱藉藉也。日筮數人，輒掩關自休，因署其居之楣曰「静軒」。而士大夫與之游者皆爲詩詠之，以德乃介友人徐君孟暘以首簡之序爲請。

予問之曰：「若之云静者，其孔明所謂『静以成學』者邪？其康節所謂『静裏乾坤』者耶？抑揚子雲之所謂『蜀嚴沈冥』者邪？」以德曰：「走生而懵於學，何敢望孔明？粗知其數，未見其理，又何敢望康節？至若君平之高致，亦非走之所敢自比，然竊嘗慕其爲人，顧學之爲歉耳，兹願有教焉。」

予曰：「嗟夫！以德，予將語若以静學之要，乾坤之理，而若謙讓弗之居也，姑就若之所自託者而語之，可乎？惟昔君平之爲卜也，其告人必依於理，於爲臣者則爲之言忠，於爲子者則爲之言孝，因其所圖而諭之善道，此豈世俗之爲卜筮者哉？

賢者之爲，固當慕矣。若其慕之，則必效之，效之而必似焉。其言似之，其心似之，是亦君平爾，若何歉於彼耶？雖然君平之學，要亦不止此也。方其下簾講《易》之際，沈冥之中，妙得於心，必有非常人之可窺者。不然，子雲何稱許之重哉？以德當罷筮之時，試亦下簾默坐而思焉。以數之所生而求理之所寓，當必有所自得於中者，非徒靜而已也。」

以德唯而退，遂書以爲《靜軒詩叙》。

贈御醫張文紀序

澤人張綱文紀以醫供奉上前，所治稱旨，命爲御醫之官，於是其所交游之士咸往賀之。蓋余仲兄嘗德其療而亦與焉，衆因請之吾兄俾余爲徵贈言之典以序。

張氏世以外科專門，文紀之祖、若考皆名著山西，至文紀，乃以薦徵入京師。文紀之醫，蓋自其少而精之，故其治疾若由基之射宜遼之丸，發無不中，中無不解。至奇證之難療者，他醫或不能辨，文紀輒能識之，曰：「是可藥而愈，可劀而愈，可砭爇而愈。」愈之遲速，皆先處其日辰，無所失者。雖其同業前輩，莫不推服其能焉。然文紀爲人温厚謙恭，未嘗以術自高，人有求之，無貧賤富貴之異，治之必盡其心，與之藥必善劑，惟所宜用而不以資價有無爲較也。由是京師之人無貧賤富貴，一皆稱之。及是恩命之下，聞者莫不以文紀之宜有其官也。雖然，余抑有爲文紀言者。

凡士之學術，貴乎有所用耳，而用之於國，則又用之大者也。古語有之曰：「上醫醫國。」醫而用之於國，用亦大矣。然用之大者，其爲功亦大。功之大者，其爲責亦大。凡術皆然，不獨醫也，而醫爲尤甚。蓋醫之所治疾也，是於人之死生係焉。死生所係，重於天下，况其爲國醫而侍至尊者乎？文紀以醫之功得醫之官，固宜有之，然亦不可不知所自重也，不可不知所自謹也。知所自重，則足以持其術；知所自謹，則足以持其心。心與術全，而守其官裕然矣。余用是爲文紀贈，文紀尚其勖之！

贈府軍衛鎮撫楊侯序

廼者敵人窺我北邊，鎮守宣府等處都督僉事、遊擊將軍楊公洪率兵擊破之，奏捷于京師。上嘉其功，詔進同知都督府事，凡吏士之在行者皆進官一等，公之子俊亦以功授府軍衛鎮撫。歲秋八月，俊來拜恩闕下。於是其親黨交游之士合辭以賀，而金陵陳玉、劉志爲之請言。

楊氏父子，予初未之識也。然嘗聞都督公之爲將智勇兼長，有謀而善戰，撫士而用才，在諸邊將中威名特盛。邊人恃之，敵人畏之，蓋今之良將也。往年嶺北之捷，公自都指揮使進僉都督府事，有請言於予者。予思公之能不靳而與之言，今又聞其戰捷，固爲之喜而獨知其父不知其子之克類也。玉與志又爲予言：「俊之爲人孝而有勇，每戰必克登。是役也，功尤茂焉。如玉與志之云俊，固亦將才也。世常言將門有將，求之古人，若絳侯勃之有亞夫，李西平之有愬，曹武惠之有瑋，乃可以當之。是皆才武忠孝，先後接武，而奇勳偉績克世其美者也。觀楊氏譜，蓋出宋將繼業之裔。繼業以忠徇國，子延昭之名尤著於時。信如其譜，則其爲將門舊矣。今都督公之爲將如是，可謂克振其先烈者。俊爲之子，尚當以亞夫、愬、瑋之才行自勉，以亞夫、愬、瑋之勳績自期可也，矧今聖天子修内禦外，方宏遠略，爲之策於邊將之選，尤重其人尺寸之長，不遺錙銖之功必録。俊能於此大發厥志以承家之業而報國之恩，將何往而不遂邪？然則不惟其有以爲都督公之光，而亦無愧乎繼業延昭之後裔也。

世直堂銘并序

世直堂者，今翰林侍讀吉水周公功叙之作于家者也。蓋君之六世伯祖直閣公伯寬，在宋嘗疏斥賈似道之奸邪；曾祖山長公以立，在元嘗以脩三史，論推宋爲正統；而在國朝，則厥考職方公岐鳳爲紀善，時嘗箴諫漢庶人之過。三君子之事，皆傳著鄉邦，爲世所重者，故侍讀君以之名堂，所以揭先後而示後之人焉。堂既落成，自朝之二三大老暨詞林諸君子咸有述作，其發揮之備矣。而侍讀君復諉余以言，余固不敢當，然亦不敢辭也。

嗟夫！直道事人，在古猶難，况後世乎！周氏一門，而以直節著者三世，豈非盛歟？矧侍讀君方今爲天子講官，道行言聽，其盡弼直之義，以光世德，又將有大者在焉，豈徒名堂而已哉？廼爲之銘曰：

人生而直，厥惟天性。于時養之，維心之敬。相古先民，蓋莫不然。維直厥德，以聖以賢。風移世變，直少枉多。道之難行，吁其奈何。有立其間，頽波砥柱。噫微斯人，吾將誰與？盛哉周氏，一世三節。祖祖孫孫，先後齊烈。伯寛斥賈，以立尊宋。孰箴驕王，紀善岐鳳。挺挺之操，諤諤之言。他人猶起，矧在後昆。翼翼斯堂，惟直是繼。豈伊三葉？尚期百世。

孝義詩并序

《孝義詩》者，予爲曁陽周珪賦也。比歲江東荐饑，民用艱食，有司以勑旨勸民相振，珪出穀數千石佐之。事聞，例當旌爲義民。珪辭以承祖産所爲，願追旌其祖伯源，詔從之，仍以孝義旌焉。予與珪爲隣封人故相知也，賦以貽之：

維天降割，歲云荐饑。帝謂卿士，汝其圖之。廼其建議，一切權制。勸民出粟，爰旌以義。曁陽有士，珪也氏周。大發所藏，賑厥鄉州。守吏以聞，帝將旌之。珪拜稽首，敢固以辭。珪曰主臣，臣維小民。臣有所乞，惟皇之仁。臣之有産，維祖之遺。

臣之出粟，維祖之志。臣祖既没，臣則嗣之。緊祖之義，臣敢冒之。帝曰俞哉，兹維孝義。尚宜章之，式勸有繼。煌煌金書，賁于門閭。民用改觀，過者軾車。人亦有言，富必周貧。世其仁厚，廼孝之純。人亦有言，豪斯弱奪。知所勿爲，廼義之達。太史叔子，作詩以風。嘉厥始善，爰勗于終。

華氏旌節堂銘并序

華節婦陳氏元至正間詔旌表其門閭，時黄溍卿千文傳，鄭明德諸公各爲傳記及詩，至今傳之。節婦之曾孫仁本請余追爲之銘云：

從一而終維婦節，貞以守之敬罔缺。豈伊厥德有汙潔，家道因之以興歇。季姜知禮歌逭孽，孟母擇鄰軻作哲。夏姬屢醮行無别，僇子戕夫家國滅。福貞禍淫理昭晰，人紀天常所關涉。猗節華婦志卓絶，操行終身皎冰雪。所天蚤失泣成血，鞠育遺孤心力竭。孤既長成復先業，曾元緜緜衍瓜瓞。追維厥初記幾絶，節婦之德端可列。前朝旌門尚昭揭，閭里于今共稱説。我其徵之在史牒，萬古千秋有光烈。

故仲母太恭人李氏墓誌銘

明威將軍永清左衛指揮僉事仲福將以其母太恭人之喪葬宛平常明山之原，介余友金吾右衛指揮使蔣文德來請銘。

按狀，恭人姓李氏，世家徐之沛縣，父諱成，母蔡氏恭人，端淑幼成，精女紅，習女儀，笄而歸于同郡仲氏子雄。雄以武勇從軍隸燕山左護衛，太宗皇帝起兵靖内難，雄從戰，屢有功，授千户。小河之戰，以先登没于陣。時恭人方盛年寡居，值兵荒艱食之際，躬勞瘁庇育遺孤，志節不渝。

永樂初，朝廷録靖難功以雄死事，授福金吾左衛指揮僉事，給禄字之。恭人以福幼失父，孜孜訓教。於其肄武之餘，輒督之從師讀書，俾嗣先業以報國恩，福亦材敏自立，克承其訓。既出，幼即從征伐效勞，及今蒞衛事，益以廉勤著稱。人謂仲氏有後，蓋由恭人之教焉。恭人以正統己未十月戊戌卒，享年六十七，葬以次月甲寅。子二人：長即福，次祥。孫男四人：愷、懷、恒、怡。女四人，曾孫男女各一人。

嗚呼！古之貞婦賢母，史皆書之，以爲世勸。若恭人之爲婦、爲母，如是可謂貞且賢矣，可書以爲勸矣，余奚不銘？銘曰：

淑厥德，貞厥節，育厥遺孤纘先烈，猗嗟恭人此其竁。銘以昭之，永不滅。

故處士伊君行狀

處士諱宗肇字允德，姓伊氏。其先海州沭陽人，宋南渡始遷于吴，今七世矣。處士之曾大父諱元裕，大父諱嗣賢，父諱服，皆有隱德，母朱氏。

處士爲人長厚，中悃愊，言行一致，喜讀書，多識典故，有問之輒舉本末，亹亹不窮。凡國初名人製作膾炙人口者，輒能誦之終篇。雖素號博洽者，自以弗及。處士蚤孤，與兄宗啓同養母，以孝友聞。洪武己巳坐事，舉家徙定遠。久之，處士乃侍母還吴，母終，喪葬盡禮。以宗啓在徙所，思慕不置，有美味必先寄之乃食。所交皆士之賢者，其非賢，雖貴富不近也。於鄉里敬老愛弱，恤貧病而急患難，遇不義者可告戒則告戒之，不可，即避去不與言。其居密邇府治，終身足跡不入。里有爭訟將詣府，過處士門，處士以義諭之，多解去。郡太守將舉爲里正，固辭以免。所知李克明夫婦老而貧無依，處士分宅養之。及卒，爲具棺斂葬焉。處士嘗客南京，雪夜有騎士醉墮馬，馬逸去，因卧道上。雪被體僵不能動，處士見焉，爲扶置廊下，枕藉之。及旦，其人起呼廊下索馬，廊下以處士扶其卧。與即所寓索之不得，將誣處士以竊馬者，而致之訟。處士度不能自解，乃以馬價償之。既而其人至家，則馬乃還在櫪，因詣處士謝曰：「長者救我，我負長者。」遂還所償，且自道其姓名爲葉英。處士略無德色，但戒以勿醉酒而已。英益感悔，拜曰：「長者幸不絶英，願父事長者。」爲止酒改行。英後從征有功，官龍驤前衛百户，至今猶不忘處士之德云。處士性不好佛，凡造寺飯僧，一介不與，曰：「吾豈賄僧佞佛求福田者耶？吾有錢，將以濟饑寒無告之人耳。」及疾革，遺囑無作佛事，蓋其所見之明如此。

其生洪武庚戌十月十一日，卒正統己未八月廿五日，得年七十。處士三娶毛氏、袁氏、蔡氏，皆先卒。子男四：訓出毛氏，蚤卒；任、侃皆袁出，侃由邑庠生登正統丙辰進士第，改翰林庶吉士，今試政禮部；俊蔡出尚幼。女二：淑妍，與任、侃同母，卒於室；淑貞，與俊同母，適吴庠生王澤。孫男二女一。

卜以明年某月某日葬吴邑査山之先塋。侃既聞訃，將奔喪襄事，謀請銘于當代鉅儒先生，以爲厥父不朽計。而使告珵曰：「侃先考之善行，鄉邦之人所共聞知，矧於子辱有世好，求詳先考之事者，莫若子。願以請銘。」珵無以辭。乃撰次其事如右，以備采擇謹狀。

徐叔禮墓誌銘

於戲！余尚忍銘叔禮之墓邪？吾鄉之爲士者多矣，然求孝友如叔禮，好義如叔禮，知德而尚賢如叔禮，交道始終不改如叔禮，則不多見也。叔禮長余三十年，而愛厚余若輩行交。在永樂癸卯，余甫成童，以先君之命始還吴訪親舊，而叔禮已不以凡童視余。又三年爲宣德元年，余載還，叔禮視余有加於前而期勉之益重。自時厥後，余以出仕之故不見叔禮者十有餘年。正統丁巳，奉先君之喪歸葬，叔禮哀余之艱猶己之艱，極力以助襄事。余德之良厚，及是余起復以來，僅二載耳，方幸其無恙，冀得復相見于異時，以申余區區之私，豈意其遽即世於此也。嗚呼！余尚忍銘叔禮之墓耶？

叔禮，徐氏名恭，叔禮字也。諱授者，其曾大父；諱成者，其大父；諱中者，其父也。叔禮長身古貌，出言斷斷不欺。於人之善，喜而稱之，不啻己出。而於不善，亦不能容。以是君子與之，而衆人或不樂焉。然其性峭直，操行素自信，雖屢見惡，不爲變也。初，其少出贅王氏，及壯且老，與其兄友愛，廼踰同居者。兄歿，撫其孤尤至，人以爲難。母蔣老有末疾，叔禮躬侍藥食，起居扶掖，夙夜不懈者踰年。及母歿，服喪毁瘠甚，時其年六十餘矣。鬚鬢皓然，拊柩哀號，若乳兒失母者，會葬者咸爲之感動。叔禮雅尚簡靜，常偃息一齋，大書「存誠」二字以自儆，因號存誠居士云。其生洪武丁巳某月某日，卒正統辛酉三月廿日，春秋六十有五，配王氏。處士得中之女也，賢而克相有子。男二某某，皆幼，女六，皆歸令族。某某，其婿也。墓在齊門外金鷄鄉之原，其生時所自營也。

比葬，其長子婿吴瑁，余之中表兄弟也，以書并前歸安儒學訓導尤恕之狀來請銘。嗟夫！叔禮之行，余目睹之，心識之而口能道之也，而烏用狀爲哉？顧余所不忍銘其墓者，蓋悼其不可復作耳。雖然不銘，則余又恐泯其善行於後世也，故彊忍而銘之。銘曰：

禔其身，以裕其後昆。稽德有銘在墓門，後此千祀其永存。

前禮部主事湯公壽藏記

公余鄉之親長也，其卜歸藏之所，在陽山之東麓。前二年，余歸營先隴於吴，公嘗邀余至其處，顧而嘆曰：「嗟夫！有生者之不能無死，猶晝之不能無夜，暑之不能無寒，明之不能無晦也。此聖賢所不免，吾獨能免乎？彼桓司馬之爲石椁，則已過矣，而楊王孫之裸葬，亦未爲適中也。今吾之營此壙之以陶甓，樹之以山木，竁僅容棺，淺不露藁，深不及泉。今吾之年且出五十而入六十矣，方將待盡而歸藏於此，子宜爲我記之。」余以襄事辭，既而起復赴闕，竟不果記。

及是，公又以書來曰：「吾之所藏，子之所嘗見也。吾之平生，子之所深知也。

子不爲記而孰爲哉？昔之許我記，又已二年矣。吾之年知幾何？子亟爲之，庶及我之見也。」余覽書而愧之，於是援筆而爲之記。

公姓湯氏，銘其名，日新其字也。其曾祖諱傑，祖諱榮，考諱文正，母顧氏。公幼而知學，長而有立，初爲吴庠弟子員，充貢于朝。試政司徒，考在優等，擢拜北京行部吏曹主事。未幾以憂去官，服闋，改禮部祠祭清吏司主事。又以餘員去，久之召至京師，出通判寧波府。以郡多吏弊蠹政，發憤更張，其治爲守者忌之，因同寮忿爭於堂構，以事罷歸于鄉。公爲人豪爽不羈，略細故而務大節，居家孝友。母年七十遘疾幾殆，公侍湯藥，不少離左右。夜則焚香籲天，乞以身代，母疾遂瘳，又十餘年方終。公與其兄仲明，自少至老，相好如一日，蓋未嘗有違言厲色之干焉。其莅官勤敏過人，所居皆稱其職。然其性亢直，見事勇往，奮不顧忌，故得器重於上人而不免見嫉於同列，此其平生所以亟進亟退而卒以怨構罷歸也。既反初服，杜門却掃，絶跡於官府。日惟課兒曹讀書，力業以自養。暇則遊行郊外，相羊山水之間，熙然與樵夫釣叟相狎，若素未嘗仕宦者，士君子以此高之。公三娶：單氏、堵氏、陳氏。子男五人，其三皆已長成，二尚幼云。

故中書舍人周君行狀

君諱璿，字用珍，别號南齋，姓周氏。周之先蓋河南鄢陵人，其家于吴，則自宋拱衛司兵馬鈐轄諱某者始也。鈐轄之後三世曰繼善，在元以醫術顯，爲平江路醫學提舉，是爲君之曾祖。提舉生處士自牧，是爲君之祖。處士生封中書舍人仲立，是爲君之父。仲立配陸氏，封孺人，君之母也。

君天資明敏，自其少舉措異凡兒，長從鄉先生王猥庵遊，明習經史，兼究岐黄書，工爲詩，尤長於書畫。永樂中，用薦者徵至京師，從事禁中職，治翰墨。初授工部營膳所丞，久之遷中書舍人。滿秩，以績最，得錫勑命階從仕郎，并推恩封其父母如制。時其二親皆在堂，享有禄養，鄉邦榮之，既而母没，君以憂去官，起復未幾而其父又没，君復奔喪歸襄事。既服闋，將治裝赴京。俄遘疾，遂不起。比屬纊，顧語其弟郡博士璣及其子浩曰：「吾藉先世餘休，以一介布衣躋侍近，今幸終養吾親，大事既畢，死復奚憾？ 顧無以報國恩爲愧耳。 其卒吾志，惟忠惟孝，以承家裕後，寔在汝等，其必勉之！」言既而没，實正統辛酉九月七日也，春秋五十有七。

君書宗虞永興，畫法董源、荆浩，皆造其妙。 尤善寫古松，尺咫有千仞之勢，賞鑑者以爲不在畢宏、韋偃下。 士大夫求之無虚日，君亦未嘗厭也。 蓋其平生所嗜好，有在於此者。 其所收貯古今法書名畫最多，皆手所裝潢，盈厨積笥。 值佳客至，輒出而玩之，如閲武庫之藏，使人目眩意鑠，應接不暇，君乃快焉。 有欲之者輒從其持去，不慭也，人服其達。 君元配張氏，贈孺人。 繼施氏，封孺人。 有丈夫子一，即浩。 女子三： 曰壽安，歸丁鏞； 曰福寧，歸陳寬； 曰善貞，未行。 孫女一。

卜以君卒之明年壬戌三月乙酉，葬於長洲縣彭華鄉金盆塢之原，祔先兆也。 前期其弟郡博君以書來告曰： 「惟先兄平生所知重，莫如足下。 其知先兄行義履歷之詳，亦莫如足下。 願爲狀其事行，將藉以乞銘于當世大手筆，以爲先兄不朽計，幸毋辭。」某得書而哭之，遂述其概如右，以備采擇云。

陸仲文墓誌銘

姑胥陸仲文以醫士留滯京師，卒於其寓舍。鄉人士大夫咸會哭，其友婿王以誠氏既而相與謀所以歸葬者，余因爲之誌其死生之概而銘之。

蓋仲文初以醫自食于鄉，永樂中詔徵天下名醫集太醫供醫事，仲文與焉。有司檄起之時，仲文已中年且有母在堂，不願出，固以求免。不獲，因留其長子侍母以行，無幾而其子死，仲文即日投牒歸省侍歸，不一二年而有司趣仲文行，急不可解，乃復留其妻奉母居而身獨行。既至京師，日夜圖所以歸養者。辛酉冬，會詔赦天下，凡庶人在官者親老皆許歸養。仲文因陳情于朝，事下禮部行勘，久不至，仲文積憂感疾。及勘至，而部長有他故怒醫者，竟追詔前格，執不許歸，仲文以是疾遂增劇，惛不知人。時時睨壁叫嘑云：「某年六十九，家有九十四歲之母，奈何不令某歸養！」聲甚激切，狀若乞哀於有司者，垂死猶蹶起揫衣欲走，云：「吾今歸見吾母也。」起復作者數四遂絶。嗚呼！若仲文之死，其可不痛悼哉？

仲文名尹，其醫學蓋得之王仲光先生。王仲光先生者，吴之名儒也。遭元季之亂而隱於醫，以疾不娶，事母篤孝。國初大起遺逸士，郡縣徵聘，幣交于門，仲光遂陽狂以終其身，君子謂其有古獨行之士之風焉。仲文方總角，先生見而愛之。招之就學，至是仲文亦卒以醫名。然人謂仲文不獨傳其醫，其致孝蓋類之云。仲文爲人奇倔好古，而與世戾契。讀書求通大義，不治章句，爲詩務奇，不顧聲病，尤好觀《通鑑》。見忠義奮發者，輒躍躍歎慕，願從其游；於憸邪誤國者，則切齒怒駡，若父兄之讐恨不手僇其人。至與人議論，動必援古折今，辯是非曲直，不苟依阿，以故人多笑其迂闊，然仲文亦以自處不辭也。

仲文自號「知恥齋」，嘗囑余記之，余不暇以爲而仲文死矣。方其疾病，余往視之，仲文則遽曰：「尹之疾無可爲矣。即死，倘歸骨從先人之兆，子必爲我銘，以見吾生之荼毒也。」余許諾且寛之。及再往視，則既惛矣。余試呼問之，忽張目斂手若與訣别者，問其所欲言，曰：「無可言者，但恨不得歸見老母耳。」語嗚咽含胡僅可辨，蓋絶於其夜也。嗚呼！仲文之死，其可不痛悼哉？

仲文世籍長洲，其曾大父諱某，大父諱某，考諱某，母石氏，妻凡二娶。初娶某氏，繼某氏。子二人：長某，先仲文卒，某氏出也；次某，尚幼，某氏出也。孫一人曰英。仲文生洪武乙卯十一月乙未，卒以正統壬戌五月壬申。卒之後幾月某日，某養子佐以其喪歸葬于虎丘之先塋，銘曰：

其行則儒，其名則醫。用術活人，而以慼自詒。孝不得終養其母，慈不得拊其妻兒。身以客死，函骨歸首丘，遺語吁可悲！天乎！天乎！何使仲文至此爲？天乎！何使仲文至此爲？

陳焕文墓誌銘

焕文，陳姓洪名，焕文其字也。曾大父諱青山，大父諱貞吉，父諱德甫。德甫在洪武初以軍功拜羽林左衛鎮撫，後以疾解，官居鳳陽。焕文因行游江湖間事，廢舉以營養，養必豐腆。凡親之意欲，無不適者。德甫樂之，以忘其去官。永樂中，徙南京。既又徙懷來，而德甫卒于昌平。雖在草次流離之際，而焕文所以侍疾送終，必盡其心，求無遺憾而後已，人稱其孝焉。徙懷來，又十餘年，爲宣德元年，焕文南遊，中道遘疾，卒于臨清。距其生之年洪武己酉，得年五十有八。

其配孺人袁氏，廣德大姓袁良卿之長女也。端淑明慧，勤女紅，毖内政事，舅姑致孝敬而教子女尤嚴而有法，是故焕文雖遠遊以終身而其家無失所者，以孺人之克相也。孺人之生少焕文二歲而卒後焕文廿一年，其卒之日，實正統丙寅七月戊寅也。有丈夫子二：長謙，次讓。謙娶鄭氏、俞氏，善書畫，知名于時；讓娶王氏女。子五：長淑清，贅王詳；次淑貞、淑登，卒于室；次淑祥，適胡彦銘；次淑果，適殷能，亦皆先卒。孫男二：志魯、延壽。孫女四：妙清，適酆義；妙德、妙惠、妙安，皆在室。初，謙於臨清扶焕文之喪還，將啓其大考妣之殯同祔鳳陽之先塋，而龜筮弗從，至是乃更卜宛平西山麻峪之原以葬焉。

比葬，來請銘，余與謙有久要之誼，分宜銘，乃序而銘之。銘曰：

生而遊，没而休，有山藏骨，奚必首故丘？伉儷同穴維好逑，子孫之祜餘千秋。

王武德墓表

武德將軍泰州守禦正千户王公之卒也，其弟鄉貢進士瓚假之京師，泣請之余曰：「惟先兄生平行能，泰州之軍民知之；四方往來，士大夫知之。其勤公忘私，蓋庶幾古所云祭征虜者，而不幸以中夭。生之功名則既已矣，而後事之所圖以不朽者，猶未有所託。瓚用是懼敢載拜以請。」余固嘗與知武德公之賢，而又嘉瓚之能不没其兄也，乃誌其家世、生卒履歷之詳於幽堂之石，復撮其大行以表其墓曰：

王氏之先爲明之象山人，高、曾以來，世以文學仕宦。至厥考顯宗，始以武功起家爲州將，而傳及于公。公之諱璟，其字曰廷章。生有偉質，而務於學知，求所以爲忠、爲孝之道而致力焉。其有所爲，爲之必盡其方，明於義理之辨，不以所養喪所守。自其侍父于官，蚤以能子稱。及既襲任，修其職業，益勤不懈，非賢不交，非善不爲。其治軍嚴而有恩，常身先其勞而後其安，其於民間譏禁之外，一無所撓，嘗曰：「國家命帥以撫軍，不以害軍；設兵以衛民，不以殘民。」由是，已無過舉而下無犯令，軍民懷之若父母焉。州之文吏，咸欽其賢。廉有所與，汙有所憚。其事母宜人，承顔順指，備極孝敬。其於二弟，友愛篤至，傳衣合食，有無共之。以瓚之學有成，尤爲所喜。每公暇遊息齋居，與之講論經史，或至夜分不休。居常語及忠義事，則慷慨思奮，蓋其志有在也。正統丙寅，其年三十有二，得疾彌留，及屬纊，顧謂弟瓚、瑋曰：「死生命也，蚤死吾不恨，恨不克報君、親之恩耳。」又以其子銈幼未勝官，俾瓚借職，期俟銈長復焉。此其於始終之際，亦不亂矣。訃聞之日，僚吏軍民無弗哀者。以余所聞，質之其弟之云，蓋實録也。

嗟夫！世之去古遠矣，禮義廉恥之風久衰而不振。士大夫制行守職，能不愆於常度者鮮矣。當是時，廼有武弁之士而躬儒紳之行如公者，其可使無傳於後哉？此余所以特書屢書而不讓者也。後之君子，其尚有所考焉。

葉景初墓誌銘

姑胥葉景初之卒也，其子盛不遠數千里致書告哀於予，并以里儒王君夢熊之狀來請銘其幽室之石。予得書而哀之曰：「嗚呼！奈何其喪吾之老友！奈何其喪吾之老友！吾烏乎爲情而忍銘吾景初也！然不銘，則何以復盛之請？而掩諸幽，又何以彰吾老友之善於後世乎？」乃按狀叙而銘之。

叙曰：葉氏之先，繇睦徙吴，蓋與宋尚書左丞夢得同譜，世以詩禮相承，吴之稱文獻故家者必及焉。景初諱復，其先大父諱誠之，號隱雲，有潛德，見重於鄉。父諱臻，仕爲贛之瑞金知縣，治有遺愛，瑞金人至今思之。

景初生穎敏，有志於學，少從父宦游，凡内外之事其皆治之，以克家稱，而其心恒以弗克卒業爲歉焉。其於倫理，知盡所職；於所當爲，爲之恐後；所不當爲，未嘗苟爲也。家雖中産，而於施義不少恡。非其有，一毫不忘取，或侵損之，亦不與較。邑大夫聞其善，俾爲里老。其有庸役訟爭之事，使司平焉。晚益厭紛華，憙閒静，悉以家事付其子。日與高人韻士相羊湖山之上，詩酒倡酬，樂而忘倦，蓋不知其老之至也。俄以疾卒于家，鄉里聞者無分戚疏，皆有善人已矣之嘆。其卒之日，實正統乙丑冬十二月癸丑也，春秋五十有九。

景初娶李氏。出宦族，端淑克相有丈夫，子一，即盛也。敦篤好脩，爲行維肖，娶凌氏女。子一，歸朱氏。孫男一曰政，孫女三。卜以其卒之明年丙寅某月某日，葬于其里鄧尉山之原，禮也。蓋景初之居邇予先隴，昔予歸奉襄事，始與景初知。景初每忘年禮予，予亦以其真淳篤行可與久要而愛重焉。自予還朝，八易歲矣。於景初之誼，常往來於懷方。冀得歸展省，與之胥晤，豈意其遽有幽明之隔哉？此吾所以哀之而不忍銘之者也。銘曰：

嗟景初，簡其飾，完其質，去其華，就其實。全歸無尤安此室，世家文獻澤未熄，子孫繩繩庶其吉。

蕭節之墓誌銘

節之氏蕭，名禮，節之其字也，世爲吉之龍泉人。曾大父某，大父某，父某，其先本儒家，節之之季大父某在國初，以戰功起家爲武略將軍，故今籍武弁中。節之豪爽有俊才，而跅弛不事，故嘗喜交游，重然諾而輕死生，翩翩有義俠風。於書博涉，爲詩文不持矩矱，而出語落落有奇氣。年三十游寓京師，公侯貴人爭迎致爲上客，而節之亦抗顔以國士自命，視富貴蔑如也。每稠人廣坐，談辯風生，翻今倒古，出經入史，開闔不窮，聽者皆靡然。志頗從横，嘗自詫曰：「丈夫生世不爲良平，猶爲隨陸，安能碌碌群庸人以没身耶？」人以此狂之，亦以此奇之。

宣德乙卯，朝廷下詔求賢。節之在舉中試策優等，從事吏部。踰年授大名之長垣丞，衆以節之不閑吏事，初皆難之。及其治縣，乃辨若素習者。長垣地界河南、北之間，直諸衛軍屯，犬牙相錯，雜耕居民中，常侵於民。而其無良吏，卒又多潛結剽盜，有司莫能戢，民甚苦之。節之憤焉白之府，請身任其事，因部置遊徼蹤跡之，捕治殆盡，境中遂清，由是其聲籍籍直隷諸縣中矣。會御史時紀以婚媾致獄詞，連節之坐，罪謫戍威遠。未幾以疾卒，寔正統八年八月三日也，春秋四十九。

節之平生抱負固奇，初膺薦而起，即以功名自許。及丞長垣，雖以舉職見稱，其中恒鬱鬱不舒。其官舍有一樓頗高明，每公退，輒登樓吟嘯，悠然竟日，人莫知其藴也。方其謫戍，京師舊游送之城北。飲酣，衆皆傷其顛沛，節之忼慨自若，曰：「吾不憚居塞垣，惟死則已耳。幸不死，安知吾不能建功萬里外耶？」聞者笑且異之。蓋其壯志至此猶不衰也，豈意其遽死哉？嗚呼！其亦可哀矣。

節之前後兩娶，皆王氏。子男四人，女三人。卒之後三月，其長子玉扶喪歸葬于京城之南高村社之原。比葬，以中書舍人王君益夫之狀來請銘。銘曰：

吁嗟乎節之！馬之泛駕者不受靮羈，使得所乘千里而馳，奈何一縱終斥之？子胡不幸而類於斯？吁嗟乎節之！

武功集　卷五

史館稿

監古詩九首

伯陽右聞人，初非異端士。仕周官柱下，明習先王禮。嘗與仲尼言，所趣本無二。胡爲著之書，謬盭乃如此。始雖矯世俗，終焉害名理。嗟彼莊列徒，拯溺繼以水。發源自濫觴，波瀾浩無涘。瑣瑣方技流，一云師老子。橫議日紛紜，誰辨非與是？

楊朱老氏徒，世之狂狷者。雖令拔一毫，不以濟天下。宋有墨大夫，名與朱相亞。兼愛海内人，自視身可捨。哭岐與哀絲，各有清淚灑。仁義無君親，害道則一也。不有軻叟言，安能辨真假？

周衰道術裂，異論日棼如。申商務功利，莊列尚清虛。延禍逮狂秦，王制一掃除。炎劉始西興，六籍出燔餘。政術雖未純，復古憒一舒。何意浮屠氏，復起東漢初。至今中國人，好爲異端徒。豈無豪傑士？拒之極勤劬。吾道自弗勝，非彼不可袪。天運有反正，收功在真儒。

舜禹躬揖讓，羿浞還僭擾。湯武始征誅，爭奪何時了。弔民本仁心，終迺長奸狡。當年血漂杵，豈無一人殀？末流口實多，骨肉且相剿。懷中攫璽綬，猶云順天道。所以夷與齊，甘作西山殍。

周綱昔頽弛，諸侯多不臣。弗討膠舟賊，復有射肩人。文武澤未斬，子孫不能君。魯衛坐相視，焉用同姓親。幸有齊小白，問罪來漢濵。伯者固假義，天下憒一伸。管仲器雖小，孔氏許其仁。

林鵲知避風，壤蟻知避雨。物性雖爾微，其智亦可取。君子察幾先，小人悔事後。衛君一他顧，仲尼即返魯。醴酒朝不設，穆生夕去楚。申公一何愚，竟作髡鉗虜。不及垤鸛靈，明《詩》亦何補。

深淵含珠蚌，與物本無仇。以彼照乘珍，卒中漁人謀。匹夫亦何罪，懷璧乃其尤。斯高非有怨，權利起相讎。季倫生蓄財，死乃知所由。哀哉後來者，視此亦悠悠。

北上羊腸坂，太行高嵳峩。前車既已覆，後車來更多。知險不知戒，吾將奈斯何。西京任弘石，政令始乖訛。蕭傅非不賢，終以陷禍羅。東都十常侍，權勢相紛劘。豈徒殲士類，遂傾漢山河。唐人繼其後，一轍不知他。傷心百代下，感我重悲歌。

奸雄昔擅命，厥初皆有因。新莽將盜漢，光禹來相親。曹瞞竊神器，歆彧乃其賓。朝爲本國佐，暮爲異代臣。士也無節行，不及蜂蟻倫。夷齊雖餓死，千古稱其仁。

贈吴益之二首

京師富庶區，日夜聞絃管。紛紛貴游子，被服皆綺纂。流飲傳玉杯，瑚俎列珍饌。侈靡無不爲，志意各已滿。念爾窮居士，寂寞寓虚館。天寒霜雪間，門巷轍跡斂。藜羹常不糝，緼袍敝不煖。長誦仁義言，坐愁白日短。天道信難知，福善應可緩。嗟子固安命，爲友顔獨赧。慚負周急義，徒然勞永歎。寒風摧百草，蒼竹節獨堅。甘此凝冽苦，不媚豔陽天。君子安其分，貧賤亦當然。鷄鳴起爲善，入夜尋簡編。簞瓢吾豈厭，所志希聖賢。古人貽訓戒，惟勤乃無愆。良農務稼穡，知必有豐年。與子各勉勵，歲晚相周旋。

輓蹇少師

山立堂堂柱石姿，平生憂國鬢如絲。五朝盛德資匡輔，一代文臣在表儀。木秀上林曾幾日，星流華屋已多時。他年事蹟書青簡，太史還應有直辭。

賀廣寧伯劉公安襲封分韻得英字

先帝功臣總俊英，廣寧材略最知名。安父江以武功顯，太宗朝始封廣寧。珪裳雨露承新命，帶礪山河載舊盟。青海猶存戡敵壘，遼陽曾築受降城。江鎮遼東破倭寇，至今人猶稱其功能。亞夫自有前人烈，好盡丹心事聖明。

送張揮使皋致事還遵化

白髮先朝舊武臣，賜歸深荷聖皇仁。弓刀久已將傳子，甲冑從今不上身。漫用笙歌娛暮景，只憑尊酒度芳春。有時談及功名事，還把安邊策教人。

林泉歸老圖送葉孟謙

自别林泉久不歸，歸來兩鬢已成絲。經行猶識故園路，游釣未忘童子時。餘物獨憐黄菊在，閒心惟許白鷗知。輞川圖畫應能作，乘興還將寄所思。

送劉脩撰麟應歸侍親

錦袍色映綵衣新，却喜榮歸得侍親。十載雲霄雙白鬢，五湖風月一閒人。朝端故舊推文翰，鄉曲兒童識縉紳。甘旨調餘多逸興，儘將詩句送芳春。

題陸公謹〔一〕江湖遊覽卷

多君獨慕采真遊，萬里閒乘〔二〕一葉舟。瑶〔三〕瑟歌殘湘渚月，紫簫吹徹洞庭秋。懷僊有夢同蘇子，戀闕無心異魏牟。應羨此生能自適，底須騎鶴上揚州。

校勘記

〔一〕明詩鈔本「謹」字作「瑾」。

〔二〕明詩鈔本「乘」字作「情」。

〔三〕明詩鈔本「瑶」字作「瓊」。

輓劉司訓敎

飄風起天末，摧彼瓊樹枝。攀翫嗟莫及，渺然動哀思。若人儒林英，才名早見推。屢貢乃入官，始爲邑庠師。禄命胡弗延，功業負所期。故人具棺斂，千里舁喪歸。飛旐何翩翩，遥指西江湄。遺骨葬故山，旅魂復何之？楚招不可誦，空有淚漣洏。

輓袁知縣文理

袁子吾鄉彦，才高行又高。遠程淹驥足，小試枉牛刀。舊徑存秋菊，孤墳没野蒿。清魂招不得，含淚誦《離騷》。

奉聖李夫人挽詞

保翊先皇自乳年，恭勤終始幸無愆。方隨鳳輦遊雙闕，遽挽龍髯上九天。銀漢夜深沉婺女，瑶池春晚會緱僊。曾聞王聖宋娥事，還羨夫人獨爾賢。

賦得使君灘送江編修時用還蜀灘在蜀中蜀人相傳爲漢博望侯張騫使西域時嘗過此因以爲名云

風烟慘淡古灘頭，薄暮經過暫艤舟。茅舍漁燈孤照水，楓林霜葉半含秋。昔人謾説乘槎渡，今子欣爲衣錦遊。昭代文章方顯用，何須遠使覓封侯？

趙廉畫龍歌

趙生自以畫虎名，豈知畫龍筆更精？尺綃幻出數丈物，風雲頭角何峥嶸。乾端坤倪怳惚不可辨，勢排山岳翻滄溟。霻靇列缺走先後，耳邊隐隐雷車聲。吾聞僧繇畫龍不點睛，點之飛去入杳冥。生之畫龍有此不？要令一見變化形。于時四月旱無雨，田夫野老心憂驚。我欲攀龍升帝廷，爲君一借天瓢傾。大施甘雨溥八紘，雖以獲譴非所懲。但願得雨蘇蒼生，嗚呼安得如我情！

題金文鼎山水圖歌

此圖乃文鼎爲吾鄉人孫璿公器作者。高遠雄奇，殊可玩也。公器出視予求題，適有懷山之興，走筆漫爲之歌云：

我昔未冠時，遠遊至吴中。三吴名山盡登覽，最高乃是天平峰。天平之峰舉天半，矗然獨峙乎越江之西，楚江之東。不知去地幾萬丈，但見雲端秀出青芙蓉。虎丘林屋睨視在，左右莫得與之争長雄。紛紛群巘不可數，四面羅列如倪童。陽崖午夜宿星斗，陰壑清晝鳴雷風。下窺太湖若圓鏡，翠影交燭霞光紅。白雲泉水遥與銀河通，倒飲寒澗垂長虹。泉旁亭子何突兀，云是范公書屋之遺址，白石磊砢蒼苔封。我時所與共遊者，龎眉皓首四五翁。各有詩酒興，忘年樂相從。放歌浩蕩天地間，一時意氣知何窮。自從來京國，忽復十春冬。功名有夙志，塵累未能空。謬通金閨籍，久絶青山蹤。嗟彼尚素老，畫此何太工。憶吾所遊處，細看無不同。捲圖再三歎，使我心忡忡。胡爲蹩躠在塵網，貽笑猿鶴慚雲松。功成便當拂衣去，可待兩鬢垂秋蓬。

擬向范公亭前結茅屋，飲泉茹芝終老而從容。

正統元年正月三日謁景陵先帝小祥也

先帝乘龍飛上天，人間奄忽又經年。八音遏密思堯德，四海謳歌屬啟賢。金井于今看拱木，玉衣終古閟重泉。小臣攀慕嗟無及，獨抱遺弓淚泫然。

謁陵紀行八首

出土城

荒草寒沙野水流，問人云是古幽州。承平日久烽烟静，廢壘今成一土丘。

過清河

清河水清不染塵，依稀好似灞橋濱。可憐徹底月如鏡，曾照幾多來往人。

過沙河

陵晨驅馬過沙河，馬首青山看漸多。先帝園陵在深處，却將淚眼更摩挲。

宿吴翁莊

高原茫茫日欲斜，下馬且宿吴翁家。聊沽村酒成一醉，此夕又更新歲華。

經上林苑

黄葉平將苑路遮，行行桃李自横斜。相期更待清明日，來看春風萬樹花。

望居庸關

憑高遥望石城孤，西北群峰列畫圖。百二山河壓秦地，此中真是帝王都。

謁狄梁公祠

公心本自不臣周，唐祚中興實有謀。故邑遺民猶感德，獨存祠宇向千秋。

謁劉諫議祠

當年一策竟難行，後代空加諫議名。邂逅得從祠下過，獨持尊酒弔先生。

次韻酬孫孟吉見寄之作二首

知君文史富三餘，應有高才賦《子虛》。獨愧故人叨近侍，無言可薦馬相如。
北土春來氣未和，梅花開少杏花多。慚君却問調羹事，不識調羹事若何？

送劉侍講永清出爲廣東布政

十載承恩在講筵，出藩共喜用儒賢。深霑雨露辭天闕，徧布陽和向海壖。德厚自能馴異俗，心清何憚飲貪泉。薇垣應有鑾坡想，飛夢時還到日邊。

送錢推官之徽州錢，吉水人，院長習禮先生之族弟也。

名邦文獻有風流，喜作元僚佐郡侯。十載詩書窻下學，三春花木道中遊。紫陽祠宇烟霞古，寶婺溪源水石幽。推讞知君得家學，不慚宣靖在同州。

送顧廷璠還河南省墓

尊公掌憲在神京，爲念先塋遣子行。晴日鶯啼東洛路，春風花滿大梁城。鄉人應共推仁厚，祖考還須格孝誠。想及綵衣來反命，栢臺霜氣正秋清。

題枯木竹石圖贈翁鑑

告老歸鄉老樹無，傍枝蒼蒼倚修竹。寧希雨露滋，庶免霜霰辱。崢嶸歲將晚，寂歷在空谷。不有稅駕人，誰爲尋幽躅？

題筠槎群鵲圖二首

啾啾群雀鬧黄昏，半集枯槎半竹根。閒對衡茅披翫處，依稀似是翟公門。

古木槎枒亦自奇，疎篁相倚更相宜。鵷鸞不至秋風晚，斥鷃鷦鷯集滿枝。

鷓鴣圖

烟雨蕭蕭苦竹秋，感人常是叫鉤輈。披[一]圖無限江南思，不必聞聲也自愁。

校勘記

〔一〕《明詩鈔》本同底本，清陳田輯《明詩紀事》乙籤卷十六「徐有貞」條載此詩，「披」字作「按」。《明詩紀事》爲清陳氏聽詩齋刻本，以下簡稱「明詩紀事本」。

戲題靈鵲圖

主君憐爾識先幾，未惜喬林借一枝。日啄飛蟲充口腹，吉凶曾不報人知。

題邊文進花鳥

邊公花鳥冠當時，内苑皆稱老畫師。留得宣和遺跡在，令人披翫動哀思。

桐溪一曲二十韻爲越府良醫蔡孟頤賦

桐溪之水如環曲，曲曲周流繞山麓。溪上梧桐葉半彫，昔日曾經鳳凰宿。君家舊居梧樹陰，門俯溪流芳草緑。此處由來斷塵轍，惟開一逕通幽躅。迺翁自是詩酒儒，襟韻翛然出流俗。交游况有貝與程，貝闕、程某，皆嘉興名士。二老才華比潘陸。千年遺蹟共追尋，十詠于今猶記録。憐君仍有迺翁風，早結心期事幽獨。餘業祇存白石田，祕傳兼得青囊籙。晨出扶犁巖上耕，暮歸挾册窻前讀。明月臨磯釣不收，紫霞覆鼎丹常伏。自儗知章在鑑湖，還如李愿居盤谷。平生但分脩天爵，始願寧期致官禄。一朝醫國聲名著，累世活人功行足。王門日入曳長裾，帝闕時趨篋鳴玉。雲鴻本自好高飛，海鶴何嘗受羈束。恒羞垂白戴華簪，却欲歸休反初服。東風吹老杏林花，幾度山中春酒熟。知君稅駕難久留，安得相從一游矚。溪邊餘地如可分，歲晚爲鄰我當卜。

戲贈陳士謙

君不見僧繇作畫留寺壁，能令閻公加歎息。又不見王宰不受相促迫，至今畫苑無真蹟。人之才藝天所予，豈可吝爲人所取？縱令一筆直千金，只買北邙三尺土。我生愛畫亦是癡，君今不畫還可嗤。幸逢識者不肯爲，流俗紛紛安得知？寒家雖然飯不足，猶有生綃三兩幅。何當乘興一揮灑，坐使光輝照茅屋。赤縣圖，滄洲趣，輞川陳跡今何處？古人絶筆誰繼之，好手從來難屢遇。陳君陳君無我卻，便當解帶同盤薄。我今爲君翻却《丹青引》，一尊濁酒聊爲樂。莫將人事苦推辭，任是忙時也須作。若教必待不忙時，恐君復化遼東鶴。

閒樂軒爲丘處士岳題

高人謝塵綱，逍遥在林丘。襟抱寬且閒，汎焉若虚舟。心與白雲期，身將孤鶴遊。榮名非所傲，富貴非所求。有酒聊復飲，飲醉還復謳。悠然得真樂，終日常休休。嘅彼徇世子，戚戚何多憂。

閒居喜友見過

長林日色暮，良友來我過。寒居疎淡甚，其如客意何？賴有琴與書，聊復同嘯歌。旋沽一壺酒，山果亦無多。後園高樹下，席地坐坡陀。童子前勸酒，垂手舞婆娑。賓主情俱忘，驩笑不知他。豈無嘉讌會？未必得天和。君醉且莫去，初月在松蘿。

田家樂和友人作

壄翁力本業，家住青山郭。開歲課兒童，乘春務東作。脩犁駕罷牛，糞治未爲薄。幸逢風雨匀，不復憂秋穫。布穀桑上鳴，初蠶已眠箔。衣食計有餘，歲晏無荒落。時還新酒熟，就我田中約。鄰友三五人，相與共酬酢。老婦善羞饋，稚子解歌咢。村樂無音節，農談雜諧謔。稼穡雖艱難，閒情亦堪託。租稅不浮征，生涯免消索。帝力吾何知，聊得豐年樂。

寄孫徵士孟吉

一別孫徵士，于今已二年。誰談黄石略？獨製《白雲篇》。江海難容老，朝廷急用賢。知君行且仕，莫辦買山錢。

送于生

于生奇傑士，獨慕子長遊。足跡半天下，聲名動海陬。飄飄千里轍，浩蕩五湖舟。有勝必周覽，無奇不盡搜。彈鐔悲作客，投筆覓封侯。發憤辭鄉邑，觀光上帝州。拊心談世事，扼腕論邊籌。白璧羞輕售，明珠恥暗投。壯圖嗟莫遂，歸興浩難留。晴日熏絲帳，春風煖毳裘。野花明驛路，烟柳翳津樓。相贈應無物，臨分詠紫騮。

送蕭教諭鑾赴長洲儒學

鑾季父編修孟勤與余爲同官，有文名，鑾亦克世其學，詩以送之。

丹穴無凡鶵，渥水無凡駒。靈氣有所鍾，毛骨固自殊。西昌文獻區，况子世爲儒。諸父詞林彦，光價重璠璵。子才復似之，妙年振芳譽。蔚然奇秀質，不與常流俱。兹焉官學校，重是入仕初。勉旃厲高志，升彼青雲衢。湫鄉文教弛，振起在師儒。子今持鐸行，所望良不虚。聊將一尊酒，送子都城隅。微雨生朝凉，清風動衣裾。欲别復不忍，執袂少踟蹰。贈言情徒厚，獨愧非瓊琚。

挽施中立

醫名爲世重，齒德在人尊。有藥濟貧病，無金遺子孫。碧山虚皓月，孤塚易黄昏。舊種林中杏，于今幾樹存。

徐徵士子讓挽詩

徵君學行繼前脩，處世逍遥七十秋。跡比偉長居北海，名同孺子在南州。山中雲護新封塚，湖上春閒舊釣舟。帝錫褒章賁潛德，龍光夜夜照松楸。

殷文達挽詩

青歲飄零謫海隅，白頭猶幸返鄉閭。親能逮養心無歉，子克承家慶有餘。藝苑獨傳摩詰畫，士林空實率更書。治城山下清遊路，不忍重過舊隱居。

送薛僉憲瑄赴山東提督學校

聖明致化理，賢才以爲資。教育有本原，學校當先治。乃命在廷臣，出涖風紀司。薛君蘭臺彦，文名重當時。兹焉承詔往，清論共稱宜。繡衣持玉節，驄馬相光輝。既重使者權，兼爲士子師。東方文獻邦，善道還易施。洙泗風未泯，在君一振之。庶溥時雨化，無厲秋霜威。敷教貴在寬，古人有成規。臨岐何以贈？請賦《菁莪》詩。

送編修彭先生琉出爲廣東僉憲提督學校

使軺按學向遐方，新賜除書御墨香。馬首清風吹化雨，途間暑氣避飛霜。想當行部過梅嶺，還憶同官夢玉堂。淺薄曾從門下出，臨岐有贈獨彷徨。珵鄉舉時，彭先生爲同考官，深加賞鑑。及入翰林，遂忝同官斯文之誼，爲尤重云。

送楊光州昇

露冕承恩出玉京，幨帷高捲暑風清。論文舊擅無雙價，考課新書第一名。緑樹陰中尋驛路，白雲飛處見山城。不知五馬臨州日，多見兒童道上迎。

送陳通判艮致仕還閩

乞得身歸不少留，拂衣便上五湖舟。宦途已絶平生夢，人世渾忘老去憂。開徑還期來二仲，作亭應儗號三休。到家想及黄花候，未負東籬爛漫秋。

送朱文奂經歷還崑山

宦轍驅馳歲月遥，秋風雙鬢覺蕭蕭。獨求閒地依田父，不恨高才老幕僚。祖道一杯桑落酒，滄江千里木蘭橈。讀書堆下幽栖處，松菊蒼蒼晚未凋。

送衛府典儀陸顧行先生致事還雲間

陸先生乃是平原孫子，雲間之豪英，晋朝到今千有二百載，惟爾祖孫先後炳耀揚文名。吾聞先生少小時，出語已足令人驚。高才逸氣拔俗數千丈，敻若孤峰特立秋峥嶸。金馬門前獻三賦，白虎觀中論五經。當時諸儒盡推許，聲價翕赫傾公卿。顧行初以布衣召與修《永樂大典》，嘗奏詩賦稱旨，總裁諸公皆推重之。奈何造物故相厄？不使鸞鶴冲霄鳴。佐縣未及展，爲郎竟無成。顧行修書成，當得美除。不悦者沮之，出爲廣平縣丞。久之，乃轉今官。居然抱奇器，坎壈負平生。即今年已六十上，筋力雖衰志猶壯。櫪間老驥骨尚存，韝上蒼鷹神獨王。草書不減張旭顛，詩法還追李謫僊。酒酣興發莫能遏，大叫捉筆揮長篇。鞭雷走電繞茅屋，五色虹光生眼前。雙鬢蕭蕭看盡白，曳裾倦作王門客。世間名利染指餘，不學他人老貪得。西風吹衣涼似水，拂袖飄然還故里。高堂阿母幸無恙，好舞斑斕效萊子。先生長我三十歲，見我情親若行輩。忽然舍去所不忍，此後何因得重會？嗟哉先生不可留，忽忽即欲上扁舟。請留詩草藏篋笥，使我常將展玩消離憂。

壺中趣爲醫士李思訥賦

朝來賣藥暮仍還，深隱壺中趣自閒。日月潛行兩儀外，乾坤静閟一規間。凡蹤只隔汝南市，僊路應通海上山。此境無殊化人國，長房何事憶塵寰？

杏林春意爲王醫學賦

君家好似董僊居，杏樹成林繞草廬。芳氣撲簾風起候，緑陰遮户雨晴初。求醫客至鴉争噪，取果人來虎自祛。煉藥閒時春晝永，焚香細閲養生書。

題西華曹宗道所藏徐幼文畫二首

二月江南好物華，青青芳草帶晴沙。無邊水色兼山色，是處桃花間李花。蘭槳并摇漁子艇，槿籬深護野人家。向時遊樂今能記，天末孤吟思轉賒。右《春遊圖》

山頭雲氣如墨浮，山下溪泉皆倒流。清風捲去一天暑，凉雨飛來六月秋。竹嶼深穿苔徑滑，柴扉半掩草堂幽。元卿自得歸閒後，日與求羊語不休。右《春雨圖》

題秋江漁笛圖

江上西風雨乍晴，斜陽猶照半山明。扁舟之叟罷漁去，横笛時吹三兩聲。淅瀝但聞疎葉墮，悠揚還逐斷鴻鳴。年來亦有滄洲夢，忽漫披圖動遠情。

題韓退之度藍關圖

飛雪蕭蕭歲欲徂，藍關夐出暮雲孤。窮崖斷壑迷行跡，罷馬羸童憚遠途。萬里謫官非所避，千年名教有人扶。平生自是慕公者，不厭重題向畫圖。

早秋寫懷寄友人

風景淒迷思莫分，非關中酒自醺醺。秋來見樹多無葉，雨後看山半是雲。世路不堪長作客，天涯況復久離群。遥思谷口相期處，深愧當年鄭隱君。

題葉參謀士寧送子詩卷

子能盡孝父能慈，見重儒林亦所宜。萬里山川來省日，九秋風露送歸時。傳家淡薄師諸葛，勉學殷勤儗退之。客畔相聞深歎羡，再三披翫卷中詩。

送邵叔芳受封謝恩還余友御史宏譽之父也

半生林下養閒身，老受官封覲紫宸。五色龍章雲錦爛，數莖鶴髪豸冠新。朝端共愛王文度，鄉曲皆尊竇禹鈞。想荷皇恩無以報，殷勤教子作忠臣。

送馮翼夫教諭赴儀真

科名昔已著京闈，典教今看道有輝。就禄喜持毛義檄，娱親戲著老萊衣。月明江店砧聲急，霜落山城樹影稀。寄與淮南諸士子，授經從此得依歸。

送徐以寧上舍還崑山省親

角巾綵服泛僊舟，歸省仍欣是晝遊。充貢已申觀國志，承顔應慰倚門憂。蒹葭洲渚黄昏月，橘柚園林白露秋。早晚鶴書當趣召，故山未許久淹留。

送李司曆宗善之南京

淳風曆學舊家聲，况爾能官早有名。朝珮初辭龍尾陛，征帆遥指石頭城。靈臺夜静占星象，虚室朝閒測晦明。此外料應無俗事，好題詩句慰離情。

送宋宜齊告老還餘姚分韻得菊字

宋翁蕭散人，不受世羈束。未衰即解官，宦味染指足。朝辭北闕行，暮出都門宿。秋風拂征衣，歸心逐鴻鵠。關樹霜隕黄，河水雨添緑。輕舟順流下，南去如箭速。姚江舊隱處，白雲繞茅屋。懽迎有童稚，問候來親族。陶公千載上，可以躡高躅。把酒重陽時，好采東籬菊。

挽楊静齋静齋子寧仕刑部郎中

有生必有死，夜旦理之常。自古所共然，松喬亦渺茫。明哲循其分，委化復奚傷。形氣雖聚散，德音恒不忘。矧君有賢子，近侍能顯揚。祖送歸窀穸，千載永固藏。歌以相執紼，悽此薤露章。逝水悲已遠，遺芳存者長。去者如逝水，存者有餘芳。

挽偶志學

偶公江海士，垂老客皇州。不返幽栖處，終成汗漫遊。魂歸千里櫬，夢斷五湖舟。何用歌《蒿里》？臨風淚自流。

挽俞員外英

瀟灑俞員外，風姿夐絶塵。昔爲三署彦，今作九原人。後事存孤子，高堂有老親。凄涼送歸櫬，涙盡潞河濵。

哀張越秀才

高才自擬振家聲，玄造何因阏爾生。天上玉樓空有記，人間金榜竟無名。一編殘藁傳朋友，三尺遺孤託弟兄。道遠不能從執紼，聊歌楚些寄哀情。

哀李文學

公麟畫苑名空在，長吉詩囊藁尚存。欲弔孤墳無處所，臨風不忍賦《招魂》。

挽金文鼎

鶴城處士鳳池僊，蕭散人間七十年。書法遠追東晋上，詩才高出晚唐前。天機發見皆圖畫，世業相貽獨簡編。閒藉琴棋消日月，老紆簪紱在林泉。屢徵不起緣親疾，一命終霑有子賢。三畝空存揚子宅，五湖難覓米家船。傷心蒲滙塘邊路，深草孤墳黯暮烟。

輓胡生生大學士廬陵胡公之從子也

人生寄茲世，來去信靡常。昨暮尚相過，今旦奄云亡。卜宅既有期，祖載辭室堂。親友共執紼，送爾歸泉鄉。幽扃一以閉，永夜不復陽。向時英爽氣，蕭索之何方？江空歲華晚，蘭茝餘芬芳。榮名存與否，千古何茫茫。

壽劉均美九十

閒閲昇平九十春，襟懷渾似葛天民。蟠桃一熟三千歲，甲子重周五百旬。鍊藥不知容髮變，授書猶覺語言真。如君齒德俱堪重，寧下耆英會裏人。

送萬齋令陽朔

翩翩追風驥，一騁千里餘。置之百里途，無乃愁羈拘。子有卓犖才，臺省當高趨。如何爲邑宰，于彼瘴海隅。親交惜乖别，相顧興嗟吁。送子都門道，言盡意不舒。尚期惠遠人，無以跡自疎。中朝行有召，外邦寧久居。願言慎所養，善保千金軀。

送劉麟

两應賢良薦，仍聞報罷歸。君才非不稱，時命獨何違。客路交游薄，中朝故舊稀。親闈待調膳，莫脱老萊衣。

送姜學正赴河間

會遲嗟别速，此意不堪論。匹馬路千里，長亭酒一樽。官資寧恨薄，師道自爲尊。異日河間士，多應出爾門。

送王經歷得告還江寧

人生最樂是歸休，況乃君歸未白頭？千里雲山迎去馬，五湖風月落扁舟。卜居還近烏衣巷，學釣重尋白鷺洲。從此塵勞俱謝却，唯應二仲得從游。

送郭縉侍其父文通閤門還鄉

遊學多年客漢關，于今却喜侍親還。蘋風撥棹行如箭，菊露霑衣染就斑。詩句吟殘江上景，丹青寫盡道中山。異時畫苑書名姓，品第應居二李間。

送李遇之清河省覲遇父信圭爲清河令近以薦遷蘄州守有召赴京

清秋木落鴈聲哀，送客愁過郭隗臺。濁酒數杯臨水別，輕帆一幅背風開。錦囊得句夸長吉，綵服趨庭效老萊。早晚尊君當赴召，還從五馬上京來。

送黄同年瓚赴南京刑部主事

昔曾同步上瀛洲，才調如君實俊流。官在長安知近日，司分少昊去宜秋。孤舟風月多清夢，千里山川屬壯遊。想得紀行詩不少，須將寫寄慰離憂。

寄題泰和楊孟辯南軒

君家久住上源塘，新構華軒喜面陽。一派溪泉常繞練，四時花木自生香。當窗覓句青山近，閉户觀書白日長。想得學成經濟術，將應獻策入明光。

雙竹軒爲蕭高兄弟題

軒外蒼筠數百竿，兩竿特秀出林端。金聲細細和天籟，玉立亭亭對歲寒。雲表并巢栖彩鳳，月中交影舞青鸞。爲祥應在賢兄弟，高節清風好共看。

五渡寒漁爲吉水黄生賦

寒來五家渡，水落不生波。薄暮罷漁者，人人雪滿蓑。但令沽酒足，那計得魚多。相逐迴撓去，齊歌《欸乃歌》。

題墨菊

春色不如秋色清，獨憐黄菊傲霜榮。北窗終日喩相對，似與淵明有故情。

題徐恭梅南卷

雪後看山興味長，杖藜閒過瀼東堂。緣溪萬樹皆如玉，尋得梅花爲有香。

題　畫

兔不避韓盧與獵人，陽坡占斷雜芳春。披圖却笑王夷甫，三窟何曾得蔽身？

題張僊翁像

安期羨門知有無，驪山茂陵骨已枯。昔人不使今人悟，僊跡猶傳上畫圖。

和少傅東里楊先生送楊允寬還建安十絶句次其韻

尊公勳業隆昭代，令子才華著妙年。世美終期能繼述，傳經今豈羨韋賢？

每從梨嶺望金臺，思向高堂獻壽盃。衣制麒麟新瑞錦，春風滿袖日邊來。

嚴親見子心應喜，不問家人問庶氓。歷舉山川與風俗，從容説盡道中情。

娱親朞月在庭闈，芳譽人傳滿帝畿。日夕鴈行聯戲綵，知君孝友兩無違。

雨溢灤河水勢高，西風吹浪送輕舠。歸心爲喜親無恙，忘却來時跋涉勞。

相門才子人皆慕，况是關西百代孫。不佞忝居賓友末，也陪離席倒清樽。

東里建安今并相，何如旦奭在成周？言詩不獨論家契，芳澤期同百世流。

禁城鐘徹曙星明，霜氣秋高别思清。屬和深慙才淺薄，卷中詩伯是孤卿。

奇璞深藏未受沽，大廷珪瓚有時須。茂年黽勉承芳緒，九萬鵬程見遠圖。

龍津山水去京遥，萬木經秋翠不凋。懸想鄉鄰諸父老，已來溪上候歸橈。

附少傅先生原響

家住龍津好山水，楊整流澤百餘年。田園不待論生計，孫子森森秀更賢。

白鶴山前松栢地，春秋拜跽奠清盃。何堪父子關情切，萬里天涯幾度來。

嚴親一片丹心苦，上爲邦家下庶氓。白髮滿頭躬匪懈，遠來深慰暮年情。

春趨闕下侍親闈，秋别親闈出帝畿。已别欲行情繾綣，爲承親命敢遲違。

河上秋風九月高，臨河酹酒發歸舠。懸知一路思親意，回首京華夢寐勞。

曾看髫歲勤書卷，黑髮于今已抱孫。莫訝衰翁七十二，且同論舊倒離樽。

同宗同道同官署，金石交情三紀周。建安有子真麟種，慙愧吾家犬彘流。

娟娟玉樹照人明，儀表雍容意度清。珍重茂年勤德業，承芳終合到公卿。

良玉由來不白沽，但脩天爵待時須。君家忠厚多餘慶，請視流傳《萬木圖》。

故鄉南去路迢遥，紅樹凌霜葉半凋。桑梓人人望歸路，沿流休駐木蘭橈。

送顧僉憲謙致事還儀真

秋來高興在歸田，即日懸車不待年。栢府銀臺無夢到，西江東浙有名傳。清波環繞茆堂外，白鳥群翔畫舫邊。豸繡逍遥游樂處，傍人應擬是神僊。

送章同知士渤賜告還會稽

科名宦績著當時，乞得歸閒兩鬢絲。剡曲重尋栖隱宅，毘陵應有去思碑。雲迷驛路人行少，雪暗江天棹度遲。賀老風流猶未泯，千秋遥與結心期。

送沈員外之南京

禮曹自昔著能稱，却喜年來秩屢陞。雙珮朝天趨玉闕，扁舟載月下金陵。雪晴淮北山皆白，冬暖江南水不冰。粉署清閒公事少，梅花詩酒興堪乘。

送汝兵馬思聰歸吴江焚黄

衣錦游鄉日，焚黄上隴時。吴人應共羡，汝氏有佳兒。江水浮歌棹，梅花照酒巵。長橋風月夜，乘興好裁詩。

題蔡孟頤所藏謝廷循山水圖歌

謝侯康樂孫，善畫聞天下。平生用精力，可與古人亞。筆跡兼師董、李間，不獨區區論馬、夏。此圖乃爲蔡翁作，坐客觀之皆錯愕。如何咫尺素綃中，涌出千巖與萬壑。明滅赤城霞噴射，鱸峰瀑西連彭蠡。東具區一片，瀲波浸寥廓。夜間常聽山雨聲，松風捲屋秋濤鳴。翁醉欲眠魂屢驚，夢中髣髴逢僊靈。曉來不知畫在壁，但見雲氣白白山青青。何人坐傍石磯釣？有客吟對滄浪亭。恍然在目不可即，中疑有路通蓬瀛。我生自抱山水癖，况與蔡翁心莫逆。昨向翁家看畫還，憶著故山忘寢食。擬買匹絹尋謝侯，請爲我寫江南秋。青楓岸，白鷺洲，閒泛淩風一葉舟。聊藉丹青寄心賞，他年願學鯑夷遊。

為楊允寬題墨竹二首

老竹猶存宿鳳枝，春雷驚起籜龍兒。看他个个參天長，盡有淩霜傲雪姿。

夢上崑崙五玉城，吹笙戲引鳳凰鳴。覺來月在西窗外，滿耳清風動竹聲。

陳節婦

浮梁陳節婦，節孝世罕儷。青春失所天，貧居守煢嫠。上有垂白姑，下有在乳兒。辛勤事機杼，營致食與衣。養育幸弗匱，遑恤身寒飢。豈無求聘者？此心矢不移。于今五十年，玉白無瑕疵。姑没子長大，婦鬢亦已絲。有司近以聞，始爲上所知。旌門荷明詔，鄉里共稱宜。我聞貞婦事，再三爲嗟咨。懿此節之孝，伊惟女流規。馮公臣五代，老死不知非。名節苟弗立，丈夫亦奚爲？我爲貞婦詩，詩中無愧辭。

送麴將軍督海運還鳳陽

將軍吾之深友也，平昔爲人重然諾。翩翩儁氣出凡群，萬里秋雲飛一鶚。古今書史貯滿腹，何止六韜與三略？匹夫之勇有不爲，一劍之技應羞學。從來與我心莫逆，每見相期爲管、樂。我才自揣無可施，已分退藏如屈蠖。將軍固是用世者，胡亦遑遑靡所託。前年一麾離宿衛，出扞中都佐留幕。居然不得展所長，有似驊騮遭縶縛。今年督漕過海東，獨駕樓船觸蛟鰐。乘風破浪亦已奇，横槊賦詩還可愕。事閒因入覲天子，金帶鞶囊暎朱襮。忽然相遇疑夢中，談笑風生宛如昨。且拋身外萬種愁，共盡尊前片時樂。酒酣拂袖爲起舞，不覺桑榆日將落。明朝復當分手去，南北東西天一角。丈夫欲了此生心，直須圖像麒麟閣。

松雲軒詩爲進士陶元素賦六章

翼彼華軒，清溪之湄。有美君子，於焉栖遲。

欝彼喬松，左右成林。有渰其雲，依林以陰。
松兮蒼蒼，可棟可梁。焉得匠石，薦之廟廊。
雲兮油油，以潤以澍。願從神龍，雨彼下土。
維松與雲，君子儀之。用舍在天，進退惟時。
我作此詩，載詠以吟。彼美君子，實同我心。

雪霏四章

雪之霏矣，于彼陽春。霧之霿矣，于彼清晨。曰翳其日，亦晦其天。嗚呼曷然，茲惟何人？

霏霏其雪，霿霿其霧。爰萃于茲，夫何之故。我將行遊，不知其路。歎息言旋，兀然而寤。

其寤伊何，其憂實多。山匿其雲，水止其波。鳥之歸矣，迷彼林阿。援琴欲拊，曷以嘯歌？

維雪惟霧，何日其除。載和載明，百物咸舒。策我名馬，駕我名車。以遨以遊，于彼康衢。

友松軒

古人去已遠，良友邈難求。松也雖植物，允爲君子儔。風霜操何厲，棟梁材獨優。孤直恒寡合，特立誰與侔？若人高世志，恥交庸俗流。尋此歲寒盟，結廬林中幽。盤桓自成趣，吟哦以忘憂。閒情無厭斁，安知春與秋？笑謝桃李輩，吾寧從爾游。

題唐氏南園雅集圖

吴中盛文會，濟濟多英彦。唐君賢父子，世入儒紳選。園林足清賞，賓侶時游讌。竹下布棊枰，松間置琴薦。臨池揮彩毫，接席披黄卷。深論今古情，高騁天人辨。觴酒肆清歡，賡詩驚白戰。蘭亭千載餘，陳跡斯一變。圖畫傳京師，聞風遠相羨。寄言戒流靡，雅德庶堪踐。

吴門送徐南伯之京

吴門美酒春一壺，送君千里之皇都。皇都勝概壯且麗，天開閶闔青雲衢。聖明天子正當宁，臣工贊輔皆文儒。三俊九德并登用，寸長尺善收無餘。男兒立身當此日，可復栖遲在蓬蓽。取人今也非一途，有才俱得爲時出。孫陽廏裹騏驥多，匠石肆中梧檟集。鵬擊天池風九萬，魚躍龍門浪三級。憐君才調亦已奇，入仕此行應可期。駿足由來有法相，良材未必無人知。東風澹澹江波微，明當擊楫浮渡之。壯懷不及戀鄉土，莫向尊前言別離。

題謝孔昭爲徐汝南寫湖山圖

葵丘居士吴中傑，畫筆詩才兩清絶。平生白眼傲時人，人有求之多不屑。滸溪漁隱孺子孫，氣誼相孚獨深結。高標逸韻與之齊，玉樹冰壺雙皎潔。間來對酌遂幽軒，一笑俱忘滿顛雪。山光水色照清尊，飛翠浮藍手堪擷。葵丘醉後興更奇，擊筈悲歌聲激烈。揮毫灑墨作新圖，欲與王維較工拙。只今已是十年餘，人物凋零風景别。二賢蹤跡共寂寥，惟有畫圖當座揭。我來已晚不相知，聊復題詩效燕説。湖山在目只生愁，爲誰把酒臨風月？

墨君歌

此君自有龍鳳姿，昔賢往往皆愛之。我與流俗不相合，一見此君心便怡。世人紛紛附炎熱，此君獨解凌霜雪。世人朝盛暮衰歇，此君獨抱堅貞節。軒后起居於嶰谷，製律陰陽分二六。堯作大章用一夔，君不佐之功不足。瑶庭琳館君不榮，茅舍疎籬君不辱。春風春雨長兒孫，湘北湘南滿宗族。貧居得君不覺貧，氣味自與君子親。流風消却人間暑，餘力掃清天下塵。伊誰爲君寫此真，倏然盡得君風神。我欲延之當座右，日夕與君爲主賓。

登穹窿峰二首

平生自是好奇人，每上奇峰不厭頻。洞祕陽精生赤汞，雲盤僊磴挂青旻。仰看南斗懸三尺，俯瞰齊州眇一塵。好笑退之胷次小，却登華頂淚沾巾。

吴中奇勝説穹窿，却喜登臨興不窮。秀色夐分群巘上，孤標高出大江東。雲連澤國城微見，洞與蓬壺路暗通。此境人間應自少，題詩况有浣花翁。

題方推官矩所藏金璡烟雨萬竿圖

玉峰太卿吾懿親，寫竹當年稱絶倫。君從何處得此幅？妙逼雲林幾入神。金生于時雖晚出，寫法亦爾能超逸。昨爲方侯作此圖，筆趣蒼然意精密。滿堂觀者盡驚目，恍若置身湘水曲。溟濛黯淡烟雨中，萬條寒玉森如束。疎疎密密知幾行，梢雲有似緑沉鎗。黑濡龍鬛紛夭矯，翠濕鳳羽低回翔。微茫不辨昏與曉，髣髴如聞啼越鳥。靈娥愁影有無間，二十五絃彈未了。涼飈颯颯吹人袂，撫玩蕭然有秋意。太卿僊去不可追，遺墨空留在人世。信知墨妙不易得，爲語方侯須寶祕。憑君好爲一襲藏，雖有千金莫輕棄。羨侯自是鵷鸞匹，五色文章耀毛質。卑栖佐郡已多時，上林早啄琅玕實。

題徐氏遂幽軒卷

隱居求志不求名，雙鬢蕭蕭眼獨青。吳下詩人多結社，閩中士子盡傳經。雲迷李白空山塚，月冷揚雄舊草亭。夜讀遂幽軒裏卷，愁看天際少微星。

題耕漁軒

鄭谷嚴灘事可求，千年心跡共悠悠。春山種破雲千頃，秋水垂殘月一鈎。醉後枕肱眠碧草，閒來濯足向寒流。當時風致今誰見？林影波光總是愁。

題張仲文積慶堂

慶錫本自天，積善乃得之。如彼求穀者，良田以爲菑。耕耘苟弗勤，收穫安可期。張君孝友胤，世美能濟茲。家富不自封，兼恤人寒飢。豈云色取仁，秉心良獨慈。森然諸子孫，總有蘭玉姿。報施理自然，顯徵將在斯。勗君有聖戒，請玩《易》中辭。

游玄墓山聖恩禪院次金公素學士韻

蘿逕縈廻手倦攀，白雲只在半山間。鹿眠花下僧縫衲，鴉噪林前客扣關。石澗流泉和磬響，松梢落雪點衣斑。欲知何處宜禪悦，秋月娟娟水一灣。

題水木清華亭爲吴大尹克禮賦二首

螺江幽景似西池，獨搆林亭傍水湄。銀練浮光涵翡翠，碧雲流影入玻璃。奇觀盡在風生處，佳趣偏饒月到時。題咏不須招别客，清新自有叔源詩。

才華不減謝尚書，佳致曾聞説故居。水色映簾金瀲灩，松陰覆檻緑扶疎。閒來倚竹吟招鳳，醉後投竿學釣魚。宰邑于今方著績，明時未許賦歸歟？

題王孟端墨竹二首

孟端死後風流在，墨竹應傳千載名。可愛一枝烟外玉，依稀標格似他清。

不見墨君三十載，忽然相對在窻間。只應化作蒼龍去，却向天池施雨還。

輓滕孟莊

憶昨東家共酒尊，春風坐席笑言温。死生豈料一朝異，文字空期萬古存。故墅白雲長寂寞，孤墳明月自黄昏。淒凉無限懷賢意，漫賦南招弔楚魂。

題雲溪卷

伊人謝塵跡，深隱谿中雲。心與水俱潔，身與雲爲群。獨釣灘上月，耦耕巖下春。有書教稚子，有膳奉老親。適已良自足，願不及玄纁。往來無俗客，遊處多高人。嗟余縻宦轍，心賞無由申。幽期倘云遂，歲晚當卜鄰。

雲谿深處爲華彦謀

雲溪溪水碧玉流，流繞白雲無盡頭。雲外湖波遠相接，鏡光一片涵清秋。君家久在溪邊住，深入雲深更深處。軒窻面面對青山，庭户陰陰列芳樹。扁舟幾度遥相覓，每被雲迷不能即。春來却有桃花水，流出雲中見蹤跡。主翁見客喜欲狂，呼童具酒開中堂。飛紅墮翠點几席，風泉林籟清琴張。一觴一咏情未了，移坐臨流近鷗鳥。更邀明月出雲來，照我鬚眉何皎皎。我愛雲溪復愛君，那堪一遇便離群。玉堂後夜如相憶，還夢溪頭弄白雲。

題倪雲林墨竹

江東清士有斯人，瀟灑風姿夐出塵。不是偏能寫修竹，只應留意自傳神。

又和朱逢吉韻

雲林舊隱復誰過，遺墨人間見獨多。何處僊游招不返？應騎緑玉上天河。

題雪霽圖

大峰小峰銀削成，千樹萬樹瑶華明。流泉落澗半作冰，溪路漫滅坳崖平。招提深入雲幾層，隱者茆廬門晝扃。烟火寂寥鷄不鳴，林間烏鵲飢無聲。危橋瘦馬客獨行，似是浩然來灞陵。两肩山聳破帽傾，噤寒不吟風骨清。披圖動我探梅情，飄然欲結幽人盟。咄嗟塵務紛相嬰，未許擺脱逃時名。放歌激烈清風生，夜深飛夢入蓬瀛，十二瓊樓五玉城。

續牡丹詩三首點校者擬

宣德丙午余始冠，奉先君之命來訪親舊於吴。踰年而還，時得中王處士以斯文結忘年之契。其家有園林之勝，屢嘗邀余過之賞花賦詩，意甚樂也。自余之北，及忝科名，官翰林，每公暇，思及鄉園，未嘗不往來於懷也。正統丁巳，余扶先君之喪歸塟。得中年幾九十，屢來慰余墓廬之間，且助之襄事。余德其人固厚，然在哀疚，不遑一至其家。及既服闋，始往謝之，又不暇以留，得中甚怏悒。今余治裝將行，彊請過焉，謂曰：「昔之牡丹，固無恙也。今方盛開，請爲賞之。」余因重其意而從焉。得中因置醴以飲，出一卷與觀，則丁未歲三月庚子賞牡丹之詩也。追想舊遊，恍然如夢，幾不認爲余之手書。其後復有詩十餘首，皆吴中名士所和者也。顧視鄙作，如置燕石瑾瑜之間，殊愧幼年之率爾。亟請去之，得中固不肯去，且求續題。余笑曰：「一之已甚，其可再乎？」然亦不能已也。復賦三律續前爲四，非以言詩，聊紀舊游云爾。時正統已未三月三日也。

花開獨步晚春時，總殿群芳不恨遲。選色合魁天下艶，論香應擅世間奇。光摇縷粉風微動，影倒圓瓊月半欹。豈特品流居富貴，濟生尤與藥中宜。不到君家十五年，重游喜得醉花前。堯夫評處言幾道，太白吟成句欲僊。色借露華含曉潤，香生霞彩發春妍。明朝一櫂天邊去，回首東風却惘然。自別花來幾歲華，何期載酒復看花。愧予才調非蘇子，喜汝園林似魏家。一捻脂痕紅印玉，两重粉暈白韜霞。舊游已歎如春夢，後約還憐日月賒。

淵明歸去圖

平生羲皇人，肯受世靮鞿？千鍾不折腰，况乃五斗微？扁舟返柴桑，秋風拂輕衣。俛仰千載下，非君誰與歸？

題畫次士謙韻

雲滿溪南溪北，泉通山後山前。縱使琴彈古調，不及松風自然。

題張無爲墨竹歌

龍虎山中老僊客，愛寫琅玕時戲墨。昔曾騎鶴過三湘，覽盡三湘秋月色。三湘月色澄清景，水闊雲空鏡光冷。簫聲驚起玉淵龍，萬丈銀河挂修影。靈娥擁瑟不勝寒，二十五絃彈復彈。淚珠灑入緑雲裏，千古秋風吹不乾。僊游已絶平生夢，僊筆空留世間重。爲君漫賦《修竹篇》，我欲朝陽聽鳴鳳。

農樂二首

嗟爲農之樂兮，樂以無違。朝出耕兮暮來歸，春以播兮秋穫之。賦輸官兮餘我私，父母足養兮妻子無飢。周鄰里兮及親知，維兹樂兮無終期。

嗟爲農之樂兮，樂且無患。三時既勤兮冬以閒，喜則遊兮倦而還。榮辱不與兮休戚不關，我食我力兮人無我慕。彼龐公兮遺子以安，維兹樂兮其無後艱。

正統己未四月六日余起復赴闕道經惠山既飲第二泉過聽松庵少憇庵主霦禪師出少師姚公少保黄公題壁二詩求和率爾走筆步韻與之

雲林深入逕微通，片片飛花點袖紅。日暮停舟愁别去，便當借榻聽松風。和姚韻

白雲深處置禪關，看盡江南無限山。不獨聽松還聽竹，龍吟聲裏帶鳴鸞。和黄韻

題花鳥

翠摇風欲生，紅濕雨初墮。幽鳥啼一聲，春夢忽驚破。

白榴鳥

玉榴如玉罌，色與諸花别。栖禽不敢銜，疑是枝頭雪。

雲山圖

南山八千丈，突兀倚天半。白雲何處來？從中忽遮斷。雲外不知雲裏形，峰頭

微露一分青。此中應有高人隱，我欲相尋一扣扃。

題陳内侍鼎所藏畫四首

許由洗耳

箕山潁水渺烟蕪，洗耳當年事有無。千古丹青寫遺蹟，還應寓意警貪夫。

夷齊採薇

扣馬歸來意若何？西山愁絶《採薇歌》。能存萬世君臣義，功比周家尚父多。

銀漢泛槎

斗牛宫闕逼星辰，此處寧容客問津。萬古銀河空有影，不知誰是泛槎人？

松崖唳鶴

僊禽獨愛萬年松，棲處宵看海日紅。惟有蓬萊宫裏客，常聞清唳碧雲中。

題梅華鸂鶒圖

萬片瓊瑶萬斛香，散將春意滿寒塘。水禽更比霜禽好，偷眼臨流看淡妝。

題烟雨萬竿圖

疎雨輕烟景渺茫，披圖髣髴是瀟湘。不知萬个琅玕裏，若箇真堪宿鳳凰。

送何檢討孟奐南歸

先皇昔御文華殿，東觀諸生蒙召見。二十八人同奏名，一時并與登瀛選。何君自是文中虎，炳炳才華驚罕覩。從兹拜命爲史臣，翰苑于今見翹楚。我才自愧無可觀，同年同選復同官。交情不啻比金石，氣誼直欲和芝蘭。嗟我居憂已三載，釋服重來喜君在。如何一旦復分携，北馬南鴻不相待。憐君還是沐恩歸，歸時鄉里生光輝。登堂稱壽拜嘉慶，宫袍錦炫斑斕衣。尊公年高幸無恙，白髮烏紗擁鳩杖。籃輿春墅日從游，此樂何殊在天上。知君志意良自得，别君我獨情悽惻。當時同輩今漸稀，君去將誰論胸臆。人生所重孝與忠，忠孝两盡名無窮。爲子願如曾與閔，爲臣願如諸葛公。君今委質事明主，豈復山林久閒處。鶴書有召須早來，莫忘都門别時語。

孟奂博學好問，詩故及之。

題牧童圖二首

東皋牧罷晚涼天，牛背横騎穩似船。學得山歌猶未熟，避人唱過柳陰邊。

生來便解跨烏犍，短髮鬅鬙始被肩。誰道不知憂稼穡，學歌也只唱豐年。

題畫二首

閒居無事常閉關，高臥日看門前山。人間車馬不曾到，唯有白雲相往還。

赤城霞氣逼高秋，廬岳飛泉瀉漢流。近日終南成捷逕，更無人向此中遊。

題畫鴞

枝頭一鴞睨秋雲，妖鳥驚飛不近身。直道立朝群佞伏，當時汲黯是何人？

陳從道挽詩

高隱居南墅，華宗出太丘。生涯惟稼穡，儒業是箕裘。自有烟霞癖，曾無利禄謀。山中靈運屐，湖上志和舟。酒侣時相命，詩朋日倡酬。俄成千載夢，竟作九原遊。潛德徵阡表，哀情付紼謳。沙頭新月色，愁甚不勝秋。

俞漢遠輓詩

翛翛野鶴在人群，意氣由來軼世紛。畫筆不曾輕售俗，儒冠無那久從軍。故廬夜掩山陰雪，孤塚秋迷剡曲雲。手跡尚存春草障，幾回披玩挹餘芬。

寄施堯卿兼簡杜用嘉四首

平生心趣在依仁，特築園廬爲卜鄰。宦跡愧如王給事，柴門今亦鎖松筠。

憶同閒步竹林時，曾許分栽屋後池。秋至綠雲知已密，獨憐詩酒負幽期。

秋深藥圃菊花黄，應念鄰人在異鄉。杜老會間多賦詠，莫教嘲誚到西莊。

别後無時不憶君，憶君情緒只紛紛。玉堂退直憑軒望，目盡江東一片雲。

頤老堂爲楊寺正玹賦

薇垣棘寺盛名存，賜老新承聖主恩。盡取橐金延故舊，獨留書籍遺兒孫。丹山碧水詩千首，明月清風酒一尊。洛社于今陳跡遠，素心宜與古人論。

平安堂爲葉玄圭賦

若翁手種庭前竹，近閲人間幾歲寒。老幹特標蒼雪外，孫枝秀出碧雲端。清風不改千秋意，高節將應百世看。王氏三槐久摇落，此君尤喜獨平安。

九月二十五日賞菊吴編修席贈葉縣尹别分韻得菊字

盍簪及良辰，賞此霜下菊。主人情自真，來客有不速。共爲文字飲，彼我盡中曲。舉白泛落英，扣壺歌《伐木》。日夜興未闌，促席更秉燭。眷兹同袍友，作宰向南服。合稀離日多，懽過憂思續。託交在斯文，道誼庶相勗。所希各康健，後會還可卜。

永思堂爲朱良暹御史賦

親有罔極恩，子有罔極思。思之不能報，徒抱終天悲。憐君篤孝人，早歲勤書詩。欲養親不逮，得禄已後時。悠悠風木心，持此將語誰？嗟我同所感，哀痛中自知。相看各飲泣，興言以見詒。惟當崇令德，顯親良可期。

懿訓堂爲温州劉太守謹賦

永嘉賢太守，能子復能孫。不負嚴尊教，寧忘祖母恩。政聲聞外郡，陰德見高門。懿訓遺千載，芳名與共存。

送虞新息瑛還官

同步登瀛廿八人，當年文采動星辰。别來嗟我憂偏重，相見憐君意獨親。驥足須當千里駕，鳳毛合是九霄賓。天書不久將徵用，還與聯班侍紫宸。

送黄布政叔志致事還吴興

中外從官兩鬢皤，西風歸興在烟蘿。力辭藩寄求閒去，心戀皇恩奈老何？明月樓前秋色好，鷗波亭畔晚涼多。錦袍金帶扁舟上，不儗休文儗志和。

敬訓堂詩爲彭僉憲毓敬賦七章

維木有根，維水有源。矧伊斯人，敢忘厥先。

我祖有訓，我父承之。遺我昆弟，俾嗣于茲。

曰孝曰弟，曰忠曰義。以循以學，以處以仕。

聽于我耳，識于我心。有不敬念，祖考實臨。

既其念焉，必體于躬。念而弗體，與罔念同。

相古先民，壹恭父命。厥有顛隮，則由弗敬。

凡我同氣，維訓斯服。我子我孫，世世無斁。

送姜檢討啟洪還臨川省覲

君歸自是錦衣遊，我爲分攜獨有愁。今日同年看漸少，平生知己惜難留。夢回天北孤舟月，目送江南一鴈秋。應念先皇恩未報，莫因閒散戀林丘。

送廣東劉方伯永清致事還荆州

紫袍象簡拜彤墀，喜色盈眉樂可知。仕宦正當全盛日，歸休還及未衰時。玉堂金馬無來夢，蜑户蠻丁有去思。鄉里後生多好學，春風門逕得從師。

送彭僉憲還官廣東

王化今無外，儒風合大行。番禺尤順軌，鄒魯與争衡。出督黌宫政，須資藝苑英。肆膺青刹薦，兼奉璽書榮。萬里巡應徧，三年績有成。乗驄初入奏，持節復遐征。化雨隨方澍，文星傍海明。遥知行部日，絃誦滿諸城。

牧牛詞

大童髮遮目，小童頭半秃。日日跨牛同放牧，陂南草深没人處。水畔蒼蒼多老樹，婆娑樹底恣游嬉。牛飽牛飢總不知，早歸却怕家長駡，聊復遷延到昏夜。

題夏圭小景

水光林影浄無塵，觶翠翹紅滿眼新。髣髴行春橋畔路，可憐不見共遊人。

送張僉都御史純弟還荆州

省兄來萬里，非慕繡衣榮。不憚風霜苦，還因手足情。鶺鴒原上思，鴻雁水邊聲。臨別無他語，惟應保令名。

送章教諭士言告老還臨川

老去宦情薄，秋來歸思長。筆耕餘舊業，書卷半行裝。碧岫牽詩興，紅泉釀酒香。應悲倚席者，白首不思鄉。

送隆上人赴鳳嶺静明寺住持隆名僧，頗能詩，寺在南京。

遥聞卓錫處，寺隱白雲深。開士今支遁，名山古定林。水漚空幻跡，江月印禪心。料得繙經暇，新詩可賸吟。

送劉釪侍母歸安成

敬將嚴命别高堂，遠侍慈親返故鄉。緗帙賸裝書笈内，綵衣不離板輿傍。風高紫塞飛鴻雁，月滿瑶臺集鳳凰。賢父賢兄期望切，青雲接武好翱翔。

輓陳侍讀叔剛

翱翔栢府與蘭臺，進講文華近上台。晝錦方看榮省去，秋風忽送訃音來。天何獨嗇元龍壽，人所同憐慶復才。望斷閩山埋玉處，《大招》歌罷不勝哀。

輓叔剛父御史公仲昌

名重鄉閭月旦評，詩書不墜舊家聲。栖閒獨結鷗盟久，垂老還膺豸繡榮。豈料哲人俄謝世，更悲賢嗣毁傷生。玄堂一奠何由致，拭淚重看太史銘。

鵞溪清隱爲永新楊靈鳳賦二首

鵞峰峰下鵞溪水，影照秋毫徹底清。一點紅塵飛不到，此中偏稱隱居情。

年來亦有滄浪思，千里聞風感興多。何日扁舟溪上過，試聽孺子《濯纓歌》。

送陳潛江敏政還官

相逢傾盖即相親，應喜情真似古人。百里皆從虙子化，一官獨類庾郎貧。來時籬菊初開雨，歸路江梅已破春。此去所期尤遠大，不須回首重沾巾。

題暮雪漁歸圖

千山萬山同一雲，溪南溪北路不分。磯頭老樹凍欲折，落葉紛紛雜飛雪。荷莎冒寒收釣絲，得魚恰充沽酒資。晚來逐伴還家去，不識茆廬在何處？

題郭文通山水圖歌新圖

一見生秋意，萬壑千巖吐雲氣。何人著筆能到此？郭老丹青真絶藝。天台雁蕩尺咫間，廬峰瀑布懸眼前。浮嵐湧翠滿空際，中有僊路難攀緣。誰家茆屋楓林下？石橋看度騎驢者。飄然自是塵外人，招與之言不相惹。吾聞古有隱君子，避世當年甘餓死。一從四皓出商顔，懷寶人人欲求市。南山捷徑久已成，《北山移文》空勒銘。蠅頭蝸角争者衆，何獨樊英虚得名？我尋真隱應已久，將謂其無還恐有。便從郭老請問之，畫中之人曾見否？

挽汪泳僉憲父克己嘉興人，年二十七而卒。妻唐有節行。

每讀墳前表，難禁淚泫然。方回空有德，似賀獨無年。同穴惟貞匹，承家實象賢。春波門外路，芳草自芊芊。

題謝庭循畫送周頌

美名今已播京師，往佐藩垣定見知。贐物無如摩詰畫，贈言有愧少陵詩。紅蓮緑水相依處，南浦西山獨眺時。公暇想應多雅趣，還能揮灑寄遐思。

賦得枌榆壽周玉成八十

退庵老人列儒儒，一登仕籍即隱居。門邊喜讀種樹書，繞屋徧栽枌與榆。初栽不過尋引長，年來皆長百尺强。秀色青青深雨露，喬柯挺挺凌烟霜。幽處還殊鄰城下，風景依稀古豐社。緑陰匝地掃不開，掩暎東鄰與西舍。老人今年開八袠，歲首欣逢初度日。青錢自足買青春，不必瑶池覓桃實。社中之人致好語，祝翁壽考如彭祖。還看此樹八百秋，長與庭前大椿侶。

題閔德玉江湖清趣卷四首

平生心趣在江湖，自儗當年越大夫。春去秋來遊不厭，風光處處盡堪圖。
二月東風起緑蘋，吴山楚水不勝春。扁舟來往相逢者，多似玄真與季真。
羽扇綸巾坐小船，半如漁父半如僊。閒來唱徹江南弄，柳下停橈試採蓮。
三江西下五湖東，千里秋乘一櫂風。夜泊滄洲微醉後，臥吹玉篴月明中。

題李宗善師善堂

脩德何所本，主善以爲師。阿衡有遺言，請爲君誦之。泰山五嶽宗，丘垤所不遺。滄海長百川，細流實同歸。凡人有淑行，取之皆我資。物理惟一原，博求約以持。欲成萬仞臺，必由咫尺基。乃知致高大，本來自忽微。勉遵聖途軌，德成端可期。

輓楊文敏公二十韻

武夷南紀秀，神降實生公。麟夢來天上，鸞祥下月中。德門宜顯大，盛世早登庸。魚水君臣契，鹽梅輔弼功。三朝承顧命，一代號儒宗。北伐曾陳策，東征復効忠。用奇方德裕，應變似元崇。功烈今如此，遭逢古莫同。經筵敷聖學，綸閣贊天工。七袠人稀有，孤卿爵并隆。名高唐内相，秩比漢司空。展省情初遂，衰遲疾寖攻。還鄉榮衣錦，過處望儀容。家已離千里，心惟戀九重。忽隨先帝駕，長往化人宫。哀訃聞天北，靈輀返浙東。日遠功名蹟，雲消富貴蹤。下應虚衆望，上迺動宸衷。身事全生死，君恩盡始終。九原知不憾，無淚灑秋風。

壽楊東里少師二十韻

間氣生英傑，由來邁等倫。夢符金鸑鷟，瑞應玉麒麟。七袠今踰五，孤卿命屢申。朝端元德老，天下達尊人。傅説興商野，阿衡起有莘。鹽梅調鼎鼐，黼黻煥經綸。三捧升天日，重飛出海鱗。講經開聖學，論道毖皇仁。品彙歸陶冶，光儀表縉紳。名方前輩盛，文復古風淳。報國丹心切，憂民白髮新。行藏惟徇義，進退不謀身。清白真無忝，忠貞喜有鄰。周廷留保奭，漢室倚宗臣。傳紀桑生晢，詩歌嶽降神。嘉平當令節，初度届兹晨。星彩輝南極，台躔暎北辰。登門無雜客，在席總佳賓。桃實三千歲，梅華幾十春。年年天錫慶，壽酒莫辭頻。

寄題羅衡挹翠樓

結樓高對北山岑，近接琪林秀色深。雲影嵐光浮几席，風花雨葉撲衣襟。閒來每獨憑闌立，興至時還拄笏吟。久矣聞君多雅致，何當載酒一相尋？

送楊能文敬遊錢唐詩并序

能字文敬，今游擊將軍鎮朔參將都督楊公之從子也。體武資文，禮賢重士，謝綺紈、毬馬之習，事山水琴詠之遊。前遊維揚，久之乃還。今兹聞錢唐湖山之勝，復買舟而南。過京師詣余言别，因乞歌詩以華其行。余方有五湖之思，遂爲援筆賦之。一以壯文敬之遊，一以寓余之意云。時正統庚申二月三日也。

楊公子，百不憂，生居將門薄封侯，琴尊寓高興，山水豁吟眸。去年看花到揚州，今年復作錢唐遊。錢唐勝概曾聞説，右界勾吴左於越。濤江壯觀且莫誇，西湖風景尤奇絶。西湖近在郡城西，萬頃澄波望欲迷。三竺樓臺連鞠院，六橋楊柳接蘇堤。蘇堤迢迢幾千尺，上有坡公舊行跡。桂枝低拂葛洪井，梅樹深藏和靖宅。南高峰對北高峰，十里荷花九里松。菱唱蓮歌前後起，酒船漁櫂往來逢。朝宜清風夜宜月，宜烟宜雨還宜雪。紛紛亭館知多少，細數其名不能了。我有五湖想，扁舟未果行。送君先我去，無限古今情。岳王墳園荒已久，憑君爲奠一卮酒。墳前老樹半蒼蒼，試看南枝今好否？

孫侍讀曰恭還豐城省親

豐城斗牛墟，淵阿閟靈氣。精華有所鍾，還出人中瑞。君才一何偉，濟美自先世。既得尊公傳，尤多令兄弟。文采丹穴鶵，風神渥洼驥。昔當英妙年，一舉登高第。于今二十載，寖致顯融地。東觀日編摩，西清時入侍。道原真史才，祖禹篤經義。講讀斯得人，裨補良不細。獨思定省曠，方寸有所繫。上疏曉辭朝，嚴裝宵出次。灤河春水生，舟行疾於騎。西江五千里，旬月可以至。想及登堂時，光彩照衣袂。恭脩一日養，允遂平生志。予忝斯文末，幸結金蘭契。贈言不成章，聊見相厚意。由來臣子職，忠孝當兩備。還朝有定期，鄉園莫留滯。

壽李宗盛六十

花香酒美帝城春，客畔憐君值誕辰。紀曆又開新甲子，行年已見兩庚申。賢希伯玉能知化，老愧公孫欲進身。心事想應無不足，此生幸作太平人。

題陳宣所摹子昂五馬圖

吴興公子天僊人，書畫遊心俱入神。偶然揮筆寫騏驥，妙奪曹韓殊逼真。圖中五馬皆可愛，齕草嘶風具生態。其間两疋最權奇，相逐争先鳴且馳。塵霏霧滃景恍惚，白日雷雨騰蛟螭。可憐乘黄何獨瘠，露盡稜稜十五肋。低垂雙耳步淩兢，才美中藏有誰識？嗚呼！方皋伯樂不易逢，騹驑遂與駑駘同。何當駕馭横絶漠，一日萬里隨飛龍。

送儀子平還東萊子平，故侍郎贈太子少師文簡公智之子，今翰林侍講銘之兄也。

先公勳績在朝廷，世美憐君好弟兄。叔向多才裨國論，伯華隱德避時名。春風官舍連枝會，暮雨都門解袂情。歸日萊陽人總喜，由來孝友重鄉評。

壽邵叔芳甫七十叔芳脩撰，宏譽之父也。初宏譽爲御史，叔芳受封，今年七十，其生辰五月三日。

蕤賓應律薫風起，大火昏中月當朏。遥看南極一星明，正照翁家壽筵裏。翁今年已開七袠，清世欣逢初度日。蕭蕭兩鬢欲垂絲，炯炯雙眸如點漆。傳經有子侍金鑾，因得推恩拜好官。七品命階衣繡豸，五花誥軸字迴鸞。孺人偕老髮亦皤，伯子稱觴季子歌。仲子雖嗟離膝下，爲翁顯榮良已多。我羡翁之壽，復慕翁之賢，揮毫爲作進酒篇，祝翁并彼松喬僊。九節菖蒲花可餌，人間更住一千年。

壽椿堂歌

君不見上古有大椿，八千歲爲秋，八千歲爲春，東枝直與扶桑接，西枝却與蟠桃鄰。其陰玉兎宿，其陽金烏踆。世間萬卉自榮謝，此木不知長若新。蒙莊之言多怪神，誰能辨彼虛與真？憐君之心孝且純，平生敬親還愛親。願親壽與椿爲倫，逍遥常作僊中人。西王母，東王君，若翁與之相主賓。瑶池蓬島來往頻，年年歲歲樂無恙，後天不老齊三辰。

壽萱堂詩爲李給事春賦

堂北宜男草，娱親到白頭。風光留晚景，雨露幾春秋。秀色侵衣綵，清香入酒甌。從今過百歲，歲歲總忘憂。

輓湖廣羅廉使銓

執法星沉翼軫邊，儒林相弔總悽然。內臺久重思謙直，方岳猶稱仲郢賢。應擬功名登極品，豈知壽考盡中年？傷心孤塚臨淮水，夜夜烏啼栢樹顛。

題謝庭循滄洲漁趣圖四絶

丱角爲漁到白頭，渾家同住木蘭舟。朝嬉烟雨夜嬉月，不識人間有底愁。

東鄰西舍總漁船，水面相依不計年。却笑土居人寡義，朝争園圃暮争田。

雨晴處處曬漁莎，酒後人人解唱歌。閒并船頭相聚話，今朝若个得魚多。

青楓岸隱白鷗沙，篁竹林中有酒家。日日得魚沽一醉，何須分外作生涯。

荆州南樓遊望圖爲郭純賦

荆州壯觀在南樓，幾度登臨豁遠眸。地接徐揚從北去，水連江漢向東流。風迴衡嶽一聲雁，月出洞庭千頃秋。此日披圖應有賦，可憐誰識仲宣愁？

竹莊爲王思裕賦

吴門繁華地，奢競日紛如。伊人抱冲素，静處以自娱。平生愛修竹，種之繞茆廬。歲久蔚成林，秀色連村墟。清風掃門逕，蒼雪積庭除。於焉適所懷，時復御琴書。遠宗王子猷，風流與之俱。瀟灑遺世慮，澹泊味道腴。永言勵貞操，無愧君子居。

送李永州

五馬何翩翩，來朝自南服。明廷敷奏畢，都門時出宿。露冕歸郡榮，僊舟去程速。秋風起江漢，輕帆逐鴻鵠。邦人諸父老，扶藜候山谷。共喜使君還，所願無不足。永言崇善政，方彼古民牧。隱之清操存，陽城惠思篤。信史傳循良，千秋繼芳躅。

題野棠青鳥圖

青禽自是僊家鳥，誤落人間知者少。飛來只恐凡眼驚，何處深藏羽毛好。將隨翡翠巢玉樓，樓頭復有金丸憂。將依紫燕栖繡幕，幕被火焚無所託。何如且宿野棠枝？啄苦吞酸所不辭。木公金母未相召，憔悴豈免鴟鳶欺。何當乘風却飛去，瑶池自有三珠樹。

送鄭通判建還南雄

獻賦曾蒙聖主知，翱翔半刺政聲馳。新承渥露朝天闕，又見文星照海涯。去路正逢梅子雨，到官應及桂花時。曲江相國墳廬在，好爲摛辭一弔之。

寄題賴編脩世隆讀書莊二首

清流溪上讀書莊，松竹陰陰覆草堂。已用三冬窻下學，都將萬卷腹中藏。還期事業方伊傅，不獨文章似馬揚。此地近應增氣象，主人今作漢僊郎。暫別承明返故廬，閉門還讀舊藏書。幽懷自儗張平子，素志應希董仲舒。從學諸生多俊彥，往來賓客總鴻儒。天書早晚將徵入，莫向林泉卜隱居。

寄賴編脩世隆四首

故人相別半年餘，不寄平安一紙書。夢想依然見風韻，高談雄辯近何如？一從同選上鑾坡，連席論文歲月多。君在鄉園應自樂，嗟予獨奈別愁何？尊君新拜江都相，今亦旋歸在府中。遥想錦衣稱壽處，晝堂無日不春風。閟中山水恣登臨，賦詠還知得趣深。早晚當承宣室召，未應終負濟時心。

送衛儀曹以嘉還崑山省墓十解

君家玉峰下，我住虎丘傍。相違無百里，所重是同鄉。一解

同鄉情自親，况有斯文好。憐君道誼深，能忘我年少。二解

君先登祕閣，我亦入翰林。雖云不同事，却得與同心。三解
我昔丁艱去，離群歲三閱。重見幾何時？君奚復言别。四解
别君無限情，喜是錦衣行。聊將五言詠，送入櫂歌聲。五解
灤河冰解餘，春波蘸衣緑。東風吹片颿，去如飛隼速。六解
懸知到家日，應不遠清明。上隴人争羡，鄉閭亦有榮。七解
好過讀書堆，重尋野王墓。山川不改觀，風景應如故。八解
婁東桃與柳，遥帶百花洲。想見行春樂，無因得共遊。九解
殷勤贈言意，何惜爲君道。官守不可虚，還朝定須早。十解

題曹宗道所藏畫

秋清林屋景依微，水闊雲多客到稀。七十二峰青列玉，都將爲我釣魚磯。

畫爲前人題

尋梅幾度過溪灣，雪夜風晨未擬還。不羡人間五侯貴，自知贏得一身閒。

送譚生還吴譚家瀆溪在余光福先隴之東北三十里。

春早都門送客還，柳條柔弱未勝攀。白雲飛處知親舍，明月圓時到故山。草色烟蕪吴苑路，桃花水漫瀆溪灣。我如展省重過此，准擬尋君一扣關。

送楊郎中寧從征麓川十二韻

文武全才不易求，乘時人獨見君優。賢科昔擅無雙譽，郎署今推第一流。上寵已將前效録，南征更把後功收。辭家正及三春日，躍馬仍爲萬里遊。期展丈夫經濟志，肯縈兒女别離愁。據鞍草檄時揮翰，入幕論兵夜運籌。月下高眠觀《左傳》，風前長嘯看吴鉤。貪功自合懲唐相，料敵誰能學武侯。密贊元戎應有策，生擒首惡復何憂。張威未必因多殺，制勝由來在伐謀。坐使烽烟清異域，行看皷吹入皇州。朝天好整春風珮，三殿前頭拜冕旒。

送少保石首楊先生歸省墓

先生起布衣，杖策爲時出。立朝四十年，清慎如一日。受遺先帝前，任與伊周匹。維持在仁義，啟沃資經術。論思惟遠圖，紀載存直筆。皇風既清穆，海宇斯寧謐。齒衰志逾壯，髮白心獨赤。聖情方倚毘，政柄詎容釋。爵此丘隴思，封章陳懇激。承恩許蹔還，行期戒朝夕。天語重丁寧，其無久虛職。中使遠輔行，帑金多寵錫。冠蓋集都門，祖送興歎息。賢哉彼達尊，爲我國柱石。藹藹君臣間，恩禮俱已極。維時三月初，柳條垂地碧。春水滿江湖，風帆迅飛鷁。早晚及荆南，榮光照鄉陌。桑梓起敬恭，雲山出顔色。邦人瞻望餘，感德有所式。故里雖可懷，寧得恣閒適。遄歸報明主，庶盡股肱力。

輓錢良醫

曳裾終老在王門，身歿還憐姓字存。白首同歸孤伉儷，青囊傳業有兒孫。衣冠空祔家山兆，藁殯猶羈客土魂。惆悵重過栖隱處，杏花零落夕陽村。

輓錢英

遠扶親柩欲還鄉，豈料瀕行子亦亡。天道有無那可問，人生夢幻實堪傷。井榦涼雨餘丹橘，江介悲風起白楊。寡婦孤兒船去急，臨岐祖奠重霑裳。

送陳生煒歸省祖隴且畢姻煒，侍讀詢之子也。

青衿將命别親庭，文采彪然属妙齡。春水送船開洛渚，東風先客到華亭。松楸拜掃麒麟塚，花燭歡迎孔雀屏。莫向鄉園求逸樂，傳家事業在窮經。

送王博士穦赴南監穦字希稷，少宗伯行儉先生子也。初爲泰和司訓，有績，轉今官。

雍容氣宇似春温，自是名家好子孫。久擅談經居泮水，新分講席向橋門。雲深丹穴多生鳳，浪擊天池始化鯤。早晚朝端當召用，還看鳴珮從嚴尊。

題王希稷獻秀庭

見説西齋昔授經，庭前三秀發奇英。日華凝暈紅雲麗，露彩浮香翠羽明。謝氏自多佳子弟，河汾還出貴諸生。知君世濟文章美，宜向天朝頌太平。

題彭淮安遠之京卷

雙旌五馬風翩翩，使君千里去朝天。楚人無計卧當轍，淮水有情流逆船。還須一借寇河内，安得重臨黄潁川？治績傳聞多事實，他年不愧史官編。

樂澹齋爲彭淮安賦

理道尚清静，養心貴無營。清静民自化，無營中自寧。嗟彼夸侈子，聲利日相傾。安知澹薄中，至樂有難名。若人方寸間，清與秋水并。爲治師長孺，脩學希孔明。家似南陽廬，郡即淮陽城。安此韋布操，遺彼軒冕榮。乃知君子德，不獨身自成。薄俗亦歸厚，汙風斯復澄。誰云古人遠？雅範端可經。永言爲此歌，庶以播休聲。

輓鮑給事輝父士高

爲人賢比東長生，垂老欣看有子榮。身世已驚隨物化，姓名猶自重鄉評。滄洲秋晚鷗盟冷，宿草春深馬鬣平。最是友松軒裏月，凄涼獨傍影堂明。

玉泉遊集送蕭編脩歸省分韻得其字

西山一何峻，形勝拱皇畿。有泉出山頂，宛若玉虹垂。飛流千仞餘，匯此成深池。念我同官久，夙駕將南歸。薄言出飲餞，及茲脩褉時。置酒泉上亭，列坐俯清漪。草木藹春意，魚鳥亦忘機。流觴不須勸，杯至自酌之。今日且盡歡，明朝當別離。相勉在斯文，何必思悽其。

送蕭編脩孟勤還西昌展省二首

每思承詔與登瀛，同選諸公總妙齡。在昔光華齊列宿，于今零落似晨星。君恩未報心空赤，友誼難忘眼獨青。此別亦知情最苦，春風淚盡洛濱亭。

廿八人中獨老成，文章妙絶擅時名。焚黄上隴今爲盛，衣錦還鄉古亦榮。北闕星辰天外迴，南溪水木雨餘清。事竣早理之京櫂，莫向丘園尋舊盟。

孟勤子江初自西昌來省今侍其還別余乞詩因賦小詩十解送之

去年省親至，今歲侍親還。來往情俱遂，渾無客子顏。一解

乃翁詞苑英，余也忝同列。斯文義不淺，況子有可悅。二解

昔未見子時，聞子聲已好。于茲一相見，允是名家寶。三解

珊瑚將玉樹，出彼海之濵。文采天然別，光輝自照人。四解

東風三月時，垂楊緑堪掃。冠盖擁如雲，出祖都門道。五解

父著錦衣前，子著彩衣後。觀者盈路傍，嘖嘖歎稀有。六解

好雨及春多，淮湖水方溢。畫舸去乘流，千里在一日。七解

楚艾芽初茁，江魚味正新。道中甘旨養，偏得奉雙親。八解

西昌好山水，況復多亭閣。遥想侍籃輿，處處宜行樂。九解

黽勉承家學，清時無棄才。明年當此際，須從乃翁來。十解

和少保澹庵楊公所題雪山圖詩勉次其韻

天作何須土一抔，瑶花琪樹巧相繆。蓬壺宛在鑾坡上，瓊島移來鳳閣頭。色借月華中夜皎，氣凝元液向陽收。從知燮理工夫密，不必途間問喘牛。

挽黄少保

福山，東昌邑人也。太祖朝擢自衛幕，登侍從。建文時，持節出鎮督兵。于北太宗之入初執之，既乃見釋，復用爲侍郎，遷尚書，贊交阯軍事。交阯陷，爲賊得而舁去。賊以其長者存之，不死，出坐，詔獄。久之，復釋加少保，留守南都以卒，世稱其清慎云。

公也人中傑，乘時起海濵。明良欣際會，屯難見經綸。鸞鳳無卑集，龍蛇有詘信〔二〕。玄成多直諫，懷慎素安貧。冀北初分治，交南〔三〕久撫馴。自當忠殉國，竟以德全身。天下稱賢者，朝廷重老臣。〔四〕命官方保奭，居守比君陳〔五〕。奄歎摧梁木，俄驚萎大椿。悲風來萬里，陰景蔽〔六〕三辰。遺烈存青史，餘休在〔七〕後人。凄涼聞訃日，哀思動儒紳。

校勘記

〔一〕《明詩紀事》乙籤卷十六「徐有貞」條載此詩，題作「挽東萊黃少保」。

〔二〕明詩紀事本「信」字作「伸」。

〔三〕明詩紀事本「交南」倒文作「南交」。

〔四〕明詩紀事本脱「自當忠殉國，竟以德全身。天下稱賢者，朝廷重老臣」四句。

〔五〕「命官方保奭，居守比君陳」句，明詩紀事本作「居官方保奭，留守比君陳」。

〔六〕明詩紀事本「蔽」字作「翳」。

〔七〕明詩紀事本「在」字作「啟」。

題商指揮嘉所畫白鼠囓笋圖

虛星子夜淪精魄，化作雙鼦下天北。竊食蟾宫兎杵霜，豹文變盡如銀色。託身常在僊人家，世間腥味不足沾齒牙。游戲瑶池黄竹底，嚙彼玉笋先春芽。丹青絶藝商將軍，著筆寫生能逼真。不畫凡鼠畫僊鼠，無乃寓意懲貪人。吾聞微物有至理，請君披圖勿輕視。嗚呼！倉中溷中等死耳，惜不令李斯得見此。

題蕭節之所藏中書舍人張子俊山水圖

憶昔會稽張舍人，丹青妙絶無與倫。白頭坐困不知厭，自詫能爲山傳神。先皇在御求名畫，畫苑人人起聲價。舍人姓字欻上聞，勑使傳宣連日夜。當時自抱幽憂疾，蝎譖翻然疑不出。畫師未瘉殺醫師，至今衆口猶稱屈。舍人歸老幸已多，從兹痿痺成沈痾。寸墨尺圖難復得，雖有千金將若何？我與舍人心莫逆，眼前見慣輕真跡。屢蒙相許不即求，過後徒然重嗟惜。蕭君何從獲此圖，圖中景趣真蓬壺。群峰秀發金菡萏，孤嶼影倒青珊瑚。縹緲樓臺白雲際，還知妙畫通靈處。憑君好把什襲藏，恐致風雷夜飛去。

又

上有高高萬仞之青山，下有汪汪千頃之澄瀾。平生眼界所未睹，知是僊境非塵寰。桃華天台洞，春水武陵灣。蘭舟之叟何爲者，日夕相與游其間。松陰開野酌，竹下試風餐。一似巢由在箕潁，復如園綺居商顔。蕭君蕭君吾與爾，胡爲處此塵網間，百年不得一日閒？何當買櫂翩然去，地老天荒未擬還。

題陳揮使逵家藏畫畫法小李，甚工緻。

丹青遠法李將軍，若比時流自不群。林影山光晚明滅，汀花渚草秋芳芬。鳴琴何處度流水，躡屐有人穿白雲。未了平生泉石念，將因一訪武夷君。

山人觀瀑圖

南山蒼蒼凌紫霄，白雲却在山之腰。群峰戢戢不知數，四面森列來相朝。瀑流瀉漢三萬丈，白日驚雷殷空響。巖下幽人常閉關，瀟灑終年寄心賞。吾儂平生自癡絶，每遇奇觀思飛越。振衣直擬上層巔，手拂青天攬明月。

太學生張琪將歸錢唐省親其友四明馮益爲文贈行方之伊賈琪挾以求詩因賦五言一首書此以塞其白間云

伊尹起莘野，賈生來雒陽。興商有一德，佐漢惜未遑。偉彼聖哲才，常流安可方。夸父西逐日，河伯東望洋。所圖亦已大，無乃不自量。言高行弗掩，孔孟以爲狂。若人抱奇志，馳聲翰墨塲。交游敬通輩，執袂共翱翔。高談經濟略，伊賈不足當。予亦狂者徒，懷古恒慨慷。覽君贈行作，令我重嗟傷。願言實踐履，吾道其有光。

送劉給事益及其弟進士觀奉母南還

恩命新承出瑣闈，憐君榮幸世應稀。弟兄聲價今聯璧，母氏劬勞舊斷機。天際白雲隨櫂遠，江干鴻雁傍人飛。還知孝友鄉評重，不比尋常衣錦歸。

知年堂爲劉益兄弟賦

親年所當知，人子難爲心。已喜得壽多，復懼衰老侵。日月有恒運，光晷無留陰。報德常苦淺，罔極恩何深。憐君令兄弟，若彼雙南金。接武青雲衢，聲華藹儒林。慈母七袠餘，秋髪被素襟。懿訓徽在昔，顯揚方自今。願言篤孝敬，養志如曾參。

爲劉給事益題秋塘白鷺圖

春鉏之鳥何高潔，風標自與諸禽别。炯然毛羽照人明，皎若迴飈搏素雪。黄蘆白石林塘幽，聯拳獨立當中流。振翰引吭睨空碧，長喵一聲天地秋。由來物色詩家重，况乃羽儀陪法從。莫隨野鳥共啁啾，好向朝陽伴鳴鳳。

慈訓堂爲陶巽題

胎教由來謹，嘉言訓不違。父書還可讀，賢範實堪希。白髮季姜績，青燈孟母機。顯揚知有道，非獨戲斑衣。

送成御史規罷歸長洲分韻得去字

肅肅青雲翼，凌風正高翥。胡然挂熷繳，中路忽云逝。憐君閬爽才，奮志將用世。一薦登内臺，明時非不遇。顯庸方自期，摧沮一何遽。如能盡言責，黜官亦奚恧。依然反初服，别我還鄉去。祖餞出都門，執袂臨分處。持酒苦勸之，興言不成句。目送江東帆，離愁渺雲樹。

送章御史珪罷歸常熟分韻得國字

孝子不辱親，忠臣不負國。平生讀書志，舍此安所適。明時闢言路，重是風紀職。激濁必揚清，錯枉須以直。古今理共然，賢者當自擇。涼風應秋至，驚見鷹隼擊。霜威一以厲，陽和斂餘澤。憐君今罷去，亦已塞言責。家居奉慈母，還能慰顔色。爵予鄉里情，懷抱豈云懌。臨岐無可贈，悵然空歎息。

挽俞郎中汝弼

玄天運不息，日月東西馳。晝夜相循環，大化無停機。人居霄壤間，生寄死即歸。服食理茫昧，神僊安可期。德言儻有立，不朽將在茲。念君平生事，先哲以爲師。守官三十年，白行無纖緇。清如冰壺月，直比朱絃絲。懸車猶在門，捐館忽踰時。諸孤荷衰絰，血淚如綆縻。銘旌引歸櫬，遥遥漢江湄。懷賢不可作，澇賦《招魂》詞。

題松雪枯木竹石圖爲張文瑨

我愛吴興趙松雪，鳳毛龍骨天然别。平生游藝妙入神，片綃點墨皆奇絶。由來畫法通書法，精到天機盡毫髮。從知寫意不寫形，何假丹青細塗抹。怪石獰如怒猊抉，老樹樛柯猶屈鐵。竹枝歷落金錯刀，雨葉風梢清可悦。翁今僊去百年餘，人世空傳畫及書。後來摹者雖復衆，筆趣終然難與俱。張君好事人罕比，賞鑑還視常流殊。寄言什襲永珍祕，雖有拱璧將焉如？

慕萱堂詩二絶爲陳時敏賦陳父在母亡，故以名堂。

靈萱元自對靈椿，椿老萱凋却愴神。戲綵罷時還掩泣，獨憐無復見慈親。慈親舊種宜男草，草在親亡又幾秋。一度相看一揮淚，忘憂還是不忘憂。

送少師建安楊先生還鄉展省

亮采中朝四十春，常居黄閣掌絲綸。謀猷久寄鈞衡任，德望今稱社稷臣。一寸丹心惟報國，滿頭白髪爲憂民。表求展省陳情切，詔許旋歸寵命新。畫舫風生飛鷁鳥，錦袍雲擁瑞麒麟。八閩路入諳風土，萬木堂開會族姻。夢寐不忘天下事，敬恭能化里中人。還朝應在新秋日，復領僊班侍紫宸。

叙舊送陳士謙南游

昔在永樂間，君從塞北來。誦我八馬篇，謂我是僊才。訪我都門裏，一見心爲開。遂結忘年友，意氣何豪哉！我於此時猶未冠，一事不曉居茆齋。定省之餘挾書讀，豈有人世憂虞懷？于今忽已二十載，親没身榮痛心在。眼前却數布衣交，每獨憐君情不改。前年起復自蘇州，君特尋余到虎丘。數日山中留對榻，來時復得與同舟。舟行抵江滸，閒登多景樓。樓中詩版讀應徧，醉題筆勢如飛虬。弭櫂過金山，山僧請臨眺。驚君揮灑間，書畫两俱妙。坐來引我清興發，汲取中泠解酣渴。浩歌聲裏度天風，舉手遥招海門月。過江所向無不然，道逢佳景便留連。我唱君和頗狂甚，傍人見者疑神僊。及來至京師，旋復異蹤跡。君還草堂卧，我入鑾坡直。時因休沐一相過，却羨君身得閒適。今朝來别我，問君復何之？秋風正凄薄，可是遠行時。云將適吴越，觀彼浙江濤。乘兹未衰日，聊復事游遨。我欲留君君不住，還嗟不得相隨去。好圖山水寄來看，須見君遊奇絶處。

灤河别意爲張愷還杭賦

灤河雨歇秋風生，河水拍隄隄欲平。隄邊衰柳不堪折，送客其如離别情。櫂歌齊發船開速，摇蕩中流起鴻鵠。嘔啞雙櫓去如飛，便覺鄉山在人目。知君指日到錢唐，西湖荷芰已無香。尚有東籬黄菊在，未應孤負賞重陽。

題侯氏雙桂軒侯氏，台之臨海人，曰潤、曰臣，從兄弟也。同年登第，今皆爲給事中。

君家兄弟俱攀龍，乘雲曾入廣寒宫。折得婆娑两枝桂，歸來種在軒庭中。東枝西枝看總好，暖雨寒霜自相保。齊雲并秀近青霄，玉立亭亭秋不老。銀蟾吐光照書屋，花間簇簇黄金粟。清風午夜動疎櫺，飄下天香三萬斛。郄林一枝何足當？竇氏五枝還可方。願君伯仲黽勉樹勳業，千古萬古同流芳。

題劉志學畫二首

晨興操耒耜，驅牛出東皋。和風動泉脈，春雨融土膏。將欲播嘉穀，先去莠與蒿。嗟彼食肉者，安知稼穡勞。右耕犁圖

力耕有餘閒，出則騎黄犢。溪南芳草多，隨意行且牧。興來扣角歌，時復挾書讀。日暮何所之，還尋子真谷。右騎牛圖

送鄭御史嘉致仕還台州

聞君新上引年章，恩許休官老故鄉。戀闕寸心懸皎月，還家兩鬢帶餘霜。却將簪弁加金豸，應覺荷衣勝繡裳。海嶠霞城風景别，登臨處處可徜徉。

題畫二首

山下雲連山上，溪西水接溪東。舟度白鷗飛處，人行緑樹陰中。

山路只通樵客，江村半是漁家。秋水磯邊落雁，夕陽影裏飛鴉。

送同年鄭給事中悠歸省盱江五首

南宮奏第舊聯名，十載中朝接隊行。此日送君歸省去，暮雲春樹不勝情。

恩命新承往故鄉，錦袍猶帶御爐香。還家不獨雙親喜，鄰里相看亦有光。

登堂稱壽及芳辰，迭奏塤篪進酒頻。玉友金昆總能孝，筵前齊舞瑞麒麟。

高空山下是君家，花木園林景最佳。遥想籃輿侍游處，還應回首望京華。

東風好理木蘭橈，莫憚行程萬里遥。移孝爲忠當此際，早來同侍紫宸朝。

送王侍郎士嘉致仕還鄉

踐歇中外著賢名，掌禮南宮屬老成。節操當爲千載重，歸休贏得一身輕。林泉自適多新趣，軒冕何嘗戀舊榮。惟有愛君心未已，時還飛夢到瑶京。

玉關戍婦携幼還鄉圖詩

西昌羅昇進善，今少師楊公士奇同母弟之子也。昇之祖子理國初爲德安府倅，以循良稱，坐事謫戍肅州而歿。昇父賓廉補充戍，又歿。母周方盛年，誓不再醮，昇與二妹皆在襁褓，鞠之惟劬，會朝廷以楊公之請宥免其戍。周遂挈其孤還，自玉關抵西昌。餘萬里跋涉艱險，越歷寒暑，乃至其鄉。今昇既長成，念母之勞，繪圖求賦。予爲之賦五言九解云。

蘭萎香不銷，竹枯節不毁。幽貞有本性，誰能復移此。婉彼名門女，結褵妃君子。將諧偕老願，勗率承宗祀。維兹金石心，永言固終始。右一解

烈火炎崑崗，玉石一時焚。哀哉法網中，善惡有不分。孰知无妄禍，降此積德門。舅以循吏謫，盡室徙邊屯。倉皇就征戍，那得懷新婚。右二解

蕭條玉關外，骨肉死生隔。舅没夫繼之，遺孤復誰恤？嗟予未亡人，遭此何太棘。弱息難自存，羈雌無遠翼。常恐不復還，零落在異域。右三解

丹鳳從天來，銜致五色章。皇恩被孤嫠，寬宥還故鄉。問之誰爲此？懿親在帝

旁。涸鱗復深淵，幽室見朝陽。却悲化去者，不及荷恩光。右四解

言歸誠所樂，寧憚遠行苦。一入玉門關，雖死猶得所。重趼冒風沙，蓬首沐霜雨。右挈一孤兒，左携兩弱女。閒關萬里途，跋涉更寒暑。右五解

寒暑倏相禪，所歷多險艱。朝登七盤嶺，暮陟三危山。崎嶇度函谷，迤邐商洛間。行行近南土，望望及鄉關。引領西昌郭，始覺開心顔。右六解

去日髮如雲，及歸領垂素。彷徨墟里間，凄涼問親故。誅茅葺弊廬，掃松上丘墓。教女習婦功，遣子從師傅。夙夜不遑寧，辛勤立門户。右七解

眷茲羅氏祀，不絶幸復昌。子女既長大，孫甥亦成行。奉養有甘旨，居處有室堂。如何不及享，一旦奄云亡。永惟罔極恩，沉痛切中腸。右八解

母節諒不泯，子心悲無已。聊將風木情，託之丹青裏。從前畏途狀，歷歷在眼底。豈惟敦孝思，將以明人紀。題詩示來世，賢者尚興起。右九解

題任月山紫騮馬圖二首

洗罷龍池日未沉，奚官閒控緑楊陰。承平不試追風足，誰識驊騮萬里心？

香霧微蒸紫玉駿，柳陰駐立迴嘶風。年年飽食天閑粟，獨愧曾無汗血功。

送陳都憲有戒出鎮陝西

君不見吾鄉先正范希文，西陲經略收奇勳。安邦筆掃三千字，制敵胸藏十萬軍。希文一去四百載，芳名偉烈今猶在。吴中人物久寂寥，却喜于君見風采。君才自是當時傑，早歲曾將桂枝折。雲霄獨步榮繡衣，江漢十年持玉節。嚮因陝右民失寧，帝心簡在命君行。行臺霜肅中丞府，出塞風振將軍營。民間熙熙兵患息，寒者有衣飢有食。威行河隴萬里餘，豺狼狐虺皆潛跡。去年承召初還京，今年拜命復西征。聖主深存倚毗意，邊氓不釋去思情。皇州二月春正好，白馬翩翩踏芳草。都門冠盖集如雲，群公出祖東郊道。鵲印腰懸大如斗，弓騎繽紛擁前後。丈夫至此亦已奇，明良際遇應非偶。嗟予小子真狂簡，每慕希文恨生晚。知己平生幸有君，心獨相親跡何遠。臨岐握手語諄諄，即别何須淚灑巾。願將勳業聯青史，應信吾鄉不乏人。

題東山圖二首

春風絲竹肆閒情，日向東山載酒行。江水若容秦箠度，公將何以答蒼生？
東山歌酒日醺醺，書諫殷勤負右軍。若使淮淝師不捷，却於夷甫有何分？

石溪别業爲安成吴與粟賦

白石齒齒溪之幽，有人卜居溪上頭。紅塵半點飛不到，緑水一灣長自流。漁舟或逐桃花入，童冠時從春服遊。知得此中清逸趣，更於何處覓滄洲？

送王参政來赴廣東

皇州二三月，春物麗以繁。君子有行色，駕言向南藩。流雲翼飛盖，清風送輶軒。粤中氣彌燠，芳華滿薇垣。岳牧非不榮，所嗟違日邊。嶺海萬里間，皇風徧旬宣。率下先自乂，理民貴不煩。素心本然潔，何妨飲貪泉？明廷需碩輔，豈必淹歲年？舃舄金玉音，晚節期罔愆。臨岐無所贈，罄此平生言。

送吴編修與儉歸省

憶昔登瀛選，同時廿八人。濫竽吾獨愧，妙斵子殊倫。史漢文章古，《春秋》義例新。行藏知誼重，交處見情真。館閣居官久，庭闈入夢頻。九重初拜命，千里遠辭親。衣錦遊鄉日，稱觴献壽晨。桃分瑶水宴，萱麗北堂春。致孝須行道，爲忠必委身。明年當此際，遲爾謁楓宸。

推篷春意圖爲李司曆宗善題二首

乘月揚舲漢水濵，推篷俄見弄珠人。今宵不作羅浮夢，一面春風識未真。

湖上梅花照雪寒，無邊春意上毫端。君應識得環中妙，試爲推篷子細觀。

送李宗善司曆還南都

故人相别六年餘，却喜重來獻最書。官守於今專歷數，家風自昔盛文儒。暑殘河朔蓮初實，秋到江南柳未疏。歸見金陵孫逸士，爲詢出處意何如？

玉峰龔氏郊居十詠

南山秋色

山巔多白雲，山趾多紅樹。蒼凉一片秋，不辨猨啼處。

北瀼春耕

家住瀼南村，耕彼瀼北田。春來事東作，朝往暮復還。

西隴松楸

夕陽下長林，欝彼松楸色。瞻望有所窮，孝思無時極。

東籬杞菊

菊英香可餐，杞實美堪茹。采采東籬秋，聊續天隨賦。

梅牕雪月

月華將雪色，交暎碧牕紗。不因香與影，何處認梅花？

竹塢茶烟

烹茶修竹間，時見孤煙颺。幽鳥暮歸巢，欲下還復上。

茅屋書燈

月黑林逕迷，幽人自來去。茅舍一燈明，遥知讀書處。

柳塘漁唱

緑暗迴塘路，垂楊撥不開。驀聞歌欵乃，知有釣船來。

曲欄睡鶴

飛倦九皋秋，眠依石欄冷。清露中夜零，儛夢忽驚醒。

方池洗硯

臨池學草聖，滌硯水流渾。應有龍蛇跡，游魚不敢吞。

寄題陳宥素軒

東吴有佳士，卜築江之陰。力穡不自封，賑飢當歲侵。天子旌其義，鄉間夙所欽。平生尚純樸，軒居澹冲襟。閒庭凈如洗，修竹自成林。牀堆萬卷書，壁挂無絃琴。還將太古意，播爲太古音。聞風興遠思，聊爲發長吟。何當一相造，與之論素心。

濂溪遺芬圖爲周綱文叙題

嗟予生晚學且迂，每懷濂洛諸先儒。雖然不獲與親炙，平昔所事皆其書。朝來方讀《易》通罷，默坐還觀《太極圖》。遊心直造羲皇上，觀物欲窮開闢初。叩門有客時見訪，衣冠楚楚容與與。云是元公之後裔，手持一圖來示予。披圖宛見元公面，頓覺春風生座隅。參差岩壑不可辨，峻極雲表惟匡廬。蓮華峰下泉源窅，流出首折何縈紆。青山一轉溪一曲，曲曲開徧金芙蕖。凈直亭亭照晴渌，鏡影沉沉涵碧虚。想伊謝疾歸來日，樂此佳境宜閒居。移彼舂陵舊溪號，隨寓豈同鄉邦殊。光風霽月共瀟灑，襟抱不受纖塵汙。悅然使我思飛越，欲起此老爲之徒。興來長誦《愛蓮説》，浩氣直與神明俱。即今溪蓮已零落，白波淼淼空烟蕪。唯餘德馨滿寰宇，清芬所播無時無。先生之道師百世，况爾華胄寧忘乎？斯文傳授有真派，能者即得無親疏。予將策勵攀逸駕，範我馳驅遵聖途。領取濂溪一瓣香，千古萬古流芳譽。求之其心不求跡，粉墨形似何拘拘。願言與君同事此，不知君意其何如？

蹇孝子者名霖故少師吏部尚書義之孫今尚寶司丞英之子也其母遘疾幾殆霖籲天刲臂肉和湯進之母服而愈中書宋舍人懷爲之傳且以爲請予爲之歌云

蹇孝子，世所無，渥洼之駒丹穴雛。年紀方當二十餘，風姿皎皎玉雪如。早承祖訓讀父書，孝行自與常人殊。阿孃有疾久不除，日夕銜哀籲太虚。願延母壽捐兒軀，躬調湯液臨藥爐。潛刲臂肉與之俱，精誠格天天所孚。阿孃服之覺頓蘇，沉痾去體容復初。親賓聞者相讙呼，孝子之名一日傳徧於京都。客有學禮者，來造孝子廬。爲言人所保，身體與髮膚。子春下堂傷厥足，三月不出恒憂虞。黔婁祈哀不自毁，孝子之爲獨何歟？孝子亦有言，君不見反哺烏，禽鳥之微猶報德，天理在我寧容誣？孝子之言良感予，予爲之歌復長噓。卿門有卿，儒門有儒，孝子之志慎勿渝。光前之業貽後謨，曷不爲此《大孝圖》？嗟哉孝子寧忘乎？嗟哉孝子寧忘乎？

送湯文振詩并序

文振姓湯氏，本將門子而雅好文墨，尤曉音律，能自製琴鼓之甚有古意，且其爲人急義而薄勢利，人是以重之。築金陵城西，闢草堂，蒔花竹，極幽隱之趣，因自號「樗散生」以見志。今兹來遊北都，侯伯、貴人多其故舊，喜其來，爭延致爲上客，文振留之數月。秋風乍凉，歸興忽動，遂翩然而南，友人馬士權爲之求詩以壯行色。盖士權之祖考旅殯金陵，久不克遷，文振爲其春秋祭掃如親之丘墓，致無毁失以歸葬焉，此其急義之一端也。士權固深德其人，而予亦以士權之故不辭其請而詩之。

南都來作北都遊，野鶴孤雲跡暫留。常拊焦桐歌雅曲，不弾長鋏歎羈愁。季心義氣聞三輔，樓護聲名動五侯。歸去草堂風月好，小山叢桂正宜秋。

送楊節推政致仕還江西

早知淵明歸去來，秋風雙鬢未全衰。清名徧播東南郡，夙德猶稱内外臺。舟楫好將松桂斲，衣裳須用芰荷裁。到家應近重陽日，三逕黄花次第開。

聞陳都憲有戒陝西救荒之政喜而有賦因其來訊寄以詩焉二首

自君按節出皇畿，陝右軍民得所依。甘雨故隨驄馬注，清霜偏傍繡衣飛。便宜發粟今應少，專制安邊古亦稀。他日大書青史上，還於鄉里有光輝。

不瞻風采别懷深，忽聽西人報好音。旌節過時消沴氣，馬蹄到處施甘霖。飢民免作溝中瘠，行旅羞攘道上金。正是愁餘還躍喜，緘題千里慰同一作「子」心。

藝術文獻集成

徐有貞集

下

〔明〕徐有貞

浙江人民美術出版社

天全翁集　卷一

殘　篇 篇名不詳

……，光薦紳兮。予生也晚，慕古人兮。文貞之晞，作良臣兮。吁其遠矣，莫同震兮。在厥雲仍，亦足親兮。矧爾遺逸，才且賢兮。愛而不見，情莫伸兮。維菊比德，宜爾信兮。勉彼靖節，可與倫兮。

逯怡菴哀辭　虞子敬哀辭　雲耕辭　漚屋辭〔一〕

校勘記

〔一〕四篇均見於《武功集》，可參《武功集》相關篇目校文。

錢漢濱哀辭

故漢濱先生錢氏在元之際，以仁化俗，有陳文懿之德，以義保鄉里，有田節士之風，珵竊聞其風而慕焉。因覽陳原德甫所撰行實，遂爲辭以哀之曰：

嗟夫子之修姱兮，遭季世之邅屯。秉貞素而弗渝兮，將尚友乎古人。仁之佩而義之服兮，藉詩書以資身。指天衢而迅征兮，蓋有志兮經綸。羌時運之衰歇兮，俾斯志之不伸。爰棲遲於丘壑兮，勉躬耕以養親。於聞達而無求兮，豈羞乎貧賤？胡擾攘而靡寧兮，嘅所生之不辰。肆盗賊之縱横兮，紛蟻聚而蜂屯。日出没以剽掠兮，恣荼毒乎吾民。念文昌之故里兮，恐不義之胥淪。乃挺身以獨奮兮，矢挾義而樹勛。地既失而克復兮，衆稍安而相親。力其竭而不支兮，氣彌厲而益振。何天意之長亂兮，寇披猖而弗馴。群丑合而攻良兮，互磨牙而其狺狺。幸其脱而遠害兮，出百死以獲生。雖流離以顛沛兮，恒自得以欣欣。曰忠孝予所服兮，矧先生之是遵。苟于義而撫餒兮，奚禍福之足云？際天朝之更化兮，遂歸老而耕耘。載馳憂而息慮兮，爲太平之幸民。披草萊以立業兮，美輪奂之一新。左三益與九思兮，右致謹兮務勤。匪堂搆其是侈兮，將貽謀乎後昆。惟積善而弗享兮，乃大發於聞孫。已矣乎！先生不可復作兮，徒披覽夫遺文。悵懷文而莫見兮，緲白雲乎漢濱。

孝思辭　邵仲仁哀辭　可竹齋辭　楊顛道哀辭　招拙逸辭〔一〕

校勘記

〔一〕五篇均見於《武功集》，可參《武功集》相關篇目校文。

千秋歲引·惜春

風攬柳綿，雨揉花纈，早過了清明時節。新來燕子語何多，……〔一〕……老天柱崩而地維坼。〔二〕宋之不亡，僅如一線之屬旒。國無其人，誰復興立？〔三〕王於是〔四〕奮自徒步，應募而起。歷裨校至大将，小戰百餘，大戰數十，鋒不少挫面〔五〕益勁，遂平南北群盜，傾僞齊以蹙金人。蓋王之忠、義、勇、智皆得之〔六〕，非矯僞而爲者，故能始終〔七〕恢復爲己任。才與智〔八〕副，名與實稱。南渡以來，一人而已。當是時，女貞〔九〕幾滅，中原幾復。奈何主蔽於奸，忘讐忍恥，自棄其土而不能成中興之大功，此則宋之不幸〔一〇〕，而豈獨王之不幸哉！論者乃〔一一〕謂方郾城戰勝，進兵〔一二〕朱僊鎮，朮兀將棄潞遁而詔趣班師。使王以「將在軍，君命有所不受」之義堅持〔一三〕北伐，乘屢捷之勢，偪伎窮之虜而滅之，盡收故疆，措置已定。然後奏凱旋師，歸身謝罪，顧不愈於束手就僇而志不得伸耶？此亦一義，然未得其當也。夫將不專制久矣，惟漢〔一四〕趙充國之破西羌，嘗違詔而申〔一五〕己策，以上有孝宣之明，下有魏相之忠與協耳。不然，則必如孔明之受託昭烈，桓温、劉裕之專制晋權，乃可以拜表而即行。彼高宗之去孝宣遠矣，又濟之以奸檜之賊，王既無孔明君臣之契，而温、裕之所爲又非王之所宜〔一六〕爲者，此其所以寧死而不敢專制〔一七〕也歟？嗚呼！於此益可見王忠義誠矣〔一八〕。是以自古〔一九〕及今，天下之人所共扼腕傷嘆，聲其害正〔二〇〕者之罪而誦王之烈不已，非所謂公論之存於萬世者乎？

歲己巳之八月，皇帝初即大位，統幕兵〔二一〕，上皇未復，寇方内外〔二二〕，乃命侍講臣理等十有五人分鎮要地，遏亂略，糾儀〔二三〕旅，以爲京師聲援，而臣理實來彰德。彰德，古相州也。湯〔二四〕爲其屬邑，邑之周流社，王之所生地也。間因行縣至焉，既臨祭王之父祖墓而封守之，乃集郡縣僚吏、師生、父老于庭而諭之忠義，因及王之祠事，皆踴躍願力甚〔二五〕。明年春〔二六〕，理以召還，乃具列王之功於禮當祀者以聞，詔可。祠既成，勑賜榜曰「精忠之廟」，而俾有司春秋祭享如制。於是書其事于麗性〔二七〕之碑，而識其相事者之職名〔二八〕碑陰。又爲迎送神之辭，使歌以侑享，既以慰王之靈於冥漠，且以爲天下忠義之勸云。其辭曰：

王歸來兮無〔二九〕夷猶，寧不懷兮憶〔三〇〕舊邱。昔仗劍兮南遊，刷國恥兮復君讎。王之烈兮蓋九州，羌彼奸兮忠是讒〔三一〕。神胡爲兮滯留？駕風鵬兮蓋九州〔三二〕。媿鄉邑兮少休，竽有醴兮俎有羞，式燕享兮春與秋。王將去兮之何方？胡不睠〔三三〕故鄉。爰弭節兮迴旋，肆容與兮翺翔。肅羽騎兮成行，彎强弧兮射天狼。福我民兮佑我皇，干戈戢兮無水旱傷，蠲我祀兮蒸〔三四〕與嘗。江之南兮河之北，復還〔三五〕兮樂未央。

校勘記

〔一〕此爲殘篇，且自「新來燕子語何多」句後，混抄徐有貞《精忠廟碑》的内容。明陳仁錫《國朝詩餘》卷三「中調」載徐有貞《千秋歲引》保存完整，其詞題云「暮春書感」，其詞云：「風攪柳絲，雨柔花纈，蚤過了清明時節。新來燕子語何多，老去鶯花飛未歇。秋千院，蹴踘場，人蹤絶。踏青拾翠都休説，是誰馬走章臺雪？是誰簫弄秦樓月？從前已自無情緒，可奈而今更離别。一回頭，人千里，腸百結。」《國朝詩餘》爲明萬曆四十二年刻本。

〔二〕明程敏政編《明文衡》卷六十七「碑」載徐有貞撰《精忠廟碑》，其爲全帙，自「老天柱崩而地維拆」句之後内容與清初抄本重合，此句之前的内容則爲「國之有忠義，猶天地之有元氣也。天地非元氣不運，國非忠義不立。彼其所以繫星辰、行日月、載華嶽、振河海者，惟元氣。元氣在，則雖時有隕蝕騫溢之變而終不易乎常運；所以安社稷尊主庇民者，惟忠義。忠義在，則雖時有寇難禍亂之虞而可以救乎滅亡。然天地之主以道，國之主以人，道無私而人多慾，故天地不自害其元氣而國有自害其忠義者，至要其終，則亦有萬世之公論存焉，如宋岳鄂武穆王之事是已。當夫徽、欽之既北狩而高宗南渡也，宗社幾淪，兵戈方熾，不翅天柱崩而地維折。」《明文衡》爲四部叢刊影明嘉靖本，以下簡稱「明文衡本」。

〔三〕「誰復興立」句，明文衡本作「誰與復立」。

〔四〕明文衡本「是」字作「时」，當是。

〔五〕明文衡本「面」字作「而」，當是。

〔六〕明文衡本「得」字後有「天」字，當是。

〔七〕明文衡本「始終」後有「以」字。

〔八〕明文衡本「智」字作「志」。

〔九〕明文衡「女貞」作「女真」。

〔一〇〕「此則宋之不幸」句後，明文衡本尚有「中國之不幸」五字。

〔一一〕明文衡本無「乃」字。

〔一二〕明文衡本「兵」字作「軍」。

〔一三〕明文衡本「持」字作「執」。

〔一四〕明文衡本「惟」字後無「漢」字。

〔一五〕明文衡本「申」字作「伸」。

〔一六〕明文衡本「宜」字作「肯」。

〔一七〕明文衡本「專制」後有一「之」字。

〔一八〕「於此益可見王忠義誠矣」句，明文衡本作「於此益可以見王忠義之誠矣」。

〔一九〕明文衡本「古」字作「宋」。

〔二〇〕明文衡本「正者」字作「王者」。

〔二一〕「統幕兵」句，明文衡本作「以統幕師」。

〔二二〕「寇方内外」句，明文衡本作「寇方内偪」。

〔二三〕明文衡本「儀」字作「義」，當是。

〔二四〕明文衡本「湯」字作「湯陰」，當是。

〔二五〕「皆踴躍願力甚」句，明文衡本作「皆喜躍願効力」。

〔二六〕「明年春」句前，明文衡本有一「其」字。

〔二七〕明文衡本「性」字作「牲」，當是。

〔二八〕明文衡本於「職名」二字後有一「於」字。

〔二九〕明文衡本「無」字作「毋」。

〔三〇〕明文衡本無「憶」字。

〔三一〕明文衡本「讒」字作「訧」。

〔三二〕「蓋九州」三字，明文衡本作「驂雲虬」。

〔三三〕「胡不睠」三字後，明文衡本有「兮」字。

〔三四〕明文衡本「烝」字作「蒸」。

〔三五〕明文衡本於「復還」前有「往」字，當是。

義姑姊辭

魯義姑姊之事著于劉向《列女傳》，今兗之寧陽有墓祠在焉，其地當齊魯之交。近余奉使襄漢而還，因謁孔林，逌出寧陽，將賦之而不果。京尹王公惟善寧陽人也，高姑姊之義，有以彰焉而善其俗。約中朝能言之士詠其事，不鄙及余，乃爲之辭曰：

昔余南使而北還兮，既謁闕里之聖庭。道泗汶而西邁兮，側聞魯姑姊之義聲。嘅魯邦之不競兮，肆齊人之侵侮兮〔一〕。紛干戈以日尋兮，哀耄倪之爲虜。彼一婦而二嬰兮，乃左擊而右攜。嗟倉皇以竄伏兮，勢莫能以兩全。羌棄子以保侄兮，蓋有所得已也。寧舍恩而取義兮，將以存厥兄之祀也。義動天兮感神，人雖吊兮無復馴。既以退兮齊師，復見旌于魯君。夫孰知一婦人之爲列兮，乃賢於三軍。彼鄧僕射之事兮，抑其有幸不幸之云。惟天理之在人心兮，何古今之有異？矧君子之於鄉兮，得不表章夫高義。汶之陰兮岱之陽，姑姊墓兮祠以享。山可泐兮水可竭，維義聲兮永不磨。

校勘記

〔一〕句末「兮」字爲衍文。

夢遊賦　海子橋觀海賦　三農望雪賦　煙波釣客賦〔一〕

校勘記

〔一〕四篇均見於《武功集》，可參《武功集》相關篇目校文。

十丈蓮賦

道鄉諸子孫有字佑之，而名曰賢君。居乎泰伯之墟，而游乎梁溪笠澤之間。聞《詩》與《禮》，尚白以玄。既靜修而崇儒，復高蹈而好僊。蓋嘗揮千金之貲算，造百尺之樓船。以爲浮家泛宅，而放乎巨浪長川。蓄墨寶於文苑，發虹光於夜天。於是天全翁借而乘之，以過乎崑崙之北，而至乎東海之壖。會太乙真人自大瀛之外，遊乎大瀛之内，見而驚且疑焉，曰：「唏！是何雲垂天而灑，霞照水而嫣。其甚似吾昔者所乘華峰玉井十丈之蓮，藏之大壑，俄千百二年，今見斯夫其所乘胡然者耶？」愕然四顧，莫知其數，乃問之天全翁。

翁囅然笑曰：「真人乎！真人乎！知彼之真，而不真此之非真乎？知彼之非知，而不知此之真乎？彼之蓮似舟而非舟也，此之非似蓮而似蓮也，亦猶若之僊似儒非儒，吾之儒似僊非僊者耶？眼觀者庸詎知若之蓮不爲吾之舟，吾之舟不爲若之蓮乎？庸詎知僊之不爲儒，儒之不爲僊乎？矧夫舟也，道鄉諸孫所爲而非吾之所有者，若之與吾又何辨焉？且夫瀛海何大？江湖何小？舟之與蓮，又何計乎丈尺之多少？真人乎！真人乎！吾且與君相期乎九垓之上，同遊乎萬家之表。以超絶乎斯世之紛濁，而復還乎太古之天。」

由是真人乃亦發乎一笑，而爲之釋然。與公把握，其意相孚，而謂道鄉亦吾之徒也。乃命玉童招以相娱，麾天胥，致天廚。瀉金液於碧筒，薦璚漿於翠壺。薦之以華根之玉腴，菂房之紺珠，又侑之以採蓮之僊姝。鼓湘浦雲錦之瑟，歙瑶池黄竹之竽。張鈞天之九奏，舞霓羽乎六銖。真人乎青藜，扣舷而歌曰：

泛予蓮兮若舟，牽藕絲兮飄以莩。遺世紛兮何憂？越環瀛兮麟鳳洲。聊逍遥兮容與，長共公兮僊遊。

天全翁乃以玉如意擊節而歌曰：

乘吾舟兮若蓮，蒲之飄兮百丈以牽。遺世紛兮，奚言三江五湖兮風月無邊。聊逍遥乎容與，侣真人兮以游於天。

賡載既成，真人亦隱。賢乃具簡請公筆之，以爲名舟張本。

太和登祀賦

徐子自相治兵，承召而還。天子有制，使祇祀於太嶽、太和之山。既竣事，回車弭節，次於襄樊之間，有客邀而問之曰：「聞子有事於太和，茲山之盛可得而聞歟？」徐子曰：「可。夫是山也，渾淪磅礴，巀嶪巑岏。孕秀坤輿，毓精乾元。以表南紀而應北玄，出崑崙之正脈，接太華之中幹。枕以岷嶓，帶以江漢。控地之軸，扼天之闕。其陽則虛危之所宿，其陰則爲玄武之所蟠。寔上帝之清都，至真靈壇也。若其岩之有三十六，所以象乎乾之策；其澗之有二十四，所以發乎坤之數；其峰之有七十二，所以具乎星龍之骨節，而應乎氣候之循環。吾嘗考其位置而揆其品第，斯可以兄五嶽而第〔二〕四鎮，子千嶂而孫萬巒者歟？爾其紀勝標奇，不一而足。競秀爭流，駭耳眩目。上干無色之天，下臨無底之谷。鸞鳳崖棲，蟾烏池浴。其産則有金精之石，火水之玉；其植則有東瀛之若木，西海之黄竹。珍禽異獸，莫識其形。僊葩瑞卉，莫辨其名。靈鴉護林，神虎守扃。坐淵龍之羅，臥聽天雞之鳴。榔梅春食，檜柏冬榮。紫芝三秀，瑶草常青。芳搴之英，黃獨之精。茹之者蠲乎百疾，餌之者延乎九齡。至如彤宫寶殿，琳館珠亭。天造地設，鬼宫所營。粲其金碧，焕若丹青。啟三門之建五城，巋鬱羅之層臺，玉山之上京。可以一覽而盡天下之勢，磬欬而發雷霆之聲。若夫大頂之高，吾不知其拔地而起者，幾萬億仞。但見摩霄倚漢，與天爲柱，而星斗之綴乎其上，雲氣之出乎其中。風氣之出乎其中，風雨之隔乎其下。東瞰旭日之升，而知其晝；西窺明月之生，而知其爲夜。陰晴晦明，殊觀異狀。一霎之間，而千變萬化。是故冥梗者，心有所不能通；幽深者，力有所不能窮。蓋應接之不暇，而摹寫之難工。乃今之所稱者，殆千百之一二。略得其仿佛耳，未能極其形容也。」

客曰：「勝哉境乎！子之游也樂矣乎？」徐子曰：「未也。夫憂以天下，樂以天下，志士之當然也。今天下之事，其可樂乎否耶？走雖不敏，敢忘此誼？」客又曰：「聞子致祀時，靈輝之睹然乎？」曰：「然。」「然則何不圖聞以表厥異？」曰：「吾不知此也。夫朝霞夕霏，固山川之氣爲爾。矧彼神明之都，靈氛往來，亦其常耳，何異之有？」曰：「昔之祀者皆已聞，子奚獨否？」曰：「在他人則可，在吾則不可。」於是，客乃俛而思，仰而嘆，曰：「子誠儒者也，其言迂而其意真。雖然，吾恐子之不合於人也。」徐子乃歌曰：「乃合於人兮，將合於神。匪合於神兮，乃合於天。」遂揖客而去焉。

校勘記

〔一〕由文意，「第」字當爲「弟」。

言行説　沈麟字説　玉山説　諫説　春谷説　公餘清趣　簡默堂説

恭儉齋説　吴氏三子字説〔一〕

校勘記

〔一〕九篇均見於《武功集》，可參《武功集》相關篇目校文。

淡庵序説

庵居而以淡名者，吴中張啟易氏也。張自宋元以來，世以醫顯，有官稱。至啟易與其兄養正，至和并傳家學而術并行。養正擅聲三吴，至和徵爲御醫，名震都下。而啟易家食埒封，居善藥以濟生，有清之風焉。諸大夫士歆其風而往來乎其菴者，屨相接於户也。有爲之記者，有爲之賦者，有爲之歌詠者，篇聯牘累，出經入傳。叢雜乎百家之言，浩乎博哉！然于啟易邈乎若未有以契乎其心者，乃復請予爲之序説。徐與張蓋嘗有締姻之好，且德其治疾爲多，義弗可已也。

予乃念之啟易曰：「諸大夫士之作富矣，美矣，蔑以加矣，予豈奚言？且予不知若之取義於淡，果何在乎？諸作之中，豈無契乎若之志者乎？」啟易憮然有問曰：「走不敏，其敢言文？雖然，走人間一醫耳，志在養生、濟生而已爾，餘無慕。」予聞而韙之曰：「有是哉！啟易之志予知之矣！請以醫喻，可乎？夫醫有神聖工巧之謂，而以望聞問切得之。其所以得之者，不以氣味聲色乎？氣有五，温也，燥也，濕也，寒也，涼也，無所謂淡也； 味有五，酸也，苦也，甘也，辛也，鹹也，無所謂淡也； 聲有五，角也，徵也，宮也，商也，羽也〔二〕。 色有五，赤也，青也，黃也，白也，黑也，無所謂淡也。 啟易其奚取夫淡哉？ 予又有以知之矣。 淡也者，無氣之氣也，無味之味也，無聲之聲也，無色之色也。 惟其無氣也，所以氣爲之元； 惟其無味也，所以爲味之至； 惟其無聲與色也，所以爲無聲色之竅妙朕兆。 是故氣以淡存，味以淡調，聲以淡和，色以淡真。 推而致之，豈惟氣味聲色然哉？ 心以淡名，身以淡寧，德以淡成，百疾以淡平，百福以淡生。 其理之精，雖古之和緩、盧扁、公乘、淳于有弗及知。 知其然者，其惟有道之士。 如吾儒周邵之儔乎？ 奚有乎醫？ 醫知其犄，則有之矣。 近世丹溪朱延修氏之爲醫也，其學上溯軒、岐，下演長沙、易水、東垣。 集諸家之善而去其末，其嘗著《格致餘論》等書，獨以淡爲用藥之本，而養生、濟生即其所言。 求其所知，蓋與吾儒合也，是以吾儒與之。 啟易亦嘗學丹溪之學者乎？ 不然，何其志之有在於斯也？ 吾聞啟易居，常齋心養和，安恬怡愉，日用百須一乎淡，若將終身焉。 至推以治人之疾，斟酌乎五材之性味，而必以淡爲之主焉。 故其效也，所得恒多。然則，啟易之所以養生、濟生者，即丹溪之所以養生、濟生者也，啟易可謂善學丹溪之學矣。善學乎丹溪之學，予尚奚説以勖之乎？爲啟易勖者，其尚因丹溪之所已言而求其所未言，以丹溪之所已知而求其所未知。擴而充之，由夫醫之道而求吾儒之道。於凡養心、養德，濟世安人之事，皆有以得其所以然之理，而於古聖君子之所謂淡而不厭者幾希矣。啟易其有以契乎其心否也？」

啟易於是躍然曰：「契哉！」遂筆之以贈。

校勘記

〔一〕按照文中「氣有五」、「味有五」、「色有五」的行文内容來看，均有「無所謂淡也」五字，可知此「聲有五」部分之末仍須有此五字，則抄本脱之。

愛日圖說

祝生瓛，今致政大參惟清之子也，而於予有翁婿之分。瓛閒持一圖謁予成趣軒中，因有請曰：「瓛聞之，父母之年不可不知也。今茲瓛父、大仲父之年既踰六十有三，母淑人之年亦登六十矣。瓛惟是喜懼交集於中而不能自已，乃仲夏月生魄之六，仲秋月生明之初，實二親之始生之辰也。爰命丹青作繪事，將以稱壽于堂，願翁有以教之。」

予爲之題曰「愛日」之圖，乃復進而語之曰：「瓛也，其亦知此矣乎？孝子愛日，楊子之言也，而見於《孝至》之篇，蓋孝情之至者也。孝情之至者，於日也何愛乎？惟夫人子之於父母乎欲報之德，昊天罔極。是其爲情，惟日不足，當何如也？然人之年大率以百年爲期，年至於百爲日，三萬六千而已爾。其不能至者何限？就其至者，五十而得其半矣，六十而甲子一周，爲日幾三之二矣。前之日已往，後之日方來，來之日比往之日孰多也？日也可不愛乎？况夫人之有子早者少而中晚者多，就其早有子者亦已二十上下矣。其子之生又必二十下上[一]而始有成立，其不能成立而不知爲孝者又何限？就其成立而知爲孝者，其年亦既二十、三十矣，其父母之年則已五十、六十矣，奉養之日之比鞠養之日孰多也？日也不可不愛乎？又况天年之不齊，人事之多端，今之日異乎昨之日，翌之日異乎今日之日，日也不可不愛也。愛之，何如勉於致敬而已；致養，何如善於承志而已。瓛也其亦知此矣乎？凡人莫不有志，况夫賢者？大參之賢，朝野所知也；淑人之賢，姻里所知也。既偕其榮，亦偕其老。有華其堂、其旨、其饌居於斯，而瓛也率其婦子拜於斯，獻於斯，斯慶斯樂，視日如年，其爲順適何如也？然賢父母之志，豈徒欲其順適者哉？蓋必欲其子之立乎身也，保乎家也，顯乎世也，斯爲得乎其志也。瓛也，其亦知此矣乎？夫其志與心得，則其氣體安；氣體安，則其考終壽。壽考隆，則由是而至乎耄，至乎耄期可必也。瓛也勉之，勉之之至，則汝之爲孝也亦至爾矣。然則斯圖之作以之傳于世可也，以之詒汝子孫，使知汝之爲孝亦可也，豈徒以之稱壽乎？汝親爲慶幸爲觀美於斯日而已。瓛也勉於是。」

瓛再拜曰：「謹受教，請書諸圖以歸。」

校勘記

〔一〕「下上」爲倒文。

寬猛辯　制縱論　漢元功與唐淩煙功臣優劣論　周禮在魯論〔一〕

校勘記

〔一〕四篇均見於《武功集》，可參《武功集》相關篇目校文。

天全翁集 卷二

記類

重建范文正公祠堂記

宋有天下三百年〔一〕，視漢唐疆域之廣不及，而人才之盛過之，此宋之所以爲宋者也。蓋自太祖而後十有五君，君德莫盛於仁宗。前後輔政之臣幾百數十人，人才亦莫盛於仁宗之朝。就仁宗朝之人才論之，蓋莫盛於范文正公。公之爲人剛大清純，天資忠孝而爲學得聖賢之心，庶乎所謂「極高明而道中庸」者。故其爲臣表裏一誠，始終一正，而文武經緯備焉。公事仁宗，自秘閣登諫垣，出入侍從，守郡帥邊，多所涉歷而不得久處於朝。及參大政，方將拯時復古，權幸間之，曾不期月而去。凡所建明，旋亦更革。公之所存，十不施其四五。然而勳業德望之盛，視彼久于其位者猶倍蓰焉。使其久且盡施，則宋之爲宋當不止是矣。於乎甚矣，直道之難行也！有君如仁宗，有臣如文正公，其猶若此，有志〔二〕於世者所深惜也。公之〔三〕同時名臣莫如韓魏公、富鄭公，魏公於公每事推重，而鄭公因事感歎，至擬公於聖。異時大儒莫如朱文公，文公謂公傑出之才，爲天下第一流，而吳澄氏亦謂公爲百代殊絶人物。之數公者豈無所見而言哉？是以後之君子聞風而起者，未嘗不稱公之爲盛也。

凡公所嘗過化之地皆有祠，吳中公之故鄉，而文正公〔四〕書院故義莊也。其祀事自宋元暨國朝列於祀典〔五〕，春秋享之。而其祠宇因故歲寒堂爲之，屢毁屢葺，規制未宏。乃者今大司寇萬安、劉公顯孜以都憲奉璽書巡撫南圻而臨是邦，因謁公祠，顧瞻興懷。爰諮所司，徹舊爲新，闢而宏焉。協議以贊其圖者，前郡守黄岩林侯一鶚、今郡守瓊台邢侯克寬；承命以董其工者，吳邑主簿南昌李榮也。於是公之十二世孫主奉祠事，從規來以記請。

有貞聞之，君子之於道也，其有所立也，必有所宗也。求乎今而不足，則尚友乎古之人，所謂世異而道同者也。今夫都憲公巡撫於斯也，猶文正之經制陝右、河東也。兩郡侯之繼守於斯也，亦猶文正之爲治于蘇、潤、饒、越也。事文正之事也，心文正之心也，是亦文正而已矣。然則三君子之於公，豈非所謂世異而道同者歟？有貞於公幸爲鄉之後學，固嘗寤寐乎公而思所企及者，其能自已乎哉？雖不及〔六〕文也，愿執筆焉。附名于三君子之後，以庶幾夫高山景行之意云。〔七〕

校勘記

〔一〕明錢穀撰《吴都文粹續集》卷十四載徐有貞撰《重建文正書院記》爲全帙，在「宋有天下三百年」之前尚有「詔賜章服閒居前太史中執法經筵講官、翰林學士、知制誥、奉天翊衛推誠宣力守正文臣、特進光禄大夫、柱國、武功伯、兵部尚書兼華盖殿大學士、東海徐有貞撰、并書。賜進士及第翰林國史脩譔儒林郎、文華殿講讀官、長洲陳鑑篆額」等句。《吴都文粹續集》爲文淵閣四庫全書本，以下簡稱「吴都文粹續集本」。

〔二〕吴郡文編本同清初抄本，吴都文粹續集本「有志」二字前多一「此」字，當是。

〔三〕吴都文粹續集本同清初抄本，吴郡文編本脱「之」字。

〔四〕吴都文粹續集本、吴郡文編本均無「公」字，當是。
〔五〕「列於祀典」句，吴郡文編本作「殊於常典」，吴都文粹續集本作「列於嘗典」。
〔六〕吴郡文編本同清初抄本，吴都文粹續集本脱「及」字。
〔七〕吴郡文編本同清初抄本，吴都文粹續集本於此後尚有「成化二年，歲次丙戌，春三月望日立石」等十五字。

科第題名記

皇帝嗣大〔一〕歷服之三年，命監察御史臣選提督南畿之學政，錫之璽書以行。臣選既至，乃〔二〕勅知蘇州府事前御史臣奭圖之曰：「明主之于學政，意亦至矣。惟是興王根本之地，治教所先，人才所出，實宜加盛于天下。璽書所諭教條，謹已宣布。惟中吴自有國百年來，歷科所第之士策名天府，亮采中朝，熙績方岳者，于今爲盛。然而題名之碑其猶未備，非缺典歟？」爰考洪武初科以下至于兹〔三〕，凡蘇之士之登科者得若干人，并以年第先後次序其姓名而勒之石，立于府庠明倫堂之中左，臣選、臣奭謂臣有貞宜爲之記。

惟夫科第之題名，所以爲榮乎士，亦所以勸乎士也。天子題之于國學，所以爲天下之士之榮之勸也。部使者與守臣題之于郡學，所以爲一方之士之榮之勸也。然[四]有爲榮勸乎一時者，有爲榮勸乎百世者，則係乎其人焉。若漢之董仲舒、公孫弘皆以賢良舉者也，一則正誼明道，一則曲學阿世；唐之裴度、皇甫鎛皆以進士舉者也，一則忠以弼其君，一則奸以蠱其君；宋之司馬光、王安石亦皆以進士舉者也，一則以義治其國，一則以利亂其國。方夫舉也，各當其時，揚王庭，顯天下，其爲[五]榮蓋等矣，矧乎曲妨正、奸媢忠、利奪義？時君惑之，時人黨之，且將以彼加此，其爲勸亦未必知所適從也。至于世之既殊，事之既異[六]，公是公非，既有定論所在，則其人之臧否誠僞，乃始判然。一以流芳，一以[七]遺臭；一以傳美，一以取譏；一則爲科第之光，一則爲科第之玷。以此視彼，奚啻薰蕕、鳳鴞、玉與石之相遠哉？是故榮勸乎一時者不足貴，榮勸乎百世者乃可貴耳。雖然，榮與勸在人者也，非在己者[八]，君子亦求其在己者已耳[九]。于是乎記。

校勘記

〔一〕吴都文粹續集本同清初抄本，吴郡文編本「大」字作「天」，當是。

〔二〕吴郡文編本同清初抄本，吴都文粹續集本「乃」字後多一「與」字。

〔三〕吴郡文編本同吴都文粹續集本，「玆」字前有一「今」字，其斷句爲「爰考洪武初科以下至于今，玆凡蘇之士之登科者得若干人」。

〔四〕吴郡文編本同清初抄本，吴都文粹續集本「然」字作「顧亦」二字。

〔五〕吴都文粹續集本同清初抄本，吴郡文編本脱「爲」字。

〔六〕吴郡文編本同吴都文粹續集本，「異」字作「往」。

〔七〕吴都文粹續集本同清初抄本，吴郡文編本「一以」後衍「流」字。

〔八〕吴都文粹續集本同清初抄本，吴郡文編本「者」字後多「也」。

〔九〕吴都文粹續集本同清初抄本，吴郡文編本「已耳」作「而已」。

崇明縣廟學記

成化紀元之六年，崇明縣新修廟學成。乃秋八月上丁，既釋奠於先師，其教諭武平胡泰、司訓餘姚李居義、宜陽王巘率諸生陸孟剛、陳久林、樊軒、顧清、張南雲〔一〕等具是始末，來曰：「惟兹廟學之新，實今知縣事廣信汪君士達之績也，願有記。今天下惟崇明新造〔二〕邦，其始本海湧之沙也。沙積而土乂焉，土乂而民聚焉，民聚而官治〔三〕興焉。然在唐爲游徼之鎮，在宋爲榷鹽之場，時猶未入職方也。入職方〔四〕乃自元及我朝始爲州，隸揚於江外；今爲縣，隸蘇于畿内。視江外縣爲重，矧殿國艮維，鍵制海道，其重視諸赤縣又加焉。故雖一邑而常宿重兵守之，地既〔五〕重則官守亦從而重。然以沙塗之壤，中海而居，風濤之所齧蝕，蛟龍黿〔六〕之所齚齶，靡有定時。故自入職方以來僅二百年，而城治之徙者三矣。城治徙，則學宫亦從而徙焉。蓋地之勢北高而南下，故徙而益北，至是垂六十年，而民無昏墊之虞，城守則可謂固矣；而學宫則或成焉，或毁焉，成而毁也則易，毁而成也則難。城治任在守令，守令〔七〕得自爲也；學校任在教官，而教官不得自爲，爲之亦在守令爾。然自洪武以來，爲令於斯者歷數十政矣，而其於城治、於學校爲之而能成之者，惟前令永平王允威及士達耳，蓋二君皆名進士也。允威以才猷治行，遷叅〔八〕郡守、方伯至都憲。自其去崇明後，又更數政。政厖〔九〕事隳，迨兹由士達振之。士達才猷治行與允威概同，而勞績加多。其爲之成之，不惟廟學，而廟學尤其用心之至者也。若大成殿，若明倫堂暨兩〔一〇〕齋，則因其故而葺隱〔一一〕者；若戟門，若靈星門暨學宫之門，若兩廡，則拓其故而造焉者；若廟之神厨及宰牲〔一二〕之所，若泮池及池上之橋，則皆故所無而今鼎建焉者。若諸生之舍，故僅數楹，〔一三〕今則益而廣焉，至二十餘楹。學宫之牆故卑且隤，幾無完堵，今則擴而崇焉，爲周垣至八百〔一四〕餘丈。廟堦之前，隘且弗嚴，今則闢而爲之衢道。中衢立科第題名之榜，而以禮門、義路别〔一五〕左右焉。規模斯壯，氣象斯新，士之游居者爲之興其志趣〔一六〕，往來者爲之聳動乎觀瞻，斯已盛矣！及其治事之餘，時造學〔一七〕，相與課程諸生。又延禮鄉賢，翼而迪之。凡可以策勤勵惰者，罔弗盡其方，此吾徒所以願記其績者也。至若崇明之城〔一八〕，故土壘也，今則甓而堅矣；社稷諸祀，故荒壝也，今則坦而肅焉〔一九〕；縣治故無譙門，則作之門；海航無艦，則作之艦；涉川無梁，則作之梁。自郡〔二〇〕使者之署及屬官之廨無弗飾焉，此又通邑之人所以願記其績者也。」

予聞而嘉之。夫邦新造則難乎〔二一〕治，兵民雜處則難乎化。於此而能治而化之〔二二〕，餘〔二三〕其無難爾矣。昔范忠宣公之知襄邑也，自公宇、學校至倉廩〔二四〕一新焉，擇賢以教而時躬勸學者，宋史美之，至今有耀也。士達其聞忠宣之風而興起者歟？使繼今以往，日加懋而弗已，〔二五〕則其功名事業豈惟儷美允威乎？將匹休忠宣矣。此予言所以爲士達發也。若夫講道之功、成材之效則在諸爲師生者懋焉，於是乎記。〔二六〕

校勘記

〔一〕吴郡文編本同吴都文粹續集本，「陸孟剛」後無「陳久林、樊軒、顧清、張南雲」等四人之名。
〔二〕吴都文粹續集本「造」字作「建」，吴郡文編本於「建」字後多一「造」字。
〔三〕吴郡文編本同吴都文粹續集本，「官」字後無「治」字。
〔四〕吴郡文編本同吴都文粹續集本，無「入職方」三字。
〔五〕吴都文粹續集本同清初抄本，吴郡文編本「既」字作「之」，誤。
〔六〕吴郡文編本同吴都文粹續集本，「龍」字後無「鼉」字。

〔七〕吴郡文編本同吴都文粹續集本，無此「守令」二字。

〔八〕吴郡文編本同吴都文粹續集本，「遷叄」二字作「遷遷」。

〔九〕吴郡文編本同清初抄本，吴都文粹續集本「政厐」字作「政龐」，誤。

〔一〇〕吴郡文編本同清初抄本，吴都文粹續集本「两」字作「西」，誤。

〔一一〕吴郡文編本同吴都文粹續集本，「隱」字作「焉」，當是。

〔一二〕吴郡文編本同吴都文粹續集本，「宰牲」二字作「牲牢」。

〔一三〕「若諸生之舍，故僅數楹」句，吴郡文編本同吴都文粹續集本作「若諸生之號舍僅數楹」。

〔一四〕吴郡文編本同清初抄本，吴都文粹續集本「百」字作「十」。

〔一五〕吴都文粹續集本同清初抄本，吴郡文編本脱「别」字。

〔一六〕「興其志趣」句，吴都文粹續集本同清初抄本，吴郡文編本作「興起乎志趨」。

〔一二〕吴郡文編本同吴都文粹續集本，「學」字後多一「中」字。

〔一八〕吴郡文編本同吴都文粹續集本，「城」字作「地」。

〔一九〕吴都文粹續集本同清初抄本，吴郡文編本「焉」字作「矣」。

〔二〇〕吴都文粹續集本同清初抄本，吴郡文編本「自郡」作「則自部」。

〔二一〕吴都文粹續集本同清初抄本，吴郡文編本脱「乎」字。

〔二二〕「於此而能治而化之」，吴郡文編本作「於此而能治能化之」，吴都文粹續集本則較吴郡文編本少「之」字。

〔二三〕吴郡文編本同清初抄本，吴都文粹續集本「餘」字前多一「其」字。

〔二四〕「自公宇，學校至倉廪一新焉」句，吴都文粹續集本惟「宇」字作「守」，吴郡文編本作「自公至，學校、倉廪一新焉」。

〔二五〕「使繼今以往，日加懋而弗已」句，吴郡文編本同吴都文粹續集本，作「使繼今日、往日加懋而弗已」。

〔二六〕吴都文粹續集本於文末尚有：「成化庚寅秋九月十有六日，光禄大夫、柱國、武功伯、兵部尚書、華盖殿大學士東海徐有貞記。」吴郡文編本基本與吴都文粹續集本同，惟無「東海」與「記」三字。

江山壯觀亭記

古稱金鰲、浮玉二山爲江漢朝宗于海之門户，即今京口金焦是已。蓋省文易名，因以淆訛，故郡志無考。然焦有古刻「浮玉」之名，尚存岩石，而江表之人猶稱焦門爲可證焉。浮玉視金鰲加峻而多石，高出雲表，屹立中流。其獨乎京口金鰲曾再游，而玉山則未也，乃者以太守姚侯之約而始克登焉。既探三詔之洞，訪漢隱君先之遺跡。因與之搜奇選異，於蒼崖翠壁間，得其景之會處作一亭以據之。南臨銕甕之城，北瞰瓜步之州。西接龍蟠虎踞之都，東控海門天蕩之險。引領四望，但見夫淏淏焉，皛皛焉，稽天而白者皆水也。峨峨焉，鬱鬱焉，拔地而青者皆山也。而一拳之石，尋丈之亭，盡攬而有之。游目之際，余與侯相顧動色而嘆曰：「壯哉！江山之爲美也，有如是乎？」侯因舉李太白「登高壯觀天地間」之句而謂余曰：「請以名吾亭可乎？」余曰：「可。雖然江山之壯不自明也，以人而名。是故甘露之名以李文饒，金山之名以蘇子瞻，而茲山之名則以焦隱君也。然茲山之形勢視彼两山加勝，而其名不加著，題詠不加多，何哉？蓋古人之所以名世，而不朽者有三，所謂立德、立功、立言而已。文饒、子瞻其庶幾立功、立言者，隱君之名高矣，而與『三立』無聞矣，此其所以異歟？不然，彼如羊之根石，何么麽也？徒以諸葛孔明一踞以俟，而其名至今猶震焯於人耳目間。然則天地間雖壯觀，在乎侯之與余同游於斯，亦豈徒然也哉？如文饒、子瞻之事業、文章固不可少，而亦不可以是自畫，乃所睎則孔明其人乎？至如立德，則吾聖門之規範在焉，尚可勉焉以自立也。夫子固嘗曰：『知者樂水，仁者樂山。』又曰：『己欲立而力〔一〕人。』侯之自立偉矣，而能知余相與以道合志者，余也敢不敬從！」侯於是躍然喜，唯然應，即以予言記夫亭。

校勘記

〔一〕「力」字當爲「立」，抄本誤。

錢氏生幼堂記

生幼者，吾醫錢氏之堂名也。蓋錢氏世以小方脈專門，相傳以爲宋國醫仲陽之裔。在元有仕爲毗陵醫學教諭者生元善，元善生晉府良醫宗道，宗道生良玉，良玉生伯常、伯康，其業醫三百餘年矣。初自吴徙晉中，自晉徙燕，今復定家於吴。家雖屢徙，堂雖屢作而生幼之名無改焉。至是，伯康乃請予記之。

嗟乎！余於是有以知伯康之術之心矣。人之生乎天地之間，五運之變化，六氣之流行，有所以育夫生者，亦有所以閼夫生者。育之維艱，閼之維易。壯者且然，矧嬰幼乎？故濟生之家有大、小方脈之分，大方脈固難，而小方脈爲尤難。夫嬰幼之生，若草之始萌芽，若木之甹蘖，若花果之始敷蕚。其脆弱么麽，非詎能長成，矧人么札其端多矣。或由乎人，或由乎天，有可生者，有不可生者，此生幼之所以爲尤難也。醫而至於能生幼，斯其善矣。雖然，生幼者術也，所以能生幼者心也。術有限量而心無限量，視人幼猶己之幼，因其可生而生之，是謂生生。夫生生者，天地之心也。人而能體天地生生之心，則其爲人也亦大矣，伯康其有見於斯乎？誠有見於斯而能深求焉，吾知其進乎吾儒之道矣，醫云乎哉？余知之錢氏醫惟舊，自良玉暨伯常、伯康皆與之厚。家之子姓在幼嘗德其生者蓋多矣，而勞伯康者尤數數焉。伯康於金幣之、酬之無所取，而愿欲得吾之文以爲重，其所好不亦左乎？然而不可卻也，因以是記其堂云。

湖廣按察題名記

王者以法度治天下，必有風紀之司以爲明目達聽之用，蓋古今所同然也。我太祖高皇帝肇大一統之初，用夏變夷而治尚法。其於建官雖因故制，而多所損益折衷焉。内外臺而制之，官内有都察院，以總天下之風紀；外有按察司，以專一方之風紀。司之設於方岳者凡十有三，而湖廣爲之重，蓋有古全楚之地，兼江漢南北諸侯之封域。當徐、揚、豫、雍、梁、益之交，而人在於南都之上游。内聳諸夏，外控諸夷。治忽所系，尤急於諸方，故於命官，尤重其選。

吾玉峰項公彦輝之爲按察司也，三載於斯矣。政舉刑清，端舉視事之餘，與其同寅之賢議曰：「世之右文，中外諸司有廳壁題名之記，所以表人物、考政績、示勸懲而裨治道也，矧茲風紀？激揚是職，由斯以升者，有克守職；由斯以聞者，有匪匪聞。或升聞匪正，至瘝官病國、遺吏民害、爲風紀羞者。夫善之名跡固不可没也，而不善之名跡固不可掩焉。是司舊有題名之石已毁於燹，而今則無。吾徒備員於斯，可但已耶？盍圖爲之？」議既協，又以言於巡撫都憲羅公。公由斯以升者，止之不可而俞焉：「乃自洪武初，迄今百年來，前政之人具列氏名及其爵，敘之概而存其列之余以待後政者。」石既勒於廳事，彦輝乃具書，因其屬盛寧司訓王慶元吉來請記。於乎！彦輝之用心亦至矣。夫持三尺之法，據畫諾之論，以儆官邪而達民隱。譬則規矩準繩之爲用，必先自治而後治人者也。君子於斯，其可苟哉？

今也表章前政之善，以爲後政之視效，而於所不善亦有所警戒焉，所謂先自治者是也。雖然士之學古入官，必古是師，豈特師今，謂今自治爲哉？惟是志也，爲是官也，蓋必如漢蘇章之行部冀州，如唐李栖筠之觀察浙西。其庶幾乎引而上之，將必如召康公、仲山甫之於周。不惟其法禁而惟其德化，使所部十有三府、百有十七城邑，環數千里間，吏無不得其職，民無不得其所，刑名獄訟無不得其平。井牧均，兵衛飭，内安外攘，無不得其宜。由是四境晏然，朝廷無外顧之虞，而天下後世謂我皇明之治有由乎風紀，得人以致者，不亦偉歟？有貞雖戇甚，而弗能工宦也。蓋嘗承乏中臺，總風紀焉。嘉彦輝之用心，於是乎記。

僊桂堂記

堂以僊桂名，志登第也。作之者，文林郎大理評事周君民表也。民表以天順己卯擢第於京闈，甲申擢第於春官，遂對大廷，擢黄甲，爲名進士。方其寧親而歸也，時斯堂適成以名之。既名之，因樹桂以識之，庭前後皆是也。歷歲月且久益楙，輪囷乎其根，樛竦乎其幹，扶疏乎其枝，蔚茀乎其葉，鬱乎冬，舒乎春，郒乎夏，而華盛乎秋。秋之中也，風之清，月之白，在之皆然。然斯堂之景象，夐其特異，以有桂也。桂之始，若金之粟，若玉之蕤，若珠之菂皪而有芬。其氣若萬斛之香，自天而下。清者遇之，若益乎其清；明者遇之，若遇乎其明。若軼埃壒乎九野之表，排浮雲而上征也。若仍羽人於丹丘、於羽衣、於廣寒之地，故其華謂之月中之華，其香謂之天上之香，名以「僊桂」，不亦宜乎？民表於時既拜官天府，倡廷尉之佐，持法之平，擢乎其英，揚乎其名譽，不翅若折桂之馨。薦紳大夫爲之歌詠發揮，由是三吴之士莫不聞是「僊桂堂」之名也。民表於是裒集其詩，征予記之。

予惟夫桂之爲桂，固植物中之翹楚者也。華而謂之月中之種，芬而謂之天上之香，其况之僊宜已，故淮南以之况隱士，而後世以况士之擢第，蓋用郄詵事也。然詵之意本以自况，其才之秀出耳，初未嘗以况夫科第也。以才自况，君子尚然淺之，矧以科第耶？予於民表蓋有進焉。昔楚靈均之賦嘗以香草比君子，而於桂數有取焉，取其馨香尤異也，猶《書》之云「黍稷非馨，明德惟馨」，《易》之云「地中生木升，君子以順德積小以高大」。民表之學顓治乎《書》，而旁通乎《易》，其取于桂也，將必以德之明，日積而進乎其高大也。又必以德之明日進而致乎其馨香也、高大也，以其身馨香也，以揚乎其名，于以光顯其所生雙親而流芳乎百世可也，夫豈特如靈均之賦、郄詵之事而已乎？之民表之心也至矣。於是乎記。

蘇州府儒學鄉貢題名記

初，御史臣選之至，奉宣璽書、布教條已，即與郡守臣奭協圖所以興學勸士者，既集國初以來甲科之士之名而記之矣。或以不及鄉貢〔一〕爲言，于是又取乙科之士之名將續之記，乃復屬筆於臣有貞。

臣有貞嘗竊論之，夫進士之稱昉見周制，蓋才德之成升于王朝〔二〕。然惟以實論士，未嘗以名設科。科之設自隋始，唐、宋因之以至本朝。其制雖有損益，而每加重焉。蓋兼明經、宏詞、對策諸科而爲之，有鄉試，有策試、御試〔三〕，有殿試〔四〕。鄉試視〔五〕古之里選，策試視省考，殿試視舉制〔六〕。自鄉過省，乃分甲乙之科，甲升大廷，謂之進士；乙列校官，或入曹監，以需後舉，謂之舉人。在古皆進士也，而今分之曰甲曰乙。由是世之待之，或以上焉，或以下焉；士之得之，或以盈焉，或以歉焉。何也？有〔七〕科名，有甲乙，一時稱謂然耳，豈萬世論哉？皐、伊、孔、孟何有科第？故未有科第以前不必論，自有科第以來士亦多矣。若有宋濂溪周子、共城邵子，〔八〕命世大儒，豈皆出于科第邪？其不由科第者不必論，自其由科第者言之。昌黎韓子文師百世者也，而其科名乃與張童子一列。考亭朱子道師百世者也，而其科名乃在王佐榜第五甲。彼童子者〔九〕，固不足齒，佐之學術〔一〇〕，世亦無聞。以是觀之，何者爲甲？何者爲乙？然則論士者，可以科第甲乙爲上下邪？士之自處，可以科第甲乙爲盈歉邪？彼以爲上下爲盈歉者皆非矣。儒先〔一一〕君子蓋嘗以爲非科目得豪傑，乃豪傑由科目以出耳。凡今之士以是〔一二〕爲出身之途可也，以是爲立身之道未可也。夫惟不以一時之名爲名而以萬世之名爲名者，其庶幾乎所謂豪傑之士哉！是故叔孫氏之論三不朽，惟立德、立功、立言而已。孟軻氏之論大丈夫，惟〔一三〕居廣居、立正位、行大道而已。臣有貞于論科第亦云。

校勘記

〔一〕吴郡文編本同吴都文粹續集本，「貢」字作「試」。
〔二〕吴郡文編本同吴都文粹續集本，「王朝」後多「者也」二字。
〔三〕吴都文粹續集本同清初抄本，吴郡文編本「策試」作「會試」。
〔四〕吴郡文編本同吴都文粹續集本，「有殿試」後無「御試」二字。
〔五〕吴都文粹續集本同清初抄本，吴郡文編本脱「視」字。
〔六〕吴都文粹續集本「舉制」倒文作「制舉」二字，吴郡文編本「制舉」作「制義」。
〔七〕吴都文粹續集本同清初抄本，吴郡文編本「有」字作「夫」。

〔八〕「若有宋濂溪周子、共城邵子」句，吴都文粹續集本同清初抄本，吴郡文編本作「若濂溪周子，若共城邵子」。
〔九〕吴都文粹續集本同清初抄本，吴郡文編本脱「者」字。
〔一〇〕吴郡文編本同清初抄本，吴都文粹續集本「學」字後無「術」字。
〔一一〕清初抄本同吴郡文編本，吴都文粹續集本「儒先」倒文作「先儒」二字，當是。
〔一二〕吴都文粹續集本同清初抄本，吴郡文編本「以是」後多一「序」字。
〔一三〕吴都文粹續集本同清初抄本，吴郡文編本脱「惟」字。

錫山邑新濬馮堰走馬河渠記

興水利，滋稼穡，以利用厚生，王之政、吏之職、民之事也。是故王政之行，吏職其職，民事其事，義所當然也。當然而不能然，職之不職，事之不事，惟王所則，而吏之責重，民之責輕，以法坐所由也。蓋民之作，止由夫吏，吏職失而民事得者無之。然有能自奮乎其下，以言以謀，以力爲之，以修乎其事而補乎其職者，惟民之良，故法許之而義與之也。常郡錫邑之川，故有所謂走馬塘者，介東西吴之間，匯諸溪流而注之河江，利灌溉通往來。田焉，航焉，民有賴焉，然淤塞既久，民所利失，而受其病百年於斯久矣。乃有鴻山義士趙鑑汝明者，發憤圖之，使其子繡具事宜，伏闕下，請疏浚而復興之。詔可。冬官行焉，自巡撫大臣、按部使者暨郡縣長吏咸踶焉而相成焉。庸調旁近之民爲丁萬有五千以赴工，起走馬塘至馮堰，凡爲里十有三有奇，延袤爲丈三千二百五十有奇，廣爲尺六十有奇，深爲尺三十有奇。擴故導新，不踰月而通，凡爲工四十五萬有奇。董工有吏，執役有民，而趙氏父子率先焉。爲其方則有懿焉，工食有缺則有佐給焉，由是水利復而民不病。

於乎！事隳於百年之速，而一旦興之若新，乃不自乎吏而自乎民，何哉？《周官·稻人掌稼》下地有豬防溝，遂列澮之法，以經水利。蓋王有常政，吏有常職，民有常事，而歲有常計，所以國有常治而無失常之患。今乃不然，然猶幸下有嘉言，上有明詔。又有賢所司，因成其間，以求其失，不猶愈於無救者乎？昔者翟子威環鴻隙之陂而天降其罰，近者朱彦修復蜀野之塘而人歸其功，然則趙氏父子之爲良，信乎其可許與也已。汝明及繡皆以義官嘗被恩褒，有服命之錫云。

天全翁集　卷三

序　類

桐湖十景壽詩序

余姚桐湖蓋越中山水之佳處也，余友中憲大夫邵公德昭居焉。德昭爲人温雅醇厚，才器瑋然，深於禮樂。自永樂甲辰以明經擢進士，拜監察御史。正統初元，以故太師英國張公薦入經筵爲講官，與修《宣宗實録》。轉翰林修撰，出副閔臬。坐寇難，左遷於蜀會。先帝復辟，詔復其官。繼丁家艱，服闋，載涖於閔，徙於楚，有不合者扼之，遂解而歸。買田筑舍，於茲有年，游焉，息焉，安焉，樂焉，而有自得於中者。乃即其景物分爲十題，既自爲之記，又自爲之詠以自適焉。己丑之春仲月下弦之夕，實其初度辰也。其從弟長洲丞宏文因與吳中詩社之文取其所詠，屬而和之，以寓爲壽之意。繼而裒次成什，需予序焉。

嗟乎！德昭予之斯文深契也。自其初入館閣，以至於今。兹有與游幾三紀矣，休戚相關，緩急相及，情意若昆季焉，余於奚辭？雖然之十景者德昭既自記之二自詠之矣，又有宏文與詩社諸君子之屬和矣，余於是奚言？然不言，則不足以酬宏文之請而答德昭之意也。夫壽由乎天者焉，有由乎人者焉。由乎天者，不可以爲致；由乎人者，可以養而得。德昭於兹年登七袠，聰明有加而精力不衰，固善自養者。蓋嘗有慕乎白樂天之爲人，故其自記若自詠每以自擬焉。樂天，唐之名卿也，而遇非其時，才不盡用，潔身而退。卜居東洛，結社香山，獨以詩書終其天年。推厥志也，庶幾占之明哲，視彼牛、李之樹黨，王、賈之搆禍，奚翅冥鴻、羅雀之相遠哉？噫！樂天其賢矣，德昭擬之，亦豈無所見而然耶？當夫内宄外奸之相比周而柄國，忠臣義士無所容乎其間，乃能介然見幾，遠就外補。及夫坐累左遷，怡然處之，而起然以還，於寵辱利害之際，曾無幾微之變。方且盤桓林泉，追逐風月以樂乎天，其樂殆不知老之將至也。夫其志趣與白傅寧有異乎？然則德昭其自擬之人亦擬之矣，則何古今人之不相及哉？余斯序焉，以俟後之覽者。

寓哀集序

集文與詩而謂之「寓哀」者何？哀故友義居士淮陰畢文德之歿也。作之者誰？當時諸薦紳大夫也。集之者誰？居士之子進士文林郎、知真定曲陽縣事廷璽。廷璽以請予序，予以夫哀挽之作昉於虞殯、紼謳，演於《蒿里》、《薤露》，其來尚矣。然其辭意蓋爲通天下之人而哀之，不專爲一人也。其有專焉者，若秦人之哀三良，齊客之哀田橫，則皆其人有可哀而哀之云耳。今諸薦紳之於畢居士也何哀耶？居士生長太平之世，有埒封之富，有錫服之貴，有《考槃》之樂，而又有胤嗣之賢，且榮于斯壽考令終，其無可哀也亦明矣。無可哀而哀之者何？以其平生德義之修乎己也，孝慈之孚乎家也，惠利之及乎人也，閭左之民有所倚賴焉。鄉校之士有所游從焉，郡邑之大夫有所禮而諮焉。今且歿矣，倚賴者於何倚賴？游從者于何游從？禮而咨而於何禮而咨耶？薦紳於是乎哀之，發乎其心，寓乎其言，蓋有不容已者。

矧其子之不忍歿其親，而請之懇且至，又有不獲已者，然則於予何可獨已也？乃書以并序其集。

送盧别駕最績至京序

吏之守廉，分内事也，然求之其人，則不易得焉，蓋世道之微、士風之敝，其來久矣。當是時而有能介然，自立而不移其所守者，又豈易哉？求乎遠者，吾有所不能奚也。求乎近，則吾於吾郡别駕盧侯見之。侯名忠，字廷敬，廣平人也。詩書簪紱，奕世有傳。其先大夫彦昭以明《尚書》、《春秋》二經，擢第入官，歷典大郡，自通判遷别駕，至府正致仕歸榮，爲鄉之望族。與其弟廷瑞并承家學之傳，升儁登賢，聯芳兢美，翱翔仕路，而侯之治行尤著於蘇。自其下車以來，九載於兹，而冰蘗之操，兢兢焉持，猶如一日不少渝也。於乎！以予觀之，侯庶於古之清白吏，必爲無愧爾矣。由是部使者推舉之而朝廷旌異之，以爲列郡之吏勸，亦宜爾矣。是行也，司銓衡者將必有公論在焉。其膺陟明之典而升正大府，佐理大藩，爲不遠矣。侯其尚始終勿渝其操，而益擴充乎其志業進道而勿已，以弘濟於斯民，以成百世之功名而振乃前人之風烈，不其韙歟？

侯既趣妝將軷，郡中諸薦紳會而餞之，而委予序其別意云。

壽親八詠序

余方燕游石湖上，太學上舍韓彦哲以其友錫山華炯見手一卷，所謂「壽親八詠」者，載拜以言曰：「炯伏以家嚴時葺處士今兹歲周六甲加奇之三，賴天之佑，康寧在堂，炯與弟燧、焴幸喜之。當春仲望后之五日，實家嚴初度辰也。思有所藉以稱壽乎親者，竊惟吾親平日所雅敬惟薦紳，所雅好惟文章，蓋舍是無以得乎其志者。兹既請於諸薦紳先生得八詠焉，惟是首簡之序敢以干於執事。」余與華之父子雖不稔交，而稔聞其義於彦哲。因其請也，而爲之嘆也。尚志，士之賢也；養志，子之孝也。時葺其賢矣乎！炯、燧、焴其孝矣乎！雖然子能養乎志也，奚必稱乎壽？稱乎壽也，奚必藉夫詩？所以然者，余知之矣。夫壽，五福之首也。人必有壽也，而後能享諸福。福之盛者莫如壽，是天所以賜乎人，人之所以祈乎天者也。得之理焉，有命數焉，而不可以必乎理數，故有不可以必得者。於不可必得而得之，幸亦多矣。由是言之，人之所願欲者孰有過乎壽者？是以古之人於其所尊則壽之，於其所親則壽之，於其所敬愛則壽之。人之所尊、所親、所敬愛，孰有加於君父者？故臣之於君，禮必以無疆之壽壽之，子吏於父也亦然。壽之者之誠也，必有儀。儀之至也必有辭，辭之嘉者莫如《詩》也。在禮賓嘉在《詩》雅、頌，有可考而見矣。

炯之《壽親八詠》義當出此，抑嘗聞彦哲華氏實爲南齊孝寶之後，家故埒封。而時葺之爲人長厚好修，庶幾古之所謂富而好禮者，其於諸福備矣。由是以往，居安履坦而至耆耄、耋期，考終可保也。抑觀諸薦紳之作，豈徒然哉？一以美乎其爲父者之賢，一以規乎其爲子者之孝，蓋庶幾乎古詩人所謂「爲此春酒，以介眉壽」與夫「夙興夜寐，無忝爾所生」者。其篇章之□，何翅珠玉？然則炯得藉乎於茲日也，采衣烏帽，悉先諸弟。聯行綴舞，奉觴上壽於時葺翁前。倚琴瑟而歌之：「美哉！颯颯乎，融融乎，極天地間，人倫樂事，孰加於此？以之興，以之觀，尚有出乎言意之表者乎？」

小洞庭十景壽詩序

《小洞庭十詠》者，客賦以爲「小洞庭主人」壽也。主人氏劉，字廷美，號完庵，多才而好奇。自賢科發身爲尚書秋官，遷西臺僉憲，奉璽書出督三邊屯田事。急流勇退，歸老於家。家長洲茂苑之上，闢林園爲遊息所。來采湖石，列芳樹，蓋仿像洞庭而小者，故謂之「小洞庭」。

乃成化乙丑之春，主人之年適周六甲，客之賀者先後沓至，主人開筵小洞庭以樂之。於時致政歸同西藩大參祝公至最先，其與主人仕同方，歸同時，而年差長，於是筵當祭酒焉，乃舉爵以言曰：「古者主賓之會，必有所賦，賦必有所指。名以興以觀，以爲斯文美事。矧今主人之賢而小洞庭之奇勝，誠不可以無賦也。請即斯景，各賦一律以爲主人壽。」於是大參首賦「隔凡之洞」，而錢未齋賡之。次至章侍御，乃賦「題名之石」，而陳醒庵賡之。陳侍禦賦「撚須之亭」，張太守賦「臥竹之軒」，則陶庵齋、两沈氏賡之。顧長洲賦「鵝群沼」，邵長洲賦「蕉雪坡」，則錢避庵、杜東原賡之。

又次「春雪窟」，賦之者大參，賡之者陳未庵也。又次至「藕華洲」，賦之者張廣文，賡之者沈東林也。又次至「橘子林」、「歲寒窩」，則趙王孫、沈石田之所賦也，而桑鶴溪、朱習齋賡焉。

蓋洞以棲偃，石以紀游，亭以覔句，軒以留飲，沼以臨書，坡以作畫，窟以藏春，洲以消夏，林以虞秋，窩以度冬。凡此十者，公即主人之樂事而賦之壽爾。詩既成什，顧未有序之者，而「大洞庭主人」天全翁最後至，遂以諉焉。翁辭不獲，乃作而稱曰：

盛矣哉，營此者也！既樂乎己，又樂乎人。善矣哉，賦此者也！既得乎辭，又得乎理。吾於此何加焉？夫淮南之云「大山」、「小山」，非洞庭之謂乎？蒙莊之云「小年」、「大年」，非主人壽之謂乎？雖然有小、大者，情也。既賦其小，盍賦其大？某雖不敏也，蓋嘗於太湖之上、洞庭福地之間有所營焉，然未嘗招客而與游也。願與諸君并臻上壽，互爲賓主，以游乎其間，總筆七十二峰之煙霞，三萬六千頃之風月，相與賦而賡焉。以爲之壽，以爲之樂，不亦大乎！

諸君忻然可之，爰書以冠群玉之首，且爲後會之張本云。

雷母太恭人壽意圖詩序

此圖并詩，士林諸君子所作以爲雷母太恭人壽也。太恭人姓□氏而歸雷，蓋雙溪隱君之元配。有子曰復，字景陽，自進士高第，選入翰林爲庶吉士。歷拜大行人、侍禦，副憲廣右，參政浙江，遷山東右布政使，進左布政使。行能聞於朝廷，治功著於方岳，而爲士林所重。予與之相契于斯文也久矣，雖未嘗爲之登其堂而壽其母，然嘗聞之、求之，人士皆言太恭人賢母也。景陽之賢，蓋皆雙溪隱君與太恭人之教致然。鄉之評者皆以爲匪是母不生是子，匪是子不顯其母，予固以識之。今兹太恭人之年八十有一矣，壽康在堂，享有禄養。春三月之既望，其初度辰也。景陽以受方面之寄，不得恭率家人子弟稱觴上壽如往時，惓惓之懷，積而未紓。由是諸君子之與景陽相知者，相率爲之圖、爲之詩，而以委予序之。

於乎！《詩》不云乎？「爲此春酒，以介眉壽。」兹其時也。太恭人之壽方日增，景陽之功名方日升。天之錫慶，國之錫慶，蓋未已乎？此士林之圖之、詩之，慶亦未止乎此。予重其母子之賢，姑序其概耳。乃若即僊家蟠桃之宴之事以賦、以比、以興、以頌太恭人之德壽，以紓景陽之孝思，則諸君子作備焉。

慶趙母太安人壽登八袠序

《洪範》五福，以壽爲先。蓋諸福之集，必有壽乃克享之。是人之所可愿欲者，莫壽若也。然壽之有無系乎天，雖聖與賢而不可以必得焉。於所不可必得而得之，其爲慶幸何如也哉？是以古者人之相愛敬、相讌勞，則祝之以壽而致其欣愿之意，若《詩》所云「爲此春酒，以介眉壽」之類是已。今之人尤重生辰，於凡所愛敬者，則於其生辰必相率而爲壽。若其壽之高者，則又爲之盛禮而慶之，其亦有古詩人之遺意也歟？

昭信校尉、錦衣衛百户趙亨之母田氏今兹壽登八袠，仲冬之五日其初度之辰也。薦紳大夫之與亨游者相與慶之，而户部郎中何公文輔授簡爲序。惟夫人之壽大約不過百年，而七十者稀，況八十者乎？然則生而得年，至此固可以爲之慶矣。抑吾聞太安人之於舅姑能孝以事之，於其夫能順以相之，於其子能慈以教之，此其賢爲可敬也。且亨之爲子，尤能夙夜謹慎，能致養於其親，遵其訓而無違，以承其先人之秩禄，而荷朝廷之任使，此其賢爲可愛也。子之賢固由乎母之善教以致之，母之壽亦由乎子之善養以遂致之。母子之間，藹然慈孝之心，何其至哉！是又可以爲之慶也。因其可慶而慶之，諸薦紳之舉不爲過矣。今故紬繹其意而爲之序云。

盛芝岩壽詩序

芝岩，宋執政文肅公度之裔孫也。自其中葉以儒爲醫，逮國朝而啟東、叔大兄弟并以其能仕爲御醫。由是世之稱良醫者，必及吴盛氏焉。兩御醫于芝岩皆叔父，而芝岩獨好儒術，又旁通堪輿家言，不專于爲醫也。嘗謂其子昱、昶曰：「吾宗本儒業而久弗復，吾將復之。」乃以醫授昱，而使昶從儒。昱亦以其能仕爲郡醫學正科，而昶遂舉明經，登進士第爲御史，出爲羅江令。用廉幹擢知敘州府事，又以其勞有旌異之恩。於是，芝岩之年登七十矣，壽康無恙，不日且受封於天朝，論者皆以爲好儒之效云。秋仲之十有一日，其初度辰也。賓客胥賀於其門，昰喜慶之。求善繪者爲之圖，善吟者爲之詩，而介吾友陳孟英爲之請序其所以壽親之意。

予於芝岩知之久矣，又重孟英之請，不可以不文辭也。然或有疑焉：「彼其圖廣成子之圖也，而其詩亦廣成子之詩也，蓋將以廣成子之壽而壽乎芝岩也。意則美矣，無乃非事實乎？」曰：「斯言固矣！夫廣成子之壽千二百歲，蓋蒙莊之寓言耳，其有事實乎？其無事實乎？皆不可得而知也，况芝岩乎？雖然以他人而爲之圖、爲之詩則不可，以其子爲之圖、爲之詩則可，何者？夫子之於親，以罔極之心而欲報罔極之德，推其祝之願之，雖千二百歲若猶恐其有極也，則以其廣成子之壽而祝願乎其親，夫何怪乎？又何事實之有無足云乎？」予既以辨焉，因書以喻夫覽者。

樂易齋稿序

《樂易齋稿》，今致仕太常卿玉峰夏公仲昭之作也。其詩總五七言、古近體凡若干篇，門人支鑒編類爲四卷，因以公所自號命焉。公起書生，以明經第進士，入翰林爲庶吉士，而以善書拜中書舍人，轉天官主事。出守瑞州，而又以善政遷太常少卿，遂登正卿。歷事太宗、仁宗、宣宗、英宗，并見知遇而名聞中外者，蓋五十年於兹矣。其楷書、墨竹流布天下，而其詩序人初不得而見之，至是乃出以示人。人以其詩爲可傳也，將梓而傳焉。余與公相知最久而又連姻也，諉予序。

昔趙文敏公作詩妙天下，其近體合作者深乎老杜壼奥，在當時直與虞、范、揭、揚頡頏上下，斯已盛矣！然而時君及中外之臣，訖天下之人，蓋唯知其畫而已，知其詩者蓋無幾也。是以前輩謂子昂以書畫而掩其詩也，予于公亦云。公之詩和平簡易，如此爲人，覽者當自得矣。

四明翟氏譜序

古之爲譜者，所以奠世系而辨昭穆也，貴乎實，不貴乎華。與其華而失，孰若實而得哉？嘗見今之好事者率爲譜，而譜之爲往往高攀遠附前代之聞人顯家，曲相附會，巧爲文飾，將以誇耀於一時，豈惟取夫「遥遥華胄」之譏？乃至忘己之祖而祖之，而或亂之，何哉？惟慕其華而忘其實耳。夫苟論乎上世，孰非三古聖人之後者？驩兜、工、鯀與堯、舜同出乎軒后，華督、盜跖、展惠同出乎湯文。是故宗祖之昭乎子孫，以其德不以其名；子孫之承乎宗祖，亦以其德不以其名。人之道然也，譜之法亦然也。世之爲譜者，惟歐、蘇氏其庶幾乎！

余友前大理寺丞今知鎮江府事四明翟侯致恭問嘗以其所修世譜來請余，余得而觀之。譜有宗圖，有支圖，有家傳，有文乘，有附録，其於世系昭穆，井然秩然，惟文與獻，蓋可考矣。原夫翟氏之命氏分族，端緒斯遠。鄞之翟本自漢來，其聞與顯者非匙也。而譜乃斷自侯之七世祖清江府君以下，謹始而傳信，詳所自出，略所不知，其有得歐、蘇氏之譜之意矣。

致恭發身賢科，歷官華要。出典名郡，自遠移邇。才美益彰，政聲愈著。其年與德，適底老成，其功名蓋未艾也。乃兄致良以敵愾效勞授武略將軍，乃弟致誠亦以明經舉進士，而從子瑾又以才選侍青宫，有賜冠帶。一門之中，文武之用備焉。於戲！

先儒所謂子孫賢，家必興，族必大。余於是徵之，《詩》不云乎？「子子孫孫，勿替引之。」余請爲翟氏子孫誦之。

壽朱玉雪詩序

成化壬辰開歲之十有一日，侗軒大參完庵僉憲過迂樂園，邀天全翁而告之曰：「今辰玉雪公之初度也，凡社之與游者皆集於其廬而壽之。朱氏昆季之禮我三人也至矣，義不可往乎？」遂與偕行。既至，玉雪開宴東池，席於天光雲影亭上，舉觴屬賓以請曰：「瑾也不敏，何以當諸先生長者之惠好哉？然既幸集此，其必有以教瑾也。大凡人生，年及半百則已老成，宜有所知省於己者。夫聖如尼父，賢如伯玉，尚有知命、知非之説，而況下此者乎？瑾之生也，幼而多厄，長而多過。多厄而幸不夭，多過而幸無咎。初瑾學泮宫時，輒不自量，謂可以文，可以武。若不獻策明庭，芥拾青紫，則當投筆立功萬里外，如班定遠。既乃謀焉，業未及卒而出，一薦至京，輒報罷歸。因自放繩墨外，幾爲季心劇、孟獲、杜保之爲。近二三年來，始惕然自省，若寐而瘖。今茲犬馬之齒，忽已半及百矣，顧四十九年前所爲皆誤矣。雖不能上窺聖賢，意將自是，斂華就實，愿如馬少游乘下澤車、馭款段馬，衣食取足，得鄉里稱善人可已。且吾上惟先世職業，則有吾兄衛僉良用年長於吾，智高於吾，克謹守之，吾於世事無憂矣。及顧吾後，則吾子倫亦既冠矣，而頗克家，吾於後世無憂也。以是優遊卒歲，亦已足矣。矧得先生長者時聆緒言以藥吾疾，而納吾於無過之地，熙熙焉，浩浩焉，以終吾天年，不亦可乎？」

天全翁聞而異之，曰：「嗟乎，玉雪！吾今而後知若之可與進也。以若之言而能充之，豈惟年之彌高乎哉？德其彌邵矣！」乃酬之酒而爲之歌曰：

萬八千日兮六百月，養而延兮可耆耋。由知非至知命，睎而進兮可賢聖。循乃名立，乃節堅以白兮潤以潔。式如玉，式如雪。匪玉雪其貌兮，惟玉雪其德。壽且樂兮，式昭德音。

歌已，侗庵從而賡和之。於是玉雪躍躍喜且謝曰：「命奚敢不敬從祝規！」

澹庵先生靜學稿序

孔子謂：「有德者必有言，有言者不必有德。」至哉，聖人之論也！吾取以爲知言之法焉。夫言，心之聲也，德之心理也。聲發乎氣，氣根乎理，心聲之發而不根乎心之理者焉，烏得謂之言哉？彼貪夫未嘗不言廉也，屈士未嘗不言直也，鄉原之徒未嘗不言善也，亦猶陽貨之言仁、盗跖之言義、倡優之言禮也。雖日日言之，其誰信之？至於忠臣之言忠，孝子之於孝，使其不言，人固已信之，况其言之有理哉？故昔之知言者有云：「讀諸葛孔明《出師表》而不爲之興起者，非忠臣也；讀李令伯《陳情表》而不爲之感動者，非孝子也。」是有德之言，讀之者尚然，况作之者乎？

自吾之官翰林也，凡同官者，大抵皆言能之士也。然求其言之符乎其德而契乎吾心者，吾嘗得兩人焉：其一人曰安成劉内翰廷振，以諫死，謚忠愍者也；其一人曰丹陽儲司徒世績，以考終號澹庵先生者也。兩人者於吾若一也，知吾、愛吾、重吾，而以世之大節期吾，吾甚恐焉。吾嘗以廷振爲大忠，世績爲大雅，人初未之信也。至其終，則皆如吾之所稱而無所疑焉。忠愍之言直諒明辨，得于《春秋》爲多；澹庵之言惇厚和平，得于《詩》、《禮》爲多。究其極也，蓋皆如其爲人。然忠愍之言已大播於天下，而澹庵之言天下未盡知耳。兹吾於其《静學稿》也，特表而出之云。

先生名懋，世績字也。初以明經登上第，官文學，選爲吏科給事，掌科事。用薦者入經筵，與修《宣宗實録》。遷翰林侍講，進户部侍郎，調禮部，遂拜户部尚書。凡所居官，皆得體有稱。是稿所集詩文凡若干篇，其體例不一而聲理則一。一者，所謂惇厚和平如其爲人者也。後之覽者，試以吾夫子之謂而味乎其言，則先生之雅德當自知之矣。

送祝大參之山西序

山西，天下之雄鎮也。然非得天下之雄才，亦莫宜居之。蓋太行天下之脊，起秦、凉而連遼海，内屏中原，外截大漠。其陰有雲中、太原，其陽有河中、上黨。其間名城美邑以百數，而最大者太原，中平陽也。大河經之汾、沁、潞、漳，諸水絡之，昔人所謂「表裏山河」者，信不虚矣！是惟帝者之都，伯者之守，故天下有九塞而七在山西。其民之樸茂勤儉，固有陶唐氏之遺風；而剛勁尚武，則亦有晋人之餘習焉。

余在正統甲子之歲，嘗奉使祠於中正鎮，出自井陘，道平定、中原、平陽，而下天井關，臨河内以還。周覽山河之固，想魏武侯、吴起之言，而詠劉越石之詩，竊以爲天下無事則已，即有事，則此地必爲天下之倚重。自北方不靖，而雲中、雁門逼於邊患，仕宦於斯者，非其才志之雄固不樂爲之矣。乃有方岳之臣朝覲於京師，多以簡去，有詔吏部推舉中外之官良補焉。於是刑科給事中祝君惟清得山西左參議，輿論以爲得人，而咸以其地逼於邊患其有不懌然者。

余與惟清有鄉里斯文之誼，且姻好也。因會衆餞之都門之外，舉酒而告之曰："「君不聞虞叔卿之言乎？不遇盤根錯節，何以别其利器？若叔卿之才，固雄于天下矣。然向使其不長朝歌而守武都，則其利器固何以别耶？今君出鄉校，一舉而爲名進士，登朝而爲名給事。其才與志偉然雄視於天下之人，斯已奇矣！今而峨冠博帶，珥筆秉簡，優遊黄門青瑣之間，非不安且榮也。然當朝廷有事之日，正大夫立勛之時。雖不吾以，猶將自奮，矧在推舉之列，受知於上而委之以方面之寄者乎？吾知君之利器，由此別矣。凡今之言治山西者，蓋莫不以軍餉爲急者，然急之難也。夫邊患未彌，則供饋不息，則民力必困。民力既困而不圖所以紓之，則饋必不濟，患亦必深。雖欲急，安得而急之？故爲今之計，莫先紓民力。紓民力莫先於省供饋，而省供饋莫先於彌邊患。然彌之有策，省之有方，紓之有道。君固於此求之，而堅其志，而攄其才，而爲之不餒焉，使兵食足而民以安，不徒名一時而名百世，此君之所當務也。若彼求易避難，以苟目前之榮，乃小丈夫之爲，君豈爲之哉？」君躍然喜，慨然謝曰：「子之言，吾之心也。請書之以行。」

壽錢承事詩序

承事郎未齋錢君允言，吾詩社之良友也。其生癸巳，今茲歲在壬辰，行周六甲。春三月之望，實惟初度。致政大參祝君倡率社中群彥爲詩壽之，而委余序。觀諸作有以其家世之盛爲言者，有以其才行之美爲言者，有以其昆季子姓之賢且秀而成宦成名爲言者，至以倉箱之多言乎其富，簪紱之華言乎其貴，鐘鼎、山林之兼取言乎其樂，永言事實皆然已，奚以序爲哉？惟古之制，六十而杖於鄉，養於國。於禮，飲則坐而享三豆，以明尊於事，則指使而不躬執。人生行年至是亦已高矣，矧君系出神明之胄，世儒紳而家埒封，身授郎官而子登科第，一門群從，衣冠鼎盛，如諸作所云。人間之福幾備，人生志願得此亦且滿矣，然不自高、不自滿也。不自高，則將益延乎其年；不自滿，則將益進乎其德。使高者彌高，而邵者彌邵。由斯以上，日就而月將，日升而月恒〔一〕。耆而耋，耋而耄，耄而期頤。若香山之老，若睢陽之老，若洛社之老，以至若淇澳之老，而不自知其優入於壽域之遠、仁域之深也，不亦大哉！君於吾禮之至矣，吾於是乎以是告之。

校勘記

〔一〕按，抄本原闕，據文義補。

贈袁御榮歸序

監察御史樂安袁君一之之致爲臣而歸也，道經吾門見余。余與之道舊故，敘契闊，而觴之迂樂園之成趣軒。一之以疾辭不飲，而亟歸請贈言，余不得辭也。

蓋自正統己巳稱有北虜之變，余以翰林侍講奉璽書行監察御史事作鎮彰德，式遏亂略，保障京畿。時一之方典教湯陰，余識之衆人之中。京師戒嚴，余行便宜，糾義旅爲勤王舉。於是乎封岳武穆父祖之墓，建精忠之祠，以倡勇敢而激忠誼。顧有司無可使者，而余復召還，因委重一之經度焉。一之才通而志正，敏於事，竟克有成，余器之久矣。及余之丞中臺，而一之亦以選任御史，復相與爲知己。至是爲成化乙丑，距己巳蓋已二十年矣。

嗟乎！人生有幾二十年耶？矧夫道變乎陵谷，宦途險乎風波，人情物態甚乎風雲驚雷之出没而變化。憧憧往來，其可感且嘆者多矣！余既幸危而安，一之亦既顯而隱，两人於此舉一觴而相屬，蓋天也，豈人力哉？夫蘇之與杭皆在浙河之西，相去不五程耳。一之幸不余忘，尚其拏舟而來，會於湖山之上，相與吟風弄月，尋仲尼、顔子樂處，不亦可乎？是歲六月之望。

江山勝覽圖詩序

楊氏子宗廉，吾鄉之佳士也。有志而好學，嘗遨遊南北，歷覽江山之勝。士流之與游者爲之圖而詩焉，合而命之曰「江山勝覽」，而請余敘其端者。

太史公足跡半天下，登會稽，探禹穴，泝沅、湘而歷九疑，故其文雄奇變化，不可端倪。張燕公晚遷岳陽，而其詩益悽惋，論者謂其得江山之助焉。吾嘗究其然矣。蓋天地間清淑之氣，扶與磅礴，融結於山川者，無往而不在。而人之鐘而爲英傑，則其胸中浩蕩磊落之氣，固嘗與之流通而無間。及夫適然而相值，觀於外而感於中，其合而有助於我也，不亦宜哉！雖然，是氣也何嘗無之？顧其人之所得如何耳。蓋必有子長説道之才，而後江山之勝可挹而有焉。不然，吾恐其不相系也。宗廉其亦知此乎哉？果知此也，則其志之發而學之進，將必大異於前矣，未可以吴下阿蒙待之也。故因其請而以諗之。

壽陳未庵詩序

元紀成化，歲在昭陽。單閼月臨閹茂，律中無射既望之五日，吾黨諸薦紳大夫及逢掖之士胥會於緑水園，爲未庵學文生辰之賀也。文學陳，其氏；完，其名；孟英，其字；而未庵，其别號。蓋宋相文忠公堯叟之十六世孫，明故翰林檢討怡庵先生之第五子也。奕葉儒林，厥有原委。未庵與其仲兄醒庵并以文章爲吴中士稱首，雖不仕也，而其聲聞之揚於鄉邦，琅琅焉，炳炳焉，有競爽齊輝之美，時人以方晋之「二陸」云。

醒庵今茲七袠有六矣，未庵之年甫登六袠。曏者醒庵之生辰，吾儕亦既爲賀贊之。今者未庵之生辰，吾儕又復爲賀之，意夫豈獨爲陳氏兄弟私哉？所以賀吾鄉文社之多賢，又賀賢者之多壽耳。不然，雖富如齊景，貴如趙孟，苟無可取，夫豈爲之屑屑不憚煩哉？於是疑者釋，賀者進，賓主之歡既合，謂茲文會不可無言。諸大夫既各有所賦，而推予序。

時露始白，而霜未降，東籬之菊猶盛。予因采其英以薦酒而祝之曰：「孟英，昔以子擬士龍，今以子擬淵明。既愿子以文顯，又愿子以德稱。」乃爲之歌曰：

露有華兮菊有英，英有五色兮我采其黄。酌春酒兮泛秋香，爲子壽兮諒德音之靡忘。

載歌曰：

人生有涯兮，大約百年。六甲一周兮，五運載旋。耳順惟圣兮，吾與子兮亦有愿言。希服聖賢兮，以樂吾天。

歌已，遂爲之頌之。

壽劉蕚韡詩序

成化紀元，歲在重光。亶安律中姑洗月之上六，吴諸薦紳會於海虞之穿山蕚韡劉承事所，蓋慶其生辰也。蕚韡門迎，肅賓即席，舉酒相屬，乃謝曰：「仿也不敏，奚以當諸長者之惠臨於我乎哉？然仿竊自惟，念人生大期不過百年，五十而半，踰是以上，則臻於三壽而免於夭札之虞矣。今仿犬馬之齒踰五又五，適符大衍之數。誠不自意得此於蒼蒼者，且得此於諸長者。諸長者其不我鄙者，願有以教我來。」諸賓相讓，至於再三而弗獲已，乃合辭以慶之曰：「善乎䔫韡！夫年及乎老而思進乎德，聖賢之所與也，吾儕敢弗與哉？孔子五十而知天命，聖者事也；蘧伯玉五十而知非，賢者事也。聖不幾也，願借此酒以爲䔫韡壽。」

䔫韡卻觴請益者再，願示希賢之説。於是諸賓復敘進曰：「善乎䔫韡！其果希伯玉之賢也歟哉？伯玉，賢之盛者也。不徒知非，又能知化。今䔫韡之年蓋介乎五六之間矣，夫知之必有所以化而知之、化之，吾見其年之彌高、德之彌卲也必矣。惟䔫韡乎懋之，願借此酒以爲䔫韡壽。」

䔫韡乃受賜以拜曰：「命矣，敢不如諸長者所規？」於是因復爲詩，或即其家世故實，或即其昆季子姓事行，或即其山川風物意趣而詠美之。既成什，推予序焉以曉觀者。其題凡十有二，各其篇端。

送龍太守之徽州序

嘉定宰龍遵敘之以治才擢守於徽也，其邑庠生陳濂、翟宏、李鎬、宣昶、陸檜、王裳具述遵敘治狀，因予故人子劉氏倫、侗兩生以請曰：「蘇天下之劇郡也，而嘉定又蘇之劇邑也。當江之滏，海之濱。地高者□，下者塗。田賦重而民力敝，爲之恒難其人。其遠者諸生所不及知，近日國初以來，宰於斯者凡幾十人矣。就其才有稱者觀之，如龍侯之爲治，蓋絶無而僅有焉。自侯之來，其於前政所未興之利盡興之，所未除之害盡除之，吏弊所未革、民風所未正者革之、正之，賦徭所不能均，詞訟所不能平，强梗所不能摧，冤抑所不能伸者，均之、平之、摧之、伸之皆盡。至若吴淞水道百年所不能疏通者，而侯疏而通之，而吾蘇暨松以及嘉禾之田澇有所瀉，旱有所溉，則其功庸之施乃建鄰壤，不獨於吾邑利也。故其治才不惟吾邑之稱而七邑稱之，不惟七邑之稱而四郡之人莫不稱之。會朝廷有考官之令，吾邑之父老列其政績以於上郡。郡書其考曰：『寬猛相濟，威惠并行。奸弊祛除，政教修舉。吴淞水利，政績尤彰。』第其課爲諸邑而其上之。撫按之使、典選之官，請表之以勵賢能。既覆考焉皆信，乃胥上其事於朝，於是乎有徽州之命。諸生皆嘗受教於侯者，見侯之善治，竊愿有述焉，而侯在邑，以嫌弗果。今其去矣，可以述矣，敢以請於執事。」余曰：「然。」

凡人才之生，雖本乎天而必成乎學，是故學之至否而才之達否由焉。若知遵敘之治由其才，亦知其才由其學乎？龍氏自元有爲名儒，與虞文靖、歐陽文公游，蓋世學者。遵敘在科目爲名進士，在臺端爲名御史，固皆以學致然。其坐事左遷，乃以分禄養親，所謂觀過知仁者也。治最而進擢之，不亦宜乎！徽爲南畿名郡，蓋與蘇等。而田賦寡，民力紓，故治差簡。世謂爲邑難於爲郡，以邑爲郡制，而郡得自展也。夫既能治其劇，有不能治其簡乎？既能爲其難，有不能爲其易乎？君子之學不自畫，而於事業亦不自畫，遵敘於此能益勉焉。吾知其進而往也，若驥首，途愈遠而愈健也；若鵬搏，風愈高而愈勁也。夫豈特爲名郡守哉？由是遷於方岳，升於天朝，而爲名牧伯、名公卿，振當時而傳後世可也。余雅知遵敘，欲其仕優而不忘乎學也。故因諸生之語，以是語之。

大名王氏家譜序

余友大名王公世昌，今副督憲奉璽書鎮守宣府大同。自鎮所馳書以其家譜來請，曰：「斯譜也，先人之所作而小子越之所述者也。惟我王氏之先本元城人，蓋宋相魏國文正公旦之裔也。當高宗南渡之初，魏之孫、曾之仕者皆從之而南。有諱宏淵者，以未仕獨留於此以守丘墓。更避兵，轉徙清源，依族以居。及元之混一，宏淵之孫用誠攜世譜訪故廬遺業無所得，乃擇浚之君子鄉黎公里而定居焉。用誠生伯琦，伯琦生顯道，顯道生恕齋，恕齋實生先人。自用誠至□□□爲五世，而至越六世矣。上溯魏公，其代緒井井而可求也。此先人少時得舊譜之略於浚之儒者白守中。守中，先人之外大父也。其語先人曰：『吾之與汝祖游，嘗及見汝家之舊譜。』譜之毀於國之燹，而録其略以遺先人，然先人不敢承以取也。越嘗請其故，先人則曰：『譜其所可知，而不譜其所不知，歐、蘇氏之譜法也。宜取以爲法，且無征不信。即如吾外祖之録，吾宗雖出於魏公乎？且魏公攀附何人乎？吾所以不敢取吾外祖之祖之録以爲徵者，蓋崇韜拜汾陽之墓之譏耶？與其譜明文正之世系，孰若德之明、治文正之德爲無愧也哉？汝其識之。後之繼修吾譜，毋違吾志，毋忘吾言。』越謹佩焉。先人之没幾二十年，今茲葺譜粗完，然先人之志、先人之訓，言猶在耳，不敢違，亦不敢忘也。執事今之南董也，願爲我序其所以然於卷端，使子孫與有聞焉。」

余間批閲其譜，信其有歐、蘇氏之法者，因興歎曰：「韙哉！甫之志之言也，可爲明矣！宜乎世之志之言也，可以爲孝矣！昔武襄不忘梁公之爲祖，君子韙之；馬隆不思伏波，勳業墜地，君子韙焉。夫甫雖以醫仕，而能以文裕身，以儒教子，卒成乎名而顯其親，大乎其家，高乎其門。矧今世昌以其才猷有爲有守，爲國重用，方務進取德，懋厥功業，則文正之勛德可企而及矣。《詩》不云乎？『無念爾祖，聿修厥德。』又不云乎？『夙興夜寐，無忝爾所生。』世昌以之，余重爲世昌誦之。」

交翠軒詩序

江陰之顧山周氏巨族也，而孟德、孟敬伯仲皆以賢聞薦紳間。其居有軒曰「交翠」，嘗走京師請文於少傅東里先生。先生既爲記之，薦紳之繼而爲之歌詠者，名爲相接於卷也，其伯仲復請予序焉。

予以「交翠」者，朱子贊周元公之語也，孟德豈其苗裔耶？何慕效之深哉？然元公以光風霽月之胸次而得聖人之道，方寸之間，一塵不滓，萬里俱全。其於富貴利達、貧窮患難之來舉，不足以動乎其中。浩然之氣得其所養，而仁不可勝用，直與天地之氣流同而無間，故其觀於窗前之草色而云：「與天地之生意同流而無間，自家意思相似。」非仁者固不能有此樂，亦不能爲此言也。孟德伯仲其亦知此乎哉？然吾聞周氏資富埒封，世長其鄉，而孟德伯仲初無爲富之心，乃獨屏紛華，事淡靜以求先儒君子樂處。苟無所知，其能若是耶？蓋不惟無爲富貴之心，而且有爲仁之心焉。有爲仁之心而不求仁者之樂，豈終不可得哉？元公不云乎？「聖希天，賢希聖，士希賢。」元公居賢聖之間，蓋希天、希聖者也。孟德伯仲其希賢者乎？予固因其請序而以言之，蓋欲其伯仲之勉進乎是也。若其軒中之佳致所以娱目而賞心者，則有記及詩歌盡之矣，是可略焉。

贈錢大參起復之京序

君子之修己，必於出處乎慎之；而其觀人，亦必於出處乎審之。出也有道，處也有道。道在所在，其可苟哉？蓋古之君子則然，今之君子或否，何者？誼與利異謀也。誼固難進而易退，利故易進而難退。凡物之重且貴者，必不急於自售。急於自售，必其輕且賤者也。焉有君子而舍夫重且貴不居，而居乎輕且賤耶？古之仕也，不合則去；今之仕也，不合而或強留，甚者於父母之喪守制而去且不順焉。至以終制爲苦、奪情爲榮者，何也？彼獨非人子乎？《禮》，惟人臣遇國有兵難，則墨衰從戎。明非國難，從戎不易衰也，今也不然。或乃戀君之官而忘親之喪，禮義絶而廉恥喪焉。甚者執政正之則怨執政，言官言之則仇言官，若彼某之怨某、某之仇某。其所爲視史嵩之爲爲尤惡矣，豈復有人心乎？凡人之生必先有親而後有君，彼既無親矣，何有於君乎？昔宰予嘗欲短喪而孔子斥之，曾參、卜商以詳琴而知節情由禮之道，然則世之君子可不慎與審乎此也歟哉？

景寅大參之居其父侍御史之喪也，服雖以禮制而除，哀情不以禮制而忘也。前春而制終，今秋而始起於是。其從兄承事君允言來曰：「景行茲寅願有贈焉。」予因之以感。蓋景寅，予歲寒友也，雖不予請，予猶將有以贈之，況以允言之請哉？夫求忠臣必於孝子之門，景寅實國初聘君謙齋先生之曾孫，而故都憲思庵先生之外孫也。兩先生皆移孝爲忠者，其學行風節著於天下久矣。在他人尚將式之，況在景寅乎？景寅自進士擢御史，歷郡守升藩臬。其行能，治績既偉矣。於其大節而克两先生之肖，又進步弗自畫也。使世無公道則已，如其猶有公道存焉，吾知其大用而盡夫大忠、大孝之道也，將必有日矣。庸書以竢。

送夏考功南歸序

太上皇帝之北狩也，過大同，常蹕駐城下。於是文武士之謫戍者皆出城朝見，上皇爲感動，皆許之復其官。及車駕之還，今天子爲之詔：天下凡當復官者，其赴吏部俟復命。繼而俾皆致仕以歸，吾友考功員外郎夏君公謹在焉。於是君既拜恩於廷，即日趣裝，告别於所交遊。視其色訢訢然，若去塵濁而登僊者。或謂其年力尚强，足以有爲，盍少留以需之，何遽喜而歸也？君曰：「嗟夫！天道盈虚，與時消息，聖賢所不能違也，而况於吾？吾聞仕無崇卑，得休爲高；身無寵辱，得全爲貴。自吾第進士而官考功，歷主事員外幾二十年，中間坐謫又十年，年既踰五而望六。方在朔陲，每引領南望，自分不得生入雁門關矣。不意大變之餘，出萬死得一生，復霑彼此維新之恩也。是猶傷弓之鳥、脱網之魚，惟叢與淵之求耳，可復乘風以翔、上水而躍耶？且子獨不見夫風波之舟乎？嘗一覆矣，身幾溺焉，幸而登岸，可復貪涉而復已耶？故謀如商君而車裂於秦，學如申公而鉗於楚，公如絛侯而下獄於漢，道如楊雄而投閣於新，賢如張裴、才如潘陸而俱戮於晋。此知進而不知退之患，在古人其亦難免也，而况於吾？吾復何需哉？今幸生還故鄉，敝廬足以樂休息，薄粥足以資衣食，殘書破硯足以業餘生、教子孫，扁舟兩屐足以游湖山、事閒適。得日而有日之樂，得月而有月之樂，得歲而有歲之樂，又安得不喜而遽歸耶？」

聞其言者蓋莫不善之，而余尤深有取焉。乃觴之酒，而侑之辭曰：

今之日兮冥冥，人不可行兮，子歸獨寧。吴山青兮吴水緑，可以采兮可以浴。子於此兮何不足？登有屐兮泛有舟，招三高兮與爲儔。安得掛冠兮從子游？永以忘彼人間憂。

錢氏子三子字序

余友景寅大參以書來曰：「昕之從兄允言承事，錢氏之良也。家食而以養補官，以《詩》、《書》、《禮》、《樂》淑其身。及其子有三，孟曰承德，仲曰承芳，季曰承恩，次第而冠，得字於賓。德爲世恒，芳爲世馨，恩爲世澤。内外稱呼亦既定矣，而未有敷其義以勖之者。惟公於我兄弟斯文之愛特厚，茲敢以三子者見，願有以教焉。」

余三辭焉弗獲，乃進之三子而諗之曰：「夫性乎天而命乎人，人得之以爲人者，德也。惟是之謂五常，惟是之謂民彝，惟是之謂物則。常也，彝也，則也，皆所以爲恒久之理也，天地之大也，日月之明也，四時之變化也。其皆莫能違之，而况於人乎？况於學者之事乎？孔子之訓在《易》『恒』之卦，義盡之矣。而於《魯論》猶拳拳焉道之，蓋爲學者發也。夫惟德之能恒，而後可以流芳馨于天下，致恩澤于當時，有是本、有是效也。是謂君子以立不易方，使其芳馨不以德而流，恩澤不以德而致，則要譽僥倖而已。是謂不恒其德，或承之羞。君子於斯，豈苟然哉？承事之名夫三子者，其必有見於斯矣！賓之字夫三子者，亦有見於斯乎？然則三子者，其必致力以學於斯；學於斯，其必進修乎斯德而戒乎不恒。若然者，必世而後成，夫豈一朝一夕之云乎？三子者，尚勖勉之可也。或以三子之名字各異，今合而一之，何歟？予曰：是不必置疑者。夫德之恒，本也；馨與澤，效也。故馨曰德馨，澤曰德澤，若香之散本乎蘭，潤之生本乎膏者也。之理也，天下古今人所同然也，況乎同氣而生、同居而學者哉？三子者於予言而弗信者，請質之若父與賓。」

送制封御史朱本素先生西還序

先生今中憲大夫浙江按察副使朱大用之父也。其家世本廬之合淝人，當高皇帝平定天下之初，乃祖省庵府君因其外氏家有爲河湟戍將者，挈家西，久而安居，遂占籍焉。先生生長邊州，則處風沙戎馬間，不廢《詩》、《書》俎豆之習，蔚然獨有中原文獻遺風。抱負奇偉，不及試，今老矣。乃子貴，貤恩封制文林郎、監察御史。拜命以來，衣繡冠廌，榮映西陲，蓋已有年。爰念先世故墓在合淝，久不省，蠹然有感乎中。於是不遠萬里，度關東，祭掃松楸，敬及桑梓，存問親舊，義聲溢江淮間。時大用方奉璽書以憲職提督海道之師，因得迎奉先生官舍，踰年乃還。道經吴門，過予言别，蓋以予爲姻家也。

惟先生平生金其言，玉其行，既以淑乎其父，又以淑乎其子。憲副之賢，實克似焉。其在官治行之美，無少玷缺，而先生猶諄諄誨勵之，如古人君子者。初先生之未至也，人賢副憲之賢，因以想見先生之賢矣。及先生之既至也，凡接其緒論、挹其光儀者，又以益信其賢而相與歆動曰：「非是父不生是子，非是子不顯是父。」故於其還也，藩臬諸大夫及文學知名之士咸重其行，而爲詩文以華之，多至百數十篇，若珠聯玉累而未已。於乎！先生於此亦榮矣哉！

夫稱人之善，必本其父兄厚之道也。於凡所與言者皆當然已，况於其有親懿之情者乎？且予之於先生見之晚而别之速，固不能無怡悵之懷者。然竊計之，先生年雖高，而體履之强、福禄之盛方未艾也。以大用之治行，在廷如有公論，則自此而升可必也。升則先生之命階與之俱升，其拜加封之恩於闕下亦可必也。奉其惠然肯過予者，必且與之爲西湖之游，指南山以相壽，極天下之樂而樂之。敢書此，以爲後會張本。

壽封御史松隱先生詩序

松隱先生越之隱君子也，薛姓彝名而字宗彝。越之人以其居松林間養高不仕，而其操行夐出乎流侣，如古之七松處士，因以稱號乎先生。先生曰：「是善號，我亦因以自號焉。」其少也知學，壯也知德，老也知教。有田僅數畝，而蓄書至千數百卷。耕且讀，於經史子集涉其淵而獵其藪。凡九流百家言，一能用之而不以自名。居常翛然掩册坐古松下，儼若對古人而目之而口之而心之。至忘寢食不自輟，則或荷蓧行禾隴菜畦間，看雲覘水，相羊自適，樂而忘倦，倦則還於松下盤桓。生不嗜酒而好客，客有雖契者來必與飲，飲必醉。醉則披襟曳履，臨風步月，歌杜子美《古栢行》、蘇子瞻《赤壁賦》。聲出若金石，蓋熙熙然其不知老之將至也。其子有四，皆不仕，而綱先良，使游黌宫，卒業遂以成名。第進士，官御史，奉璽書督京圻學，致舉職貤恩及親。於是先生亦有御史之封，衣繡冠豸，輝映林泉。越之人蓋莫不以爲先生榮者，然而先生不自爲榮也，曰：「是人爵也，有天爵存焉，吾知修身教子而已。」越之人以其言傳之吴，吴亦由是有知先生者。先生年今兹已登七袠，孟夏月當下弦，其初度之辰也。時諸縉紳因綱而敬及先生者，相率爲詩壽之。綱裒集爲卷，請予序之。

於戲！古之人於其所親則壽之，於其所尊則壽之，於其所賢則壽之，觀乎《詩》三百篇可見也。三者必居其一，若諸縉紳之於松隱先生，其以所賢乎？以越之人之言而得先生之言，得先生之言又得先生之行。先生之爲賢可知也，宜其有是壽且榮哉！使有是而或不以其賢，君子不與也。信以賢而有是，君子得不與之乎？與乎其賢而壽之，亦宜爾矣！矧以其子及其父推其所尊所親之心而發此所賢之意，不亦宜乎！予用是以引群玉云。

送陳内翰起復之京詩序

緝熙内翰祇詔起復之京，中吴大夫之與游者會而祖之閶門之外虎丘之上。酒行既周，艤舟將發，有稱於衆者曰：「孝哉内翰！其有以興起乎吾鄉之人矣乎？」衆曰：「然！」又稱曰：「孝哉内翰！其有以感動乎吾君之心者乎？」衆曰：「然！然下之興易，上之感難。子於緝熙斯行，何以知其能然耶？」

曰：「昔潁封人以一言而感動乎莊公，魏文貞以一言而感動乎太宗，皆因其君心之明，以致其格君之誠者也。然而彼乃以言感焉耳，矧以身感者哉？今吾緝熙學乎孔孟之學而道乎孔孟之道，其所蓄積於中也大矣。視考叔之爲有不足，於文貞之爲爲之無不難者，矧其嘗承先帝之所簡命以侍今上，於文華執經進講爲日久矣。舜武之事，其敷陳之也悉矣；君臣之間，其交孚也深矣。曏其丁母夫人之憂而歸奉襄事也，會史事方嚴，執政者請於上以起之。緝熙聞而歎曰：『彼欲爲己地耳，我可撓耶？』堅臥倚廬，表乞終制而後起至再，乃蒙俞允。此其孝誠之感動乎上也，豈直一言之比耶？夫君臣以義合者也。君既有以施乎臣，臣可無以報乎君哉？凡緝熙今日之所以顯親榮家、光於鄉里者而能成己之孝，皆上之賜也。夫既有以孝乎其親，亦必有以忠乎其君，臣之良也；既有以知乎其孝，亦必有以用乎其志，君之明也。以臣之良翼君之明，是其相感雖行雲之從飛龍，陽燧之應曒日，有不足以喻之者。吾知其所以沃孝道於聖心，資孝德於聖躬，廣孝理於聖世，而爲繼志述事之大者必矣！然則緝熙之孝豈徒爲一鄉與一時之重而已，於天下後世其亦有尚焉。」

衆曰：「然！然子既言之矣，不可以不識也。」於是有爲之圖者，有爲之詩者，并識焉爲緝熙贈。

省軒詩集序

省軒詩若干卷，包山徐德彰之所作也。詩凡五百餘篇，古今體幾備焉集之成也。楊宗仲舉序之，今太常公素序之，劉詹事宗器序之，晏侍御振之、陳文學孟英又序之。五人者，皆名能詩者也，而稱許德彰之作無異詞，然則詩果可以追古作者而無疑也歟？

夫詩所以言乎志也，作之者固難，而知之者尤難。以此之意逆彼之志，若何而爲賦、爲興？若何而爲風、爲雅、爲頌？若何而爲之邪？若何而爲之，正其必皆有以知其所以然者，何也？自高叟之爲詩不免於固，况其餘者？且夫古之爲詩者主乎辭，故漢魏以上惟求之氣格，晋唐以下率求之語句。氣格難窺而語句易見，若「采菊東籬下，悠然見南山」、「昏旦變氣候，山水含清輝」，以見陶、謝之高趣；「行到水窮處，坐看雲起時」、「微雲淡河漢，疏雨滴梧桐」，以見王孟之佳致也。載觀集中之句，若「夕陽下西岑，余暉藹高樹」之類幾乎晋，以若「芳徑草生春有跡，緑池波動月無痕」之類，幾乎唐矣！至若「道在貧還樂，心閑夢亦清」等句，又幾乎有道者之言。雖不拘拘然模擬乎晋唐，而其趣致自有與之合者。蓋德彰生乎洞天福地之間，而又嘗爲江漢之游，故其爲詩不自奇而自奇，不求異而自異，蓋得乎山川雲月之助多矣！第其以避地隱跡而終，故世之人有罕得而知焉耳。予用是拈出數詩試與覽者評之，有以見德彰之志不苟，而諸君子之序論爲有據也。

贈太醫院使蔣君主善序

京口蔣君之爲太醫院使也，凡太醫之官若士咸爲之喜，而余亦喜焉。君名主善，號克一，故太醫院使恭靖用文之子也。恭靖公以儒醫之道事仁宗於東宫，禮遇莫加焉。及仁宗登極而公卒，即召君爲御醫。爲御醫才十八日而遷判院事，歷二十有六年，至是乃遷院使。君爲人恂恂謹厚，執德克恒。處寵辱淡然，無忤於物而有愛於人。此人人爲之喜者也，然余之喜則異於是。蓋人人之喜者，蓋爲蔣君之將遷秩而喜也；而余之喜，則不獨爲蔣而爲朝廷喜也。

夫太醫之官，視百執事尤難其人。百執事之官各有司存，不能相通，故諫諍之臣常以嚴見憚而不得朝夕左右，暬御之臣常以親見狎而不能有所匡救。故既親且嚴，惟醫職爲然。蓋其出入禁近，保和聖躬，諫臣所不得至之地，而得至之暬御所不得言之事而得言之，此其人之得失而爲損益豈小小哉？嘗聞恭靖公之事仁宗，自宫掖之秘、起居服食之微而必匡焉。君於是術恭靖之術，心恭靖之心，而官恭靖之官，固其宜也！矧今皇上在御，春秋鼎盛，方將靖寇難而致太平，百執事之臣固皆奮庸圖報而不遑寧處。君官爲太醫之長，惟賢且舊，上之所以禮遇君者亦猶仁宗之於恭靖也，君可不以恭靖之所以事仁宗者而事上乎哉？恭以敬之，所以事仁宗者事上，則其於聖躬之起居必有所致敬也，服食必有所致戒也。起居服食而必謹必戒，而後政事可得而修、治功可得而成也，然則君之績豈出百執事之下耶？余之所爲朝廷喜者如此，故因其僚友之請而書以贈之。

西軒先生詩序

西軒先生詩者，中朝士大夫爲西軒先生作也。先生吉泰和人，姓蕭氏，字孟濂，故山東運副養心之子，今國子祭酒孟勤之兄而助教灤之父也。其爲人龐厚環奇，才氣偉然。運副公之於詩學最優，而先生得其傳，然不苟作。其立心製行恒以古人爲之師，凡所以事其親者，必致事親之實。友其弟者，必致友弟之實。所以交朋友、處鄉黨、姻親必致其實，於朋友、鄉黨、姻戚而無不盡其道焉。蓋自其少至其老，而積於其身而孚於其家而薰於其鄉，由於泰和之人稱孝弟忠信必曰「西軒先生」云。祭酒公爲之傳以傳於家者，蓋實録也。

余嘗得而觀之，間徵諸泰和之人之言而無不合焉，因竊論曰：「嗟夫！孝弟忠信，世之人莫不知之矣，亦莫不能言之也，而行之掩焉鮮矣！彼庸衆人之爲然，固無足怪者。至如薦紳之士亦然，其鮮可勝嘆也。然則西軒先生之行，豈獨泰和之人重耶？雖於天下猶重也。矧其才氣之偉、學術之優，使其出而用世，其必有可觀者，而於世亦必有所裨也，而豈徒乎化一家而薰一鄉耶？諸君子爲之有作宜也！」余辱交祭酒公而知助教，又嘗識先生之玉貌而聆其篤論矣。於是輒以不腆之辭，而序諸君子之作焉。

送姚都運之浙江序

轉運之有使始于唐制，宋因之而國朝又因之。唐以主財計，故謂之計臺；宋乃以督察郡縣之治，故又謂之監司。司其事權亦甚重矣，不主鹽利而已，專主鹽利則國朝之制也。其職任之稱自昔爲難，而於今爲尤難。蓋昔以制人，而今也則制於人。雖重而易之，與制於人者其勢異矣，此其所以爲尤難歟？以尤難之任而求異任之而不難，非有剸繁治劇之才者，蓋莫之能也已。乃者浙江運使以事去，天官舉薦前知湖州府姚公爲之。公名政，字以德，永平之撫寧人也。以永樂丁酉鄉貢進士卒業太學，釋褐知山西之絳州。既而入朝選補後軍都督府，經歷右軍，滿秩遷户部郎中，出知太平府。以家難去官，起復而轉湖州。其剔歷中外幾三十年，贊戎理財，茂著勞績而治民有庸，尤足侈焉。於乎！公可謂剸繁治劇之才者矣。其膺天官之舉而總計臺之事，不亦宜乎！雖然，吾于公願少進焉。夫才足以爲矣，而未足恃也，抑亦操履存焉耳，矧利權所在，怨欲乘之？故能官非難……按，抄本於此句後在天頭有批曰：「疑下定脱一題，又脱文。」故下文當出自另一闕題之文。

……而全之親乎？然宗昊不以此爲意，方且諄諄懇懇，戒而誨之：以忠以孝，以勤以慎，毋作過以敗，毋從一以求容。庶其有報乎國而無累於家，此其尤可重者也，然則豈惟仁和之人之稱善士爲宜哉？此余之所以不靳乎其意也！

送高方伯之河南序

皇明有天下肇十三布政司，而河南其一也。其所隸府七州十有二、縣八十有八，蓋古豫州之壤而有之，兼二周，連三晋，包宋、衛、鄭、許、陳、蔡、唐、鄧諸國於其間。北界太行，南臨方城。左屬海岱，右接關陝。鍵太華，屏嵩高。貫大河，抱長淮。地方千里，户口數十萬。田畝沃饒，民物富庶而風俗淳固。士習文武，誠中原之大藩也。然則爲方伯於斯者，非夫才器謀猷足以有爲，如古之豪傑固不易以勝任焉。是歲之春，方岳之臣朝覲大廷，有詔簡其稱否進退之。而河南右布政使宋公興以老疾去，由是天官推舉光禄少卿高公寅補之。

公字居敬，陝西之臨潼人也。初以明經第進士，拜行人。屢嘗使四方，諭遠夷，有轉對之能。及其在光禄，綜理國饟，處贄御閹寺之間，不阿不撓，有勤公之譽，豈非所謂才能足以有爲者乎？其膺是舉宜矣！雖然，吾將有爲居敬道者。凡爲治在知所當務，則知所先後緩急而爲之不難。以吾觀之，今日河南之治所當務者，在爲保障之計而弭未然之患耳，餘不足道也。自北方有警，而相衛、覃懷爲重鎮，所以輔京畿，托關陜，地要衝而民尤勁武，此其保障之計不可不備也。且頃薦飢，秦晋之民流徙陳、鄧、汝、潁之間者不下數十萬。逋逃淵藪，漸不可長，此其弭患之方不可不預也，河南之事蓋無大乎此矣。不於方伯圖之，孰與圖之？先是，予嘗承乏作鎮於鄴，竊獨以此爲慮，至今其猶未忘也。故敢以告于居敬，居敬尚克勉焉。夙夜惟此之務，其有以勝方岳之寄，而不負天官之舉、報明主之恩必矣！又何愧乎古之豪傑哉？

於是居敬之行有日，光禄卿高公率其僚屬詩贈，余遂以云。時景泰辛未春仲之朏。

送蔣大參之江西詩序

景泰改元之明年，方岳之官咸述職於京師。有詔簡其稱是與否而進退之，其去者十之二三。於是天官推舉中外之賢以補焉，而兵科左給事中蔣性中得江西右參議命下之日，凡朝之孤卿大夫皆曰：「江西得良牧矣，民其尚有所賴哉！」性中字用和，宣德丁未進士也。其登朝餘二十年於兹矣，而在兵科且十年，故朝之孤卿士大夫皆知其賢也。余嘗與河南劉原博論其爲人如璞玉渾金，然璞玉之美有藴在中，而温潤以栗之德備焉；渾金之剛不露於外，而堅利之性存焉。以之才也，不用則已，用必爲瑚璉而薦宗廟，必爲寶劍而服尚方，夫焉往而不宜也？何獨江西一參議之爲稱哉？然諸公之爲江西喜者，意蓋有在焉，得非以夫江西之難治於諸方乎？諸方之民有可以剛治者，有可以柔治者，而江西之民不然。户《詩》、《書》，家禮樂，而不免有奸欺豪奪之風。其治之既不可以剛，又不可以柔，非得剛柔之中者可行治之。《詩》云：「柔亦不茹，剛亦不吐。」若用和之爲人，其庶幾乎此矣！雖然不剛不柔，仲山甫之爲治於周也。用和而庶幾乎此，又豈止治於江西爲宜耶？吾知其入而贊襄乎天朝之治，又宜也！

用和既陛辭而出，將軷，諸公皆贈行之什，而原博其姻、余其友也，尤惜其别而不能留之。故原博爲之詩，而予爲之序云。

贈汪主事序

婺源汪君益謙宣德癸丑進士也，其學明於經，行達於義，而志將追跡於古之人才。其登第之初，年壯氣鋭，奮然將以有爲於時。會朝廷修《宣宗實録》，君奉使采事湖湘間。或以小過構之，君不爲動。既而聞其母氏有疾，君乃歎曰：「吾既負違親之議，復安可爲利禄故，與人辨曲直哉？」即日自引歸侍母。謹致孝養，居十八年，母疾爲痊。至是聞上皇北狩，虜窺畿，乃奮而起曰：「君父有急，爲人子者可安居乎？」遂白母請行。母曰：「是臣職也，毋以吾老爲念，趣之行！」君既至京師，朝見今上。上嘉之，擢户部主事。於是諸同年之在朝者相率賀之，而授簡予爲之言。

嗟乎！士行之大，惟忠孝耳。忠孝不失，而其餘可以蓋焉。昔孝肅公登第後，歸而養母者十餘年，終養而復出事仁宗，秉其剛毅直道而行，卒爲宋之名臣，此孝肅之爲孝肅者也。今君歸雖有故，而能致養，其於母子無所闕焉。於及是之來，又能官守急君之難，於臣道無所遺焉。使其由是以往，益茂其爲而建功立業以成其奮然有爲之志。吾見其且不獨遂其身之名，抑又足以表其母氏之賢也。夫何愧乎孝肅？君必勉之！

送王憲使致政歸吴興序

古之善觀人者，不觀其小節而觀其大節。所謂大節者，進退用舍之有其道也。是故進觀其所由，退觀其所托，用觀其所爲，舍觀其所安。所由、所托、所爲、所安而各得其義，吾斯與之爲君子矣。不然，雖便佞如祝鮑，周慎如孔光，巧宦如司馬安，其去君子之道愈遠焉，吾烏得而與之哉？

吴興王君伯玉，清慎人也。學而聞道，仕而知義。初以明經登永樂乙未進士第，拜兵、刑二部主事，遷郎中。循制守法，不激不隨，而朝廷之上稱其賢焉。及其以僉舉而爲湖廣憲副進憲使也，振綱維，略細故，不苛不弛，而江漢之民歸其仁焉。是歲之春，朝於京師，會有詔方伯州牧之有老疾者許致其事，君遂引年而歸。於是其所親吴孝春爲之請言。

余嘗奉使湖湘，得與君識。既而所至度詢藩憲之賢否，余是以重之。若君者雖老矣，亦宜留之以表率一方之官政，奈何其未耄而遽去也？雖然君之歸則遽，而大節完矣。不如是，何其進退用舍得其宜而不倍於道也耶？於乎！君其不可謂之君子哉！輒因孝春之請而重之以言。

送齊憲副序

乃者吏部以天下臬司之官多缺員，而舉在廷之賢以補之，詔可。於是御史之與者七人，而予所知之二人齊君守禮、韓君永熙也。守禮得山東憲副使，永熙得廣東憲副，皆當今之名御史。論者固皆謂得其人，而予則猶以爲舉之未盡其才焉。夫憲副在今官制爲四品，古中大夫之秩也。操部使者之權，以按一方，清得以揚，濁得以激，利得以興，害得以除。大夫當此舉亦足矣，而猶以爲未盡其才，何也？則予有説。

凡朝廷之用才，譬如醫師之用藥。其以常藥治常疾，遇輒用之，雖無擇焉可也。至於其得不常用之藥，必謹儲之以待夫不常有之疾而後出焉。不然，不輕用也。使其輕而用之，脱有疾焉，非常藥之所能療，而儲之不預，則何及哉？今國家有重事每以屬御史，而才實難之。如二君者，誠宜留之臺省以待事而遽出之，此予之所不曉也。永熙爲予鄉人，而守禮代郡人也。守禮之先大夫同州府君仲威嘗同知松江府，而守禮實從。其資既偉，而聞見尤博。以明《春秋》登正統乙丑進士第，拜山東道監察御史，轉河南道。嘗巡按南畿毅然，有□按，原空一格爲闕。據文義，當爲「周」字家二人事覺，詔遣守禮往按問焉。周素以資雄江南，交接權貴，藉聲勢爲之固，又匿奸人爲之謀。每按事者輒鉗以勢，啖以利，竟莫得其實。守禮知其然，乃微服以行。既順跡得之，即先捕主謀之奸人及其父子，一訊而服，勢不能鉗，利不能啖也。江南之人爲之稱快，而奸豪怙息焉。守禮之名，由是益著。雖然此其一事耳，若予所知，蓋有大此者而未之試也。守禮既以年勞得敕命之錫，母妻與封焉。至是將拜恩赴山東，其同居諸君子相與餞之而徵序於予，予因得以著其説。於乎！守禮行矣，其與永熙勉之，尚有以副予之言哉！

送韓憲副之廣東詩序

予之序贈齊守禮行也，既及永熙矣，而行恕大參復要予贈之，予將何以贈乎永熙也？贈之以經生之談歟？則永熙素講之矣。贈之以法家之説歟？則永熙又厭聞之矣。贈之以部使者之事歟？則永熙又自優爲之矣。予果何以贈乎永熙也？雖然，吾聞過則抑之，美則揚之，是固朋友之道也。且余嘗承乏史官，事有可筆則從而筆之，筆其用以勸乎其後，又豈不可乎？

蓋永熙雍名而韓氏，世爲蘇之長洲人。其父公顯始以關右徙京師，而生永熙。垂髫而入京學，年十九而取進士，遂擢監察御史。始其巡河也，錫山教諭江淳誣坐人命。他御史入之累勘，莫能白。解京候決，臨刑呼冤，都臺行下永熙勘之。永熙廉得其實，則所誣殺之人固生匿他所，而驗屍仍僞者，竟釋淳而坐其人。山東臬司官有不法者，永熙承臺劄當與巡按御史會勘其事。巡按者庇焉而不會永熙，永熙再劾之，風紀爲之一振。還朝，遂典三法，司詳讞。章奏明敏，清慎在廷。重及其巡江右也，時閩、浙之盜方作，而其□相接。永熙經略其間，有奸人將乘機爲亂者，輒捕其魁僇之，將帥之失律者糾之。謹關譏，厚撫納，給軍餉，張聲援，所以盜蔓延而境安。獲安者，多其力也。凡盜所及，按部者率坐累，而永熙之在江右，乃獨以奉使稱旨見褒。蓋其爲御史八年，至是而有憲副之遷。夫廣東之與江西鄰也，而治加易焉。昔其總一道而治之有餘，今分治而寧有不足耶？然予特少進焉。夫千里之驥不圖安於百里，非固好遠而惡近也，彼其足力固將有所展焉耳。以永熙之才求永熙之志，其不圖乎近而忘乎遠也必矣。尚其夙夜策勵，以充其力而擴其量，既弘且毅。使不用則已，用則必能當國家之重寄而勝天下之重任，富貴不足道。

於是行郟遂書予言以爲永熙贈，而與諸君歌以系云。

姑蘇陳氏佳城十景詩序

佳城十景者，予友翰林國史修撰、經筵講官陳君緝熙先墓所在山川風物之目也。其一曰靈岩晴旭，其二曰震澤秋蟾，三曰光福煙霏，四曰穹窿雲氣，五曰天平嵐翠，六則海雲茶屏，七則寄心修竹，而八則古廟喬松，沃壤西城居其九，而伏龍晚睇居其十。凡景之方維時候，體勢名狀，具如緝熙所自識其文與諸詩，若圖可按而考焉。緝熙之言曰：「昔者夫子之合葬於防也，蓋曰東西南北之人也，不可以弗志也。今吾以從宦，縻於京師。而吾弟以從戍，羈於遼海。是亦夫子之所云者而加遠焉，可弗志耶？亦即封而樹之矣，然志以封樹，不若志以山川之無改也。是故即夫十景者圖之，兄弟并藏焉。之東、之西、之南、之北，先墓之山川風物隨在而可見焉。吾親體魄之藏，亦隨在而可以得其處焉。既圖之，而朝之名卿大夫知吾兄弟之情者，又相與爲之詩詠以相吾兄弟之思焉。竊以古之爲詩者必有序，序而志之，不益明乎？公斯文之遺老也，而於吾爲鄉人。吾之先墓在伏龍，公之先墓在光福。光福、伏龍東西相望一舍間，知吾情事與山川風物無如公者，願爲我序之。」

予乃作而嘆曰：「《詩》不云乎？『永言孝思，孝思維則。』古之君子所以致孝乎親者，有無窮之思，亦有無窮之聞。若緝熙，其庶幾哉？緝熙心古之心，學古之學，固以古之君子而自勖也。以古之君子而自勖者，伊、周、孔、孟雖則遠矣，尚有可師，矧其近者哉？惟先正范文正公爲有宋第一人物，其德言功業，光明俊偉，炳乎史册，若大辰麗天，有目斯睹。天下學者，蓋莫不歆企焉，矧鄉之後學哉？予兩家先墓之山密邇天平，天平，文正公之祖也，祠宇在焉。予顧與緝熙合志而尚友乎公，以求其所謂先憂後樂之心而致夫光明與俊偉者。然則吴中文獻之傳代不乏人，山川草木亦皆爲之生色，豈直保其先人墳墓而已哉！雖然，予何能爲？尚賴緝熙，予將以進修而致焉耳。此緝熙之志，而予之所望於緝熙者也。」於是乎序。

天全翁集　卷四

碑類　志銘類

大明賜復顔孟廟田之碑〔一〕

乙亥之冬，十有二月庚申，詔復顔、孟二廟祭田，加錫至百頃，置佃户各十家，以中憲大夫、都察院左僉都御史徐有貞之請也。蓋二廟之在元，故各有祭田三十頃，二氏子孫以之備粢盛給衣食焉。易代以來，侵奪殆盡，雖嘗理於朝，而輒扼〔二〕於有司，由是二廟之祭不共〔三〕而二族之養不贍。

初，有貞奉璽書治水於山東，濬川導山，嘗往來於曲阜、鄒嶧之間。謁先聖先師之祠，見其然而審其所以然，有貞於時慨然心誓曰：「使有貞治水而有成功也，其必爲吾先師復此田也。」及功既告成，因具以聞，且請益之田置〔四〕佃户，蠲其徵而畀〔五〕

之供贍。詔皆從之，恩至渥也。事下户部，俾巡按御史山東三司會而理之。既復野店之田六十頃，又得蔡莊之田四十頃〔六〕而益之，總爲頃百分而兩之。其新田視故田廣衍饒沃有加焉。又擇鄒、鄧〔七〕、寧陽之籍得上户二十，分隸乎二廟以供佃事，乃命二氏之宗子〔八〕希惠、希文爲之主掌歲收，其入以供祭贍。族田之有徵者，蠲其徵而禁諸人，毋爭占，悉如詔旨，著爲令。至是希惠、希文偕其族之良拜恩闕下，比還，乃請之有貞，願記詔旨於麗牲之碑，以示後世義也。

有貞題〔九〕之，乃諗之曰：「於乎！維顔子、孟子，於若曹爲先祖，於〔一〇〕有貞爲先師，於天下爲先賢，是有貞之所爲請，爲先師也；上之所爲賜，爲先賢也。爲先師也，爲先賢也，其皆非以爲〔一一〕若曹也。然而若曹坐而得田與佃，蠲其國之徵而爲家之徵，不爲人役田役人，〔一二〕可不知其所自耶？知〔一三〕所自，則言不敢不法先祖之言也，行不敢不法先祖之行也。其法之而至，則將見復聖、亞聖之復出而爲天下之師矣；法之而未至，其亦不失爲顔、孟之賢子孫也〔一四〕。自今爲宗子者，必以禮而率乎宗之人。宗之人必以禮而輔乎宗子，田厥田，事厥事，量其入而節其出，祀惟豐，用惟儉，收維均，因是而廟益修，族益睦，長長幼幼，親親賢賢，孝恭之行乎於家邦，使見者聞者皆曰是聖賢之後，誠可貴哉！人以之益重其世也，國以之益崇〔一五〕其禮也。不然，或私以藏，或忿以鬩而不相能，則夫見者聞者將曰彼爲聖賢之後且然，又何貴乎？詩云：『無忝爾祖，聿修厥德。』有貞願爲二氏之曹〔一六〕勗諸。」希惠、希文暨其族之良咸拜曰：「謹受教。」有貞乃書於石而系之銘，其詞曰：

學聖不倦，教世無窮。惟顔之德，孰〔一七〕與比隆？異端以闢，正道以通。惟孟之功，誰與比崇？是故粒生民之饑者，其如稷；拯天下之溺者，其如禹〔一八〕。而顔、孟乃與之同推是德與是功也，宜夫萬世之庇，而矧乎其崇〔一九〕？所以寵厥後者〔二〇〕，朝廷之恩禮；所以承厥先者，子孫之孝恭。有貞作銘，勒乎〔二一〕廟中。敢告賢胤〔二二〕，勿替祖風。

校勘記

〔一〕清丘浚、杜詔纂《山東通志》卷十一之七《闕里志》七載景泰二年大学士徐有貞《明錫復顔氏、孟氏祭田記》，題名略異。此書爲文淵閣四庫全書本，以下簡稱「山東通志本」。

〔二〕山東通志本「扼」字作「阨」，當是。

〔三〕山東通志本「共」字作「供」，當是。

〔四〕山東通志本「置」字作「給」。

〔五〕山東通志本「畀」字作「俾」。

〔六〕山東通志本脱「四十頃」三字。

〔七〕「又擇鄒、鄧」句，山東通志本作「又擇於鄒、滕」。

〔八〕山東通志本「宗子」二字作「子孫」。

〔九〕山東通志本「題」字作「韙」，當是。

〔一〇〕山東通志本「於」字後多「後學」二字。

〔一一〕山東通志本脱「爲」字。

〔一二〕「不爲人役田役人」句，山東通志本作「不爲人役而役乎人」。

〔一三〕山東通志本「知」字後多一「其」字。

〔一四〕山東通志本「也」字作「矣」。

〔一五〕山東通志本「崇」字作「重」。

〔一六〕山東通志本「曹」字作「胄」。

〔一七〕山東通志本「孰」字作「誰」。

〔一八〕「其如稷」、「其如禹」之「其」字，山東通志本均作「莫」。

〔一九〕山東通志本「崇」字作「宗」。

〔二〇〕「所以寵厥後者」句，山東通志本作「所以崇厥宗者」。

〔二一〕山東通志本「乎」字作「於」。

〔二二〕山東通志本「胤」字作「裔」，當爲避清諱。

治水功完之碑〔一〕

惟景泰紀元之四年冬十月十有一日，天子以河決沙灣久弗克〔二〕，集左右丞弼暨百執事之臣於文淵閣，議舉可以治水者。僉以右諭德兼翰林侍講、春坊右〔三〕臣有貞應詔，即日拜都察院右僉事都禦史。越六日，賜璽書奉之行〔四〕。天子若曰：「咨爾有貞，惟河決於今七年。東方之民厄於昏墊，勞於堙築〔五〕，既屢遣治而弗即功。轉漕道阻，國計是虞，朕甚憂之。兹以命爾，爾其往治，欽哉！」臣有貞祇承惟謹。

既至，乃奉揚明命，戒吏飭工，撫用士卒〔六〕，率興厥事〔七〕。已乃周爰巡行，諮群策，詢輿言〔八〕，自北東徂南西，濟、汶、衛及沁、大河，道濮范以還。既究源流〔九〕，遂度〔一〇〕地行水，乃上陳于天子曰：「惟水可順焉以導，不可逆也以堙〔一二〕。故〔一三〕禹之行水，行所無事，用此道也。今或〔一四〕反是，治所以難。臣謹圖惟，其要有三：順天時，因地利，盡人事。暘以映，則涿者焉以濟；雨以潦，則堰焉以防。高以上則挺焉以障，卑以下則導焉以流。天時既經，地利既緯，乃程其工，載循其本，修其末。〔一五〕蓋河自雍而豫，出險固而之夷，斥其水之勢既肆，又由豫而兗，其土益疎，其水益肆〔一六〕。而沙灣之東，所謂大洪之口者，適當其衝，於是決焉而奪濟汶入海之路。以去諸水，從之而洩，隄以潰，渠以淤，〔一七〕此漕途所爲阻者與？然欲驟而堙焉，則不可，故潰游者益游而莫之救也。今欲治之〔一八〕，請先疏其水，水勢平乃治其決，決止乃濬其淤〔一九〕，必如是而後有成。」制曰：「可。」

臣有貞乃經營焉，遂造制水之閘，鑿導水之渠〔二〇〕，起張秋金隄之首，西南行九里而至濮陽之泊〔二一〕，九里而至於博陵之陂，又六里而至於壽張之沙河，又八里而至東西影塘，又十有五里而至白嶺之灣，又三里而至李隼之涯，上下貫串凡五十里，皆用人之力；其不用人力者，則〔二二〕由李隼而上又二十里而至於竹口蓮花之池，又三十里而至於大瀦之潭。乃踰范暨濮，又上而西凡〔二三〕數百里，經澶淵以接河沁，河沁之水過則害，微則利，故御其過而導其微。〔二四〕既成，名其渠曰「廣濟」，閘曰「通源」。凡其間水道之不一者則堰之，堰於白嶺之下，堰於影塘之北，堰於艾隼之東、沙河之上，堰於南河之口。由是其水遠不東衝沙灣，〔二五〕乃更北出以濟漕渠之涸。東平、壽張、陽谷之田，〔二六〕出沮洳而資灌溉者幾萬頃〔二七〕。行旅既便，居民既安。有貞知事可集，乃用漢王景堰流之法，參以晉杜預梁河之制，而加詳焉。〔二八〕爰作大堰，其上楗以水門，其下繚以虹隄，屏陰分陽，用土木合金火以制濟，調平乎水，水害用除，水利用興，乃〔二九〕濬漕渠由沙灣而北至於臨清凡二百四十里，南至於濟寧凡二百一十里，〔三〇〕用平水道。〔三一〕時會有以京軍疏河之議〔三二〕，因〔三三〕奏蠲瀕河州縣之民馬牧庸役，而專事河防用省軍費而紓民力，天子從之。

是役也，凡用人工聚而間役者四萬五千有奇，分而常役者萬三千有奇，用木大小之材九萬六千有奇，用竹以竿計倍木之數，用鐵爲斤十有二萬，鍵三千，緪百八，釜二〔三四〕千八百有奇，秫禾皆若草，又倍之〔三五〕，而用石土，則不計其算。然其用糧於官，以石計僅五萬而止焉。蓋自始告祭工興至於工畢，凡五百五十有五日。

於是治水官佐工部主事臣翊、參議山東布政使司事臣雲騰〔三六〕、僉山東按察司事臣蘭等咸以爲：「惟水之治，自古爲難，矧兹地當兩京之中，天下之轉輸貢賦所由以運〔三七〕，使終弗治，其爲患孰大焉？夫白之渠以溉不以漕，鄭之渠以漕不以貢，而工皆累年，費皆鉅億，若漢武之瓠子不以溉，不以漕，又不以貢而役及天下費不可勝紀，久且至數年，〔三八〕躬勞萬乘，逮公卿兵民俱㴵〔三九〕，投璧馬、籲神祇而後已。以彼視此，孰損孰益，孰難孰易，孰虧孰成？〔四〇〕乃今役不再期，費不重科，以溉焉〔四一〕，以貢焉，無弗便之者。是於軍國之計，生民之資大矣、厚矣，其可以無紀述於來世？」臣有貞曰：「凡此成功，實惟我聖天子之德〔四二〕，所以俾臣之克效，不奪浮議，非天子之至明，孰恃焉？所以俾民之克寧，不苦重役，非天子之至仁，孰賴焉？有貞之於臣職，其惟弗稱是懼，矧敢貪天之功？惟〔四三〕至明至仁之德，不可以弗紀也。」臣有貞常備員翰林國史，身親承之，不可以嫌故自輟，乃拜手稽首而爲之文曰：

皇奠九有，歷年維久。延天之祐，既豫而豐。有蔀以蒙，見沬日中。陽九百六，數丁厥鞠。龍蛇起陸，水失其行。河決東平，漕渠以傾。否泰相承，景運中興，〔四四〕殷憂以〔四五〕凝。天子曰：「吁！是任在予，予可弗圖？圖之孔亟，歲行七易。曾靡底績，王會在兹，國賦在兹，民便在兹，孰其幹濟？其爲予治。去害而利，惟汝有貞。勉爲朕行，便宜是經。」

臣拜受命，朝嚴夕儆。將事惟敬，載驅載馳。載詢載謀，載度以爲。乃分其勢，乃隄其潰，乃疏其滯。〔四六〕分者既順，隄者既定，疏者既濬，乃作水門。鍵制其根，河防永存。有埽〔四七〕如龍，有堰如虹。護之重重，水性斯從。水利斯通，水道斯同。以漕以貢，以莫不用。邦計維重，惟天子明。浮議弗行，功是用成。惟天子仁，加惠東民。民是用寧，臣拜稽首。天子萬壽，仁明是懋。爰紀厥實，勒兹貞石，昭示無極。

校勘記

〔一〕明謝肇淛撰《北河紀》卷三「河工紀」載徐有貞《勑脩河道功完之碑》，題名與之略異。《北河紀》爲文淵閣四庫全書本，以下簡稱「北河紀本」。《明文衡》卷六十七、清黄宗羲輯《明文海》卷六十七「碑甲」均載此文，題名與北河紀本同。《明文海》爲清涵芬樓鈔本，中華書局據以影印，爲一九八七年二月版，以下簡稱「明文海本」。

〔二〕北河紀本、明文衡本、明文海本「克」字後均多一「治」字，當是。

〔三〕北河紀本、明文衡本、明文海本均脱「右諭德兼翰林侍講、春坊右」十一字。

〔四〕「即日拜都察院右僉事都御史。越六日，賜璽書奉之行」句，北河紀本、明文衡本、明文海本均作「乃錫璽書命之行」。

〔五〕北河紀本、明文衡本、明文海本均於此句後多「靡有寧居」四字。

〔六〕「戒吏飭工，撫用士卒」句中，明文衡本「飭」字作「飾」，誤；明文海本、北河紀本基本同底本，惟「卒」字作「眾」字。

〔七〕北河紀本、明文衡本、明文海本均於「率興厥事」句前多「咨詢群策」四字。

〔八〕北河紀本、明文衡本、明文海本均無「諮群策詢輿言」六字。

〔九〕「自北東徂南西，濟汶、衛及沁、大河，道濮范以還。既究源流」句，北河紀本、明文海本均作「自東北徂南西，踰濟、汶，沿衛及沁，循大河，道濮范以還。既究厥源流」，明文衡本基本與北河紀本、明文海本同，惟「東北」作「北東」。

〔一〇〕北河紀本、明文衡本、明文海本「遂」字均作「因」。

〔一二〕「惟水可順焉以導，不可逆也以堙」句，北河紀本作「臣聞凡平水土，其要在乎天時、地利、人事而已。天時既經，地利既緯，而人事於是乎盡。且夫水之爲性，可順焉以導，不可逆焉以堙」。明文衡本、明文海本基本與北河紀本同，惟「其要在乎」作「其要在知」。

〔一三〕北河紀本、明文衡本、明文海本均脱「故」字。

〔一四〕北河紀本、明文衡本、明文海本「或」字均作「勢」。

〔一五〕北河紀本、明文衡本均無「臣謹圖惟」至「修其末」句。

〔一六〕「其土益疎，其水益肆」句，北河紀本、明文衡本、明文海本均脱句中兩「其」字。

〔一七〕北河紀本、明文衡本、明文海本均於此句後多「澇則溢，旱則涸」六字。

〔一八〕「故潰游者益游而莫之救也。今欲治之」句，北河紀本作「故潰者益潰，淤者益淤而莫救也。今欲救之」。明文衡本、明文海本基本與北河紀本同，惟「莫救也」作「莫之救也」。

〔一九〕北河紀本、明文衡本、明文海本均於此句後有「因爲之方。以時節宣，俾無溢、涸之患」等句。

〔二〇〕「遂造制水之閘，鑿導水之渠」句，北河紀本、明文衡本、明文海本均作「作制水之閘、疏水之渠」。

〔二一〕北河紀本「泊」字作「濼」，誤；明文衡本、明文海本作「濼」，「濼」與「泊」字同。

〔二二〕北河紀本、明文衡本、明文海本均脱「上下貫串凡五十里，皆用人之力；其不用人力者，則」等字。

〔二三〕明文衡本同底本，北河紀本、明文海本「凡」字作「北」。

〔二四〕「經澶淵以接河沁，河沁之水過則害，微則利，故御其過而導其微」句，北河紀本、明文衡本、明文海本均作「經澶淵以接河沁之水，過則害，微則利，故遏其過而導其微，用平水勢」。

〔二五〕「凡其間水道之不一者則堰之，堰於白嶺之下，堰於影塘之北，堰於艾崔之東、沙河之上，堰於南河之口。由是其水遠不東衝沙灣」句，北河紀本作「渠有分合，而閘有上下，凡河流之旁出而不順者則堰之。堰有九，長袤皆至丈萬。九堰既設，其水遠不東衝沙灣」。明文衡本、明文海本基本與北河紀本同，惟句中「遠」字作「遂」，當是。

〔二六〕「東平、壽張、陽谷之田」句，北河紀本、明文衡本、明文海本均作「阿西、鄄東、曹南、鄆北之地」。

〔二七〕「幾萬頃」三字，北河紀本、明文衡本、明文海本均作「爲頃百數十萬」。

〔二八〕「乃用漢王景堰流之法，參以晋杜預梁河之制，而加詳焉」句，北河紀本作「乃參綜古法，擇其善而爲之，加詳用焉」。明文衡本、明文海本基本與北河紀本同，惟「加詳用焉」作「加神用焉」，誤。

〔二九〕「屛陰分陽，用土木合金火以制濟，調平乎水，水害用除，水利用興，乃」句，北河紀本作「堰之崇三十有六尺，其厚什之，長百之；　門之廣三十有六丈，厚倍之；　隄之厚如門，崇如堰而長倍之。架濤截流，欐木絡竹，實之石而鍵之鐵，蓋合土、木、火、金而一之，用平水性。既乃導汶、泗之源而出諸川，滙澶、濮之流而納諸澤，遂」。明文衡本基本與北河紀本同，惟「欐木絡竹」作之「欐」字作「柵」、「出諸川」作「出諸山」。明文海本亦基本與北河紀本同，惟「堰之崇三十有六尺」之「三」字作「二」、「欐木絡竹」作之「欐」字作「柵」、「納諸澤」之「諸」字作「之」。

〔三〇〕於此句後，北河紀本、明文衡本、明文海本多「復作放水之閘。於東昌之龍灣、魏灣凡八，爲水之度，其盈過丈則放而洩之，皆通古河以入於海。上制其源，下放其流，既有所節，且有所宣」等句。

〔三一〕於此句後，北河紀本、明文衡本、明文海本均多「由是水害以除，水利以興」句。

〔三二〕「時會有以京軍疏河之議」句，北河紀本、明文衡本、明文海本均作「初議者多難其事，至欲棄渠弗治，而由河沁及海以漕，然卒不可行也。時又有發京軍疏河之議」。

〔三三〕北河紀本、明文海本「因」字作「有貞力」，明文衡本作「有貞因」。

〔三四〕明文衡本、明文海本同底本，北河紀本「二」字作「一」。

〔三五〕「秫禾皆若草，又倍之」句，北河紀本作「用麻百萬，荆倍之，藁稍又倍之」。明文衡本、明文海本基本與北河紀本同，惟「藁稍」作「藁秸」，當是。

〔三六〕北河紀本、明文衡本、明文海本「雲騰」二字均作「雲鵬」，當是。

〔三七〕北河紀本、明文衡本、明文海本「運」字均作「達」。

〔三八〕「又不以貢而役及天下費不可勝紀，久且至數年」句，北河紀本、明文衡本、明文海本均作「又不以貢而役久弗成，兵民俱敝，至」。

〔三九〕北河紀本、明文衡本、明文海本均無「逮公卿兵民俱敝」七字。

〔四〇〕「孰損孰益，孰難孰易，孰虧孰成」句，北河紀本、明文衡本、明文海本均作「孰輕孰重，孰難孰易」。

〔四一〕於此句後，北河紀本、明文衡本、明文海本均多「以漕焉」三字。

〔四二〕北河紀本、明文衡本、明文海本「德」字均作「致」。

〔四三〕北河紀本「惟」字後多「天子」二字，明文衡本、明文海本則多一「夫」字。

〔四四〕「否泰相承，景運中興」句，北河紀本、明文衡本、明文海本均作「否泰相乘，運維中興」。

〔四五〕北河紀本、明文衡本、明文海本「以」字均作「乃」。

〔四六〕「乃分其勢，乃隄其潰，乃疎其滯」之「其」字，北河紀本、明文衡本、明文海本均作「厥」。

〔四七〕明文衡本、明文海本同底本，北河紀本「埽」字作「琋」。

宜興善權寺碑

舉宜興山水之佳處，無如善權者。其寺始建於南漢，至唐中廢而李瓚興之，及宋李曾伯乃益拓而大焉，事具舊碑。乃予在朝時，嘗擬一遊久矣。及遷謫後，蒙恩詔還自金滄也，乃始得之吴行。距陽羨水逾三百里，自陽羨山行又逾五十里，乃至，登而望焉。南條之山越萬里來，自坤趨艮，界江及海，如斷合從而爲連衡。水有分流，山無絶脈。又如百萬之師橫列大陣中，抽一支爲游兵，旁出擇形，分合營駐於數百里間。後倚連城，前環巨浸，外固中閎，天然一奧區也。有三龍河、九斗壇，靈奇之跡，甲彼諸方，而主持之人實難其選。寺之規構初極壯觀，歲久浸敝，殿堂門廡，無一完者，而鐘樓殆將壓。予喜其地之勝，而惻其寺之敝。既爲之忻然以詠，又爲之慨然以嘆。

時住山航濟川方出未歸，其徒迎予宿上方。及旦，留詩以還。遂及陽羨，而濟川追見予蔣氏之墅。一談契合，遂聯舟行至惠山而別。別時，濟川曰：「航之承乏而主是山，有願力焉。公幸爲我成之。」予問其所以，曰：「航將興而修之，自鐘樓始，其祝釐之殿及藏殿、法堂笏室、禪祖伽藍之祠而廡山門，將以次第圖成。公能不我鄙，遺文以記之，戒願畢矣。」予意其未能遽成也，姑應之曰：「待爾事成，予當執筆。」至是，濟川來曰：「我事成矣，公其毋食前言。」予使從之游者，試往觀焉，則果成矣。其人駭以報曰：「今之善權非昔之善權也！莊嚴法界與山水增輝，當晝見之，若兜率之宫；及夜見之，若廣寒之府。使人彯彯焉，憀憀焉，有出世間意。」予聞而慨曰：「是何果且敏哉！『有志者事竟成』，古人有是言也。然立志非難，而成事爲難。吾見世人君子，其學也，未嘗不以用世立功業爲志。及其用之、立之，卒如其志者幾何人哉？其不遇者亦有辭矣。或遇且操勢據權，以天下之資爲天下之事，不能成之而及敗之者，將何説之自解？昔蘇長公説薦誠院僧□□言事，而謂士於論事易、作事難，作事易、成事難，其豈揚彼而抑此耶？蓋實有所見而謂然爾。今余於濟川亦云。」

王相楊公墓碑

蜀王府左長史楊公子東以成化五年夏五月己巳卒於官。王既以聞於天子，時公之子浙江按察副使瑄方以考績入奏，初未知其父之喪也。抵京乃始聞焉，即日袒哀號，止於潞、漷之間。遣屬吏以文書投銀臺通進，援例守制，事下吏部。既得告理，還道吳，具事狀謁其父友前時進武功伯兼華蓋殿大學士徐有貞請爲銘。有貞得請，爲之蠹然而歎曰：「於乎！公，余之同年而同道者也，而瑄又余之同難而同節者也，銘烏得辭？」

按，楊之先本王姬也。唐季有曰君權者，仕爲鎮南節度使南平王府上佐，累官至金紫光禄大夫。南平王相君權後十有四葉曰勝一，避宋季之亂，始自武寧來徙豐城之新堤里，至今家焉。勝一後又五傳至公，公諱顯，以字行，爲人温厚明敏。年幾三十，遊學而名未成。有司以精通書算薦之入京，公不得已就之，然非其志也。嘗自慨曰：「夫丈夫乃以是出身邪？」因發奮治經術。日事會計簿書，夜研覃義理爲文章，有匡衡、車胤之勤。宣德壬子，遂以明《易》領京解，後第己未科，特奏名授司訓余姚學。丁内難，起復移官内卿，九載滿秩轉教諭宣城。天順辛巳，考課爲校官之最，超遷於蜀。公以道相王以禮，率僚屬以廉惠治士衆，而幸王賢明，知公尤深，每以賓師禮公，資之講學。由是天下稱親藩之賢者必及王，稱藩佐之賢者必及公。居且滿九載矣，至是乃以脾泣疾爲庸醫下之而殞。王憒愔之不已，欲留葬成都。公遺言欲首丘，瑄奉治命將身往迎柩，附葬之武寧之祖龍。公元配周宜人生一子一女，子即瑄也。繼佐宜人生女五，側室生子二，玟也、瑑也，而瑄免振云。

初，瑄之拜御史也，公方需選在京師，教戒之曰：「士尚志，臣尚忠，理概然也，矧官執法以言爲責乎？吾爲汝喜，亦爲汝懼。汝其勉盡汝責，爲國家扶忠擊奸，捨生取義，勿以吾老爲顧慮。」瑄謹受之。未幾，會先帝復辟，鋭意圖治，百度維新。而曹、石貪功竊權，干紊王度，黨群奸以構孤忠，將不利於社稷。内閣之臣持正許之，有遂有不遂。瑄曰：「是吾父所教盡言責之時也。」乃首言，因奸不法事請正之。上初嘉之，以諮内閣之臣，下詔獎諭瑄之敢言，而命吏部記之。既而中變，内閣之臣力辨正。未已，瑄復與十三道長諸御史極言亨之罪狀，有陰黨亨者漏言。兩奸乃合謀加誣，反訴御史爲内閣所主使，而群臣有擠者無救者。由是内閣之臣二人、御史十七人皆坐斥；而有貞與瑄以諍之功且不屈，獨重坐遠謫，幾死者數矣！皆以天之佑、上之明免焉，事在國史，茲不敢詳。當瑄之謫戍遼東也，公親送之潞濱，慰勉之亦如前語，且曰：「君子有言，保初節易，保晚節難。汝尚慎終如始，自保持，毋懲前息後，渝剛化柔，以遺君子之譏也。」瑄又謹受之。於乎！以公教子之言，知公行己道矣。無是父不生是子，無是子不顯是父，信哉！有貞之於公父子，謂之同道、同節，亦宜爾矣！著之銘。銘曰：

於乎公乎！官至五品，不爲小也。年踰七袠，不爲夭也。矧如公者，宗王之賓師，斯文之遺老也。其惟忠也，其惟孝也。身以之誠，子以之教也。於乎公乎！全而歸，奚其憚也？予銘公墓，信一辭之無愧而百世之有耀也。

敕賜觀音禪寺碑〔一〕

顧山，山之小而有名者也。其形勢像龜之左顧，是以〔二〕一謂之顧山，謂之〔三〕靈龜山；以其生蕙蘭芳草也，謂之香山；以其地當澄江、梁溪、琴川之交也，又謂之三界山。其視蘇之虎丘、潤之金焦，泉石之清麗若不足，原隰田壤之饒沃爲有餘。其前左湖而後右江，邇通茂苑，遠連滄海，而以一卷之多，㟢嶁之大，蟠踞其間。翼張咮，歙畫擎而得之，堪輿家以爲勝地。〔四〕山之北麓有招提寺焉，坐昭陽而向玄默。宋建炎間，有淨觀法師者遊歷至山，見其地之佳也，始卓錫開山，甲乙相傳。及元之季世，毁於兵燹。國初，僧獨芳茂公載而闢之，其後〔五〕穎公、銛公、永年昌公相繼而增修之。至於玉峰珂公承三師之緒，擴而宏之，大殿中嚴，兩廡旁掖，重關外扃。演法有堂，棲禪有室，香積有廚。儲庾淨湢，咸有其所。其殿堂之中，像設莊嚴，金碧輝耀。鼓鏡螺磬，鏜鞳鏗鍧，朝夕薰修惟謹。凡其法中所宜有者，無一不備。

天順改元之冬，玉峰乃徒步北上以請寺額於朝。事下祠部，移文往來，踰年而始從之，敕賜額曰「觀音禪寺」。玉峰與其徒〔六〕摹勒石爲記，乃於是〔七〕具事本末走中吴，介能仁、云公以覯。予三請之〔八〕辭焉，而其勤未已〔九〕。予察其誠乃許之〔一〇〕，而問其寺之所以名，則曰：「佛有觀者音，從聞思修，入三摩地，實吾法中導師也。《法華・普門品》、《楞嚴・選圓通》釋迦文佛與文殊師利説之詳矣，願爲我文也〔一一〕。」

嗟乎！佛之學予不知也，安知佛書？又安知佛名義？不知佛書與佛名義，又安知爲佛文章？雖然，予嘗聞之彼禪宗不立文字禪，而覺者於三大藏經、律、論可以一掃盡矣！經、律、論一掃盡，書於何有？於三大〔一二〕尚安有名義耶？名義泯矣，尚安有聲音之可求、聞思之可修耶？彼禪而覺者且然，而況乎予？以予所知闕焉，彼所謂禪覺者亦可以一掃盡矣！禪與覺一掃盡，佛於何有？尚安有佛之可説而待予文耶？然而玉峰之請之勤誠，〔一三〕烏可以弗酬也？於是乎爲記其山川之形勝、寺宇之規制與夫興修之事蹟、賜額之年月，以傳之方来，使有所考見云。

校勘記

〔一〕明張袞纂嘉靖《江陰縣志》卷十九「外記」第十三，載此碑全帙，題名略異，作「勑賜觀音禪寺碑記」，此書爲明嘉靖刻本，以下簡稱「江陰縣志本」。

〔二〕江陰縣志本於「是以」前多「山」字。

〔三〕江陰縣志本於「謂之」前多「一」字。

〔四〕清初抄本脱「嶕嶢之大」至「堪輿家以爲勝地」句，據江陰縣志本補之。

〔五〕江陰縣志本「其後」作「其没」。

〔六〕江陰縣志本在「其徒」後有「清徹」二字。

〔七〕江陰縣志本無「於是」二字。

〔八〕江陰縣志本「之」字後多「三」字。

〔九〕江陰縣志本「未已」作「弗已」。

〔一〇〕江陰縣志本「許之」作「詳之」。

〔一一〕江陰縣志本「也」字作「之」。

〔一二〕江陰縣志本無「於三大」三字，當爲清初抄本衍抄。

〔一三〕「然而玉峰之請之勤誠」句，江陰縣志本作「然而玉峰三請之勤之誠」。

明故封通議大夫都察院左副都御史韓公碑銘

成化四年冬十一月戊午，故封通議大夫、都察院左副都御史韓公卒於家。其家子雍方以副督憲奉璽書總督两廣之師，在軍中聞訃，即日拜表於朝，請歸守制，奉襄事。辭意懇至，天子感焉。詔允其請，而遣知蘇州府賈奭諭祭，進士張澍治葬。於是都憲雍至自廣師，亦即成服，乃具事狀於有貞曰：「嗚呼！我先考以篤敬之行、忠信之言，修乎己而教乎子，亦云云矣。肆不肖孤以無似之愚，乃能自拔草莽之中，升於廟堂之上。出入效勞，幸而集事，實天訓之善致然。夫何不幸奄兹棄背，永訣終天。我諸孤惟是盡傷隕獲，無以自存而當大事。初先妣之喪，雍時待罪僉書臺事，特恩賜祭及葬。既爲合窆之規矣，茲復蒙恩加賜如制，我諸孤於此感幸已極，而幾無以自盡夫烏烏之情。顧惟墓道之碑尚未有爲之銘者，敢以告之執事。執事其有斯文鄉里之好是念，幸爲我諸孤圖之！」有貞重乎其義，敬諸焉。

按狀，公諱貴，字公顯，世爲蘇之長洲人。曾大考積德、大考彦杰、考舉一，皆力本爲善。公自少淳謹，内明而好誼出天性。當永樂初元，公以關右徙實北都，占著名數於赤縣寓德勝門之坊市。時賦役繁興，公服勤茹苦，處艱厄中無過失言行。嘗與鄉人倪文興策蹇度居庸關。及隘而步，道有遺囊。文興取視，得黄金鎰而分其半與公。公曰：「無故得金不祥，且得自爾乎？我何與？」卒卻之。又嘗與上谷商人侯信互易，從信誤計納金過直之半。信去而公始覺，竟追還之。里有石敬者假公麥三百斛，李賜者領公白金十鎰行賈，皆負約不與，公不較，人由是藉藉稱公長者。公雅好文學，而尤嚴於教子。見雍有異質，心器之，遣入京華爲弟子員。雍克勤於學，竟以成名。弱冠領京解，遂登壬戌進士第。擢自監察御史，歷按察副使，遷臺僉兵侍，累進以至今官。而公之封階亦累進焉，自文林郎加中憲大夫至通議大夫。初，雍以徵夷功進副都憲，會公有末疾，表陳情乞恩，詔從之。乃進封公及贈公之考妣皆三品，因國恤停焉。至是命始下，則公既没矣。

公享年八十有四，其配趙賢而克相，初封孺人，進恭人，今贈淑人。公有丈夫子三，長即都憲雍，娶王，早卒，贈淑人。繼金，封淑人。次睦，以從征兩廣軍功授昭信校尉、錦衣百户，娶史，將封安人。雍、睦皆嫡出，次獻，庶出也，未娶。孫男四，文以蔭補國子生，次敏、教、敞。曾孫男二：勛、勤。女子四：長適鄉士姚信，次適故鴻臚序班劉俊，次適義官蔣珩，次在室。女孫二，曾孫女一，在室。卜以公卒之明年秋七月丁酉，葬于吴雅宜山之左，以趙淑人祔。公之封中憲大夫也，制有「惇德樂善，延譽鄉邦。表俗正家，垂休姻族」之褒，至有通議之封，褒制亦加重焉。蓋自其受封還蘇，享有禄養幾二十載，而安恬怡愉如一日，於人間之福幾備矣。延撫重臣，暨都憲長貳，尊禮之恐後，而公未嘗自驕自恃。每鄉飲，公爲大賓，儀觀儼雅，見者竦然。都憲雍以偉才碩望爲國盡力，撫民治兵，功名鼎盛，而公嘗退抑之，使勤慎勿替。當其督師於廣也，公尤切切然妄殺邀功爲戒。以故時稱都憲之賢者，必及公之善教云。

是宜書，書而係之辭曰：

粵若通議，維鄉善人。如彼燕山，有竇禹鈞。慶鐘厥家，以及厥身。實是令子，爲國藎臣。爰思邦憲，鎮北南征。厥勛維盛，以恩報功。推封及公，公承載命。執禮愈恭，名榮於朝。身逸於野，壽富康寧。人誰似者？冠鷹衣繡。金紆其帶，日與姻朋。觴酒樂愷，歲時鄉飲。見禮守臣，亦有僎價。公維大賓，申申其儀，肅肅其度。不僭不渝，若處其素。年踰八袠，官登三品。人間諸福，得之幾盡。帝賜葬祭，始終哀榮。公其無憾，於彼九原。雅宜之山，盤礴蜿蟺。左龍之□，佳城在焉。粵碑大書，揭德惟實。尚彼來者，車過必式。

明故大夫廣東等處承宣布政使司右參政劉君墓銘

大中大夫廣東等處承宣布政使司、右參政裕齋劉君之卒也，其弟嘉議大夫、浙江按察使伏和具事狀，馳書告哀。於其執友有貞甫曰：「惟我先兄，忠孝學行。實克類我，先人式克。承君之官，以輔乎世，而長乎民。不幸遘疾，謝事以殂。乃弗克臻厥壽，考究所猷，爲以止釬也。身兄之教，心兄之德。實盡傷焉，賴有不朽。托惟當事秉直筆，而知我先人及我兄弟莫如執事者，敢固以請。」有貞義不獲辭，乃按狀而書之曰：

安城之劉本漢安城思侯蒼之苗裔也，以封爲家，邑湯郉茨溪，代有顯者。君諱德，字伏德，別號裕齋。其曾大父諱子定，始自茨溪遷葛溪。大父諱純，贈承德郎、禮部儀制主事。父諱球，翰林侍講，贈學士，謚忠敏。母鄧氏，封太宜人。忠愍公名高世，而以《春秋》學專門。

君天賦美，夙悟早成。兒時，忠愍公與諸生講説經傳，輒能通其義。稍長學益進，舉筆摛辭，蔚然有老成風。年十有五，赴江西鄉試。已中選，監臨官以其年少抑之。甯王聞而召見，將女以爲儀賓。君既以聘辭，乃已。年十按，抄本原無「十」字，誤。據文義補。有八，領宣德壬子鄉薦，有文在録。宣德按，抄本原作「正德」，誤。據文義改。丙辰，第進士，選入翰林爲庶吉士。辛酉，擢中書舍人。癸亥，以忠愍公喪歸守制。己巳，服闋還官。值國難更化，奉詔撫諭南圻及江西、兩廣。便道過家省母，因施惠於鄉以祈母壽。景泰辛未考最，貤恩所生。時忠愍公已贈官，而母鄧乃有太宜人之封。壬申，命兼司經正字。乙亥，奉使襄王府行册封禮，爲王講《春秋》要義。王禮重之，異常賚之殊典。君以禮辭，一無所受。還朝以薦入史館，與修《宋元通鑑綱目》。

天順初滿秩，在廷論奏，以其忠愍子且賢，特遷兵部職方員外郎。既而使雲南取鞬官戍邊者，比還，出知建寧府。館閣之士謂其遷也遠，爲詩文贈之多嗟惜者，而君安焉。建寧地當東南衝要，徵調旁午，民疾吏肆侵斂。君至則爲之法約，節均徭爲章程，歲計夫里廉錢待之官，日注月繳，而稽理之費省十之七八，由是吏弊絶而人爲紓。郡統縣八而六有銀課，皆中使主之。鉟產不足充歲額，輒斂丁糧，徵銀以補，而藩司概視差科，民不堪命。君疏其命，申請稍蠲除之。崇安土豪以仇謀殺人縣獄中，而賂官吏，搦爲瘐亡，君廉置之法。建安民有爲父復仇而坐以故殺，今律將處死。君論平而緩之，會赦免。延平上杭盜起倉捽，勢頗張。君先事策發兵食，申警備，既而政和果有嘯聚應之者事聞，有詔制遣二道會兵討之。君慮遲久亂成，延禍不已，所殘且衆。即乘親行撫諭，以計破之。及師至，則賊已散矣，獨首謀者遁去。官捕之急，其家僞縊一男子，發哀抵之。君知其詐，卒購獲之。誅止其一，而餘衆悉安。建與處州接壤之人常群行越歐寧，盜冶鐵擅利，貽建民害積年。君捕其魁治之，其害始除。歲旱澇，君禱焉輒應。政既成，以其餘力興廢舉墜，自府治及諸屬、學校、橋樑畢修之，若朱文公、胡文定公、黎岳三祠、考亭屏山兩書院畢新之，而經畫有方，公私便之，上下善之。

成化改元，君述職疏六事，皆關風化、系民情者，廷議從焉。巡按御史奏其治行卓異，請旌之以爲士者勸。未幾，遂有廣東之命。建人奔走乞留君不能得，若失所怙，特遮道號君，君亦爲之心惻，不忍去。至廣東，以會同入覲。因陳乞歸養母，不允。還而出巡高、雷、廉三郡，御道撫民，盡心所事，竟以煙瘴致疾。力疾乃得告歸，未逾年而卒，成化辛卯八月己未也。年才五十有七，葬祔忠愍公兆。歐陽氏有賢行，封宜人，子四：長紳，次經，次紹，皆嫡出；次綱，庶出。女一曰巽貞，適伍希憲。孫有四：裀、祐、某。君爲人純明篤實，仕學既優，内行尤謹。其於家，承先遺後，舉有足法；於宗黨、於友道交際每加厚，多所周濟汲引。事具如伏和所狀，茲不及詳，時盡其大者耳。

初，忠愍公之言事也，君實與聞，權奸思其言直，構陷之，下錦衣獄。君自西掖匍匐從之，將與俱死獄。忠愍公止之曰：「吾爲國盡忠死，吾分也，後予益也。爲弟勉學成好人，成吾志。」去君與父，號決獄門，感動行路。忠愍既死，權奸猶忌君，百計伺之，君不爲撓。乃以父喪歸守制，制終起復而國難作矣。權奸既以誤國，殺其身而夷其心以伸復仇之義。其父冤已雪，兄弟并顯，然猶痛之終身。每與伏和對狀泣語，期振聲光，無忝前烈，故能競爽當時。忠愍公既立於學宮，君又立之邑里。歲時享祀，極其誠腆，世以是謂劉氏父子忠孝視漢蕭氏父子不啻過之云。忠愍公遺文有《兩溪集》，君遍校録，梓行世。其所自著述有《裕齋集》，藏於家。

於乎！忠愍公年長予，仕先予，而待予爲異姓兄弟。其爲予益也、厚也，予所以感其義而不能忘焉。伏德之生也後予八年，仕也後予七年，蓋肩隨耳。而以忠愍公故，禮予爲父執，予不敢當而亦不敢忘也，矧以伏和之請乎哉？此予所以義不獲辭者，於是乎銘。銘曰：

士之大行，惟忠與孝。知斯大倫，斯維要道。有偉大參，忠愍之子。克孝克終，式谷誰似？君治《春秋》，維經之則。至如傳注，有遵有斥。君在中書，維制之承。君在職方，維武之經。君在列郡，維民之寧。君在方岳，維國之禎。南東大藩，維廣與浙。維君伯仲，并任藩臬。人謂忠愍，若漢蕭傳。宜其有後，宜其承祐。二惠競爽，胡弱一個？天奪君年，君則奚過？奚摭君行，著之銘書。維永有考，斯無愧辭。

明故中憲大夫湖廣等處提刑按察司副使陳公墓銘

中憲大夫、湖廣等處提刑按察司副使陳公叔紹既卒之年爲成化五年，其兄之子侍御偉以其鄉人户部郎鄭克和之狀來請銘。余受其狀而哀之曰：「嗚呼！吾尚忍銘吾叔紹耶？叔紹，吾之良友也。當吾南遷道楚，叔紹迎而禮慰之，有斯文骨肉之情焉。及吾北還而訪叔紹，則既没矣，吾以是哀且論之。如吾叔紹之爲人也，如叔紹之爲吏也，求乎古猶或難之，今豈易得哉？於乎！吾尚忍銘吾叔紹之爲吏也？求乎古猶或難之，今豈易得哉？又何以荅侍御之請而盡吾之情也哉？」按狀陳之：先本光州固始人，唐季有曰檄者，從王審知入閩。審知自王以爲其太尉，太尉季子今鎔之後有塏，仕宋爲顯謨閣待制、湖廣宣撫使，歸帥於閩。是時一門儒紳三十有三人，而嗣使公某生垚，垚生鈺，鈺生周，是叔紹之高、曾禰也。禰之周諱而其字□，以子貴封文林郎、四川道監察御史，是生叔綱、叔紹。叔紹、叔綱以學行著名永樂、宣德間，自進士拜御史，累遷翰林侍讀而卒。叔紹之學得自叔綱，而行亦似之。

叔紹諱振，以字行。少有隱志，將家食終其身。然嗜學若雋永，名不能自掩也。知者欲以明經薦，不就。劉忠愍公球在講筵，以侍讀舊誼之重而才叔紹。因藩臬之賢使起叔紹補郡黌生，年三十有七矣。以後時自奮勵，攻苦擊深，下人一己百之功，不以夜繼日不少輟，學遂大進。正統甲子舉於鄉，魁其選。乙丑第進士，丙寅拜廣西道監察御史，癸酉遷副湖臬。其始官內臺也，以廉公詳慎見稱，持法平而論事正。當景泰初，朝廷多故，臺端凡有所建白彈擊，率其倡焉。時中貴有單增以嬖佞怙寵作威福，數犯法。中外側目，莫敢誰何，而司刑大臣且附媚之。叔紹獨奮前按其事，請論如法。上雖曲宥增，而益之勢自斂矣。侍郎章瑾前扈從英廟北征，而中道托疾止。不即罪，乃出使。及陛辭，叔紹執白簡對狀劾之，將瑾下吏。瑾坐免，在廷爲之肅然。然嘗两出巡按南畿，除貪暴以安民，若剔蟊鉏莠而蕃植者。及其官外臺也，持平處正如之。嘗奉敕與秋官郎中許振同審録湖湘冤獄，多所平反。當時士論以爲叔紹在内臺爲貞御史，在外臺爲真廉訪也。然時方尚同惡異，趨和毁分，而當道者或以黷忌，上下其手，於舉錯間。故叔紹有言路八年，考課官最，僅遷憲副。人多爲之不平，而叔紹安之，職益舉。英廟復辟之初，叔紹奉表入賀，親聖語慰勞以還，蓋將重任焉。還四閲月而疾作，又四閲月而竟不療，實天順戊寅六月六日也，年五十有三。卒之日，橐無余貯。其同爲官，經理其喪以歸。明年冬之季月十有八日，附葬於閩蔡壯山文林之墓。叔紹前娶□，後娶鄭。子長焯，庠生；次爜。女長適葉克守，次適林士達，二婿皆庠生也。孫長塤，次某。叔紹之學長於《春秋》，而涉獵諸子百家之言。喜爲文辭，務以禮勝。有《義齋稿》若干卷，藏於家。其平生至行著於鄉邦，母林夫人病，叔紹侍湯藥，夜不解帶逾旬，至嘗糞驗差劇，人謂叔紹今之庾黔婁也。侍讀公以憂憤致心恙，嬪御莫敢近。叔紹躬視起居，不去側。侍讀卒服，煒十歲，叔紹撫之，長成教之經學，竟克接武，閩士稱陳氏世以風憲濟美焉。然則煒之侍講之請銘，情亦至矣，余安得辭乎？銘曰：

於乎叔紹！臣之忠，子之孝。維允是蹈，宜其福，宜其禄，宜其壽考。奈何乎位不滿，德年不至尚考。於叔紹，良可悼！胡然乎？吾將問天道！

吴樂清墓銘

世重循吏，而吏有循行者猶難得而見者也。世重不循吏，而吏有循行不尤爲難得而見也歟哉？惟其難得而見，而必當有以揚之。此吾與樂清之事所爲時筆而書也。

樂清吴君諱瓊，良玉字，號梅雪，又號林泉野老。仕以樂清主簿，故以官稱焉。樂清家世爲潤之金壇新河人。新河，古延陵地，吴氏蓋季子札之苗裔也。君之曾大考諱某，大考諱大全，考諱洪，妣諱徐氏。君生有美質，穎敏夙成，而不幸早失怙。恃以眇焉，孤自樹立。從季父芝谷先生傳義理之學，爲文倬然有器識，時輩推之。始將以明經舉爲邑大夫，所知強辟之爲從事，主案牘，治簿書。再考上京師，事少廬陵楊公，以清慎見知。日從諸碩儒出入館閣，聞見益廣，學益進。既考滿，引試北闕下中式，有冠帶之賜。辨事詮曹，於是有樂清之命。樂清，浙温之大縣也。依山濱海，與盤石詣。衛所城戍，鄰比交午，而其民之賦稅就輸其軍。軍吏肆貪暴，顓出納爲奸利。又或以凶誣良，擅行擾民，而民弱不能支，且莫爲之主與分憂者。君至，即奮曰：「民之患，莫此甚矣！吾可以坐視哉？」遂以言于朝，請令有司明職掌，坐收支而禁革軍衛之掊擾於民者，從之。民以安悦，君亦以益自勵。在宣德、正統間，屢書民情、吏病數十事，事多施行。其言剴切而通傳于天下，國家之利病皆有所達明，非獨一邑而已。世爲儒吏，兼優稱之。其守以清慎勤爲之主，而臨民以公寬，惟是獲乎上下而無疵議。然君平生所自處甚重，未嘗以私比人、以曲徇人、以巧佞趨競人，以故有孚於遠外而無援於貴近，名雖著而位弗崇。初其任滿九載，所部民群赴巡按、繡衣使者及布政按察使乞留之。使者二司具君才行治績得民之情以聞，詔可。既復任之九載，君之績益著，民之乞留情益切。後使者二司將又爲奏留之，君則曰：「吾可以歸矣。」遂疏乞骸骨而歸，時景泰癸酉也。

君在樂清前任出入二十四年，課再最，秩不一遷，而持心操節如一日，故其惠於民也厚而民之思之也深。自癸酉去官至甲申又十年矣，樂清之人因後任者之不君若也，不勝其思。於是父老黄澄、章敬等百餘人連署姓名狀君事蹟爲《去思録》，上浙藩曰：「惟前之主簿吴君之佐理樂清，我民不啻若赤子之慈父母之育赤子也。自君之去，歸其鄉金壇。我民之思之，亦不啻若赤子之慈父母者。故我民系事役不得私越境，愿乞官與明文之彼問安否，用慰我通邑民心，爲將來循吏勸。」藩長驚異，謂其非故事，然逼於義，不能遏也，乃如其請而遣之。由是江浙之人聞風興歎歆動，然在位而當道者顧蔽其私，莫克舉之。君子謂世之公論不在上則在下，若此一事是已。君雅好爲詩，詣冲淡和平，如其爲人。雖不爲陶體，而有得陶之意趣，以詩觀人者與焉。

君年六十四而歸，歸十有五年而卒，七十有九。其元配鈕孺人賢而早世，繼袁亦卒，又繼者冷氏、勾氏。有丈夫三人：長欽，以俊補邑庠生；次銘，亦克家，皆鈕出也。次鐘，早世，袁出；女子四，亦皆袁出之也。長適邑士酆某，次適順德司訓王玨，次適曹深，次適丹徒儲司徒之子天祥。孫男四、女三。欽卜以君卒之又明年，葬于考城。先期，以儲孝廉廷儀之狀來請銘於墓前之石。予嘗與廷儀爲華陽洞天之游，舟過新河遇樂清君，具雞黍，夜話達旦，有傾蓋如故風。今七年矣，猶時時往來於懷。聞其卒，固爲之哀悼而弗已也，銘又奚辭？銘曰：

猗嗟樂清！學其精，才其成。維其治行，亦既有聲。胡遏於時？而位弗盈。舍仇考城之蜚英，而爲張華陰之遺榮。若彼鸞鳳之棲枳棘，而弗集乎梧竹之庭。蓋將免夫繒繳之及，乃飄然遠引，以遊乎冥冥。故不徼乎一時之譽，而自著乎千載之名。猗嗟樂清！其允可徵。維後有考，尚系其銘。

明故奉天翊衛宣力武臣特進榮禄大夫柱國南寧伯追封南寧侯謚莊毅毛公墓銘

天順二年八月十有四日，柱國南寧伯毛公以疾卒於鎮。訃聞天子，悼焉爲之輟視朝一日。詔進封南寧侯，謚莊毅，賜葬祭，給驛舟歸其喪。於是其嗣子襲封南寧伯，塋卜葬於南都安德鄉淨明山之原，禮也。既乃以奉議大夫、通政司參議趙昂伯顒之狀來請銘其神道之碑。按狀：

公諱勝，字用欽，其世系蓋出元冀寧王之後。入國朝，賜姓毛氏。冀寧諱教化，爲元藎臣，公之曾祖也。王生二子，長曰黷子，太尉；次曰别卜華，右丞相。右相生三子，長曰那海，次曰安泰，次曰魯思，俱以材武事我太宗文皇帝。於潛邸有靖難功，那海授鎮國將軍，安泰授昭勇將軍，魯思授懷遠將軍。昭勇，公之考也，其夫人鄭氏實生公。

公天資夙成，英毅明敏，其於武事特出等倫，受知宣宗、章皇帝。初以鎮國、昭勇積勳襲授都指揮使，食禄於錦衣親軍，寵賚甚厚。正統辛酉，雲南麓川蠻酋思仁發叛，王師征之。公以驍果當前鋒，率中兵渡上江而衝賊。賊以象陣邀擊我師，公曰：「事急矣，當出奇制之。」乃彎弓躍馬，馳突其陣而射，象魁即仆，群象遂奔。又射賊渠稱雄者，一發殪之，諸軍遂奮逐北，搜伏進攻，破刀招罕寨。刀招罕者，上潞江千夫長也。桀黠甚，爲思仁發之蔽翼。先是王師再攻而再潰，大將方政等死焉，皆其爲之，蠻中恃以爲重。故其敗也，賊乃爲之奪氣。斷破杉木籠山寨，擣麓川巢穴而覆之，公皆先登當敵，連破象陣，一日三捷，若有神助者。總督靖南伯王公以下咸稱其能，班師論功，以公爲諸將冠，進秩僉書都督府事。壬戌，復征思機發。思機發者，思仁發之子也。仁發走死於緬，而機發繼亂。敕以公充右參將，統鋭兵爲前哨。衝賊中堅，躬冒矢石之戰，所向無前，克獲過當。及還，朝廷嘉之，進同知都督府事。己巳秋七月，大同警報。初至時，大兵未發。公統哨騎先出，遇虜武定川。以寡御衆，力戰破之，生擒其將。又於長城白塔敗虜偵騎，奪還所掠生口，奏功於行在。所進左都督會有剏功者，乃復以別部兵副鎮朔楊將軍洪守宣撫。其年九月，還京師。既又御虜於西直門，諸軍皆潰，惟公一軍獨全。及虜之遁也，公以兵進至紫荊關尾，戰克之，有金幣之賞。十一月，貴州苗寇大作，公以都督充左副總兵往討之。摧堅奪險，執馘動以千計。景泰辛未，重安江寇又作，凶甚諸苗。總戎以下皆難之，公獨奮身先三軍，摧鋒衝陣。群賊弩環公，公以一矢斃其酋，揮兵乘之。苗乃大奔香爐峰，諸寨皆望風而潰，生擒其僞王韋同烈、記哥等俘，獻於闕下，西南諸部諸寇寢平。壬申夏四月，璽書移公鎮守雲南金齒、騰衝等處，控制諸夷。而録前後之功，封南寧伯，賜之誥號奉天翊衛宣力武臣、特進榮禄大夫勛柱國，貤恩三代。考妣爵命如制，子孫世襲。癸酉春，公以兵駐金沙江，受思機發降，以獻京師。芒市長官刀放革本麓川叛黨，而爲蠻中之驍勇者也。久蓄異圖，嘯凶將發。公潛察得其情狀，曰：「是久反之地百戰，餘賊若明以兵討，未易除也。」乃以計取之，不勞一兵。放革既除，餘寇患定。蓋公之功多在南中，至於今人猶稱之。

公生洪武辛巳四月戊辰，卒之時年五十有八矣。有丈夫子五人，長即榮，字景華，先夫人白氏出也。英敏克肖，襲封紹業，世稱美焉。次倫，繼夫人姜氏出也，亦以蔭任錦衣衛指揮使。次俊，朱氏出； 杰，馬氏出； 偉，詹氏出，皆有冠帶郎官之賜。女子三人： 長適都指揮沈英，次適豐城侯李勇，次在堂。孫男三人，曰文、曰武、曰斌也。公之葬也，兩夫人皆祔焉。

於乎！ 公其已矣，朝廷有殲良之嘆，方岳有鮮恃之憂，夫豈私哉？ 蓋公之爲將，不徒以勇，又必以知。每戰嘗身先士卒而能推功讓賞，分甘共苦，與衆爲命。在鎮數年，治以簡靜，拊邇綏遠，懷威備焉。至其勤誠奉國，保全終始，論者尤以爲美云。而公於予有官聯之好，而又嘗相悉於患難之中，義不可忘，銘不可辭也。於是乎序而銘之曰：

於赫皇明，奄奠九有。朔南才俊，疏附先後。桓桓莊毅，爲國虎臣。乃昭世武，乃立時勛。乃鏖麓川，乃蕩羅鬼。暨鎮金滄，乃疆乃理。乃闢厥狂，乃開厥良。彼蘖既剪，斯旅且康。天不憖遺，公乃云逝。帝用奭哀，錫之爵謚。謚維稱德，爵維稱功。嗣維象賢，實能顯融。淨明之山，繄公宅兆。我銘其碑，維未有耀。

明贈監察御史江公碑銘

江以國氏周季入楚，歷秦漢、三國、晋、六朝轉徙北南，本一而末分，世系繁衍，以濟陽爲之望。四明、奉化、棠溪之有江氏，始自會稽夢草橋。來徙者蓋南齊光禄大夫淹之後裔也。族大且蕃，雖時有顯隱，而文獻之傳代不乏人焉。公之曾大父某、大父紹、祖父焕宗，咸有隱德。

公尚質其諱，好古其字，而庵其别號也。幼而岐嶷，長而環瑋。身如立，背若有負。修髯方顴，儀觀甚偉，見者起敬。自其少時，有志大丈夫事業。以親孝而諸兄早世，學弗克卒業。乃顓心一力，以幹蠱裕家，劼毖於事而持循於理。於孝親、弟長、睦族、信友之道必當盡其所當然，冠昏喪祭必揆以儒先家儀，無所苟焉。其視義重而利視輕，周急恤患，恒恐弗及。居常慷慨激昂，舉善疾惡，奮不顧身。初，其邑有貪暴令殘民，民莫敢言者。公挺身赴部使者言之，令遂以去。後有賢明令善字民者，而坐誣莫爲辨。公乃言而免之，人多其直躬焉。公先室爲蘇孺人，早卒。繼室爲柳孺人，柳出蘄之右族，公聞其賢而聘之。初江之家毁於火，公之兄既析居而業益落。孺人謂公曰：「家若是窳也，姑老養薄而君兄弟異處，烏能立？盍請復伯氏與共事乎？」公從之。即日請兄還主其家，而躬力作於外，而孺人亦服勤於内，室以完美，家以服政，姑以樂養，族以和輯。從子淵遊學庠序，而窶不能自給。孺人贊於公給之如己子，淵感奮，遂以成名。

公年踰五十始有子，子勛生，有美質，而或推其物之不利父。會父有疾，舉家惶惑。將使他從孺人以理析之明且毅，遂止，而公疾亦勿藥。及勛總角入邑庠爲弟子員，有術者謂勛相當貴，勛頗以自喜。孺人聞而戒曰：「是烏足信！吾聞修天爵，人則爵從之，未聞恃相貌以幸貴也。汝第勉於學，毋恃以自惰。」勛勵而奉教益謹，學益進。第進士，擢河南道監察御史。未滿考，以詔恩封贈其所生，公遂官御史階，有承事郎之贈，而蘇贈孺人，柳封太孺人。勛以父不逮養，爲有遺恨，而養母弟尤切。天順壬午之春，勛以舉職超遷廣西按察司。時太孺人年登八十，勛使道過家，稱觴上壽。中朝暨浙郡卿大夫之能言者交爲詩文賀之，鄉人以爲榮。

公生洪武壬子，卒正統乙巳，得年七十有八。柳孺人生後公十有一年，而卒後公十有九年，得年八十有六。葬之先後如卒之先後年數，蓋合窆云。公有丈夫子四人，皆柳孺人出也。長勉，次效，次即勛，次勣，勉、勣皆早世。孫八人，某某，庠生。曾孫生人某某。

勛之爲御史也，余時丞中臺，既以知其才能。及予入内閣，坐事南遷，而勛方巡撫山東。道遇焉，相與依依保助如家人肺腑之親，又以見其道誼。余幸事明召還，即安於家，而勛進長外臺，往來道吴，必謁予也。予以是與之周旋交際始終而無間，蓋將望其大有所爲以爲斯文之光者。故其爲親合葬而以碑銘屬予，予亦以爲義所當爲，不辭讓也，而爲之銘。於乎！公之德義固有可書者，而孺人之賢亦不可没也，乃爲之詳著而附於碑云。銘曰：

在古有江，維南乂邦。胙土命氏，粤由先王。支分派别，乃系濟陽。由濟而越，由越而明。叶芒明邑奉化，有溪曰棠。溯厥本源，源遠流長。緊彼光禄，夢筆兆祥。宜爾後胤，世厥文章。雖有隱顯，而無滅亡。有美承事，執直履方。德薰於家，義孚於鄉。爰有内助，作配維良。篤生令器，蔚爲時英。内臺外臬，遹駿乃聲。既長憲吏，亦可弼丞。叶揆厥所自，先訓允臧。乃卜佳城，鳳凰之岡。有松不櫝，以樹以封。叶天惟福善，必也有慶。叶銘以昭之，維永有光。

天全翁集　卷五

墓表類　傳類　跋類　贊類

醫師施宗文墓表

里醫師施宗文卒也，其孤選卜日襄事，衰绖踏吾門，奉里儒杜用嘉先生之狀來以墓表之辭爲請。杜用嘉先生者，選之妻之父而吾之所與爲友者也。其狀宗文之事行宜可信，於是采而書之曰：

宗文諱文彬，號竹庵，宗文字也。世爲黄岐之言，大父仲璠、父惟德皆以其術鳴於吴。惟德嘗領薦入京師，聲振醫垣。其卒也，翰林周孟簡爲之銘。母陳亦名家醫子而知爲方，故宗文之於醫，少而明習，老而益工。其視人之疾、重人之生，猶己之生。處方必審，製藥必精，而用之所向，吾不如志。然未嘗矜能責報，至遇貧病者，藥而治之尤急。是以貧病者多歸之求療，而於富室顧不數數然走焉。或問其所以然，曰：「貧者常自忽其疾，而人亦忽之，我不爲之急，孰不〔二〕急之？至如富者，疾常自急，而人亦急之。我雖不走耶？〔三〕」里有不檢子嘗以非禮侵宗文，宗文弗與較。既而其家病困莫救，而求救於宗文。宗文即畀以善藥晨夜走救之，至全愈乃已。故論者以爲，宗文之術之良，人之所可及也；宗文之心良，人之所不可及也。宗文爲人謙和飭行，行年六十而事母依有孺慕情。居喪，不以老故廢禮。弟文惠早世，遺孤男遵、女素，皆宗文撫之成人及婚嫁焉。此其所以爲里中重者，亦豈徒以其醫哉？

宗文卒於成化改元之年，其年八十矣。先室顧生男子，一曰逵，娶俞。女子二，長歸薛，次歸楊。繼室生男子，一即選也，娶杜。女子一，歸劉。孫男二，曰環、曰璧。孫女一曰寧，徐忱其婿也。逵、選并傳其術業，今逵亦既没矣，惟選在業。宗文卒後二年，選卜以其年之秋九月甲申合葬於先塋之次。系曰：

南横之山，上金之村。有封馬鬣，疇其墳。於嗟乎宗文！

校勘記

〔一〕按，抄本如此，「不」字疑衍。

〔二〕按，抄本如此，此句不通，當有脱文。

餘幹張氏槐株阡表

張蓋漢幹餘族亭侯遐之苗裔也。世居裔南德化鄉才子里，支分派别，譜牒具焉。有曰漢輔、曰尚文者，當元之季、明之初，父子皆隱德避名爲遺安計。尚文實生故處士松坡君，諱真，字子庸，六歲而失所恃，九歲而失所怙。世父尚敬甫愛而鞠之，及長偉然，其儀表毅然，其操執閔閔然。其問學也，於古人忠孝事嘗喜聞而樂道之。所以爲不知是不足以爲人，由是其義聲籍籍起鄉邦。人之爲月旦評者，一則曰松坡君，二則曰松坡云。

君娶於螺峰蕭氏，蕭故令族子，有婦道，克相於君。以勤儉治家，家裕子立。君謀之蕭曰：「吾聞遺子黄金滿籯，不如教子一經。」蕭韙而助之，乃闢齋延師。以吴興竹庵先生《春秋》學專門名天下，復與蕭謀資遣憲往從竹庵游。以君之賢、憲之良，竹庵亦樂教焉，憲遂以成名。君以所生早喪而不逮養，有終天之戚，而服世父喪三年。處群從致其和，交朋友致其誠，遇賢者致其敬。凡此皆君之行，而亦蕭之相之，故凡稱松坡居士之善者，必及蕭孺人之善焉。孺人之卒以正統戊午，壽五十有九，葬株山。松坡君之卒，以天順戊寅，壽七十有八，葬槐塘槐株之地，左右相望也，蓋異窆而同阡。

其子四人：孟曰浩，仲曰洪，皆早世；叔曰實，季即憲。憲以景泰丙子領江西鄉薦魁。其經丁丑上春官，登乙科。上章乞再試不允，去爲司訓湖廣之桃源。時松坡君尚無恙，憲將迎養於官。君以老，奉宗祧，不就也。越明年，遂終於家。初，蕭孺人之葬也，憲嘗廬墓終喪。及松坡君之卒也，憲又廬墓終喪。有司以聞，將詔旌其孝焉。於是憲以起復來訓蘇庠，因具事狀以請，曰：「惟先考妣淳淑之德，有可傳於世者，而憲之爲子無能顯揚於萬一。此所以惶惶惴惴而弗能自已，其志蓋將以有待也。然爲之者人，成之者天，憲其能自必哉？惟是槐株之阡，尚未有表之以文者，愿從執事圖之。」

於乎！孝，百行之原也。士而能孝，天且與之，而况人乎？松坡君以孝隱者也，而司訓憲以孝顯者也。子其孝矣，親豈有弗顯乎？《詩》不云乎？「孝子不匱，永錫爾類。」予用是表。

易簡駱先生墓表

越之山陰有處士曰易簡先生，駱氏，暹名，景陽字而易簡號也。自其高、曾世以儒隱，隱大父諱通，父諱庸。庸仕爲建昌南豐令，卒於官。先生年甫十有五，獨奉母氏還越。襄事易戚兼盡，觀禮者感動焉。制終，郡大夫以其賢選補博士弟子員。室如懸磬，身孑然立。其大父母皆耄矣，而母氏亦就衰。顧内則無代之養者，乃以情白於郡，援例侍親，且養且學。居無幾，而大母没，大父没，母氏繼之。蓋一歲三喪，其茹苦飲毒，幾不能生。力營葬畢，慟且歎曰：「凡所以爲干禄學者，故靳爲養，且今將誰養耶？」遂絶仕進意，盡棄舉子業，一志古學。鄉人相率禮爲弟子師，師之者無親疏厚薄均有所得，虚而往，實而歸。逢掖所稱，一則曰易簡先生，二則曰易簡先生。

先生爲人豈弟，子諒不矜持，不忮求，蓋稱其所自號者。詩學唐，書學晋，皆有可觀。其配朱，賢夫人也。與先生居貧守約，樂而安焉，生一子二女。其子少有異資，先生以巽名之，教以《三百篇》，曰：「吾以親早没，故弗克卒業應舉。今以遺汝，汝勉之。庶績業，成吾志，振吾後也。」巽服膺焉。及領鄉薦，而先生殁矣。景泰丙子三月之望，其殁之日也，春秋僅五十耳。以其殁之明年三月，葬于中阜山之陽。又三年，乃始第，而仕爲蘇庠司訓。二女皆歸士人，其孫三：輌、軒皆知讀書矣，輔尚幼。於是巽以九載滿載滿秩去，將需選於銓衡之司。痛惟其父之有善有養而弗彰以傳也，以前教授臨川黎擴先生之狀來請表墓之辭。予重其有斯文之誼，乃爲之執筆，而系之詞曰：

才宜其耀，胡弗耀乎而？德宜其壽，胡弗壽乎而？亦幸有子，振厥後乎而。發彼幽光，煒斯表乎而。尚俾來者，有悠然乎而。

樓隱君墓表

樓本有夏姒姓之别曰東樓公，當周初封於杞，傳子西樓公，而其後世因以爲姓氏。至漢季有遷會稽者，由是蔓延婺及臺明，而明之族爲特盛。在宋徽猷閣學士异以闢湖田功廟食，於明追封楚公。生八子，有三十二孫。孫之最顯者，曰參知政事宣獻公鑰。鑰之從弟曰鍊，鍊後三世曰進義校尉。義生元紹興路儒學教授思厚，教授生鄉貢進士紹，紹始自明遷蘇，生懷德處士。文淵以儒名洪武、永樂間，是生隱君。隱君諱宏，字日宏，號友桂先生。其爲人文而不僿，質而不傷，爲學辨博而不佹異。爲之辭尚理致，而不事琱璣藻繪。居常以耕讀自業，而不屑禄仕。中歲昏嫁畢，即爲佚老計。每以榮啟期之善自寬，疏仲翁之知止足，系景初之即休，及其從祖宣獻公攻愧爲可師法。乃作《三可樂》、《三已足》、《四即休》、《四堪愧》之歌辭，又爲序引三百數言。既以抒所志，亦以戒夫世之叨富貴而爲衰迷國，厭貧賤而趨利忘身者，君子蓋有取於其作也。總其所著，有《桂軒集》若干卷，藏於家。隱君之配曰嚴氏孝妍，能相其夫以褆身裕家，又能教其女以各成乎善，里中稱婦道母儀者必及焉。子曰序，序亦有學行能，不忝隱君。隱君生於洪武丙寅，卒於正統乙丑。嚴先之先生一年而歿，後二十年合葬於清溪之後。

於是序以其父友四明賀確之狀請於天全翁曰：「先隱君潛德，秉筆君子當有以發其幽光者，敢固以請。」余曰：「唯唯。」夫不忮不求，士行當然。然世之爲士者，或莫能言也，所以出而不能兼善天下，處不能獨善其身。以其忮求之心勝私而公微，故行焉而無公道，言焉而無公論，何用而能善哉？《詩》以「考槃在澗」道「碩人」之寬，《易》以「履道坦坦」道「幽人」之貞，蓋不忮求之謂也。以吾考乎隱君之平生，其庶乎《詩》、《易》之云者乎？吾斯表之，其尚有以儆夫世之爲士者乎？

林母趙夫人傳

林母趙夫人者，今秋官侍郎鶚之嫡母也。趙爲黄岩著姓，宋有月溪先生和仲以善蓋一鄉，名薰一世，卒而鄉先生玉峰車清臣志其墓，謂其有淳熙向上之風，其系出蓋德門也。其父曰耕趣先生，亦德人也。夫人名柔順，其性行貞而淑，少從女師學於《孝經》、《論語》、《女訓》諸書，皆能誦説之，明其大義。笄而耕趣爲擇所宜歸，歸於林氏。時淩雲先生方遊學鄉校，鋭於進修，志操厲甚。夫人相之事舅姑，處娣姒，撫媵侍，舉以道，晝主中饋，夜職紡績。及治針黹，具膏火，資觚册用，不悼勤苦，克成其志。後先生以經術起家，司訓九江湖口儒學，夫人實從居。具滿九載，先生行校文廣東，不幸罹霜露之疾，卒於官。夫人方盛年，即拊心誓死，毁容去飾，間關千里，挈諸孤，扶櫬以還。上有老，下有幼，夫人煢煢劬瘁，營甘旨，共養尊，章終奉葬，祭舉以禮。資遣諸子，從碩師受學，諸女則身教之。婚者三，嫁者三，皆其主焉。斥簪珥，發妝奩，用之殆盡，無惜言怯色。至周族姻，恤鄰里，親朋慶吊，歲時問遺，禮無少失，如先生之存。自其居孀以來四十餘年，恒自稱未亡人，志節皦然如一日。於婦道母儀，蓋其備焉。卒年七十有七，成化辛卯夏四月己巳也。

初，夫人於諸子中以鶚有穎異資而克勵於學，尤注意教勖之，鶚於學遂有成。既舉進士，擢自監察御史，累陟至今官。夫人爲鶚喜，且囑之曰：「汝不負所生，我不負所天矣！」夫人前既有七品命階，行當加三品之封，而不逮以卒。由是鶚哀慕之不已，既詣闕援例乞歸守制，所司爲言上，上遣使諭祭焉，其文有「淑慎其儀，冰霜其節」之褒云。

太史氏曰：予之傳節婦亦多矣，至於書林母趙夫人事獨深有所感慨於中者。夫守義不二於生死，盛衰無變以養老存孤而成其志，此士君子之所難能而夫人能之，然則夫人之賢豈特賢於女流乎哉？彼平居法言以事其君，謂可託之孤而寄之命，及一旦變故，首鼠兩端以避害趨利，甚欺且賣之若駔儈然，而無廉恥，是雖偉然丈夫曾不若茶然婦人也。朝典之褒及夫人宜矣，苟推類以行焉，四維可張，三綱可立也。爰著於篇，庶有儆乎來者。

凌雲先生傳

先生氏林名純字居粹，其先閩人也。在五季之世，有曰適者始自長溪赤岸來徙台之黃岩。其後累葉義聚，遂爲黃岩之望。在宋之南，有號西隱翁永年者篤學尚義，有大惠於鄉，鄉人德之，至今不忘。適於先生爲十二世祖，西隱其七世祖也。迨元之末、國之初，有號倚南翁彥文者，有號酣雲翁公存者，有號松泉翁廷贊者，咸以德隱而詩書禮義之習，世濟其美，鄉評重之，其曾大父、大父、父也。

先生生有異資，德慧術智，得於天賦，其在幼已卓然自立。稍長，益自奮厲。時黃岩有林艮齋、余大昌、程德充三人，皆碩儒，學者師法而艮齋其宗老也。先生遂從之遊學，與其從叔芊、茂弘、從兄昂、從弟璧、實同遊二三人者之門，合志矢言，務進修以振先啓後。由是於學各有所成，而先生成之尤早，於六經之義無所不窮，而《詩》、《書》尤邃焉，旁及諸子史百家言，淹貫無遺者。發爲文辭，奇以正，麗以則，同學四人，咸以爲弗及，然於仕路獨先生數奇。芊至郡守，茂弘至考功員外郎，璧至郎中，昂少卑，猶至學正。先生於永樂甲午始領鄉薦浙藩，辛丑上春官，名在乙榜，去爲司訓九江湖口儒學。宣德乙酉，乘傳校文廣東。還道遘疾而卒於官，年才三十九。

先生孝友忠信，行與學副而才高意廣，天下國家事若己分內事，將大有爲於斯世。既落落不偶，每徬徨山澤間，遇有所感發，輒高睨雲漢之表，飄飄乎若將排[illegible]風而征上者，因自號「凌雲先生」。或謂其爲司馬長卿之爲者，先生艴然曰：「嘻！爾何比吾於長卿？吾固不敏也，抑嘗聞孟子輿養氣之旨矣。將集吾義，生吾氣，使浩然直遂乎天地之間而無歉。希子輿而謂吾不能及則有之矣，彼學不聞道，氣不知養而汲汲以求所欲於人者，不敏所不屑也，爾何能比吾於長卿？」蓋自是從其學者皆稱之謂「凌雲先生」而不以名氏。先生之在湖口幾九載，其教學者因才造就，濟嚴以寬，師生間恩誼同父子焉。及先生殁後，士感慕不已，祠之文廟旁。每春秋行釋奠禮畢，則薦獻之以爲常。先生有三子，某某。鶚幼孤而能繼述，自進士拜御使，歷守圻郡長臬，藩貳六卿，所至有聲。先生以其貴，初贈監察御使，今加贈侍郎。

太史公曰：於乎！天之報善，不於其身，即於其子孫，理昭然也。世之善士率多晦於生前而顯於殁後，有不即驗，故明者信之而昧者疑焉。吾嘗於黃岩林氏觀之，若西隱翁之善施於鄉，可謂厚者矣。而越乎五六世，而乃發始於諸子孫，若芊、茂弘、璧，亦幾顯矣，而先生又獨晦焉。以先生抱負真有凌雲之氣，使盡用者必能爲掀天地事業，乃不用之大而用之小，又不壽於阨終，方共疑且惜之。至是學宮以其徒而肇之祀，朝廷以其子而貤之恩，則其晦於暫者乃所以顯於久，豈惟先生善是昭，而西隱翁之善亦以益昭矣，然則天道豈可以淺窺哉！

顔孝子傳跋

余觀顔季栗爲孝事，未嘗不嘆之再三也。夫其萬里迎父養而奉母骨歸葬，可以爲孝，可以爲訓矣！至其父喪而以哀毁傷生，則難乎繼也，其可以爲訓哉？傳曰：「賢者過之，不肖者不及。」季栗蓋賢過者耳。雖然以余求乎今天下之執親之喪者，何其不及者之多而過之者少耶？夫春秋之世，孔氏之門而有短喪之宰予，又況後千載之敝俗耶？然則如季栗之爲子，可不與之以孝耶？使其春秋世登孔氏門而學聞乎道，吾知其必在曾、閔、仲、高之列也。烏乎惜哉！

跋褚摹蘭亭

此未老審定爲褚摹禊帖，蓋寶晋齋中故物也，今爲吾交陳翰林緝熙所得。緝熙既手臨入石，仍襲藏原本以爲家珍。諸公辨識，不一其説。然以葉世昌《蘭亭博議》考之，元章跋贊良是。自昭陵藏發之後，右軍真跡不可得見，褚摹足矣。譬彼照夜白玉，花驄駿骨已朽，而曹霸之圖猶在，顧可輕耶？夫墨蹟之與石刻，其奚間啻形影？今定武石本且不易得，况此墨本哉？緝熙稱之，夫何過之有？東海徐有貞題。

跋陳緝熙所臨褚摹蘭亭

右軍書法妙絶古今，而禊帖又其生平得意之筆，備真、行、草體，成篇若干。文錦卷舒玩繹，無不滿人意處，非他尺牘片箋寸裁之麗者比也。用是書家寶之，以爲宗工矜式。然自貞觀以來，臨摹者多至百有餘家，惟歐陽率更、褚中令爲能逼真。歐摹石刻已亡，而褚摹石本尚有存，晋法之傳賴有辭乎？内翰緝熙家藏此帖久矣，近乃手臨入石，視予觀之。昔人評書者謂真當祖之，臨本當子之、孫之，子孫之骨相必肖其祖考。然則褚令之摹，蓋克肖王帖者也。緝熙所臨，其又克肖褚摹者乎？後之知書者，當自得之焉。

跋雷雨護嬰圖卷

予在京師時，常觀前輩諸文人集中有題詠《雷雨護嬰圖》者，而莫知其爲誰氏物也，今乃於包山徐氏見之。徐氏之彦以寬、以博，請鑒定於予。其題詠自元陳響林、張雪門及國初高、楊、張、徐、王、錢以下若干人皆手筆真跡，而其圖乃贋本也。詰其所以，二子相視駭且嘆曰：「公真能賞鑒者哉！此吾家先處士得之京口劉氏，劉氏得之焦氏，焦氏得之燕山之人者。舊本宋院人作便面，畫法入神品。永樂中爲中使取去，而雲間莊公瑾臨爲衡幅補之。所重在題詠跡耳，不在畫。」予曰：「予豈能賞鑒者？然予此亦自有所感也。昔賢於書畫猶雲烟之瞥經乎目，非可常者，計彼一圖閲世蓋三百餘年矣。其初出畫院，固秘府物也。而其流轉人間收藏者凡幾易主矣，題詠者凡幾經手矣。圖今復入秘府而北臨補本在徐氏，又已甲子之歲周矣，三百六十甲子之日周矣。是爲人之圖書畫耶？抑爲書畫之閲人耶？且以道眼觀之彼堪輿間，何物茫茫而非雲烟之過眼者？圖於何有真耶？贋耶？其又奚辨耶？寬也，博也，尚無以賞鑒書畫者視予。」

恭跋成化庚寅分命秋官侍郎曾翚巡視浙江敕諭

成化改元之六年三月十有一日，天子以比歲水旱相仍，民多艱窘，所在有司默不以聞，致下情不得上通，上澤不得下施也。軫念之至，簡命在廷重臣十有三人分行天下，巡視郡縣，考牧得失，問民疾苦，簡别有司有賢否而行黜陟焉。於是刑部左侍郎臣翚居十有三人之首，璽書命巡視浙江，臣翚祇承惟謹。既至，嚴行篤察，自方伯連帥而下有不稱職者咸罷黜之，以勸其率職者。而躬歷十有一郡云十有九縣，周爰諮度，達民之隱，革吏之弊。凡匪正之供，非時之役，不急之務，悉罷止之。由是民懷兵戢，歲仍大穰。浙東西數百里間熙然樂正，無愁嘆嗟怨之聲，議者以爲茲蓋天子惠兆民之盛德，而亦臣翚爲能奉宣德意、有勤無怠之所致也。而既詔徵臣翚入朝，還道吴門，以臣有貞爲同年進士，有斯文相與之誼，手一卷過謂臣有貞曰：「翚幸備員奉使，事竣入朝。所奉璽書例當進繳，此其謄黄副本也。將以寶藏於家，請識其左方以昭垂後世。」臣有貞因得拜而觀之。

臣聞君之命臣主乎誠，臣之承命主乎敬。誠以出之，敬以行之，故言無虚文而事有實效，隆古君臣所以致雍熙之治者然也。恭惟今天子之所以命臣翚而翚之以承命，於斯義蓋两得之矣！載觀璽書之辭，諄諄切切於圖治保邦，而惻仁元元之誠溢乎言表，其與成王命君陳之意同一，忠厚之至矣！夫豈但比於漢唐之君遣使巡行黜陟而已者乎？然則，此敕者當與《周書》并傳無窮也。於乎盛哉！臣翚及其子孫尚永保之！

跋張憲副所藏張復陽畫

右《三才理趣圖》，乃南山道人張復陽爲浙江憲副張君來鳳作也。來鳳嘗亟稱復陽於予，以其爲人學僊者而書入能品，畫入神品。其作畫不可毫穎，而以草蕪爲尤異。因出圖請題，予得而觀之。江山流峙，雲烟飛動，人物生態百出而命意尤高，變化若神，不可致詰。予驚焉，信來鳳之稱不虚也。唏以異哉！昔王洽能潑墨爲山水，蓋藝之至而化者；　呂洞賓以榴皮濡墨爲人物、翎毛，則術之至而化者。藝化以凡，術化以僊，復陽學僊者，其豈洽之儔與？　抑亦洞賓之流與？　來鳳試以詰之，其必有得於復陽者。

跋王别駕善政録後

右王翰林僎所録王别駕善政也，予觀之，爲擊節而歎者再三。蓋士風不振久也，比年以來重爲士之貪摩冒疾而當道者所敗壞，自非其有堅志維參如士君子，鮮不從風而靡也。源之不清，其流奈何？　夫别郡之於王朝，固承流而宣化者，而爲之在正佐耳。蘇於天下爲劇郡而財賦尤重，君子難以爲養，小人易以爲利。其不職者，非罷即墨，在昔已然，况於今乎？　仲顯之爲别駕於斯幾年矣，職其職事，不以爲義之難而不之爲，不以爲利易而爲之。不干權要之知，不牽妻孥之私。其志操可尚已，然則其荷朝廷旌異而錫之誥命，豈彼倖得者比哉！　余是乎識。

俞振宗像贊

名儒之孫，節婦之子。乃箕乃裘，維經維史。清風復履，明月一襟。今也其跡，古心其心。

張真人畫像贊

尚帝之書，句天之禄。功昭六府，靈鐘七曲。威弧斯張，誕子兆祥。爰錫爾類，文胤永昌。

錢學士像贊

天機雲錦，維文斯章。金犀瑞麟，維服斯光。出也國華，歸也鄉樂。萬里風鵬，九霄霜鶴。

林間翁像贊

間翁海虞碩儒也，洪武中仕爲開封司訓，歸老於鄉。故翰林修撰張宗海、都臺憲副具敏德皆有贊，極稱重之。二公蓋嘗泛翁……按，抄本下脱文。

附録

一、輯佚

（一）佚詩十八首

1、明錢穀撰《吴都文粹續集》卷二「城池、人物」載徐有貞《登五城門》二首，文淵閣四庫全書本：

閶闔門開近帝州，麗譙新建倚高秋。人間盡看三千界，天上移來十二樓。往事名傳吴伍相，平生心在漢留侯。斗牛宫闕當頭是，何必乘槎海外遊。

碧城樓子聳秋空，聲振江山鼓角雄。高下亭臺花霧裡，往來舟楫水雲中。賦才世豈無王粲，飲興時應有庾公。雙手可將紅日捧，扶桑只在畫欄東。

3、《吴都文粹續集》卷十九「山」載徐有貞《與駱蘄州驥沈石田周馬清癡愈同遊玄墓是夜宿萬峰精舍因成十二韻》：

山水爲我癖，平生不厭遊。每迂康樂屐，時泛米家舟。石磴穿雲遠，林扉入洞幽。問途從野老，結社集緇流。自喜逢清世，誰能免白頭。夢空千代事，吟破五湖秋。嗜酒憐彭澤，參禪悟趙州。徑開招二仲，亭構擬三休。畫與天機會，詩將險韻酬。蠡應羞霸越，良也幸封留。邀月聊停盞，臨風獨倚樓。求僊閒即是，何必問羅浮？

4、《吳都文粹續集》卷二十「山」載徐有貞《登獅山》：

麥黄天氣爽如秋，乘興聊爲岩嵒遊。香徑踏花來洞口，小舟送酒過溪頭。橫塘樹色連龍隝，茂苑烟光接虎丘。絶勝竹林觴詠處，即今誰數晋風流。

5、《吳都文粹續集》卷二十二「山」載徐有貞《福山》：

冒雨衝風泛綵舟，共君載酒七峰游。海門東望天連水，江市西來樹隱洲。喜有錢劉新著作，能無王謝舊風流。登樓莫漫題詩句，留與山僧作話頭。

6、《吳都文粹續集》卷二十二「山」載徐有貞《穿山》：

一拳秋水骨，兀立浦雲邊。地僻通靈島，門開似玉關。碧分芳草色，蒼入古苔斑。爲有劉安客，題詩咏小山。

7、《吴都文粹續集》卷二十三「山水」載徐有貞《遊太湖》：

遊賞那分雨共晴，從教水宿與山行。畫船載酒過林屋，翠幰衝花入化城。半夜放歌驚鶴夢，三秋浪迹逐鷗盟。閒居每續龜蒙賦，醉後時吹子晋笙。萬里歸來聊獨樂，五湖占斷有誰爭。老天於我非無意，明月隨人似有情。索靖也知憂世事，謝安雖起媿蒼生。癡翁自笑癡猶在，欲爲皇家致太平。

8、《吴都文粹續集》卷二十三「山水」載徐有貞《九月八日遊石湖，與祝大參、劉廷美僉憲聯句待韓永熙都憲不至》：

明日重陽今日遊，攙先來賞石湖秋。青山有意邀詩棹，黄菊多情送酒籌。烏帽任從風外落，緋袍不向坐中留。同歸同老應難得，莫把茱萸嘆白頭。

9、《吴都文粹續集》卷二十五「題畫」載徐有貞《題〈子胥吹簫圖〉》：

行乞吹簫野水濵，只緣讒口間君臣。鞭尸覆楚由無忌，員也何曾是狠人。

半帶愁音半殺音，西風吹入楚雲深。丹陽世上人空聽，誰識英雄一片心。

10、《吴都文粹續集》卷三十二「寺院」徐有貞《山樓雨晴同諸公臨眺具區林屋景象天開遂成聯句》：

湖上雨初晴，分明見洞庭。驥天光回映日，山影倒含青。有貞水鳥依清淺，風帆度窈冥。周酣來豪興發，吹笛與龍聽。愈

11、《吴都文粹續集》卷三十三「寺院」徐有貞《覺海庵》：

游興殊未盡，强君還共行。登山身特健，看竹眼偏明。醉覺人寰小，閒知世事輕。芳時莫辜負，難得是昇平。

12、明謝肇淛撰《北河紀餘》卷一載徐有貞《泉林會泉亭詩》，文淵閣四庫全書本：

靈源四出石玲瓏，自與諸泉夐不同。誰道山中無水府，只應地底有龍宫。萬珠跳躑人聲合，一鏡澄明月影空。好爲導將千里去，長流助我濟川功。

13、明李日華撰《六研齋筆記》卷四引徐有貞等聯句詩及序，文淵閣四庫全

書本：

徐武功元玉，草書宗長沙。嘗見其雪夜聯句卷，極備頓掣飛舞之勢，詩句亦雄宕。祝希哲是公外孫，「書雪夜聯句」四大字於卷首，用顏正書體，文徵仲補圖題云：諸公聯句作於成化己丑。越八十有五年，爲嘉靖癸丑，徵明爲補此圖。徵明時年八十四，聯句云：

積雪照山川，良朋到村塢。顥晴暉盪簷楹，澔氣清肺腑。有貞兩儀何所觀，一白真可取。雍歡賞值今宵，賦詠效前古。顥謫僊徒酒豪，坡老豈詩祖。有貞雷霆破頑聾，日月發矇瞽。雍虛明洞八窻，豁達啟雙户。有貞玉衡方北旋，銀蟬正東吐。顥風霜助威力，造化資宰輔。雍群公真堪讓，蹇余焉足數。顥神鮫附雲龍，文豹趂虓虎。雍共知點爾狂，獨愧參也魯。有貞情高軼塵氛，意合重鄉土。顥叨陪李杜遊，非比絳灌伍。雍梅蕋綴珠林，鶴跡點玄圃。有貞自知人即僊，誰辨賓與主。有貞談笑雜詩書，衣冠間文武。顥傳觴苦飛籌，鍊句忘解組。顥時驚歲云暮，漏報夜已午。雍殘燭剪絳花，疎星帶銀浦。雍大呼揮彩毫，半醉唱金縷。有貞剡曲未迴舟，梁園莫輕舞。顥豐登真有

兆，凋敝恥無補。雍望已慰三農，功尚修六府。有貞

今冬得雪稍遲，日過南至而未占三白，吾徒方以爲憂。及兹蜡月中，氣始雪，連三日，積厚至尺，公私慰焉。於是有貞與惟清大參、良用揮僉及其弟至德偶會永熙都憲所，都憲命其弟永和錦衣置酒園亭以爲賞雪之讌。鳴琴雅歌以酬以酢，自晡至夜而興益洽。因謂客曰：「向者之讌於草堂也，初未有今夕之雪之景，亦未有今夕之酌之樂，而聯之句尚在，今夕可無以繼之乎？」余及大參樂而從焉。乃相與改禁體爲新令，摘韻中「塢」、「腑」、「取」等數字爲鬮，又擲骰以次，拈而聯之，一杯一聯，略不容間。良用、至德及永和分曹佐飲，雖不共聯而從旁鼓舞，從臾之酒尊未罄，詩韻已足。都憲强命書之，以續詩家賞雪故事。余已醉矣，爛熳揮之，幾若小兒弄墨塗抹老鴉也，觀者幸無以醒眼見誚。時嘉平節前一日，東海徐有貞記。

編者按，《江南通志》卷三十一「輿地志・古蹟二・蘇松二府」載：「韓雍宅，在元和縣葑門内。雍既貴，歸吴治宅，谿流環遶，曰葑谿草堂。時與徐有貞、祝顥、馮定、劉珏爲葑谿聯句。」

14、明楊子器纂弘治《常熟縣志》卷四「徐德輝妻陳氏」條，清鈔本：

武功伯徐有貞詩云：「老節高挺霜，新篁孤倚雪。苦哉母女心，於此見雙節。」

15、清卞永譽撰《式古堂書畫彙考》卷二十三「徐有貞」条載徐元玉《罔極詩帖行草書紙本》，清康熙刻本：

親有罔極恩，子有罔極思。思親莫能報，徒抱終天悲。吾人同所感，景迫桑榆時。悠悠風木心，永言以相詒。惟當崇令德，顯揚良可期。天全翁。

16、清陳田撰《明詩紀事》乙籤卷十六「徐有貞」條，清陳氏聽詩齋刻本：

《蒹葭堂雜鈔》，徐武功居史館，修何尚書文淵事，賦詩曰：「温州太守重來歸，昔何廉退今何違？卻金館在已如掃，掩月堂寒空掩扉。人間固有假仁義，天下豈無真是非？老夫忝秉春秋筆，不作諛詞取世譏。」

17、清胡敬《胡氏書畫考三種》之《西清劄記》卷二徐有貞《方方壺攜琴訪友圖軸》跋詩，清嘉慶刻本：

《玉池題跋》：蒼山萬疊路應迷，春到陽林鳥自啼。僊客欲尋僊館去，不知花發在深溪。東海徐有貞題印，一東海徐元玉。

18、上海博物館藏徐有貞《有竹居歌》真跡，《中國古古代書畫圖目》第二册，文物出版社，一九九〇年五月版。

庭中無洛陽花，門外無章台柳。只有猗猗緑竹萬竿，緑滿舍前連舍後。客終問主人，主人重咨嗟。生不愛堆金積玉，競彼富貴家，亦不重乘車走馬爭豪華。但愛挾盅把尊游且息，游且息，將性情，適性情，定不必在淇之東西，亦不必在沼之東北。竹間爲地才只尺，可以待，可以庸，可以瑟琴，可以金石，可以乘清風，可以消白日，可以樂吾主、樂吾客，可以迷吾千古之愁，可以療吾一生之癖。客叩主人言，拊掌嘆不已。王猷蔣詡久已死，世上豈無真心士？我去君，何彼此？所借先靈分一几，論香心，譽君子。耳邊擊常影肅風，如見當年之武公。

武功天全翁題。

(二)佚詞四首

1、《吴都文粹續集》卷十九「山」載徐有貞《滿庭芳·雨後遊天平諸峰》:

水長新波,山横爽氣,朝來宿雨初晴,動人清興。紫翠眼中明,天也教吾快活,要遊處便與完成。最好是一峰送過,又見一峰迎。

有舟中絃管,車前鼓吹,隨飲隨行,路傍人覷了,還笑還驚,道是神僊神僊來也,不道是个老儒生。知誰解浮沈緑野,裴度晚年情。

2、《吴都文粹續集》卷十九「山」載徐有貞《水龍吟》:

佳麗地,是吾鄉,看西山更比東山好。有罨樓臺,金碧巖扉,彷彿十洲三島。却也有風流安石,清真逸少,向西施洞口望,湖亭畔對雲影,天光上下,相涵相照。似寶鏡裏,翠蛾烟掃粧曉。且登臨且談笑,眼前事幾多堪弔。香徑蹤消,屧廊聲窅,麋鹿還遊未了。也莫管吴越興亡,爲他煩惱。是非顛倒,歎宦海風波,幾人歸早,得在家中老。遇酒美花新,歌清舞妙,儘開懷抱。又何須較短量長,此生心應自有天知道。

醉呼童，更進餘杯，便拚得到三更，乘月迴僊棹。

3、明俞弁撰《逸老堂詩話》卷下載徐有貞軼詞兩首，丁福保輯《歷代詩話續編》本，中華書局一九八三年八月版：

其詞云：「心緒悠悠隨碧浪，良宵空鎖長亭，丁香暗結意中情。月斜門半掩，才聽斷鐘聲。耳畔盟言非草草，十年一夢堪驚。馬蹄何日到神京？小橋松徑密，山遠路難平。」其詞句句首尾字相連續，故名之爲「玉連環」。想此體格，自天全翁始。又見賦《中秋月》一闋云：「中秋月，月到中秋偏皎潔。偏皎潔，知他多少陰晴圓缺。陰晴圓缺都休説，且喜人間好時節。好時節，願得年年常見中秋月。」天全文集中皆不載，是以知散佚詩文尤多。

（三）佚文二十六篇存目五則

1、明程敏政編《明文衡》卷一百「補缺」載徐有貞撰《送楊尚書序》，四部叢刊影明本：

景泰二年冬十二月，詔以禮部尚書楊公彥謐爲南京刑部尚書。行有日，主事孫曰讓以其行爲請。予與公交爲忘形甚久，又幸爲同寅，誼不可辭。公明敏有才識，時務多幹局，始以進士爲主事、爲郎中、爲侍郎皆在刑部，所歷皆未久，皆以軍功遷秩。其進取固鋭，然於公之勞勩，實足以當之也。比一二載間，福建寇作，而江西爲鄰壤，遂命公往保釐之。卒用底寧，用是召還，陞禮部尚書。居歲餘，有大臣言南京固根本地，而六部都察院多缺正員，不足以鎮之。上可其奏，事下廷臣論薦，而廷議謂公在刑部久練習法，比大司寇之缺，非公不可。遂聞于上，是以有今日之命也。或曰：「朝廷方資公以典邦禮，和神人，治上下，顧乃今輟此而置彼，可乎？」予曰：「民協于中者，司寇之職也。而保障南京者，朝廷付託之深意也。苟徒以明刑爲公之職業而遺付託之重，是不知命公之意也。公之是往，其寄不既重矣乎？其可不思所以副皇上之任使乎？」是爲贈。

2、《吴都文粹續集》卷三「學校」載徐有貞撰《蘇郡儒學興修記》：

蘇爲郡甲天下，而其儒學之規制亦甲乎天下。是蓋有泰伯至德之化、子游文學之風、安定師法之傳在焉，不徒財賦之强、衣冠之盛也。學之建自有宋越有元至于我有明幾五百載，其間廢而復興，毁而復修，惟牧守之賢是賴，其人在郡志可考已。然近自正統、景泰之際，國家多故，學寖以敝，爰歷數政，皆常有意興修而弗遂。

成化初元，今巡撫都憲瓊臺邢公之爲守也，因荒圖豐，革故圖新，曾不期月，百〔一〕爲具諧。于是教授南昌程君蘭、司訓餘干張君憲、山陰李君璞、駱君巽協議以請于公，公曰：「是吾志也。」乃相舊規，有仍有改而一新之。若大成殿，若戟門、靈星門，若尊經閣，若明倫堂，則皆仍而新之者也；若先賢祠，若會膳堂，若四齋暨直廬，若射圃，若泮池之橋，則皆改而新之者也。經始于丙戌之夏，落成于丁亥之秋。凡在學者，忻忭胥慶。會邢公既升而巴渝賈公來繼其政，謂斯文盛事，不可無記之者，因率學職諸君來以爲請。

予，郡人也，而有子在學。于學之興修，亦同其慶焉。乃進諸生而語之曰：「夫學之作興在乎君長，化導在乎師儒，而進修之功則在諸生之自勉焉爾。凡爲學者，所以學乎聖與賢也。學乎聖與賢者〔二〕，蓋將希至乎聖與賢也。希至乎聖與賢者，而可苟哉？其必也由乎詩、書六藝之文，以通乎唐虞三代之道處焉。進修焉而爲之德業出焉，施設焉而爲之政事堂堂焉、表表焉以立乎天下，若陸敬輿之于唐、范希文之于宋，庶幾哉！始而希賢，終而希聖，不惟其言惟其行，不惟其名惟其實。窮維斯，達維斯，憂樂維斯，成于己也惟斯，成乎物也惟斯。使世之論者謂吾蘇也，郡甲天下之郡，學甲天下之學，人才甲天下之人才。偉哉，其有文獻之足徵也！斯于作興化導之意，爲無負矣！〔三〕

校勘記

〔一〕吴郡文編本「百」字作「不」，誤。

〔二〕吴郡文編本脱「者」字。

〔三〕明王鏊撰姑蘇志卷二十四「学校」載：「洪武八年，建先賢祠於子游祠，東闢射圃，建觀德亭。宣德九年，知縣郭南修两廡學門及厨庫，大學士楊榮記。正統二年，况守鍾修两齋。正統六年，縣丞陳澄建尊經閣。成化二年，知縣甘澤修廟學，徐有貞記。」由上可知此篇之作年。

3、《吴都文粹續集》卷六「学校」載徐有貞撰《常熟縣學興修記》：

常熟，蘇上邑也。蓋古吴國之虞鄉，言游氏之故里也。于今以文獻稱天下，然其學宫雖舊而世敝未之改，科目雖盛而世風未之振，論者病焉。先爲是邑者，率惟簿書會計徵科之急而緩于學事。成化改元之秋，澶淵甘侯實來令是邑，即詣學周爰顧瞻，慨然以興修爲己任。乃咨于學宫及邑之賢者，圖惟載度之而次第營爲之。以明年春蕆事，及秋而文廟禮殿洎左右廡、靈星、戟門、像設、祭器罔不畢具。又明年春及秋，乃修子游之祠，繼葺明倫之堂，志道據德之齋，建育賢之門，闢觀德之圃，架泮池之橋，暨治師生〔一〕之舍、庫庾庖湢〔二〕、周垣坊表，罔不畢飭〔三〕。蓋自經始至于落成，載歷燠涼，爲日三百有奇，而廟學規制于是乎稱。

湖廣參政邑人錢君景寅以書來曰：「願有記。」於乎！興學之舉，甘侯惟能之〔四〕，然吾于二三子尚有所諗焉。夫上之爲教，未嘗不欲其古若也；下之爲學，亦未嘗不欲其古若也。考其成功，卒未古之若者，何哉？豈其爲教與學之實與古異與？其在上者不可詰，而在下者猶可諉也。古之士爲道德，不爲功名，不爲富貴，今則或惟富貴之爲而已。爲乎道德而功名在其中，爲乎功名而富貴在其中，爲乎富貴則出乎道德功名之外矣，安望其能古若哉？夫言游氏天下儒學之先哲，而常熟之鄉先生也。其于孔門以文學爲稱首，而其言學必曰道、曰本、曰禮樂之原，及其行事見于魯論、漢紀彰彰焉。然則其爲學也，豈徒文哉？蓋子游之學之道，仲尼之學之道也；仲尼之學之道，堯、舜、禹、湯、文、武、周公之學之道也。學惟其道，雖窮而在下可樂也；學非其道，雖達而在上可恥也。古如是，今亦如是，不如是不足以言學，吾願與二三子省之。由子游以求乎仲尼，由仲尼以求乎堯、舜、禹、湯、文、武、周公，其于道也，若泝流而求源也。由一心而運之天下，小試而爲絃歌之治，大行而成禮樂之化，庶幾哉其古若爾矣！吾願與二三子勉之。

甘侯名澤字弘濟，以名進士爲才御史，進憲副，踧歷中外，以言詘爲邑于斯，其信爲復陞也，有公道存焉。其所資以圖成廟者，教諭樂安〔五〕謝紘、訓導嚴陵諸倫、開封高旦及邑義士錢昌、劉倣、耆彦徐暘、曾昻也。前太史中執法、經筵講官、知制誥、奉天翊衛推誠宣力守正文臣、特進光禄大夫、柱國、武功伯、兵部尚書兼華蓋殿大學士郡人徐有貞記。

校勘記

〔一〕吴郡文編本脱「生」字。

〔二〕吴郡文編本「湢」字作「饔」。

〔三〕吴郡文編本「飭」字作「飾」。

〔四〕吴郡文編本「之」字作「矣」。

〔五〕吴郡文編本「樂安」倒文作「安樂」，誤。

4、《吴都文粹續集》卷七「學校」載徐有貞撰《嘉定縣儒學科第題名記》：

科第有題名之典，昉于唐而盛於宋。然唐進士之題鴈塔，惟紀其始第游宴之榮而已。至宋乃題之學宫，蓋有責成激勵之意，所以爲盛也。我朝因之，於凡歷科登第之士，天子既題之名於辟雍，部使者守令復題其名於泮宫，視宋又加盛焉。蘇南畿大郡而嘉定蘇之大邑也，其儒學之建自宋理宗朝迄今三百餘年矣。中更燬陊而復興修，在乎部使者。守令代有其人，乃者臨海陳選以監察御史提督學校於南畿，時巴渝賈爽亦以前御史來領郡計，并奉璽書行事。而成都洪冕實爲邑正，三人者皆名進士也，其道同，其心同，以能相率相承而主張焉，而綱維焉，而作興〔一〕焉。於是學宫爲一新，而政爲之具舉焉。學中故有宋進士題名之碑而今則缺，侍御乃與守令圖之。爰考國初開科以來，自洪武庚戌至成化己丑得進士若〔二〕干，列其氏名而勒之於石，餘左以俟後之登第者繼題焉，使來請記。

維夫經術，所以經濟天下之具也。士必用乎經術而後經濟乎天下〔三〕，譬則梓人之必用乎規矩，而後可以經營乎宫室也。宫室完而功歸乎梓人，天下治，功歸乎士。功之所在，名之所在也。夫梓人以藝事名，猶有得題者，士以〔四〕經術名，可無題哉？然彼之題在成功之後，此之題在成名之初，故必有所責成激勵焉。責成乎已第之士，激勵乎未第之士。前乎兹者往矣，後乎兹者可無勉哉？已第而勉於進修，則必成乎其功；未第而勉於進修，則必成乎其名。詩不云乎？「濟濟多士，克廣德心。」有貞雖不敏也〔五〕，亦嘗忝乎科第，敢以是諗於同志者。武功伯徐有貞記。〔六〕

校勘記

〔一〕吴郡文編本「作興」倒文作「作興」。

〔二〕吴郡文編本「若」字作「如」。

〔三〕「士必用乎經術而後經濟乎天下」句，吴郡文編本作「士必由乎經術而後經濟天下」。

〔四〕吴郡文編本「以」字作「之」。

〔五〕吴郡文編本脱「也」字。

〔六〕吴郡文編本脱「武功伯徐有貞記」句。

5、《吴都文粹續集》卷七「學校」載徐有貞撰《蘇州府社學記》：

言吏治於三代之下而能以教道爲先務，固君子之所爲也，然知此者鮮矣。若吾郡太守朱侯其知先務者哉！初，侯之至也，既行三學，率儒官，敦教事，則又以謂〔一〕古之學者必自小學而入大學，蒙養既正而後進之以成德，故其所至之大，非後世之士所可及焉。今三學之官之所施者，固皆大學之教也。然鄉校不立，小學教弛，士業失序，躐等以〔二〕進，安望其才之古若也？圖所以立之，其責獨不在於爲郡守者哉？

乃行視郡城清嘉坊之東有地焉，負陰面陽，據〔三〕爽塏而臨高明。卜之食，諗〔四〕之地主繆賢氏，賢固善士，亦樂以爲學宫也，遂獻之。侯乃鳩工庀材，審方定位，中作講堂，旁闢两齋，又相其左建祠以祀先師朱子，而以鄉先生之應從祀者配焉。繚以周垣，鍵以重門，廩庫庖湢，無不飭具。

經始於正統丁卯之秋，落成於戊辰之冬。禮聘聞儒陳寛、孟賢、鄭鏐德輝以主師席，選長、吴二邑蒙士之秀者充弟子員而教之。遇三學之士有缺員者，則進其良以補焉。侯於臨政之暇，輒至學引師儒坐講堂，進〔五〕諸生親課之。以故民間俊秀彬彬焉興於學，有古鄒魯之風。於乎！〔六〕侯於是可與漢之文翁、唐之韓愈、宋之范仲淹異世而同功矣。或乃以爲迂濶而不急於事，非也。夫事立以賢，賢立以教，苟不知尊君親上之理而求其仗節死義之行，烏可得哉？故當經綸以濟世務〔七〕，必明義〔八〕以正士習，君子之爲固異於衆矣，吾故以侯爲知教道者。

侯名勝，字仲高，金華人也。以經術進，由秋官主事遷郎中，尋〔九〕奉勑出守武昌郡〔一〇〕，徙吾蘇。廉公明恕，有守有爲，蓋無愧古之循吏。即建學一事，餘可以類見

云。〔一一〕

校勘記

〔一〕吴郡文編本「謂」字作「爲」。

〔二〕吴郡文編本「以」字作「而」。

〔三〕吴郡文編本「據」字作「挾」。

〔四〕吴郡文編本「諗」字作「詢」。

〔五〕吴郡文編本「進」字後有「儒」字。

〔六〕吴郡文編本脱「於乎」二字。

〔七〕吴郡文編本脱「務」字。

〔八〕吴郡文編本「義」字作「禮義」。

〔九〕吴郡文編本脱「尋」字。

〔一〇〕吴郡文編本脱「郡」字。

〔一一〕吴都文粹續集本、吴郡文編本於文末均有文曰：「洪武八年，詔府、州、縣每五十家設社學，一本府，城市、鄉村共建七百三十七所。歲久漸廢，正統十二年朱守勝乃總建一所於清嘉坊東雍熙寺橋西，選長、吴二縣民間俊秀子弟教之。」上述可爲系年之用。

6、《吴都文粹續集》卷八「風俗、令節、公廨」載徐有貞撰《觀風題名記》：

惟皇明有天下，當高皇肇大一統之初，定鼎金陵，以蘇、松、常、鎮爲京輔郡，如漢扶風、馮翊之于長安也。其地大人衆，事力之强，控制江海，屏翼天室，而財賦所出、國用所資最天下，視扶風、馮翊爲加重。以是天子之命御史出任[一]巡按，以察吏治而觀民風，於斯四郡常加之意焉。乃成化三年，監察御史古滄張海朝[二]宗實來。以斯四郡皆京輔而蘇爲會府，凡國初以來歷政交成，承舊章、成業之籍，[三]於是乎在。顧兹察院規制雖備，而題名之典猶缺，乃於治事之餘，考求前政，得五十有七人，列其姓名而刻之石，命之曰：「觀風題名。」將待從政者總[四]而題焉，以昭垂於來世，來請記。

予謂觀風者，御史出巡之一事爾。若舉其所職，豈止是哉？蓋其官天子耳目之官也，自成周始建，秦漢以下代因之，而於其制有所崇益，分三院綜覈[五]曹，監列郡，司六察〔六〕，斯已重矣。至我朝，乃合歷代之制而一之，故其官視歷代爲加重。入則廣天子之聰明於内，辨正邪，別淑慝，公是非，使朝無倖位，國無寃人，奸宄無所投其隙，而四門有穆穆之風焉〔七〕；出〔八〕則廣天子之聰明於外，究利病，審枉直，慎舉措，使吏無廋弊，民無隱情，虢墨無所容其間，而四方有平平之化焉。是其所職若耳之職聽，清濁之不淆而雅鄭有可察〔九〕也；若目之職視，白黑之不混而妍媸有可察也。苟爲不然，則不職矣。夫四體有不職，在耳目以察之，耳目之可以不職乎哉？彼聰有不及則聾，明有不及則瞽。聾瞽爲其有所蔽也，蔽之由人且不可，矧可〔一〇〕自蔽耶？聰明蔽於上而事物亂於下，君德將焉正？國是將焉定？官邪將焉儆？民隱將焉達耶？是故天子之於御史任之常重，而御史之自任亦重。其所以重者，蓋歷代然矣，豈惟我朝？而我朝爲加重於天下然矣，豈惟京輔？而京輔爲加重，誠以首善之地，其近於天子，譬猶在乎耳輪之内、目睫之間也。承乎德音而被乎德輝，實有加於天下。視聽所及，因〔一一〕所當先而可後哉？朝宗賢〔一二〕其有志於斯也必矣。故於斯舉，蓋將即前政之臧否爲後政之勸懲，孰其稱職而可師，孰其不職而可鄙，必有

辨之者在。然則題名之記豈惟表章風憲爲觀美於一時而已，萬世之下於我朝制度尚有所考焉。〔一三〕

校勘記

〔一〕吴郡文编本「任」字作「廷」。
〔二〕吴郡文编本「朝」字作「潮」，誤。
〔三〕「歷政交成，承舊章成業之籍」句，吴郡文编本作「曆政承交，承舊章成案之籍」。
〔四〕吴郡文编本「總」字作「繼」。
〔五〕吴郡文编本「覈」字作「五」。
〔六〕吴郡文编本「察」字作「舉」。
〔七〕吴郡文编本無「焉」字。
〔八〕吴郡文编本「出」字作「外」，誤。
〔九〕吴郡文编本「察」字作「别」，當是。
〔一〇〕吴郡文编本脱「可」字。

〔一一〕吴郡文編本「因」字作「國」，當是。

〔一二〕吴郡文編本「賢」字作「之賢」，當是。

〔一三〕吴都文粹續集於文末尚有巡按察院之方位與立碑時間等語，可爲系年之用。其云：「巡按察院在聞德坊，即元海道都漕運萬户府。至正末，張士誠改爲分樞密院。洪武元年，知府何質改置，後有池亭，東爲射圃，軒宇靚敞，特勝他廨。成化三年，御史張海立題名碑，武功伯徐有貞記。」

7、《吴都文粹續集》卷十四「祠廟」載徐有貞撰《晉大將軍右司馬陸士龍祠記》：

蘇長洲益地鄉厚生里有祠，祠〔一〕晉大將軍右司馬陸士龍。之神祠久廢，近里士〔二〕沈隱君貞吉以己資興之。既落成，隱君具顛末徵予記之。

士龍，雲也。雲與兄機士衡并生於吴而仕於晉，以文章顯，辟爲公府掾，遷太子舍人，出補浚儀令，政稱神明。去官，百姓追思之，爲立祠於社。尋拜吴王晏郎中令，一以忠誠輔導之。雲愛才好士，多所貢達，嘗薦衛將軍舍人同郡張瞻，時論韙之。入爲尚書郎、侍御史、太子中舍人、中書侍郎，成都王穎表爲清河内史。時〔三〕穎將討齊王冏，以雲爲前鋒都督。會冏誅，轉大將軍右司馬，因督粮過吴婁地，見歲祲，以所督粮儲盡賑飢民，忤成都王穎，穎將殺之。而孟玖素忿怨於雲，由是雲遂〔四〕遇害。雖死一身，能救萬民，民感其德，名其塘曰：「濟民」。以衣冠葬陽城湖之濱，人呼爲陸墓。村立祠於相城市中，至今民祀之不絶。

士龍家華亭，華亭故吴郡古婁地也。正今長洲東北維之壤，所謂益地鄉厚生里固其址〔五〕焉。夫〔六〕陸氏自遜與抗爲將〔七〕於吴，有功德遺其鄉國久矣。士龍又以賑貸〔八〕，故祠之宜也。古之享天下、後世祀者，必有大功德被於人。人思慕之，而不忘其祀及乎遠。蓋天地〔九〕之妙萬物者，神也。神之爲之者，氣也。是氣也，得其靈奇則爲偉人，况雲爲時名臣？有文武長才，故發而爲忠義之業。及其遭禍之死，人皆悼惜之，感之深，思之久，祠之不廢，豈非出於天理民彝之正也？故記之，以告來者知所自焉。〔一〇〕

校勘記

〔一〕吴郡文編本「祠」字作「祀」，當是。

〔二〕吴郡文編本脱「士」字。

〔三〕吴郡文編本脱「時」字。

〔四〕吴郡文編本脱「遂」字。

〔五〕吴郡文編本「址」字作「在」，誤。

〔六〕吴郡文編本「夫」字作「矧」，當是。

〔七〕吴郡文編本「將」字作「時」，誤。

〔八〕吴郡文編本「貸」字後有一「之」字。

〔九〕吴郡文編本脱「地」字。

〔一〇〕文末錢穀附記曰：「晉陸内史祠在長洲縣相城益地鄉，祀晉大將軍右司馬陸士龍，雲也。雲爲郡人，因以督粮賑飢遇害，民感其惠，以衣冠葬此，立祠祀之，成化中里人沈貞吉重建。」以上可爲繫年之據。

8、《吴都文粹續集》卷二十八「道觀」徐有貞《福濟觀新建祠宇記》：

蘇州〔一〕之乾維有靈宇焉，歸其山峙，翼其翬飛，傑出乎闤闠之中而超出〔二〕乎埃𡏖之外者，所謂福濟觀也。觀之創自宋淳熙初，舊名巖天道院。院有真士陸道堅者，嘗與省榦王大猷設雲水齋，於此感會純陽吕僊翁授以神方，大猷子孫至今傳以濟生。元至大間，繼道堅者葉竹居以申請得觀額。竹居後，王無僞、鄒道安繼之，所營〔三〕爲嘗盛矣。迨元之季、國之初，洊經兵燹，數十年來無能繼者。風摧雨剥，旁侵中隳，寖以敝敗。

于時卧雲煉師郭君宗衡寔來主之，宗衡出自玉峰士族而學道冶城西山。初師朝天提舉陳淵默，繼師長春真人劉淵然〔四〕清微靈寶、淨明神霄諸法之傳〔五〕。遊居两京，侍伺〔六〕行宫久之。及領是觀額，顧而笑〔七〕曰：「主張是，綱維是，而使敝敗若是，前乎吾者往矣，後乎吾者誰歟？然則吾其可以但已乎？」乃言於郡守况侯伯律，首復觀地之侵欺于旁人者，用其法爲人禬禳祈禜，得佽助焉。愼入約出，鳩工庀材，以漸經營。中建玄〔八〕天之殿，爲祝釐所。旁作翼宇二，一以祠純陽及南五祖、北七真，一以祠長春諸師。自三門、兩廡暨庫庾、庖湢畢飭，其法中所宜有者，像設暨鐘鼓笙磬畢具，又樊之樹之，有池有島，蔚然爲城市山林。宗衡乃集其徒以言曰：「吾聞之，吾師吾道之所寶者三，慈也，儉也，清淨也，是吾教所宜然也。今吾徒從事于斯，其必寶吾之清淨以養吾之真，寶吾之儉以養吾之身，寶吾之慈以養吾之人，庶乎其可耳。吾又聞之，儒之君子，民生于三〔九〕，事之如一，是世教所宜然也。今吾徒出乎家而度乎世，於君親莫之致力矣，将惟師事是嗣，而師復遷化如致力何？惟是晨而香，夕而燈，致精誠以慰薦吾師。若吾親之靈，以祝吾君之釐事，庶乎其可耳。且吾之觀謂之福濟，吾徒将何修而可以稱是名乎？嘗試思之，夫祝釐者盖祈乎天以祐乎君，将以一人之福而敷錫乎天下，以福乎億兆之人者也，其所濟可謂博矣，盍亦修吾清淨〔一〇〕，致吾之精誠以從事于斯乎？雖然，吾慮夫後之繼吾事者之或怠且忘也，願從君子乎圖之。」遂因予伯氏以請記。

予謂宗衡遊方之外者也，而予遊方之内者也，夫道不同不相爲謀，予何以爲宗衡謀哉？然以君子之道而處其中，亦惟審夫義理何如耳。彼譸張爲幻者，固予所弗與

矣。若其爲言幾乎義理者，亦安得不與之也邪？予於是乎爲宗衡記之。〔一一〕

校勘記

〔一〕吴郡文編本「州」字作「城」。

〔二〕吴郡文編本「超出」作「超軼」。

〔三〕吴郡文編本「營」字後多一「營」字，其斷句爲「王無僞、鄒道安繼之所營，營爲嘗盛矣」。

〔四〕吴郡文編本「劉淵然」後多一「得」字，當是。

〔五〕「清微靈寶、淨明神霄諸法之傳」句，吴郡文編本作「清微靈寶、淨明神諸霄之傳」，誤。

〔六〕吴郡文編本「伺」字作「祠」。

〔七〕吴郡文編本「笑」字作「嘆」，當是。

〔八〕吴郡文編本「玄」字作「元」，當避清諱。

〔九〕吴郡文編本「三」字作「生」。

〔一〇〕「盍亦修吾清淨」句，吴郡文編本作「蓋亦修吾之清淨」。

〔一一〕明王鏊撰《姑蘇志》卷二十九「寺觀上」載：「福濟觀在城西北隅，宋淳熙間道士陸道堅建名巖天道院。道堅嘗與省幹王大猷設雲水齋，於此感會吕僊翁，授以神方，大猷子孫至今傳以濟人。元至大間，道士葉竹居奏賜今額。元季兵燬，正統中道士郭宗衡重建，徐有貞記。」上述可爲系文之用。

9、《吴都文粹續集》卷三十一「寺院」徐有貞《雲巖雅集志》：

天全翁自永昌歸吴，三載於兹矣。閉門却掃，非湖山之遊不出。出則孤篷短棹，飄然往，翛然還，而未嘗有同遊同樂者。甲申秋九月上日，自在居士之自玉峰來也，〔一〕始相約爲登高之集。約所登曰山之近而佳者，則虎丘〔二〕之雲巖乎？約所集曰凡吾詩社中人皆可也，然不必期，翌旦至者即與。

及旦而鹿冠道人自東原至，愛雲道人自牆東至，醒庵、未庵〔三〕文學至自緑水園。翁乃與之載酒肴出閶門，追及居士於畫舫，而長沙幕賓繼至，遂即舫中張宴爲水戲〔四〕。望山而進，日卓午乃至。而吾七人皆古衣冠，步自〔五〕山門，笑咏以登。巖緇野褐愕眙相視，迎而導之。自麓及巔，凡臺殿亭館之有名者畢〔六〕造焉。既乃遵鶴澗，過松庵，循劍池，躋雲閣，列席而飲，用司馬公真率會例，酒至自斟，杯行無筭。於時黄花方盛開，采英浮白，薦以紫萸、緑橘而山珍海錯間之。每酒行三五廵，則一瀹以茗，故雖酣而不醉，醉而不亂。

間起而延佇巖阿，憑軒以眺：邇而千章之松，萬竿之竹，雲作之色，風作之聲，海濤怒鼓，天籟和鳴，目眩耳聳，應接不暇；遠而陽華諸山，自乾而離，陣列車連，衡絶乎莽蒼之野、具區之浸。自坤而巽，滙乎三江，極乎雲海之涯，坱圠混茫，與天無際，使人神爽飛越，將與造化上下同流而無間者。因相與尋句吴之遺跡，弔闔閭之玄宫，慕泰伯之至德，企延陵之高風，嗟霸圖之易泯，而知有道者之無窮也。

居士乃倡爲四韵〔七〕，鹿冠繼之，两文學〔八〕繼之，愛雲、長沙又繼之，而翁則旋酬而徧和之。於是六人者齊起舉爵以屬翁曰：「古今人率以菊節登高，登高必以詩酒爲樂事，〔九〕然能兼之者鮮矣。孟參軍之於龍山，有酒無詩〔一〇〕；陶徵士之於栗里，有詩無酒；老杜之於藍田、小杜之於齊山〔一一〕，有詩、有酒而無屬和之什。且彼晉、唐中季大亂〔一二〕日滋，其皆不能無憂，而我輩幸當太平之世，以時遊衍而兼有詩酒賡

酬之樂，然則斯集之雅，蓋前此所未有也，不可以不志。」〔一三〕

翁乃起而謝曰：「然哉！吾聞君子而有道也，其憂以人，其樂以天，未聞以詩酒也。以詩酒爲樂者，世之流連光景者所爲耳。君子而樂乎詩酒，雖時有之，豈其心哉？是故居廟堂而憂民，處江湖而憂君，以人而然也。簞瓢陋巷而樂不改，蔬食水飲而樂在中，以天而然也。以人者，有時而不樂；以天者，無往而不樂。若夫居士優老而歸，幕賓從宦伊始，鹿冠、愛雲嘉遯丘園，兩文學表儀鄉校，蓋有樂而無憂者。顧吾獨以戇直忤時，陟難幾危於人而幸全於天。其憂於人者不可勝言矣，而樂於天者亦未嘗不泰然而自得也。乃復恭承先帝、今上之恩，賜之環命之服，優游田里，去危就安，時從諸名勝之遊，何幸如之？何樂如之？夫會飲食者，其得味同而飢渴者若加旨焉。今吾從諸君之遊，亦猶是已，敢不如語志之。」〔一四〕

居士爲玉峰夏仲昭，其仕歷踐清華，以太常卿致仕，詔進階二品〔一五〕；鹿冠爲京兆杜用嘉，愛雲爲吴興施堯卿；醒庵、未庵皆陳氏，故太史怡庵先生之子，仲爲孟賢，季爲孟英；〔一六〕長沙爲彭城劉廣洋，故大司成假庵先生次子也。〔一七〕翁則前國史

玉牒經筵官、中執法、兵部尚書、華蓋殿大學士、奉天翊衛推誠宣力守正文臣、特進光禄大夫、柱國、武功伯東海徐有貞云。〔一八〕

校勘記

〔一〕「自在居士之自玉峰來也」句，吴郡文編本同底本，明王鏊纂《正德姑蘇志》卷八載此文，此句作「自在居士自玉峰來」。《正德姑蘇志》爲明正德刻嘉靖續修本，以下簡稱「正德姑蘇志本」。

〔二〕「虎丘」二字，正德姑蘇志本作「武丘」，吴郡文編本作「武邱」。

〔三〕正德姑蘇志本、吴郡文編本「庵」字後有「两」字。

〔四〕正德姑蘇志本同底本，吴郡文編本「嬉」字作「戲」字。

〔五〕吴郡文編本同底本，正德姑蘇志本「步自」作「步入」。

〔六〕吴郡文編本同底本，正德姑蘇志本「畢」字作「必」。

〔七〕吴郡文編本同底本，正德姑蘇志本於此句後多「之詩」二字。

〔八〕正德姑蘇志本同底本，吴郡文編本「學」字後衍「愛」字。

〔九〕「於是六人者齊起舉爵以屬翁曰：『古今人率以菊節登高，登高必以詩酒爲樂事』」句，吴郡文編本同底本，正德姑蘇志本作「惟古以菊節登高，必以詩酒爲樂事」。

〔一〇〕正德姑蘇志本同底本，吴郡文編本脱「有酒無詩」句。

〔一一〕正德姑蘇志本同底本，吴郡文編本脱「山」字。

〔一二〕吴郡文編本「大亂」作「人秀」，誤。正德姑蘇志本則作「人亂」。

〔一三〕「不可以不志」句，吴郡文編本同底本，正德姑蘇志本作「於是爲志」。

〔一四〕自「翁乃起而謝」至「敢不如語志之」等句，吴郡文編本同底本，而正德姑蘇志本脱漏之。

〔一五〕「居士爲玉峰夏仲昭，其仕歷踐清華，以太常卿致仕，詔進階二品」句，吴郡文編本同底本，惟「致仕」作「致政」。正德姑蘇志本脱「其仕歷踐清華，以太常卿致仕，詔進階二品」等句。

〔一六〕「醒庵、未庵皆陳氏，故太史怡庵先生之子，仲爲孟賢，季爲孟英」句，吴郡文編本同底本，正德姑蘇志本作「醒庵、未庵皆陳氏，仲孟賢，季孟英」。

〔一七〕「長沙爲彭城劉廣洋，故大司成假庵先生次子也」句，吴郡文編本同底本，正德姑蘇志本脱「故大司成假庵先生次子也」等字。

〔一八〕「翁則」云云之句，正德姑蘇志、吴郡文編本均作「翁則東海徐有貞云」。

10、《吴都文粹續集》卷四十四「墳墓」徐有貞《明故通議大夫都察院左副都御史思庵吴公神道碑》：

通議大夫、都察院左副都御史致政吴公之卒也，有司以聞，賜之葬祭如制。於是其外孫中順大夫、知荊州府事錢昕狀公之事行，使來請銘于墓道之碑。有貞之少也，蓋嘗從遊于公而荷公之知重，斯文之誼，惟永弗忘。如公之德、之學、之官政，有貞實皆知之。雖不文也，其何敢辭？乃哭拜受狀，序其事而銘之。

公諱訥字敏德，别號思庵，吴之士大夫皆稱之爲「思庵先生」而不名。後公雖貴，不以官稱，乃所重在其德學焉。海虞之吴，蓋仲雍之苗裔也。公之曾大考諱清，大考諱天佑，考諱遵道。遵道仕國初，爲沅陵簿，卒以公貴，贈僉都御史。妣王氏，繼陳氏，俱贈恭人。公之生也，早失所恃而遠所怙，然天賦高朗〔一〕，能自樹立。甫七歲，摘五經之文，誦之不訛〔二〕，出語有章，老成長者已識其偉器。時沅陵方遠官，公獨侍其祖母、繼母，居海虞且學且養，不以憂遺其親。沅陵君被誣繫京師，公匍匐訴于廷，乞以身代。事未白而沅陵君没，公扶柩歸葬，未幾而祖母及母亦相繼没，哀毁幾不能存。雖在窮約，而喪〔三〕事一毫不苟且。斂窆虞祥之禮，一依朱子書，遠近觀禮焉。鄉人化之，治喪乃不用浮屠法。母族王、陳二氏皆徙遠方，公迎養两外祖母〔四〕於家，供養如一。其齒益長，學益富，大江之東稱德義者必首及公，而稱學術者亦必首及公。

永樂中，旁邑之大夫交辟爲校官，不就。乃薦之朝，召試翰林優等，且授官，或言其善醫，將使教醫生。公不願舍儒從醫，上疏懇辭焉。時仁廟監國，因是知公，命之即南宫教六卿子弟。有薦公〔五〕行在者，文皇召見齋宫，奏對稱旨，命日侍仁廟登極。翰林學士沈度、秋官郎中王傳交薦之，吏部尚書蹇義以聞，上曰：「是嘗教六卿子弟者耶？毋使外任。」即日擢監察御史。公素自重，又感上知遇。遇事直遂，知無不言，朝野憚之。

其出巡按，至以扶持綱常爲己事。在浙江，則立高宗九經語孟碑，而削秦檜記刺群賢之文，表宣公之奏議，褒岳王之精忠；而於貴州，則以蠻夷雜處，務持大體，不苛以擾，恩威著焉。及代還，民不遠萬里詣闕乞留。先是使貢〔六〕還者率厚所賚，而公獨無。宣宗時以南都留臺爲重，求可任者，僉以公應詔，進右僉都御史，尋陞左副都御史，階通議大夫。公執法體剛而用正，侃侃之言，卓卓之行，論者謂其得大臣體。未幾，有與不合者愬之朝，公遂以疾求去。吏部方奏留之，而其辭益力不可奪，上宴勞而遣之。

公既歸，家事一〔七〕不問，日惟著述以終所志。閉門絶掃，而士益歸嚮焉。初未嘗寢疾，及易簀，無一語之亂，是惟天順元年三月既望也。公两娶皆張氏，贈封皆恭人。有丈夫子二：曰欽，曰銓。女子三：長歸錢公建，次歸嚴顯，又次歸俞昱，皆善士。孫男四：長淳，受經于公，第進士，爲御史，克肖其風裁，不幸早死，鄉邦惜之；次洵、浚、沬。孫女一，曾孫男三，女一。公生洪武壬子，享年八十有六，葬邑之虞山，從先兆也。

公爲人端重純明，履方居約，不以窮達易所守。其學務遵儒，先闡經訓以淑人心、正士習，故凡爲文章，鑿鑿焉，斷斷焉，根據義理，有裨世教，不徒作也。所著有《思庵前、後讀[八]詩文集》、《小學集》、《解性理群書補注》、《文章辨體》、《祥刑要覽》、《晦庵詩鈔》、《文鈔》、《草廬文粹》諸書，悉梓行於世。

烏乎[九]！以吾觀乎斯世，其功名如公、爵列如公者，蓋多有之矣。至求其立心如公、制行如公者，則未之見焉。故少師文貞楊公嘗贊其像曰：「道古人之道，心古人之心。」君子以爲篤論。然則有貞之爲公大書特書而不讓者，豈門人之私哉？蓋天下之公也。銘曰：

吴出姬姓，實惟周宗。海虞之裔，祖於仲雍。雍後迄今，綿歷百代。代不乏人，及公而大。孰不爲學？公學惟正。刋落文詞，直窮理性。孰不爲仕？公仕惟時。進禮退義，動合其宜。公病士習，躐等無序。乃訓小學，爲之章句。公患官邪，淫刑以逞。乃著《祥刑》，俾之警省。晦庵我師，草廬我友。力踵前修，以覺於後。三品之貴，八袠之年。世謂達尊，公其備焉。我爲斯文[一〇]，揭於墓道。尚俾來者，於公有考。

校勘記

〔一〕吳郡文編本脱「朗」字。

〔二〕吳郡文編本「讹」字作「误」字。

〔三〕吳郡文編本「丧」字作「襄」字，当是。

〔四〕吳郡文編本脱「母」字。

〔五〕吳郡文編本「公」字後多一「於」字。

〔六〕吳郡文編本「貢」字作「貴」字，誤。

〔七〕吳郡文編本「一」字作「蓋」字。

〔八〕吳郡文編本「讀」字作「續」字，当是。

〔九〕吳郡文編本「烏乎」作「於乎」。

〔一〇〕吳郡文編本「文」字作「銘」字，當是。

11、《北河紀》卷三「河工紀」載徐有貞《治水功成題名記》，文淵閣四庫全書本：

有貞之治水於山東，而作沙灣等處之河防也。承命於景泰癸酉之冬，經始於甲戍之春，收功於乙亥之夏，而告成於其秋。上詔見奉天門嘉勞焉，因命之居京管臺事。丙子春，有貞請勑載至乃擴前功，益爲大水之備。時方暵乾，衆莫喻其意，頗以爲過防。及秋而大水洊至，泗、汶、淇、衛、河、沁一時俱溢，環東兗之間，若海之浸者三日，逮冬始平，運河南北餘千里，故隄高岸之缺而不完者，無慮百數十所，而沙灣之正隄大堰獨巋然而存，嶷然而安，其旁近城郭、田疇皆恃焉而免墊役之患，以水之來有所扞而去有所洩也。於是東兗軍民耆老合辭以請：「今茲之水蓋洪武以來所未嘗有而大耋之人所未嘗見也，非隄與堰爲之保障，非閘與渠爲之排解，吾田、吾產其池潢矣，吾耋、吾倪其魚鼈矣。彼四方之舟楫往來於斯者，乃亦有曰『昔也沙灣如地之獄，今也沙灣如天之堂』之語，而況吾斯土之軍民乎哉？而吾儕小人，竊伏計焉。惟水之變不測，如今茲之溢，以龍灣六閘洩之而猶未盡也，以故感應祠之缺隄，又煩公爲之救築焉。微公在是，其不又將延患累年乎？願及今規畫而益爲之防，吾軍吾民幸甚！」有貞曰：「唯唯。」

月中既築，感應神之缺而作堰月之隄、鼇甲之堰，比沙灣水門大堰差小，而埽法略等。復行度東昌龍灣六閘之上，官窯之口置閘一，疏新渠而屬之篤馬，東平戴廟之津置閘一，疏古河而屬之大清。并前六閘爲八，而皆注之海焉。乃探禹遺之秘，本星土經緯之理，鑄玄金而作法象之器，建之隄表大河感應二祠之中，以爲悠久之鎮，蓋盡人事、符天造、制物宜、辟神姧，其道竝行也。

既訖工，有貞將歸奏於朝，而從事諸賢亦合辭以請曰：「治水之功，其既成矣。經久之效，其亦著矣。惟古人作事而有成也，必題其名，願以碑之。」有貞乃言曰：「於乎！是惟吾君之德與諸大夫士之力耳，有貞其何敢當此？且夫治水固聖人事也，次則賢者能之，如有貞又何足以與此？雖然，有貞聞之，士以天下爲心，則天下事皆吾分內事也，矧吾徒食君之禄，受君之命而幹君之事哉！臣幹君事，視子幹父事而加重，吾徒而弗盡其心烏乎可？大禹，聖者也，而於治水必胼手而胝足，吾徒而弗盡其力烏乎可？夫水之大而爲中國患者，莫如河。自禹而下，世之治者非一，然可法者少而可戒者多也，其不能成事者不必道，就其成事者而論之，如戰國之白圭、漢之王延世、王景、元之賈魯是已。圭之治河，無所攷見，然觀其以鄰國爲壑則悖甚矣；延世之治河，無所節宣而徒亟塞其決，雖以此取侯封而不足善也；至如魯之治河見於歐陽玄之記者，亦皆塞之之具，初無得乎行水之法，矧當世季民窮之時，而興十七萬衆之役，又無撫安之策，卒之爲元召亂，是又可以爲戒者；惟景之堨流分水，頗得古法，而孝明之治有惠於民，故能保其成功而終漢世無河患，方之於彼，其特善乎！有貞雖不敏也，乃所願則。上法大禹，下取仲章而爲之，不敢不盡其心力，洪惟聖明，聽納臣言而大賚瀕河之民，與之休息，此吾與二三子之幸以有成功也，是不可不知。」皆應曰：「然。」後題諸從事大夫士之名於石而記之，將俾後世之當治河之任者知所法戒云爾。

是行也，前後歷三載焉。凡作正隄一，副隄二，護隄四，水門大堰一，小堰一，蓄水之堰三，截水之堰九，導水之渠二，分水之渠二，洩水之渠五，制水之閘二，放水之閘八。若其備作功用、次序本末之詳，則具載前碑，茲不重出。

12、清顧沅輯《吴郡文編》卷五十載徐有貞《正誼齋記》，此書據清道光七年抄本影印，爲上海古籍出版社，二〇一一年十二月版：

雍侯泰來爲吴令甫期月，而治聲爲蘇七邑冠。予聞之，心重焉。乃侯自公退食燕思之際若有所得，自名其齋曰「正誼」，而請予大書以揭之，并爲之記。予韙其爲，爲之嘆曰：「於乎！侯其儒之醇者乎？其知所以爲學、爲治之道矣乎？」

自孟軻氏後，誼利之辨幾無矣。越秦及漢世，諸儒蓋鮮能辨之，能辨之者惟董仲舒。仲舒以是爲醇儒，而天下之學者稱之、宗之，至於令君人者因追爵之、崇顯之，以從祀孔子廟庭宜也。乃予猶有爲仲舒惜者，有爲孝武惜者。仲舒不相乎孝武而相乎江都，故其道雖明而不克行；孝武不用孝武而用公孫弘，故其功則夸而不能正。此均失也，然責不在仲舒，而在孝武。何者？當其時，漢之治固雜乎霸而不得純乎正也。使帝與仲舒君臣相孚乎德，一乎心而正乎義，自身而家而國而天下，庶幾哉西漢可爲成周，孝武可爲成康矣。帝不能然，乃内多欲而外仁義。外仁義，故與正學者不合；内多欲，故與曲學者合，亦其宜也。雖然是既遠矣，不足論矣，若吾雍侯以命世之英而用是名齋，其志固將以仲舒自擬者也。以仲舒自擬者，擬乎其儒之純也。儒之儒純者，學乎道，行乎誼，體乎心，用乎事。内以正己，外以正物，上以正君，下以正民。小行而小正焉，大行而大正焉。

夫今之縣令較古之諸侯正相，秩禄輕而事權重。相不得自爲之治，而令得自爲之志。仲舒終於相江都，故其治效也小。今吾侯擢第拜官，發軔於吴縣，是駸駸焉進而未已，又將爲守爲牧爲卿佐，其事權加重，蓋有可必也。令而正乎一縣，守而正乎一郡，牧而正乎一方，卿佐而弼大孝，以正乎天下，其治效加大，蓋有可必也。有不合合而必正乎誼，有不行行而必正乎誼，寧正以忤，不曲以阿。若其成否，則委之於天也。大之，則將度越乎仲舒而爲之；小之，亦不失爲仲舒也。雖然斯予之迂言也，侯能不迂其迂而從之，則予亦得爲不失乎言也。

13、《吴郡文編》卷一〇七徐有貞《慈報庵碑記》：

蘇之屬邑曰吴江，有庵曰慈報，在縣北二十里。陳湖帶其左，吴淞襟其右，笠澤經其南，茂苑控其北。平原平曠，村墟荒落，真佛氏空寂之鄉也。自梁宋迄今，載輿載廢，不知其幾。夫謝人寰而居寺，謝寺而居庵，遠引幽尋，像設其佛於煙波野莽之間。事其空，安其寂，以求成其道，則彼之居既得所，而吾黨之士亦詎可窮追而深過哉？此瑞怡師徒慈報庵之所建所以可取，而吾之於其庵之記所以不拒也。

14、《吴郡文編》卷一七九徐有貞《劉草窗先生墓表》：

有明詩人草窗先生劉氏以景泰四年七月壬申卒於京師之官舍，其子儒等扶喪歸葬吴縣花麓山之先塋，於是友人太子諭德徐有貞表於其墓曰：

先生諱溥字原博，草窗其别號也。劉之先蓋河南人，宋南渡有宣教郎諱丈達者始家吴。其大父諱彦敬，以儒醫顯。國初，太宗之在潛邸，彦敬實爲府良醫，事左右，甚愛重。既乃坐事謫雲南，道卒，贈承德郎太醫院判。其父諱士賓，初從親謫所，後召爲御醫，至判院事，上寄以腹心焉。

先生生夙悟，齒甫齔，已知學。目書成誦，出語成韻。老長皆驚異之，曰：「此劉家千里駒也。」初從慶元葉宗可授經學，既卒業，乃侍親兩京，游辭林諸公間，聞見以博。既而屏居閉關，研覃載籍，雋味道腴，蓋有契乎濂溪「窗草不除」之意，因以自號。宣德初，以文學徵。會有言其善醫於上者，遂以爲惠民局副使。己巳之變，知者交薦不就，乃以滿秩調太醫院吏目，非其好也。郭定襄登在雲中有病，奏欲得先生治。上命之往還而疾作，遂不起。先生於醫通内外科，動推氣運勝，復順天和、參人理以施治，治輒收十全功。然恥以醫自名，雖官於醫，未嘗以稱於人，恒自奮曰：「大丈夫遇則鵬騫雲海，不遇則豹隱岩穴，寧能碌碌塵坌中邪！」其風致甚高，善接納，於人無所擇，文武雅俗，各得其歡。稠人廣坐，譚辨風生，聽者傾耳。其於詩，初喜西崑，所擬輒以中晚爲闖李杜閫閾，語必驚奇，意必深遠。鉤抉瑰怪，搜剔幽妙，覈渾沌，索罔象，吐内光景，出入鬼神，幾不可測致詰。目經世變，悲愁嘆憤，一寓於詩，有一飯不忘君之情。雖居閒處散，而切切憂世，常抱膝吟嘯，扼捥激昂，其志蓋將以有爲者而止於此，亦命也。夫卒之日，聞者皆曰：「喪此詩人！喪此詩人！」蓋本朝詩人出吴中名天下者，自高、揚、張、徐四子以後如先生者，良不易得。其喪也，豈直爲吴中惜之？當爲天下惜之也。

嗚呼！先生已矣，天何奪吾良友之速也！惟吾與先生相知踰二十年，中間離合者一再。其在京師，日夕過從，商今訂古，以翼吾志，憂吾之憂，樂吾之樂。每慷慨激發，以經世拯民之事勉予，予雖不敢當，亦不敢忘也，此豈獨文字之交而已？嗚呼！先生已矣，天何奪吾良友之速也！先生年六十有二，取莊繼張，有丈夫子五人：儒、倫、侗、俸、位。女子六人，有歸在室。其詩有《草窗集》若干卷，藏於家云。

15、《吴郡文編》卷一八五徐有貞《明故封監察御史恒軒錢公墓表》：

敕封文林郎、監察御史恒軒錢公之卒也，其子亞中大夫、湖廣參政昕既聞喪，歸治襄事，先期具縗絰奉湖廣按察使項君璁之狀來以表墓之文爲請。恒軒公，故都憲思庵吴先生之門婿也，而予思庵之門人也。於鄉里之遊爲甚久，於斯文之契爲甚厚，而知其行誼爲甚悉，是誠不可以不之表自也。按狀：

公之先蓋吴越武肅王鏐之裔，由宋而下，變武胄爲儒素，居海虞之昆湖，故今稱昆湖錢氏。公諱宣字公達，恒軒其别號也。曾大考諱希祖，仕元爲玉山學諭。大考諱甦，當明之興，以布衣見太祖高皇帝，嘗應詔上書論星變及應制擬祭元幼主文，稱旨授之以官，懇辭以免。考諱鳴謙，妣趙，故富州守季文之女也，爲母賢明。早失怙，承訓於母，與其凡、汝周同遊學，學成而家食，樹德振華，爲鄉之望。初思庵爲女擇婿，見其賢即以妻之，而女亦賢，室家攸宜。及生長孫，又皆賢克肖之，錢之門遂以大。

方昕之始學也，公爲擇師。聞崑山張節之治蔡氏書專門，乃資遣昕之往從節之學，而昕亦克勤勵，竟以成名。自進士拜御史，遷歷三郡，遂參藩政。公每以書教戒之，使盡言責官守。歲節所贏而饋之，以資其養廉。昕所至以清白聞，蓋駸駸大用者。君子不惟稱昕之能官，而必稱公之能教也。

公爲人秀偉，廣額豐下，髯垂及臍，眉宇如畫，風度凝遠而其中所存尤厚。初以力本業，致裕乎家。及中歲，其家愈益盛而爲義愈益篤。於是有義田以贍族之貧者，有義穀以賑鄉之飢者，有義棺而施死而無斂者，有義橋以濟往來之病涉者，有義井以救行旅之道渴者。里儒陳誠夫爲撰《五義傳》云：「每鄉飲，令長常以大賓禮公。

公既受封，冠鷹衣繡，揖讓薦紳間，儀觀儼雅，見者起敬。」所與游皆高人韻士，朔望有會，會必有賦詠以傳於人。晚乃厭事，以家政付子孫。端居簡出，更自號休休翁，此其志趣可見矣。公之年七十有一，洪武丁丑二月癸巳其生也，成化丁亥十一月辛未其卒也，己丑十二月丁酉其葬也。墓在虞山之麓，以其配吴孺人祔。孺人之封亦以昕貴，與公偕榮而卒先之。有丈夫子五人：長暰，早世；次即參政昕，嫡出也；次昇，次昭，皆庶出也。女子四，繆澤、周政、徐𢿱、鄧睦其婿也。孫有五：長潤，從納粟補官；次泰春、陽春、德春、壽春。曾孫有二：世享、世顯。其次所生，尚未名也。

嗚呼！公乎不爲富也而富從之，不求貴也而貴及之，是固有命矣！然其爲義之效，亦豈無徵也哉？乃表而系之曰：

於維海虞，有碩人乎而。處山之隰，湖之湄乎而。考槃頤素，樂以天子乎而。子能厥官，式藩宣乎而。曾孫侁侁，且振振乎而。秀挺玉樹，茁蘭荃乎而。維義攸積，報靡僭乎而。委運承化，亶歸全乎而。臺最厥行，表厥阡乎而。爰視來世，永厥傳乎而。

16、《吴郡文編》卷一八五徐有貞《仰大理壽藏記》：

正統癸亥，權奸方竊政柄而弄之於内。既殺忠臣以杜天下之口，乃益爲峻法以鉗制人，毒及無辜弗恤也。時諸輔政大臣暨内外百司之長率奔走其門，雖有號君子者，亦不免屈節毁操以求容。至其小人，則遂奴事之，甚而呼之爲翁父、藉聲勢以作奸者，不可指數。其初度，諸公卿皆至爲壽，而大理獨否，心銜之。會邏卒有與蔚州衛兵沈榮爲怨者，誣榮與寡婦岳郝通，咒詛死其夫，而實非也。刑部弗爲辨，而大理辨之，移之臺。臺遷御史勘，如其辨。既免矣，而邏卒訴諸内，權奸乘之，以上命并逮辨勘官，下錦衣獄，會三法司窮治。法司者明知其冤，莫敢白，遂傳致成獄，竟殺榮及二寡婦。於是自大理少卿薛以下罷降有差，而左寺丞仰公瞻獨從重，坐謫成大同。蓋公素以介直不合衆，且力雪冤獄故也。

公既被謫，即怡然就道。及至謫所居七年，安之如一日，略無幾微見顔色，對客未嘗談及公事，惟以醫藥濟病者，余無所與。或問公：「寧少自悔乎？」公歎曰：「吾恨不能盡雪人冤耳，罪謫非所避也，何悔之有？」及己巳之變，權奸既死，公議始申。景泰改元，朝廷用俞司寇、陳都憲之薦召公還，授右寺丞，執法不撓如故。久之，眾寢不合，公亦益厭於時，即引年而歸，時年六十有四。

公既得歸，常杜門卻掃，教子外，一不問家事。日與逋人逸士游於山之佳、水之濚、竹之林、菊之圃，優遊卒歲，蓋不知老之將至也。視蘇城東陳公鄉之原，隱然中蓄樂而語其人曰：「此吾之菟裘也。」遂營爲壽藏，使其中子來請記。

公字宗泰，别號怡菊。其先蓋自洛陽來徙於蘇，故今爲長洲人。其諱萬五、君達、仁澤者，公之曾大父、大父、父也，有世隱德。任澤以公貴，封徵仕郎，母鄒贈孺人，有儀范。公學明經術，旁通醫家言，喜爲詩，尤妙於詩。永樂辛卯，自郡諸生領鄉薦，釋褐拜虎賁左衛。經歷洪熙改元，以舉職有錫命，尋遷大理右寺副，得馳驛省祭。轉左寺副，以故少師楊士奇薦而至寺丞。奉敕尋求京圻民瘼，有所建明。其歷任前後皆著績，而爲寺副時辨神武衛卒毛拜兒等冤獄，活人尤多，蓋不獨沈榮一事也。及更大患，再召至而所守益堅，不肯俯首隨人後求富貴，遂飄然決去而不顧。於乎！此豈可以世俗所見擬論哉？昔徐有功之在唐，遭武后之虐，二張、周、來邪惡膠固，滔天燎原之勢不可嚮邇，而秉正持平，壓而復起，身可危而節不可攺，故令問長世，至今天下之人聞其名者，猶斂衽起敬，非過也，宜也。然自有功後求其人蓋鮮矣，公豈非聞有功之風而興起者歟？

公娶徐，封孺人。有丈夫子五：嵩、岳、岩、崙、岐。女子三，皆歸士族。孫男女凡幾人。其五子皆克家，而岩則來請記者也。既記之，乃系之以辭曰：

生寄也，死歸也。孰委之？維達者。有不爲，有所爲。舍小知，得大知。學不骫，行不缺。履夷險，惟一節。一時屈，千載伸。尚有發，在後人。

景泰三年秋閏九月之望。

17、《吴郡文編》卷二二〇徐有貞《袁氏家訓序》：

此吾師菊泉先生所著也。先生識高今古，學貫天人，縉紳士大夫從之游，如入武庫檢法物無所不有也，又如探淵海而彌入彌（按，二「彌」字原作「靡」，誤）深也，又如聽《咸英》、《韶濩》於洞庭之野而怡怡忘倦也。其父杞山公遭建文之難，遺命戒其子孫勿爲禄仕，故先生得以餘力精研學問，天文、地理、律歷、書數、兵刑、水利及三教九流之屬，靡不剖其藩貳入其奥。予與先生至戚，游其門最久，聞其教最深。正統間河決張秋，予受命往治。以先生之言試之行事，底有成績。欲書名於朝，先生遺書固辭，有稽康絶交之語，遂輟弗薦。

予自金齒歸田里，見先生，先生已凝神反約，盡脱文字語言之習，而玩心高明，終日堆堆然、款款然，斂其聰明睿知於無何有之鄉，若一無所知識者。門生舊友進謁之，如春風吹拂，受其益於無形、無象之中，而不自知其所以然也。出此編示予，予讀其「家難篇」，忠義在膺，憤激千古；讀其「主德篇」，流風善政，儼然在目；讀其「民職篇」，輒興爲下不倍之思，若將驅天下之民而同歸禮義之域也；讀其「爲學篇」，則游道德之場，登仁義之圃，而身心性命可按而修也；讀其「治家篇」，則善世有方，端閫有道，而鄉閭子弟皆可爲賢人君子也。

因請其書，歸而梓之，使天下後世知我明之盛，草莽岩穴之下有隱君子懷珍韞玉如先生云。

18、《吴郡文編》卷二二三徐有貞《青城山人詩集序》：

國朝文章之盛稱洪武，而永樂次之。若宋承旨景濂、胡徵君仲申、徐徵君大章、王待制子充、蘇太史平仲、高太史季迪、張太常來儀輩，皆傑然名家者，并當其時。高皇帝初定天下，懲元之寬無制而矯之以猛，網羅天下之豪傑，用法剪除之。而彼諸老皆勝國之遺才，雖用於維新之朝，而逼於法，或死或遁，不得以盡其鳴世之能事。

及太宗之入，乘豐富，致太平，乃崇儒術，廣文學之選，以潤飾鴻業，照耀天下。於是士之幸存而後出之者，始皆濯拂登進，以鳴一時之盛。而故翰林檢討兼春坊替善太子賓客謚文靖王公汝玉，則其先鳴者也。

公之學長於《春秋》，其爲文蓋兼古今體制，而詩則深得唐法。其所著述甚富，而稿之藏家者皆燼於火，獨其詩散佚於四方。好事者得而録之，公之孫鎧繕寫，藏於箧笥。友人華彦謀家與王氏連姻，尤好公詩。既爲編次，復鋟梓以傳於世而諉予序。

予嘗評公之詩，清而不刻，麗而不靡，佚宕而不粗俗。驟而見之，如九霄一鴻盤雲獨游，如玉井蓮花浥露初發，如瑶台僊子臨風微步，殆難以塵情凡態想像。如五陵年少衣輕策駿，馳騁春風紫陌間，意氣奕奕不可奈。品而第之，其大曆、貞元諸才子之流乎？因并著之序末，以與知言者商榷之。

青城山人者，蓋公所自號也。凡公之生平、宦簿、事行，則國史備焉。

19、明陳子龍編《明經世文編》卷三十七《徐武功文集·言河灣治河三策疏·河湾治河》，明崇禎平露堂刻本：

一置造水門。臣聞水之性可使之通流，不可使之堙塞。昔禹鑿龍門、闢伊闕，無非爲疏導計，故漢武之堙瓠子，終弗成功；漢明之疏汴渠，踰年著績，此其明驗也。世之言治水者雖多，然於沙灣，獨樂浪王景所述制水門之法可取。蓋沙灣地土皆沙，易致坍決，故作壩作閘皆非善計。臣請依景法爲之而加損益，於其間置門於水，而實其底，令高常水五尺。水小則可拘之以濟運河，水大則疏之使趨於海。如是則有通流之利，無堙塞之患矣。

一開分水河。凡水勢大者宜分，小者宜合。分以去其害，合以取其利。今黃河之勢大，故恒衝決；運河之勢小，故恒乾淺。必分黃河水合運河，則可去其害而取其利。請相黃河地形水勢，于可分之處開成廣濟河，一道下穿濮陽、博陵二泊及舊沙河二十餘里，上連東西影塘及小嶺等地又數十里餘。其内則有古大金隄，可倚以爲固；其外則有八百里梁山泊，可恃以爲泄。至於新置二閘，亦堅牢可以宣節之，使黃河水大不至泛濫爲害，小亦不至乾淺以阻漕運。

一挑深運河。臣惟水行地中，避高趨卑，勢莫能遏，故河道深則能蓄水，淺則弗能。今運河自永樂間尚書宋禮即會通河，浚之其深三丈，其水丈餘，但以流沙恒多淤塞，後平江伯陳瑄爲設淺鋪，又督軍丁兼挑故常疏通，久乃廢弛，而河沙益汙不已，漸至淺狹。今之河底乃與昔之岸平，其視塩河上下固懸絶，上比黃河來處亦差丈餘，下比衛河接處亦差數尺，所以取水則難，走水則易，誠宜浚之如舊。

20、《明經世文編》卷三十七《徐武功文集·條議五事疏·戰備五事》：

一國之武備莫先于治兵，要使國兵足以制邊兵，邊兵足以制夷狄可也。我朝太宗皇帝建都北京，鎮壓北虜，乘冬遣將出塞，燒荒哨瞭。今宜于每年九月，盡勑坐營將官巡邊，分爲三路，一出宣府以抵赤城、獨石，一出太同以抵萬全，一出山海以抵遼東。各出塞三五百里燒荒哨瞭，如遇虜寇出没，即相機勦殺。每歲冬出春歸，休息一月，仍于教場操練。如此則京軍皆習見邊情，臨敵不懼，虜寇懾伏，無敢窺邊矣。

一西邊去京師寫遠，自延安、綏德以至寧夏、甘肅，地方數千里，關山隔絶，寇入路多，遇有警急，猝難應救。今西安八府之民不下二十餘萬户，其中大户有四五十丁者，有二三十丁者，有十餘丁者，乞差御史給事中與兵部官，會同陝西都督都御史并方面堂上官，集民點選五丁以上者，户取一人爲兵。願兩三丁爲兵者，聽從免其粮差，每府立爲一營，委廉幹官管領教之戰陣。遇有征進官軍，一例關支行粮。有功之日，一體陞賞。如此，則兵力不患于不足，守備充實，而朝廷無西顧之憂矣。

一任將之法在乎用之當其才，御之得其道。今朝廷大臣舉用將官，并不問其才之長短、智勇有無，一概舉之。有指揮即陞都指揮、都指揮即陞都督者，初雖署事，旋復實授。曾無功實，遽登重任。及至用之，鮮不誤事。雖加黜責，無補前虧。宜令兵部堂上官會同公侯伯老成大臣，從公察舉，務要酌知其才能智勇，僉以本職參隨各處，總兵官分領軍馬，勾當邊事。如果能幹，乃可命爲參將等職。待其顯立戰功，然後陞其官爵。如此，則爲將臣者皆知激勸，奮立功效矣。

一兵不貴多而貴精，兵精則一可當百，臨敵之際，一夫奮勇而千百隨之矣。宜令兵部堂上官會同御史給事中、公侯伯等官於教場内，公同點選，逐隊閲視，軍士有年及六十以上衰老、殘疾、怯弱者并皆揀退，令歸衛所。户有壯丁，即令替役、補隊。其各處邊關之兵，亦各差官依在京例。一體揀選，立爲定法。或三年五年，一行經久無弊，則中外之兵皆精矣。

一國家用兵必資智勇之人，豈必盡出于將軍之中？大凡天下之民有心計者皆能運智，有膂力者皆能效勇，如唐有軍謀之科、宋有武舉之選是也。方今聖朝一統之盛，欲設法選舉，豈患無才？乞勅兵部行移天下軍衛有司，訪察軍民之家但有軍謀勇力之人并從選舉，不限南北，不拘額數。舉選到京，問以攻守之策，試以弓馬膂力，取中者月給口粮二石，分隸在京各營，然後差撥各處。總兵官參隨使用，有功之日，照例授以武職。如此，則凡天下智勇之士舉無遺憾，爲國家之用矣。

21、《珊瑚网》卷六「米南宫中岳詩卷」下引徐有貞題跋，文淵閣四庫全書本：

宋室名書輙稱蘇、黄、米、蔡，餘無論焉。然米南宫多爲行草，原其書皆從真楷來，故落筆不苟，而點畫所至深有意態，非若今人不識歐、虞，徑造顛素，爲無本之學也。此卷真蹟，徐君臣寬當玩愛之。徐有貞識。

22、《珊瑚网》卷九載徐有貞《跋趙子昂書陶詩》：

趙魏公書于規矩之中，自有神僊蜕骨風度。楊鐵崖狂怪不經，而步履自高。陸宅之學藏真而自出機局，三公雖高下不同，然皆能以其文章翰墨豪於一時。陸景同不知何人，乃能筆而得之，留落之餘，復爲吾鄉楊先生所輯。觀其題識，宛然忠厚可掬，皆足重也。元聖高士寶此卷數年矣，間出相示，因評數語如右。東海徐有貞武功。

23、《江南通志》卷八十八「學校志·學宫二」載徐有貞《無錫學先賢祠記》，文淵閣四庫全書本：

古者學宫之有事，則釋奠於其國之先師。今學校之祀先賢，蓋由斯義以起禮也。然而其祀事有興舉與否，則繫乎其人。錫山儒學之祠創自宋季中祀龜山先生文靖楊公中立，而以玉泉先生宗丞、喻公子才遂初先生、文簡尤公延之小山先生、肅簡李公元德實齋先生、文忠蔣公良貴配。歷元至國初而中廢，至是同知郡事河中謝君時芳乃復興之，使來請記其事。

夫文運之所在，即天運之所在。初，二程之學乎周子也，宋運方盛於北，吾道亦從而北。及楊氏之學乎程子也，宋運將徂於南，吾道亦從而南，此其所關係也大矣，豈偶然哉？　自龜山傳之豫章羅氏，豫章傳之延平李氏，延平傳之考亭朱子，考亭因是而集大成，則斯道之有傳於今也，實自龜山始。揆其始，雖天下之學祠焉可也，獨錫山哉？　然中立寓錫山十有八年之久，是猶錫山之人也，矧錫山之人之學道也，亦自中立始。喻氏來自南昌，尤氏來自閩粵，而并家錫山，延之學乎子才，子才學乎中立，所謂見而知之者。李與蔣固皆錫山人也，生喻尤之後而學則肩焉，所謂聞而知之者，其傳雖弗如考亭之盛，而其人與學之正，蓋無異焉。若乃中立力斥安石熙豐更張之邪説，子才力贊鼎浚炎興恢復之正論，延之力陳道學之爲是以釋孝宗之疑，元德力辯汝愚之爲忠以祛寧宗之蔽，良貴力抑彌遠之惡而揚德秀、了翁之善以啓理宗之明，是皆有功於其國，有功於吾道。當時雖不能盡用其言，然天下後世之公論不可没也。繇是而并祠于學，又豈過哉？

24、明岳正撰《類博稿》附録載徐有貞《蒙泉先生贊》，文淵閣四庫全書本：

挺乎其梧竹塵表之姿，偉乎其龍虎榜中之樣。名不下乎洛陽之賈生，身幾老乎開州之宋相。或秉筆金鑾之坡，或荷戈玉關之障。既載召而北還，又一麾而南往。道奚有乎險夷，心奚有乎得喪？惟其磨不磷而涅不緇，所以窮益堅而老益壯。斯人也豈獨爲吾斯文之契，實爲斯世斯民之望也。前武功伯東海徐有貞。

25、徐有貞行書《别後帖》，《中國古代書畫圖目》第二十册，文物出版社，一九九〇年五月版。

有貞再拜，知庵都憲心契幕府：

伏自松陵别後，忽復時序遷易，懸懸之懷，彼此當不異也。載奉來諭，詞之高，旨之深，情誼之厚，何以加焉？第區區蹇拙，有弗能稱所與重耳。捧玩之餘，增愧與感而已。倖還，適至高來視以奏章，軍務之見，施設方略，誠不負國家倚用之至意。而於鄉里交新，祝傾之至情亦已至矣。區區不勝躍喜之私，故走筆賦二絶，紙尾以申所賀而道所懷。然快行幾步，聊爲公籌邊之暇發一笑可耳，勿以視諸大方：

摠府新開制百蠻，申嚴號令遠人安。軍中謠語傳來好，兩廣于今有一韓。

一自垂虹醉袂分，每因聯句復思君。憑高幾向天南望，不見蒼梧見碧雲。

端陽後一日，有貞再拜。

編者按，此文又見載清端方撰《壬寅銷夏録》，爲清稿本。其云：「第十七徐有貞，白色紙高九寸六分，寬一尺四寸八分，二十二行，行書。」是爲本篇釋文之據。

26、清陸心源撰《穰梨館過眼續録》卷五「元明名人尺牘册」之「第三頁，徐有貞札高六寸七分，長一尺八分，朱文」條，清光緒吴興陸氏家塾刻本：

賢昆玉嘉意至矣！而僊棹遽還不？一過臨草舍，何如？承喻田事、租事及放米事，其驢字圩田，今年定須雇工自種爲佳。聞有麥占者，亦須待彼收麥種之，且將無麥者先種可也。如有阻節及要看田，即報區區處置。其追租亦節，茲令富僮詣前，可且指使。先與承批粮老説，若追得些再議，倘彼作弊，不爲追還，須并告官也。其放米須即擇本，管區内好户，與之止放一百石。本連息二百石，仍留其餘米，待價即賣以應用，則两得其計耳。瑣瑣干煩，幸恕之稍閒，當造謝，茲不一一。三月之六日，天全奉柬。

石田親家道，誼文侍原博上舍，只在上旬内起程，聞以報知。

27、徐有貞作《平原生傳》，存目。

按，王世貞《弇州續稿》卷一百四十六「文部·像贊」載：「杜東原先生瓊，字用嘉，吴縣人。少孤，從陳嗣初翰林學古文辭，於書鮮所不通，尤能寫山水。合作處，不減勝國諸雋。先生爲人敦茂長者，嘗割股愈母疾而秘之，故武功伯徐有貞爲作《東原生傳》，卒年七十九。」徐有貞与杜瓊交往頗密，《武功集》中尚有《如意堂记》、《寄施堯卿兼簡杜用嘉》四首等。

28、徐有貞《碧山吟社记》，存目。

按，《江南通志》卷三十二「輿地志·古蹟三·常鎮淮三府」（文淵閣四庫全書本）載：「碧山吟社，在無錫縣惠山南。明秦旭建，結十老賦詩，沈周繪圖，徐有貞作記。」《武功集》中：「壬寅冬，余初至吴中。諸故老與游石湖上，方抵夜還舟，宿楓橋。飲間，陳叟季行爲之歌，音甚清壯。諸老使余爲詩和之，因以『老』字爲韻云一詩，是为詩社十老所作。」

29、徐有貞草书刻石一副，存目：

按，《墨池編》卷六載：「徐有貞草書，刻于蘇州王氏。」

30、徐有貞《小洞庭记》，存目。

按，《江南通志》卷三十二「輿地志·古蹟二·蘇松二府」載：「小洞庭，在長洲縣齊門外，劉珏累石爲山，號小洞庭，徐有貞爲之記。」

31、徐有貞《耕漁子傳》，存目：

清馮桂芬《顯志堂稿》卷三《耕漁軒記》（清光緒二年馮氏校邠廬刻本）載：

「徐有貞《先春堂記》云：『良夫與諸公相唱和，制行尤高，當時江東儒者以良夫爲稱首。』又有貞《耕漁子傳》云：『良夫闢義塾，聚族人及鄉之子弟教之。時吴之四境爲荆棘豺狼之聚，光福里隱然小鄒魯。入明，屢薦不起。司訓建寧，有晦翁講道之風。』」按，徐有貞《先春堂記》已見録，《耕漁子傳》僅此數句，故姑作存目。

二、相關行狀、墓誌

1、明吴寬撰《匏翁家藏集》卷五十八載《天全先生徐公行狀》，四部叢刊影明正德本：

曾祖文貞、祖子復、考孟聲，并前贈推誠宣力守正文臣、特進光禄大夫、柱國、武功伯；曾祖妣某氏、祖妣某氏、妣丁氏，并前贈武功伯夫人。貫直隸蘇州府吴縣鳳凰鄉集祥里，徐有貞年六十六狀。

公諱珵，更諱有貞，字元玉。徐之先出伯翳，爲嬴姓，國于夏、殷、周世。周穆王時偃王誕當國，以仁義得諸侯心，後死彭城，傳徐子章禹，章禹被執於吴，子孫散處徐揚間，歷秦、漢、三國、晉、唐而下，代有聞人。公之先皆樹德，遭時沉晦，連世不仕。至孟聲甫生三子，以其仲有異質，始教從名師學，即公也。

公年十二三入小學，已能古文詞，穎敏殊甚，卓然出諸生上。少長，再學于都憲思庵吴先生，學益進，文益奇。公時已有用世意，慨然欲經濟天下。其議論所發，往往出人意表，思庵曰：「子欲求仕乎？」乃率之見國子祭酒頤庵胡先生，請授進士業。時頤庵以事稱病不出，坐卧一土牀，雖親故至皆伏枕與語。初見公，頗以幼小易之，既而使面賦一詩，公援筆立就，皆老成句。頤庵爲之蹶然起而循牀行，極加稱賞，遂以其業授之。公學未幾月，即了其義。

宣德七年年二十三，中順天府鄉試。明年，登進士第。有詔簡進士績學翰林，爲庶吉士。數視列宿公與其列，所以作養而期待之者甚至。久之，一日宣宗御便殿，召所簡二十八人者親命之題試之。上覽公文粲然成章，擢居第一，即日授翰林編修。公之入翰林也，一時前輩若楊文貞、文敏諸公皆雅知公名而器重之，而公不屑以文名也，益欲爲有用之學。凡軍旅、刑獄、水利之類無不講求其法而一欲通之。或曰：

「公職業在文字，事此奚爲？」公曰：「此孰非儒者事？使朝廷一日有事用我輩，吾恐學之已無及矣。」聞者以公有遠大志。

宣宗崩，預修《實録》。纂述之際，多所補益。尋簡命修《玉牒》，再遷侍講。英宗之世，公思天下承平日久，宜先時爲外攘計，上疏言武備。事凡數千言，所以制禦邊圉者殆無遺策，上嘉納之。

及己巳之變，京師戒嚴，朝議以文臣分守要害地，錫之璽書，使行監察御史事，而公得河南。公視詔旨言于執政者必得便宜行事，卒易書而行。至則作鎮彰德，民時聞變，相率竄匿山谷間。公馳騎往招之，而以郡縣吏素所得民者從行。旬日，還其家就業者數萬人。遂糾義旅爲京師聲援，至者多太行群盜。公日親閲之，教以坐作進退擊刺之法，然使自相團結，不籍其名，以故其人雖難制，皆踴躍願爲之用。既而寇遁去，京師解嚴，而公亦召還矣。

景泰二年，充經筵講官。明年，遷右春坊右諭德，仍兼侍講。會河決山東之沙灣，前此遣治者率築其決，水大至，築輒壞，更七年，績用弗成。饟道既阻，而役卒疲甚，朝廷不知所爲。議舉可以治之者，大臣乃以公應詔，遂擢公左僉都御史以行。于時運河水涸，舟楫不通，公始至適冬月，水忽暴發，舟人皆歡呼以爲神水。公乃謂其屬曰：「是役甚大且難，非積歲不能成功。彼數萬疲卒吾不能用也，宜散遣以休息之。吾與之期使來，然又虞其遺於一日，衆且生亂。」因量其地之遠近而日遣之，道路寂然若無知者。卒既去，公乃乘小舟以究河之源流，遂踰濟、汶，沿衛及沁，循大河，道濮范，還始度地行水，而前所遣卒亦依期而來矣。公因上疏言治水之策，大意謂，凡平水土其要在知天時、地利、人事而已。天時既經，地利既緯，而人事於是乎盡，且水之爲性可順焉以導，不可逆焉以堙。禹之行水，行所無事，用此道也。今或反是，治所以難。蓋河自雍而豫出險固而之夷，斥其水之勢既肆，又由豫而兖土益疏，水益肆，而沙灣之東所謂大洪之口者適當其衝，於是決焉以奪濟汶入海之路。而去諸水從之而洩，隄以潰，渠以淤，澇則溢，旱則涸，此漕運所爲阻者。然欲驟而堙焉，則不可。故潰者益潰，淤者益淤，而莫之救也。今欲救之，請先疏其水。水勢平，乃治其決；決止，乃濬其淤。因爲之方，以時節宣，俾無溢涸之患，必如是而後有成。制可之。公因作制水之牐，疏水之渠，渠起金隄張秋之首，凡百餘里。而至于大豬之潭，踰范暨濮。又上數百里經澶淵以接河沁，用平水勢。既平，命其渠曰「廣濟」，閘曰「通源」，渠有分合而閘有上下，凡河流之旁出而不順者則堰有九，長袤皆至萬丈。其水既不東衝沙灣，及更北出以濟漕渠之涸，治既有緒，乃作大堰其上，截以水門，繚以虹隄，堰之崇三十有六丈，其厚什之，長佰之，門之廣三十有六尺，厚倍之。隄之厚如門，崇如堰而長倍之，用平水性。既平，乃濬漕渠至數百里，復作閘于東昌之龍灣、魏灣者八，積水過丈則放而洩之，皆通古河以入于海。蓋及三年而功成。先是有發京軍疏河之議，公又奏蠲瀕河州縣之民牧馬庸役而專事河防，以省軍費，紓民力。水患既治，國家至于今賴之。

歸奏朝廷，嘉其功，陞左副都御史。及英宗之復位也，以公有迎復功，擢兵部尚書兼翰林院學士，與典內閣事。未幾，封推誠宣力守正文臣、特進光禄大夫、柱國、武功伯，食禄一千一百石兼華蓋殿大學士典內閣事如故。追封三代如公，子孫世襲錦衣衛指揮使。

公既感上知遇，即以身任天下之事，每奏對多至數百言，上亦才公，數開納。一時寵遇既隆，而曹、石輩舊所與同功者始忌而疾之矣。會監察御史楊瑄糾曹、石侵奪民田事，上既曲宥之而曹、石以爲公所使也，遂以事中傷公，下之獄。賴上之明，出公參政廣東。公去數日，而曹、石恨不釋，必欲置之死地，復以事誣公致之京獄，苦訊三日竟無狀。適承天門災，上感悟竟宥公爲民金齒。

公至其地，闢一室，日惟玩《易》而已。時有奏守臣胡姓者事詞連及公，上察其誣不問。居三年，上益念公，特使還其家。公既還，杜門却掃，人罕見其面。及曹、石相繼敗死，始出游湖山間以自樂。買地林屋洞天，將爲終焉之圖，因自號「天全居士」。

今上即位，覃恩海内，詔賜公章服。閒居又九年，以病不起，實成化八年七月十五日也，年六十六。

公爲人精悍短小，目光炯然，其論古今事，纚纚終日不倦，而慷慨激烈，音吐清亮，聽者竦然。其奉命所至，多所建白。鎮彰德時，問諸父老得岳武穆父祖之墓于湯陰，因具牲醴祭之，以作義旅之氣，復奏請于朝，即其地建廟以祀武穆。治水之餘，行視鄒魯間，奏復前元賜顔、孟二氏田六十頃之没于官者，且增置二十頃，悉畀其嗣人以供祀事。及既遭遇先帝，大見於用，方将盡展所藴以行其志，未及半載而遭讒被逐矣。

公之學自經、傳、子、史、百家、小説以至天文、地理、醫、卜、釋、老之説無所不通，其爲文古雅雄奇，有唐宋大家風致。晚歲文筆益老，所著有《史斷》若干卷，文集若干卷。

公娶蔡氏，宋忠惠公襄之裔孫，有賢行，前封武功伯夫人。子男一，曰世良，儒學生，側室蘇氏出也。女六人，長適祝瓛，次適王瑮，次適鄉貢進士蔣廷貴，次適朱琇，次二未行。葬卜卒之明年某月某日，墓在吴縣玉遮山之原。

寛與公居同里而生後，於事行有未盡知。間得之學士大夫與公之故舊者數事，謹爲之狀，以備執筆者采而書焉。成化九年春正月戊申，翰林院修撰、承務郎里生吴寛謹狀。

2、明史鑑撰《西村集》卷八《祭武功伯徐公文》，文淵閣四庫全書本：

維成化九年，歲次癸巳冬十一月戊子朔，越二十九日丙辰，諸生長洲沈周、松陵史鑑謹以柔毛剛鬣之奠，敢昭祭於故武功伯天全先生徐公之靈曰：

嗚呼！丙子丁丑之際，天理亦幾乎熄矣！惟公不顧殺身滅族之禍，起而救之。然後君臣、父子、兄弟之倫一反乎正，此蓋天生我公以相皇明無疆之祚也。功高受謗，遠竄南服，乃天下之不幸，豈獨公之不幸也哉？

竊嘗論之，自有生民以來，撥亂反正之功，惟唐之狄梁與公而已。然狄保其身，公罹其禍，此特出於身存身亡之異耳。非智有淺深，功有大小也。使狄在當時，與五王俱存，其能免於三思之殺否耶？悠悠之談，論人已然之迹，以爲監國病篤，不日當薨，神器自有攸屬，何必公之生事邀功哉？群議附和，如出一口。嗚呼！爲此説者，其亦不仁甚矣！

夫大寶不可以久虚，姦雄之人常利國家有釁。當此之時，歴月不朝，中外危疑，咸懼生變。萬一有亂臣賊子窺伺其間，則生民之禍未有涯也。故公獨決大策，翊戴先帝，宗社危而復安，彝倫斁而復正，四海亂而復治，三光晦而復明，此所謂萬世之功也。而談者反有以病之，其亦不仁甚矣。且唐之武氏年已八十，旦暮入地，中宗已正位東宮，民無異望，彼易之昌宗輩，直狐鼠耳，非有絶倫之才，過人之力也。張、崔之流，胡不待其自斃而奉之？顧乃旦夕聚謀，稱兵宮禁，汲汲以迎復爲事哉？蓋其所慮，實有與公一轍者，唐之諸臣既不見非，於後世則公豈宜得罪於天朝哉？今天不佑善，竟奪公壽，某等荷公之知，痛公之歿，用敢論公之大節，侑此一觴，靈其鑒之，尚饗！

按，明錢穀撰《吴都文粹續集》卷三十九「墳墓」录史鑑《祭武功伯文》，较之更详，可参：

於戲！丙子丁丑之際，天理亦幾乎熄矣。惟公不顧殺身滅族之禍，起而救之，然後君臣、父子、兄弟之倫一返乎并跋正，此蓋天生我公以相皇明無疆之祚也。功高受謗，遠竄南服，乃天下之不幸，豈獨公之不幸也哉？竊嘗論之，自有生民以來，撥亂返正之功，惟唐之狄梁與公而已。然狄保其身，公罹其禍，此特出於身存身亡之異耳，非智有淺深功有大小也。使狄在當時，與五王俱存，其能免乎三思之殺否耶？悠悠之談，論人已然之迹，以爲監國病篤，不日當薨，神器自有攸屬，何必公以生事邀功哉？群議附和，如出一口。嗚呼！爲此説者，其亦不仁矣。

夫大寶不可以久虚，奸雄之人常利國有釁，當此之時，歷月不朝，中外危疑，咸懼生變。萬一有亂臣賊子窺其隙，則生民之禍未有涯也。故公獨決大策，翊戴先帝，宗廟危而復安，彝倫斁而復叙，四海亂而復正，三光晦而復明，此所謂萬世之功也。而談者反有以病之，其亦不仁矣。且唐之武氏年已八十，旦暮入地，中宗已正位東宮，民無異望。彼易之、昌宗輩直狐鼠耳，非有絶人之才過人之力也，張、崔之流胡不待其自斃而奉之？顧乃旦夕聚謀，稱兵宫禁，汲汲以迎復爲哉？蓋其所慮有與公同也。唐之諸臣既不見非於後世，則公豈宜得罪於天朝？今天不祐善，竟奪公壽，某等荷公之知，痛公之殁，用敢論公之大節。侑此一奠，靈其鑒之。

或謂鑑曰：「子爲此文，子將得罪矣。且國家授受，自有常典，徐公豈當預哉？蓋公假迎復之功，以爲富貴之資爾。」嗚呼！誠是言乎哉？夫君臣大倫，根於天性，苟利社稷，當死生以之，豈有見其危難而顧利害以爲身謀也。顧利害以爲身謀，此乃妾婦也，非大臣也。當此之際，釁隙既成，三宫之情不通，中外危疑，人心洶洶，咸不自保。而二三用事大臣以預廢立太子之策咸懼得罪，於先帝其無推戴之心審矣，故有選立皇儲圖爲自安之計者，不一而止。一時群有司百執事之人方將仰承俯就之不暇，尚敢措異議於其間哉？ 而先皇帝在幽閉之中，至穴牆以通飲食，勢同狴犴。於時外之君臣惟懼垣牆之不高，扃鎖之不固，方日夜密謀而外求君篡弑之禍將日尋矣。然而奸謀之不遂者，宗社之靈故耳。且自古臣弑君、子弑父者，皆以身處危疑而然。彼亂臣賊子，豈忍爲是惡逆哉？ 特以逼於事勢，不得不爲此以絶人望耳。考諸史册，班班可見，故華督之弑宋殤、子翬之弑魯隱、高渠彌之弑鄭昭、南宮萬之弑宋閔、慶父之弑子般、商臣之弑楚成、李兊之弑主父、劉劭之弑義隆，皆以得罪畏誅，姑欲脱死於一時也。然則先帝當此之時，豈不謂之至危而極殆乎？ 而公奮不顧身，決此大策，翊衛先帝出險之中，尊居九五，君臨天下，以安社稷，其功可謂偉矣！ 但以震主之威，易生讒謗，此正李泌所謂殺臣者五不可耳，豈公之罪也哉？ 彼妬功害能之臣，惟以成敗論人，而不揆諸理，吹毛求疵，誣謗百端，嗚呼惜哉！

昔宋光宗以疾不能主其父孝宗之喪，宰相留正請立皇子嘉王爲太子，因内批有甚好。及退聞之旨樞使趙汝愚請太皇太后代行喪禮，遂擁立嘉王即帝位於重華宫，是爲寧宗，初不請命於父也。然當時不以爲要功後世，不以爲生事，良以安社稷之功大也。然汝愚爲權奸所忌，誣以謀爲不軌，擠之以死，然不久復其官爵，書册書之，以爲美談，蓋是非之定不於其生前而於身後也。且光宗君父也，寧宗臣子也，先帝，君也、兄也，景皇，臣也、弟也，以比方之，孰重孰輕，孰順孰逆，則是非之辨，將不待講説而自明矣。鑑之於公，雖忝鄉郡，人品既殊，事功亦異，何苦與衆説迮哉？況國家之典，固非庶人所敢議，蓋痛公之忠誠不白於世，不勝其耿耿而有此。將以竢夫後世之知留趙二公者爾，雖以此得罪不悔也。

3、明王鏊撰《姑蘇志》卷三十四「塚墓」載山西右參政祝顥《徐有貞祭文》：

惟公天賦絶倫，學精群籍。才高當世，志方古人。蚤發迹於賢科，即致身於翰苑。論思啟沃，足潤皇猷。保障綏寧，克清時患。爰總紀綱之重，懋成疏導之功。而乃明炳幾先，密圖匡復，遂成風雲之會。親依日月之光，寅亮天工，燮調元化，毅然以堯舜君民自任，謂太平之日可期。夫何納牖乍通，穿牖遽入，以是魚水方諧，而萋斐交布。河山雖誓，而阱陷肆張。卒至敬輿安忠州之行，純仁甘永州之去。平平王道，蹶蹶足於疾驅。浩浩長風，摧鴻毛於奮舉。巷伯之章，徒詠緇衣之義。誰陳而彼且操戈於入室之後，投石於下井之餘，攟摭蔓延，醸惡未已，幸賴皇天顯祐，聖主含弘，履險如夷，完璧而返。是雖群慝之無良，亦公矯枉之太峻也。夫天地之道，浸斯成化功。暴風疾雨，無資長育。故決防之水，必至潰隄。高張之絃，多致絶響。所以功赫者，難成而易墮；時驟者，易失而難久。嗚呼惜哉！

4、明錢穀撰《吴都文粹續集》卷三十九「墳墓」萬安《明故推誠宣力守正文臣特進光禄大夫柱國武功伯華盖殿大學士天全徐公墓志銘》：

徐公元玉卒於家，其子世良以禮斂殯畢，遠詣京師，持翰林修撰同邑吴君寬所述行實，懇懇屬予爲銘，將納諸墓石，用垂不朽。予與公相知有素，又世良之請，仁人孝子之用心也不可辭。

按狀：公初諱珵，後更有貞，元玉其字也。世爲蘇之吴縣鳳凰鄉集祥里人，自幼穎敏不群，年十二三入小學，已能古文詞。稍長，從都憲思庵吴公遊，其議論往往出人意表，思庵喜語人曰：「徐生遠大器也。」因率之見國子監祭酒頤庵胡先生。先生使賦一詩，援筆立就，語皆老成。時先生卧病未出，覩公所作，爲之起坐，稱賞不置，遂留授業。未幾，大領要旨。

宣德壬子，領順天鄉薦。明年，登進士第。及被選翰林庶吉士，公益自砥礪，日有造詣。久之，宣廟御便殿命題親試之，公在優列，授史館編修。公既受直，乃取秘書考古，軍旅、刑獄、水利良法，孳孳殫究，求可以施於今日者而識之，蓋期於有用之舉。人或譏其非職分所宜爲，公曰：「顧此皆學者事，所以務之者，政恐他日職分有在而有面牆之悔。」人皆韙其言。

正統初，預修《宣廟實録》，成，陞修撰。未幾，陞侍講。嘗簡命修《玉牒》，及分考禮部會試。正統中，公思承平日久，武備日弛，上疏極陳外攘之計不可不先時預爲之。凡數千言，皆控禦邊軍良策，朝廷嘉納焉。

正統末，以邊警故京師戒嚴，朝廷選文臣有才略者授以璽書，假御史行事，俾守要害，一爲境土保障，一爲京師形援。公在所選得河南之彰德，比至，民老稚潛匿山壑間者甚衆，公親詣其所撫諭之。浹旬出而復業者數萬人，遂鳩爲義兵，教以戰攻擊刺之法，民喜有賴咸，踴躍願爲之用。已而軍退，京師解嚴，公亦召還矣。時奉命出鎮者十餘人，迹所施設，咸以公爲稱首。

景泰庚午，詔公爲經筵講官。又明年，陞春坊諭德。會河決山東之沙灣，前此遣治者率即其決築之。水大至，築輒壞，績用勿成。朝廷命大臣舉能治之者，僉以公應詔，陞都察院僉都御史以行。至日，適河水暴發，舟南北通行過者懽呼，咸謂神水，且以爲公成功之兆。公竊計是役非積歲不可成，役卒久疲不可用，悉遣還休息，與之期使復來。卒既去，乃乘舟遡河源，踰濟、汶，沿衛及沁，循大河，道濮范而返始度地行水，而前所遣卒亦如期畢至。公因陳治水之策，其大略言水性可順焉以導，不可逆焉以堙。昔禹行水，率用是道也，蓋河逾雍之險固，至豫之平夷，其勢漸肆，又由豫至兖其勢愈肆，而沙灣之東所謂大洪之口者適當其衝，一決焉則奪濟汶入海之路而去諸水，從之洩矣。故隄以潰，渠以淤，澇則溢，旱則涸，漕運所爲阻也。今欲治之，宜莫先疏水勢，勢既平，乃築其決，決既止，乃濬其淤，因爲之方以時節宣，俾無溢涸之患，必如是而後功可成。策上，詔如所奏。於是起自金隄張秋之首凡百餘里，至於大豬之潭，踰范暨濮又上數百里，經澶淵以接河沁，制閘疏渠用平水勢，水勢既平，凡河流旁出不順者則堰之，堰凡九，延袤皆萬丈許，其水既不東衝沙灣，乃復北出以濟漕渠。

事既有緒，又作大堰其上，揵以水門，繚以虹隄，用平水性。水性既平，乃濬渠至數百里，復作閘於東昌之龍灣、魏灣者八，涸則閉之，蓄溢則啟而泄之，皆通由河入於海。甫及三年而成功，國家永賴之。

初，有發京軍疏河之議者衆，以爲未便。公乃奏蠲沿河郡邑民之牧馬庸役，俾專事河防。至是則軍勞省，民力紓，軍民兩稱便矣。歸奏朝廷嘉其功，陞左副都御史。天順改元，英廟以公有迎復功，陞兵部尚書兼翰林學士、内閣辦事。尋封推誠宣力守正文臣、特進光禄大夫、柱國武功伯食禄一千一百兼華蓋殿大學士，辦事如故。仍賜誥券，追封其三代子孫世襲錦衣衛指揮使。

公感上知遇，每奏對多剴切，上亦才公，多所開納。一時委任，專寵遇厚，而曹、石輩舊與同功者始忌嫉之。會廵按山東監察御史楊瑄劾曹、石侵奪民田事，上既曲宥之。而御史費廣又率各道章劾之，曹、石以爲公所使也，遂以事中傷公下獄，賴上之明，出爲廣東參政。既行，曹、石恨猶未釋，復誣以事逮致京獄，諷所司雜治之三日，竟無狀。適承天門災，上遂宥公，謫雲南金齒編民。

至則僅治一室，惟玩《易》而已。時有訐奏守臣胡姓者不法，事辭多連公，上察其誣，置之不問。踰三年，特詔户部俾公還其家。既還，杜門却掃，雖親隣罕見其面。後曹、石相繼敗死，公始出買田築室，爲終身之計。恒念累被誣陷，荷上恩保全之得無大禍，故自號「天全翁」，志不忘也。

今上嗣位，詔賜章服閒居。自後日與故人耆老徜徉山水間，飲酒賦詩相娱樂，若是者殆九年。一疾竟不起矣，春秋蓋六十有六。

曾祖諱文禎，祖諱子復，考諱孟聲，俱以公貴贈前爵，授階勳與公同。曾祖妣鈕氏，祖妣丁氏，妣朱氏，俱贈伯夫人。配蔡氏，宋忠惠襄之裔孫，亦封伯夫人。子男一，即世良，儒學生，副室蘇出。女六，祝瓛、蔣廷貴、朱琇、王瑮其婿也。二幼在室，孫男美承。

公爲人短小精悍，目光烱烱射人。與人論及往代興亡成敗之迹，輒慷慨激烈，聽者爲之悚然。其初入翰林，一時元老若楊文貞、文敏諸公雅重其人，後凡銜命，所至多所建白，其作鎮彰德，詢知岳武穆祖父之墓於湯陰，奏爲即地建祠以祀武穆。其治水山東，奏復前元所賜顔、孟二氏祠田，又增置若干畆，悉畀嗣人主之供歲祀。及遭遇英廟重用，方將展厥底藴，措諸事業，纔五月見沮於讒邪。嗚呼惜哉！

公博學强記，自經傳、子史、百家褋雜説以及天文、地理、醫、卜、釋、老之書罔不該究，爲文雄偉典則，詩俊逸足追躅古作者。晚年筆力逾健，求者愈多，所著有《史斷》文稿若干卷。公生於永樂丁亥五月十一日，卒於成化壬辰七月十五日，葬以成化九年十二月初四日，墓在縣玉遮山之原。銘曰：

偉矣徐公，駿才碩學。才堪濟世，學能華國。巍巍神功，公嘗紀述。煌煌玉牒，公嘗撰次。經幄論道，啟沃良多。棘闈選賢，甄别鮮訛。邊師告警，東陽震驚。持符守鎮，民載乂寧。河決爲患，莫或克平。銜命往治，厥績底成。遭時寵用，乃秉國鈞。方將闓施，倏焉而迍。行雖或迍，名實愈大。勒迹堅珉，垂示千載。

三、相關史傳、史評

1、清張廷玉等撰《明史》卷一百七十一《徐有貞傳》，中華書局，一九七四年四月版：

徐有貞，字元玉，初名珵，吴人。宣德八年進士。選庶吉士，授編修。爲人短小精悍，多智數，喜功名。凡天官、地理、兵法、水利、陰陽方術之書，無不諳究。

時承平既久，邊備偷惰，而西南用兵不息，珵以爲憂。正統七年疏陳兵政五事，帝善之而不能用。十二年進侍講。十四年秋，熒惑入南斗。珵私語友人劉溥曰「禍不遠矣」，亟命妻子南還。及土木難作，郕王召廷臣問計。珵大言曰：「驗之星象，稽之曆數，天命已去，惟南遷可以紓難。」太監金英叱之，胡濙、陳循咸執不可。兵部侍郎於謙曰：「言南遷者，可斬也。」珵大沮，不敢復言。

景帝即位，遣科道官十五人募兵於外，珵行監察御史事，往彰德。寇退，召還，仍故官。珵急於進取，自創南遷議爲内廷訕笑，久不得遷。因遺陳循玉帶，且用星術，言「公帶將玉矣。」無何，循果加少保，大喜，因屢薦之。而是時用人多决於少保於謙。珵屬謙門下士遊説，求國子祭酒。謙爲言於帝，帝曰：「此議南遷徐珵邪？爲人傾危，將壞諸生心術。」珵不知謙之薦之也，以爲沮己，深怨謙。循勸珵改名，因名有貞。

景泰三年遷右諭德。河決沙灣七載，前後治者皆無功。廷臣共舉有貞，乃擢左僉都御史，治之。至張秋，相度水勢，條上三策：一置水門，一開支河，一浚運河。議既定，督漕都御史王竑以漕渠淤淺滯運艘，請急塞決口。帝敕有貞如軏議。有貞守便宜，言：「臨清河淺，舊矣，非因決口未塞也。漕臣但知塞決口爲急，不知秋冬雖塞，來春必復決，徒勞無益。臣不敢邀近功。」詔從其言。有貞於是大集民夫，躬親督率，治渠建閘，起張秋以接河、沁。河流之旁出不順者，爲九堰障之。更築大堰，楗以水門，閱五百五十五日而工成。名其渠曰「廣濟」，閘曰「通源」。方工之未成也，帝以轉漕爲急，工部尚書江淵等請遣中書偕文武大臣督京軍五萬人往助役，期三月畢工。有貞言：「京軍一出，日費不貲，遇漲則束手坐視，無所施力。今泄口已合，決堤已堅，但用沿河民夫，自足集事。」議遂寢。事竣，召還，佐院事。帝厚勞之。復出巡視漕河。濟守十三州縣河夫多負官馬及他雜辦，所司趣之亟，有貞爲言免之。七年秋，山東大水，河堤多壞，惟有貞所築如故。有貞乃修舊堤決口，自臨清抵濟寧，各置減水閘，水患悉平。還朝，帝召見，奬勞有加，進左副都御史。

八年正月，景帝不豫。石亨、張輒等謀迎上皇，以告太常卿許彬。彬曰：「此不世功也。彬老矣，無能爲。徐元玉善奇策，盍與圖之。」亨即夜至有貞家。聞之，大喜，曰：「須令南城知此意。」輒曰：「陰達之矣。」令太監曹吉祥入白太后。辛巳夜，諸人復會有貞所。有貞昇屋覽干象，亟下曰：「時至矣，勿失。」時方有邊警，有貞令輒詭言備非常，勒兵入大内。亨掌門鑰，夜四鼓，開長安門納之。既入，復閉以遏外兵。時天色晦冥，亨、輒皆惶惑，謂有貞曰：「事當濟否？」有貞大言「必濟」，趣之行。既薄南城，門錮，毁墻以入。上皇燈下獨出問故，有貞等俯伏請登位，乃呼進輿。兵士惶懼不能舉，有貞率諸人助挽以行。星月忽開朗，上皇各問諸人姓名。至東華門，門者拒弗納，上皇曰「朕太上皇帝也」，遂反走。乃昇奉天門，有貞等常服謁賀，呼「萬歲」。

景帝明當視朝，群臣咸待漏闕下。忽聞殿中呼噪聲，方驚愕。俄諸門畢啓，有貞出號於衆曰：「太上皇帝復位矣！」趣入賀。即日命有貞兼學士，入内閣，參預機務。明日加兵部尚書。有貞謂亨曰：「願得冠側注從兄後。」亨爲言於帝，封武功伯兼華蓋殿大學士，掌文淵閣事，賜號「奉天翊衛推誠宣力守正文臣」，禄千一百石，世錦衣指揮使，給誥券。有貞遂誣少保於謙、大學士王文，殺之。内閣諸臣斥遂略盡。陳循素有德於有貞，亦弗救也。事權盡歸有貞，中外咸側目。而有貞愈益發舒，進見無時，帝亦傾心委任。

有貞既得志，則思自異於曹、石。窺帝于二人不能無厭色，乃稍稍裁之，且微言其貪横狀，帝亦爲之動。御史楊瑄奏劾亨、吉祥侵佔民田。帝問有貞及李賢，皆對如瑄奏。有詔獎瑄。亨、吉祥大怨恨，日夜謀構有貞。帝方眷有貞，時屏人密語。吉祥令小竪竊聽得之，故泄之帝。帝驚問曰：「安所受此語？」對曰：「受之有貞，某日語某事，外間無弗聞。」帝自是疏有貞。會御史張鵬等欲糾亨他罪，未上，而給事中王鉉泄之亨、吉祥。二人乃泣訴於帝，謂内閣實主之。遂下諸御史獄，并逮係有貞及李賢。忽雷雹交作，大風折木。帝憾悟，重違亨意，乃釋有貞出爲廣東參政。

亨等憾未已，必欲殺之。令人投匿名書，指斥乘輿，雲有貞怨望，使其客馬士權者爲之。遂追執有貞於德州，并士權下詔獄，榜治無驗。會承天門灾，肆赦。亨、吉祥慮有貞見釋，言於帝曰：「有貞自撰《武功伯券》辭云『纘禹成功』，又自擇封邑武功。禹受禪爲帝，武功者曹操始封也。有貞志圖非望。」帝出以示法司，刑部侍郎劉廣衡等奏當棄市。詔徙金齒爲民。

亨敗，帝從容謂李賢、王翺曰：「徐有貞何大罪？爲石亨輩所陷耳。其釋歸田裏。」成化初，復冠帶閑住。有貞既釋歸，猶冀帝復召，時時仰觀天象，謂將星在吴，益自負。常以鐵鞭自隨，數起舞。及聞韓雍征兩廣有功，乃擲鞭太息曰：「孺子亦應天象邪？」遂放浪山水間，十餘年乃卒。

有貞初出獄時，拊士權背曰：「子，義士也，他日一女相託。」金齒歸，士權時往候之，絶不及婚事。士權辭去，終身不言其事，人以是薄有貞而重士權。

……

贊曰：人非有才之難，而善用其才之難。王驥、王越之將兵，楊善之奉使，徐有貞之治河，其才皆有過人者。假使隨流平進，以幹略自奮，不失爲名卿大夫。而顧以躁於進取，依附攀援，雖剖符受封，在文臣爲希世之遇，而譽望因之隳損，甚亦不免削奪。名節所繫，可不重哉！

2、明楊瑄撰《復辟録》論徐有貞等擁立復辟始末，《續修四庫全書》「史部」第433冊，影印明修廣百川學海本：

景泰八年春正月，上染疾，免百官朝數日，内外群臣患之。十有一日，左都御史蕭維禎、左副都御史徐有貞率十三道同百官問安於左順門外。太監興安自内出，問曰：「若皆何官？」維禎答曰：「乃都御史六科十三道給事中、御史、五府六部堂上官。聖體不寧，謹來問安。」興安以指作十字，謂病之篤不過是日耳。又曰：「若皆朝廷大臣，耳目不能爲社稷計，日日徒問安耳！」衆乃惶惶而退。

即日維禎同有貞集十三道御史議曰：「今日興安之言，若皆達其意否？」衆曰：「皇儲一立，無他患矣，請早立之。」二公喜曰：「斯議得矣。」衆還道中作封事，草其略曰：「聖躬不寧，五日未朝。内外憂懼，京民震恐，盖爲皇儲未立，以致如此。伏望皇上早建元良，正位東宫，以鎮人心。」草具呈堂，二公是之。會稿於朝，集文武群臣石亨、張輗、張軏、于謙、王文、胡濙、楊善等於左掖門，議允僉題，維禎舉筆曰：「我更一字。」乃更「建」字爲「擇」字，笑曰：「吾帶亦欲更也。」是日進奏。

十有三日，本出奉聖旨：「朕這幾日偶染寒疾，是以不曾視朝。待正月十七日早朝，『請擇元良』一節難准。」部院科道皆勃勃憂慮，瑄與同官監察御史錢璡、樊英同曰：「斯當復請。」未几，禮部尚書胡濙令一辦事官赴道報曰：「請立東宫事，今本部會閣下及文武大小群臣於十七日待上視朝，合辭懇請，令来報知僉名。」瑄與璡英不勝忻忭，約曰：「上再不可，吾等皆免冠叩頭，辭職乞還田里。滿朝若是，上亦心動，事無不可。」皆會議於禮部。學士商輅主筆，草奏其略曰：「天下者，太祖、太宗之天下，傳之於宣宗。陛下，宣宗之子；見深，憲宗御名，宣宗之孫。以祖父之天下傳之於孫，此萬古不易之常法。」稿成登正本，會僉因姓氏衆，字畫多訛，至十六日晡時方完。是日先進題，知明日對仗陳進亦無害也。

徐有貞時常往返石亨家，人莫知其故。是日未末，有貞自造亨家，燃燭時方出。

十七日四鼓時，衆集於朝，人人謹待上出以期事濟。頃之，南城呼噪震地，群臣失色。須臾鳴鐘鼓，上皇御極矣。於是朝野歡騰，以爲復見太平，本遂不進。旨下擒于謙、王文等，以其迎立外藩故也。有貞、亨等皆進爵有差，究迎立之迹，無實可驗，乃曰：「謀而未成，于謙、王文殺死棄市，商輅免還爲民，餘從編戎伍。」有貞以己乃謀首，功冠文武，論於上前。乃錫以奉天翊運推誠宣力守正文臣，特進光禄大夫、武功伯兼東閣大學士。

亨一日自引千户盧旺、顔敬二人侍於文華殿前，上問曰：「二人何人也？」亨對曰：「臣之心腹。」「何謂心腹？」對曰：「臣每有機事，與二人謀，他人不知也。如迎請上時，亦與斯二人謀。」乃特拜二人爲指揮使。自是求請無虚，日冒報功，次陞六千餘人，上甚厭之。事定日久，上察迎立事愈無狀，心頗見疑，每詰亨及張軏、曹吉祥等迎立外藩之故，對曰：「臣亦不知，乃有貞向臣言耳。」

石、曹二家專權恣肆，無復畏忌，死生予奪，皆在其手，士皆重足而立，莫敢仰視，君子患焉。有貞亦欲遏其勢，每沮其謀，互相排抑，於是文武二途矣。

成化改元修國史，瑄詢史館，未載是事。瑄乃身爲目見，故謹録於斯，以彰國史之公，以備修史者采焉。浙江按察司副使豐城楊瑄識。

3、明李賢撰《古穰集》卷三十「雜録」論徐有貞功過，文淵閣四庫全書本：

于謙平日爲總督軍務，一切兵政，專而行之，亨不得遂其所私，乃乘此機而除之。其餘皆因平日不足者而中傷之，未必皆知王文之初謀也。况王文之謀其實未發，所以誅戮者，多非其罪。乃曰：「臣等捨命，舉此大事，以爲有社稷之功。」上亦信之，極其報典之隆，而亨等遂招權納賂，擅作威福，冒濫官爵，恣情妄爲，勢焰赫然，天下寒心。

初徐有貞亦與迎駕之謀，特命入閣。有貞以陳循輩在前，不得自專，乃助亨除去循輩。未幾，有貞亦爲亨所嫉而出之，人以爲天道好還。不意亨復遭烈禍，益見天道之好還矣。……

士大夫行已交人，不可不慎。若徐有貞素行持公者少，而所交者亦然。及其當道，予輩持公以助之。有貞遂改前轍，不復徇私。其所交者猶以平昔素情望之，多拂其意，遂以有貞爲改常從而媒孽其短者甚衆，向使素持公道，豈有此乎？

4、明祝允明撰《成化間蘇材小纂》「簪纓纂一·武功徐公」論徐有貞生平功略，《四庫全書存目叢書》史部第89册，影印明鈔本：

徐公諱珵，更諱有貞，字元玉，吴鳳凰鄉集祥里人也。幼質敻傑，少長在京師，從吴文恪公訥遊，隱有經世之懷，論説每與人各趣。文恪問曰：「子欲仕乎？」與俱見胡祭酒文穆公儼，請授經。於是時，胡公以事稱病，臥土床，伏枕酬人語。見公，易其孱少，試令爲詩篇。篇成，甚奇峻。胡公蹶然起，繞床行呼曰：「徐生鼎鉉器也！」留之授業，期月已了了。

宣德甲寅中進士，詔簡公等續學翰苑，紹文帝時故事，號庶吉士，數視列宿。久之，上御便殿，召見廿八士，試其文，第公一，即日授翰林編修。館閣名鉅，三楊二王之流，以文爲公重，公自以「士爲學以爲世耳，文藝余末忌，焉足限稱哉？」因肆力綜討天官變異、地勢夷阨、軍謀陳形，河渠、陰陽、方略，咸求通悉，古法宜合今用。或問：「公職詞墨諸？此類何意事之？」公曰：「此孰非吾事？一日國家用我以此，此可辭未之學耶？於時學之，當不脱矣。」

宣朝崩，與修《實録》，尋詔修《玉牒》，遷侍講。正統之世，公謂久治安，朔虜必將患中國，外攘中堅，必將先時發計爾。上疏備言之數千語，悉馭戎精算，殆無餘落者，上嘉納之。己巳之變，京師戒嚴，朝計分遣文臣守要害，錫璽書，俾行巡按御使事，公得河南。公視敕言于執政，必得便宜行事，竟易書以行。既至，作鎮於彰德。時民聞變，相帥竄匿山谷，公馳騎往招之，徵發群縣，得民長吏以從。令爲好語，諭啟民歸意。民相報告出山谷，旬日就還家井已數萬人。公遂糾義旅，爲京師聲援。至者多太行群盜。公日閲察，寖以孚順。公親告坐作進退擊刺之法，使自相團結，不籍其名。於是諸頑改習，奔躍願爲用。居無何，虜遁，京師解嚴，公召還。

景泰元年，爲經筵講官。明年，升右春坊、右諭德，仍兼侍講。會河決張秋沙灣，先遣治者率築其決，水大至，築輒壞，七年績用弗成。饟路梗絶，役卒殘敝，朝廷集群臣論中外隱抱材，以諳達水利者遣主河事。大臣進公，詔遷左僉都御史以往。于是運河枯涸，舟筏不通，公來當冬時，水忽大發，人歡唱爲神水。公檢點役徒，語屬吏：「河事當積歲可辦，彼數萬億卒吾弗能用，宜解遣休歇，吾與之期使來。」又以積勞驟散，其擾亂生他虞，因量度地里漸遣之。乃乘小舠，究河原流，踰濟、汶，沿衛涉沁，循大河，導濮范，還昉度地行水。前遣卒且依期來，乃上疏言平水策，在知天時、地理、人事：「天時既經，地理既緯，人事乃究。夫水之性可順以道，不可逆以堙。禹之行水，用茲理耳。方今治者，往往反是，治所爲難。臣循覈河理，自雍而豫，出險固之夷，斥勢已濫肆。又由豫以兖，土益疏，水益肆，而沙灣東大洪口者當厥衝，於是決焉以奪濟汶入海之路。而去諸水從之以洩，隄以潰，渠以淤，淤澇則溢，旱則涸，此漕轉所爲阻者。然欲驟而堙，則有不可，故潰益潰，淤益淤，莫之救定，及成洚汜。臣今措畫，惟宜首疏水勢。勢平乃治其決，決止乃濬其淤。因繼爲方，以時節宣，俾其後無溢涸之患，法必爲是，當可有成。」詔惟公自用。

乃作壩埽牐渠，隨宜先後之牐以制水，渠以分水。渠起金隄張秋之首，踰百里，至于大豬之潭。越范暨濮，又上數百里，經澶淵以接河沁，用平水勢。遂平，命渠曰「廣濟」，牐曰「通源」。渠有分合，牐有上下，凡河流旁出不順者堰之，堰有九，長袤皆萬丈。於是水不東衝沙灣，更北出濟漕河之涸。

治既成緒，乃作大堰其上，截以水門，繚以虹隄，堰之崇三十有六尺，其厚十之，長百之。門之廣三十有六丈，厚倍之。隄之厚如門，崇如堰而長倍之，用平水性，性亦平，乃濬漕渠至數百里，復作牐于龍灣、魏灣八。積水過丈則放洩之，都通古河以入于海。又以金水子母之義，沉玄金爲物之象幾萬金鎮定焉。及三年而功成。

始治者有發京軍疏河之議，公奏蠲濱河民馬牧庸調，專役河防，省兵費，紓民力。方工時，或沮於上，以工人部聚，衆挾兵若勞，將有他變。上下其言於公，公條布釋上疑，上悟，不問。前後勞諭數四，委倚不移。凡水工之就，皆以上專信力也，國家到于今賴之。

公歸，擢左副都御史。七年，景皇帝大漸，天位未定，廷謨乖異。公意在復辟，顧未得可共事撫機以遲。會都督張軏、張輗、武清侯石亨、太監曹吉祥咸報此懷，奄武昧經權，不識故事，扣之許學士彬。許曰：「社稷功也。然而彬耄矣，經濟才略，今日莫如徐元玉，卿其圖焉。」亨素日善公，意遂決。天順元年正月己卯夜，亨、軏就公第，微布大意，公曰：「太上皇帝昔者出狩，赤子之故，非游畋也。今天下無離心，如能奉以復辟，此天人同符也，古人固有之。」遂互陳籌劃。（或曰：「時不知南宮曉此意耶？」亨、輗云：「兩日前有陰達者。」公言：「是則何得審報，乃可於議。」傳聞未悉然否。）

亨、軏去二日，辛巳夜復造公請計。（或曰：後二日夜，亨、軏來言：「報得矣。」請計。未悉然否。）公升屋，覽步乾文，亟下拊亨、軏：「時在今夕，不可失。」因復切切密語，定規模，不知所云如何。微聞亨、軏小語：「今虜騎薄都城，奈何？」公言：「適可乘此聲以備非常，內兵兵內中。」亨、軏唯唯。（或曰：公急呼家人割雞瀝血酒中，亨、軏同飲之。未悉然否。）亨、軏倉皇出，公焚香祝天，訣家人曰：「事成，社稷之福；不成，家族之禍。吾行矣！歸耶，人；不歸，鬼矣。」取鐵杖運習，少之獨去，與亨、輗、軏、吉祥及鴻臚卿楊公善會，收諸門鑰。夜四鼓，開門納兵。

（或曰：近三千人。）值官衛士驚愕不知所爲，有出入者，兵輒叱止之，吶喊震響。遠近兵入盡，公命復鎖諸門，取鑰匿水竇中，并亨等無令知兵行。天色沉晦，亨等恇惑，公大呼鼓進之曰：「時至矣，勿退。」薄南宫城門，鐵錮牢密，扣不應，俄聞城中隱然開門聲。（或曰：公命取巨木架懸之，舉擊門，復令勇士踰墉入，與外兵合毁墉。墉乃壞。）門啟，城中黯然無燈火，亨等入，太上皇燭下獨出，亨等俯伏合聲：「請陛下登位。」公命兵士舉輿來。（或曰：士驚顫，莫能舉，公自挽之前。）遂掖太上登輿，及皇后皆行。（或曰：公自挽之太上之輿。）

忽天光昭朗，星月爛然，太上顧公曰：「卿爲誰？」公對：「都御史臣徐有貞。」太上既出，逆升奉天殿。（或曰：行時，太上命公密邇屬車。至殿上，公猶在車前失退，武士因擊公一椎，太上叱止。未悉然否。）太上升座，（或曰：黼座在殿隅，公自往推之至中。未悉然否。）久之辨色，（或曰：太上顧公曰：「此事卿爲之乎？朕失遇卿矣！」蓋上前在經筵時識公，公未遷官與更名，至是始知之。）鐘鼓鳴，群臣入，惶惑不審。及殿下始知爲上，咸驚且喜，群情謐然。即日升公翰林院學士，掌文淵閣事。

景泰皇帝聞鐘聲，問左右：「誰耶？」（或曰：「于謙耶？」未悉然否。）左右對：「太上皇。」景帝曰：「哥哥？好好。」癸巳，陞公兵部尚書。

二月，晠升柱國。三月癸酉，封爲武功伯，賜鐵券，文曰：「朕惟褒有功，顯有德，國家之令典，天下之大經也。若夫定策以安宗社，代言而贊皇猷，自古爲難，於斯乃得。眷爲文武之全才，宜典鈞樞之重任。咨爾兵部尚書兼翰林院學士徐有貞才堪華國，道足經邦。資弘毅而秉忠純，貫天人而通今古。早擢吴科，首登制舉。簡自先朝，貽於朕用。史館秉《春秋》之筆，經筵陳仁義之言。作鎮北州，已展勤王之偉略；治水東郡，復成纘禹之神功。由是敘長憲臺，總司風紀。乃者奸臣謀變，社稷幾危。賴爾忠誠，以定大策。遂能擁戴朕躬，光復天位。乃自中丞之職，進兼司馬之權。采展論思，升華宥密。謨猷具善，啟沃良多。夫既屬以心腹，而任之股肱，是宜酬之辛勞，胙之茅土。爰賜西周之世封，用承東海之宗祐，兹特封爾爲翊衛推誠宣力守正文臣、特進光禄大夫、柱國、武功伯，食禄一千一百石，子孫世襲指揮使。仍與爾誓，除逆謀不宥外，其餘雜犯死罪，本身免二死，子免一死，以報爾功。仍命爾兼華蓋殿大學士、掌文淵閣事。於戲！中外宣力，朕惟用不以功。左右納忠，爾惟輔朕以德。居黄閣而兼典戎機，信乃禁中之頗、牧，直紫宸而彌綸國體，允惟王室之甫申，匹休於前人，用貽榮於來裔。永崇世禄，先我命封。欽哉！」

後授誥命，文同券語。并封三代，皆女爵，又賜章服玉帶。一日數接，使命絡繹於道上。往往仄席佇俟，或不時赴還，或以修容對，上亦不還宫。申召再三，必致見之。見輒欣俞慰勞，恩密如家人。父子賜賚番庶，恒若不及。公感遇奮激，自爲魚水投結，將以躬獨任國家。坐致堯舜，條達剴切，無復顧慮。言無弗納，施行若流。一時威權震赫，百僚畏忌而同功曹、石等始妒忌之。

初，朝廷批旨皆出閣臣，調進旨稿留閣中，號「絲綸簿」。其後宦寺專恣，時收簿秘内。公告上，如故事還簿於閣，宦者權寖衰。嗛公曹、石等有所私謁，公多不從，陳請恩異，每復諫止節縮，遂皆同情銜恚。（或曰：一日，上面公，顧左右，令御用監作條壓紗與徐有貞。壓紗者，謂細窄玉帶也。左右去，上偶入監，見方造一帶完。上問：「將屬誰？」左右對曹欽。上言：「且將來與徐有貞，徐有貞窮秀才，無錢買。曹欽可再作與之。」欽聞，謂：「上業已賜奴，乃更奪與耶？」不勝怨，與諸人同銜之。）會御史楊瑄劾亨、吉祥侵奪民田諸事，批宥亨、吉祥。又謂瑄敢，俾吏部記其名。亨、吉祥言此出徐筆記，瑄何意，當不在我曹乎？且瑄之劾，亦徐指耳，繇由憾益深。（或曰：曹欽入哭訴皇太后：「徐有貞將殺奴曹矣！」太后姑慰遣之。）然閣上意不能譖訴，以諸閹同銜，因使巧謗公數爲險詞觸上，上殊不爲所動。

上多屏人與公語，閹人令小豎伏扆寧後屬耳，或得竊聞之。乃告上，上某日有某事有某語云云。上大驚：「我此語，語獨有貞一人，當眞是其發耶？」左右言寧獨是上前後語有貞，有貞無不播揚之。上自是疑公，寖事行跡，回思鄉日逆心語，眷轉衰。亨、吉祥等輩乃益納隙進讒，類合上疑忌旨。久之，上愈益忌之。

夏六月，亨、吉祥因竊造封事，危語非毀朝政，假給事李秉彝名上之。時秉彝已去國，法司逮至訊之，不勝苦毒而死。曹、石因言此徐有貞怨望，使所密馬士權等爲此，而假託以滅跡耳，遂捕公及家屬并士權等，卒獄雜信之。上雖怒，猶念公，第貶爲廣東左參政。才出國門，亨、吉祥急告變激上，上令復進公下詔獄。

比入禁中，適有風變。（或曰：公至内已脱，因寄宿直齋下，其日方歛入，忽天地冥暗，烈風大作，後宰門關折。來捕千户爲風吹，旋仆地，起則朝中揭帖失去，莫知所之，因更造以入。）因至殿庭，未見上。曹欽等從中躍出，蓋將遂死公。上顧見，急召指揮門達，口授數語。達趨下墀，呼從士曰：「帶徐有貞入衛門，我還自問之。」蓋受上寬恤旨，已乃引公與偕出就門下，痛杖數十，引去。（未詳何門？）復痛治之，家人與士權等悉受苛考，楚酷極甚，皆瀕死數四，終無驗狀。士權尤被虐，因曰：「今欲吾等何所承耶？」刑官曰：「徐有貞欲作逆，與汝三人同謀，先爲此以惑朝廷耳。」士權大呼曰：「徐有貞欲使今皇帝爲堯舜之君，今百姓爲堯舜之民，如此而已，不知其他！」刑官不能折，知是半月，獄卒不成。適承天門災，上大感寤，宥出。公以前券誥，出公自撰「纘禹」之語，禹爲帝王而曰「纘」，有不臣意。（或曰：又以公之封，上令自擇邑，而武功實曹操始封，後操傾篡漢室。公出此，亦應有異權，無人臣禮。）舉此爲罪，安置金齒爲民。

公受詔，怡然就道。至鎮南寓廬陋室中，屏絶世念，惟綜玩《易》理，嘗語人「吾平生之學，獨於《易》有深得」云。時有奏金齒守臣不法事，迎權臣，意辭連公，上不問。後數思公，輒欲召，數爲李吳相沮之。居三年，上益念之，特詔使還田里。（或曰：其終又決，欲召敕未及下屬。上不豫，以及崩，遂不果。）

公家居卻掃，罕見其面而自稱天全居士。先皇帝即位，詔賜公章服閒居。成化壬辰癸丑以疾卒，年六十六。

公質干短小精悍，目光爛射物，音聲清越，若金石。好談辨今古，無窮辭，自視瞰然。遇鄙夫粗人，蔑棄弗少留矚，以爲「彼自不當吾意，吾自任吾意，不能強合曲附也」。故方顯遽斥，賞不塞罰，而士流莫歸公譽，更生仇毁。晚歲放跡湖山，縱情煙霞之賞，妓樂歌嘯，風趣超脱，輝照岩谷，望之若真僊下遊古吳。復出，然念念朝廷，恒懷隱憂，平生意氣所寄，夐存物外，探秘剔幽，莫非奇致。嘗買地包山之阻，有沖升之想焉。（或曰：公嘗率徒入林屋洞，秉燭行至隔凡穴口，欲進未能，遂返。）性喜夜燒燈與客坐語，徹曙無倦狀。或孤步遐逝，若有遇奇流，至人下視污濁，糠秕如脱耳。

仕跡所至，尤多建明。在彰德間，父老得岳武穆飛先墓於湯陰，爲設祀，作義旅氣。又請建廟祀飛。治河時，行視鄒魯間，奏復前元賜顔、孟二氏田没於官者，更益之，悉畀二嗣人供祀。其學自經傳子史、稗虞百氏、天文地理、聃竺、醫藥、星禄、風烏異術，無所不通。文章雄偉奇麗，一代宗匠。詩騷豪逸，效李翰林。書法道峻，得率更、南宫風骨。所著辭賦、詩歌、封疏、雜文通若干卷，别有《史斷》，未見。

贊曰：皇皇盛業乎，英宗之復辟。公斷斷兮篤幾，其社稷之臣矣乎！方是時，一二夫克知之才力弗勘，拊幾沉潛，公援經撝權，麾霍屬武人，謨完力盈，不崇朝以定其才，焉可誣哉？始時，蒙沐渥異，公典甚明。讒邪遮蔽，訴構百出，卒不免流放之禍。悲夫，甚哉！小人之能傾人也哉！夫小人之構禍也，妒忌以爲己利。彼稱莊亮，亦不爲是，此同一辭何也？嗚呼！所爲人妒疾者，又豈獨寵位哉？獨寵位哉？信處盈之難矣夫！

5、明王鏊撰《姑蘇志》卷五十二「人物十·名臣」論徐有貞生平：

徐有貞初名珵，字元玉，吴縣人。洪武初，家以閶右徙南京。有貞天賦絶人，嘗從吴訥游。訥與俱見祭酒胡儼。儼初易之，使面賦詩立成，儼蹶然驚起曰：「徐生鼎鉉器也。」宣德八年，登進士入翰林爲庶吉士。時庶吉士二十有八人，有貞試常居首，授翰林院編修，歷修撰侍講。正統己巳，以近臣分守要害，有貞得河南之彰德。練戎卒，糾機壯，爲京師聲援，還遷春坊諭德。會河決張秋，七年不治，漕運道絶，有貞自言能治，乃擢僉都御史往治之。至則罷散役夫，自乘小舟究河之源委，具言宜用古人治河之法。先於上流開渠置閘，分殺水勢乃可。築其缺口，因作制水之閘，疏水之渠，渠起金隄張秋沙灣，凡百餘里而至於大豬之潭，踰范暨濮又數百里，經澶淵以接河沁，用平水勢，凡河流之旁出不順者則堰之。堰有九，長袤皆至萬丈，其水不衝沙灣，乃更北出以濟漕渠，於是始築其缺。先是有發京軍疏河之議，有貞請蠲瀕河之民庸役，專事河防，三年而功成，遷左副都御史。

天順改元迎復功，即日進華蓋殿大學士。明日，進兵部尚書掌内閣事，尋陞奉天翊衛推誠宣力守正文臣、特進光禄大夫、柱國、武功伯，食禄一千二百石。有貞寵遇既盛，時時與上面議，他臣不預聞也。初，石亨曹欽與有貞同功，其後亨、欽所爲多不法，有貞每抑之。會御史楊瑄劾曹、石不法事，二人以爲有貞嗾之也，乃晝夜謀攻有貞。嘗有密議，亨等令人屬耳得之，遂以告上，誣徐有貞泄其語。上不能無疑，下之獄，尋出爲廣東參政。曹、石怒未已，會有投匿名書者，指爲有貞，下錦衣獄雜治之無驗，適承天門災，乃宥之，編置雲南金齒。三年，曹、石敗，乃賜還。年六十有六，卒于吴。

有貞爲人短小精悍，其學自天官、地理、兵法、河渠、陰陽、方術無所不通，詩文雄偉奇麗，詞尤妙絶，晚而喜作草書，遒逸變化，人莫能及。所著有《史斷》若干卷，奏疏、雜文、碑、銘、記、序、歌詩、樂府通若干卷。

6、明王世貞撰《弇州山人四部稿·續稿》卷八十八「文部·史傳·徐有貞」論徐有貞功過，明刻本：

徐有貞，初名珵，字元玉，後改今名，蘇之吴縣人。生而短小精悍，目光炯炯注射，穎敏絶世。十二三即能爲古文辭，以其業贄都御史吴訥、太子賓客胡儼，皆賞異之，宣德中舉進士高第。是歲以三月選進士尹昌等爲庶吉士僅六人，至十月而復選庶吉士得十三人，有貞居首。命學士王直教之，上甚屬意焉。居二載，特爲御文華殿試之，有貞仍居首，即授翰林院編修，預修《實録》、《玉牒》，進侍講。

有貞於書無所不讀，而好習兵法及刑名水利諸家言，於天文風角占驗尤精究不倦。人或謂有貞「此豈公職耶？」有貞笑曰：「待職而後習則已晚矣。」是時天下承平久，執秉者新方從事西南夷而不虞北，有貞憂之，上封事千餘言，皆關係國家大計，而於備北方事尤切，下所司議行。久之，也先犯宣府大同諸陵，中貴人振挾上北伐，且啓行，而有貞指天象謂所親曰：「兹行也必敗，上不歸矣。」已而敗問至，大駕果蒙塵，中外籍籍，謂有貞知兵。

郕王時，監國召有貞入使大璫、興安等問計，有貞爲言紫微垣俱已動，急乘患之未深而還故都爲便。興安等不以爲然，而尚書于謙廷請斬倡南遷者。刑部侍郎江淵亦自稱知兵，次入對以固守之説，進得直文淵閣，而有貞屈矣。然猶以才舉行監察御史，俾鎮河南以備緩急援。有貞請於執政者必便宜行事，易璽書而後發。時所治彰德，而郡民驟聞變争，亡匿山谷間，有貞擇倅丞之屬素見信者使拊之，皆歸業。有貞乃建牙募兵入衛且萬人，然多太行群盜。有貞厚其餼，教以坐作進退擊刺之法，然使自相團結而不籍其貫址，以故其人雖難制，皆踴躍願爲官用。會虜敗退，有貞罷鎮，徵還京師，充經筵講官，進右春坊、右諭德，仍兼侍講。有貞既負材諝，急欲大顯用，邑邑不自得，乃以玉帶獻内閣陳循而進日者之術曰：「先生帶且玉矣。」居無何，循加少保，心喜有貞，數爲言之，上不答。國子祭酒闕，循以爲言，上曰：「是徐珵耶？南遷之謬也，而可長成均也？」有貞久不遷，不能無望循。循見之第云：「君無仍舊名而已。」有貞悟始，改今名。

無何，河決山東之沙灣。凡七歲，隨築隨決，饟道沮而役卒疲甚，乃議進有貞爲都察院右僉都御史治之。河以決故涸，而有貞至方冬月而水暴漲，公私之艘畢達而治河卒踰數萬人，悉與之期而遣之。乃乘輕航，究河源，遂踰濟、汶，至衛沚，循大河，道濮范，還鳩工而前所遣卒亦依期至，乃爲渠以疏之，中製閘以節宣之。渠起金堤、張秋之首，凡百餘里而至於大澤之潭，踰范暨濮又上數百里，經澶淵以接河沚，用平水勢。水勢平，凡河流之傍出而不順者則堰之，堰有九，長各萬丈。楗以木門，繚以虹堤，堰之崇三十餘尺，其厚什之，長百之，門之廣三十有六丈，厚倍之。隄之厚如門，崇如堰，長倍之，用平水性。水性平，濬漕渠，至數百里復建閘於東昌之龍灣、魏灣者八，積水過丈則開而洩之，皆道古河以入於海，蓋三年而告成。有貞嘗欲築一決口，下木石則若無者而怪之。一僧居山中有道術，有貞往叩焉。僧無所答，第云：「聖人無欲。」有貞沈思竟日而始悟曰：「僧蓋言龍有欲也，此其下有龍穴。吾聞之龍惜珠，吾有以制之矣。」鐵能融珠，乃溶鐵數萬斤，沸而下之，龍一夕徙而決口塞。夫有貞知制龍欲，而不知龍之以欲見制人也。

功成而景帝召對而褒勉之，進左副都御史。駸駸用矣，不能稍自制，而比於石亨從迎太上皇於南宮。始亨與許彬善，以謀語之彬曰：「善應天順人，功莫大焉。雖然彬老矣，無能爲也，必徐元玉而後可。」亨乃謀之有貞，乃復指天象曰：「豈其復爽耶？」遂與謀。決南宮錮而太上皇復辟，捕于謙等下之獄。有貞之銜治河命，則閤臣商輅有力焉，至是併陳循等皆弗能救而從之下。石即日進兵部尚書兼翰林院學士直文淵閣，于謙等之禍，中外咸側目有貞，而有貞意殊自得，請于石亨曰：「願得冠側注而從兄後。」石亨爲言之上，上曰：「爲我語有貞，但僇力，不患不封也。」居旬日，亨復言上，乃下詔封有貞奉天翊衛推成宣力守正文臣、特進光禄大夫、柱國、武功伯，歲禄一千一百石，子孫世爲錦衣衛指揮使，遂進兼文華殿大學士，領文淵閣事，賜貂蟬冠玉帶公服。旬月之間，恩賜赫奕，與石亨、張軏等埒。時上既以虚己委有貞，而石亨與中貴人吉祥數干預大政，有貞積不能平而私瞷上，於亨吉祥不能無厭色，乃稍稍裁衡之，且爲上微言其貪横狀，上亦爲之動，而御史楊瑄遂糾亨、吉祥侵占民田不法。上復以問有貞及李賢，有貞等對與瑄合，乃奬瑄敢言，俾覆覈所侵田。於是御史張鵬等遂具草悉糾亨他罪狀將上之，而兵科都給事中王鉉密以告亨。亨馳訴於上，謂鵬乃已僇凶監永猶子，結諸御史爲永報讐，上遂御文華殿悉收諸御史面詰之。諸御史具亨事俱有驗，上怒曰：「亨即實，汝曹何不早言之？」下錦衣獄，究主使詞，連右都御史耿九疇、副都御史羅綺皆下獄。亨復訴於上，謂有貞、賢實使之。於是併下獄，獄具有貞謫廣東右參政，李賢謫福建右參政，諸御史獨楊瑄、張鵬戍而九疇綺等從輕比謫矣，尋以李賢素謹重不預情留之。有貞既行，而有以飛章謗國是者，其語復多侵亨、吉祥，於是復訴之上，謂有貞實又使之，逮歸置獄考，窮極鍜鍊，無所得而摘其誥詞「纘禹神功」語，謂爲所自草，坐大逆不道當死。以雷震奉天門，宥爲黔首，發雲南金齒安置。

有貞謫金齒之四年，而復指天象語人曰：「曹、石禍作矣，是慘於我，我且歸而石亨盆死獄家籍。」有貞以赦還里，而又二年吉祥之族滅。有貞時尚壯，負其材，謂上思我必且召，而上竟弗召也。天下亦頗惜有貞才，而惜于謙才甚於有貞，其冤有貞又不如冤于謙，以故里居者十餘年無推轂之者。晚乃放浪山水間，頗以詞翰著聲，竟欝鬱不得志而死。

弇州外史曰：是三伯者，而皆材人也。靖遠材而欲，武略則優；興濟材而巧，武功材而躁。其隱忮忍割，偕有陰慝，然而靖遠差寬之矣。不然，以麓川之三役，塗炭幾天下半而卒以長世也。武功之占候奇矣，其事再驗，一不驗幾遂悞國，世之所謂不祥人也耶？

7、明王世貞撰《弇州山人四部稿·續稿》卷一百四十六「文部·像贊」載徐有貞小傳：

徐天全公有貞，初名珵，字元玉，已改今名。舉進士，改翰林庶吉士，章皇帝親御文華殿試其文，擢爲第一，立授編修。久之，進侍講。公於書少所不窺，能詩歌，善行草，得長沙素師米襄陽風。然不爲一切無用學，凡天官、地理、兵法、刑名、水利，種種精究，已已敵兵大入。公以侍講行監察御史，募兵河南，還進右諭德。河決沙灣，拜左僉都御史往治之。河工成，擢左副都御史、佐院事。尋與中貴人吉祥、武清侯石亨迎太上皇於南城復辟，進兵部尚書、翰林學士，入内閣參預機務，論功封奉天翊衛推誠宣力守正文臣、特進光禄大夫、柱國、武功伯兼華盖殿大學士。公念吉祥、亨横甚，謀制之。爲所中，謫廣東參政，逮下詔，獄且論死，釋編氓金齒。赦歸。吉祥、亨敗，始復冠帶自便，凡十餘年而卒，年六十六。吴學士爲狀，稱公短小精悍，目光射人，今像且老矣。而冠貂蟬，服侯服，故不能釋然也。贊曰：

赫赫武功，天質胡異。職司藝文，迺慕經濟。萬象肅括，九河康乂。功成倏忽，皇輿奠位。辱以榮伏，毀繇名致。瑕瑜千載，矛盾一世。

8、明王世貞撰《弇山堂別集》卷二十五「史乘考誤六」辯吴人祖護徐有貞之過，此書爲魏連科點校，中華書局，一九八五年十二月版：

武功遺事載李文達言奪門無功，上曰：「先生謬矣。若徐有貞，可謂能用其勇矣。當時之臣，非不能識此。然沈潛不發，可見彼此才力之不逮耳。」又召入至文華殿，復諭奪門之事，因屬左右曰：「曹石非無功勞，一旦犯法，不可留矣。朕在南宫時，汝輩若無徐有貞，如何過來？今日不可忘了他功業。」以爲《天順日録》語。按《日録》亦有曹石二句，獨不及先生，謬矣。「徐有貞能用其勇」前語與「若無徐有貞，如何過來」後語，蓋武功之姻及門下客附益之，不知何所據？又言天順八年甲申春大學士李賢去位，閣下缺人，出自上裁，令中書科寫勅取徐有貞來聽用，勅具未下而上晏駕。按八年，李公原無去位，亦無取徐公事，蓋亦吴人掩飾之辭也。

9、《忠肅集·附録》明于冕撰《故明少保兼兵部尚書時特進光禄大夫柱國太傅謚肅愍于公行狀》論徐有貞之過，文淵閣四庫全書本：

太上皇帝光復寶位，改元天順，實天與人歸之會。石亨等貪天之功，掩爲己有，假奪門迎復之名以欺朝廷，誣迎立外藩之罪以報私怨，原其奸計，蓋謂此罪不重，則彼功不高；不大殺服肱重臣，則威不立；不搆成黨逆大獄，則權不專。乘機嗾言官劾公與王文等六七大臣俱下獄，所司勘得金牌、敕符見存禁中，别無顯跡，亨等揚言雖無實跡，其意則有。

廷鞫之日，徐有貞對衆大聲令所司痛加考掠，文不勝其忿，反覆力辨。公徐曰：「辨之何益？」所司畏懼亨等，羅織煅煉，添揑「意欲」二字，文致成招，蓋踵于秦檜所云「莫須有」之故智也。忠良被誣，古今如出一途，痛哉！

是月二十三日狀聞，上猶豫良久曰：「于謙曾有功。」衆相顧未及對，徐珵避倡南遷之故改名有貞，素以前事憾公直，前對曰：「若不置謙等于死，今日之事爲無名。」上意乃決，公與文遂遇害。時錦衣衛指揮劉敬、帶刀侍衛目擊其事，後每言及公，未嘗不切齒于有貞。有貞又與亨輩令所司奏列被害諸臣姓名，誣以奸黨，榜示天下。遣官來杭，繫家屬戍邊，没産于官。公殁之日，天日無光，陰霾蔽天，行路嗟咨。……徐有貞以罪遠竄，石亨等竟坐謀逆夷滅無噍類，此天道好還之明驗也。

10、明廖道南撰《殿閣詞林記》卷一「殿學・華蓋殿大學士徐有貞」論徐有貞功過一生，民國湖北先正遺書本：

徐有貞，初名珵，字元玉，蘇州吴縣人。宣德癸丑進士，選庶吉士，授編修。正統初進侍講，己巳之變，倡議南遷，尚書于謙斥之于廷，遂懷悵惘。大學士陳循授之策曰：「汝當更名，無使内家習知也。」即更有貞。以易儲事，轉左諭德，遷左僉都御史，往視水災。

時河決沙灣，居民播蕩，漕運阻艱。有貞奏曰：「凡平水土，在知天時、地利、人事三者。天時既經，地利既緯，人事庶可施也。今欲救之，請先疏其勢，水勢平乃治其決，決止乃濬其淤，茲爲之方。以時節宣，一曰置造水門，二曰開分水河，三曰挑濬運河。」於是決渠以平水勢，築堤以平水性，作閘以平水道，功告成爲文紀之。召還，爲副都御史。

歲丁丑，天象告變，有貞陰結太監曹吉祥、武靖侯石亨及太平侯張輗等密謀迎請上皇復辟。禁漏下數十刻，有貞等擁至内，躬舁步輦，陞奉天殿，夜已嚮晨鼓三，嚴百官班定而景帝已彌留不起矣。英廟嘉其功，加特進光禄大夫、柱國，封武功伯、兵部尚書兼華蓋殿大學士，掌文淵閣事。

值山東荐饑，發内帑賑之，有司奏請增給。上召有貞同李賢議可否，賢曰：「可。」有貞怫然曰：「不可。竊恐里胥滋弊，惠澤阻遏，罔及小民。」賢曰：「雖有滋弊，民方待哺，不可不救也。」有貞退而不樂。時石亨、張輗外雖結納，中實猜疑。御史楊瑄、張鵬糾其不法，上謂有貞曰：「御史敢言如此，實爲難得。」因語有貞及李賢，協心輔政，亨輩聞之益懼，遂訴其奪門之功，詬有貞泄其謀。上怒下有貞及李賢于獄，是日震，雷雨雹，大風拔木，乃出有貞爲廣東參政。

行至德州，會有投匿空名文書者，亨輩以爲有貞所爲，上怒甚。覆逮詔獄，拷治無驗，乃命取誥券出示三法司。刑部侍郎劉廣衡等劾奏有貞詐撰制文，竊弄國柄，自謂治水「希蹤神禹」，敢以定策冒貪天功，大不敬，無人臣禮，宜戮市曹。會承天門災乃宥之，編置雲南金齒爲民。

及曹吉祥、石亨、張軏相繼伏誅，上御奉天門論及人才，謂李賢曰：「徐有貞才學亦難得，當時有何大罪？乃石亨、張軏輩害之耳。茲若不宥，後世其謂何？可令生還故里。」於乎！聖人恩法可謂两盡矣。

廖道南曰：予觀《吴志》謂有貞短小精悍，其學自天官、地理、兵法、河渠、陰陽、方術，無不通貫。及讀其所爲《漕河碑》，閎博爾雅，當時詞臣，無出其右。然而心術險賊，急嗜功利，首倡南遷，繼謀奪門，比昵奸回，屠戮忠良，金齒之行，亦天道也。

贊曰：謂天蓋高，不敢不蹐。謂地蓋厚，不敢不蹐。彼其之子，狡焉猖狂。負氣以逞，搆謀匪臧。遷國奚忠？奪門奚智？亦已焉哉，胡不惴惴。

11、明項篤壽撰《今獻備遺》卷十九「徐有貞」論徐有貞功過一生，明萬曆二十一年項氏萬卷堂刻本：

徐有貞，初名珵，字元玉，吴人。宣德甲寅進士，改庶吉士，授翰林編脩，益肆力用世之學，與修《宣皇實録》。尋修《玉牒》，進侍講。正統初，上言承平久，宜脩邊防，上嘉納。己巳，京師戒嚴，分遣文臣守要害地。有貞守河南，還。景泰初，充經筵講官。二年，陞右諭德兼侍講。

會河決，張秋沙灣，詔拜有貞左僉都御史往治之。至則上疏言：「水之性可順以導，不可逆以湮。蓋河自雍而豫，自豫而兖，土益疏，水益肆。而沙灣適當厥衝，於是決焉，以奪濟、汶入海之路而去諸水。從之以泄，隄潰渠淤，潦則溢，旱則涸，此漕運所由阻也。臣請首疏水勢，勢平乃治其決，決止乃浚其淤，因爲之防，以時節宣，後乃亡患。」制曰：「可。」乃作制水之閘、疏水之渠，渠起張秋金隄之首，西南行百里至于大豬之潭，乃越范暨濮上而西，凡數百里。經澶淵以接河沁，水勢既平，命其渠曰「廣濟」，閘曰「通源」。凡河流之旁出弗順者則堰之，由是水不東衝沙灣，乃更北出以濟漕渠之涸，阿鄄曹鄆之田賴以溉者百數十萬頃。乃作大堰其上，揵以水門，繚以虹隄，導汶泗之源而出諸山，滙澶濮之流而納諸澤，濬漕渠數百里，復作閘于東昌之龍灣、魏灣者八，積水過丈則放洩之，皆通于河以入于海。三年而功乃成，擢左副都御史。

景皇七年，都督張輗、張軏、武清侯石亨、太監曹吉祥共謀復辟，以問大學士許彬。彬曰：「此社稷功也，彬耄矣，無能爲也，盍謀之徐元玉？其人經濟材也。」亨、軏就問計，有貞曰：「太上皇北狩以赤子故，非游畋也。今天下無離心，能奉以復辟，此天人同符也。」因互陳籌畫，亨、軏去。越二日，辛巳夜復來，有貞升屋覽乾文，亟下曰：「時在今夕，不可失也。」亨、軏唯唯去。有貞焚香祝天，訣家人曰：「事成，社稷之福；不成，家族之禍。吾去矣！歸耶，人；不歸，鬼矣。」遂濳與亨、輗、軏、吉祥及鴻臚卿楊善盡收諸城門鑰，有貞命壯士踰南内門入，與外兵合。太上皇復辟，陞翰林院學士掌文淵閣事。尋陞兵部尚書，進柱國，封武功伯，賜鐵券。數召對，恩寵隆渥。

有貞感知遇，以身任天下，條奏剴切，無復顧慮，施行若流。曹石等嫉之，私謁多不從。復諫止節縮，由是益恚怒。御史楊瑄劾曹石奪民田，上曲宥之。曹石疑有貞所使也，愈憾有貞。數巧辭激上怒，上殊不爲動。上時時屏人與有貞語，中人竊聽之以告上。上曰：「何自知之？」對曰：「此有貞宣言之。」上大驚，始疑。久之，讒益深，上愈惡有貞。亨、吉祥因竊造封事，假給事中李秉彝名上之。時秉彝已丁憂去，逮至拷訊死，曹石因言：「此徐有貞怨望，使所親馬士權等爲之。」遂下詔獄，上猶念功，出爲廣東左參政。曹石復上急變，考掠亡狀，士權曰：「今欲吾等何所承邪？」刑官曰：「徐有貞謀逆，汝等同謀耳。」士權大呼曰：「徐有貞欲使今皇帝爲堯舜之君，今百姓爲堯舜之民，如此而已，不知其他。」獄久不成，適承天門災，上寤，出有貞安置金齒爲民。

至滇寓僧舍中，日讀《易》而已。居三年，詔還田里。家居，杜門謝客，曹石敗，始出游湖山以自娛，自稱「天全居士」。憲廟初，詔賜冠帶閒住。有貞于書無所不通，文章雄奇。詩宗李白，書法率更南宮，所著有《史斷》及文集若干卷。

論曰：方武功伯之鎮彰德，治水張秋，其材已概見矣。英皇復辟之初，公獨奮其智勇，與二三武人決機定策，取日虞淵，呼吸之頃，天下晏然。功存乎社稷，忠貫乎天地，可謂奇矣。及其秉衡軸，胙茅土，舉國授政，方將致君堯舜，而憸壬側目，卒以遠竄。讒夫之禍，吁可畏哉！夫以徐公大功，猶不免于雌黄之口，況下此者乎？

12、明謝肇淛撰《滇略》卷六「獻略」論徐有貞貶謫雲南之情形，文淵閣四庫全書本：

國朝以遷謫流寓入滇者，不可勝數。而最著者，則學士王景常、武功伯徐有貞、修撰楊慎云。……有貞，初名珵，字原玉，姑蘇人。其學自天文、地理、兵法、河渠，以至陰陽、方術、風角、醫卜，無不洞曉，詩文雄偉奇麗。謫戍金齒，僦一小室，荷殳從役，不異行伍。三年赦歸。

13、清谷應泰編《明史紀事本末》卷三十五「南宮復辟」論徐有貞等擁立復辟始末，《歷代紀事本末》第二册，中華書局，一九九七年十一月版：

英宗天順元年春正月壬午，武清侯石亨、副都御史徐有貞等迎上皇復位。

先是景帝不豫，以儲位未定，中外憂懼。兵部尚書于謙日與廷臣疏，請立東宮，蓋謂復憲宗也。中外藉藉，謂大學士王文與太監王誠謀白太后，迎取襄王世子。十有一日，都御史蕭維楨同百官問安于左順門外，太監興安自内出曰：「若皆朝廷大臣，不能爲社稷計，徒問安耶？」即日維楨集御史議曰：「今日興安之言，若皆達其意否？」衆曰：「皇儲一立，無他慮矣。」衆還道作封事草，會稿于朝，衆謂上皇子宜復立，惟王文意他有所屬。陳循知文意，獨不言。李賢以問蕭鎡，鎡曰：「既退不可再。」文遂對衆言曰：「今只請立東宮，安知朝廷之意在誰？」維楨因舉筆曰：「我更一字。」乃更「早建元良」爲「早擇」，笑曰：「吾帶亦欲更也。」疏進，有「候十七日御朝」之旨。

時武清侯石亨知景帝疾必不起，念請復立。東宮不知，請太上皇復位可得功賞，遂與都督張軏、太監曹吉祥以南城復辟謀叩太常卿許彬，彬曰：「此社稷功也，彬老矣，無能爲矣，盍圖之徐元玉？」元玉，徐有貞字也。初名珵，以己巳倡南遷議朝廷薄之，後更名有貞。亨、軏從其言，遂往來有貞家。有貞亦時時詣亨，人莫知也。

是月十四日夜，會有貞宅。有貞曰：「太上皇帝昔者出狩，非以遊畋爲國家耳。況天下無離心，今天子置不問，乃紛紛外求，何爲也？如公所謀南城，亦知之乎？」亨、軏曰：「一日前已密達之。」有貞曰：「俟得審報，乃可。」亨、軏去。至十六日既暮，復會有貞曰：「得報矣，計將安出？」有貞乃升屋，覽步乾象，亟下曰：「事在今夕，不可失。」遂相與密語，人不聞。而是時，會有邊吏報警。有貞曰：「宜乘此以備非常爲名，納兵入大內，誰不可者？」亨、軏然之。計定倉皇出，有貞焚香祝天，與家人訣曰：「事成，社稷之利；不成，門户之禍。歸，人；不歸，鬼矣。」遂與亨、軏往會吉祥及王驥、楊善、陳汝言，收諸門鑰。夜四鼓，開長安門，納兵千人。宿衛士驚愕不知所爲，兵既入，有貞仍鎖門取鑰投水竇中，曰：「萬一內外夾攻，事去矣。」亨、軏亦惟有貞處分，莫知所爲。時天色晦冥，亨惶惑，叩有貞曰：「事當濟否？」有貞大言曰：「時至矣，勿退。」率衆薄南宫門，錮不可啓，扣之不應，俄聞城中隱隱開門聲，有貞命衆取巨木懸之，數十人舉之撞門，又令勇士踰垣入，與外兵合毁垣，垣壞門啓，亨、軏等入見。上皇燭下獨出，呼亨、軏曰：「爾等何爲？」衆俯伏合辭云：「請陛下登位。」呼兵士舉輦至，兵士驚懼不能舉，有貞等助挽之，掖上皇登輦以行。忽天色明霽，星月皎然，上皇顧問有貞等爲誰，各自陳官職姓名入。大内門者呵止之，上皇曰：「吾太上皇也。」門者不敢禦，衆掖升奉天殿，武士以爪擊有貞，上皇叱之乃止。時黼座尚在殿隅，衆推之使中，遂升座，鳴鐘鼓，啓諸門。

是日百官入候，景帝視朝，既入見南城暨殿上呼譟聲，尚不知故，有貞號于衆曰：「上皇復辟矣。」趣入賀。百官震駴，乃就班賀。上皇宣諭之，衆始定。景帝聞鐘鼓聲，大驚問左右曰：「于謙耶？」既知爲上皇，連聲曰：「好，好。」明日上皇臨朝，謂諸臣曰：「弟昨日食粥，頗無恙。」詔逮少保于謙、王文、學士陳循、蕭鎡、商輅、尚書俞士悦、江淵、都督范廣、太監王誠、舒良、王勤、張玉下獄，命副都御史徐有貞以本官兼翰林院學士直内閣典機務，尋晋兵部尚書兼職如故。出前禮部郎中章綸于獄，擢禮部侍郎。上以綸建議復儲出之獄，喜嘆良久，遂有是擢。

丁亥，殺少保兵部尚書于謙于市。

先是己巳城下之役，石亨功不如謙而得侯爵，心媿之。乃推謙功，詔予一子千户，謙固辭且曰：「縱臣欲爲子求官，自當乞恩于君父，何必假手于石亨？」亨聞恚甚。亨從子彪貪暴，謙奏出之大同，亨益銜之。徐有貞者，常因謙求祭酒。景帝召謙，辟左右諭之曰：「有貞雖有才，然奸邪？」謙頓首退，有貞不知，亦恨謙。

方上之復辟也，有貞嗾言官以迎立外藩議劾王文，且誣謙下獄。所司勘之無驗，金牌、符檄見在禁中，有貞曰：「雖無顯跡，意有之。」法司蕭維楨等阿亨輩，乃以「意欲」二字成獄。文憤怒，目如炬，辯不已，謙顧笑曰：「辨生耶？無庸彼不論事有無，直死我耳！」獄具，上猶豫未忍曰：「于謙曾有功。」有貞直前曰：「不殺于謙，今日之事無名。」上意乃決，遂與王文及太監舒良、王誠、張永、王勤斬東市，妻子戍邊徼。

謙有再造功，上北狩廷臣間主和，謙輒曰：「社稷爲重，君爲輕。」以故額森抱空質，上得還，然謙禍機亦萌此矣。景帝嘗賜謙甲第，謙頓首曰：「去病豎子，尚知此意，臣獨何人，而敢饕此？」不許，乃置上前後所賜璽書、袍鎧、弓劍、冠帶之屬于堂而加封識。歲時一謹視，謙以國家多事寓直房不歸家。謙與中貴曹吉祥等共兵事，氣陵之，故小人無不憾謙者。謙既死，籍其家，無餘貲，蕭然僅書籍耳，而正室鎖鑰甚固，則皆上賜也。謙死之日，陰霾翳天，行路嗟嘆，吉祥麾下指揮朵耳者以觴醻地而慟，吉祥恚朴之。明日復醻慟如故，天下無不寃之。都督范廣勇而知義，爲謙所任，亨惡之，并斬廣。

論迎復功，封武清侯，石亨爲忠國公，都督張軏爲太平侯，張輗爲文安侯，都御史楊善爲興濟伯，石彪封定遠伯、充大同副總兵，以袁彬爲錦衣衛指揮僉事，奪大同總兵郭登定襄伯以爲南京都督僉事，召廖莊子定羌驛賜還官，贈故御史鍾同大理左寺丞，謚恭愍，廕其子入太學。

二月乙未朔，皇太后誥諭廢景泰帝，仍爲郕王歸西宫，廢皇后汪氏，仍爲郕王妃。

欽天監奏革除景泰年號，上曰：「朕心有所不忍，可仍舊書之。」郕王薨，祭葬禮悉如親王，謚曰戾，妃嬪唐氏等賜帛自盡以殉葬。

……三月，封直内閣兵部尚書徐有貞爲武功伯兼華蓋殿大學士，掌文淵閣事。初，于謙之獄中外咸側目有貞，而有貞意殊自得。請于石亨曰：「願得冠側注而從兄後。」石亨爲言之上，上曰：「爲我語有貞，但僇力，不患不封也。」居旬日，亨復言上。乃下詔封之歲支禄一千一百石，子孫世錦衣指揮使，賜貂蟬冠玉帶。旬月之間，恩賜赫奕，與石亨、張軏埒。

夏四月，復立元子見深爲皇太子。

……六月，逮徐有貞下獄。曹吉祥、石亨憾有貞，嗾諸閹巧詆，數爲險語觸上，上殊不爲動。錦衣官門達復劾，其阿比排陷石亨，詔執鞫之，降廣東參政。既有以飛章謗國是者，其語復多侵亨、吉祥。于是復訴上謂有貞實主使，逮歸置獄，窮逹鍜鍊，無所得。摘其語詞「纘禹神功」語爲所自草，大不敬，無人臣禮，當死。以雷震奉天門，宥爲黔首，謫戍雲南金齒。有貞去，而曹石日益專横矣。

14、清谷應泰編《明史紀事本末》卷三十六「曹石之变」論徐有貞等擁立復辟始末：

天順元年春正月，景帝不豫。會當郊使石亨攝召命于榻前，亨見帝委頓狀，出與張軏、張輗謀，謂帝疾必不起，不若迎復上皇。陰約徐有貞，結太監曹吉祥、蔣冕，内白皇太后，外爲飛語，言于謙且與王文謀立襄世子爲東宮，遂率其群從子弟家兵與吉祥等夜叩南城迎上皇復辟，乃譖于謙於上殺之。論奪門功又第一，進封忠國公。召彪大同以爲都督同知充遊擊將軍，其家人石寧等數十人皆授指揮千百户。時吉祥已晋司禮監矣，姪欽封昭武伯，鐸、鉉、鐇皆都督，此内臣子弟封爵之始也。

三月，以户部侍郎陳汝言爲兵部尚書。汝言附石亨、曹吉祥謀奪門，故亨薦用之。及理部事，益阿比，表裹爲奸。亨冒功陞賞，不下四千餘人，天下都司及邊吏争趨之。

夏四月，石亨、張輗請盡罷各邊省巡撫及提督軍務等官，從之。

逮巡撫大同都御史年富下獄。上問李賢曰：「年富何如？」賢曰：「行事公廉，在彼能革宿弊。」上曰：「此必石彪憚富不得遂其私耳。」賢曰：「陛下明見，真得其情。」由是富得致仕歸田里。削都御史王竑籍，安置江夏。石亨忌竑，嗾言官論其犯闕也。

五月，石亨擅令守關軍放歸徐有貞。李賢言于上，命別遣兵戍之。御史楊瑄劾太監曹吉祥、忠國公石亨奪民田，且言其怙寵擅權之罪。上顧徐有貞、李賢曰：「御史敢言如此，國家之福也。」曹吉祥在旁慚懼，已盛怒欲罪之，上不許。及亨出兵歸，聞之怒訴御史言不實，意賢、有貞主使，乃激吉祥曰：「今在内惟爾，在外惟我。賢等欲排陷，其意可知矣。」初，吉祥見亨冒濫恩賞頗不平，恒訐其短，至是聞亨言，勢復合。

六月，彗孛見。御史張鵬、周斌交章劾石亨諸不法事，疏未上，給事中王鉉知之，潛告亨。亨與曹吉祥馳訴上，謂鵬乃已僇凶豎張永猶子，今結御史爲永報仇。上震怒，御文華殿，悉收諸御史，面詰之。斌執彈章且誦且對，言亨事且有驗。上曰：

「事即實，汝曹何不早言之？」下錦衣獄，問訊瀕死。

逮大學士徐有貞、學士李賢、都御史耿九疇下錦衣獄。初，有貞得首輔，欲立功名自異，稍與石亨左。李賢入閣力助之，知無不言，曹吉祥不能堪。會御史張鵬等既詔獄，給事中王鉉、錦衣指揮門達乃上疏言九疇阿附有貞，賢嗾御史排陷石亨。吉祥復乘間頓首言：「臣等萬死一生，迎復皇上，内閣必欲殺臣。」伏地哭不起，上從之，乃逮有貞等置于理。會京城大風雹，拔木壞屋，走正陽門下馬牌于郊。吉祥門老樹皆折，亨家水深數尺餘。翼日，乃降有貞、賢、參政九疇、右布政張鵬、楊瑄等從末減戍邊衛。既而，上曰：「近日行事，惟有貞一人，李賢不可去。」命召還。……

秋七月，有投匿名書指斥時政者。石亨、曹吉祥請上出榜募能捕告者，賞以三品職，令内閣撰榜格。岳正言于上曰：「爲政自有體，盜賊責兵部，奸宄責法司，豈有天子自出榜募購之理！」時吉祥在傍，請甚力，上徐曰：「正言是也。」已而亨等譖徐有貞怨望，謫戍金齒。

15、清方濬頤撰《二知軒文存》卷六《書徐有貞傳後》，清光緒四年刻本：

多智數而反以智數敗，喜功名而不能以功名終，患得患失，亦忠亦奸，忽爲君子，忽爲小人，其才有餘，其德不足，異哉！元玉竟復冠帶，放浪山水閒，恐未必以爲樂也。無書不讀之人，憂西南用兵不息，陳兵政五事；再上治河三策，漕臣請塞決口以爲無益。因築九堰成廣渠，閘通源，罷遣京軍，用民集事，復奏免河夫官馬之費。會山東大水，河堤多壞，所築如故，乃修舊決口，添減水閘，水患悉平。治河確有條理，烏得謂無才耶？

然當熒惑入南斗時，稔禍不遠，命妻子南還，可以爲智。輒大言天命已去，創南遷之議，内廷訕笑，舉朝非之，久不得遷，急於進取，遂遺玉帶以希薦，假星術以惑人，輾轉屬託，得于少保爲言於帝求國子祭酒，乃獲「爲人傾危，將壞諸生」之考語，不知其薦，反以爲沮，因曩有言「南遷者可斬」之説怨少保益甚。改名遷官，張秋奏績，旋蒙獎勞，進擢左都。然而貪不世之功，操至奇之策，升屋覽乾象，濟事逢晦冥，錮牆以入，挽舉以出。星月開朗，殿廷呼噪。獨號於衆，趣賀上皇。

嗚呼！移其忠於景泰者，以忠於英宗，衺側注冠封武功伯、華蓋文淵，寵榮已極。乃但圖報，復不念舊恩，事權盡歸，中外側目。亦既得志，則思自異於曹、石，發其貪横，於焉構釁，密語故洩，恩眷以疏，反遭逮繫。雷雹交作，大風折木，天若助之，出獄將有嶺海之行。顧以匿名投書，指爲怨望，追執榜治，幸而無驗。灾將肆赦，券又招尤。禹功自負，曹封妄冀，徙金齒以流離，擲鐵鞭而太息。將星應乎孺子起舞，奚爲婚事誑夫義士？翻覆乃爾。忠耶？奸耶？君子耶？小人耶？吾則斷之曰鄙夫。

16、清嵇曾筠、李衛等修《浙江通志》卷二百八十「雜記下」引《瑣綴録》論徐有貞之過，上海古籍出版社一九九一年版：

景泰間，用人多密訪於少保謙。時缺祭酒，翰林徐有貞求補。以門生楊宜爲少保内姻，託爲之請。至於再四，少保曲意從之。因中使言於上，一日退朝，宣少保至文華殿，辟左右諭曰：「徐有貞雖有詞華，然其存心奸邪，豈堪爲祭酒。若從汝用之，将使後生秀才皆被他教壞了心術。」少保不能對，惟叩頭而已。退則汗出浹背，左右遥聞祭酒之説而未悉，有貞竟不得知，遂銜少保。後果誣以重罪。

17、清傅澤洪撰《行水金鑑》卷一百九「運河水」引明楊循吉《蘇談》論徐有貞治水之功，文淵閣四庫全書本：

武功在張秋治水，久未就功，問於王尚書来。尚書曰：「分水勢，尋水源。」武功於是先開數渠引水，散爲各支流去。而時或泛濫，其害終在再三求源發處不得，乃投以物，使人離數十里候之。物復浮出，如是者數處，武功曰：「水流則不受物，源不在是。」再投之一處不浮，曰：「此乃真水源也。」以百計塞之皆莫效，下以土石若無者，聞一僧有道，武功就往謁之問術。僧不肯言，强之，但曰：「聖人無欲。」武功歸思而不得，數日忽悟曰：「此下殆有龍窟？龍所欲者珠也，吾能使之去。」於是鑄長鐵柱，洞釜底，貫而下焉，水始受塞。不踰時，遂成平陸。盖鐵汁能蝕珠，龍愛珠，故去也。武功時時爲人道之。

18、清沈欽韓撰《幼學堂詩文稿》詩稿卷十二《題〈徐有貞傳〉并序》，清嘉慶十八年刻道光八年增修本：

徐有貞傾危纖人也。乘隙抵巇，攘取大位，殺忠臣以爲庸，如蝮如蜮，含毒非一日矣。身亦幾陷大戮，不以善始，固難以善終。殉齒牖下，何其幸歟！當時公論雖明，私議成黨，有貞既没，祠宇巍峩，洵以爲鄉先生也。文林著《瑯邪漫抄》遂誦言有貞再造之勳，詆于忠肅大逆當族，欲以一手掩萬世之目，愚乎？知乎？載觀龔明之《吴中紀聞》敘丁謂始末數百言，儼然一名臣。昔建安袁樞分修國史，章惇家以其同里，宛轉請文飾其傳。樞曰：「子厚爲相，負國欺君，吾爲史官，書法不隱，寧負鄉人，不可負天下後世！」樞之心，真不愧《春秋》義矣！若文林之徒，何堪簪筆在人主左右哉！

19、清嚴遂成《明史雜咏》卷二「武功伯徐有貞」條，清乾隆刻本：

可惜治河多上策，一生方術信陰陽。負冤友竟忘周顗，病悖今猶笑霍光。進翬倉皇乾象驗，擲鞭太息將星亡。功名終始由曹石，金齒歸閒歲月長。

武功求祭酒於忠肅，已薦之帝。帝以其曾議南遷不用，而武功以爲沮己，勸誅之。薄南城時，石亨、張軏皆惶惑，兵士懼不能舉翬。武功大言必濟，率諸人助挽以行。二事與周伯仁之於王導，霍光之於田延年相類，而意特殊。嗟乎！既黨曹、石，復思自異。通曉星象，迄不自救。然治河功甚鉅，爲北宋南陳後一人。而放浪山水十餘年以死，爲可惜也。

20、徐世昌《晚晴簃詩匯》卷一百七十六載張寶森《與客談徐武功事感賦》，民國退耕堂刻本：

岳飛謀反，其事莫須有。不殺于謙，此舉爲無名。三百年中兩妖鳥，秦檜之後徐有貞。同罪者誰？御史王文。同功者誰？將軍石亨。前日議南遷，今日議奪門。武功、武功，爾亦靦然。人甘與分屍之檜，萬年遺臭獨何心？宋少保，明少保，棲霞山色至今好。两家祠墓巋然存，秦、徐殘骨賤如草。東窗饒舌莫嗔司晨雞，此時并無長舌妻。

四、相關詩文、書畫評

1、清永瑢等撰《四庫全書總目》卷一百七十「集部二十三·别集類二十三」「武功集」論徐有貞文風，中華書局一九六五年六月版：

其幹略本長，見聞亦博，故其文奇氣坌涌而學問復足以濟其辯。集中如《文武論》、《制縱論》及《題武侯像〈出師表〉》諸篇多雜縱横之説，學術之不醇，於是可見，才氣之不可及，亦於是可見。擬諸古人，蓋夏竦《文莊集》之流。遺編具存，固不必盡以人廢也。至其詩，則多在史館酬應之作，非所擅長。集中《羽林子》二首，《静志居詩話》謂源出右丞，然語亦平平，僅具唐人之貌。人各有能，有不能，存而不論可矣。

2、《四庫全書簡明目録》卷十八「集部六·别集類五」「武功集」論徐有貞學風，上海古籍出版社一九八五年一月新一版：

有貞以機械立功名，以此始，究以此終，可爲炯戒。然幹略本長，聞見尤富，其文雖多參縱横之學而逸氣坌涌，博辨不窮，謂之不醇，則可；謂非奇才，則不可。録存其集，猶襍家之録鬼谷子也。

3、明俞弁撰《逸老堂詩話》卷下論徐有貞《閒居即事》：

古今文人用事，有信筆快意而誤用之者，雖大手筆亦所不免。近見徐天全翁《閒居即事》詩云：「閒心自覺功名淡，卻笑留侯勝酇侯。」「酇」字有二音，皆地名。蕭何所封邑，屬沛國，才何切。蕭何子孫所封邑，屬南陽，則肝切。按班固《十八侯銘》云：「文昌四友，漢有蕭何，敘功第一，受封於酇。」唐楊巨源詩云：「請問漢家功第一，麒麟閣上識酇公。」天全翁押去聲，或别有所據云。

4、明俞弁撰《逸老堂詩話》卷下論徐有貞《雪湖賞梅》：

元人有詩云：「錢塘門外柳如金，三日不來成緑陰。折得一枝城里去，始知城外已春深。」徐天全《雪湖賞梅》云：「梅開催雪雪催梅，梅雪催人舉酒杯。折取瓊枝插船上，滿城知是探春回。」二詩均雋逸可誦，惜元詩遺其名氏。

5、明俞弁撰《逸老堂詩話》卷下論徐有貞《水龍吟》：

武功伯徐公，天順間，遭讒被逐，放歸田里，自號天全翁。與杜東原、陳孟賢諸老登臨山水爲適，不駕官船，惟服巾野服而已。所至名山盛境，賦詠竟日忘倦，或填詞曲以侑觴，其風流儀度，可以想見。其游靈岩，《水龍吟》詞云：「佳麗地，是吾鄉，西山更比東山好。有罨畫樓臺，金碧巖扉，彷佛十洲三島。却也有風流安石，清真逸少。向湖望亭畔，西施洞口，天光雲影，上下相涵相照，似寶鏡裏翠蛾粧曉。且登臨，且談笑，眼前事幾多堪弔。香徑蹤消，屧廊聲窅，麋鹿還遊未了。也莫管吴越興亡，爲他煩惱。是非顛倒，古與今一般難料。笑宦海風波，幾人歸早，得在家中老？遇酒美花新，歌清舞妙，儘開懷抱。又何須較短量長，此生心應自有天知道。醉呼童，更進餘杯，便拼得到三更，乘月迴仙棹。」此詞膾炙人口，盛傳於世。公年六十六而卒，墓在吴縣玉遮山。吴文定公有詩吊之云「衆口是非何日定？老臣功罪有天知」之句。

6、明錢穀撰《吴都文粹續集》卷五十六 萬安《武功伯徐先生文集序》：

文章者期於世用而已，非雕蟲篆刻之謂也。故學者以此自負，朝廷以此取士，上下相期，莫不以經綸參贊爲事也。使非期於實用而惟爵禄之爲榮，雖有文抑末矣，將安用哉？

若武功伯徐公有貞，平生立朝大節，持危扶顛，廷臣無出其右。負其豪氣，志在行其所學，真所謂間世之才而用世之文也。公自幼穎敏，年十二三入小學，已能古文詞。既長，登進士第。及被選翰林，益自砥礪，日有造詣。凡經、傳、子、史、百家雜説以及夫天文、地理、醫、卜釋、老之書無不該究，更取秘書考古、軍旅、刑獄、水利良法，孳孳講求，明可以施於今者而識之，盖期於有用之學也。厥後正統末，邊郡繹騷，京師戒嚴，公出領璽書即往撫諭之。比至要害，民老稚潛匿山壑間者甚衆，見公出慰勞而復業者數萬人。遂鳩爲義兵，教以戰攻擊刺之法，民喜有賴而事亦旋定。公在經筵時，會河決山東之沙灣，前此遣治河者卒皆績用弗成，公應詔出治，乃乘舟遡河源，踰濟汶，沿衛及沁，循大河，道濮范而返，因陳治水之策，起自金陸張秋之首凡百餘里，便宜法制水勢底平，國家永賴之以無虞。天順改元，以公有迎復功陞兵部尚書兼翰林院大學士内閣辦事。尋封推誠宣力守正文臣、特進光禄大夫、柱國、武功伯食禄一千一百户兼華盖殿大學士辦事如故，仍錫誥券，追封其三代子孫世襲錦衣衛指揮使。公感上知遇，每奏對多剴切，上亦才公，多所開納，一時委任，權力無復有過之矣。

嗚呼！公以用世之學得展經濟之才，故一時勳業之隆，盖我朝之韓、范、富、歐，而文章之盛，則我朝韓、柳、蘇、王也，豈非用世之學之文而雕蟲篆刻者云乎哉？是集之流傳，其有功於學甚大，予故樂而序之。賜進士資善大夫禮部尚書兼翰林院學士知制誥經筵官眉山萬安書。

7、明吴寬撰《匏庵家藏集》卷六《跋天全翁賞燈聯句》：

天全翁自南詔歸，適大參祝公、僉憲劉公皆致仕家居，三公有斯文知契，凡登臨游賞之樂必共之，酒酣興發，更倡迭和，落紙人争傳之以爲奇玩。此燈夕與魏公美所聯句也。公美持以示予，於是翁與僉憲謝世數年，獨大參公在耳，當此夕覽此詩，尤深慨然。予又聞之聯句時，初人爲三韻，至劉當結尾，翁嫌其語意蹙，爲益二句。以今觀之，則如樂止以圉爲一成，又以柷奏有禪續不絶之意，因併及之，以示世之知詩者。

8、明吴寬撰《匏庵家藏集》卷六《跋天全翁詞翰後》：

長短句莫盛於宋人，若吾鄉天全翁其庶幾者也。翁自賜還後，放情山水，有所感歎不平之意，悉於詞發之。既没，而前輩風流文采寥寥乎不可見已。明古舊爲翁所知愛，得此數篇示予。光福舟中酒酣耳熱，相與歌一二闋，水風山月間，有不勝其慨然者矣。

9、明吴寬撰《匏庵家藏集》卷五《高克明溪上雪意圖》，此圖自注：「劉僉憲得之任太僕，今歸，沈啓南後有天全跋。克明，宋仁宗時人，題曰：『臣克明上進。』」：

……劉侯朝回過燕市，亦復愛畫入骨髓。偶從太僕得此圖，每一開之心輒喜。天全僊翁惜題字，評品數行而已矣。翁今已逝侯亦亡，兩洞庭荒渺湖水。（自注：翁嘗自稱大洞庭主人，而僉憲家有小洞庭，故云。）石田多才從後起，況有佳兒好文字。只今此物欣有託，賦詩獨慙前人耳。

10、明韓雍撰《襄毅文集》卷十二《跋錢允言遊山詩卷》：

右天全徐閣老、惟清祝大參、廷美劉僉憲累遊西山，更相賦咏，親書以貽同遊高士錢允言。而雲間錢學士次韻之什，珠玉相輝，山川增重，雖南金不易得也。允言復求予題，予再閱之，玩天全自嘆之句，深有感焉。昔謝安石負一代盛名，隱會稽放情丘壑，雅好音樂，每與王逸少、許詢、支道林輩遊東山，必以妓從，當時人曰：「安石不出，將如蒼生何？」然德業未聞，心志已荒，君子不深取焉。此安石所以止於安石，而晋之治所以止於晋也。今天全公歷事累朝，文翰相業，獨步一時，大參僉憲奮勛中外，德業兼隆，皆以功成名遂而求退。允言又東吴詩人，而相與遨遊，乃不安石是好，惟吟咏性情是圖，其氣志之高下，奚翅霄壤耶？况學士公詞翰，超絶有類，天全使諸公復起，其匡濟乂安之功，復隆古雍熙泰和之治，决非安石比也，予將何言哉？予亦曰：「諸公不出，將如蒼生何？」此爲世道言也。

11、明韓雍撰《襄毅文集》卷十二《跋贈馮憲副聯句卷》：

右武功先生諸公與予聯送馮士定憲副詩，一時倉卒牽合成篇，不暇煅削賦一律，恐招四公子棋之誚然。諸公皆名能詩，意氣亦頗相入，而武功秉興揮灑，筆勢豪放，落落乎有張長史之趣，觀者必能鑒別也。但士定與予同鄉、同門而仕路每相值，予知其人品心迹甚端，料事甚明，處事甚善，臨大事甚不怯，若使之當重寄而展所抱負，必大有所濟。惜諸公之詩未及也，雖然，明天子在上求賢如渴，執政元老薦賢圖報之心亦皆拳拳焉，吾知士定兹行必有遇矣，詩云乎哉！

12、明韓雍撰《襄毅文集》卷十二《跋葑溪草堂聯句藁》：

右諸老枉駕草堂與余聯句藁，武功先生手筆也。先生文翰重天下，聯句時已酒酣興發，信筆立書，似不經意而勢態豪放，神彩俊逸，比之他時書，尤爲可愛。雖晋有風俗，不多讓也。世傳王右軍蘭亭帖興樂而書，若有神助，醒後連書數十百紙，終不能及。顔魯公醉後書京庠石刻者亦然，豈酒酣興樂則神完氣全，不自知其臻於妙與？斯藁字畫雖家數不同，而其得意之妙，蓋近之矣。但先生與諸公意氣相入，筆力高古而鄙句亦厠于其間，又復跋後，且爲之書，無乃招碔砆混美玉之誚乎？良用、良德知愛重如此，其賢於人遠甚，故書之。

13、明王世貞撰《弇州四部稿》卷一百三十一「文部・天全翁卷」論徐有貞《水龍吟慢》等作之書法：

右前一紙爲聮句詩，僅失詩題耳。後一紙爲《水龍吟慢》句詞半已不全，皆天全翁手筆，故特存之。人謂翁書由米顛來，非也。其遒放波險，全得長沙面目，神彩風骨亦自琅琅，惜結體少踈耳。

14、明王世貞撰《弇州四部稿》卷一百三十一「文部・天全翁卷」論徐有貞《靈巖勝遊卷》之書法：

天全先生遊靈巖，作此詞，寓《水龍吟慢》已載郡乘中，此卷爲劉以則書者，以則靈巖之東道主也。其詞不盡按格，而雄逸伉爽，時一吐洩，居然有王大将軍麈尾擊唾壺態。書筆勝法，亦往往稱是。卷首沈啓南畫，足爲兹山傳神，劉西臺、祝參省、錢學士皆有書名者，獨桑民懌以文自豪，而語不甚稱，爲可怪也。

15、明王世貞撰《弇州四部稿》卷一百三十一「文部·天全翁卷」論「徐天全二札」之書法：

天全翁出入長沙、襄陽間，余嘗評其書如劍客醉舞，僛僛中有俠氣。此二紙皆真跡，而《盤谷》一章尤横逸不可當，豈所謂遇其合者耶？

16、明王世貞撰《弇州四部稿》卷一百三十一「文部·天全翁卷」論「徐天全詞」之書法：

天全翁自金齒還吴十餘年，多遊吴中諸山水，醉後輒作小詞，宛然晏元獻、辛稼軒家語，風流自賞，詞成輒復爲故人書之。書法遒勁縱逸，得素師屋漏痕法。此卷盖以貽吴江史明古者，詞筆俱合作，後有吴文定、沈啓南二跋，亦可寶也。

17、明王世貞撰《弇州四部稿》卷一百五十四「説部」論徐有貞書法：

徐天全有貞，初名珵，吴人。真書法歐陽率更，而加以飄動，微失之弱。行筆似米南宫，狂草出入素旭，奇逸遒勁間，有失之怪醜者。祝希哲其外孫，人謂書法從公來，希哲頗不以爲然，《書述》亦不甚許之。

18、明郁逢慶編《書畫題跋記》卷十「祝枝山草書月賦」條下引文徵明論徐有貞書法，清風雨樓叢書本：

吾鄉前輩書家稱武功伯徐公，次爲太僕少卿李公。李楷法師歐陽，而徐公草書出於顛素。枝山，先生武功外孫，太僕之婿也。早歲楷筆精謹，實師婦翁，而草法奔放出於外　大父，蓋兼二父之美而自成一家者也。

19、明張丑撰《清河書畫舫》卷十二上「劉珏」條論徐有貞書畫，清乾隆二十八年刻本：

劉珏廷美以書畫顯天順間，同時杜瓊、徐有貞、馬愈、沈貞吉、恒吉、祝允明、王寵并能寫山，近世莫及。……有貞字元玉，以復辟勳封武功伯，山水清勁不凡。

20、明張丑撰《清河書畫舫》卷四下論徐有貞之書畫：

古之名流韻士，有不事畫學而偏饒畫趣者，如唐之李林甫、宋之蔡襄、晁無咎、勝國冷謙及皇明徐有貞、祝允明，往往而是。林甫山水精妙，見高詹事詩句；蔡襄工書，畫頗自惜，不妄爲人作，見歐陽公《墓誌》；無咎閑居濟州金鄉，葺東皋歸去來園，自畫爲圖，并書記其上；冷謙讀書學道，嘗畫《蓬萊仙奕卷》，大類李思訓；徐有貞亦有《秋山圖》，自賦詩句題之，筆力極其豪放，今藏吴中一大姓。

五、交遊贈和及緬懷詩

1、明韓雍撰《襄毅文集》卷一《次韻留别徐武功先生》：

公昔秉鈞軸，清班領斯文。明良契魚水，慶會乘風雲。忠誠帝簡知，譽望誰不聞。松筠振節操，蘭桂揚芳芬。何期麟鳳姿，誤陷豺虎群。一時暫爾屈，四海知名尊。人情自惡薄，世事多紛紜。而今娼嫉徒，屈指有幾存。揮毫跡已富，著書業尤勤。欽仰懸九州，韜晦居海濆。我慚拜嘉命，南陲統三軍。餞送有佳章，深感知己恩。駑駘逐驥足，蔦蘿附松根。我欲助聲光，相與流八垠。請看周與召，同著萬世勳。

2、明韓雍撰《襄毅文集》卷七《成化巳丑九月八日，鄉友朱良德邀武功伯徐閣老暨祝大參維清、劉僉憲廷美遊石湖。諸名公聯句成章，良德懇求予和，故依韻和之》：

吴下衣冠集勝遊，扁舟遊遍五湖秋。未能執筆陪聯句，懶得逢人説運籌。緑野文章傳在洛，赤松心事棄封留。賡歌趣我歸來興，莫道非才尚黑頭。

3、明韓雍撰《襄毅文集》卷八《次韻酬徐武功先生》：

高臥東山夢正酣，相親無計策歸驂。交情不改忘年舊，珠玉時時下嶺南。

賜還軒冕自南蠻，海内常時憶謝安。相業終期駕伊吕，文名今已并歐韓。
東吴南越斗牛分，夜夜遥瞻憶相君。萬里何時遂初願，君爲龍去我爲雲。
海内人龍繫我思，我思未見忽成詩。召司有召今將至，且莫臨風讀楚詞。

4、明韓雍撰《襄毅文集》卷八《次徐武功韻題錢景寅扇》：

誰寫張騫萬里槎，不同閑草與閑花。高秋八月天風起，直上銀河自不斜。

5、明韓雍撰《襄毅文集》卷八《劉廷美僉憲爲鄉人魏古作〈湖山圖〉，徐武功題詩其上，魏復求予作爲賦一絶》：

詩畫精神二美全，滿堂風雨起雲烟。更憐彷彿五湖口，欲學鴟夷放釣船。

6、明韓雍撰《襄毅文集》卷一《劉僉憲廷美小洞庭十景之題名石》（原注：古之文士遊名山必有題咏，小山雖不足觀，而徐武功、陳祭酒諸公亦嘗來遊，各有絶句，

以題其石）

小山石奇絶，諸老心所耽。翰墨題姓名，視古亦何慚。退之天封宮，子瞻僊遊潭。紗籠謹蔽護，千古留美談。

7、韓雍撰《襄毅文集》卷七《江行懷鄉里天全侗軒諸老偶成》

其一

西江北塞嶺南壖，奔走風塵三十年。勇退未能心已倦，專征纔歇夢猶懸。自緣衰體纏多病，敢向明時話獨賢。苦憶鄉園諸大老，西風先泛五湖船。

其二

五湖烟景擅江東，諸老懽遊有古風。鳳吹鵾絃范成大，筆牀茶竈陸放翁。全拋俗事水雲外，盡付閒情詩酒中。愧我求盟未能得，海天長嘯思無窮。

8、明吴寬撰《匏庵家藏集》卷五《次韻天全翁書遺光禄徐用莊〈雪湖觀梅〉》：

永和人物數諸王，曲水難勝一野航。得似太湖三萬頃，梅花灣裏作家鄉。
不遊雁蕩即鱸鄉，又被五湖勾引忙。舉棹落梅春雪亂，開尊臨水玉泉香。（原注：吴城西有雁蕩村，吴江有鱸鄉亭。）
我愛涪翁與放翁，此翁應在二之中。登山臨水當年事，北郭移舟舊約儂。
快雪初晴冰滿灣，長溪未許放舟還。坐移月裏千株樹，臥看湖邊萬玉山。
新築湖西白玉城，城中常作看梅行。錦袍更向船頭坐，便有神僊世外情。
不向山人道姓名，詞中裴度晚年情。江南風月無人管，天府新除老上卿。
天落平湖見鬢絲，旁人休笑放舟遲。杜陵野老愁泥滓，只許青鞵布韈知。
雪後船窗向晚開，孤山杖履勝徘徊。戛然何處玄裳影，想見坡僊化鶴來。
湖口無人踏斷槎，石梁新築臥銀沙。如今要識經營意，信步前山看好花。
太湖莫作鏡湖看，聚隖銅坑地更寬。日暮最高峰上立，青天尺五即長安。
良宵朗月在清空，始悟身居冰雪中。莫唱霓裳羽衣曲，人間自有廣寒宫。
爲報春風萬樹梅，年年爲汝費深杯。徐卿况復能相引，不盡青山不擬回。

9、明吴寬撰《匏庵家藏集》卷五《過相城爲沈陶庵和天全翁賞菊之作》：

菊花開日是重陽，坡翁妙語不可當。我云但得花之趣，何必秋來菊有黄。神僊中人壽且康，老年見客纔下堂。幅巾飄飄映華髪，導我直過東籬傍。庵居春風定先到，已見菊苗三寸長。浩歌淵明飲酒章，悠然依舊虞山蒼。素琴無絃舊有例，當春賞菊嗟何妨。封題一笑報蘇子，爲我轉致陶柴桑。

10、明吴寬撰《匏庵家藏集》卷五《入蒸（貞）（按，《吴都文粹續集》卷三十九「墳墓」作「査」）山謁徐天全墓》：

平生晁賈共襟期，欲使才名百世垂。衆口是非何日定，老臣功罪有天知。湖山彷彿精神在，枝履從容歲月移。逝矣姚崇嗟不返，憑誰爲刻墓前碑。

11、明錢穀撰《吴都文粹續集》卷十九劉珏《陪天全遊城西諸山》：

琴臺石屋恣躋攀，上相襟懷豈等閒。一路兒童皆拍手，幾人風雨亦登山。乳泉分入茶鑪内，瑶草收來藥籠間。直把天平作盤谷，烟霞高卧不知還。

12、明錢穀撰《吴都文粹續集》卷二十二劉珏《陪徐天全夏仲昭遊玉峰》：

青峰高聳白雲頭，今日來陪上相遊。甫里晚烟縈茂苑，洞庭春水接湖州。山中未乏連城，玉海上空聞萬斛舟。勝會況逢全盛日，蘭亭不減晋風流。

13、明錢穀撰《吴都文粹續集》卷五十劉珏《過沈石田有竹居次徐天全韻》：

烟水微茫外，舟行一舍餘。既覓沈東老，還尋陶隱居。冰弦三疊弄，雪繭八分書。醉和陽春曲，空踈媿不如。

14、明錢穀撰《吴都文粹續集》卷五十劉珏《送徐天全再赴張湫》：

手足胼胝兩鬢秋，功成深慰至尊憂。奇文五色駈妖鰐，砥柱千年障横流。載月僊槎纔北上，冒寒驄馬復南游。垂名竹帛中丞志，不在分封萬户侯。

天語新承寵任專，御爐烟裏玉階前。鹽梅自昔堪調鼎，舟楫于今已濟川。麟閣曉雲隨綵筆，鎬京春酒醉璚筵。贈行分得烏絲錦，江漢皇華寫數篇。

15、明錢穀撰《吴都文粹續集》卷五十劉珏《同天全宴夏太常仲昭第次韻》六首：

席上歡呼總貴郎，早春時節醉江鄉。要知勝事傳千載，元老題詩贈奉常。

梅花白白柳條新，描出江南一片春。莫向東風惜沉醉，與君俱是故鄉人。

潮陽太守青雲器，鳳閣僊郎白雪歌。銀燭瑶觴鬱金酒，好情其奈主人何？

寶馬香車看物華，春城無處不開花。旁人莫笑躭游樂，四海于今是一家。

風流白傅老詩僊，製得新詞教李娟。翠袖送香来綺席，玉杯邀月上青天。

甲第如雲枕碧流，到門時復有王侯。花闌竹徑清如洗，我亦踈狂五日游。

16、明錢穀撰《吴都文粹續集》卷四十二祝顥《劉完庵墓志銘》（原注：公諱珏，字廷美，姓劉氏。）：

于後圃葺石爲山，引流種樹，築亭其上，號小洞庭。日與賓客故人相羊其中，酒酣賦詩，落筆如雨，而尤工于畫，頗自矜惜，得其手蹟者，皆爲寶玩。武功伯徐天全才高當世，少可其意者，獨稱與公，贈之詩曰：「劉郎詩高畫亦高，當代不獨稱詩豪。」其見重若此。

17、明錢穀撰《吴都文粹續集》卷五十一杜瓊《送徐武功赴貶雲南》：

殷勤相勸且加餐，臨别何須動慨嘆。李廣數奇封爵遠，賈生年少得君難。青雲多士誰推轂，白草三邊獨據鞍。幸遇八荒同樂土，不勞書札問平安。

18、明沈周撰《石田詩选》卷九《次韻天全翁雪湖賞梅十二咏》：

台垣賜老荷君王，山上籃輿湖上航。如此湖山畫遊地，梅花開遍客還鄉。

少在城中多在鄉，尋梅猶抵候朝忙。新詩似與梅相約，詩到成時梅恰香。
不是春愁鶴髮翁，風流人物義熙中。遥知觴咏清游處，小筆湖山似欠儂。
重巒叠叠水彎彎，雪舫尋春醉未還。因省玉堂爲客夜，如今不是夢中山。
緑尊沽酒出春城，春日尋梅湖上行。聞道衝風又衝雪，旁人不識醉翁情。
一代文章百代名，鼎司綸閣已忘情。近來熟理農桑計，似謫江南作稼卿。
湖上尋詩舟去穩，尊前賞雪酒行遲。優游正是居東日，自遣春風人不知。
梅撲玉缸春酒開，雪湖山水共徘徊。風流舊屬林君復，人道先生是再來。
泛雪吴航勝月槎，深深杯色照銀沙。寒梅鍾得平生愛，重是江南第一花。
玉樹瑶山畫裏看，乾坤不似酒壺寬。醉來草聖三千紙，漫使人驚索幼安。
清游不放酒杯空，雪共梅花落酒中。玉帶朱衣有僊骨，畫船更在水晶宫。
黄帽歸舟且莫催，雪山留客好銜杯。梅花况是堪題咏，今夜春城判不回。

19、明沈周撰《石田詩選》卷六《天全徐先生夜》：

過成化七年暑夜，天全徐先生過雙娥僧寓小酌，踏月歌邢惇夫、黄知命夜歸詩，因賦此索先生留題：

法雲夜歸黄仲達，騎驢高歌仰明月。天風獵獵吹白袍，履常殿後走不迭。撰杖負囊無乃媟，過市小兒笑口咽。何物老子作怪遊，俗夫豈爾須儳列。李圖邢詩遂大傳，邈五百年無四傑。先生尋我興亦豪，入更来敲僧户閉。栖烏翻樹露滿葉，長彗埽斗芒不折。先生呼酒要排熱，乃云秉燭古有説。三花朗咏掛巾篇，故事不妨吾載設。高致風流自斗山，一遊一嬉知不屑。先生於此如有言，當與雙峰共磨滅。

20、明沈周撰《石田詩選》卷七《和天全翁留别錢氏祖席》：

謝傳其如不起何？畫船詩酒晏遊多。人家兩岸聞簫鼓，魚鳥中流識笑歌。細雨沾衣縈舊纜，春風入面醒微酡。夕陽更好東歸路，草樹迢迢擁幔坡。

21、明錢穀撰《吴都文粹續集》卷二十一祝顥《次韻天全公招遊西山》：

征袍洗盡宦途塵，喜荷招遊引興新。物外追尋多勝事，座中觴咏揔儒紳。青山不厭重來客，黄菊偏娱暮景人。况有雄章傳太史，蒼厓磨勒照千春。

22、明史鑑撰《西村集》卷三《謁徐武功墓》：

絮酒來何暮，凄凉百感生。文名推独步，相業沮垂成。才大人多忌，功高謗易行。只應墳下水，流恨去難平。

23、明史鑑撰《西村集》卷三《哭武功伯徐公》：

星賈中庭夜已分，始知天欲丧斯文。導河猶有隨山迹，鑄鼎誰銘取日勳。四海故人空許劍，萬家歸馬舊從軍。東吴不是西州路，也學羊曇哭暮雲。

24、明王鏊撰《王文恪公集》卷一《舟次張秋冒雨上讀徐武功治水碑》，明三愧堂刻清印本：

長堤十里隱如虹，來往行人説武功。浲水突來無究濟，鐵牛屼立尚西東。淇園竹下人初駭，鄭國渠成運自通。讀罷穹碑人不見，北來涷雨洗寒空。